BU

Della stessa autrice in BUR

La bastarda di Istanbul
La casa dei quattro venti
Il palazzo delle pulci
Le quaranta porte

Elif Shafak

La città ai confini del cielo

BUR

ISBN 978-88-17-08239-6

Titolo originale dell'opera:
The Architect's Apprentice

Traduzione di Beatrice Masini

Prima edizione Rizzoli 2014
Prima edizione BUR luglio 2015

Realizzazione editoriale Librofficina, Roma

La città ai confini del cielo

Per gli apprendisti di ogni dove
- nessuno ci ha detto che l'amore
è l'arte più difficile da padroneggiare.

Al primo sguardo ti ho amato con mille cuori
... Lasciate pensare ai fanatici che amare è peccato.
Non importa,
Lasciatemi bruciare nel fuoco infernale di quel peccato.

MIHRI HATUN, poetessa ottomana del sedicesimo secolo

Ho frugato il mondo e non ho trovato nulla degno dell'amore,
e dunque sono un'estranea tra i miei fratelli
esiliata dalla loro compagnia.

MIRABAI, poetessa hindu del sedicesimo secolo

Di tutte le genti create da Dio e corrotte da Sheitan, furono solo in pochi a scoprire il Centro dell'Universo, dove non esiste né bene né male, né passato né futuro, né io né tu, né guerra né ragione di far guerra, ma solo un infinito mare di calma. Ciò che vi trovarono era così bello che persero la capacità di parlare.

Gli angeli, impietositi, diedero loro due possibilità. Se avessero voluto riavere la loro voce, avrebbero dovuto dimenticare tutto ciò che avevano visto, ma una sensazione di vuoto sarebbe rimasta in fondo al loro cuore. Se preferivano ricordare la bellezza, tuttavia, le loro menti si sarebbero così confuse da non saper distinguere la verità dal miraggio. Così i pochi che si erano imbattuti in quel luogo segreto che nessuna mappa riporta fecero ritorno con un senso di nostalgia per qualcosa che non sapevano definire, o con miriadi di domande da fare. Coloro che ambivano alla completezza vennero chiamati amanti, e coloro che aspiravano alla conoscenza allievi.

Era questo che il maestro Sinan aveva l'abitudine di raccontare a noi quattro, i suoi apprendisti. Ci osservava da vicino, la testa inclinata da una parte, come se cercasse di vedere attraverso le nostre anime. Io sapevo di essere vanitoso, e la vanità non era opportuna per un ragazzo semplice come me, ma tutte le volte che il mio maestro raccontava questa storia io ero convinto che le sue parole fossero per me più che per gli altri. Il suo sguardo indugiava per un istante di troppo sul mio volto, come se si aspettasse qualcosa da me. Io distoglievo gli occhi, timoroso di deluderlo, timoroso della cosa che non potevo dargli, anche se non capii mai di che cosa si trattasse. Chissà che cosa mi leggeva negli occhi. Aveva previsto che non sarei stato secondo a nessuno quanto a capacità d'imparare, ma che nella mia goffaggine avrei fallito miseramente in amore?

Vorrei potermi guardare indietro e poter dire che ho imparato ad amare quanto ho amato imparare. Ma se mento, potrebbe esserci un calderone che ribolle per me all'inferno domani, e chi può garantirmi che domani non sia già alla mia porta, ora che sono vecchio come una quercia, e ancora non consegnato alla tomba?

Eravamo in sei: il maestro, gli apprendisti e l'elefante bianco. Costruimmo tutto insieme. Moschee, ponti, madrase, caravanserragli, ricoveri, acquedotti… È successo così tanto tempo fa che la mia mente smussa anche i tratti più spigolosi, sciogliendo i ricordi in dolore liquido. Le forme che galleggiano dentro la mia testa tutte le volte che torno a quei giorni avrebbero benissimo potuto essere state disegnate più tardi, per alleviare la colpa di aver dimenticato le loro facce. Eppure ricordo le promesse che facemmo, e poi non mantenemmo, una per una. È strano come i volti, concreti e visibili come sono, evaporino, mentre le parole, fatte di respiro, rimangano.

Sono scivolati via. Uno alla volta. Perché loro siano periti e io sia sopravvissuto fino a questa fragile età, Dio solo lo sa. Penso a Istanbul tutti i giorni. In questo momento c'è gente che attraversa i cortili delle moschee, senza sapere, senza vedere. Preferisce pensare che le costruzioni tutto attorno siano lì dal tempo di Noè. Invece no. Le abbiamo edificate noi; musulmani e cristiani, artigiani e schiavi, umani e animali, giorno dopo giorno. Ma Istanbul è una città incline a dimenticare. Le cose sono scritte sull'acqua, laggiù, tranne le opere del mio maestro, che sono scritte nella pietra.

Sotto una certa pietra ho sepolto un segreto. Molto tempo è passato, ma dev'essere ancora là, in attesa di essere svelato. Chissà se qualcuno lo troverà mai. Se sì, capiranno? Nessuno lo sa, ma alla base di uno degli edifici costruiti dal mio padrone è nascosto il centro dell'universo.

Agra, India, 1632

Istanbul, 22 dicembre 1574

Era passata la mezzanotte quando udì un ringhio feroce salire dalle viscere del buio. Lo riconobbe subito: veniva dal felino più grande del palazzo del sultano, una tigre del Caspio con gli occhi d'ambra e la pelliccia dorata. Il suo cuore perse un battito mentre si chiedeva che cosa – o chi – avesse potuto disturbare la belva. Dovevano essere tutti profondamente addormentati a un'ora così tarda: gli umani, gli animali, i *djinn*. Nella città delle sette colline, oltre ai guardiani che facevano la ronda lungo le strade, solo due generi di persone erano sveglie: coloro che pregavano e i peccatori.

Anche Jahan era sveglio: lavorava.

«Lavorare è preghiera per quelli come noi» diceva spesso il suo maestro. «È il nostro modo di comunicare con Dio.»

«E Lui come fa a risponderci?» aveva chiesto una volta Jahan, molto tempo prima, quando era più giovane.

«Dandoci più lavoro, ovvio.»

A crederci, voleva dire che il suo legame con l'Onnipotente si stava facendo stretto, aveva pensato Jahan, dal momento che faticava il doppio per fare due lavori invece che uno. Era un mahout e un progettista. Coltivava due talenti, eppure aveva un solo insegnante che rispettava, ammirava e in segreto desiderava sorpassare. Il suo maestro era Sinan, il Capo architetto reale.

Sinan aveva centinaia di studenti, migliaia di operai e altri seguaci e assistenti ancora. Eppure aveva solo quattro apprendisti. Jahan era orgoglioso di essere uno di loro, orgoglioso ma in segreto sconcertato. Il maestro aveva scelto lui – un semplice servitore, un umile domatore di elefanti – pur avendo una gran quantità di brillanti novizi alla scuola del palazzo. Invece di accrescere la sua considerazione di sé, saperlo lo riempiva di preoccupazione. Lo devastava, quasi suo malgrado, l'idea di poter deludere la sola persona al mondo che credesse in lui.

Il suo ultimo incarico era progettare un *hamam*. Le richieste del maestro erano chiare: una vasca sopraelevata di marmo, riscaldata dal basso; condutture inserite nelle pareti per far sfiatare il fumo; una cupola poggiata su archi di supporto; due porte che si aprissero su due strade opposte per evitare che uomini e donne si vedessero. In quella notte minacciosa era proprio quello il progetto al quale Jahan stava lavorando, seduto a un tavolaccio nel suo capanno, nel serraglio del sultano.

Si fece indietro, accigliato, e osservò il suo disegno. Lo trovò rozzo, privo di grazia e di armonia. Al solito, disegnare la struttura era stato più facile che disegnare la cupola. Aveva più di quarant'anni – l'età in cui Maometto era diventato Profeta – ed era abile nella sua arte, ma avrebbe preferito scavare fondamenta a mani nude che doversela vedere con volte e soffitti. Desiderava che ci fosse un modo per farne del tutto a meno: se solo gli umani avessero potuto vivere esposti ai cieli, aperti e intrepidi, e contemplare le stelle, ed esserne contemplati, senza nulla da nascondere.

Frustrato, stava per cominciare un nuovo schizzo – aveva sgraffignato la carta dagli scribi di palazzo – quando udì di nuovo la tigre. Drizzò la schiena e alzò il mento. Rimase immobile, in ascolto. Era un avvertimento, feroce, da rimescolare il sangue, a un nemico invisibile: non avvicinarti.

Jahan aprì piano la porta e fissò la penombra. Si levò un altro ringhio, meno forte del primo ma altrettanto minaccioso. Tutti insieme, gli animali si misero a vociare: il pappagallo stridette nel buio; il rinoceronte ruggì; l'orso grugnì in furente risposta. Lì vicino il leone liberò un ruggito, a cui il leopardo rispose con un sibilo. Da qualche parte in sottofondo c'era il tonfo costante e frenetico prodotto con le zampe posteriori dai conigli spaventati. Le scimmie erano solo cinque ma facevano il fracasso di un battaglione: strillavano, sbraitavano. Anche i cavalli cominciarono a nitrire agitandosi nelle stalle. Nel frastuono Jahan riconobbe il brontolio dell'elefante, breve e svogliato, riluttante a unirsi al tumulto. Qualcosa spaventava le creature. Jahan si gettò un mantello sulle spalle, prese la lampada a olio e scivolò nel cortile.

L'aria era pungente, venata dall'aroma inebriante dei fiori invernali e delle erbe selvatiche. Aveva fatto solo qualche passo quando vide alcuni dei domatori riuniti insieme sotto un albero, intenti a sussurrare. Quando lo videro arrivare alzarono gli sguardi, in attesa. Ma Jahan non aveva informazioni, solo domande.

«Che cosa succede?»

«Le bestie sono nervose» disse Dara il domatore di giraffe, nervoso.

«Potrebbe essere un lupo» suggerì Jahan.

Era già successo. Due anni prima. In un'aspra notte d'inverno, i lupi erano calati sulla città, aggirandosi nei quartieri degli ebrei, dei musulmani e dei cristiani allo stesso modo. Alcuni avevano superato furtivi i cancelli, Dio sapeva come, e avevano attaccato le anatre, i cigni e i pavoni del sultano, seminando lo scompiglio. Per giorni e giorni avevano dovuto raccogliere le piume insanguinate che si erano insinuate sotto i cespugli e i rovi. Ma al momento non c'era neve né un freddo eccezionale. Qualunque cosa fosse ciò che turbava gli animali, veniva da dentro il palazzo.

«Controllate in tutti gli angoli» disse Olev il domatore di leoni, un omone coi capelli fiammeggianti e i baffi arricciati dello stesso colore. Non c'era decisione che venisse presa a sua insaputa. Ardente e muscoloso, era tenuto in alta stima da tutti i servi. Un mortale che può dare ordini a un leone era qualcuno che perfino il sultano può ammirare un poco.

Si dispersero e ispezionarono le stalle, gli stabbi, i recinti, le stie e le gabbie per assicurarsi che nessun animale fosse fuggito. Ogni abitante del serraglio reale sembrava essere al suo posto. Leoni, scimmie, iene, antilopi dalle corna piatte, volpi, ermellini, linci, capre selvatiche, puma, gazzelle, tartarughe giganti, caprioli, struzzi, oche, porcospini, lucertole, conigli, serpenti, coccodrilli, zibetti, il leopardo, la zebra, la giraffa, la tigre e l'elefante.

Jahan andò da Chota – un elefante asiatico maschio di trentacinque anni, alto sei cubiti e di un insolito colore bianco – e lo trovò eccitato, turbato, le orecchie spalancate come vele al vento. Sorrise alla creatura le cui abitudini conosceva tanto bene.

«Cosa c'è? Senti il pericolo?» Accarezzò il fianco dell'elefante e gli offrì una manciata di mandorle dolci, che portava sempre pronte nella cintura.

Chota, che non rifiutava mai una golosità, s'infilò le mandorle in bocca con un movimento rapido della proboscide, senza distogliere lo sguardo dal cancello. Si protese in avanti, il peso enorme sulle zampe anteriori, le estremità sensibili incollate al suolo, e rimase immobile, teso a cogliere un rumore in lontananza.

«Calmati, va tutto bene» cantilenò Jahan, anche se non credeva in ciò che diceva, e nemmeno l'elefante.

Tornando indietro vide Olev parlare con i domatori: cercava di convincerli ad andar via. «Abbiamo frugato dappertutto! Non c'è niente!»

«Ma le bestie...» protestò qualcuno.

Olev s'inserì, indicando Jahan: «L'Indiano ha ragione. Dev'essere stato un lupo. O uno sciacallo, forse. Comunque se n'è andato. Tornate a dormire».

Questa volta nessuno protestò. Ciondolando la testa, mormorando, si trascinarono fino ai loro giacigli, che erano rozzi, pungenti e pieni di pidocchi ma erano anche l'unico posto caldo e sicuro che conoscevano. Solo Jahan indugiò.

«Tu non vieni, mahout?» disse Kato, il domatore di coccodrilli.

«Tra un momento» rispose Jahan, guardando dalla parte del cortile interno, dal quale aveva appena sentito provenire uno strano rumore soffocato.

Invece di svoltare a sinistra, verso il suo capanno di legno e pietra, girò a destra, verso le alte mura che separavano i due cortili. Avanzava cauto, come in attesa di una scusa per cambiare idea e tornare al suo disegno. Quando arrivò al lillà al limitare estremo notò un'ombra. Oscura e misteriosa, assomigliava tanto a un'apparizione che sarebbe filato via se proprio in quel momento non si fosse voltata rivelando il suo volto: Taras il siberiano. Sopravvissuto a ogni malattia e disastro, era lì da più tempo di chiunque altro. Aveva visto sultani venire e andarsene. Aveva visto i potenti umiliati e le teste che reggevano i più alteri turbanti rotolare nel fango. *Solo due cose sono fisse*, scherzavano i servi. *Taras il siberiano e il supplizio dell'amore. Tutto il resto perisce...*

«Sei tu, Indiano?» chiese Taras. «Ti hanno svegliato gli animali, eh?»

«Sì» disse Jahan. «Non hai appena sentito un rumore?»

Il vecchio grugnì. Poteva voler dire sì o no.

«Veniva da là» insisté Jahan, allungando il collo. Fissò la parete che si stendeva davanti a lui, una massa informe color dell'onice, che si fondeva col buio. In quel momento ebbe la sensazione che la foschia della mezzanotte fosse densa di spiriti gementi e lamentosi. Il pensiero lo fece rabbrividire.

Un tonfo sordo riecheggiò nel cortile, seguito da una gragnuola di passi, come se una folla di gente si spostasse in fretta. Dalle viscere del palazzo si levò un urlo di donna, troppo selvaggio per essere umano, quasi subito soffocato in un singhiozzo. Da un altro angolo un altro grido lacerò la notte. Forse era un'eco smarrita del primo. Poi, improvviso com'era cominciato, il rumore svanì nel nulla. D'impulso Jahan avanzò verso il muro davanti a sé.

«Dove vai?» sussurrò Taras, gli occhi lucidi di paura. «È proibito.»

«Voglio scoprire cosa succede» disse Jahan.

«Sta' alla larga» disse il vecchio.

Jahan esitò, ma per poco. «Do un'occhiata e torno subito.»

«Preferirei di no, ma tu non mi dai retta» disse Taras con un sospiro. «Non spingerti oltre. Resta nel giardino, con la schiena al muro. Mi hai sentito?»

«Non preoccuparti, faccio in fretta, e sto attento.»

«Ti aspetto. Non dormo finché non torni.»

Jahan fece un sorriso malizioso. «Preferirei di no, ma tu non mi dai retta.»

Poco tempo prima Jahan aveva lavorato col suo maestro alla ristrutturazione delle cucine reali. Insieme avevano anche ampliato alcune parti dell'harem, cosa necessaria, dato che negli ultimi anni la popolazione era parecchio cresciuta. Per non dover usare la porta principale i manovali avevano fatto una scorciatoia, scavando un'apertura nelle mura. Quando una partita di piastrelle non era stata consegnata avevano sigillato il buco con mattoni crudi e argilla.

Una lanterna in una mano, un bastone nell'altra, Jahan batté sulle pareti avanzando piano. Per un po' sentì soltanto lo stesso battito sordo, ripetuto. Poi vuoto. Si fermò. In ginocchio, spinse i mattoni alla base con tutta la sua forza. Subito la parete oppose resistenza, ma poi cedette. Lasciò a terra la lampada, che avrebbe recuperato al ritorno, e strisciò attraverso l'apertura. Era nel cortile accanto.

La luna gettava una luce inquietante sul giardino delle rose, ormai un cimitero delle rose. I cespugli, che per tutta la primavera erano decorati di rosso squillante, rosa e giallo, erano avvizziti, bruniti, e si stendevano come un mare d'acqua d'argento. Il cuore gli batteva così rapido e forte che temeva che qualcuno lo sentisse. Un brivido lo scosse mentre ricordava i racconti di eunuchi avvelenati, concubine strangolate, visir decapitati, e sacchi gettati nelle acque del Bosforo, il contenuto che ancora si contorceva, ancora vivo. In quella città alcuni cimiteri erano sulle colline, altri cento braccia sotto il mare.

Davanti a lui c'era un sempreverde con centinaia di sciarpe, nastri, pendenti e pizzi appesi ai rami: l'Albero dei Desideri. Quando una concubina o un'odalisca dell'harem aveva un segreto che poteva condividere solo con Dio, convinceva un eunuco a venire lì con un piccolo oggetto che le apparteneva. L'oggetto veniva legato a un ramo, accanto a quello di un'altra donna. Dal momento che le aspirazioni dell'una spesso contrastavano quelle dell'altra, l'albero era irto di suppliche che cozzavano e preghiere che si combattevano. In quel momento, con una brezza lieve che arruffava le foglie e mescolava i desideri, aveva un aspetto tranquillo. Così tranquillo che Jahan non poté fare a meno di avvicinarsi, anche se aveva garantito a Taras che non si sarebbe avventurato tanto in là.

Mancavano solo trenta passi all'edificio di pietra sul retro. Mezzo nascosto dietro il tronco dell'Albero dei Desideri, Jahan si sporse molto lentamente e si ritrasse subito. Gli ci volle un istante per trovare il coraggio di guardare di nuovo.

Una decina di sordomuti zampettavano dappertutto, spostandosi da un ingresso all'altro. Parecchi portavano quelli che parevano sacchi. Le torce tra le loro mani tracciavano scie scure nel buio e tutte le volte che due torce s'incrociavano le ombre sulle pareti si facevano più alte.

Jahan non sapeva bene che cosa pensare. Corse verso il retro dell'edificio, inalando l'aroma della terra grassa, a passi impercettibili come l'aria che respirava. Fece un semicerchio e raggiunse la porta all'estremità. Stranamente non era sorvegliata. Senza riflettere la varcò. Se avesse cominciato a pensare a ciò che stava facendo, sarebbe stato azzoppato dalla paura, lo sapeva.

Dentro era freddo e umido. Brancolando nella semioscurità, avanzò anche se la pelle della nuca formicolava, i peli ritti. Era troppo tardi per i rimpianti. Non c'era modo di tornare indietro; poteva solo andare avanti. Strisciò in una stanza poco illuminata, avanzò furtivo lungo le pareti, il respiro affannato. Si guardò intorno: tavolini di madreperla con ciotole di vetro; divani coperti di cuscini; specchi dalle cornici intagliate e dorate, arazzi appesi ai soffitti, e, gettati sul pavimento, quei sacchi gonfi.

Si guardò indietro per assicurarsi che non arrivasse nessuno, poi avanzò poco alla volta finché non scorse una cosa che gli gelò il sangue: una mano. Pallida e molle, era posata sul freddo marmo, sotto un mucchio di stoffa, come un uccello caduto. Come guidato da una forza estranea, Jahan allentò le funi che chiudevano i sacchi di iuta, uno dopo l'altro, e li aprì almeno in parte. Sbatté le palpebre, confuso: i suoi occhi si rifiutavano di ammettere ciò che il cuore aveva già afferrato. La mano era unita a un braccio, il braccio a un piccolo busto. Non erano sacchi, non erano affatto sacchi. Erano corpi morti. Di bambini.

Ce n'erano quattro, tutti maschi, distesi fianco a fianco, dal più alto al più basso. Il più grande era un adolescente, il più piccolo appena un neonato. Le vesti regali erano state sistemate con cura in modo che il loro aspetto mantenesse nella morte una principesca dignità. Lo sguardo di Jahan si posò sul cadavere più vicino: un ragazzino con la pelle chiara e le guance rosse. Fissò le linee sul palmo della sua mano. Linee curve, oblique, che si perdevano l'una nell'altra, come tracce nella sabbia. Quale chiromante di questa città, si chiese, avrebbe potuto prevedere morti così improvvise e così tristi per principi di così grazioso lignaggio?

Sembravano in pace. La loro pelle brillava, come illuminata dall'interno. Jahan non riuscì a fare a meno di pensare che non fossero morti, non per davvero. Avevano smesso di muoversi, smesso di parlare, e si erano trasformati in qualcosa che non poteva capire, qualcosa che comprendevano soltanto loro: di qui quell'espressione sui loro volti, forse un sorriso.

Con le gambe e le mani tremanti, Jahan rimase lì, incapace di muoversi. Solo un rumore di passi che si avvicinavano lo strappò alla nebbia della confusione. Riuscì a stento a raccogliere le forze, ma trovò il tempo di ricoprire i morti. Poi scattò verso un angolo e si nascose dietro un arazzo che copriva tutta la parete. Un attimo ed entrarono i sordomuti, portando un altro corpo. Lo deposero accanto agli altri, con cautela.

In quel momento uno di loro si accorse che la tela era scivolata giù dal cadavere più lontano. Si avvicinò e si guardò intorno. Non sapeva se fossero stati loro a lasciarlo così, o se qualcuno fosse penetrato lì dentro dopo la loro partenza. Così fece dei segni rivolto ai compagni, che a loro volta si bloccarono. Insieme cominciarono a ispezionare la sala.

Solo nell'angolo, una tela leggera a separarlo dagli assassini, Jahan aveva il respiro mozzato dalla paura. Allora era quello, si disse; tutta la sua vita per nulla. Tante bugie e tanti inganni l'avevano portato fin lì. Stranamente, e con una certa tristezza, ricordò la lampada lasciata accanto al muro, la fiamma che fluttuava nel vento. Gli occhi gli s'inumidirono al pensiero del suo elefante e del suo padrone, tutti e due immersi in un sonno innocente, a quell'ora. Poi il pensiero andò alla donna che amava. Mentre lei e gli altri sognavano al sicuro nei loro letti, lui sarebbe stato ucciso perché si trovava dove non doveva essere e aveva visto ciò che non doveva vedere. E tutto per via della sua curiosità, quell'istinto vergognoso e scatenato che gli procurava solo guai. Si maledisse in silenzio. Avrebbero dovuto scriverlo sulla sua pietra tombale, a lettere chiare:

QUI GIACE UN UOMO TROPPO FICCANASO PER IL SUO BENE,
DOMATORE D'ANIMALI E APPRENDISTA ARCHITETTO.
UNA PREGHIERA PER LA SUA ANIMA IGNORANTE.

Peccato che non avesse nessuno a raccogliere quell'ultimo desiderio.

Quella stessa sera, in una dimora all'altro capo di Istanbul, la *kahya*[1] era sveglia, un rosario appeso alla mano, e ne faceva scorrere le perle. Le guance vizze come uva passa, il corpo sottile ingobbito, era diventata cieca per la vecchiaia. Ma finché restava entro i confini della casa del padrone aveva un'ottima vista. Ogni angoletto, ogni cardine allentato, ogni scalino cigolante… Non c'era nessuno sotto quel tetto che conoscesse la casa bene quanto lei, e nessuno così devoto al suo signore e padrone. Di questo era certa.

Era tutto tranquillo, a parte il russare che si levava dagli alloggi dei servi. Ogni tanto coglieva un respiro lieve, debole, quasi impercettibile, da dietro la porta chiusa della biblioteca. Lì dormiva Sinan, dopo aver lavorato fino a tarda ora, di nuovo. Di solito passava le serate con la sua famiglia, e dopo la cena si ritirava nell'*haremlik*, dove vivevano moglie e figlie e dove nessun apprendista si avventurava mai. Ma quella sera, come molte altre, dopo aver mangiato era tornato al lavoro e si era addormentato tra i suoi libri e i suoi rotoli, nella stanza che salutava il sole prima del resto della grande casa generosa. La *kahya* gli aveva preparato un giaciglio stendendo un materasso sul tappeto.

[1] La prima domestica di una casa.

Lavorava troppo, pur avendo ottantacinque anni. Alla sua età un uomo avrebbe dovuto riposare, mangiar bene e dire le sue preghiere, circondato dai suoi figli e dai nipoti, si diceva la serva. La forza residua l'avrebbe dovuta usare per andare in pellegrinaggio alla Mecca, e se fosse morto in viaggio tanto meglio per la sua anima. Perché il padrone non si preparava per l'aldilà? E se si stava preparando, cosa mai ci faceva nei cantieri, a coprire di polvere e fango i suoi eleganti caftani? La *kahya* era arrabbiata col padrone perché non si prendeva abbastanza cura di se stesso, ma anche con il sultano e tutti i visir passeggeri che lo facevano lavorare tanto; ed era furiosa con i suoi apprendisti perché non levavano dalle spalle del loro signore il carico eccessivo. Ragazzacci pigri! Ma non erano più dei ragazzi. Li conosceva tutti e quattro da quando erano novizi confusi. Nikola, il più brillante e il più timoroso; Davud, entusiasta e ardente ma impaziente; Yusuf, muto e pieno di segreti, come una fitta, impenetrabile foresta; e quell'indiano, Jahan, sempre lì a far domande, *Perché questo*, *Come funziona quello*, anche se quasi non ascoltava le risposte.

Meditando e pregando, la *kahya* fissò per un po' l'abisso nei propri occhi. Pollice, indice e medio, che stavano spingendo le perle d'ambra, uno a uno rallentarono. Così il suo borbottio: «Alhamdulillah, Alhamdulillah».[2] La testa cominciò a ciondolare, la bocca si aprì, ne uscì uno sbuffo.

Un istante o un'ora dopo, chissà, si svegliò per via di un rumore in lontananza. Il fragore degli zoccoli e delle ruote sull'acciottolato. Una carrozza viaggiava a tutta velocità, e a giudicare dal rumore veniva verso di loro. La casa di Sinan era la sola in una strada senza uscita. Se la carrozza avesse voltato l'angolo,

[2] Preghiera ad Allah.

poteva essere diretta solo lì. La vecchia tremò come se un brivido improvviso le avesse percorso la schiena.

Mormorando una preghiera contro gli spiriti malvagi, si alzò, rapida nonostante l'età. A passi brevi e dondolanti discese le scale, percorse i corridoi e uscì nel portico. Diviso in terrazze sopraelevate, arricchito da una vasca e carico dei profumi più dolci, il giardino riempiva di gioia il cuore di tutti i visitatori. Il padrone l'aveva fatto di persona, convogliando l'acqua fino alla casa con un permesso speciale del sultano, accendendo così la gelosia e il rancore dei nemici. La ruota idraulica girava serena, e il suo gorgogliare costante la rassicurava della sua prevedibilità, anche se la vita prevedibile non lo era mai.

In alto la luna, una falce d'argento, si nascose dietro una nuvola, e per un rapido istante grigio ardesia cielo e terra furono saldati insieme. In fondo al sentiero alla sua destra c'era un ripido boschetto, e molto più sotto un *bostan* dove coltivavano erbe e verdure. Prese l'altro sentiero e salì verso il cortile. Da una parte c'era un pozzo, l'acqua ghiacciata d'estate e d'inverno. Raggruppate nell'angolo opposto c'erano le latrine. Le evitò, come sempre. I *djinn* vi celebravano le loro nozze e chiunque li disturbasse nel cuore della notte sarebbe rimasto zoppo per sempre, la maledizione così forte che ci sarebbero volute sette generazioni per cancellarla. Dal momento che detestava usare il vaso da notte ancor più che far visita alle latrine al buio, tutte le sere dopo il tramonto la vecchia *kahya* smetteva di mangiare e di bere, in modo da non essere alla mercé del proprio corpo.

Sconvolta, raggiunse il cancello che si apriva sulla strada. Da tre cose in questa vita non si aspettava niente di buono: da un uomo che avesse venduto la sua anima a Sheitan; da una donna orgogliosa della sua bellezza; e dalle notizie che non potevano aspettare fino al mattino per essere recapitate.

Ben presto la carrozza si fermò dall'altra parte dell'alta staccionata. Il cavallo sbuffò; si udirono passi pesanti. La *kahya* annusò il sudore nell'aria, se della bestia o del messaggero non riuscì a dirlo. Chiunque fosse l'intruso, la vecchia non aveva fretta di scoprirlo. Prima doveva recitare la Sura al-Falaq per sette volte. *Mi rifugio nel Signore dell'Alba, contro il male di ogni cosa che Egli ha creato e contro il male del buio e contro il male delle donne che soffiano sui nodi…*

Intanto il messaggero bussava alla porta. Cortese ma insistente. Il genere di colpi che sarebbe diventato una scarica di pugni se la risposta fosse arrivata un po' troppo tardi: e fu proprio così. I servi, che si erano appena svegliati, corsero nel giardino uno a uno, reggendo lanterne, stringendo scialli sulle vesti. Non potendo rimandare ancora, la *kahya* borbottò: «Bismillah al-Rahman al-Rahim»[3] e aprì il catenaccio.

Mentre la luna scivolava fuori dalle nubi comparve uno straniero.

Basso, robusto: dal taglio degli occhi un tataro. Una borraccia di pelle a tracolla, modi spavaldi, s'incupì, senza nascondere l'irritazione nello scoprirsi osservato da tanti occhi.

«Vengo da palazzo» annunciò con voce inutilmente alta.

Il silenzio che seguì era tutt'altro che conciliante.

«Devo parlare col vostro padrone» disse il messaggero.

L'uomo raddrizzò le spalle e fece per entrare quando la *kahya* alzò la mano e lo bloccò. «Stai entrando col piede destro?»

«Cosa?»

«Se varchi la soglia, devi entrare col piede destro per primo.»

Il messaggero si sbirciò i piedi, come se temesse di vederli scappar via, e fece un cauto passo. Una volta dentro, annunciò

[3] Nel nome di Allah il Caritatevole, il Misericordioso.

che lo mandava il sultano in persona per una faccenda urgente, ma non c'era bisogno di dirlo: l'avevano capito tutti.

«Ho l'ordine di portare con me il Capo architetto reale» aggiunse.

La *kahya* tremò, le guance sbiancate. Si schiarì la voce mentre le parole che non riusciva a pronunciare le si ammucchiavano in bocca. Avrebbe tanto voluto dire a quell'uomo che non poteva disturbare il padrone, che già aveva dormito poco. Ma ovviamente non disse niente del genere. Invece borbottò: «Aspettami qui».

Volse il capo, e gli occhi dardeggiarono nel vuoto. «Vieni con me, Hasan» disse a uno dei paggi che sapeva essere presente per il suo tipico odore di grasso e delle caramelle ai chiodi di garofano che si ficcava in bocca di nascosto.

Partirono, lei davanti, il ragazzino dietro con una lanterna. Le tavole di legno cigolavano sotto i loro piedi. La *kahya* sorrise fra sé. Il maestro costruiva edifici splendidi vicino e lontano ma si dimenticava di aggiustare le scale della sua casa.

Mentre entravano in biblioteca furono avvolti da un profumo balsamico: l'aroma di libri, inchiostro, pelle, cera, rosari di cedro e scaffali di noce.

«*Effendi*, svegliatevi» sussurrò la *kahya*, la voce soffice come seta.

Rimase immobile ad ascoltare il saliscendi del respiro del padrone. Lo chiamò di nuovo, più forte, stavolta. Lui non si mosse.

Intanto il ragazzo, che non si era mai trovato così vicino al maestro, lo osservava: il lungo naso arcuato, la fronte ampia segnata da rughe fonde, la folta barba canuta che aveva l'abitudine di tirare quando era immerso nei suoi pensieri, la cicatrice sul sopracciglio sinistro, ricordo del giorno in cui un giovanissimo Sinan, all'opera nel laboratorio di falegnameria del padre, era caduto su un cuneo. Lo sguardo del ragazzo scivolò sulle mani del padrone. Dita forti, ossute, e palmi ruvidi, coperti di calli: le mani di un uomo avvezzo al lavoro all'aperto.

La *kahya* lo chiamò per la terza volta e Sinan aprì gli occhi e si mise a sedere. Un'ombra gli passò sul volto quando vide le due sagome al suo fianco. Sapeva che non avrebbero mai osato svegliarlo a quell'ora se non fosse accaduta una disgrazia o la città non fosse stata rasa al suolo da un incendio.

«È arrivato un messaggero» disse la *kahya*. «Siete atteso a palazzo.»

Lentamente, Sinan si alzò dal letto. «Che possa essere una buona notizia, *in'sh'Allah*.»

Il ragazzo gli porse un bacile e versò l'acqua da una brocca, sentendosi importante. Aiutò il padrone a lavarsi il volto e a vestirsi. Una camicia chiara, un caftano, non uno di quelli nuovi ma uno vecchio, marrone, pesante, orlato di pelliccia. Insieme i tre scesero di sotto.

Il messaggero chinò il capo vedendoli arrivare. «Vi chiedo perdono per avervi disturbato, *effendi*, ma ho l'ordine di condurvi a palazzo.»

«Sono pronto» disse Sinan.

La *kahya* intervenne: «Il ragazzo può accompagnare il padrone?».

Il messaggero alzò un sopracciglio e fissò Sinan. «Ho ricevuto l'ordine di portare voi, e nessun altro.»

La rabbia sorse come bile nella bocca della *kahya*. Avrebbe azzardato una risposta secca se Sinan non le avesse posato una mano sulla spalla per tranquillizzarla, dicendo: «Andrà tutto bene».

L'architetto e il messaggero uscirono nella notte. Non c'era nessuno per le strade, nemmeno un cane randagio, eppure in quella città ne vagavano molti. Quando Sinan si fu sistemato nella carrozza, il messaggero chiuse il portello e balzò sul sedile accanto al cocchiere, che non aveva pronunciato una sola parola. I cavalli si mossero, e ben presto eccoli filare per i quartieri tetri, sobbalzando.

Per nascondere il disagio Sinan scostò le tende ben tirate e guardò fuori. Mentre galoppavano per stradine storte sotto rami chini per il dolore, rifletteva sulla gente addormentata nelle case, i ricchi nei loro *konak*, i poveri nelle catapecchie. Passarono per il quartiere ebraico, per il quartiere armeno e per le zone dei greci e dei levantini. Osservò le chiese, a nessuna delle quali era concesso di avere campane, le sinagoghe con i cortili quadrati, le moschee coi loro tetti di piombo e le case di mattoni di fango e di legno che si appoggiavano l'una all'altra come in cerca di conforto. Per la millesima volta si chiese come una città così ricca di bellezza potesse essere così piena di case così mal costruite.

Finalmente raggiunsero il palazzo. In fondo al primo cortile la carrozza si fermò. I domestici si avvicinarono a porgere aiuto con gesti abili ed esperti. Sinan e il messaggero varcarono la Porta di Mezzo, che solo il sultano poteva attraversare a cavallo. Passarono accanto a una fontana di marmo che brillava nel buio, come un essere di un altro mondo. I padiglioni vicino al mare, che si ergevano in lontananza, sembravano giganti immusoniti. Avendo ampliato da poco parti dell'harem e rinnovato le cucine imperiali, Sinan conosceva bene quel luogo. Si fermò all'improvviso: due occhi lo fissavano dal profondo del buio. Era una gazzella. Grandi, lustri occhi liquidi. Intorno c'erano altri animali: pavoni, tartarughe, struzzi, antilopi. Tutti, per qualche ragione incomprensibile, svegli e in allarme.

L'aria era fredda e secca, con una vena di mirto, elleboro e rosmarino. La sera prima, presto, era piovuto, e l'erba cedeva sotto i loro piedi. Le guardie si scostarono per lasciarli passare.

Raggiunsero l'imponente edificio di pietra del colore delle nubi di tempesta e percorsero una sala illuminata da candele di sego che tremavano nella corrente. Attraversate due stanze, si fermarono nella terza. Erano appena arrivati quando il messaggero si scusò e svanì. Sinan strizzò gli occhi per abituarli alla vastità del luogo. Ogni brocca, ogni cuscino, ogni decorazione gettava ombre inquietanti che si agitavano e si contorcevano sulle pareti, come avide di dirgli qualcosa.

Nell'angolo opposto la luce era più morbida. Sinan trasalì quando vide i sacchi sul pavimento. Attraverso un'apertura scorse il volto di uno dei morti. Curvò le spalle e gli s'inumidirono gli occhi nel vedere quanto era giovane. Girava voce da tempo che sarebbe successo, anche se si era rifiutato di credervi. Stupefatto, inorridito, barcollò contro la parete. La sua preghiera, quando riuscì a trovare le parole, fu lenta, interrotta da un ansito tutte le volte che lottava per prendere fiato.

Non aveva ancora detto *amin*, non si era ancora asciugato il volto con le mani quando sentì uno scricchiolio dietro di sé. Finì la preghiera e scrutò l'arazzo appeso alla parete. Era certo che il rumore fosse venuto da lì. La bocca asciutta come gesso, avanzò e scostò il tessuto per scoprire una sagoma familiare, tremante, il volto giallo di paura.

«Jahan!»

«Maestro!»

«Cosa ci fai qui?»

Jahan balzò fuori, ringraziando le sue buone stelle, le stelle che non avevano mandato il sordomuto a strangolarlo ma la sola persona in tutto il mondo che poteva venire in suo soccorso. In ginocchio, baciò la mano del vecchio e se la posò sulla fronte.

«Siete un santo, maestro. L'avevo sempre sospettato. Ora lo so. Se esco vivo di qui, lo dirò a tutti.»

«Ssst, non dire sciocchezze e non gridare. Come hai fatto a entrare?»

Non ci fu tempo per spiegarlo. Passi risuonarono lungo il corridoio, echeggiando contro gli alti soffitti e le pareti decorate. Jahan si alzò e si avvicinò al maestro, sperando di diventare invisibile. Un attimo e Murad III entrò nella sala, seguito dalla sua cerchia. Non alto, corpulento, aveva il naso aquilino, una gran barba quasi bionda e spavaldi occhi marroni sotto le sopracciglia inarcate. Si fermò per decidere che tono assumere: dolce, aspro o asperrimo.

Sinan si ricompose in fretta e baciò il bordo del caftano del sovrano. Il suo apprendista fece un profondo inchino e s'irrigidì, incapace di guardare l'Ombra di Dio sulla terra. In quel momento Jahan era confuso non tanto dal sultano quanto dal fatto di trovarsi alla sua imperiale presenza. Perché ormai Murad era diventato sultano.

Suo padre, Selim il Beone, era scivolato sul marmo umido dell'*hamam* e cadendo si era ferito a morte, ubriaco fradicio, così si diceva, anche se si era pentito e aveva giurato di non bere mai più un goccio di vino. Appena prima del crepuscolo, tra lodi e adulazioni, in una pioggia di fuochi d'artificio, tamburi e trombe, Murad era stato cinto dalla spada del suo antenato Osman e proclamato nuovo padishah.

Fuori, lontano, il mare mormorava e sospirava. Jahan non osava muoversi. Attese, silenzioso come una tomba, la fronte imperlata di sudore. Ascoltò il silenzio che gli gravava le spalle e avvicinava le sue labbra al suolo tanto che avrebbe potuto baciarlo come un freddo amante.

«Come mai i morti sono qui?» chiese il sultano non appena vide i sacchi a terra. «Non vi vergognate?»

Uno del seguito rispose all'istante: «Vi chiediamo perdono,

mio Sire. Pensavamo che voleste vederli un'altra volta. Li porteremo alla camera mortuaria e faremo in modo che vengano trattati col rispetto che meritano».

Il sultano tacque. Poi si rivolse alle forme inginocchiate davanti a lui. «Architetto, questo è uno dei tuoi apprendisti?»

Sinan rispose: «Sì, vostra Altezza. Uno dei quattro».

«Avevo chiesto che venissi da solo. Il messaggero ha disobbedito ai miei ordini?»

«È colpa mia» disse Sinan. «Perdonatemi. Alla mia età ho bisogno di aiuto.»

Il sultano rifletté per un attimo. «Come si chiama?»

«Jahan, mio fortunato Sire. Forse ve lo ricordate, è il mahout di palazzo. Si prende cura dell'elefante bianco.»

«Domatore e architetto» motteggiò il sultano. «Com'è successo?»

«Ha servito il vostro glorioso nonno, il sultano Suleiman, che la pace di Allah scenda su di lui. Vedendo il suo talento nel costruire ponti, l'abbiamo preso sotto la nostra ala e istruito fin da quando era un ragazzo.»

Indifferente, il sultano mormorò, come tra sé: «Mio nonno è stato un gran sovrano».

«Era degno di lode come il profeta dal quale prese il nome, mio Sire.»

Suleiman il Magnifico, il Datore delle Leggi, Comandante dei Fedeli e Protettore delle Città Sante: l'uomo che aveva regnato per quarantasei inverni e passato più tempo a cavallo che seduto sul trono, e anche se era sepolto nel profondo della terra, e il suo sudario era ormai decomposto, poteva essere nominato solo in un sussurro.

«Che la pietà di Allah possa discendere su di lui. Ho pensato a lui stanotte. *Cos'avrebbe fatto al posto mio?*, mi sono chiesto» disse il sultano Murad, la voce incrinata per la prima volta. «Mio nonno avrebbe fatto lo stesso. Non c'era altra scelta.»

Jahan fu preso dal panico quando capì che stava parlando dei morti.

«I miei fratelli sono con il Reggente dell'Universo» disse il sultano.

«Che il paradiso sia la loro dimora» disse Sinan piano.

Cadde il silenzio. Poi il sultano parlò di nuovo. «Architetto, il mio venerabile padre, il sultano Selim, ti aveva ordinato di costruire una tomba per lui. Vero?»

«Vero, vostra Altezza. Voleva essere sepolto vicino alla Hagia Sophia.»

«Allora costruiscila. Comincia a lavorare senza indugio. Hai il mio permesso di fare ciò che è necessario.»

«Intesi, mio Sire.»

«È mio desiderio seppellire i miei fratelli accanto a mio padre. Farai una *turbeh* così grandiosa che anche fra centinaia d'anni la gente possa venire a pregare per le loro anime innocenti.» Fece una pausa e aggiunse, a mo' di ripensamento: «Ma… non farla troppo spettacolare. Dev'essere della misura giusta».

Con la coda dell'occhio Jahan vide il suo maestro impallidire. Colse un odore nell'aria, o meglio un misto di odori, forse rametti di ginepro e betulla, e in più un aroma sotterraneo acuto, forse olmo bruciato. Non riuscì a capire se provenisse dal sovrano o da Sinan.

Preso dal panico, s'inchinò di nuovo, la fronte a sfiorare il pavimento. Sentì il sultano sospirare, come in cerca di qualcos'altro da dire. Invece il sovrano tacque e venne più vicino, più vicino. La sua sagoma copriva la luce delle candele. Jahan rabbrividì sotto lo sguardo del sovrano. Il suo cuore perse un colpo. Il sultano sospettava che lui fosse entrato nel cortile interno? Jahan sentì lo sguardo regale percorrerlo per un altro istante, non di più. Poi il sultano se ne andò, seguito da visir e guardie.

E fu così che, nel mese di dicembre, uno dei primi giorni del Ramadan dell'anno 1574, Sinan, in qualità di Capo architetto reale, e il suo allievo Jahan, che non avrebbe dovuto assistere a quell'incontro e invece era lì, ricevettero l'incarico di costruire dentro i giardini della Hagia Sophia un monumento tanto grande e imponente da confarsi a cinque principi, ma non così grande o imponente da ricordare a tutti com'erano morti, per suo ordine, la notte che era salito al trono.

Ciò che nessuno dei presenti poteva prevedere era che anni dopo, quando il sultano Murad morì, in un'altra notte come quella, col vento che gemeva e gli animali nel serraglio che strillavano, i suoi figli – tutti e diciannove – furono strangolati con una corda di seta, così che il loro nobile sangue non venisse versato, e per uno scherzo del destino furono sepolti nello stesso luogo edificato dal maestro e dall'apprendista.

Prima del maestro

Il Profeta Giacobbe ebbe dodici figli, il Profeta Gesù dodici apostoli. Il Profeta Giuseppe, la cui storia è narrata nella dodicesima Sura del Corano, era il prediletto del padre. Dodici forme di pane gli ebrei deponevano sulla loro tavola. Dodici leoni d'oro erano a guardia del trono di Salomone. C'erano sei gradini per salire al trono, e poiché ogni salita è una discesa, questo voleva dire sei gradini anche per scendere, dodici in tutto. Dodici convinzioni cardinali si diffusero nella terra dell'Indostan. Dodici imam succedettero al Profeta Maometto nel credo sciita. Dodici stelle decoravano la corona di Maria. E un ragazzo di nome Jahan aveva appena concluso dodici anni della sua vita quando vide Istanbul per la prima volta.

Magro, bruciato dal sole e irrequieto come un pesce nella corrente, era piuttosto basso per la sua età. Come a compensare la scarsa altezza, una zazzera di capelli gli cresceva all'insù e stava appollaiata sulla sua testa come una creatura dotata di vita propria. I capelli erano la prima cosa che la gente notava di lui. Poi venivano le orecchie, ciascuna grande come il pugno di un teppista. Ma sua madre diceva che un giorno le ragazze sarebbero state incantate dal suo sorriso sfolgorante e dall'unica fossetta nella guancia sinistra, l'impronta di un cuoco in un impasto morbido. Questo diceva lei; questo lui credeva.

Le labbra rosse come un bocciolo di rosa, i capelli neri come l'ala del corvo, la vita più sottile di un ramo di salice. Agile come una gazzella, forte come un bue, benedetta dalla voce di un usignolo, una voce da usare per cantare ninnenanne ai suoi bambini, non per indugiare in chiacchiere vane, e mai per sfidare il marito. Così era la sposa che sua madre avrebbe voluto per lui se fosse stata viva. Ma se n'era andata: i vapori, aveva detto il medico, anche se Jahan sapeva che erano le botte che prendeva tutti i giorni da quel bruto del patrigno, che era anche suo zio. L'uomo aveva pianto disperato al funerale, come se fosse stato un altro a provocare la sua morte precoce. Jahan lo odiava con tutto il suo essere. Da quando si era imbarcato su quella nave, quante volte aveva rimpianto di essersene andato da casa senza essersi vendicato. Ma sapeva che se fosse rimasto avrebbe ucciso lo zio, o lo zio avrebbe ucciso lui. Dal momento che era ancora troppo giovane, e non era abbastanza forte, probabilmente sarebbe successa la seconda cosa. Al momento giusto, Jahan sarebbe tornato a punirlo. E avrebbe trovato la sua amata. Si sarebbero sposati con una cerimonia lunga quaranta giorni e quaranta notti, rimpinzandosi di dolcetti e risate. La prima figlia l'avrebbe chiamata come sua madre. Era un sogno che non raccontava a nessuno.

Mentre la caravella si avvicinava al porto, il ragazzo cominciò a vedere molti più uccelli. E molto diversi: gabbiani, piovanelli, chiurli, rondini, ghiandaie e gazze: una portava un gioiello brillante nel becco. Alcuni – quelli coraggiosi o sciocchi – si posavano sulle vele, troppo vicini agli umani. L'aria trasportava un nuovo odore di sottofondo, straniero e cattivo.

Dopo settimane di navigazione in mare aperto, scorgere la città fece uno strano effetto sull'immaginazione di Jahan, soprattutto in un giorno di foschia come quello. Cercò di guardare meglio davanti a sé, verso la linea dove l'acqua lambiva la spiaggia, una striscia grigia, e non riuscì a capire se stava navigando verso Istanbul o se si allontanava. Più fissava quel punto più la terra sembrava un'estensione del mare, una città fusa appollaiata sulla punta delle onde, che dondolava, ti dava le vertigini, cambiava di continuo. Questa, più o meno, fu la sua prima impressione di Istanbul, e a sua insaputa non sarebbe cambiata nemmeno dopo averci trascorso una vita.

Lentamente, il ragazzo attraversò il ponte. I marinai erano troppo indaffarati per badargli. Raggiunse l'estremità della prua, dove non era mai stato. Ignorando il vento sul volto, strizzò gli occhi per scorgere il cuore di Istanbul, che non riusciva a vedere, non ancora. Poi, a poco a poco, la nebbia si dissolse come se qualcuno avesse scostato una tenda. La città, ormai chiaramente definita, si apriva davanti a lui, splendente. Luce e ombre, vette e declivi. Su e giù, una collina dopo l'altra, coperte qua e là da boschetti di cipressi, sembrava un grumo di contrari. Negandosi a ogni passo, cambiando forma in ogni quartiere, affettuosa e spietata allo stesso tempo, Istanbul dava con generosità e con lo stesso respiro si riprendeva il dono. Una città così vasta che si espandeva a sinistra e a destra, e su verso il firmamento, sforzandosi di salire, desiderando di più, mai soddisfatta. Eppure era affascinante. Anche se era estraneo ai suoi modi, il ragazzo comprese che si poteva cadere sotto il suo incantesimo.

Jahan tornò nella stiva. L'elefante era in una cassa, gonfio e fiacco.

«Ce l'hai fatta. Guarda, sei qui!» L'ultima parola fu pronunciata con tremore, perché non sapeva che razza di posto fosse *qui*. Non importava. Qualunque cosa attendesse l'animale nel nuovo regno non poteva essere peggio di quel viaggio.

Chota era seduto sulle zampe di dietro, così immobile che per un attimo il ragazzo temette che gli si fosse fermato il cuore. Poi, avvicinandosi, riconobbe il respiro dolce e sfinito dell'animale e provò un fugace sollievo. Ma gli occhi della bestia non luccicavano più, la sua pelle aveva perso lucentezza. Il giorno prima non aveva mangiato, non aveva dormito. C'era un gonfiore preoccupante sotto la mascella e la proboscide era vistosamente gonfia. Il ragazzo gli spruzzò acqua sulla testa, scontento di dover usare ancora quella di mare, che lasciava tracce salate e brucianti su tutta la pelle.

«Quando arriveremo a palazzo, ti laverò con acqua dolce» promise Jahan.

Dolcemente, con cautela, applicò la curcuma sui gonfiori dell'elefante. L'animale aveva perso peso. Gli ultimi tratti del viaggio erano stati particolarmente duri per lui.

«Vedrai. La sultana ti adorerà. Sarai il diletto delle concubine» disse Jahan. Poi, quando gli venne in mente un'altra possibilità, aggiunse: «Se scopriamo che non sono gentili, puoi sempre fuggire. E io verrò con te».

Avrebbe potuto continuare così se non avesse sentito dei passi sulle scale. Un marinaio schizzò dentro, ululò: «Ehi, il capitano vuole vederti. Subito!».

Un attimo dopo il ragazzo era davanti alla cabina del capitano, e ascoltava un gran tossire e sputare al di là della porta. Aveva paura di quell'uomo, anche se cercava di non darlo a vedere. Il capitano Gareth era noto a tutti come Gavur[4] Garret o Delibash Reis: il capitano Testamatta. Un momento era lì che se la rideva con un marinaio, e un attimo dopo sfilava la spada e lo tagliava in mille pezzetti. Jahan l'aveva visto succedere.

Nato in una città costiera dell'Inghilterra, quel lupo di mare, che non amava niente al mondo più di una fetta di ventre di

[4] Infedele.

maiale arrosto e una pinta di birra, aveva, per una ragione che nessuno comprendeva, tradito i suoi connazionali per unirsi alla forza navale ottomana portando con sé preziosi segreti. Il suo coraggio l'aveva reso caro al palazzo e gli aveva ottenuto una flotta tutta sua. Il sultano Suleiman trovava divertentissimo il fatto che attaccasse e saccheggiasse le navi cristiane con una ferocia che nessun marinaio ottomano aveva mai mostrato. Il sultano gli garantiva protezione ma non si fidava di lui. Sapeva che un uomo che pugnala il nemico alle spalle non può mai essere un vero amico. Colui che arriva alla tua porta mordendo la mano che finora l'ha nutrito non esiterà ad affondare i denti nella tua carne una volta dentro.

Quando il ragazzo entrò nella stanza, trovò l'uomo alla sua scrivania, meno trasandato del solito. La barba – lavata, pettinata e unta di balsamo – non era castano scuro come era stata per settimane, ma di un bruno più chiaro, quasi fulvo. Una cicatrice correva dall'orecchio sinistro all'angolo del labbro, facendo apparire la bocca come la continuazione della ferita. Aveva rinunciato alla camicia scura di tutti i giorni e portava una larga tunica chiara e uno *shalwar* di cammello; al collo una collana di perline turchesi contro il malocchio. Sul tavolo accanto a lui c'erano una candela ridotta a un mozzicone e un libro mastro sul quale aveva trascritto il bottino conquistato in viaggio. Il ragazzo si accorse che copriva la pagina, anche se non ce n'era bisogno. Jahan non sapeva leggere. Le lettere non erano sue amiche, ma le forme e i disegni sì. Fango, argilla, pelle di capra, pergamena: ovunque potesse farlo, disegnava. Per tutto il viaggio aveva lavorato a innumerevoli schizzi dei marinai e della nave.

«Vedi, io mantengo la parola data. Vi ho portati qui tutti in un pezzo» disse il capitano Gareth, e sputò con forza.

«L'elefante è ammalato» disse il ragazzo, scrutando la ciotola in cui era atterrato il muco. «Non mi avete permesso di farlo uscire dalla cassa.»

«Quando sarà a terra guarirà in fretta.» Il capitano si fece condiscendente. «Cosa te ne importa, comunque? Non è la tua bestia.»

«No, è del sultano.»

«Giusto, ragazzo, e se farai come dico io ne trarremo tutti vantaggio.»

Jahan abbassò lo sguardo. L'uomo ne aveva già parlato, ma lui sperava che se ne fosse dimenticato. Evidentemente no.

«Il palazzo è pieno d'oro e di gemme. Il paradiso dei ladri» disse il capitano Gareth. «Una volta là dovrai rubare per me. Non troppo in fretta, o i turchi ti taglieranno le mani. Devi farlo lentamente, un po' alla volta.»

«Ma ci saranno guardie dappertutto, non posso…»

Rapido come un pensiero, il capitano si avventò sul ragazzo. «Stai dicendo che non lo farai? Hai dimenticato cosa è successo a quel miserabile di un mahout, eh?»

«No» rispose Jahan, terreo.

«Ricorda che avresti potuto fare la stessa fine! Se non fosse stato per me, un ragazzo come te non sarebbe sopravvissuto.»

«Ve ne sono grato» disse piano il ragazzo.

«Mostra la tua gratitudine con gioielli, non con parole vuote.» Tossì, e la bava gli colò dalle labbra. Trasse a sé il ragazzo. «I marinai avrebbero fatto a pezzi l'elefante e l'avrebbero dato in pasto agli squali. Quanto a te… ti avrebbero montato, tutti quanti. E una volta stanchi del tuo bel culetto, ti avrebbero venduto a un bordello. Mi devi molto, piccolo birbante. Andrai subito a palazzo. Fingerai di essere il domatore dell'elefante.»

«E se si accorgono che non so nulla di elefanti?» chiese Jahan.

«Allora vorrà dire che hai fallito!» disse il capitano. Il suo alito era acre. «Ma non succederà. Un ragazzo furbo come te. Aspetterò finché non ti sarai ambientato. Verrò a cercarti. Se non mi obbedisci, giuro su Dio che ti farò sventrare vivo! Dirò a tutti che sei un impostore. Lo sai come puniscono un uomo che mente al sultano? Lo appendono alla forca… sempre più in alto… e poi… lo lasciano cadere… sopra un gancio di ferro. Ci vogliono tre giorni per morire. Pensa, tre stramaledetti giorni! C'è da ridursi a supplicare che qualcuno ti uccida.»

Jahan si liberò dalla presa dell'uomo. Schizzò fuori dalla cabina, corse sul ponte, scese nella stiva e strisciò dentro la cassa accanto all'elefante che, pur silenzioso e malato, era diventato il suo unico amico. Lì pianse come il bambino che era.

Nelle ore seguenti attesero che la nave venisse scaricata. Il ragazzo ascoltò l'andirivieni di sopra, e anche se aveva sete di aria fresca e moriva di fame non osò muoversi. Chissà dov'erano finiti i ratti. I roditori, come passeggeri di rango, sbarcavano in fila quando una nave era ormeggiata al pontile? Immaginò decine di code rossonere che filavano in tutte le direzioni e sparivano nel groviglio di strade che era Istanbul.

Incapace di aspettare ancora, salì sul ponte, che con sollievo trovò vuoto. Si guardò in giro e vide il capitano parlare con un uomo in una veste elegante, con un alto turbante. Un ufficiale anziano, senza dubbio. Quando lo scorsero il capitano gli fece segno di avvicinarsi. Jahan attraversò l'instabile passerella di legno, saltò giù e andò verso di loro.

«Il capitano mi dice che tu sei il mahout» disse l'ufficiale.

Jahan esitò per un brevissimo istante: quel dubbio volatile che si prova prima di dire una bugia. «Sì, *effendi*. Sono venuto dall'Hindustan con l'elefante.»

«Davvero?» Un'ombra di sospetto passò sul volto dell'uomo. «Come mai parli la nostra lingua?»

Jahan si aspettava quella domanda. «Me l'hanno insegnata nel palazzo dello scià. Sono migliorato a bordo. Il capitano mi ha aiutato.»

«Molto bene. Scaricheremo l'elefante domani pomeriggio» disse l'ufficiale. «Prima dobbiamo occuparci del carico.»

Sbalordito, Jahan si gettò a terra. «Vi prego, siate buono, *effendi*. La bestia è malata. Morirà se resta un'altra notte in quella stiva.»

Un silenzio sorpreso. Poi l'ufficiale disse: «Tu ci tieni a quell'animale».

«È un bravo ragazzo» disse il capitano, lo sguardo freddo malgrado il sorriso.

Cinque marinai ebbero l'incarico di far uscire l'elefante dalla cassa. Occhieggiandolo con disprezzo e imprecando, lo legarono con funi e lo tirarono con tutta la loro forza. Chota non si mosse. Il ragazzo guardò gli uomini affannarsi, sempre più preoccupato. Dopo molte consultazioni fu deciso di non costringere l'elefante a uscire ma di sollevare la cassa con lui dentro. Una brigata di facchini tolse le coperture della stiva, lasciandola spalancata, e legò ai quattro lati della cassa delle gomene, che furono poi avvolte attorno a tronchi di querce invecchiate. Una volta pronti, gli uomini tirarono tutti insieme, le guance gonfie per la fatica. Un po' alla volta la cassa salì, poi si bloccò. Di sotto la gente guardava a bocca aperta l'elefante che si scorgeva dal buco nella cassa; dondolava nell'aria come una strana creatura metà uccello metà toro, *dabbat al-ard*, la bestia della terra che gli imam dicevano sarebbe comparsa il Giorno del Giudizio. Altri uomini accorsero in aiuto, la folla di spettatori s'infittì, e ben presto tutti nel porto stavano a guardare o tiravano. Jahan correva avanti e indietro, cercando di dare una mano ma senza sapere bene come.

Quando la cassa toccò terra fu con un tonfo forte, spaventoso. L'elefante urtò le assi con la testa. I facchini non vollero tirarlo fuori per paura che li aggredisse. Il ragazzo dovette supplicarli a lungo per garantire loro che Chota non l'avrebbe fatto.

Chota uscì e le zampe gli cedettero. Crollò come una marionetta senza fili. Molle, sfinito, si rifiutò di muoversi e chiuse gli occhi come desideroso che quel luogo e quella gente sparissero. Spinsero, tirarono, issarono e lo frustarono, e infine riuscirono a spingerlo su un carro gigantesco tirato da una dozzina di cavalli. Jahan stava per balzare sul carro quando una mano gli bloccò il braccio.

Era il capitano Gareth. «Addio, ragazzo» disse, tanto forte da farsi sentire da tutti. Poi, ridotta la voce a un sussurro, aggiunse: «Ora vai, mio piccolo ladro. Portami diamanti e rubini. Ricorda, se mi inganni ti taglierò le palle».

«Fidatevi di me» borbottò Jahan: e le sue parole furono portate via dal vento. Poi salì sul carro.

Lungo tutte le strade che percorsero la gente si spostava con un misto di costernazione e allegria. Le donne stringevano più forte i piccoli; i mendicanti nascondevano le ciotole; i vecchi brandivano i bastoni come per difendersi. I cristiani si segnavano; i musulmani recitavano delle sure per cacciar via Sheitan; gli ebrei pronunciavano benedizioni; gli europei erano divertiti e stupefatti insieme. Un grosso kazako corpulento impallidì come se avesse visto uno spettro. C'era qualcosa di così innocente e infantile nella paura di quell'uomo che Jahan non poté fare a meno di ridacchiare. I bambini, soltanto loro, guardavano in su con occhi splendenti, indicando la bestia bianca.

Jahan scorse volti femminili seminascosti dietro finestre con le grate, gabbie decorate appese alle pareti, cupole che riflettevano gli ultimi raggi del sole, e molti alberi – castagni, tigli, cotogni. Ovunque si voltasse vedeva gabbiani e gatti, i due animali liberi. Vivaci e impertinenti, i gabbiani volavano in cerchio e si tuffavano per becchettare le esche nei secchi dei pescatori o il fegato fritto sul vassoio di un venditore di strada o il pasticcio lasciato a raffreddare su un davanzale. Nessuno sembrava badarci. Anche quando cacciavano via gli uccelli, lo facevano con riluttanza, una gran scena e basta.

Jahan scoprì che la città aveva ventiquattro porte ed era composta da tre città: Istanbul, Galata e Scutari. Notò che la gente era vestita di colori diversi, anche se non riuscì a indovinare in base a quali regole. C'erano portatori d'acqua con delicate tazze di porcellana e venditori ambulanti che offrivano di tutto, dal muschio allo sgombro essiccato. Qua e là scorse minuscole capanne di legno dove vendevano bevande in bicchieri di terracotta. «Sorbetto» disse l'ufficiale schioccando le labbra, ma Jahan non aveva idea del sapore che aveva.

Mentre avanzavano l'ufficiale gli indicava cose nuove: *Questa zona è georgiana, quella là armena. Quel tipo magro è un derviscio, quello vicino un dragomanno. Quest'uomo vestito di verde è un imam, perché solo loro possono indossare il colore preferito dal Profeta. Vedi il panettiere dietro l'angolo? È greco. Fanno il pane migliore, quegli infedeli, ma non azzardarti a mangiarlo, tracciano il segno della croce su tutte le forme. Questo negoziante è ebreo. Vende polli ma lui non può uccidere i pennuti e paga un rabbi per farlo. Quel tipo con la pelle di pecora sulle spalle e gli anelli alle orecchie è un torlak: un santo secondo alcuni, un fannullone, se vuoi dar retta a me. Guarda quei giannizzeri laggiù! Non possono farsi crescere barba, solo i baffi.*

I musulmani portavano il turbante; gli ebrei avevano berretti rossi; i cristiani berretti neri. Arabi, curdi, nestoriani, circassi, kazaki, tatari, albanesi, bulgari, greci, abcasi, pomaki… tutta quella gente percorreva sentieri separati mentre le loro ombre si incrociavano e si annodavano.

«Ci sono settantadue tribù e mezzo» disse l'ufficiale, «ciascuno ha il suo posto. Finché tutti conoscono i propri limiti, viviamo in pace.»

«Qual è la mezza tribù?» chiese Jahan.

«Oh, gli zingari. Non piacciono a nessuno. A loro è proibito cavalcare cavalli, solo asini. Non possono riprodursi ma si moltiplicano lo stesso, sono senza vergogna. Stai alla larga da loro. Quei fetidi!»

Jahan annuì e decise di tenersi a distanza da chiunque avesse l'aspetto di uno zingaro. Piano piano le case si diradarono, gli alberi divennero più alti e il fracasso calò.

«Devo preparare l'elefante prima di presentarlo al sultano» disse Jahan, zelante. «Un dono dello scià dell'India dev'essere bello.»

L'uomo alzò un sopracciglio. «Non lo sapevi, ragazzo? Il tuo padishah non c'è più.»

«Cosa volete dire, *effendi*?»

«Al-Sultan al-Azam Humayun… Mentre eri su quella nave ha perso il trono. Gli restano solo una moglie e un paio di servi, abbiamo saputo. Non governa più.»

Jahan arricciò le labbra. Che cosa sarebbe successo all'elefante, ora che il re che l'aveva mandato non era più re? Non aveva dubbi: se il sultano Suleiman avesse rimandato indietro l'animale, sarebbe morto a bordo. «Chota non sopravviverà a un altro viaggio» disse, turbato.

«Non agitarti. Non lo rimanderanno indietro» disse l'uffficiale. «Abbiamo bestie di ogni genere a palazzo, ma non abbiamo mai avuto un elefante bianco.»

«Pensate che gli piacerà?»

«Al sultano non importerà nulla. Ha cose importanti a cui pensare. Ma la sultana...»

L'ufficiale tacque. La sua espressione era assente mentre fissava a lungo, con insistenza, qualcosa di remoto. Quando Jahan seguì il suo sguardo vide, alta su un promontorio, la sagoma di un edificio enorme, con torce che brillavano nel buio e porte chiuse come labbra che trattengono segreti.

«È quello il palazzo?» sussurrò.

«Sì» disse l'uomo con orgoglio, come se appartenesse a suo padre. «Ora ti trovi nella dimora del Sire dell'Est e dell'Ovest.»

Raggiunsero la Porta Imperiale sotto lo sguardo duro delle guardie, che non mostrarono alcun interesse per Chota, come se fossero abituate a vedere elefanti bianchi tutti i giorni. Quando il gruppo arrivò alla Porta di Mezzo, che aveva torri coniche ai lati e torce accese nelle pareti, scesero dal carro. Il vento mutò all'improvviso, portando un odore rancido. Fu allora che Jahan, d'impulso, guardò in alto verso le ombre sullo sfondo. Rimase paralizzato quando vide le picche. Ce n'erano tre. Una bassa, due alte. In cima a ciascuna c'era una testa mozzata; gonfia, violacea, la bocca piena di fieno. Il ragazzo colse un movimento quasi impercettibile, l'insaziabile avidità delle larve che brulicano dentro la carne umana.

«Traditori...» disse sottovoce l'ufficiale, e sputò con forza.

«Ma cos'hanno fatto di male?» chiese Jahan, la voce incrinata.

«Hanno tradito, probabilmente. Oppure hanno rubato. Se lo meritavano, è certo. Questo succede a coloro che imbrogliano.»

Stordito, bianco in volto, come rimpicciolito dalle colonne che gli si ergevano davanti e all'improvviso ammutolito, Jahan varcò la grande porta. Era sopraffatto dal desiderio pressante di fuggire, ma non riuscì ad abbandonare l'elefante. Come un condannato che avanza verso la forca, arreso a un destino che non poteva evitare né accettare, seguì l'ufficiale ed entrò nel palazzo del sultano Suleiman.

Tutto ciò che il ragazzo vide quella notte, e le seguenti, furono enormi muri, una porta gigantesca con chiodi di ferro, un cortile così vasto che avrebbe potuto inghiottire il mondo, e ancora muri. Pensò che uno poteva vivere tutta la vita in un palazzo senza mai vederne granché.

Furono condotti in una stalla con il pavimento di terra battuta, il tetto di paglia e il soffitto alto: la nuova casa di Chota. Dentro c'era un tipo ombroso, tutto muscoli, di età indefinibile. Aveva dita magiche che curavano gli animali, anche se non servivano a niente con le malattie umane. Il suo nome era Taras il siberiano. Niente cavalli in vista, ma si sentivano sbuffare e nitrire vicino, innervositi dalla loro presenza. Da tempo immemorabile ai cavalli non piacevano gli elefanti, disse Taras. Doveva essere una paura equina priva di fondamento, aggiunse, poiché Jahan non aveva mai sentito di un elefante che avesse attaccato un cavallo.

Taras esaminò la bocca, gli occhi, la proboscide, gli escrementi di Chota. Guardò storto Jahan, incolpandolo per le condizioni dell'animale. Il ragazzo si sentì piccolo, vergognoso. Avevano viaggiato sulla stessa nave, ma Chota era sull'orlo del collasso mentre lui era sano come la luna in cielo.

Abile, delicato, il guaritore applicò un unguento maleodorante sui bozzi di Chota, gli avvolse la proboscide in un telo di iuta pieno di foglie sminuzzate e di una resina fragrante che Jahan apprese poi chiamarsi mirra. Non sapendo come aiutarlo, il ragazzo portò un secchio di acqua fresca, che depose accanto alle pile di erba, mele, cavoli e fieno: un banchetto, dopo l'orribile mangime della nave. Ma Chota nemmeno li guardò.

La gelosia rodeva il cuore del ragazzo. Era combattuto: desiderava con tutto se stesso che quell'uomo facesse star meglio l'elefante, e temeva che una volta di nuovo in forma l'animale avrebbe amato il guaritore più di lui. Chota poteva anche essere un dono per il sultano Suleiman, ma nel profondo Jahan lo considerava suo.

Oppresso da questi tristi pensieri, fu spinto fuori. Là un altro uomo lo accolse con un gran sorriso. Era un indiano, si chiamava Sangram ed era estasiato all'idea di incontrare qualcuno che parlasse la sua lingua madre. Avanzò verso il ragazzo come un gatto si fa avanti verso una stufa, in cerca di calore.

«*Khush Amdeed, yeh ab aapka rahaaish gah hai.*»

Jahan lo fissò senza espressione.

«Cosa c'è? Non capisci quello che dico?» gli chiese Sangram, questa volta in turco.

«Le nostre parole sono diverse» rispose in fretta Jahan. Gli disse del villaggio da cui veniva, così alto tra i monti che loro dormivano sopra le nuvole, incastrati tra la terra e il firmamento. Parlò delle sorelle e della madre. La voce gli tremava un poco.

Sangram gli rivolse uno sguardo perplesso. Parve sul punto di dire qualcosa di solenne. Ma poi, qualunque cosa gli fosse passata per la mente, sospirò e sorrise di nuovo. «D'accordo, lascia che ti accompagni al capanno. Vieni a conoscere gli altri.»

Mentre Sangram spiegava le abitudini degli ottomani, percorsero il sentiero che serpeggiava tra i padiglioni del giardino verso un ampio stagno in cui nuotavano pesci di ogni genere. Il ragazzo aveva un mucchio di domande sulla vita dentro il palazzo, ma tutte le volte riceveva un sussurro asciutto a mo' di risposta. Riuscì comunque ad apprendere alcune cose. Non li vide né lì sentì, non ancora, ma c'erano leoni, pantere, leopardi, scimmie, giraffe, iene, cervi dalle corna piatte, volpi, ermellini, linci, civette, cani e gatti selvatici, tutti molto vicini. Sotto gli alberi di acacia alla loro destra c'erano le gabbie degli animali selvatici, gli animali che era loro responsabilità nutrire, pulire, tranquillizzare e tenere al sicuro di giorno e di notte. Di recente era arrivato da Habesh un rinoceronte, ma non era sopravvissuto. Quando non erano richieste, le bestie venivano mandate in altri serragli della città, e con loro i domatori. Gli animali più grandi abitavano nel vecchio Palazzo del Porfirogenito. La residenza imperiale che un tempo accoglieva la nobiltà di Bisanzio e i nati per la porpora era diventata la dimora degli animali del sultano. Altre creature venivano tenute in un'antica chiesa vicino all'Hagia Sophia. Chota probabilmente sarebbe stato mandato alla chiesa, ma poiché era ancora un cucciolo e straordinariamente bianco, si era deciso di tenerlo al serraglio, almeno per il momento.

Alcuni dei guardiani venivano dai quattro angoli dell'impero, altri da isole non segnate sulle mappe. Quelli che si occupavano dei volatili abitavano in un altro alloggio, a sud delle voliere. Dall'alba al tramonto, gazzelle, pavoni, caprioli e struzzi vagavano dentro e fuori i padiglioni. Il serraglio del sultano era un mondo a sé. E pur traboccante di creature feroci non era tutto sommato più selvaggio della città la fuori.

La fauna a palazzo si divideva in due categorie: le bestie feroci e gli animali decorativi. Le prime erano lì per via della loro natura selvatica, i secondi per il loro fascino. Proprio come un leopardo non dà confidenza a un usignolo, nemmeno i loro domatori lavoravano fianco a fianco. Gli addestratori di animali feroci erano un gruppo a sé. Tra le centinaia di schiavi racchiusi tra quelle mura, non erano né i più pagati né i meglio nutriti, ma restavano i più rispettati.

La dimora di Jahan era un annesso fatto di legno e mattoni di cotto. Dentro c'erano nove uomini. Un gigante dai capelli e dai baffi rossi che si occupava dei leoni e si chiamava Olev; un egiziano strabico, addestratore di giraffe, noto col soprannome di Dara; un domatore di coccodrilli africano che aveva cicatrici su tutto il corpo e rispondeva al nome di Kato; due gemelli cinesi che si occupavano delle scimmie e dei gorilla e che, come Jahan avrebbe presto scoperto, erano accaniti consumatori di hashish; un domatore di orsi noto come Mirka, che con le sue larghe spalle e le gambe massicce assomigliava anche lui un po' a un orso; i due stallieri circassi che si occupavano dei cavalli purosangue; e il guaritore che aveva già conosciuto, Taras il siberiano. Lo accolsero con un silenzio irritato, sorpresi dalla sua giovinezza, scambiandosi sguardi, come se capissero di lui qualcosa che lui non riusciva ad afferrare.

Sangram gli portò una ciotola di *sutlach*.[5] «Mangiane un po', sa di casa» disse, e aggiunse, in un sussurro complice: «Il loro cibo non è buono come il nostro. Meglio abituarsi».

Jahan spazzolò il piatto mentre tutti lo fissavano con muta curiosità. La sua fame non si placò ma non gli offrirono altro e lui non chiese. Indossò gli abiti che gli avevano dato. Una camicia chiara con ampie maniche, un farsetto di lana, uno *shalwar* e ai piedi morbidi stivali di pelle. Poi lui e Sangram fecero una passeggiata. Il servo s'infilò in bocca un grumo tondo e ceroso. Il ragazzo non poteva sapere che era una pasta di spezie e oppio. Dopo un po' il suo volto si distese, la lingua si sciolse. Raccon-

[5] Riso cotto nel latte dolce.

tò al ragazzo del codice di silenzio del sultano Suleiman. Anche se nel Primo e nel Secondo Cortile non veniva applicato con la severità propria del Terzo e del Quarto, tutti dovevano stare in silenzio. Parlare forte, ridere, urlare era proibito.

«E cantare? A Chota piace ascoltare una ninnananna prima di addormentarsi.»

«Cantare…» ripeté Sangram, come se stesse spiegando qualcosa che nemmeno lui capiva fino in fondo. «Cantare è permesso, se lo si fa in silenzio.»

Erano vicini alle mura del giardino, e si fermarono. C'erano boschetti di alti abeti, come soldati di guardia, e i rami formavano una sorta di tettoia.

«Non andare oltre questo muro» disse Sangram, asciutto.

«Perché?»

«Non chiederlo. Obbedisci ai più anziani.»

Jahan sentì uno strappo al ventre. Il suo disagio doveva essere evidente perché Sangram disse: «La tua faccia è tutta sbagliata».

«Cosa?»

«Se sei contento, te lo si legge in faccia. Se hai paura, anche.» Scosse il capo. «Le donne non sanno nascondere quello che provano perché sono deboli. Fortuna che possono nascondersi dietro i veli. Ma un uomo deve imparare a mascherare le sue emozioni. Soprattutto a palazzo.»

«Cosa devo fare?» chiese Jahan.

«Nascondi la faccia, sigilla il cuore» rispose Sangram. «Altrimenti ben presto li faranno a pezzi tutti e due.»

Un'ora dopo, nella sua prima notte a Istanbul, Jahan giaceva rigido su un rozzo giaciglio, ascoltando i rumori serali. Un gufo tubò lì vicino, cani abbaiarono in lontananza. Dentro il capanno non c'era meno rumore: i suoi compagni russavano, si rivoltavano, parlavano, scoreggiavano, digrignavano i denti nel sonno. Uno di loro, chissà quale, parlava in una lingua che non aveva mai sentito prima, ammesso che di una lingua si trattasse. Il suo stomaco si unì al fracasso, borbottando. Pensò al cibo, soprattutto ai pasticci di carne piccante, ma gli faceva sempre tornare in mente la madre, così lasciò perdere. Si voltò verso la finestra, fissò una scheggia di cielo. Era così diverso dal blu remoto che aveva visto per giorni a bordo della nave. Pensò che non sarebbe mai riuscito a dormire, ma la stanchezza ebbe la meglio.

Si svegliò di soprassalto, affiorando da sogni cupi e inquietanti. Qualcuno gli respirava sul collo, si strofinava contro i suoi fianchi. Una mano gli coprì la bocca mentre un'altra gli scostava lo *shalwar*. Jahan sfuggì alla presa dell'uomo, ma quello, più forte, lo spinse giù e lo schiacciò forte. Il ragazzo si sentì soffocare, non riusciva a respirare. Solo allora l'uomo capì che lo stava strangolando e spostò la mano. Fu in quel momento che Jahan affondò i denti con tutta la sua forza nel pollice dell'aggressore. Si udì un rantolo di dolore. Improvviso, irritato. Il ragazzo balzò in piedi, tremante. Nella luce polverosa che entrava dalla finestra si ritrovò faccia a faccia col domatore di orsi.

«Vieni qui» sibilò Mirka.

Dal tono Jahan capì che non voleva farsi scoprire. Così urlò con tutto il fiato che aveva in gola, contro ogni codice del silenzio, senza badare a ciò che sarebbe successo se le guardie l'avessero sentito. «Toccami un'altra volta e il mio elefante ti schiaccerà! Ti uccideremo!»

Mirka lo guardò torvo e abbassò lo *shalwar*. Senza nemmeno guardare gli altri domatori, ormai svegli, si alzò e raggiunse il suo giaciglio, borbottando: «Il tuo elefante è un cucciolo».

«Crescerà» ululò Jahan.

Il ragazzo si accorse che Olev lo osservava con un misto di affetto e approvazione. Il domatore di leoni intervenne dal suo angolo: «Mirka, idiota! Se tocchi di nuovo l'Indiano, ti inchiodo le palle al muro, capito?».

«Che siate tutti maledetti» disse Mirka, furioso e sconfitto.

Col cuore che pulsava forte, il ragazzo tornò nel suo letto, e questa volta diede le spalle alla finestra in modo da tenere d'occhio la stanza. Capì che a palazzo doveva essere vigile sempre, anche nel sonno. Non poteva restarci a lungo. Doveva scoprire in fretta in quali stanze venivano ammassate le ricchezze del sultano, riempire le sue borse e andarsene. Avrebbe dovuto abbandonare l'elefante bianco, comprese con tristezza. Chota era una creatura regale; Jahan no.

Non sapeva che nella sua stalla anche Chota era sveglio, in ascolto, preoccupato. Da qualche parte nel cuore di quella notte d'inchiostro, così denso da sopraffare ogni altro colore, aveva colto l'odore del solo animale che lo riempiva di paura: la tigre.

Nessuno sapeva per certo quante anime abitassero entro le mura del palazzo. Taras il siberiano, che era lì da più di quanto ci si ricordasse, diceva che erano tante quante le stelle nel cielo, quanti i peli di un vello di pecora, quanti i segreti che aleggiano nel *lodos*.[6] Altri credevano che fossero almeno quattromila. A volte Jahan si scopriva a fissare le porte giganti che li separavano dai cortili interni, chiedendosi che razza di gente abitasse dall'altra parte.

Non era solo lui ad ardere di curiosità. Ogni domatore che conosceva parlava sottovoce dei vari residenti del palazzo: il capo pasticcere, il maestro di cerimonie, gli assaggiatori che assaporavano ogni piatto prima che arrivasse alla tavola del sovrano. Desiderosi di saperne di più, i domatori spettegolavano con passione, godendosi tutti i frammenti di chiacchiere, dolci come caramelle in bocca. Soprattutto erano affascinati dalle concubine e dalle odalische. Che fossero invisibili a tutti gli uomini, tranne il sultano e gli eunuchi, consentiva loro di immaginarle come volevano. Nella mente potevano ritrarre liberamente i volti delle donne, vuoti e promettenti come rotoli di pergamena. Non si poteva mai parlare delle amanti del sultano, nemmeno sottovoce,

6 Forte vento che soffia dal mare.

a meno che non si trattasse della sultana Hurrem, che tutti sembravano detestare e si sentivano giustificati a diffamare.

Avevano sentito molte storie sull'harem, alcune vere, alcune immaginate. I cancelli erano sorvegliati da eunuchi neri che erano stati castrati così male che potevano fare acqua solo con l'aiuto di un tubo che portavano alla cintura. Dal momento che l'Islam proibiva la castrazione di ogni genere, i trafficanti cristiani ed ebrei ricorrevano a mercanti schiavi per compiere l'operazione. I ragazzi venivano catturati nelle regioni più oscure dell'Africa ed evirati. I sopravvissuti venivano comprati dal palazzo e imbarcati per Istanbul. Molti morivano durante il viaggio, e i loro corpi erano gettati in mare. Se erano fortunati e dotati di talento facevano carriera. Così si perpetuava un peccato per il quale nessuno si prendeva la colpa ma al quale contribuivano tutti, sul quale tutti prosperavano. Sangram diceva che non erano solo le loro palle a venire rimosse, ma anche, troppo spesso, il cuore. La compassione che era stata loro negata in passato la negavano a tutti. Se una concubina cercava di fuggire, i primi a trovarla erano quegli eunuchi.

L'harem scorreva nella vita del palazzo, nascosto ma potente. Era soprannominato *darussaade*, la casa della felicità. Ciascuna delle sue sale e stanze si diceva essere collegata con la camera da letto della Valide, la madre del sultano. Per anni, lei e lei sola aveva controllato che cosa mangiavano, bevevano, indossavano e facevano centinaia di donne tutti i giorni. Non una tazza di caffè veniva preparata, non una canzone intonata, non una concubina attirava lo sguardo del sultano senza la sua benedizione. Il Capo eunuco nero era stato i suoi occhi e le sue orecchie. Ma ormai era morta. E tutto il suo potere, e molto di più, era passato nelle mani della sultana.

Hurrem era il suo nome, ma molti la chiamavano strega, *zhadi*.

Di ammiratori e di nemici ne aveva molti. Dicevano che aveva fatto un incantesimo al Sultano, avvelenando il suo sorbetto di amarena, spruzzando pozioni sotto il suo cuscino, annodandogli i vestiti nelle notti di luna piena. Infrangendo una tradizione di trecento anni, il sultano l'aveva sposata con una cerimonia così lussuosa che ancora se ne parlava in tutte le taverne, i bordelli e le fumerie d'oppio della città. Non che il ragazzo sapesse nulla di taverne, bordelli e fumerie, ma Sangram sì, e adorava spargere pettegolezzi. Gran parte di ciò che Jahan apprese su quanto accadeva fuori e dentro il palazzo veniva da lui.

Strega o no, la sultana aveva un debole per le stravaganze e faceva di tutto per collezionarle. La nana più minuscola di tutto l'impero o una scatola musicale con scomparti segreti; una ragazza dalla pelle di lucertola o una casa di bambole incrostata di gemme: s'impossessava di tutto con lo stesso piacere. Amava gli uccelli, e quindi visitava spesso le voliere. C'era un pappagallo, il suo preferito, un'ara dalle ali cremisi e dal ventre verde. Gli aveva insegnato una decina di parole, che l'animale strillava a piena voce – una brutta voce – tutte le volte che il sultano Suleiman si avvicinava, strappandogli un sorriso. Hurrem si divertiva a nutrire le gazzelle e gli asinelli, ma di rado, quasi mai trascorreva del tempo con gli animali selvaggi. Tanto meglio, pensava Jahan, perché la temeva. Come poteva non temere una donna che leggeva le menti e rubava le anime?

La prima settimana nel *payitaht*, il Luogo del Trono, passò tranquilla. Chota si riprendeva lentamente, recuperava peso e buonumore. Ebbe due manti: uno per tutti i giorni, iarde di velluto azzurro ricamato con filo d'argento; uno per le feste, un drappo dorato di pesante broccato. Jahan amava la sensazione del ricamo sotto la punta delle dita. Non rimpiangeva più le stoffe preziose che lo scià Humayun aveva mandato con l'elefante e che i marinai del capitano Gareth avevano rubato senza vergogna su quella malaugurata nave.

La sera, non appena chiudeva gli occhi, compariva nel buio il volto del patrigno. Parte di lui desiderava tornare al villaggio, e ucciderlo. Come aveva tolto la vita a sua madre. Prendendola a calci nel ventre, anche se sapeva, come poteva non saperlo, che era incinta. Un'altra parte, una parte più saggia, sussurrava che doveva tornare, ma non subito. Una volta rubate le gemme del sultano, che male poteva esserci nel metterne da parte un po' per sé? Il capitano Gareth non l'avrebbe mai saputo. Allora sarebbe potuto tornare a casa, ricco e potente. Le sorelle l'avrebbero accolto. Desolate come dovevano essere state quando se n'era andato d'impulso, l'immensità della loro gioia nel vederlo avrebbe spazzato via il loro dolore. Baciando loro le mani, Jahan avrebbe deposto le ricchezze ai loro piedi: diamanti, smeraldi, giade.

Poi un giorno avrebbe incontrato una fanciulla graziosa come la luna piena. I denti come perle, i seni come mele mature, si sarebbe allontanata da lui, ma non prima di avergli regalato un sorriso furtivo. Lui l'avrebbe salvata da un terribile pericolo (annegamento, o una banda di rapinatori, o un animale feroce – questa parte dei suoi sogni cambiava sempre). Le sue labbra, quando l'avesse baciata, avrebbero avuto sapore di pioggia, il suo abbraccio sarebbe stato più dolce dei fichi col miele. Si sarebbero innamorati, le sue carezze gli si sarebbero riversate addosso come acque fragranti. La loro gioia sarebbe stata così perfetta che anche dopo anni dalla loro morte di vecchiaia l'una nelle braccia dell'altro la gente li avrebbe ricordati come la coppia più felice sotto il cielo di Dio.

I primi giorni nel serraglio sarebbero stati più duri se non fosse stato per Olev, il domatore di leoni, che lo prese sotto la sua ala. Senza pari per coraggio e spavalderia, ma curiosamente innamorato dei propri baffi, che pettinava, ungeva e profumava cinque volte al giorno, come Jahan aveva una famiglia ad aspettarlo da qualche parte: una vita perduta quando, all'età di dieci anni, era stato rapito dai mercanti di schiavi. I capelli rossicci, la struttura robusta e soprattutto la sua baldanza avevano deciso il suo destino. Strappato alla famiglia, era stato portato nel palazzo degli ottomani, dal quale non se ne sarebbe mai andato.

Ogni mattina all'alba i domatori si lavavano il viso in una fontana di marmo con l'acqua così fredda che le loro mani diventavano rosse. Prima di mezzogiorno dividevano zuppa di grano e pane; la sera mangiavano riso immerso nel grasso di coda di pecora. Quando scendeva l'oscurità, posavano la testa su ruvidi sacchi che pullulavano di pidocchi. Erano dappertutto. Anche le pulci. Balzavano dagli animali agli umani, dagli umani agli animali. Quando pungevano, e succedeva spesso, lasciavano segni rabbiosi che se grattati si gonfiavano in ponfi. Ogni tanto i domatori esaminavano i loro animali, grandi e piccoli, e li strofinavano con canfora schiacciata, cardamomo e citronella. Ma per quanto bene guardassero, una pulce sopravviveva sempre. E una pulce bastava.

Due volte la settimana il Capo eunuco bianco, noto a tutti come Garofano Kamil Agha, passava a fare un'ispezione. Non sgridava mai nessuno. Non alzava mai la voce. Eppure era uno degli uomini più temuti del palazzo, il suo cipiglio era più duro dell'acciaio. La sua pelle era così chiara che si vedevano le vene sotto. Aveva cerchi scuri sotto gli occhi e si diceva che passasse le notti vagando nei corridoi perché non riusciva a dormire più di un gufo a caccia. Sapendo che anche la minima sporcizia lo irritava, i domatori non facevano che pulire. Asciugavano l'urina dalle vasche, raccoglievano le feci, risciacquavano le ciotole del cibo. Jahan non era certo che agli animali importasse granché di tutta quell'agitazione. Privati degli odori naturali, i loro e quelli dei compagni, si confondevano sul possesso del territorio. Nessuno dei domatori aveva il coraggio di dirlo all'eunuco. Ma si prendevano cura delle bestie, e bene. La loro vita dipendeva dalla salute degli animali. Quando prosperavano, anche loro prosperavano; quando cadevano in disgrazia, lo stesso.

Un giorno di metà aprile accadde una cosa strana. Jahan stava riportando Chota nella stalla quando udì un fruscio dietro una fila di cespugli, debole, ma così vicino da farlo trasalire. Finse di non essersi accorto di nulla ma rimase vigile. Dopo un po' da sotto il cespuglio sbucò una babbuccia di seta ricamata, come un cucciolo di serpente che non sa di essere allo scoperto.

Ora che Jahan sapeva che c'era una fanciulla lì nascosta, si lambiccò su chi potesse essere. Non c'erano femmine tra i domatori. Le concubine non potevano allontanarsi tanto, e certo non accompagnate.

Non voleva spaventarla, così si tenne a distanza, supponendo che volesse vedere l'elefante bianco da vicino. Continuò col suo lavoro e lasciò che li spiasse. Tornava sempre – rametti spezzati sotto i piedi, il fruscio dell'abito, furtiva. Alla fine del mese Jahan si era abituato alla misteriosa ficcanaso. Lui l'aveva accettata, e lei era così sommessa che non avrebbero mai parlato se non fosse stato, di tutte le cose, per una vespa.

Quella mattina Jahan stava pulendo un grumo di terra incollatosi alla coda di Chota quando uno strillo lacerò l'aria. Una fanciulla schizzò fuori da dietro la siepe, i capelli al vento. Agitava le mani e urlava un fiume di parole incomprensibili; li superò, corse nella stalla e chiuse la porta così bruscamente che quella rimbalzò indietro e si riaprì.

«Sciò.» Jahan afferrò una grossa foglia e la agitò contro la vespa, cacciandola via.

L'insetto, ronzando frenetico, disegnò una serie di cerchi frustrati e, stanco, puntò verso il rosaio più vicino.

«È andata via» disse Jahan.

«Esco. Abbassa il capo, servo.»

Venne fuori, alta, flessuosa ed esile. Arricciò il naso e disse: «Che Allah mi perdoni per averlo detto, ma non capisco perché abbia voluto creare le vespe».

Avanzò verso l'elefante, curiosa di vederlo così da vicino. Jahan la osservò di nascosto, notando le minuscole lentiggini sulle guance, color della calendula. L'abito di un verde chiarissimo era quasi bianco controsole, e i capelli ondulati spuntavano sotto la sciarpa allentata.

«Il mio venerabile padre, la vostra Maestà, ha visto la bestia?» chiese.

Jahan deglutì: aveva capito solo in quel momento con chi stava parlando. S'inchinò più che poté e disse: «Vostra Altezza Mihrimah».

La fanciulla fece un cenno negligente, come se il titolo non le interessasse. I suoi occhi d'ambra scura scivolarono di nuovo verso Chota.

«Vostra Eccellenza desidera accarezzare l'elefante?»

«Morde?»

Jahan sorrise. «Posso garantire a Vostra Altezza che in Chota c'è solo gentilezza.»

Con espressione guardinga la fanciulla si avvicinò alla bestia e le sfiorò la pelle rugosa. Jahan ebbe un'altra occasione per osservarla. Vide la collana preziosa, sette perle di un bianco latteo, ciascuna più grossa di un uovo di rondine. Il suo sguardo scese verso le mani. Aveva mani così delicate, ora vicine al petto, ora nervosamente intrecciate. Fu quell'ultimo gesto che lo colpì: intuì che sotto la superficie di colori e contrasti indossava un'anima irrequieta, come la sua. Altrimenti non avrebbe mai osato dire ciò che disse. «Gli umani hanno paura degli animali, ma siamo noi quelli crudeli, non loro. Un coccodrillo, un leone... Nessuno di loro è selvaggio quanto noi.»

«Che cosa ridicola da dire! Queste sono bestie feroci. È per quello che le teniamo in gabbia. O ci mangerebbero.»

«Vostra Serena Altezza, da quando sono arrivato qui non ho sentito di un animale che abbia aggredito nessuno, a meno che non fosse affamato a morte. Se non li disturbiamo, non ci disturbano. Ma gli umani non sono così. Che abbia fame o no, l'uomo è incline al male. Dove dormireste più tranquilla? Vicino a un estraneo con la pancia piena o vicino a un leone ben pasciuto?»

Lei lo guardò per un attimo. «Sei un ragazzo strano. Quanti anni hai?»

«Dodici.»

«Io sono più grande» disse lei. «So più cose di te.»

Sempre inchinandosi, Jahan non riuscì a trattenere un sorriso. Non aveva detto la cosa ovvia: che lei era nobile e lui una nullità. Aveva detto che era più grande di lui, come se fossero pari o un giorno potessero diventarlo. Voltandosi gli chiese: «Come ti chiami?».

Lui arrossì. Dirle il proprio nome in qualche modo era strano, quasi intimo. «L'elefante si chiama Chota, Vostra Altezza. Io mi chiamo Jahan. Ma mia madre...»

«Tua madre?»

Non l'aveva confidato a nessuno e non sapeva perché, ma lo disse: «Mi chiamava Giacinto».

Mihrimah rise. «Che nome buffo per un ragazzo!» Capì che si era offeso a aggiunse, più piano: «Perché?».

«Quando sono nato avevo gli occhi di uno strano colore viola, mi hanno detto. Mia madre disse che era perché aveva mangiato dei giacinti quando mi portava in grembo.»

«Occhi di giacinto...» sussurrò lei.

In quel momento alle loro spalle risuonò una voce femminile. «Vi ho cercato dappertutto, Eccellenza. Non sareste dovuta venire qui da sola.»

Comparve una donna robusta. Era florida, aveva lo sguardo penetrante e labbra sottili arricciate in segno di disapprovazione. Ignorando l'elefante e il mahout avanzò come se in quel grande giardino di fiori e animali non ci fosse nulla su cui posare lo sguardo, nemmeno per un istante, eccetto la principessa.

Mihrimah si volse verso Jahan con allegria. «La mia bambinaia» disse. «*Dada* si preoccupa sempre per me.»

«Come faccio a non preoccuparmi se la mia adorata è piena di luce e il mondo è così buio?» disse la donna.

Mihrimah rise. «La mia *dada* non ama gli animali, purtroppo. Tranne uno. Vuol bene al suo gatto, Cardamomo.»

Passò uno sguardo tra loro; sottile, elusivo e impenetrabile. All'improvviso Mihrimah parve preoccupata. «La Mia Signora Madre ha chiesto di me?»

«Proprio così. Le ho detto che eravate nell'*hamam* a fare il bagno, Vostra Altezza.»

«Mia salvatrice» disse Mihrimah, sorridendo. «Cosa farei senza di te?» Alzò la mano, come a sventolare un fazzoletto immaginario. «Addio, Chota. Forse tornerò a trovarti.»

Dicendo così addio all'elefante bianco, senza una parola per il mahout, la principessa, tallonata dalla bambinaia, si avviò lungo il sentiero. Jahan rimase lì, immobile, per un attimo, dimenticando dov'era e cosa stava facendo. Con mille domande sospese nella mente, un profumo sulla pelle, nel petto un sussulto che non aveva mai provato prima.

Jahan pensava che non sarebbe mai tornata. Tornò. Col suo sorriso portò leccornie per l'elefante – non pere e mele ma squisitezze regali: fichi con la crema e sorbetto di viola, marzapane glassato di marmellata di petali di rosa, castagne al miele, che Jahan sapeva costare almeno quattro aspri per okka. Tutte le volte che le abitudini delle stanze femminili le dispiacevano o la deprimevano, veniva a trovare la bestia bianca. Osservava stupefatta Chota e sembrava chiedersi com'era possibile che una creatura così possente fosse tanto docile. L'elefante era il sultano del serraglio, eppure era così diverso da suo padre.

Le sue visite non erano regolari. A volte spariva per settimane, e Jahan si chiedeva che cosa facesse in quel baule di segreti che era l'harem. Poi compariva per parecchi pomeriggi di fila. Sempre, la sua *dada*, Hesna Khatun, era al suo fianco. Sempre, la bambinaia era turbata al pensiero che una principessa mostrasse un simile interesse per un animale. La donna chiaramente disapprovava l'affetto di Mihrimah per l'elefante, ma era attenta a mantenere il segreto.

Passò un anno. Poi, nel bollore dell'estate, Jahan mise insieme il poco che aveva rubacchiato: un rosario d'argento (del capo giardiniere), un fazzoletto di seta ricamato d'oro (da un eunuco nuovo), barattoli di mandorle e pistacchi (dalla dispensa reale), un anello d'oro (da un emissario straniero che aveva fatto visita al serraglio). Sapeva che era solo robetta, che non bastava a soddisfare il capitano Gareth. Non era ancora riuscito a scoprire dove tenevano le gemme del sultano, e la verità era che, via via che il tempo passava e lui si abituava alla vita nel serraglio, ci pensava sempre di meno. Non aveva notizie del capitano Gareth da tempo, anche se nei suoi sogni l'uomo compariva ancora come una minaccia pronta a balzar fuori dalle ombre. Jahan non sapeva proprio immaginare come mai non si fosse fatto vivo. Per quello che ne sapeva poteva essere partito per un viaggio e aver fatto una brutta fine.

Quasi tutte le parole che la principessa e il mahout si scambiavano riguardavano Chota, che stava benissimo, e cresceva in altezza e in peso. Quindi Jahan rimase di stucco quando un giorno, all'improvviso, Mihrimah gli chiese della sua vita in Hindustan e di come fosse finito lì. E questa è la storia che lui le raccontò il giorno dopo, quando lei tornò: lei seduta sotto un lillà, lui prosternato a terra; lei intenta a studiarlo, lui non osando alzare lo sguardo; lei così vicina che lui sentiva il profumo dei suoi capelli, lui incapace di dimenticare che mondi interi li separavano.

La storia che il mahout raccontò alla principessa

Nella vasta, ricca terra dell'Hindustan viveva un ragazzo povero di nome Jahan. La sua casa era una catapecchia a un tiro di sasso dalla strada dove passavano i soldati in marcia da e per il palazzo dello scià Humayun. Dormiva sotto lo stesso tetto con le sue cinque sorelle, la madre e il patrigno, che era anche lo zio più vecchio. Jahan era un ragazzo curioso, che amava lavorare con le mani. Fango, legno, pietra, letame o rametti, usava tutto. Una volta aveva costruito un grosso forno nel cortile sul retro che fu la gioia di sua madre, perché, a differenza di tutti gli altri che aveva usato in passato, non emetteva un fumo scuro e soffocante.

Quando Jahan non aveva ancora sei anni, suo padre – perché un tempo aveva avuto un padre – era scomparso nel nulla. Tutte le volte che chiedeva a sua madre dove fosse, lei gli dava la stessa risposta: «È andato per acque». A bordo di una nave, destinato a una città di luci e ombre, lontano… dove c'era un altro scià o sultano, e ricchezze inimmaginabili.

Un altro ragazzo avrebbe capito la bugia. Jahan no. Gli ci sarebbero voluti anni per comprendere le bugie fini e fragili che la madre gli aveva tessuto intorno, come ragnatele sottili, così da esserci e non esserci. Anche quando sua madre sposò lo zio – un uomo che la scherniva di continuo – il ragazzo si rifiutò di accettare che il padre non tornasse. Rabbioso e inerme, guardava lo zio sedere al posto del padre, dormire nel letto del padre, masticare le foglie di betel del padre senza pronunciare una parola di gratitudine. Niente di ciò che faceva la madre lo soddisfaceva. Il fuoco che accendeva non era abbastanza caldo, il latte che toccava s'inacidiva, il *puris* che friggeva sapeva di terra, e il corpo che lei gli dava tutte le notti non aveva alcuno scopo, dal momento che non aveva ancora avuto un figlio da lui.

Quando non brontolava e imprecava, il patrigno allevava elefanti da guerra. Insegnava a quegli animali pacifici come caricare e uccidere. Le sorelle di Jahan lo aiutavano, ma Jahan mai. L'odio per il patrigno era tale che il ragazzo stava alla larga dall'uomo e dalle sue bestie. Tranne una: Pakeeza.

Incinta da mille giorni, Pakeeza non aveva ancora partorito. Tre autunni e tre inverni erano passati ed era di nuovo primavera. L'albero di amaltas in fondo alla strada era carico di boccioli d'oro; le colline erano coperte di fiori selvatici; i serpenti si erano svegliati dal sonno più cupo, ma il cucciolo doveva ancora nascere. Pakeeza aveva preso tanto peso che non si muoveva quasi più. Passava i giorni immobile, sfinita, le palpebre grevi quanto il cuore.

Tutte le mattine Jahan portava a Pakeeza acqua fresca e un secchio di foraggio. Posando una mano sulla sua pelle increspata mormorava: «Forse oggi è il gran giorno, eh?».

Pakeeza sollevava la testa con un gesto lento, riluttante, eppure bastava a fargli capire che l'aveva sentito e nonostante la stanchezza era speranzosa quanto lui. Poi il sole avanzava nel cielo, dipingeva l'orizzonte di strisce cremisi, e un altro giorno finiva.

Erano le ultime settimane prima della stagione umida, l'aria afosa, l'umidità insopportabile. In segreto Jahan sospettava che fosse successo qualcosa al cucciolo nel ventre. Pensò addirittura che Pakeeza avesse la pancia gonfia, e che dietro la carne tesa non ci fosse che vuoto. Eppure tutte le volte che posava l'orecchio sul suo enorme ventre cedevole, così basso che quasi sfiorava il terreno, sentiva un battito, sommesso ma regolare. Il piccolo c'era, e per una ragione oscura a tutti si prendeva il suo tempo, in attesa, nascosto.

Nel frattempo Pakeeza aveva sviluppato un gusto per le cose più strane. Leccava golosa le pozze di fango; schioccava le labbra alla vista dell'argilla secca; divorava mattoni di escrementi di mucca. Tutte le volte che poteva masticava i fiocchi che si sfogliavano dalle pareti trattate a calce, istigando lo zio di Jahan a frustarla.

La famiglia di Pakeeza passava un giorno sì e uno no a vedere come stava. Lasciandosi la foresta alle spalle, avanzavano in fila, gli occhi fissi sul sentiero polveroso, i passi che risuonavano a un ritmo noto solo a loro. Una volta a destinazione, i maschi tacevano mentre le femmine si facevano più vicine, emettendo richiami nella loro antica lingua. Dentro il cortile Pakeeza arricciava le orecchie. Ogni tanto rispondeva. Con la poca forza rimasta diceva loro di non stare in pensiero per lei. Soprattutto restava immobile, stordita dal terrore o placata dall'amore; Jahan non sapeva.

La gente veniva da lontano a vedere il miracolo. Hindu e musulmani e sikh e cristiani sciamavano attorno alla capanna. Portavano ghirlande di fiori. Accendevano candele, bruciavano incenso e cantavano canzoni. Il piccolo dev'essere benedetto, dicevano, il suo cordone ombelicale è incastrato in un mondo invisibile. Legavano drappi di tessuto al baniano, sperando che le loro preghiere venissero accolte nei cieli. Prima di andarsene i visitatori facevano in modo di toccare Pakeeza, giurando di non lavarsi le mani finché i loro desideri non fossero stati esauditi. I più impudenti cercavano di strapparle qualche pelo dalla coda; Jahan li teneva d'occhio.

Ogni tanto al cancello compariva un guaritore, o perché voleva dare una mano o per mera curiosità. Uno di loro era Sri Zeeshan. Magrissimo, con sopracciglia foltissime e l'abitudine di abbracciare gli alberi, le rocce e i massi per sentire la vita che contenevano. L'anno prima aveva perso l'equilibrio ed era caduto da una rupe mentre cercava di abbracciare il tramonto. Era rimasto a letto per quaranta giorni, senza parlare né muoversi, a parte un tremolio nervoso dietro le palpebre, come se nel sonno stesse ancora cadendo. La moglie aveva già cominciato a piangerlo quando il pomeriggio del quarantunesimo giorno si alzò, esitante ma per il resto sano. Da allora la sua mente andava e veniva come una sega all'opera. Sull'esito dell'incidente le opinioni erano contrastanti. Alcuni credevano che l'avesse sospinto verso un luogo più elevato dove nessun altro saggio era mai giunto.

Altri dicevano che, avendo perso il senno, non poteva più occuparsi di cose sacre.

Comunque fosse, eccolo lì. Posò l'orecchio sul ventre di Pakeeza, a occhi chiusi. Parlò con una voce bassa e rauca che sembrava arrivare dal fondo del precipizio in cui era caduto, e disse: «Il piccolo è in ascolto».

Jahan trattenne il respiro, sgomento ed eccitato. «Vuoi dire che ci sente?»

«Ma certo. Se gridate e imprecate, non uscirà mai.»

Jahan trasalì ricordando le tante volte che in casa erano volate male parole e rimproveri. Chiaro che quel bruto dello zio aveva spaventato il piccolo.

Il guaritore agitò un dito adunco. «Ascolta me, figliolo. Questo non è un cucciolo normale.»

«Cosa intendi dire?»

«Questo elefante è troppo… sentimentale. Non vuole nascere. Devi coccolarlo. Digli che tutto andrà bene; che questo mondo non è un brutto posto. Uscirà come un fulmine. Amalo e non ti abbandonerà mai.» E con questo gli strizzò l'occhio, come se condividessero un importante segreto.

Quel pomeriggio mentre Jahan guardava il cielo rabbuiarsi si scervellò. Come convincere il piccolo che valeva la pena di venire a questo mondo? Borbottando, ululando, ruggendo, gli elefanti comunicavano di continuo. Ma era un compito superiore alle sue forze. Non solo perché non parlava la loro lingua, ma perché non aveva niente da dire. Che cosa sapeva della vita al di là di quelle pareti e del guscio fragile del suo cuore? Lampi in lontananza. Jahan attese un tuono che non venne. Fu in quel vuoto, come se aspettasse di veder succedere qualcosa, che gli venne un'idea. Non sapeva granché del mondo, vero, ma sapeva che cosa si prova ad averne paura. Quando era piccolo e si spaventava si nascondeva sotto i capelli della Madre, così lunghi da sfiorarle le ginocchia.

Jahan corse in casa e trovò la Madre che lavava il marito in una tinozza di legno, strofinandogli la schiena. Lo zio detestava fare il bagno e l'avrebbe evitato, non fosse stato per le mosche. Sarebbe uscito dalla vasca con la pelle di un altro colore, ma non il carattere. Era disteso nella tinozza, con gli occhi chiusi, mentre l'olio di canfora faceva il suo miracolo. Jahan fece un cenno alla Madre, chiedendole di seguirlo nel cortile. Poi andò a cercare le sorelle – avevano ereditato tutte i capelli della Madre, anche se non il suo aspetto grazioso – e le portò fuori. Con un cipiglio che non sapeva di possedere, chiese loro di mettersi in piedi accanto a Pakeeza. Con suo sollievo lo fecero, tenendosi le mani, senza sorridere, come se non ci fosse niente di strano. Si avvicinarono, come voleva lui, i folti capelli che volavano da tutte le parti. Le schiene al vento, le teste in avanti, i capelli accarezzarono il ventre enorme di Pakeeza. Insieme formarono un manto che aleggiava a mezz'aria come un tappeto magico. Jahan sentì lo zio urlare da dentro casa. Anche la Madre lo sentì. Ma non si mossero, nessuno. C'era qualcosa di bello nell'aria, e se a quel tempo avesse posseduto quella parola, avrebbe definito quel qualcosa una benedizione. In quel momento fugace il ragazzo sussurrò al cucciolo nel ventre: «Vedi, non è male qua fuori. Adesso puoi anche uscire».

Dopo, suo zio picchiò sua madre perché aveva disobbedito. Quando Jahan cercò di mettersi in mezzo si prese la sua parte di botte. Quella notte dormì nella stalla. Il mattino si svegliò in un silenzio inquietante. «Madre!» gridò. Niente.

Era in piedi vicino a una Pakeeza non diversa dagli altri giorni quando vide il suo ventre contorcersi, una volta, poi due. Si accorse che aveva il didietro gonfio e chiamò di nuovo la Madre, e le sorelle, anche se ormai aveva capito che non c'era nessuno in casa. Pakeeza cominciò a barrire mentre le pieghe della sua carne si contorcevano e tremavano, dilatandosi in modo orribile. Jahan aveva già visto altri animali partorire, cavalli e capre, ma un elefante mai. Ricordò a se stesso che era il suo sesto cucciolo, che l'elefantessa sapeva cosa fare; ma una voce dentro la sua testa, una voce più saggia, lo avvertì che non doveva contare sul fatto che la natura facesse il suo corso, che doveva darle una mano – anche se la voce non disse se subito o più tardi.

Comparve un sacco, umido e viscido come una pietra di fiume. Cadde a terra, liberando un fiotto di fluido. Con una rapidità sorprendente il cucciolo uscì, macchiato di sangue e di una sostanza viscosa così pallida da essere translucida. Un maschio! Stordito e fragile, sembrava sfinito, come se fosse arrivato da un'enorme distanza. Pakeeza annusò il piccolo e gli diede dei colpetti con la punta della proboscide. Inghiottì il sacco trasparente. Nel frattempo il piccolo si alzò a fatica, cieco come un pipistrello. Aveva il corpo ricoperto di ciuffi di peli color avorio. Furono le sue dimensioni e il colore a lasciare perplesso Jahan. Davanti a lui c'era l'elefante più piccolo dell'impero. Ed era bianco come riso bollito.

Il figlio di Pakeeza era grande la metà degli altri neonati. Come loro, avendo la proboscide troppo corta, doveva usare la bocca per bere il suo primo latte; ma a differenza di loro, la sua testa non arrivava nemmeno alle ginocchia della madre. Nell'ora seguente Jahan osservò la madre elefante spingere il piccolo, prima piano, poi sempre più impaziente, supplicandolo di avvicinarsi, invano.

Convinto di dover fare qualcosa, il ragazzo corse sul retro della stalla, dove tenevano ogni genere di strane cose. In un angolo c'era un rozzo barile, mezzo pieno del mangime che davano agli animali d'inverno. Un topo corse via quando lo spostò. I piedi impolverati da uno strato di polvere antica, vuotò il barile e lo fece rotolare fino a raggiungere madre e piccolo. Poi corse in casa a prendere una pentola. Infine spinse il barile più vicino che poteva a Pakeeza e vi salì.

La vista dei capezzoli gonfi lo lasciò stranito. Cautamente ne strizzò uno tra pollice e indice, sperando di mungerla come una capra. Nemmeno una goccia. Cercò di usare più dita e più forza. Pakeeza reagì e quasi lo fece cadere. Facendo del suo meglio per non inghiottire, Jahan posò le labbra attorno a un capezzolo e succhiò. Non appena le prime gocce gli giunsero in gola ebbe un conato. Era l'odore. Non aveva idea che il latte potesse avere un odore così terribile. Il secondo e il terzo tentativo non furono migliori del primo, e in un baleno era fuori nel cortile a vomitare. Il latte d'elefante non assomigliava a nulla che avesse assaggiato prima. Dolce e acido insieme, denso e grasso. Aveva la nuca umida di sudore ed era stordito. Coprire il naso con un fazzoletto fu d'aiuto. Così riuscì a cavarsela meglio. Succhiò e sputò il liquido nella pentola, succhiò e sputò. Quando la pentola fu piena per un terzo, scese e portò fiero il suo dono al piccolo.

Fece la stessa cosa per tutto il pomeriggio. Il latte che lui estraeva a fatica, il piccolo lo inghiottiva in un solo allegro risucchio. Dopo una decina di viaggi il ragazzo si concesse una pausa. Mentre riposava, stropicciandosi la mascella indolenzita, guardò il piccolo: la sua bocca si era contorta in quello che riusciva a descrivere solo come un sorriso malizioso. Jahan rispose al sorriso: erano diventati fratelli di latte.

«Ti chiamerò Chota»[7] disse. «Ma tu diventerai grande e forte.»

Il cucciolo fece un rumore buffo a mo' d'assenso. Molti avreb-

[7] Piccolo.

bero voluto dargli un altro nome secondo il loro desiderio, ma in nessun momento della sua vita, né allora né più tardi, l'animale avrebbe risposto a un nome diverso da quello che gli aveva dato Jahan. Chota era e Chota rimase. In tre settimane era diventato così alto da raggiungere le mammelle della madre. Ben presto marciava nel cortile, inseguendo le galline, spaventando gli uccelli, lanciato a capofitto alla scoperta del mondo. Amato e coccolato da tutte le femmine del branco, giocava di continuo. Era un elefante coraggioso, non aveva paura del tuono né della frusta. Solo una cosa sembrava riempirlo di terrore. Un rumore che ogni tanto sorgeva dal fondo della giungla e serpeggiava nella valle come un fiume oscuro e turbolento. La voce di una tigre.

Quando Jahan ebbe finito, ancora in ginocchio, dopo essersi rivolto per un'ora intera a un ciuffo d'erba, non osò mettersi seduto né fissarla. Se le avesse scoccato uno sguardo, avrebbe visto un sorriso incresparle le labbra, delicato come la nebbiolina del mattino.

«E poi cos'è successo?» chiese Mihrimah.

Ancor prima che Jahan potesse aprire bocca intervenne la bambinaia: «Si sta facendo tardi, Vostra Altezza. Vostra madre tornerà da un momento all'altro».

Mihrimah sospirò. «Bene, *dada*. Ora possiamo andare.»

La principessa si lisciò il lungo caftano, si alzò e a passo dondolante si avviò lungo il sentiero del giardino. Hesna Khatun la osservò in silenzio per un istante. Poi, non appena Mihrimah fu abbastanza lontana da non sentire, parlò, in tono così basso e preoccupato che Jahan non colse il rimprovero sottinteso finché non se ne fu andata anche lei.

«Occhi di giacinto. Fratello di latte di un elefante. Sei strano, Indiano. Oppure sei un gran bugiardo. Se è così, se stai ingannando la mia dolce Eccellenza, giuro che lo scoprirò e che ti farò rimpiangere ogni singola bugia che hai detto.»

La volta dopo, quando vennero a vedere l'elefante, la bambinaia rimase a sette passi di distanza, silenziosa come un cadavere. Quanto alla principessa, Jahan si disse che nella luce calante del tardo pomeriggio era ancora più bella.

Al suo dito brillava un diamante grande come una noce, del colore del sangue di piccione. Jahan sapeva che se solo l'avesse potuto avere per sé sarebbe stato ricco per tutta la vita. Eppure sapeva che non avrebbe mai potuto rubarle nulla. Dopo aver dato a Chota delle prugne secche, lei si sedette sotto il lillà. Un vago odore di fiori e di erbe selvatiche si levava dai suoi capelli.

«Vorrei sapere cos'è successo dopo.»

Jahan sentì un brivido percorrergli tutto il corpo ma riuscì a dire, tranquillo: «Come desiderate, Vostra Altezza».

La storia che il mahout raccontò alla principessa

Un anno dopo la nascita di Chota, lo scià Humayun ricevette un visitatore insolito nel suo splendido palazzo, un ammiraglio ottomano che aveva perduto metà della sua ciurma e tutta la flotta in una terribile tempesta. Dopo aver ascoltato il racconto delle sue vicissitudini, lo scià promise all'uomo una caravella nuova perché potesse tornare a casa.

«Sono partito per combattere i pagani» disse l'ottomano. «Ma una burrasca mi ha condotto in questa terra. Ora capisco perché. Allah desiderava che conoscessi la generosità dello scià e che ne riferissi al mio sultano.»

Contento di queste parole, Humayun ricompensò l'ammiraglio con vesti e gioielli. Poi si ritirò nei suoi appartamenti e fu lì, in una vasca piena di petali di rose, che gli venne un'idea. Aveva molti pensieri; aveva moltissimi nemici, compresi quelli della sua carne e del suo sangue. Il padre scomparso gli aveva dato un difficile consiglio: *Non fare del male ai tuoi fratelli nemmeno se lo meritassero.* Come poteva combatterli senza far loro del male?, si chiedeva Humayun. E se non li avesse sconfitti, come avrebbe potuto mantenere il potere? Eccolo lì, nudo come appena nato, sfinito dal vapore, a lambiccarsi su quel dilemma quando un petalo di rosa attrasse il suo sguardo. Nuotava con grazia e scivolò verso di lui come guidato da una mano invisibile. Poi gli si appiccicò al petto.

Gentile per nascita, mistico per inclinazione, Humayun trasalì. Certo era un presagio. Il petalo di rosa gli aveva mostrato il suo punto più debole: il cuore. Non doveva lasciarsi indebolire dai sentimenti. Più ci pensava, più gli pareva che il capitano naufragato fosse venuto a lui proprio come quel petalo. Dio gli stava dicendo di far guerra ai nemici e, se necessario, di ottenere sostegno dagli ottomani. Uscì dalla vasca contento e gocciolante.

Tra i due sultanati musulmani c'erano scambi sporadici: mercanti, emissari, mistici, spie, artigiani e pellegrini viaggiavano avanti e indietro. E doni, anche. Doni di tutte le misure: sete, gioielli, tappeti, spezie, armadietti di madreperla, strumenti musicali, leoni, scimpanzé, cobra, concubine ed eunuchi. Da un sovrano all'altro, messaggi venivano inviati assieme a doni generosi, e la risposta, affermativa o no, giungeva altrettanto vistosa.

Humayun, *Datore di Pace e Ombra di Dio sulla Terra*, era curioso di Suleiman, *Dominatore di Terra e Mare e Ombra di Dio sulla Terra*. Aveva saputo dalle sue spie che tutte le notti prima di andare a dormire il sultano indossava il Sigillo di Salomone, l'anello che aveva dato al suo omonimo il controllo sugli animali, sugli umani e sui *djinn*. Le forze di Suleiman erano evidenti. Ma quali erano i capricci e le paure che marcivano sotto quei preziosi caftani che si diceva indossasse solo una volta?

Humayun aveva anche sentito parlare di Hurrem, la regina dell'harem di Suleiman. Di recente aveva ordinato mille coppie di tortore dall'Egitto che erano state addestrate come messaggere, portando piccoli fogli avvolti attorno alle zampe. Il giorno che gli uccelli erano arrivati, dopo aver volato sopra mari e monti, il cielo di Istanbul era diventato nero come la pece e la gente era corsa nelle moschee temendo il Giorno del Giudizio.

Humayun decise di stupire la sultana con un dono senza pari. La sua offerta avrebbe onorato il sultano ma allo stesso tempo gli avrebbe ricordato le terre al di là del suo potere, e quindi i suoi limiti. Avvolto in un manto, lo scià fece chiamare il suo portatore d'acqua, Jauhar, della cui saggezza si fidava.

«Dimmi. Qual è il dono giusto da mandare a un uomo che ha tutto?»

Jauhar rispose: «Niente seta o gemme. Niente oro o argento. Direi un animale. Perché gli animali hanno la loro personalità e ciascuno è diverso».

«Quale animale gli dimostrerebbe meglio la grandezza del nostro impero?»

«Un elefante, mio Sire. L'animale più grande della terra.»

Lo scià Humayun rifletté. «E se volessi far capire che il mio regno, così magnifico da possedere un simile elefante, ha bisogno del suo aiuto?»

«In questo caso, mio Sire, mandategli un cucciolo d'elefante. Sarà il nostro modo per dire che non possiamo ancora combattere. Abbiamo bisogno di una mano. Ma cresceremo e combatteremo, e quando combatteremo trionferemo, a Dio piacendo.»

La mattina che Jauhar arrivò con un reggimento di soldati, Jahan stava nutrendo Chota, che ormai pesava quasi otto kantar ed era ancora del colore dell'avorio.

Lo zio di Jahan, lieto di avere un ospite così autorevole nel suo cortile, s'inchinò fino a terra. «Nobile servo del nostro nobile Sire, come posso aiutarvi?»

«Ho sentito che hai un elefante bianco» disse Jauhar. «Devi consegnarcelo. Il nostro scià desidera mandarlo agli ottomani.»

«Ma certo, che onore.»

«Non stai dando via Chota, vero?» disse una voce alle sue spalle. Tutti si voltarono verso Jahan.

Suo zio si gettò a terra. «Perdonatelo, venerabile signore. Sua madre è morta il mese scorso. Una terribile malattia. Un giorno stava bene; il giorno dopo, morta. Era incinta, poverina. Il ragazzo non sa quello che dice. Il dolore gli ha dato alla testa.»

«Mia Madre è morta per la tua crudeltà. La picchiavi tutti i giorni...» Schiaffeggiato dal patrigno, Jahan cadde a terra senza riuscire a finire la frase.

«Non picchiare tuo figlio!» disse Jauhar.

«Non sono suo figlio» gridò Jahan, ancora a terra.

Jauhar sorrise. «Sei un ragazzo coraggioso, vero? Avvicinati. Fatti guardare.»

Sotto lo sguardo feroce dello zio, Jahan fece come gli era stato detto.

«Perché non vuoi lasciar andare l'animale?» gli chiese il visir.

«Chota non è come gli altri elefanti: lui è diverso. Non può andare ovunque.»

«Tu ami questa bestia, è una buona cosa» disse Jauhar. «Ma starà bene. Nel palazzo ottomano sarà trattato come un principe. E la tua famiglia verrà ricompensata.» Il portatore d'acqua dello scià fece un cenno a un servo che trasse una piccola sacca dall'abito.

Gli occhi dello zio di Jahan luccicarono quando vide le monete. «Non badate al ragazzo, mio Sire. Che cosa sa? Il cucciolo è vostro. Fatene quello che vi pare», disse.

Una volta deciso il destino di Chota, Jahan si assunse il compito di prepararlo per il lungo viaggio. Gli diede da mangiare erbe mediche che avrebbero facilitato la digestione; lavò, unse e profumò la sua pelle; limò i cuscinetti sotto le zampe; gli tagliò le unghie, e tutto questo sapendo che non sarebbe stato lui ad accompagnare Chota al momento di salire a bordo. Un mahout più vecchio di cinque anni e presumibilmente dotato di esperienza era stato scelto per quel compito. Era un ragazzo tarchiato, con il mento sporgente e gli occhi vicini. Si chiamava Gurab, un nome che Jahan non avrebbe mai dimenticato. Non si dimentica il nome del nemico.

Da palazzo fu mandata un'enorme gabbia: gli angoli saldati con oro e argento, le sbarre adorne di fiori e nappe. Quando la vide Jahan si ritrovò con le lacrime agli occhi. Chota, allegro e lieto dal giorno che era nato, sarebbe stato incatenato e rinchiuso come un comune criminale. Pur sforzandosi di accettare che era il solo modo per l'animale di viaggiare per acqua, non sopportava il pensiero. Mangiava e parlava poco, chiuso nel suo dolore. Le sorelle erano preoccupate; perfino lo zio lo lasciava stare. Gurab passava ogni tanto a vedere come andavano le cose e, come diceva, «a prendere confidenza con la bestia». Jahan lo sorvegliava come un falco; e il suo cuore si scaldava vedendo che l'elefante non badava al nuovo mahout.

«Prendi questa!» gridava Gurab, alzando la canna che aveva in mano.

Chota restava immobile e nemmeno lo guardava.

«Vieni a prendere il bastone!» urlava Jahan da un altro angolo, e l'elefante puntava verso di lui, sempre obbediente.

Un paio di volte i due ragazzi erano quasi venuti alle mani. Ma dal momento che Chota ascoltava solo Jahan, per semplificare le cose si decise che il ragazzo sarebbe andato con loro fino al porto di Goa. Lì l'elefante sarebbe stato caricato sulla nave che l'avrebbe portato a Istanbul e Jahan sarebbe tornato ad Agra.

La mattina che partirono la sorella maggiore di Jahan lo prese da parte. Inspirò lentamente e trattenne il respiro nei polmoni: non era ancora pronta a lasciar andare né il fiato né il fratello.

«Tu parti» disse, come se fosse necessario dirlo.

«Aiuterò Chota e tornerò con lo zio» disse Jahan infilando nella sacca il pane che lei aveva impastato e cotto. «Sono solo pochi giorni.»

«La strada può essere breve o lunga, chi lo sa. Questa mattina mi sono chiesta: se Madre fosse qui che cosa ti consiglierebbe? Ho pregato Dio che me lo facesse sapere, così da potertelo dire, ma non è arrivato nulla.»

Jahan rimase a testa bassa. Anche lui avrebbe voluto sapere che cosa gli avrebbe detto sua madre se fosse stata viva. Guardò fuori e vide l'elefante, magnifico. I contadini gli avevano dipinto la proboscide con vortici di colori e gli avevano decorato il mantello con specchietti. Nel guardarlo gli sfuggirono queste parole: «Sii gentile con la bestia, e con i deboli, avrebbe detto».

Gli occhi della sorella, che erano scuri e malinconici, s'illuminarono. «Giusto. Qualunque cosa tu faccia, avrebbe detto, non fare del male a nessuno e non permettere a nessuno di farti del male. Non essere uno spezzacuore, e non farti spezzare il cuore.»

Le nuvole sopra il porto di Goa rotolavano nel cielo di peltro, portando loro il vento propizio che aspettavano da giorni. Furono levate le ancore, issate le vele, un paio di vecchie braghe lacere fu gettato nell'acqua per liberarsi della malasorte. Gurab era tutto elegante in una giacca ricamata del colore delle foglie morte. Accanto agli stracci indossati da Jahan i suoi abiti risplendevano come quelli di un maharaja. Guardò storto il ragazzo e disse: «È meglio se te ne vai. Non abbiamo più bisogno di te».

«Io non vado da nessuna parte finché la nave non salpa.»

«Moccioso» disse Gurab.

Jahan gli diede uno spintone. Colto di sorpresa, Gurab cadde a terra e si sporcò la giacca. Si alzò e sibilò: «Ti ammazzo».

Jahan schivava i colpi con agio, abile nel proteggersi, grazie all'addestramento fatto con lo zio che assisteva divertito alla zuffa. Più alto e più vecchio, Gurab avrebbe potuto fargli del male, ma evitò. Aveva letto la follia negli occhi del ragazzo, quella fragile selvaggeria. Per lui Chota era solo un elefante tra molti. Per Jahan era come nessun altro: il suo migliore amico, il suo fratello di latte.

«Che ti affligga la peste» disse Gurab, ma aveva già smesso di lottare.

Ancora tremante, Jahan andò da Chota. Solo a stargli vicino la tristezza che gli strisciava nel cuore cresceva. «Addio, fratello mio» disse.

L'elefante, incatenato, agitò la proboscide.

«Andrà tutto bene. Il sultano ti accoglierà con gioia e la sultana ti adorerà, garantito.»

Detto questo il ragazzo si allontanò, asciugandosi le lacrime, ma non andò lontano. D'impulso si nascose dietro un muro a spiare. Dopo un po' Gurab tornò con la giacca ripulita. Certo di essersi liberato del rivale, schernì Chota: «Ehi, bestione. D'ora in poi siamo io e te. Se non mi obbedisci ti lascerò morire di fame».

Far salire l'elefante sulla nave fu un'impresa non da poco. Chota non aveva nemmeno guardato la gabbia. Quando fu il momento Gurab ordinò all'elefante di muoversi, un ordine che venne ignorato. Lo picchiò con il bastone. Chota non si mosse. Gurab lo colpì ancora. Jahan si sentiva ribollire. Se avesse affidato il suo fratello di latte a quell'orco, l'elefante forse non sarebbe arrivato vivo in terra ottomana.

Ormai il *khalasi* aveva finito di stivare il carico nella nave. Chota e la sua gabbia erano tra gli ultimi articoli rimasti sul molo. Al richiamo di Gurab comparvero quattro uomini, che passarono delle funi attorno al corpo di Chota. L'elefante non lo apprezzò affatto, barrì e borbottò. Non aveva ancora un anno ma era forte. I quattro uomini divennero dieci: metà spingevano metà tiravano, insieme. Non appena l'elefante fu ficcato nella gabbia, la porta di ferro fu chiusa col lucchetto. Chota si voltò, lento, l'espressione addolorata: aveva capito solo in quel momento di essere in trappola. La gabbia fu legata con catene dall'alto e sollevata con l'aiuto di una gru. Chota, già a mezz'aria, guardava intorno, rivolto a nessuno in particolare, ma verso le remote foreste lussureggianti e le valli nebbiose dove gli elefanti camminavano liberi e spericolati.

Fu allora che Jahan notò una cosa. Davanti a lui, a terra, c'era una cassa; alcune tavole si erano spostate, lasciando un'apertura attraverso la quale si vedeva il contenuto, dei fagotti avvolti in stoffe. L'avrebbero caricata sulla nave per ultima. Guardò l'elefante; guardò la cassa. Assicuratosi che nessuno vedesse, Jahan s'insinuò nella cassa mezza piena. Le sue labbra s'incurvarono in un sorriso al pensiero dello zio che lo cercava dappertutto. Attese, immobile come una pietra. Dopo un'eternità sentì uno strattone, un sussulto che gli scosse tutte le ossa che aveva in corpo. I portatori lo stavano caricando, e non con il garbo sperato. Gettato di fianco, batté la testa contro il legno. Era a bordo.

La caracca sulla quale si trovava si chiamava *Il Sole Splendente*. Aveva quattro alberi e ampi castelli a poppa e a prua. Sull'albero maestro, dove un marinaio bruciato dal sole sedeva nella coffa, c'erano vele di riserva che potevano essere tolte o aggiunte secondo l'umore del vento. I marinai erano settantotto. In più c'era un piccolo numero di missionari, pellegrini, emissari, mercanti e girandoloni.

Jahan fu attento a non uscire in pieno giorno. Non appena i raggi di luce sul pavimento arretrarono, strisciò fuori e andò a cercare l'elefante. Non gli ci volle molto per trovarlo: era all'altro capo della stiva, che era tremendamente buio e umido. Il mahout non c'era. Quando vide il ragazzo, Chota fece un dolce cinguettio. Jahan si sedette accanto all'animale e gli disse che avrebbe fatto in modo che arrivasse a Istanbul in buone condizioni, e solo allora sarebbe tornato dalle sue sorelle.

La mattina dopo, la pancia vuota come un pozzo arido, Jahan era sul ponte. Da un marinaio che non sapeva chi fosse ma non ci badò riuscì ad avere pane e acqua. Tornando di sotto, passò a trovare Chota. Era di nuovo solo. Gurab evidentemente non aveva alcuna intenzione di passare del tempo nella stiva. Fattosi audace, Jahan cominciò ad andare a trovare Chota più spesso, finché fu scoperto.

«Tu!» ruggì una voce familiare.

Jahan si voltò e vide Gurab sulla soglia, le sopracciglia inarcate fino al centro della fronte. «Maledetto! Perché sei qui?»

«E perché tu non sei qui? Tutte le volte che vengo, Chota è solo.»

«Impiccati! Che cos'è per te? È la stramaledetta bestia del sultano. Non la tua.»

Continuarono a urlarsi addosso, anche se nessuno dei due sembrava voler venire alle mani. I marinai accorsero, attratti dal fracasso, e li portarono dal capitano, un uomo scuro di pelle con un debole per l'oppio e per gli stivali col tacco, che schioccavano mentre marciava avanti e indietro.

«Un elefante, due domatori» disse il capitano. «Uno di voi è di troppo.»

«Sono stato scelto io» disse Gurab. «Lui è solo un ragazzo.»

«A me sta a cuore l'animale. A lui no!» inveì Jahan.

«Zitti!» disse il capitano. «Decido io chi va e chi resta.»

Non lo fece mai. Giorno dopo giorno, Gurab e Jahan attesero, come sospesi, evitandosi, facendo i turni per restare accanto all'elefante. Erano trattati bene, vivevano di carne salata, biscotti, gallette e fagioli. Chota però, infelice per la dieta e per il fatto di essere prigioniero della stiva, perdeva peso giorno dopo giorno.

I marinai erano superstiziosi. C'erano parole che non si dovevano pronunciare perché attiravano la malasorte. «Affondare», per esempio, o «scogli» o «disastro». Non si doveva dire «tempesta» anche se ci si trovava in mezzo. Se si sentiva il canto delle sirene, bisognava gettare una presa di sale dietro la spalla sinistra perché era il diavolo che chiamava. Gli uomini della ciurma conoscevano incantesimi che ripetevano spesso; fischiavano, anche se mai di notte; e quando sentivano dire qualcosa di sgradito sputavano e pestavano i piedi. Certe cose le consideravano foriere di sventura: i secchi rovesciati, le cime aggrovigliate, i chiodi piegati e le donne incinte a bordo.

Jahan fu sorpreso di scoprire che adoravano i ratti. Poiché si sapeva che i roditori abbandonano una nave che sta per affondare, la loro presenza era la garanzia che tutto andava bene. Ma quando un corvo si appollaiava su uno degli alberi, veniva maledetto e cacciato via. Uno dei marinai spiegò al ragazzo che era andato da una strega prima che levassero l'ancora e aveva comprato tre venti propizi per il viaggio. Avrebbe voluto comprarne di più, disse, ma non era riuscito a ottenere altro in cambio della sua moneta d'argento.

Tuttavia un pomeriggio i ratti scomparvero. Il cielo, di un azzurro perfetto, divenne nero. Poco dopo giunse quella che non si dovrebbe mai pronunciare ad alta voce. La pioggia cadeva a secchiate; raffiche d'acqua li schiaffeggiavano, e le onde, più alte a ogni minuto che passava, cominciarono a riversarsi sul ponte. Impossibile issare le vele da tempesta. Il timone, spezzato, fu portato via. *È la fine*, pensò Jahan. Non sapeva che lo era davvero, anche se solo per lui e l'elefante.

Il terzo giorno di tempesta un gruppo di marinai scese nella stiva. Uno sguardo ai loro volti cupi e Jahan si sentì gelare il sangue.

«Ehi, la bestia deve andarsene» disse un uomo tra i denti.

«Non avremmo mai dovuto farlo salire a bordo» s'inserì il suo compagno. «Un elefante bianco! Un presagio oscuro. È tutta colpa sua.»

«Credete che la tempesta l'abbiamo provocata noi? Ma siete matti?» disse Jahan, ma le sue parole furono soffocate dai borbottii dei marinai. Non lo ascoltava nessuno. Impotente, il ragazzo si volse verso Gurab. «Perché non fai qualcosa?»

«Cosa posso fare?» replicò Gurab alzando le spalle. «Va' a parlare col capitano.»

Il ragazzo corse via. Sul ponte era l'inferno. Gonfio e agitato, il mare schiaffeggiava la nave da tutte le direzioni. Zuppo e confuso, aggrappandosi al corrimano per non finire spazzato via, Jahan trovò il capitano che abbaiava ordini. Lo afferrò per un braccio e lo supplicò di scendere di sotto a tranquillizzare gli uomini prima che facessero del male all'elefante.

«I ragazzi sono sconvolti» disse il capitano. «Non vogliono un elefante bianco a bordo. Non li biasimo.»

«Allora ci getterete in acqua?»

Il capitano fissò il ragazzo come se la cosa non gli fosse mai venuta in mente. «Tu puoi restare» disse. «La creatura se ne va.»

«Non posso lasciar annegare Chota.»

«Sa nuotare.»

«Con questo tempo?» urlò Jahan, sull'orlo delle lacrime. Un nuovo pensiero lo attraversò, un barlume di speranza. «Come pensate che reagirà il sultano quando scoprirà che cosa avete fatto al suo dono?»

«Meglio l'ira del sultano che quella del mare.»

«Dite che è malasorte avere un elefante bianco a bordo. Che cosa succederà se lo uccidete? È una malasorte più grande!»

Masticandosi i baffi, il capitano disse: «Vi darò una barca. C'è un'isola non lontano. Ce la farete».

Venne calata una barca a remi. Gurab e Jahan la fissarono con gli occhi sgranati.

«Saltate su» disse il capitano.

«Ehi, io non c'entro nulla con l'elefante» disse Gurab. «Non è mio.»

«Be'...» Il capitano si volse verso Jahan. «E tu?»

Il ragazzo sentì che non stava prendendo una decisione, ma che ne accettava una già presa per lui. Senza una parola entrò nella barca, atterrito.

«È come la storia del profeta Salomone» disse il capitano prima che un'altra onda si abbattesse sul ponte. «Due donne sostengono di essere madri dello stesso neonato. Quella falsa dice: "tagliatelo in due". Ma la vera madre non vuole. Ora sappiamo chi è il vero mahout e chi è l'impostore.»

Chota fu fatto uscire dalla gabbia e condotto sul ponte, in preda a una paura selvaggia, le zampe che scivolavano sulle tavole bagnate. Dopo alcuni tentativi rinunciarono a spostarlo nella barca e lo spinsero in mare. Cadde con uno squittio da lacerare i timpani. L'acqua scura e furente aprì la bocca e inghiottì l'animale come se fosse solo un guscio vuoto.

Quando Jahan tacque, si accorse che la principessa Mihrimah lo fissava con orrore. Chiese: «Come avete fatto a sopravvivere?».

«Siamo approdati su un'isola. Da lì siamo stati salvati da un'altra nave» rispose lui. «Si chiamava *Behemoth*.»

La principessa sorrise sollevata. «Sono stati gentili con l'elefante?»

«No, Vostra Altezza. Sono stati cattivissimi. I marinai si sono ammalati a metà del viaggio. Scorbuto, della peggior specie. Qualcuno ha detto che la carne di elefante era la cura. Chota ha rischiato di finire ucciso. Ci ha salvati il capitano Gareth. Dobbiamo a lui la vita. Il resto lo sapete già. Siamo arrivati a Istanbul e ci hanno portati qui.»

«Peccato che la tua storia sia finita» disse Mihrimah con un sospiro. «Se avessi continuato a parlare per altri mille giorni, avrei ascoltato senza battere ciglio. Mi è piaciuto fantasticare sulle tue imprese.»

Jahan si sentì malissimo. Che stupido, ad aver finito la storia. Avrebbe potuto farla durare molto di più. E se la principessa se ne fosse andata per non tornare mai più? Fu preso dal panico. Mentre si spremeva le meningi in cerca di un altro modo per continuare la storia, sentì un improvviso ansito e dei colpi di tosse. Hesna Khatun era piegata in due, rossa in volto, e il respiro le usciva in ansiti rochi. Aveva un attacco di asma. La principessa e il mahout la accompagnarono fino all'albero, reggendola per le braccia, e la aiutarono a sedersi. Rapida, Mihrimah prese un sacchetto che la bambinaia teneva nella cintura, la aprì e gliela avvicinò al naso. Un odore acuto pervase l'aria. *Ecco*, pensò Jahan. L'aroma che aveva colto ogni tanto addosso alla principessa era quello delle erbe selvatiche che la bambinaia portava ovunque con sé. Nel frattempo la donna inalava a fondo. Piano piano il suo respiro divenne regolare.

«Andiamo, *dada*» disse Mihrimah. «Non dobbiamo farti stancare.»

«Andiamo, Serena Altezza» disse la donna sistemandosi la fascia che portava in testa, e si alzò.

Mihrimah si rivolse all'elefante con dolcezza: «Arrivederci, Chota. Ne hai passate tante, poverino. La prossima volta ti porterò i dolcetti più buoni del palazzo».

E aggiunse con un rapido sguardo obliquo: «Sono contento che tu non abbia lasciato solo l'elefante, ragazzo giacinto. Sei stato gentile».

«Vostra Maestà...» disse Jahan, ma non riuscì a continuare.

In quel momento lei fece una cosa che lui non si sarebbe mai immaginato, non in un centinaio d'anni. Lo toccò. Posò una mano sul suo volto e la premette lieve sulla sua guancia, come in cerca dell'unica fossetta al momento nascosta da un rossore imbarazzato. «Hai un buon cuore, mahout. Vorrei che potessimo passare più pomeriggi insieme.»

Stordito, colpito dal tono affettuoso, Jahan non riuscì a muoversi, a respirare, né tantomeno a borbottare una parola di ringraziamento. Non ci fu tempo di sentirsi felice o di inventare nuove storie. Ancora una volta non poté far altro che guardarla andar via e chiedersi se sarebbe mai tornata.

«Ehi, mahout, dove diavolo sei?»

Jahan uscì a vedere chi urlava fuori dal suo capanno. Era il Capo eunuco bianco, le mani sui fianchi. «Dov'eri?»

«Stavo pulendo…»

«Va' a prepararti. Il gran mufti ha bisogno della bestia.»

«Pe… per cosa?»

Garofano Kamil Agha fece un passo avanti e lo schiaffeggiò. «Che domande fai? Obbedisci.»

Con l'aiuto degli stallieri Jahan fissò l'howdah sul dorso dell'elefante. Quando Chota fu pronto, l'eunuco rivolse loro uno sguardo che sconfinava nel disprezzo. «Andate. Sangram ti mostrerà la strada. C'è un processo a un eretico!»

«Sì, *effendi*» disse Jahan, anche se non aveva idea di che cosa volesse dire.

Era un venerdì mattina di pioggerella e grande agitazione. Jahan e Sangram sedettero nell'howdah e avanzarono lungo il saliscendi delle strade. Ciò che il Capo eunuco bianco si era rifiutato di rivelare, Jahan riuscì a estorcerlo a Sangram. Dovevano andare a prendere il gran mufti e portarlo in una piazza dove avrebbe interrogato un predicatore sufi noto per le sue vedute empie. Che un elefante reale fosse stato messo a servizio del capo religioso era il modo del sultano di mostrare il suo sostegno agli *ulema.*[8] Che il sultano stesso non assistesse alla discussione del caso – e che avesse rifiutato l'invito del gran mufti – segnalava il suo desiderio di tenersi alla larga dalle dispute teologiche.

Mentre passavano accanto all'antico cimitero, che dominava il Corno d'Oro, l'elefante si fermò di colpo. Jahan lo pungolò, ma l'animale rimase immobile.

«Ho sentito dire una cosa strana di queste bestie» disse Sangram. «Si dice che si scelgano il posto dove vorrebbero morire. Questo qui sembra aver trovato il suo posto.»

«Che cosa dici? Chota è solo un neonato» obiettò Jahan, turbato da quelle parole.

Sangram si strinse nelle spalle. Per fortuna Chota riprese a camminare, e l'argomento fu abbandonato subito.

Prima di mezzogiorno arrivarono alla casa del gran mufti, una dimora con una colombaia scolpita nel calcare, una pergola a baldacchino e finestre sporgenti che guardavano il Bosforo. Jahan osservò il luogo con interesse. Notò che quasi tutte le finestre davano a nord e che poche erano di vetro colorato, un peccato, perché così non potevano catturare la luce mutevole. Gli venne in mente che se fosse riuscito a rubare della carta da qualche parte avrebbe potuto disegnare quel luogo come se lo sarebbe figurato lui.

Nel frattempo comparve il gran mufti. Jahan si inchinò sotto lo sguardo delle sue mogli e dei figli che, non avendo mai visto prima un elefante, sbirciavano da dietro porte e tende. Con l'aiuto di una scala e di una decina di servi il vecchio si sedette nell'howdah. Jahan, al solito, prese posto sul collo di Chota. Sangram sarebbe andato a piedi.

«È mai caduto nessuno da quassù?» gridò il gran mufti quando furono partiti.

[8] Studiosi musulmani specializzati in legge e teologia.

«*Chelebi*, vi garantisco che non è mai successo.»

«*In'sh'Allah*, non sarò il primo.»

Con sorpresa di Jahan il vecchio affrontò il viaggio con disinvoltura. Avanzarono lungo le strade più ampie, evitando i vicoli in cui l'elefante non sarebbe passato. E poi Jahan aveva la sensazione che il gran mufti volesse farsi vedere da più persone possibile. Non succedeva tutti i giorni di poter montare l'elefante del sultano Suleiman.

Entrarono nella piazza, dove una folla era in attesa. Agitando le braccia ed esultando, la gente li salutava, anche se era difficile dire chi accogliessero con più calore, se Chota o il Mufti. C'era eccitazione nel vento. L'attesa per uno spettacolo degno di nota. Dopo essere stato aiutato a scendere, il gran mufti guidò la preghiera del Venerdì, seguito dagli *ulema* e da centinaia di cittadini. Jahan e Sangram attesero al fianco dell'elefante, sussurrando. Ogni tanto guardavano furtivi il punto in cui facevano la guardia quattro robusti soldati. Tra loro, impegnato a pregare per conto suo, ora in ginocchio, ora in piedi, c'era uno straniero: una figura alta e snella con il volto delicato e la barba di qualche giorno.

Sangram disse che si chiamava Leyli, ma tutti lo chiamavano Majnun Shaykh. Era il più giovane degli studiosi sufi, il più giovane dei predicatori del Venerdì. Aveva occhi del grigio pallido della pioggia d'autunno, lentiggini come macchie di colore, capelli vaporosi e biondi. Era un uomo di contrasti affascinanti; aveva la curiosità di un bambino per i meccanismi interni del mondo e la saggezza tranquilla di un sapiente; coraggioso fino all'audacia ma diffidente; pieno di vita e vigore eppure circondato da un'aria di melanconia. Abile con le parole, accorto nella *ma'rifa*,[9] pronunciava sermoni popolari, ascoltati da credenti e dubbiosi di tutto

[9] Conoscenza mistica intuitiva.

l'impero. La sua voce era dolce e tranquillizzante, e aveva una cadenza blesa quando lui si agitava. I suoi insegnamenti colpivano, sconvolgevano e turbavano gli *ulema*. L'antipatia era reciproca. Non passava giorno che Majnun Shaykh non punzecchiasse o ridicolizzasse l'ufficialità religiosa. «Quando uno raggiunge una coscienza superiore» diceva «non deve fare attenzione a *haram* e *halal*[10] quanto al senso profondo della fede.» I sufi, avendo raggiunto un superiore livello di comprensione, non erano legati ai decreti degli *ulema*. Quelli erano stati inventati per le masse, per coloro che non volevano pensare e si aspettavano che altri lo facessero al posto loro.

Majnun Shaykh parlava dell'amore: di Dio e dei fratelli esseri umani, dell'universo nella sua completezza e in ogni più piccolo frammento. La preghiera doveva essere una dichiarazione d'amore e l'amore doveva essere liberato di tutte le paure e le attese, diceva. Uno non deve temere di bollire in un calderone o desiderare le vergini *houri*, perché sia l'inferno che il paradiso, sia la gioia che la sofferenza sono qui e ora. Quanto ancora pensate di ritrarvi dal cospetto di Dio, chiedeva ai suoi seguaci, quando invece potreste cominciare ad amarLo? I seguaci – una variegata collezione di artigiani, contadini e soldati – ascoltavano come stregati. Le sue idee attiravano i poveri, i suoi modi i ricchi. Perfino le donne, perfino le odalische ignoranti e gli eunuchi risentiti lo stimavano molto; perfino gli ebrei, i cristiani e gli zoroastriani, che avevano un libro che nessuno aveva ancora visto.

Ormai la preghiera del Venerdì era finita, e i saggi presero posto. Majnun Shaykh si premette gli occhi come un bambino che si stropiccia via il sonno e osservò uno a uno i suoi accusatori.

«Sai di cosa sei ritenuto colpevole?» chiese il gran mufti.

[10] Illecito e lecito.

«Di quella che chiamate eresia» rispose lui. «Ma l'accusa è infondata.»

«Vedremo. È vero che hai detto che tu sei Dio e che tutti sono Dio?»

«Ho detto che il Creatore è presente in ogni persona. Maniscalchi o pasha, condividiamo tutti la stessa linfa vitale del passato.»

«Com'è possibile?»

«Perché siamo fatti non solo a Sua divina immagine, ma anche della Sua divina essenza.»

«È vero che hai detto che non hai paura di Dio?»

«Perché dovrei temere il mio amato? Voi avete paura di coloro che amate?»

Un mormorio si levò dalla folla. Qualcuno gridò: «Silenzio!».

«Quindi ammetti di aver sostenuto di somigliare a Dio.»

«Voi pensate che Dio assomigli a voi. Arrabbiato, severo, avido di vendetta, proprio come voi. Mentre io dico: invece di credere che i tratti peggiori degli umani si possano ritrovare in Dio, preferisco credere che i tratti migliori di Dio si possano ritrovare negli umani.»

Un sapiente, Ebussuud Efendi, chiese il permesso di intervenire. «Sai che ciò che hai appena pronunciato è pura blasfemia?»

«Davvero?» Majnun Shaykh tacque, come considerando l'ipotesi.

Un'ombra passò sul volto di Ebussuud. «Invece di provare rimorso, sembra che tu ti prenda gioco della corte. La tua mente è corrotta, è chiaro.»

«Non mi stavo prendendo gioco di voi. E comunque non siamo così diversi, voi e io. Qualunque cosa voi detestiate in me, non esiste anche in voi?»

«Ti sbagli! Non potremmo essere più diversi» disse Ebussuud. «E il tuo Dio non è certo il mio.»

«Oh, ma non stai commettendo *shirk*, se parli del mio Dio e del tuo Dio come se potesse esserci più di un Dio?»

La folla fu percorsa dai sussurri.

Tossicchiando, il gran mufti intervenne. «Allora dicci altre cose di Dio.»

La risposta di Majnun Shaykh fu che Allah non è un re o un rajah o un padishah seduto sul suo trono celeste, a guardarci dall'alto, scrivendo tutti i peccati in modo da poterci punire quando il giorno verrà. «Dio non è un mercante, perché dovrebbe fare i conti? Dio non è un impiegato, perché dovrebbe scrivere?»

La risposta non piacque alla corte, che continuò a interrogarlo diffusamente. Ogni volta riceveva risposte simili. Infine i giudici dovettero ascoltare queste parole: «Quando disegnate una riga e mi dite di fermarvi, per me è solo l'inizio. Ciò che voi chiamate *haram* per me è puro *halal*. Voi dite che devo chiudere la bocca, ma come posso restare in silenzio quando Dio parla attraverso di me?».

Scese il crepuscolo; il cielo divenne un manto cremisi sopra le colline. In lontananza la lanterna di una barca brillava fioca. I gabbiani strillavano, litigandosi un pezzo di carne marcia. La gente cominciava ad annoiarsi, l'eccitazione delle ore precedenti svaniva. Avevano cose da fare, pance da riempire, mogli da soddisfare. Piano piano il pubblico si assottigliò. Rimasero solo i seguaci dell'eretico, la devozione evidente nelle loro espressioni.

«Ti diamo un'opportunità» disse il gran mufti. «Se ammetti di aver parlato in modo sacrilego di Dio e giuri di non ripetere mai più simili oscenità, potresti essere perdonato. Ora dimmi, una volta per tutte, ti penti?»

«Di cosa?» disse Majnun Shaykh, le spalle più diritte mentre sembrava prendere una decisione. «Io amo l'Amato come l'Amato ama me. Perché provare rimorso per l'amore? Certo, ci sono altre cose di cui pentirsi. L'avarizia. La crudeltà. L'inganno. Ma l'amore… non dovrebbe essere causa di rimorso.»

Jahan era così teso che non si accorse di tenere troppo strette le redini di Chota. L'elefante fece un verso di disagio, che attirò l'attenzione di tutti.

«Questa creatura…» disse Majnun Shaykh, guardando Chota con qualcosa di simile all'ammirazione. «Non è una prova della bellezza e della varietà dell'universo? Guardate come riflette tutta l'esistenza; eppure qualcuno potrebbe dire che non è altro che una bestia. Quando si muore, l'anima passa dall'uno all'altro. Dunque non c'è morte. Niente paradiso da attendere, niente inferno da temere. Io non ho bisogno di pregare cinque volte al giorno o di digiunare per tutto il Ramadan. Per coloro che sono saliti abbastanza le regole della gente comune contano poco.»

Cadde un silenzio che si prolungò nel disagio dell'attesa. Poi il gran mufti proclamò: «Che si sappia che all'accusato è stata data la possibilità di vedere l'errore delle sue vedute. Lui stesso ha segnato la propria fine. Sarà messo a morte fra tre tramonti. Tutti i suoi seguaci verranno arrestati. Coloro che si pentono dei loro peccati verranno risparmiati. Gli altri incontreranno la stessa sorte».

Jahan abbassò lo sguardo, incapace di guardare oltre. Sussultò quando sentì che l'elefante veniva citato di nuovo.

«Se il gran mufti me lo consente, ho un'idea» disse Ebussuud Efendi. «Come sapete, la gente di Istanbul ama l'elefante bianco del nostro sultano. Perché non far morire il rinnegato sotto le zampe della bestia? Non se lo dimenticherebbe nessuno.»

Il gran mufti era perplesso. «Non è mai stato fatto prima.»

«Miei signori, nelle terre dell'Hindustan questa punizione è praticata. Ladri, assassini, stupratori spesso vengono calpestati dagli elefanti. Un sistema che si è dimostrato efficace. Lasciamo che l'elefante lo calpesti e segni un esempio per coloro che hanno opinioni simili.»

Il gran mufti rifletté per un istante. Poi disse: «Non vedo perché no».

Tutti guardarono Jahan e Chota. Il mahout aprì la bocca ma subito non riuscì a parlare per l'orrore. Col cuore che batteva forte, infine riuscì a dire: «Vi supplico, stimati sapienti. Chota non ha mai fatto niente del genere. Non saprebbe come fare».

«Non vieni dalla terra dell'Hindustan?» chiese Ebussuud Efendi, sospettoso.

Jahan impallidì. «Sì, *effendi.*»

Il Mufti ebbe l'ultima parola. «Be', allora istruiscilo. Hai tre giorni.»

Tre giorni dopo il processo, tremante come una foglia al vento, Jahan era seduto in groppa all'elefante e fissava il mare di spettatori. Il suo sguardo balenava tra loro e l'uomo disteso supino a terra, vicinissimo. Mani e piedi di Majnun Shaykh erano legati, ed era bendato. Pregava sottovoce, e la preghiera veniva inghiottita dal clamore della folla.

«Vai, Chota!» urlò Jahan, un ordine privo di forza.

L'elefante non si mosse.

«Avanti, bestia!»

Jahan pungolò l'elefante con un bastone, poi con una mazza di legno. Pronunciò minacce e maledizioni, offrì noci e mele. Non funzionò. Quando Chota si degnò di muoversi, invece di calpestare il condannato fece un passo indietro e attese, agitando nervosamente le orecchie.

I giudici, visto che il pubblico si annoiava, cambiò il verdetto all'ultimo momento. L'eretico e i suoi seguaci sarebbero stati uccisi nel solito modo.

Alla fine Majnun Shaykh e i suoi nove discepoli furono impiccati. I loro corpi furono gettati nel Bosforo. L'ultimo discepolo, quello che era sfuggito alla condanna perché al momento del processo era in viaggio, aspettò nella baia dove la terra si protendeva dentro il mare. Sapeva che le correnti del Bosforo gli avrebbero portato i corpi. Uno per uno, li raccolse, li ripulì, li baciò, li seppellì. A differenza di tutte le altre tombe islamiche a Istanbul, la loro non avrebbe avuto una lapide.

Fin dal momento in cui era arrivato nel serraglio, Jahan si era aspettato che il sultano Suleiman volesse chiedere notizie dell'elefante. Ma le settimane erano diventate mesi senza alcun segnale dal sovrano. O era in battaglia o ci stava andando. Nelle rare occasioni in cui restava a palazzo, era avviluppato negli affari di Stato, se non nei grovigli dell'harem. Jahan continuava ad aspettare l'arrivo del sultano. Invece fu la sultana che arrivò un pomeriggio.

Veloce come il vento e silenziosa come un gatto che caccia un piccione, lo colse di sorpresa. Un attimo il giardino era vuoto e l'attimo dopo lei era lì, con il seguito che la aspettava contegnoso a sette passi di distanza. Portava una gonna scarlatta orlata di ermellino, un manto con nappine che sottolineava il mento affilato, e uno smeraldo al dito medio, più grande dell'uovo di qualche strano pennuto.

Dietro la madre col suo portamento fiero, lontana da tutto e tutti, c'era la principessa Mihrimah, con una cascata di sciarpe leggere pendenti dal copricapo. Rossa in volto e raggiante, era lì; scintille di sole le danzavano nei capelli. Gli occhi, lucidi come sassolini in fondo a un ruscello, s'illuminarono al suo sguardo d'ammirazione. Le sue labbra si curvarono in un sorriso, rivelando la fessura tra i denti davanti, che dava al suo viso una gioia maliziosa.

Jahan aprì e chiuse la bocca come se la sua lingua volesse parlarle di propria volontà. Stava quasi per fare un passo verso di lei quando un eunuco gli diede una botta sul collo. «In ginocchio! Come osi!»

Sconvolto, Jahan s'inchinò così in fretta che le ginocchia urtarono contro le pietre. Tra i presenti si diffuse una risatina che lo fece arrossire fino alle orecchie.

Ignorando la scena, Hurrem avanzò, sfiorando con le gonne la fronte di Jahan. «Chi si occupa di questa bestia?» chiese.

«Io, mia sultana» rispose Jahan.

«Come si chiama la bestia?»

«Chota, Vostra Altezza.»

«Cosa sa fare?»

Jahan trovò la domanda così stravagante che gli ci volle un attimo per rispondere. «È... è un animale nobile.»

Avrebbe voluto dirle, se solo avesse potuto, che gli elefanti sono grandi non solo per le dimensioni ma anche nel cuore. A differenza degli altri animali, comprendono la morte; hanno riti per celebrare la nascita di un piccolo o piangere la perdita di un parente. I leoni sono feroci, le tigri sono regali, le scimmie sono furbe, i pavoni magnifici, ma solo un elefante può essere tutte queste cose insieme.

Ignorando questi pensieri, Hurrem disse: «Facci vedere qualche giochetto!».

«Giochetti?» chiese Jahan, col cuore che accelerava. «Noi non sappiamo fare giochetti.»

Non vide l'espressione sul volto della sovrana perché non poteva alzare lo sguardo. Ma le guardò i piedi – lunghi e ben fatti, chiusi in babbucce d'argento – che muovevano alcuni passi; si fermò davanti all'elefante e ordinò alle concubine di prendere un rametto, che subito comparve. Jahan temette che volesse picchiare Chota, ma lei lo agitò nell'aria, dicendo: «La bestia è capace di prenderlo?».

Prima che il ragazzo potesse rispondere lei gettò il rametto in alto, verso la bestia. Disegnò una mezzaluna nell'aria e atterrò dietro le zampe posteriori di Chota. L'animale agitò la proboscide come per cacciare una mosca invisibile, e rimase immobile, imperturbato.

La sultana fece un versetto sprezzante. In quel momento Jahan vide Chota attraverso i suoi occhi: una creatura enorme che mangiava troppo, beveva troppo e non dava niente in cambio.

«Mi stai dicendo che questa creatura non sa fare niente?» disse Hurrem: più un'affermazione che una domanda.

«Vostra Maestà, questo è un elefante da guerra. Come i suoi padri. È giovane, ma ha già dimostrato il suo coraggio sul campo di battaglia.»

Lei si volse verso quel ragazzo che a quanto pareva non aveva dimestichezza con le abitudini del palazzo. «Un guerriero, hai detto?»

«Sì... Vostra Altezza, Chota è un guerriero.» Mentre le parole gli uscivano di bocca Jahan si sentì a disagio, già rimpiangendo la bugia.

La sultana sospirò. «Allora sei benedetto dalla fortuna. La guerra sta arrivando!» Hurrem si volse verso il Capo eunuco bianco. «Fa' in modo che la bestia si unisca ai nostri valorosi soldati.»

E se ne andò in un fiorire di gonne, le domestiche e le concubine pronte a trotterellare obbedienti al suo seguito. Garofano Kamil Agha, rivolto uno sguardo freddo all'elefante e al mahout, le seguì. Ma non se n'erano andati tutti. Due persone erano rimaste indietro e osservavano il ragazzo: la principessa e la sua bambinaia.

«Hai irritato la Mia Signora Madre» disse Mihrimah. «Nessuno irrita mia madre.»

«Io non volevo» borbottò Jahan, sull'orlo delle lacrime.

«Dimmi, perché sei così sconvolto?»

«L'elefante non sa combattere, Vostra Altezza.»

«Quindi hai mentito a mia madre?» chiese la principessa, più divertita che sconvolta. «Guardami, mahout.»

Jahan le rivolse un'occhiata fugace e abbassò lo sguardo, vergognoso. In quel fugace istante aveva visto i suoi occhi – distanti nel volto ovale, ereditati dalla madre – brillare di malizia. La principessa disse: «Sei più sciocco di quanto pensassi. Dimmi, sei mai stato in guerra?».

Lui scosse il capo. Da un albero vicino si sentì il gracchiare di un corvo. Un alto, aspro avvertimento.

«Be', nemmeno io. Ma ho viaggiato più della Mia Signora Madre. Anche più dei miei nobili fratelli!» Una vena di dolore le s'insinuò nella voce. «Il mio venerabile padre mi amava tanto che mi ha chiesto di accompagnarlo in molte lande. Solo io e lui.» Una sfumatura di dolore le s'insinuò nella voce. «Ma non mi ci porta più. "Non sei più una bambina", dice. Devo star lontana dagli sguardi degli estranei. I miei fratelli sono liberi come uccelli migratori. Vorrei tanto essere nata maschio.»

Confuso da quell'affermazione, Jahan rimase a capo chino, come doveva. Ma quell'obbedienza parve irritarla. «Guardati, e guarda me! Tu sei un maschio, ma hai paura del campo di battaglia. Io sono una femmina, ma muoio dalla voglia di andare in guerra con mio padre.»

Quella sera, radunato tutto il suo coraggio, Jahan andò a far visita al Capo eunuco bianco. Gli spiegò che Chota era ancora giovane e non era pronto a combattere. Disse cose insensate, ripetendosi, non perché credesse di non essere stato compreso ma perché se avesse cessato di parlare forse si sarebbe messo a piangere.

«Perché dovrebbe essere pronto? Non è un elefante da guerra?» chiese il Capo eunuco bianco. «O il tuo scià ci ha ingannati?»

«Oh, sicuro. Ma non è stato addestrato. Ci sono cose di cui ha paura.»

«Per esempio?»

Il ragazzo deglutì. «Le tigri. Ho notato che tutte le volte che la tigre ruggisce l'elefante trasalisce. Non so perché ma...»

«In questo caso non agitarti.» Garofano Kamil Agha sbuffò sprezzante. «Non ci sono tigri nella Bogdania Nera.»

«Bogdania Nera?» ripeté Jahan.

«È lì che sta andando il nostro esercito. Adesso levati di torno e non venire più qui a dire sciocchezze!»

Fu Olev il domatore di leoni a venire in suo aiuto. Spiegò a Jahan che un ordine, una volta dato, può soltanto essere eseguito. Nel tempo che restava, poco o tanto, dovevano addestrare l'elefante.

Se la bestia aveva paura delle tigri, dovevano insegnarle come superarla. A questo scopo Olev trovò una pelle di tigre venuta da chissà dove. Poi chiese a Sangram di portare una pecora. Un animale innocente con vacui occhi bruni. La lasciavano brucare di giorno e la tenevano nella stalla di notte. Nel frattempo, Olev diede un piccolo barile a uno degli sguatteri e gli ordinò di riempirlo di sangue la prima volta che avessero ucciso una gallina.

La mattina dopo, quando Chota era fuori in cortile, Olev chiese allo stesso ragazzo di indossare la pelle di tigre: fu sistemata attorno alle spalle del ragazzo, i lembi legati al collo. Olev poi gli ordinò di avanzare a quattro zampe, muovendosi in cerchio attorno all'elefante, ringhiando e sibilando.

«Rovescia il secchio!»

Mentre il ragazzo obbediva, l'elefante osservava la strana creatura con la coda dell'occhio. Quel giorno non gli diedero cibo né acqua. Gli affilarono le zanne e lo tennero in catene. Il secondo giorno Olev imbottì la pelle di tigre con delle patate e la mise accanto alla gabbia di Chota. Di nuovo niente cibo né leccornie, solo un po' d'acqua. Non gli consentì nemmeno di andare a fare una passeggiata. Sconvolto e irritato, l'elefante continuava a guardare la pelle di tigre, ritenendola responsabile del suo disagio.

Il terzo giorno Olev portò la pecora e le avvolse sulla schiena la pelle di tigre. La povera bestia cercò di scuotersi via la pelle, ma Olev aveva spalmato l'interno di resina di pino appiccicosa. Trascinò la pecora così ridotta nella stalla di Chota. Un'ora dopo fu fatto entrare l'elefante. Ormai Chota era sfinito dalla fame e dalla sete, e la pecora era folle di terrore. Olev prese la botticella piena di sangue che il paggio aveva riempito di nuovo. Versò il sangue sulla pecora: la pelle di tigre e la lana s'inzupparono di rosso. L'odore del sangue era aspro e nauseante. Olev coprì la testa della pecora con uno straccio. Non riuscendo a vedere più nulla, la bestia impazzì. La sua agitazione contagiò Chota, che cominciò a pestare le zampe. Stordita, la pecora correva a destra e a sinistra, e alla fine urtò contro l'elefante. Chota alzò la proboscide e colpì la pecora con forza terribile. L'animale si ribaltò, poi si rimise in piedi, emettendo belati orrendi che avrebbero perseguitato Jahan per settimane.

Tremante, Jahan chiuse il cancello dietro di loro. L'orecchio appoggiato alla porta, attese, stringendo la maniglia così forte da farsi male alle dita. Sentiva il belato infinito della pecora, un gemito da far inacidire il sangue, come se venisse dal profondo dell'inferno. A poco a poco, tutti i rumori si affievolirono. Aprirono piano la porta. C'era odore di sangue, urina ed escrementi. La pecora giaceva morta, mezza mutilata.

Quella notte nel serraglio Jahan sedette con gli altri domatori attorno a un fuoco aromatico di legno di cedro. Parlavano a voce bassa, e il fumo delle loro pipe ad acqua s'inanellava nell'aria. I gemelli cinesi, avvolti in un torpore da hashish, continuavano a ridacchiare per cose invisibili.

La luna incombeva grande e bassa sopra Istanbul. Il cielo sembrava un setaccio trafitto da infiniti buchi attraverso i quali il buio si spargeva sulla città addormentata. Dove un tempo c'era stata eccitazione, nell'anima di Jahan c'era stanchezza. Che cosa ci faceva in quel giardino, tra animali selvaggi, lontano da amici e parenti? Le sue sorelle ormai dovevano essersi sposate, forse avevano dei figli. Pensarle sedute attorno a un altro fuoco, così lontano da non poterlo scaldare, gli riempì il cuore di disperazione. Avrebbe dovuto tornare a casa. Invece andava alla guerra.

Il venerdì pomeriggio, dopo la preghiera, il sultano diede l'ordine di suonare il tamburo di guerra, un disco gigante fuso nel bronzo che veniva colpito sette volte prima di ogni campagna. Il rumore, un rombo che faceva vibrare le ossa, echeggiò attraverso le sale di marmo, i giardini di rose e le gabbie degli animali, vibrò nei quartieri dei ricchi e dei poveri allo stesso modo.

Davanti agli occhi di Jahan tutta la città si preparava a dar battaglia. Ogni figlio era un soldato. I giannizzeri uscirono dai loro alloggi. I pasha sellarono i cavalli. Gli artigiani e i mercanti presero le armi, come i giardinieri, i panettieri, i cuochi, i sarti, i pellicciai, i calzolai, i tessitori, i vasai, i maniscalchi, gli attrezzieri, i conciatori, i candelai, i vetrai, i segatori, i tagliapietre, i calderai, i falegnami, i lattonai, i cordai, gli acchiappatopi, i calafatari, i frecciaioli, i remaioli, i pescivendoli, i pollaioli e anche gli oracoli. In ciascuna gilda ferveva una gran attività, compresa quella delle prostitute.

E così tutti attesero che il Capo astronomo reale annunciasse un giorno propizio per far cominciare la guerra. C'era un tempo giusto per ogni cosa: festeggiamenti, matrimoni, circoncisioni, guerre. Finalmente, dopo notti passate a contemplare le stelle, la data fu stabilita. Alla fine di venti tramonti le truppe sarebbero partite.

Dal momento che guerra voleva dire trovare il nemico, a meno che il nemico non trovasse prima te, dovevano coprire la distanza tra il Corno d'Oro e il fiume Pruth. L'elefante e il ragazzo ebbero l'ordine di marciare nelle prime file. Cosa che turbò molto Jahan. Non desiderava essere vicino ai *delibashlar*, i matti. Avvolti in pellicce, tatuati dalla testa ai piedi, le orecchie forate, le teste rasate, erano imprevedibili, rudi e selvaggi. Tra loro c'erano feroci criminali. Suonavano trombe, soffiavano dentro corni, percuotevano tamburi di tutte le misure e urlavano come per svegliare i morti, facendo un gran rumore che doveva certo gelare il sangue del nemico, e sconvolgere un elefante.

Jahan si chiese come rivelare la sua preoccupazione, ma non ce ne fu bisogno, come si scoprì. La mattina che partirono per la Bogdania Nera, il rumore folle scatenò in Chota una furia così scatenata che quasi calpestò un soldato. Prima del tramonto i due furono spostati nelle retrovie, insieme alla cavalleria. Questa volta però furono i cavalli a innervosirsi. Alla fine dovettero essere spostati di nuovo, vicino al corpo dei fanti.

Dopodiché le cose filarono lisce. Chota si lanciò in un trotto rapido, godendosi l'aria aperta e la marcia regolare dopo mesi di prigionia nei giardini del palazzo. Da dove si trovava seduto sul suo collo, Jahan guardava di sotto e dietro, stupefatto nel ritrovarsi in un mare di corpi senza fine. Vide i cammelli che portavano le provviste e i buoi che trainavano cannoni e catapulte; gli Alabardieri delle Trecce con i capelli che dondolavano dai caschi; i dervisci che intonavano invocazioni; l'agha dei giannizzeri che sedeva fiero in groppa al suo stallone; il sultano che cavalcava un purosangue arabo, circondato da guardie su entrambi i lati: gli arcieri mancini alla sua sinistra, quelli destri alla destra. Davanti a lui cavalcava un vessillifero con il suo stendardo di sette code di cavallo nere.

Reggendo gli stendardi e le picche crinite, alzando lance, scimitarre, accette, archibugi, asce, giavellotti, brocchieri, archi e frecce, migliaia di mortali avanzavano. Jahan non ne aveva mai visti tanti insieme. L'esercito era più un gigante massiccio che un'orda di uomini. Il pulsare di piedi e zoccoli in coro ti agghiacciava e ti stordiva allo stesso tempo. Avanzavano in salita, controvento, incidendo il paesaggio come un coltello la carne.

Ogni tanto Jahan balzava giù dall'elefante e camminava per un po'. Fu così che conobbe un fante vispo come un grillo, la borraccia di traverso sulla schiena.

«Quando finisci un nemico, ti entra nel passo» disse il soldato. «Per ogni testa di lestofante morto hai una dimora in paradiso.»

Non sapendo granché del paradiso o del perché gli sarebbero dovute servire delle case lassù, Jahan rimase in silenzio. Il fante aveva combattuto nella battaglia di Mohács. Torme di infedeli erano morte cadendo dal cielo come stormi di uccelli abbattuti. Il suolo era coperto di cadaveri ancora aggrappati alle loro spade.

«Pioveva sempre... ma io ho visto una luce d'oro» disse, abbassando la voce fino a un sussurro.

«Come sarebbe?» gli chiese Jahan.

«Lo giuro. Era splendente. Brillava sul campo. Allah era con noi.»

All'improvviso le sue parole furono interrotte da un urlo acuto di dolore. I soldati corsero a destra e a manca, abbaiando ordini. Da fila a fila si propagarono ondate di mormorii. Dove prima c'era terreno solido ecco un grande vuoto, come un'orbita vuota rivolta verso i cieli. La terra aveva aperto la bocca e inghiottito una compagnia di cavalieri. Erano caduti in un pozzo foderato di picche affilate, una trappola ben nascosta lasciata dal nemico. Erano morti sul colpo. Solo un cavallino biondo respirava ancora, il collo straziato, e un arciere lo colpì per porre fine alle sue sofferenze.

Seguì una discussione: si dovevano tirar fuori e seppellire i morti, o bisognava lasciarli dov'erano? La luce già calava all'orizzonte. Il tempo era prezioso: così furono messi a riposare insieme, cavalli e soldati, nella stessa tomba. Com'era ingiusto, pensò Jahan, che solo gli umani andassero in paradiso, raggiunto il martirio, mentre gli animali che li avevano accompagnati ed erano morti per loro venivano allontanati dalle porte del cielo. Era un pensiero di cui non sapeva che fare, e lo tenne per sé.

Nei giorni che seguirono l'esercito attraversò vallate perlacee e colline aspre, avanzando col sole, accampandosi col buio. Così, dopo sei albe e cinque tramonti, raggiunsero le rive del fiume Pruth. Una tenda di nebbia rotolava sull'acqua. Non c'era niente per portarli sull'altra riva: niente barche, nessun ponte. Fu ordinato loro di piantare le tende e riposare mentre si cercava una soluzione.

Chota si precipitò verso la curva del fiume che si era riempita di fanghiglia e si gettò nella piscina, rotolandosi, bagnandosi, strombazzando. Era così contento che interi reggimenti si fermarono a guardarlo.

«Cosa fa?» chiese il fante.

«Si copre di fango.»

«Perché?»

«Non sudano come noi» spiegò Jahan. «L'acqua li tiene freschi. Il fango li protegge dal sole. Me l'ha insegnato Taras.»

«Chi è Taras?»

«Ehm... Un vecchio domatore a palazzo» rispose Jahan con noncuranza. «Sa tutto di tutti gli animali.»

Il fante lo osservò con un brillio nello sguardo. «Così tu hai imparato le abitudini dell'elefante da questo umano. Come mai non sapevi niente della tua bestia?»

Jahan evitò il suo sguardo, all'improvviso a disagio. Aveva

parlato troppo. Tutte le volte che concedeva a qualcuno, a chiunque, di aprire il guscio della sua anima se ne pentiva all'istante.

Ben presto fu chiaro che Chota era l'unico a trarre vantaggio dalla pausa. Un'attesa indefinita accanto al fiume non faceva la gioia dei giannizzeri, avidi di vittoria e bottino. Il vento che li aveva frustati durante la marcia era calato, ma c'erano sciami di zanzare ovunque. Pungevano feroci, come addestrate dal nemico. I soldati erano nervosi, i cavalli agitati. Gli addetti alle provviste erano stanchi di setacciare gli stessi villaggi in cerca di cibo e la zuppa era sempre più insipida.

Nel frattempo, un corpo di operai aveva cominciato a costruire un ponte. Sembrava che il lavoro procedesse bene quando all'improvviso, spinti da Sheitan, i piloni crollarono l'uno dopo l'altro. Prima della fine della settimana fu avviata la costruzione di un secondo ponte: le fondamenta erano più grosse e robuste, ma si sbriciolarono ancora più in fretta, ferendo una dozzina di soldati e uccidendone uno. Il terzo ponte fu solo un debole tentativo. Il terreno era troppo fangoso; la corrente del fiume era instancabile. Scoraggiati e sfiniti, i soldati caddero in un torpore che li risucchiava come la palude sotto i loro piedi. Jahan non dovette nemmeno chiedere al fante che cosa pensava delle loro difficoltà: sapeva che avrebbe risposto che l'Onnipotente, che li aveva portati fin lì in quella terra desolata, all'improvviso si era dimenticato di loro. Se andava avanti così, ancor prima che la guerra cominciasse l'esercito ottomano sarebbe stato sconfitto dalla propria impazienza.

Il maestro

Al fiume Pruth aspettarono. L'acqua scorreva rapida e profonda tra l'esercito ottomano e il nemico. I giannizzeri ardevano dal desiderio di trovarsi sull'altra riva, assetati di vittoria.

Un giorno Jahan vide lo *zemberekcibasi*[11] correre quanto le gambe glielo consentivano. Veniva verso di lui. Desideroso di sapere cosa stava succedendo, tardò a spostarsi.

«Come sta la bestia, mahout?» chiese lo *zemberekcibasi*, raddrizzandosi in fretta dopo la breve collisione.

«Sta benissimo, *effendi*, è pronto a combattere.»

«Presto, *in'sh'Allah*. Prima dobbiamo attraversare questo maledetto fiume.»

Ciò detto, l'uomo scomparve in un'enorme tenda sorvegliata da due soldati. Jahan avrebbe dovuto fermarsi, ma non lo fece. Senza indugiare a pensare chi potesse essere, entrò così sicuro che le guardie lo scambiarono per l'attendente dello *zemberekcibasi* e lo lasciarono passare.

Dentro era così affollato che nessuno fece caso al ragazzo. Silenzioso come un topo, sgattaiolò fino a un angolo di fronte alla porta, e s'infilò tra due paggi. Pareti di tessuto, cuscini di broccato, tappeti di colori vivacissimi; vassoi carichi di squisitez-

[11] Comandante della compagnia dei giannizzeri responsabile delle catapulte.

ze; bracieri, lanterne, incensieri che emanavano dolci fragranze. Chissà se sarebbe riuscito a rubacchiare qualcosa per il capitano Gareth; ma anche solo il pensiero era spaventoso.

Il gran visir era lì, una piuma di airone sul turbante. Il sultano era all'altro capo della tenda, avvolto in un caftano color ambra, solenne come una scultura. Era seduto su un trono incrostato di gemme e rialzato in modo da poter osservare tutti. Lo Shayh al-Islam, l'agha dei giannizzeri e gli altri visir si erano schierati ai suoi lati, e davano suggerimenti. Discutevano se mutare o no il percorso per trovare una curva del fiume dove il suolo fosse abbastanza solido da costruire un ponte. Voleva dire perdere settimane, forse dover rimandare la battaglia per un mese, e allora il tempo sarebbe stato meno favorevole.

«Mio grazioso Sire» disse Lutfi Pasha, «c'è qualcuno che può costruirci un ponte robusto.»

Quando il sultano chiese chi fosse, Lutfi Pasha rispose: «Una delle vostre guardie scelte. Sinan è il suo nome, il vostro schiavo Haseki».[12]

Poco dopo venne fatto entrare un uomo. S'inginocchiò a pochi passi da Jahan. Aveva la fronte ampia, il naso ben modellato e occhi scuri, tristi, che emanavano tranquillità. Richiesto di farsi avanti, lo fece lentamente, a capo chino, come contro una raffica di vento. Dopo aver ascoltato il perché della convocazione, Sinan disse: «Mio grazioso sultano, avremo un ponte, ad Allah piacendo».

«Quanti giorni serviranno a portarlo a termine, secondo i tuoi calcoli?» chiese il sultano Suleiman.

Sinan fece una pausa prima di rispondere: «Dieci, mio Sire».

«Cosa ti fa pensare che riuscirai dove altri hanno fallito?»

[12] Guardia scelta del sultano che lo accompagnava alla moschea, a caccia e così via.

«Mio Sire, gli altri, certo con intenzioni pure, hanno cominciato subito a costruire. Io costruirò il ponte nella mia mente. Solo dopo averlo pensato lo farò fare di pietra.»

Pur strana, la risposta parve piacere al sultano. A Sinan fu assegnato il compito. Si ritirò com'era entrato, senza fretta. Mentre passava accanto a Jahan, lo guardò e poi fece una cosa che il ragazzo non aveva visto fare a nessun uomo del suo rango. Sorrise.

Fu allora che a Jahan venne in mente una cosa. Se avesse lavorato con quell'uomo, si sarebbe potuto avvicinare alle ricchezze del sultano Suleiman. Tutti dicevano che il sovrano aveva portato forzieri pieni di monete e gioielli da distribuire a coloro che avessero dimostrato un grande coraggio in battaglia.

«*Effendi*, aspettate» gridò Jahan, sgattaiolato fuori per raggiungere l'architetto. «Io sono il domatore dell'elefante.»

«So chi sei» disse Sinan. «Ti ho visto occuparti della bestia.»

«Chota è più forte di quaranta soldati. Potrebbe esservi molto utile.»

«Be', sai qualcosa di costruzioni?»

«Noi... noi abbiamo lavorato con un maestro in Hindustan»

Sinan continuò a fissare il ragazzo e rifletté. «Che cosa ci facevi nella tenda del gran visir?»

«Sono entrato di nascosto» rispose Jahan, e questa volta diceva la verità.

Le rughe attorno agli occhi di Sinan si addolcirono. «Un elefante potrebbe rivelarsi utile. E anche un ragazzo sveglio e curioso come te potrebbe essere d'aiuto.»

Jahan sentì le guance infiammarsi. Da che era al mondo non ricordava che qualcuno l'avesse mai definito sveglio. E fu così che Chota e il mahout si unirono all'esercito di tagliapietre e cominciarono a lavorare con quello straniero di nome Sinan.

Gli operai non vedevano l'ora di mettersi al lavoro, ma il primo giorno passò senza che fosse mosso un dito. Così il secondo. Sinan sembrava perdere tempo: vagava avanti e indietro lungo il fiume, guardava in lontananza, piantava pali nell'acqua, prendeva misure, portava rotoli di carta, scarabocchiava numeri, disegnava forme non meno oscure di quelle sui fogli di un oracolo. I soldati cominciavano a essere nervosi, e chiedevano che cosa mai ci fosse da aspettare. Di notte nelle tende e attorno ai fuochi correva voce che Sinan non fosse proprio l'uomo giusto per quel compito.

Il terzo giorno Sinan annunciò che avrebbero cominciato l'opera. Con sorpresa di tutti aveva scelto un punto due *donum*[13] a monte, dove il fiume era più largo. Quando gli era stato chiesto perché così lontano, aveva detto che un ponte può essere corto o lungo, non importa, ma le sue fondamenta devono essere più robuste possibile.

Chota trasportò assi e strutture di legno; spostò rocce per proteggere la struttura dalla forza della corrente. Che potesse camminare con agio nel fiume si dimostrò utilissimo. Nell'acqua rapida che arrivava loro al mento era un gran vantaggio. Usavano

[13] La terra che si può arare in una giornata.

enormi barili impermeabili, sigillati all'interno con un cemento di argilla e calati in un buco scavato di fresco. Coperto di fango, sudore e polvere, Jahan faticava accanto agli operai. Erano uomini strani. Duri e taciturni, ma molto attenti gli uni agli altri. Ponevano la destra sul cuore tutte le volte che sentivano qualcuno nominare i profeti Seth e Abramo, Santi Patroni dei carpentieri e degli architetti. Tra loro Jahan si sentiva più a suo agio di quanto non fosse mai stato. Come loro, provava una gioia segreta nel porre pietra su pietra.

Dieci giorni dopo che a Sinan era stato affidato il lavoro, portarono a termine il ponte.

Seduto sul suo cavallo, il sultano fu il primo ad attraversarlo, le redini strette in una mano. Il gran visir lo seguì, poi gli altri, compreso Lutfi Pasha che si pavoneggiava per aver trovato l'architetto. Quando il corteo reale ebbe raggiunto l'altra riva, tutti esultarono. L'intero esercito cominciò a traversare il fiume, sei uomini alla volta. Qua e là risuonavano le preghiere di uomini che non temevano di versare sangue ma erano terrorizzati dall'acqua. Quando toccò a loro, Jahan e Chota fecero per avanzare, ma furono fermati dal subashi.

«La bestia deve aspettare. È troppo pesante.»

Fu Sinan a venire in loro aiuto. «*Effendi*, questo ponte può reggere cinquanta elefanti, se necessario.»

Il subashi borbottò: «Se lo dite voi…».

Rivolto a Jahan, Sinan disse: «Vieni, camminerò con te».

Così traversarono il ponte insieme, l'elefante a passi pesanti dietro di loro.

Una volta sull'altra riva, Sinan fu convocato di gran fretta. Accelerò il passo. Jahan, a cui non era stato detto di restare indietro, lo seguì, e così Chota.

Davanti a loro, i notabili discutevano su che cosa dovesse accadere al ponte dopo il passaggio dell'esercito. Dalle loro espressioni Jahan capì che la situazione era seria. Lutfi Pasha voleva costruire una torre di guardia e distaccare un reggimento a sorvegliare il ponte; il gran visir e il governatore generale della Rumelia, Sofu Mehmet Pasha, non erano d'accordo. Incapaci di raggiungere un'intesa, avevano deciso di consultarsi con l'architetto.

«Miei signori, se costruiamo una torre, il nemico prenderà torre e ponte» disse Sinan. «Possono tenderci un'agguato alle spalle.»

«Cosa suggerisci?» gli chiese il gran visir.

«L'abbiamo fatto con le nostre mani; possiamo distruggerlo con le nostre mani» rispose Sinan. «Poi potremo costruire un nuovo ponte al ritorno.»

Lutfi Pasha, che aveva raccomandato Sinan al *diwan* e quindi si aspettava obbedienza da lui, si arrabbiò. «Codardo! Hai paura di essere lasciato indietro a sorvegliare la torre.»

Sinan impallidì, ma quando parlò era tranquillo. «Miei signori, io sono un giannizzero. Se il sultano mi ordina di costruire una torre e farle la guardia, farò come dice. Ma voi avete chiesto la mia sincera opinione, e io questa vi ho dato.»

Nel silenzio che seguì, il governatore generale disse: «Be', gli arabi bruciano le loro navi».

«Questa non è una nave, e noi non siamo beduini!» sbottò Lutfi Pasha, scoccando un'occhiata gelida a Sinan.

Nell'impossibilità di prendere una decisione, l'incontro volse al termine.

Più tardi il sultano, che era stato informato della discussione, annunciò la sua decisione. Evidentemente aveva preferito il suggerimento di Sinan a quello di Lutfi Pasha. Il ponte doveva essere demolito.

Distruggere un edificio è più facile che costruirlo, scoprì ben presto Jahan. Ma gli fece male veder rotolare a terra le pietre che con tanta fatica avevano raccolto e disposto in equilibrio. Era arrabbiato con Sinan più che con chiunque altro. Come faceva quell'uomo a suggerire di distruggere il ponte come se il sudore della loro fronte non fosse niente per lui?

Quando riuscì a parlare con Sinan, Jahan si trovò in difficoltà. «*Effendi*, perdonatemi. Non capisco perché facciamo questo. Abbiamo lavorato tanto.»

«Lavoreremo di più la prossima volta.»

«Sì, ma… come potete ordinare con tanta semplicità di buttarlo giù? Non siete triste?»

Sinan osservò il ragazzo come se si conoscessero da un altro tempo. «Il mio primo maestro è stato mio padre. Era il falegname migliore della regione ed è stato lui a insegnarmi, fin da quando ero un ragazzo. Ogni Zatik[14] digiunava per quaranta giorni. Nel frattempo mi chiedeva di scolpire un agnello di legno. Poi mi diceva che non era abbastanza bello e me lo portava via. L'ho distrutto, mi diceva, vai a farne un altro. Io mi arrabbiavo, ma i miei agnelli miglioravano».

Jahan s'irrigidì pensando al patrigno. Ricordava che una volta aveva deriso il forno che lui aveva costruito nel cortile per sua madre. Anni dopo, quel giorno, non fu sorpreso di scoprire che la rabbia che aveva provato allora era ancora confitta a fondo nel suo cuore.

Ignaro dei suoi pensieri, Sinan riprese: «Quando mio padre è

[14] Pasqua armena.

morto, abbiamo trovato un baule nel suo capanno. Dentro c'erano tutti gli agnelli che avevo scolpito da ragazzo. Li aveva tenuti tutti».

«Capisco che vi abbia fatto diventare un artigiano migliore, ma vi ha spezzato il cuore.»

«Il mio cuore non è spezzato, figliolo.»

«Allora non capisco, *effendi.* Io non vorrei che qualcun altro rovinasse il mio lavoro.»

«Per diventare abile devi distruggere tanto quanto costruire.»

«Allora non ci sarebbero edifici rimasti al mondo» azzardò Jahan. «Tutto verrebbe raso al suolo.»

«Noi non distruggiamo gli edifici, figliolo. Noi distruggiamo l'idea di possederli. Solo Dio è il proprietario. Della pietra e dell'arte.»

«Non capisco» disse di nuovo Jahan, ma questa volta non così forte.

E così, sulla riva del fiume Pruth, abbandonarono la costruzione dietro di loro, il sudore, la fede, il lavoro, tutto ridotto in rovine che non potevano raccontare a nessuno che magnifico ponte fosse stato eretto lì un giorno.

Era la notte prima della battaglia, non quelle dopo, che si sarebbe incisa nell'anima di Jahan – quando era ancora intero, ancora intatto, e sarebbe rimasto tale se questo fosse stato un mondo diverso. Jahan era disteso sul suo giaciglio a pensare a Mihrimah. Non poteva farne a meno. I suoi occhi facevano tutto da soli, la vedevano intenta a pettinarsi o a passeggiare nei giardini di rose, il suo sorriso ovunque. Era impotente mentre i suoi sensi la evocavano dal nulla.

Dopo il tramonto l'umore nell'accampamento cominciò a mutare, l'inquietudine a diffondersi. All'ora del buio c'era nel vento una sorta di aspettativa così intensa da essere tangibile. Tutti i soldati, di grado alto e basso, sapevano nel profondo del cuore che il cielo pieno di stelle che guardavano poteva essere l'ultimo. L'indomani, quando il sole fosse sorto e il nemico si fosse trovato così vicino da sentirne l'odore, nessuno di loro avrebbe esitato nel fare ciò che doveva. Ma in quel momento si trovavano sospesi in un limbo tra fede e dubbio, coraggio e viltà, lealtà e tradimento.

Un senso di inquietudine lacerava i loro nervi. Non era quella tetra vallata condannata il luogo dove volevano morire, i corpi lacerati dagli avvoltoi, le ossa abbandonate senza una lapide, i fantasmi condannati a vagare fino all'eternità. Meglio essere sepolti in un quieto cimitero punteggiato di cipressi e rose in fiore, dove la terra era familiare, dove la gente conosceva i loro nomi e avrebbe detto una preghiera o due per le loro anime. La promessa della vittoria e del bottino era dolce, ma la vita era più dolce. Molti consideravano in segreto l'idea di sellare un cavallo e fuggire, come se, non essendo in grado di tornare a casa, potessero andare ovunque.

Nonostante il suono del tamburo di notte, i soldati faticavano ad addormentarsi. Mormorii filtravano nelle tende mentre storie venivano condivise, segreti svelati, promesse fatte, preghiere pronunciate. Passando davanti a una tenda che apparteneva ai bombardieri, Jahan incontrò un lanciatore di granate che cantava in una strana lingua. I giannizzeri venivano da miriadi di terre e luoghi, e tra loro vi erano i figli dei Balcani e dell'Anatolia. Tenevano chiusi i ricordi delle vite precedenti in scrigni di cui avevano gettato la chiave. Eppure, in momenti come quelli, quando si trovavano faccia a faccia con la morte, gli scrigni si aprivano da soli e frammenti della loro infanzia si spargevano intorno, come un sogno che avevano fatto un tempo ma che non riuscivano a ricostruire.

Col pretesto di andare a prendere cibo per l'elefante, Jahan vagava per l'accampamento, un secchio tra le mani. Incrociò dervisci rotanti che disegnavano cerchi dentro cerchi, le destre aperte verso il cielo, le sinistre voltate verso terra, ricevendo e dando, morti a tutti e forse più vivi di molti. Osservò pii musulmani pregare su minuscoli tappeti, un pallido segno sulla fronte per via di tutto quell'inchinarsi. Incontrò un armiere che teneva uno scorpione in una scatola dentro la cintola, e diceva che si sarebbe fatto pungere se fosse caduto prigioniero degli idolatri. Origliò i giannizzeri che imprecavano sottovoce, una rissa tra compagni che l'indomani sarebbe stata dimenticata. Vide prostitute che, anche se era stato proibito loro di lavorare il giorno prima della battaglia, si aggiravano tra le tende. Quella notte di tutte le notti era la più remunerativa, perché molti uomini avrebbero avuto bisogno del loro conforto.

Davanti a lui c'erano tre puttane, i volti celati dai cappucci. Curioso come sempre, Jahan cominciò a seguirle. Una – giovane, snella, un'ebrea, a giudicare dagli abiti – si fermò e si voltò.

«Coraggioso soldato» disse con voce suadente, «non riesci a dormire?»

«Non sono un soldato» disse Jahan.

«Ma sei coraggioso, ne sono certa.»

Jahan scrollò le spalle, senza sapere come replicare.

Il sorriso di lei si allargò. «Fatti guardare.»

Al suo tocco Jahan trasalì. Lei lo prese sottobraccio e gli strinse la mano così forte che non riuscì a liberarsi. Aveva dita morbide; il suo corpo odorava di fumo e di erba umida. Cercando di nascondere il brivido che l'aveva afferrato, Jahan si liberò.

«Non andare» lo supplicò lei come un'amante dal cuore spezzato.

La richiesta era così inaspettata e così innocente da sopraffarlo. Quando prese a camminare, lei lo seguì, e il fruscio delle sue gonne gli ricordò quello dei piccioni sotto le gronde. Guardando avanti, come se la notte trattenesse un enigma che doveva risolvere, Jahan avanzò. Si faceva tardi, e andare per l'accampamento con una puttana alle calcagna era pericoloso. Riluttante, andò verso la sua tenda.

Dentro c'erano tre stallieri. «Ehi, ragazzo indiano, cosa ci hai portato?» chiese uno. «Una gazzella, eh?»

«È venuta da sola» disse Jahan, secco.

Per un attimo tacquero, decidendo che fare. Il più vecchio degli stallieri, che possedeva un bel paio di stivali da scambiare, portò la puttana verso il suo letto.

Fingendo indifferenza, Jahan si ritrasse in un angolo e srotolò il suo giaciglio. Il sonno non voleva venire. Fece una smorfia ascoltando i grugniti e gli ansiti. Quando pensava che finalmente fosse finita, si puntellò su un gomito e si guardò intorno. Alla debole luce di una candela li vide, lui che si agitava sopra di lei, lei molle e apatica, gli occhi spalancati fissi sull'ombra di qualcosa che non c'era. La donna si volse di lato. I loro sguardi s'incrociarono. Negli occhi di lei Jahan scorse il proprio universo; nella sua solitudine riconobbe la propria. Si sentiva male, stordito, il suolo che s'inclinava sotto il suo peso. In quel momento Jahan scoprì suo malgrado una forza selvaggia che gli bruciava il cuore. C'era un lato oscuro nella sua natura, una volta segreta sotto la casa della sua anima che non aveva ancora visitato ma che aveva sempre sentito esistere.

Balzò in piedi e avanzò verso lo stalliere, che non si accorse di lui finché non fu troppo tardi. Lo tolse di dosso alla fanciulla e lo colpì forte con un pugno che spedì lo stalliere a terra ma fece più male alla mano di Jahan che al mento dell'altro. Lo stalliere, più perplesso che arrabbiato, guardò il ragazzo socchiudendo gli occhi. Le sue labbra si contorsero mentre comprendeva sprezzante ciò che era accaduto, poi ridacchiò. Gli altri stallieri lo imitarono. Jahan guardò la puttana e vide che anche lei rideva di lui.

Tremante, scivolò fuori dalla tenda. Aveva bisogno di vedere il suo animale, Chota, che era sempre benevolo e affettuoso, e a differenza degli esseri umani non conosceva arroganza o malvagità.

Come al solito l'elefante sonnecchiava in piedi. Dormiva solo poche ore al giorno. Jahan gli cambiò l'acqua, controllò le foglie nella mangiatoia, mentre nella sua mente scorrevano immagini della puttana: lei che lo toccava, che lo seguiva, lei distesa a gambe larghe su un materasso sporco, mezza nuda. Ma quando si distese su una pila di paglia e chiuse gli occhi fu Mihrimah ad apparirgli, ancora una volta, china su di lui per un bacio. Aprì gli occhi terrorizzato, imbarazzato per aver osato pensare a lei in quel modo – una donna di nobili origini, non come quella sgualdrina perduta che veniva dal nulla. Eppure per quanto ci provasse non riusciva a disprezzare la sgualdrina né a smettere di sognare la principessa.

La mattina all'alba si svegliò al suono della preghiera. Gli stallieri erano pronti. Jahan li osservò cercando una traccia di colpa o un segnale di stanchezza. Niente. Era come se la notte prima non fosse mai accaduta.

Lento e tedioso era stato il preludio alla guerra; la battaglia fu rapida, o così parve a Jahan. Sentì l'eco di un rombo, prima lontano, poi troppo vicino. Il nemico non era più un'ombra oscura. Aveva un volto – mille volti, in verità, che sbirciavano da sotto gli elmi. In cima all'elefante Jahan passò lo sguardo sul campo di battaglia. In lontananza, dove i due eserciti si scontravano, i colori si fondevano in una cascata grigia. Lampi di luce dardeggiavano e si spegnevano, dardeggiavano e si spegnevano, mentre le lame cozzavano. Ovunque si voltasse vide metallo e carne: picche, spade e pugnali; corpi che si precipitavano nella piana, barcollavano, cadevano.

Il rumore era assordante. Il cozzo degli zoccoli ferrati, l'urto dell'acciaio, il tonfo delle catapulte; le urla, i rantoli, la ripetizione costante, *Allah*, *Allah*. Combattevano per il sultano. Combattevano per l'Onnipotente. Ma anche per tutti i torti subiti da quando erano ragazzi, le frustate e le bastonate e le botte che avevano sopportato. Sangue versato nel sangue su macchie di terra che diventavano così scure da farsi nere. Le guance gonfie, le bocche schiumanti, i cavalli galoppavano, i cavalieri ritti in sella. Nubi di fumo danzavano ampie e remote. Era metà pomeriggio ma la luce già calava, il cielo, un manto di caligine.

Agitato, sconvolto, Chota si volgeva di qua e di là, a disagio sotto l'enorme armatura di metallo a cui non si era ancora abituato. Le zanne erano state affilate fino a diventare lame taglienti. Jahan cercava di parlargli, ma le sue parole erano inghiottite dal clangore. Vide di scorcio un movimento. Un franco robusto, l'arco in spalla, balzò verso un giannizzero che, inciampato, persa la lancia, giaceva a terra, stordito. Il giannizzero scansò il primo affondo della spada, ma il secondo gli perforò la spalla. In un attimo Jahan guidò Chota da quella parte. L'elefante avanzò sul franco e lo sollevò, la zanna infilata nell'addome.

«Basta, Chota» urlò Jahan. «Lascia!»

L'elefante obbedì, per un attimo fugace, lasciando cadere il soldato urlante. Ma poi lo sollevò di nuovo, affondandogli la zanna nel petto. L'uomo perdeva sangue dalla bocca, e il suo sguardo era ancora incredulo per aver incontrato una simile fine ad opera di un animale. Jahan rimase a guardare terrorizzato. Capiva solo in quel momento che non era lui a controllare Chota: era Chota a controllare lui.

Dopodiché Jahan si sentì sempre di più uno spettatore. Chota si scagliava verso le linee nemiche, sceglieva, sollevava e lasciava cadere soldati; schiacciò due franchi sotto il suo peso. Con un soldato si prese più tempo, come un gatto con un topo, come se desiderasse vederlo soffrire più a lungo. Aggredì anche un giannizzero, non riuscendo a distinguere tra amico e nemico. Fu per mera fortuna che l'uomo non finì calpestato.

Sì, la guerra succedeva troppo in fretta, anche se dopo Jahan l'avrebbe rivissuta dentro la testa mille volte. Le morti testimoniate ma non viste, gli urli colti ma non uditi gli sarebbero tornati in mente. Anche decine di anni dopo, da vecchio, Jahan si sarebbe ritrovato a ricordare quel pomeriggio; uno scudo insanguinato nel fango, una freccia incendiaria con grumi di carne attaccati, un cavallo squarciato, e da qualche parte dietro il velo del tempo, sempre, sempre, il volto della prostituta che rideva di lui.

Più in là, nel mare di fiamme, scorse un soldato che barcollava, il volto una maschera incisa, il busto lacerato da una lancia. Jahan riconobbe il fante con cui aveva fatto amicizia in viaggio.

«Fermati, Chota!» urlò. «Fammi scendere.»

L'elefante disobbedì a entrambi gli ordini. Senza riflettere, Jahan si gettò giù dal dorso dell'animale e cadde pesantemente sul fianco. Raggiunse il soldato, che era caduto in ginocchio. Aveva le dita intrecciate, come se tenesse stretta una fune invisibile. Dal naso gli uscivano bolle di sangue, e alcune caddero sul talismano che portava al collo. Jahan si tolse la giacca da mahout e la premette sulla ferita da cui sbucava l'impugnatura della lancia. Si sedette accanto a lui e gli tenne stretta la mano tra le sue, il polso un tamburo flebile.

Il fante sorrise: perché era sollevato nel vedere un volto familiare o perché aveva scambiato Jahan con qualcun altro, impossibile dirlo. Battendo i denti balbettò qualcosa d'incomprensibile. Jahan si chinò su di lui e ascoltò, il respiro caldo contro la guancia del soldato.

«La luce... l'hai... vista?»

Jahan fece un breve cenno. «L'ho vista. È bella.»

Un'ombra di consolazione passò sul volto del fante. Il suo corpo si fece pesante, la bocca si afflosciò, gli occhi rimasero aperti, come fissi su una nube già passata.

Più tardi, quando tutto fu concluso e l'esercito ottomano ebbe trionfato, Jahan non riuscì a unirsi ai festeggiamenti. A passo stanco e pesante si allontanò dall'accampamento e puntò verso il cuore del campo di battaglia. Era una cosa arrischiata. Non portava armi, tranne un pugnale che non era sicuro di saper usare. Ma vagò lo stesso per la valle avvolta nella nebbiolina, avanzando sul campo coperto di corpi che solo poche ore prima erano stati figli, mariti o fratelli. Aveva la sensazione che quel posto con le sue ombre e il fumo fosse la fine della terra nota, e se avesse continuato a camminare sarebbe caduto dall'orlo. Sapeva che Chota aveva fame, e aspettava cibo e acqua. Ma l'ultima cosa che desiderava era vedere l'elefante.

Parecchie volte calpestò un monticello morbido per scoprire con orrore che era la coscia o la mano tagliata di un uomo. Il puzzo era tremendo. I rumori che aleggiavano erano inquietanti; lo scricchiolio del legno che brucia, gli zoccoli di cavalli senza cavaliere e i gemiti di soldati ancora vivi che arrivavano da luoghi indistinguibili.

Il dolore, quando infine lo colse, non era simile a nulla che avesse mai provato. Si guardò tutto, incapace di trovarne la fonte. Era nella testa, nelle membra. Non sapeva dove gli facesse male perché il dolore viaggiava, ora gli divorava le ossa, ora gli strizzava le viscere. Piegato in due, vomitò.

Trascinato da un folle istinto avanzò, i piedi doloranti, le gambe grevi come legno, la fronte imperlata di sudore, finché non trovò un albero contorto contro cui sedersi. Una squadra di minatori ottomani scavava una gran fossa in lontananza. Una volta finito avrebbero separato i morti e sepolto i loro compagni. Che cosa sarebbe successo ai corpi dei franchi, non lo sapeva. Era così perso nei suoi pensieri che non sentì l'uomo avvicinarsi.

«Ragazzo indiano» disse una voce alle sue spalle. «Cosa ci fai qui?»

Jahan trasalì e si voltò. «Maestro Sinan!»

«Non dovresti stare qui, figliolo.»

Il ragazzo non pensò che valeva anche per Sinan. Disse, in tono di scusa: «Non voglio tornare».

L'uomo studiò gli occhi gonfi del ragazzo, il suo volto segnato. Lentamente si sedette accanto a lui. Il sole tramontava, una traccia cremisi all'orizzonte. Uno stormo di cicogne passò in volo, diretto verso terre più calde. Jahan si mise a piangere.

Sinan prese una lama dalla cintola e tagliò un pezzo di legno da un ceppo lì vicino. Mentre intagliava, prese a parlare di Ağirnas, il villaggio in cui era nato: i campi cinti da siepi, le chiese greche e armene senza campane, e i venti ghiacciati che mormoravano come canzoni tristi; la zuppa di yogurt che sua madre preparava e serviva fredda d'estate, calda d'inverno; la falegnameria in cui suo padre gli aveva insegnato il mestiere, dove anche il più piccolo pezzo di legno era vivo e respirava. Diventato giannizzero e convertitosi all'Islam a ventun anni, si era unito al Focolare di Haci Bektash, che era il nome del derviscio patrono del corpo dei giannizzeri, e aveva preso parte a molte guerre: Rodi, Belgrado, Iran, Corfù, Baghdad e la più sanguinosa di tutte, quella di Mohács. Aveva visto i più coraggiosi darsi alla fuga, i timorosi fiorire e diventare cuordileone.

«Il mio elefante...» disse Jahan quando riuscì a ritrovare la voce. «Io e Olev gli abbiamo insegnato a uccidere. E ha ucciso. Molti.»

Sinan smise di intagliare il legno. «Non essere arrabbiato con l'animale. Non prenderti la colpa.»

Il ragazzo rabbrividì, all'improvviso intirizzito. «Quando abbiamo fatto quel ponte, mi sono sentito utile, *effendi*... Vorrei che fossimo rimasti là.»

«Quando fai le cose dall'anima, senti un fiume muoversi dentro, una gioia.»

«Chi l'ha detto?»

«Un poeta, un saggio.» Sinan posò la mano sulla fronte del ragazzo. Era bollente. «Dimmi, ti piacerebbe costruire ancora?»

«Sì, mi piacerebbe molto» rispose Jahan.

Quando scese l'oscurità, tornarono all'accampamento. A metà strada incontrarono un cavallo sellato che vagava solo, senza cavaliere. Sinan fece salire Jahan sul cavallo e lo condusse per le redini fino all'accampamento. Portò Jahan nella sua tenda e disse agli stallieri di occuparsi dell'elefante mentre il ragazzo riposava.

Bollente di febbre, Jahan cadde in un sonno doloroso non appena si distese. Sinan rimase accanto a lui, posandogli pezze imbevute nell'aceto sul viso e sulle braccia, e continuò a intagliare il legno. All'alba, quando la febbre di Jahan scese, Sinan aprì il pugno stretto del ragazzo, depose un dono sul palmo e se ne andò. La mattina dopo, quando il ragazzo si svegliò, zuppo di sudore ma per il resto in buone condizioni, si ritrovò nella mano un elefante di legno. Sul muso, invece delle zanne affilate e letali, aveva due fiori.

La città attendeva il suo esercito. Fin dall'alba la gente si era riversata fuori, riempiendo strade e piazze come denso, colloso *shurub*.[15] In cima agli alberi, appollaiati sui tetti, strizzati in ogni minimo spazio lungo la strada dalla Porta di Adrianopoli a palazzo, in migliaia aspettavano con gioia di salutare i vincitori. Istanbul, con i suoi vicoli tortuosi, i passaggi sotterranei e i bazar chiusi, aveva indossato il suo abito più bello, e per una volta era tutta sorrisi.

«Arrivano i soldati!» esclamò un monello che si era sistemato sopra una fontana. Le sue parole, come increspature sulla superficie di uno stagno, si diffusero, raggiungendo le rive della folla, e da lì furono spinte indietro verso il centro, e trasformate nell'andare. Quando lo stesso bambino udì l'eco della sua esclamazione, suonava tutta diversa: «Il sultano regala soldi!».

Cittadini col cuore gonfio di gioia e orgoglio, mercanti con le borse cucite negli orli delle vesti, venditori di fegato con strisce di carne appese ai pali e gatti randagi al seguito, sufi con i novantanove nomi di Dio sulla lingua, scribi con macchie d'inchiostro sulle dita, mendicanti con le ciotole appese al collo, borseggiatori con le mani rapide come scoiattoli, viaggiatori dal Frangistan

[15] Uno sciroppo molto usato in Medio Oriente.

con lo sguardo stupefatto e spie veneziane con parole di miele e sorrisi astuti: tutti si avvicinarono, avidi, per vedere.

Dopo un po' la guardia scelta del sultano in tutto il suo splendore passò sotto una porta ad arco, guidando la processione lungo il viale fiancheggiato da alberi di acacia, i cavalli al trotto cerimoniale. Li seguiva, in groppa a uno stallone arabo purosangue, avvolto in un caftano azzurro con un turbante così alto da confondere una cicogna al passo in cerca di un nido, Suleiman il Magnifico. Un sospiro collettivo sorse dalla folla e si mescolò a preghiere e adulazioni. Petali di rosa danzavano nell'aria, sparsi da centinaia di finestre e balconi.

Dietro file e file di soldati in armatura, alcuni a piedi, altri a cavallo, altri coi cavalli tenuti per le redini, venivano l'elefante e il mahout. Subito a Jahan era stato ordinato di sedere sul collo dell'animale e lasciare l'howdah all'agha dei giannizzeri. Dopo qualche passo, però, l'uomo aveva chiesto di scendere, il volto cinereo. Il dondolio dell'elefante era troppo per il nobile ottomano, pur abituato a tumulti di ogni genere. E così Jahan si sistemò nell'howdah alla maniera di un principe che torna a casa dopo anni di esilio. La sensazione era di una strana dolcezza. Per la prima volta dopo giorni si dimenticò del campo di battaglia e del puzzo di morte che la sua pelle ancora emanava.

Ben presto fu chiaro che l'elefante bianco sarebbe stato al centro dell'attenzione. Oltre al sultano nessuno ricevette tanti applausi e tanta ammirazione. La gente indicava Chota, salutava, rideva, batteva le mani. Un mercante di tessuti lanciò strisce di nastri; una ragazzina zingara mandò un bacio, ridendo; un bambino di strada cadde dal ramo sul quale si era sistemato per cercare di toccare le zanne della bestia. Mentre Chota avanzava veloce, agitando la coda, rinfrancato dalla calda accoglienza, Jahan procedeva avvolto in una sorta di stordimento tutto suo.

Non si era mai sentito così importante, avviluppato nella deliziosa illusione che la sua presenza in quella città, se non in questo mondo, colmasse un vuoto incomparabile. Le guance rosse di compiacimento, ricambiava i saluti degli spettatori.

Di ritorno nel serraglio, Chota fu accolto come un eroe. Si decise che non sarebbe stato mandato in uno degli altri serragli della città. Sarebbe rimasto lì, a palazzo. La sua razione quotidiana fu raddoppiata e gli fu consentito di fare il bagno una volta la settimana nello stagno coperto di ninfee all'estremità del cortile: un privilegio che non era concesso a nessun altro animale selvaggio. A nessuno degli altri era permesso di uscire dal serraglio. Piano piano Jahan perdonò l'elefante per come si era comportato sul campo di battaglia. Coprì le zanne affilatissime con due palle di seta e gli fece un nuovo mantello con le proprie mani. Decorò i bordi con campanelle d'argento e vi cucì perline azzurre contro il malocchio. Languidi e tranquilli, i tramonti si succedevano. Furono giorni felici, anche se, come accade troppo spesso coi giorni felici, sarebbero stati apprezzati solo una volta finiti.

Parecchi giorni dopo Jahan stava pulendo la stalla quando Olev il domatore di leoni comparve accanto a lui. «Qualcuno ti ha mandato un messaggio» disse.

«Chi?» chiese Jahan, la voce incrinata.

«Non ho visto. L'ha dato a una guardia perché te lo consegnasse, così mi dicono.»

E con queste parole Olev tirò fuori un foglio di pergamena ripiegato.

«Non so leggere» disse in fretta Jahan, nella speranza che la cosa lo mettesse al riparo dal contenuto della lettera. Non era proprio vero. Con l'aiuto di Taras il siberiano aveva cominciato a studiare l'alfabeto. Una volta scoperta la chiave del mistero delle lettere aveva cominciato a farsi strada nei libri, ma trovava ancora difficile scrivere.

«Non c'è niente da leggere. Ho guardato io» disse Olev.

Jahan prese la pergamena e la aprì. Sulla liscia superficie della pelle c'era un disegno. Un elefante, rozzo, ma certo un elefante, e sul suo dorso un ragazzo con le orecchie grandi. L'animale aveva un sorriso sul muso informe e sembrava contento mentre il ragazzo aveva una lancia nel cuore. Tre gocce cadevano dalla punta della lancia. Solo quelle erano colorate, di un rosso intenso e scuro, perché erano fatte di sangue.

«Non capisco cosa vuol dire» disse Jahan, la mascella serrata, e spinse via la lettera.

«Bene» disse Olev dopo una breve pausa. «In tal caso lo distruggeremo e non ne parleremo con nessuno. Ma chiunque sia questa persona, è meglio se cominci a pensare a cosa farai se viene qui. Le pareti del palazzo sono alte, ma non abbastanza da proteggerti dal male.»

La seconda volta che la sultana fece visita al serraglio, nel suo atteggiamento verso l'elefante c'era qualcosa di nuovo: una briciola d'approvazione, vicina all'apprezzamento. Di nuovo le sue gonne frusciarono; di nuovo Jahan si gettò a terra; di nuovo il suo corteo si mise in attesa, così silenzioso che pareva aver cessato di esistere. E ancora una volta Mihrimah osservò il tutto reprimendo un sorriso.

«Dicono che il tuo elefante è stato coraggioso al fronte» disse Hurrem senza nemmeno guardare dalla parte del mahout.

«Sì, Vostra Altezza. Chota ha combattuto bene» disse Jahan. Non le raccontò di come l'elefante aveva sventrato soldati, e di come lui si sentiva ancora in colpa per averglielo insegnato.

«Mmm, ma tu no, ho sentito. È vero che hai avuto paura e sei scappato?»

Jahan impallidì. Chi aveva potuto sussurrare cose simili alle sue spalle? Leggendogli la mente con un solo rapido sguardo, Hurrem disse: «Gli uccelli… i piccioni mi portano notizie da ogni luogo».

Jahan cercò di restare indifferente, ma una parte di lui credette a quelle parole. Immaginò gli uccelli della voliera frullare alti e lontani, portando nel becco frammenti di pettegolezzi per la sultana.

«Ho sentito anche che il tuo elefante è stato il beniamino del popolo. L'hanno salutato tutti con affetto. Hanno applaudito di più la bestia bianca che l'agha dei giannizzeri.» Hurrem tacque, lasciando che le sue parole facessero il loro effetto.

Jahan sapeva che era vero. Nemmeno i comandanti dell'esercito avevano ricevuto la pioggia di affetto riservata a Chota.

Hurrem continuò. «Stavo pensando… i nostri figli, i due principi, verranno circoncisi. Ci sarà una parata. Grande.»

Jahan si sentì a disagio, chiedendosi che cosa volesse la sultana.

«Il Tuo Eminente Sultano e io vorremmo vedere l'elefante esibirsi.»

«Ma…»

Si era già voltata. «Ma cosa, Indiano?»

Invece che sillabe, Jahan produsse gocce di sudore.

«Attento, c'è gente a cui non piaci. Pensano che ci sia qualcosa di sfuggente in te. Dicono che tu e la bestia dovreste essere mandati in quella chiesa in rovina, a stare con gli altri animali grandi. Hanno ragione. Ma io ho fiducia in te, ragazzo. Non tradire la mia fede.»

Jahan deglutì. «Non lo farò, Vostra Altezza.»

Era abitudine di Hurrem minacciare e blandire in alternanza, soffiando sul collo delle persone per sottolineare che poteva schiacciarle, se voleva, per poi buttar lì un paio di complimenti, lasciandole confuse, riconoscenti. Jahan non poteva saperlo, e l'avrebbe appreso solo col tempo. La sultana se ne andò con gran pompa, le cameriere frettolose al seguito. Di nuovo rimasero indietro due persone. La principessa Mihrimah e Hesna Khatun.

«La Mia Signora Madre sembra affezionata all'elefante bianco» disse Mihrimah con un tono raggelante, come una ragazza che imita i modi della madre. «Se intrattieni la folla come si deve,

Madre si affezionerà a te. Se Madre si affeziona a te, tu e la tua bestia sarete felici.»

«Chota non sa fare giochetti» disse Jahan, a voce così bassa da non saper bene se l'aveva detto.

«Io mi ricordo di avertelo sentito dire.» Mihrimah fece un cenno alla bambinaia, che estrasse una dozzina di cerchietti dall'interno della lunga giacca morbida. «Ecco, comincia con questi. Io e *dada* verremo a vedere come va.»

Quella settimana Jahan passò tutti i pomeriggi a lanciare cerchietti a Chota, con l'elefante che non gli badava affatto. I cerchietti furono sostituiti da cerchi grandi, i cerchi grandi da palle, e infine le palle da mele. Solo le ultime funzionarono: Chota prendeva solo le mele, che poteva poi spedirsi nella pancia.

Comunque Mihrimah e la sua bambinaia venivano tutti i giorni. Quando Chota imparava un nuovo trucchetto, la principessa lo lodava e lo ricompensava con dolcetti. Quando la bestia sbagliava, la incoraggiava con parole ancora più dolci. Ancora una volta l'elefante bianco aveva avvicinato la principessa e il mahout. Ma non erano più bambini. Erano cresciuti in fretta tutti e due. E anche se cercavano di non guardarsi in quel modo, non poterono fare a meno di notare i cambiamenti nei rispettivi corpi. Nel frattempo Hesna Khatun era la silenziosa, ostile testimone di tutto.

Jahan insegnò alla principessa le cose che aveva imparato da quando era arrivato nel serraglio. Le mostrò come scoprire l'età di una quercia contando gli anelli nel tronco, come conservare una farfalla, come la resina si trasforma in ambra splendente. Le disse che gli struzzi corrono più veloci dei cavalli e che le strisce della tigre sono uniche come lo sono le impronte degli umani. Anche lei cominciò a fargli confidenze. Un po' alla volta, gli disse della sua infanzia, dei fratelli e della madre. Essendo la sola figlia femmina tra i maschi, uno dei quali destinato al trono, si era sentita sola, disse. «Mi volevano bene ma non mi hanno mai tenuto in conto. Siccome ero diversa, ero sola. Capisci, Jahan?»

La sola persona di cui non parlava mai era suo padre, il sultano. Sia il mahout sia la principessa si comportavano come se il sultano non fosse lì, al centro delle loro vite. Eppure nel profondo sapevano entrambi che se avesse saputo di quelle piccole avventure in giardino sarebbe stato un grosso guaio e Jahan avrebbe perso il lavoro, e molto probabilmente sarebbe stato spedito in prigione per finire dimenticato fino alla fine del tempo.

Prima dei festeggiamenti per la circoncisione, venne la peste. All'inizio al limitare della città, nei tuguri vicino al porto di Scutari; poi si diffuse più rapida di un incendio scatenato, balzando da una casa all'altra, la maledizione sparsa nel vento. La morte si posò su Istanbul come una nebbia che non vuole alzarsi, filtrando in ogni buco, in ogni fessura. Volteggiava nella brezza marina, schiumava nel lievito del pane, sobbolliva nel denso caffè amaro. A poco a poco la gente smise di andare in giro; evitando gli assembramenti, sprofondò nella solitudine. I tonfi dei remi e i mormorii dei rematori non si sentivano nemmeno nelle sere più tranquille. Nessuno desiderava passare da una riva all'altra se proprio non doveva. Gli abitanti di Istanbul non avevano mai avuto così paura di trovarsi in mezzo alla folla. Non avevano mai avuto così paura di offendere Dio.

Perché era irritabile, il Dio dei primi giorni della peste. Erano tutti preoccupatissimi di farsi sfuggire la parola sbagliata dalle labbra, che la mano sbagliata toccasse loro la pelle, che l'odore sbagliato riempisse loro le narici. Chiusero a chiave le porte e oscurarono le finestre per evitare i raggi del sole che diffondevano la malattia. Ciascun quartiere divenne isolato, ciascuna strada una cittadella oltre la quale nessuno si avventurava. Parlavano sottovoce, curvavano le spalle e si vestivano con panni semplici, avvolti nella modestia. Il lino fine fu scambiato con tessuto ruvido; i copricapi complicati furono abbandonati. Le monete d'oro – gettate in vasi, chiuse in scrigni – vennero sepolte in buchi profondi. Le mogli dei ricchi nascosero i gioielli e scivolarono negli abiti delle domestiche nella speranza di ottenere il favore di Dio. Furono fatte promesse di andare in pellegrinaggio alla Mecca l'anno dopo e di dar da mangiare ai poveri in Arabia. Istanbul contrattava con Dio: offriva abitudini, offriva agnelli sacrificali, offriva preghiere, perdeva, perdeva.

Yumrucuk, si chiamavano: un nome troppo grazioso per i ponfi che comparivano alle ascelle, sulle cosce e sul collo delle vittime, e a guardarli da vicino c'era chi credeva che recassero impresso il volto inconfondibile di Azrael. Uno starnuto era un brutto segno: la gente trasaliva nel sentirne uno. Era così che cominciava. Sul corpo si formavano bolle che diventavano in fretta più grandi e scure. Poi veniva la febbre, il vomito.

Era nel vento, dicevano; l'aria della notte, sudicia, era infestata dal miasma. Le stanze in cui le vittime incontravano la fine venivano ripulite con aceto, imbiancate a calce, spruzzate di acqua santa della Mecca, poi abbandonate. Nessuno voleva indugiare in un luogo infestato da un fantasma risentito.

Che anche i ricchi e i potenti morissero era di consolazione per alcuni, un segnale di disperazione per altri. Quando un uomo si ammalava, le mogli cominciavano a litigare su chi dovesse curarlo. Di solito se ne occupava la moglie più vecchia, o la sterile, se ce n'era una. A volte veniva chiamata una concubina. C'erano uomini che avevano quattro mogli e una decina di concubine ma comunque esalavano l'ultimo respiro da soli.

I cadaveri venivano portati via su carri trainati da buoi, il cigolio delle ruote pulsava sull'acciottolato e un aroma acuto aleggiava ovunque. I cimiteri sui fianchi delle colline si riempirono e si gonfiarono come le pecore sgozzate, spellate e appese sugli alberi a Eid. A ogni nuova fossa i becchini scavavano più a fondo e più in largo, e seppellivano i corpi a decine. Si tenevano per sé il fatto che molti morti non erano stati lavati né avvolti nel sudario. Alcuni venivano consegnati al riposo senza nemmeno una lapide. Il dolore era un lusso che pochi potevano concedersi. La morte doveva smettere di tormentare i vivi perché i morti venissero pianti a dovere. Quando la peste se ne fosse andata, solo allora parenti e amici si sarebbero battuti il petto e avrebbero versato lacrime come il cuore desiderava. Per il momento, il dolore era messo sotto conserva, stipato vicino alla carne salata e ai peperoni secchi nelle cantine, in modo da potervi attingere in tempi migliori.

Le navi venivano rimandate indietro senza scaricare la merce; le carovane ricevevano l'ordine di cambiare percorso. La malattia si era diffusa dall'Ovest, come tutti i mali. Da ovunque arrivassero, i viaggiatori venivano guardati con sospetto. Fuggiaschi, dervisci itineranti, nomadi, vagabondi, zingari: i senza radici erano sgraditi.

A metà estate la malattia colpì il gran visir Ayas Pasha, un uomo ritenuto potentissimo. La sua morte sconvolse il palazzo. All'improvviso le pareti della dimora reale non erano più abbastanza robuste da tenere a bada il contagio. La stessa settimana quattro concubine si ammalarono, una paura più scura del kohl vorticava nei corridoi dell'harem. Dicevano che Hurrem si era chiusa in una stanza con i suoi figli e si rifiutava di vedere altri se non il sultano. Cucinava da sé, si bolliva l'acqua, si lavava perfino i vestiti, diffidando dei servi.

Nel serraglio morirono tre stallieri, tutti nella primavera della vita. E Taras il siberiano rimase chiuso nel suo capanno per giorni, perché tutti lo odiavano, vecchio e fragile com'era, e ancora vivo. Passati erano i giorni in cui la gente non voleva essere vista per le strade, la discrezione gettata al vento. Correvano nelle moschee, nelle sinagoghe e nelle chiese per pregare e pentirsi, pentirsi e pregare. I loro peccati avevano portato la calamità, quelli che avevano commesso ed erano certi di commettere. Era l'ira di Dio. La carne era debole. Non c'era da stupirsi se fiorisse di rose nere. Jahan ascoltava quelle parole, il cuore in gola, convinto e incredulo. Dio aveva creato gli umani, con le loro debolezze, solo per punirli?

«Abbiamo passato il limite» dicevano gli imam. «Il peccato è entrato nel mondo» dicevano i sacerdoti. «Dobbiamo pentirci» dicevano i rabbini. E la gente lo faceva, a frotte di migliaia. Molti divennero bigotti: nessuno più del sultano. Il vino fu proibito, i produttori di vino puniti; gli strumenti musicali furono arsi nei falò, le taverne vennero chiuse, i bordelli sprangati, le fumerie d'oppio rimasero vuote come noci secche. I predicatori parlavano solo di pestilenza ed empietà e del fatto che erano intrecciate come i capelli di un'odalisca.

Poi, come in coro, la gente smise di accusarsi. Erano *altri* che avevano portato l'epidemia in città, *altri* con la loro empietà e corruzione. La paura si mutò in rancore; il rancore in rabbia. E la rabbia era una sfera di fiamme che non si poteva tenere in mano a lungo; doveva essere gettata addosso a qualcuno.

A fine luglio una folla inferocita entrò nel quartiere ebraico attorno alla Torre di Galata. Le porte furono segnate col catrame, uomini furono picchiati, un rabbino che oppose resistenza fu bastonato a morte. Un calzolaio ebreo fu accusato di aver avvelenato tutti i pozzi e le cisterne e i ruscelli di Istanbul, diffondendo la malattia. In decine erano stati arrestati e avevano già confessato il loro crimine. Che le confessioni fossero state ottenute sotto tortura era un dettaglio a cui nessuno badava. Gli ebrei non erano stati espulsi dalle città sassoni solo pochi anni prima, molti di loro non erano stati arsi al rogo nelle terre del Frangistan? C'era una ragione per cui portavano calamità ovunque andassero, un cattivo presagio li seguiva come un'ombra. Rapivano bambini cristiani per usare il loro sangue in oscuri rituali. Le accuse crebbero come un fiume gonfio di pioggia. Infine il sultano Suleiman emise un *ferman*. I kadi locali non avrebbero potuto emettere condanne a partire da questa accusa e i pochi giudici che accettavano casi simili avrebbero voluto non farlo. Le accuse svanirono.

Non erano gli ebrei. Erano i cristiani. Non andavano mai all'*hamam*, erano sporchi fino al midollo. Non si lavavano dopo essersi accoppiati con le mogli. Bevevano vino, e come se non fosse stato un peccato sufficiente lo chiamavano il sangue di Gesù, che osavano chiamare Dio. Peggio di tutto, mangiavano maiale; la carne di un animale che divorava carne marcia e verminosa. La peste doveva essere stata contratta dai mangiatori di maiali. La stessa gente che prima s'infiltrava nelle strade degli ebrei fu vista aggredire i quartieri cristiani.

Un sellaio di Eyup prese il comando della folla. Dichiarò che ebrei e cristiani erano Gente del Libro e anche se erranti non erano malvagi. Non erano loro i colpevoli. Erano i sufi, con le loro cantilene e il loro ruotare. Chi poteva essere più pericoloso di qualcuno che si definiva musulmano eppure non aveva nulla a che vedere con l'Islam? Non dicevano di non aver paura dell'inferno né desiderio del paradiso? Non si rivolgevano a Dio come se fosse loro pari, non dicevano perfino che c'era Dio sotto il loro manto? La blasfemia aveva attratto la condanna. Squadracce sorvegliavano le strade, agitando bastoni, a caccia di eretici. Non furono fermati dal subashi e dalle sue guardie né arrestati dopo.

Il venerdì, dopo la preghiera della sera, si scatenarono per le stradine tortuose di Pera. Uomini, ma anche bambini di sette anni, con torce in mano, una folla che s'ingrossava: frugarono le case di malaffare, trascinarono fuori puttane e magnaccia e incendiarono le dimore. Una donna così grassa che si muoveva a stento fu legata a un palo e frustata, strisce cremisi su rotoli di carne. Un *hunsa*[16] fu spogliato del tutto, ricoperto di sputi, rasato da capo a piedi e immerso nella merda. Ma fu una nana, dissero, che si prese la colpa di tutto, anche se nessuno sapeva perché: si diceva che fosse vicina al Capo eunuco bianco e capace di molti artifici. La mattina dopo, appena passata l'alba, i cani randagi la trovarono incrostata di sangue e feci, il naso rotto, le costole spezzate, viva a stento.

Solo quando la folla cominciò a minacciare di marciare sul palazzo, solo allora intervenne il subashi, arrestando undici uomini. Furono impiccati il giorno stesso, e i corpi rimasero a dondolare nel vento perché tutti li vedessero.

Quando la peste se ne fu andata, Istanbul aveva cinquemilasettecentoquarantadue anime in meno e i cimiteri erano pieni da scoppiare.

La stessa settimana Jahan ricevette un'altra brutta lettera, questa chiaramente firmata dal capitano Gareth. Con l'aiuto di uno sguattero mandò al marinaio le poche monete che aveva messo da parte, sperando di tenerlo a bada per un po'. Oppresso da simili pensieri, ci mise parecchio a captare il nuovo pettegolezzo.

Lutfi Pasha, l'uomo che aveva suggerito il costruttore giusto per il ponte sul fiume Pruth ma poi si era dichiarato in disaccordo con lui, aveva preso il posto del defunto gran visir Ayas Pasha. E il Capo architetto reale che era morto di vecchiaia non era stato sostituito da altri se non dal falegname Sinan. Tutti dicevano che i due uomini che non si intendevano erano stati promossi, per uno scherzo del destino, proprio nello stesso momento, come se Dio volesse vederli entrare in conflitto – e stare a vedere chi sarebbe sopravvissuto.

[16] Ermafrodito.

Fiero e augusto, per mille anni l'Ippodromo aveva ospitato innumerevoli festeggiamenti: sempre stipato, sempre fragoroso. Gli spettatori erano uomini di ogni età. Se uno spettacolo andava loro a genio ridevano e sghignazzavano e sedevano diritti come se la rappresentazione fosse anche merito loro. Se non apprezzavano ciò che vedevano, battevano i piedi, imprecavano, lanciavano tutto ciò che avevano tra le mani. Facile da divertire, difficile da compiacere, il pubblico era cambiato poco dai tempi di Costantino.

Lontano, al centro degli stalli di legno, c'era una terrazza decorata di nappe d'oro. Lassù c'era il sultano Suleiman, seduto su un trono dal quale poteva vedere ed essere visto. Alto e snello, aveva il collo lungo e la barba corta. Era accompagnato dal gran visir Lutfi Pasha – che si era sposato con la sorella del sultano – e da altri membri del *diwan*. Separata da drappi di broccato c'era la sultana, circondata dalle sue serve. Tende di seta e pannelli incorniciati schermavano le donne dalla vista della folla. A parte le poche dell'harem imperiale, non c'erano femmine.

Gli emissari stranieri erano stati sistemati in uno stallo separato. L'ambasciatore di Venezia sedeva rigido con lo sguardo altero e una spilla di zaffiri sulla zimarra che non era sfuggita all'attenzione di Jahan. Vicino al veneziano c'erano l'inviato di

Ragusa, i delegati dei Medici di Firenze e il podestà di Genova, il messo del Re di Polonia ed eminenti viaggiatori dal Frangistan. Era facile riconoscerli, non solo dagli abiti ma dalle espressioni, un misto di disprezzo e incredulità.

I festeggiamenti continuavano da giorni. Di notte, inondata di luce, Istanbul riluceva più splendida degli occhi di una giovane sposa. Lampade, torce e fuochi d'artificio punteggiavano il buio. Barche e caicchi scivolavano sulle acque del Corno d'Oro come stelle cadenti. I pasticceri sfilavano con sculture di zucchero di creature marine mangiauomini e uccelli con le piume di tutti i colori. Su e giù per le strade erano disposte torri giganti di fiori. Furono macellate tante pecore che il fiumiciattolo dietro i mattatoi si tinse di rosso. I paggi correvano, curvi sotto vassoi di riso gocciolante di grasso di code di pecora. Coloro che si erano riempiti la pancia e avevano placato la sete con il sorbetto si vedevano offrire *zerde*.[17] Per una volta, poveri e ricchi pescavano negli stessi piatti.

I due principi erano stati circoncisi insieme a un centinaio di ragazzi poveri. Figli di candelai, calcinai e mendicanti avevano pianto insieme con le reali altezze. Ora, a letto, avvolti nelle tuniche, centodue ragazzini singhiozzavano ricordando il dolore patito, e ridacchiavano ai giochi di ombre messi in scena per cancellare il ricordo.

Jahan, gli occhi sgranati, terrorizzato, vagava nel bel mezzo della confusione. Gli era stato chiesto di esibirsi con Chota l'ultimo giorno.

La mattina presto aveva portato l'elefante alle stalle vicino all'Ippodromo. Pur detestando le catene alle zampe, Chota si era presto tranquillizzato, masticando mele e foglie. Jahan invidiava

[17] Riso addolcito con zafferano e miele.

la sua imperturbabilità e avrebbe voluto prenderne un po' per contagio. La notte prima il mahout aveva dormito male, mordendosi le labbra di continuo fino a farle sanguinare.

Altri animali si esibirono prima di loro: leoni, tigri, scimmie, struzzi, gazzelle e una giraffa appena arrivata per nave dall'Egitto. I falconieri marciarono con i rapaci incappucciati, i giocolieri lanciarono anelli, i mangiatori di fuoco inghiottirono fiamme e un acrobata attraversò una fune tesa in alto. Poi vennero le gilde: i tagliatori di pietre con martelli e scalpelli; i giardinieri, spingendo carretti di rose; gli architetti con modelli in miniatura delle moschee che avevano costruito. In testa a tutti marciava Sinan, con un caftano orlato di ermellino. Quando vide Jahan gli rivolse un caldo sorriso. Jahan l'avrebbe ricambiato, se non fosse stato così in pensiero.

Finalmente toccò a loro. Pregando, Jahan aprì i cancelli e lasciò uscire Chota. Passarono accanto a un obelisco solitario fatto portare tempo prima da Alessandria dall'imperatore Teodosio, e fecero il percorso battuto da centinaia di piedi e di zoccoli. La luce baluginava negli specchietti cuciti sul manto di Chota, di velluto verde a disegni viola, dono della sultana.

Nel vederli la folla ululò di gioia. Jahan camminava davanti a Chota, reggendogli le redini, anche se in verità era l'elefante a stabilire il passo. Marciarono così per un po'. Quando furono davanti alla balconata reale si fermarono. Jahan posò lo sguardo sul sultano. Era imponente, impenetrabile. Alla sua sinistra c'era la tenda dietro la quale avevano preso posto la sultana e le sue donne. Jahan non riuscì a vedere Hurrem ma sentì il suo sguardo sfiduciato trapassarlo. Il pensiero che anche la bella Mihrimah fosse lì, a sorvegliare ogni suo gesto, raddoppiò le sue preoccupazioni. La gola gli si seccò; lo stomaco si contrasse; le gambe gli tremavano mentre s'inchinava.

Ancora tremante, infilò la mano in tasca e ne prese un gomitolo di lana. Lo gettò a Chota. L'elefante lo afferrò con la proboscide e glielo gettò indietro. Ripeterono il giochetto un paio di volte. Jahan prese gli anelli luccicanti che gli aveva dato Mihrimah. Li gettò uno alla volta a Chota, che li acchiappò tutti, agitandoli e scagliandoli di lato, come se non gliene importasse nulla. Poi dondolò il gran corpo, danzando. La folla rise di gusto. Alzando il bastone, Jahan lo sgridò. Chota rimase immobile, vergognoso. Faceva parte dello spettacolo, come tutto il resto. In segno di pace il ragazzo diede a Chota una mela. In cambio Chota sfilò la giunchiglia fissata sulla veste del mahout e gliela porse. Altre risate degli spettatori.

Poi Jahan si mise un cono in equilibrio sulla testa. Ne aggiunse un altro, poi un altro: sette in tutto. Gridò: «Su!».

Con la proboscide l'elefante lo prese per la vita e se lo mise in collo con tanta cautela che i coni non caddero.

«Giù!» ordinò Jahan.

Lentamente, con fatica, Chota si accovacciò. Ancora sul suo dorso, Jahan si raddrizzò, mentre il vento asciugava il sudore che gli colava sul volto. Non avendo ginocchia, gli elefanti faticano a inchinarsi. Jahan sperava che il sultano della Terra e del Mare avrebbe capito e apprezzato. Chota era appena riuscito ad accucciarsi quando Jahan aprì le braccia e urlò trionfante. Nello stesso istante vide qualcosa venire rapido verso di loro. Cadde a terra con un tonfo. Jahan balzò giù e lo raccolse. Era un sacchetto pieno di monete. Un generoso dono del sultano Suleiman. Il mahout s'inchinò; l'elefante barrì; il pubblico impazzì.

Poi venne la scena finale. Chota, che rappresentava l'Islam, avrebbe affrontato un cinghiale selvaggio che simboleggiava la Cristianità. Era uno spettacolo in genere messo in scena tra un orso e un maiale, ma dal momento che l'elefante era più maestoso ed era evidentemente un beniamino del pubblico, all'ultimo momento il ruolo era stato assegnato a Chota.

Quando Jahan vide il cinghiale che dondolava la testa e le zanne e grattava il suolo con gli zoccoli, le sue viscere si annodarono. Il bruto era più piccolo di Chota, certo, ma era pervaso da una rabbia, da una follia di origini misteriose. Non appena fu liberato dalle catene si lanciò verso di loro come una freccia. Avrebbe potuto squarciare la coscia di Jahan, se non si fosse scansato in tempo. Il pubblico rise, pronto a schierarsi col cinghiale se il mahout e l'elefante l'avessero deluso.

Jahan non era il solo a essere paralizzato. Con suo sconcerto, Chota era piantato sul posto, gli occhi socchiusi. Urlando, Jahan lo sollecitò con il bastone. Pronunciò parole di miele, promettendo dolcetti e bagni di fango. Non servì. L'elefante che aveva aggredito con ferocia i soldati nemici e ne aveva uccisi parecchi in battaglia era stordito.

Il cinghiale, perso l'interesse per l'elefante, cambiò direzione e caricò Jahan, gettandolo a terra.

«Ehi, qui!»

Dal nulla comparve Mirka il domatore di orsi, urlando per attirare l'attenzione del cinghiale. Aveva una lancia in mano, e la sua bestia lo seguiva avanzando goffamente. I due erano abituati a quel gioco. L'orso ringhiò contro il cinghiale. Il cinghiale attaccò l'orso. Jahan guardava tutto come attraverso un velo. I rumori, pur terribili, erano soffocati dal frastuono della folla. L'orso – gli artigli ricurvi affilati a bella posta – colpì e lacerò, sventrando il cinghiale. Gli intestini dell'animale schizzarono fuori con un puzzo ammorbante. Le zampe di dietro vibrarono e scalciarono. Si levò uno strillo mentre la vita abbandonava il suo corpo, così feroce e sinistro che trafisse gli astanti fino al midollo. Mirka premette lo stivale sul cinghiale morente, salutando la folla. Fu subito ricompensato con una sacca di monete. La afferrò guardando Jahan con una smorfia che non si curò di nascondere. Dietro di lui, piccolo come un topo, Jahan distolse lo sguardo, desiderando con tutto il cuore che la terra si spaccasse e lo inghiottisse.

Mentre il mahout pensava a come sparire, l'elefante si stava arrabbiando. Alcuni spettatori gli avevano scagliato addosso dei sassolini. Chota agitò le orecchie e borbottò. Il pubblico si rese conto che aveva il potere di infastidire una bestia così grande e cominciò a lanciare altre cose: cucchiai di legno, mele marce, castagne cadute da un albero vicino... Jahan esortò Chota a stare tranquillo, ma la sua voce era il ronzio di una zanzara nel fragore.

All'improvviso l'elefante scattò in avanti, verso gli stalli. Confuso, Jahan lo inseguì, agitando le braccia, gridando. Vide le espressioni sui volti nella folla passare dalla meraviglia al terrore. La gente scappava via a destra e a manca, urlando, calpestando chi era caduto. Jahan raggiunse Chota e gli tirò la coda. L'animale avrebbe potuto schiacciarlo, ma il mahout non rifletté. Guardie armate di spade e picche li circondarono, anche se nessuno sembrava sapere quello che faceva. Nella confusione Chota abbatté gli stendardi, schiacciò decorazioni e si scagliò dentro lo stallo degli emissari stranieri. Mentre cercava di sfuggire alla bestia, l'inviato veneziano cadde a capofitto; la sua preziosa zimarra, calpestata, si strappò. Jahan vide lo zaffiro cadere. In un baleno lo coprì col piede e, assicuratosi che nessuno stesse guardando, lo raccolse e lo nascose nella cintola.

Quando si volse di nuovo verso l'elefante, scoprì che era vicino alla balconata reale. Il sultano Suleiman non si era mosso. Era seduto diritto, la mascella sporgente, il volto indecifrabile. Il gran visir era tutto il contrario. Con la bava alla bocca, abbaiava ordini di qua e di là. Come se avesse avvertito l'odio dell'uomo, l'animale puntò dritto verso il visir. Gli strappò il turbante e lo agitò nell'aria, come se fosse un altro giochetto che aveva appreso.

«Guardie!» gridò Lutfi Pasha.

Con la coda dell'occhio Jahan vide un arciere mirare alla testa di Chota. Con un grido scattò verso l'uomo che solo un attimo prima aveva scoccato la freccia.

Un dolore atroce gli incendiò la spalla destra. Urlò. Barcollò e cadde. Sentendo la sua voce, l'elefante si placò. Così le persone delle prime file. Storditi e silenziosi, fissavano tutti il mahout sanguinante, a terra. Fu allora che il sultano, lento, tranquillo, si alzò e fece una cosa che nessuno si aspettava. Ridacchiò.

Se Chota avesse aggredito il Signore della Terra e del Mare invece del visir, Jahan non osava immaginare che cosa sarebbe potuto succedere. Ma così stando le cose, l'allegria del sultano gli salvò la vita. Un uomo raccolse il turbante di Lutfi Pasha, sporco e appiattito, e glielo consegnò con reverenza. Il visir lo strappò dalle mani dell'uomo ma si rifiutò di rimetterselo in testa. Uno alla volta gli astanti tornarono ai loro posti. Immemore del danno provocato, Chota marciò verso l'uscita.

«Cos'hai fatto, idiota!» urlò Jahan dalla barella su cui lo trasportavano. «Ti taglieranno le balle… ti spediranno al mattatoio, ti cucineranno con cavolo e cipolle. E me mi getteranno in prigione!»

Se avesse potuto alzarsi gli sarebbe piaciuto prendere a calci un secchio, riempire di pugni un barile, rompere un vaso. Ma il suo corpo era pesante e la sua mente vorticava. La sola cosa più forte di quel tremendo dolore era la rabbia: soprattutto rivolta a se stesso.

Con un carro fu condotto al serraglio, dove Olev il domatore di leoni diede un'occhiata a lui e una alla freccia che gli sbucava dalla carne e fece un cenno ai gemelli cinesi. I due scomparvero e tornarono poco dopo con un sacchetto di oppio.

«Che cosa c'è lì dentro? A cosa servono quelle lame?» chiese Jahan. Aveva il collo umido, la pelle pallida, le labbra fredde.

«Ragazzo curioso» disse Olev posando degli strumenti metallici di varie misure su un vassoio. «Sto per tirar fuori quella cosa.»

«Ma come?»

Nessuno rispose. Invece lo costrinsero a bere un infuso verdastro dall'odore tremendo, che si chiamava *maslak* ed era fatto di foglie secche di cannabis. Già il primo sorso gli fece girare di più la testa. Il tempo di bere tutto, e il mondo aveva acquistato una strana luminosità, i colori si fondevano. L'oppio fu ridotto a una pappa e spalmato sulla ferita. Lo portarono in giardino perché potesse godersi quel che restava del giorno.

«Mordi questo!» gli ordinò Olev.

Stordito, Jahan strinse i denti attorno allo straccio che gli avevano ficcato in bocca. Non che facesse una gran differenza. Quando la freccia venne estratta il suo urlo fu così forte che fece volar via dai loro posatoi gli uccelli della voliera.

Quella sera, mentre giaceva a letto, tutto dolorante, il capo architetto Sinan apparve sulla porta, le guance scavate scure nell'ombra. Si chinò accanto a lui, come aveva fatto in quella notte senza stelle, quella notte di battaglia.

«Tutto bene?»

Il ragazzo trasalì invece di rispondere, gli occhi pieni di lacrime.

«Non sei bravo a far giochetti, vero? Intrattenere la gente non è proprio il tuo forte» disse Sinan. «Ma bisogna ammirare il tuo coraggio e il tuo amore per l'elefante.»

«Verrò punito?»

«Credo che tu sia stato punito abbastanza. Il nostro sultano lo sa.»

«Ma... Lutfi Pasha mi odia.»

«Be', nemmeno io gli piaccio» disse Sinan, abbassando la voce di un tono.

«Per via del ponte?»

«Per via della *sfida*. Non ha dimenticato. È abituato all'adorazione incondizionata della gente. Coloro che si circondano di adulatori che lodano ogni cosa che fanno non perdonano l'uomo sincero che dice la verità.»

Attorno a loro si addensò il buio mentre Sinan chiedeva al ragazzo della sua vita. Jahan gli raccontò delle sorelle, del patrigno e della morte della madre. Per la prima volta da che era in quella città raccontò la sua vera storia, senza bugie né invenzioni. Non fece cenno all'Hindustan.

«Tornerai là?» gli chiese Sinan.

«Lo farò quando sarò ricco e forte. Devo sbrigarmi, perché voglio affrontare il mio patrigno prima che diventi troppo vecchio.»

«Quindi vuoi tornare per vendicare tua madre?»

«Sì. Giuro che lo farò come Dio mi è testimone.»

Sinan si smarrì nei suoi pensieri. «Quello schizzo che mi hai mandato, è la casa di chi?»

«Oh, quella del gran mufti. Sono stato là il giorno che ha processato l'eretico. Ma ho fatto qualche cambiamento.»

«Perché?»

«Ho notato che lassù c'è vento, *effendi*. Hanno fatto le finestre piccole per quello, ma non entra abbastanza luce. Ho pensato che se ci fosse una galleria in alto, coperta di pannelli di vetro, ci sarebbe più luce e le donne potrebbero guardare il mare senza essere viste.»

Sinan alzò un sopracciglio. «Capisco... Ho trovato il disegno molto buono.»

«Davvero?» chiese Jahan, incredulo.

«Ma devi imparare l'algebra e le misure. Devi capire i numeri. Ti ho guardato mentre costruivamo quel ponte. Sei sveglio, curioso, e impari in fretta. Se lavori sodo puoi diventare un costruttore. Sei portato.»

Contento di sentirlo dire, Jahan disse: «Mi è piaciuto dare una mano col ponte... anche Chota è stato felice. Non è contento di restare sempre chiuso nella stalla. Non possiamo lavorare ancora con voi?».

«Sei un ragazzo sveglio, Indiano. Voglio aiutarti. Ma ci sono tanti ragazzi svegli in giro.» Sinan tacque, in attesa che le sue parole penetrassero dentro Jahan. «Se vuoi essere bravo nella tua arte, devi convincere l'universo: perché tu invece di chiunque altro?»

Che cosa strana da dire! Jahan sbatté le palpebre, sperando in una spiegazione, che però non venne. Il silenzio s'insinuò nello spazio tra loro finché Sinan non parlò di nuovo. «Guardati intorno. Tutti gli uomini che vedi qui sono figli di Adamo. Non sono nobili né ricchi di nascita. Non importa chi è tuo padre o da dove vieni. Tutto ciò che ti serve per salire è lavorare sodo. È così che funziona nel palazzo degli ottomani.»

Jahan abbassò il capo.

«Hai talento, ma hai bisogno di studiare. Devi imparare le lingue. Se prometti di impegnarti, io ti aiuterò a studiare alla scuola del palazzo. Questa è la scuola che ha istruito uomini che occupano i ruoli più prestigiosi. Devi lavorare tanto quanto hanno fatto loro. Anno dopo anno.»

«Il lavoro non mi spaventa, *effendi*» disse Jahan.

«Lo so, ma devi lasciar andare il passato» disse Sinan alzandosi. «L'ignoranza è una gabbia, il talento è un uccello prigioniero. Rompi la gabbia, lascia che l'uccello si levi in volo e vada in alto.»

Le guance ardenti, Jahan chiese: «C'è una cosa che non capisco... Perché mi aiutate?».

«Quando avevo la tua età, ho avuto la fortuna di avere un buon maestro. È morto da tempo, che Dio abbia pietà della sua anima. Il solo modo in cui posso ripagarlo è aiutando gli altri» disse Sinan. «E poi qualcosa mi dice che tu non sei chi sembri. Tu e l'elefante siete come fratelli. Ma tu non sei un mahout, figliolo mio. In te c'è qualcosa di più, credo. Non mi hai detto tutta la verità.»

«L'elefante ora è la mia famiglia» disse Jahan, senza incrociare lo sguardo dell'architetto.

«L'architettura è uno specchio che riflette l'armonia invisibile e l'equilibrio presenti nell'universo. Se non custodisci queste cose nel tuo cuore, non puoi costruire.» Sinan espirò piano. «Riposati; parleremo ancora.»

Quando il maestro uscì dalla stalla, una lacrima scivolò sulla guancia di Jahan e gli cadde sulla mano. La guardò confuso. Aveva la spalla ferita e le membra doloranti, ma non sapeva da dove venisse quel dolore.

Ospitata nel terzo cortile, la scuola del palazzo aveva trecentoquarantadue allievi. I ragazzi *devshirme*[18] più brillanti frequentavano le lezioni. Imparavano legge islamica, *hadith*, filosofia, storia dei profeti e il Corano. Studiavano matematica, geometria, geografia, astronomia, logica e oratoria, e imparavano abbastanza lingue da spingersi su per i vari piani della Torre di Babele. Secondo le loro capacità, eccellevano nella poesia, nella musica, nella calligrafia, nell'arte di decorare piastrelle, nell'arte di far vasi, negli intarsi, nell'incidere l'avorio, nel lavorare i metalli e le armi. Una volta diplomati occupavano i posti d'alto rango nel governo e nell'esercito. Altri diventavano architetti e scienziati.

Tutti gli insegnanti erano maschi, alcuni eunuchi. Reggevano lunghi bastoni, che non esitavano a usare per punire la minima disobbedienza. I corridoi erano silenziosi, le regole severe. I figli di albanesi, greci, bulgari, serbi, bosniaci, georgiani, armeni venivano accolti nella leva dei ragazzi, ma non i figli di turchi, curdi, iraniani e zingari.

Jahan trovò le lezioni troppo difficili da seguire. Si aspettava di essere cacciato via da un momento all'altro. Ma passarono le settimane. Il Ramadan cadeva a mezza estate. All'improvviso i giorni

[18] Un sistema per cui i ragazzi cristiani più attraenti e intelligenti venivano allontanati dalle famiglie, convertiti all'Islam e reclutati per servire il sultano.

si fecero più pesanti, le notti cariche di odori e rumori. I negozi restavano aperti più a lungo, i luoghi di divertimento traboccavano di gente fino a tarda sera. I giannizzeri, gli studiosi, gli artigiani, i mendicanti, perfino i drogati – molti dei quali mandavano giù di nascosto una pasta rossobruna che si scioglieva lenta, molto lenta nelle loro pance, aiutandoli ad affrontare l'astinenza – digiunavano. Anche quando Eid arrivò e passò, nessuno chiese di lui e di Chota. Fu come se tutti loro si fossero dimenticati che c'era un elefante nel serraglio. Jahan sprofondò nella tristezza. Sospettava che ci fosse il gran visir dietro tutto questo. Chiaramente l'uomo non aveva perdonato Chota per quello che era successo all'Ippodromo e stava aspettando il momento giusto per spellarli vivi. Non sapeva che l'uomo che temeva tanto, Lutfi Pasha, il secondo uomo più potente dell'impero, lo sposo reale che si era unito con la sorella del sultano Suleiman, era in un mare di guai.

Cominciò tutto quando, in una casa di malaffare vicino alla Torre di Galata, una prostituta chiamata Kaymak[19] per via della pelle chiara si rifiutò di giacere con un cliente, un bruto che aveva denaro ma nessuna pietà. L'uomo la picchiò. Non soddisfatto, prese la sferza che portava con sé e la frustò. Ora, secondo le regole non dette e non scritte delle case di malaffare di Costantinopoli, questo era troppo. Maltrattare una prostituta era comprensibile; frustarla proprio no. Tutti nel bordello corsero in aiuto della donna, bersagliando il cliente con pezzi di letame. Ma l'uomo non era tipo da accettare la sconfitta. Schiumante, si lamentò con il kadi, che temendo la reazione dei magnaccia cer-

[19] Crema.

cò un accordo. Nel frattempo l'episodio era giunto alle orecchie di Lutfi Pasha.

Da un po' di tempo il gran visir aveva deciso di ripulire le strade dalla dissoluzione. Deciso a chiudere i bordelli, desiderava bandire i loro immorali abitanti mandandoli così lontano da non farli tornare mai più. Il caso della prostituta frustata gli fornì l'occasione che aspettava. Punendone una avrebbe dato una lezione a tutte le donne facili, che a Istanbul erano troppe. Annullando il verdetto del kadi, Lutfi Pasha proclamò che era la prostituta a essere in torto, e che dovevano esserle tagliati i genitali. Poi sarebbe stata messa a sedere a rovescio su un asino e portata in giro in modo che tutti potessero vedere che cosa attendeva le sue pari.

Una punizione del genere non si era mai sentita. Quando Shah Sultan, la sorella del sultano Suleiman, seppe della sentenza che il marito riteneva adatta a una donna sfortunata fu sconvolta. Abituata a veder soddisfatto ogni capriccio, affrontò il gran visir, sperando di convincerlo a cambiare idea. Aspettò fin dopo la cena squisita – zuppa di interiora, fagiano in umido con cipolle, pilaf Ozbek con uvette e baklava, i cibi preferiti di Lutfi Pasha – convinta di blandire con lo stomaco anche l'umore dell'uomo.

I servi avevano appena portato via il tavolo basso, lavato le mani della coppia con acqua di rose, versato loro il caffè ed erano spariti nei quartieri remoti della casa quando Shah Sultan mormorò, come tra sé: «Tutti parlano di questa prostituta».

Il gran visir non disse nulla. Una striscia di luce arancione entrò dalla finestra, dando a ogni cosa un brillio misterioso.

«È vero che verrà punita in un modo così orribile?» chiese dolcemente Shah Sultan.

«Si raccoglie ciò che si semina» disse Lutfi Pasha.

«Ma non è troppo duro?»

«Duro? No, è solo quello che si merita.»

«Non hai pietà, marito?» chiese la donna, la voce venata di disprezzo.

«La pietà è per coloro che la meritano.»

Tremante, Shah Sultan si alzò e pronunciò le parole che solo lei poteva osare. «Non venire nel mio letto stanotte. Né domani né le sere che verranno.»

Lutfi Pasha impallidì. La sua sposa reale era la rovina della sua vita. La gente che lo invidiava per quelle nozze era sciocca! Sposare la sorella o la figlia del sultano era una maledizione che si poteva augurare solo al proprio nemico. Per sposarla aveva dovuto divorziare dalla sua compagna di molti anni, la madre dei suoi quattro figli, perché la sorella del sultano non avrebbe mai accettato di essere la seconda moglie. In cambio gli aveva mostrato gratitudine? Al contrario. Non aveva una goccia di obbedienza in corpo. Disapprovava tutto ciò che faceva, gli riversava addosso il suo disprezzo giorno e notte, anche in presenza dei servi. Così quando il gran visir aprì la bocca fu la sua frustrazione a parlare. «Mai stato molto attratto dal tuo letto, comunque» disse.

«Come osi?» disse Shah Sultan. «Tu, che sei un servo di mio fratello!»

Lutfi Pasha si tirò la barba, strappando qualche ciuffetto di peli.

«Se scopro che hai davvero deciso di assegnare quella tua tremenda punizione e di far soffrire quella povera donna, sta' certo che non sarai più mio marito!» Ciò detto, la donna marciò fuori dalla stanza, lasciandolo a bollire nella sua rabbia.

La verità era che Shah Sultan, come molti altri, si aspettava che il gran visir risparmiasse la prigioniera all'ultimo momento. Così avrebbe preso due piccioni con una fava. Avrebbe spaventato i peccatori e attratto rispetto mostrando clemenza. Quindi Shah

Sultan rimase sbigottita quando, un fresco mattino, la sentenza fu letta dagli strilloni della città ed eseguita. Quel giorno, quando Lutfi Pasha tornò a casa, trovò la moglie in attesa, furente.

«Vergognati» disse la donna, pur sapendo che i servi origliavano. «Hai il cuore di pietra!»

«Controlla la lingua, donna. Non è questo il modo di parlare a tuo marito.»

«E tu ti definisci un marito? Tu, che sai soltanto picchiare le donne sventurate?»

Fuori di sé dalla rabbia, Lutfi Pasha spinse la moglie contro la parete piastrellata, e la schiaffeggiò.

«Non resterò sposata con un demone come te» disse lei, piangendo, e gli rivolse epiteti così spregevoli che nemmeno i pettegoli osarono ripeterli il giorno dopo.

Lutfi Pasha fece per afferrare la mazza ferrata. Fu allora che un eunuco nero irruppe nella stanza seguito dalle domestiche, dagli operai, dalle sguattere, dalla cuoca e dagli inservienti di cucina. Insieme gli legarono le mani, lo imbavagliarono, e con la benedizione della padrona gli diedero una bella mano di botte.

La mattina dopo il sultano Suleiman seppe che il gran visir aveva cercato di prendere a colpi di mazza sua sorella. Quella fu la fine di Lutfi Pasha. Deposto dal suo ruolo, privato della sua ricchezza, fu esiliato a Demotika così in fretta che non ebbe il tempo di fare i bagagli né di dire addio a nessuno.

Nel serraglio, Jahan sentì raccontare tutte queste cose, sconvolto. Come cambiano in fretta le cose, come cade in basso la gente, e da quali altezze. Anche coloro che non avrebbe mai pensato potessero. O forse soprattutto quelli. *È come se ci fossero due archi invisibili: con le opere e le parole saliamo, con le opere e le parole scendiamo.*

Un pomeriggio Jahan tornava dalla scuola del palazzo al serraglio, immerso nei suoi pensieri. Si avvicinò al suo capanno e dalla porta socchiusa udì un colpo di tosse che gli gelò il sangue. Entrò e trovò il capitano Testamatta ad aspettarlo.

«Ma guarda un po' chi è arrivato! Sorpresa! Sono tornato dal profondo del mare. Ho pensato che fosse il caso di venire a vedere come stava il mio ladruncolo. Deve aver sentito la mia mancanza.»

Jahan tacque, o la voce avrebbe tradito il suo terrore. L'uomo aveva bevuto di nuovo. Sentiva l'odore acre della birra nel suo alito. I denti erano come fasciami di barile neri di catrame.

Il capitano tenne lo sguardo sul ragazzo. «Be'? Sembra che tu abbia visto un fantasma.»

«Pensavo che foste partito. È passato tanto tempo» confessò Jahan.

«La mia nave è finita in un buco in fondo al mare. Ho perso diciotto uomini nella tempesta più feroce del mondo. Io sono sopravvissuto, per fortuna, ma mi hanno fatto prigioniero. Poi ho preso la malaria: pensavano che fossi morto. Sono stato all'inferno e quel posto dannato non mi è piaciuto, così sono tornato. Perché, non sei contento di vedermi?»

«Sicuro.»

L'uomo gli scoccò uno sguardo incredulo. «Sei qui da tanto tempo. Che cos'hai rubato? Fammi vedere. Ormai devi aver messo insieme un tesoro, visto che sei il cocco della principessa.»

Jahan trasalì sentendola nominare. Come faceva a sapere di Mihrimah? C'erano spie dappertutto. Disse, più tranquillo che poteva: «*Effendi*, non è facile. Le porte sono sorvegliate».

«Ho detto, cos'hai preso per me?» Il capitano Gareth parlò con voce più dura, pronto a usarla come un'arma. La pelle gli si scurì di una tonalità, cicatrice sul volto compresa.

Jahan aveva nascosto la refurtiva sotto il lillà. Il capitano si prese subito la spilla di zaffiri ma poi fece un rumore strano, come se stesse soffocando. Jahan lo guardò con terrore finché capì che l'uomo rideva. Dopo essersi fatto una bella risata, tornò di malumore. «Tutto qui? Mi prendi per un idiota?»

«Sto dicendo la ve...»

Con un solo rapido gesto l'uomo estrasse un pugnale dalla giacca e lo puntò alla gola di Jahan. «Non mi piacciono i bugiardi. Mai piaciuti. Dammi una ragione per cui non dovrei scuoiarti vivo.»

La punta della lama gli bucò la pelle. Jahan deglutì. «Ho delle notizie. Io... lavoro per il Capo architetto reale.»

«E allora?»

«Costruiamo moschee... per il sultano. Arrivano un sacco di soldi.»

La pressione del metallo freddo si attenuò. Il capitano Testamatta fece un passo indietro e guardò il ragazzo come se lo vedesse per la prima volta. «Parla!»

«Il sultano dà molta importanza agli edifici che Sinan costruisce per lui e la sua famiglia. Pensate che spende più soldi per le pietre che per le gemme.»

«Be', allora...» disse il capitano con un sussurro rauco. «Non sei riuscito a rubare da palazzo. Ruba dai cantieri. Guadagnati la fiducia del tuo maestro. Fa' il bravo. Metti le mani sui soldi. Io ti ho salvato la vita su quella dannata nave, ricordi? Non costringermi a riprendermi il favore che ti ho fatto.»

«No, *effendi*. Non rimpiangerete di aver atteso tanto a lungo. Vi porterò grandi ricchezze. Presto, *in'sh'Allah*» disse Jahan, e in quel momento credeva a ciò che diceva.

Alla fine dell'estate una nuova malattia artigliava la terra ottomana. Bolle, vomito, febbre, morte. «Lo sputo di Sheitan», le chiamavano, quelle macchie rossastre. Molti morirono in pochi giorni. Tra di loro ci fu Shehzade Mehmed, di soli ventun anni, figlio di Suleiman e di Hurrem, la pupilla dei loro occhi.

Il sultano ne fu distrutto. Avvolto in vesti rozze, rifiutandosi di vedere gente, si dedicò alla preghiera. Istanbul partecipò al suo lutto. Le luci delle lampade furono abbassate, le voci ridotte a sussurri. I negozi chiusero presto; matrimoni, bar mitzvah e circoncisioni furono sospesi. Le barche da pesca che navigavano attorno al ponte Serai passavano senza far rumore, come se il dolore fosse un neonato dormiente, da non svegliare. I raccontastorie nei bazar, i cantanti di ballate erranti, i venditori ambulanti, perfino i menestrelli che andavano a dormire con le canzoni e con le canzoni si svegliavano, tutti caddero in silenzio. La sola cosa che turbava la quiete era la pioggia. Cadeva così densa e abbondante da pensare che il cielo stesse versando lacrime per tutti quanti.

Fu in un giorno così che Chota e Jahan furono onorati per la prima volta da una visita del sultano.

Le guance incavate, la pelle olivastra, le spalle inclinate, era così diverso dall'uomo davanti a cui Jahan si era inchinato all'Ippodromo che non l'avrebbe riconosciuto se non fosse stato per le guardie. Si curvò in fretta.

«Ricordo te e il tuo elefante» disse il sultano.

Jahan arrossì e trasalì al ricordo di quel terribile pomeriggio.

«Come va la spalla?»

«Bene, mio Sire.»

«La bestia, cosa mangia? Dimmi.»

Jahan parlò. Blaterò di come Chota adorasse il fango, l'acqua e il cibo, sentendo che il sultano Suleiman non aveva bisogno tanto delle informazioni quanto di essere distratto dal dolore. Disse che se si vuole far del male a un elefante bisogna mirare alla proboscide. Essendo priva di ossa, tutta muscoli, la proboscide è tante cose insieme: naso, labbro superiore, braccio, mano. Respirare, odorare, mangiare, bere, succhiare l'acqua per spruzzarsi, grattarsi le orecchie, stropicciarsi via il sonno dagli occhi, non c'è fine alle cose che gli elefanti possono fare con la proboscide. Così come gli esseri umani sono mancini o destrorsi, anche gli elefanti. Jahan concluse dicendo che Chota era mancino.

«Strano che un animale così maestoso abbia una coda così insignificante» disse il sultano. «Credi che Allah ci voglia ricordare che anche i più forti hanno le loro debolezze?»

Non sapendo che cosa rispondere, Jahan balbettò qualcosa. Misericordioso, il sultano riprese: «Il Capo architetto reale mi ha detto che tu e l'elefante lo aiuterete».

«Sì, Vostra Altezza.»

«Allora sta' pronto. Rimetterai la bestia al lavoro.»

Fu solo più tardi che Jahan scoprì che cosa aveva inteso dire il Signore della Terra e del Mare. Aveva commissionato a Sinan la costruzione di una moschea per il figlio morto. In un mondo fugace, dove tutto oggi c'è e domani è svanito, la dote dell'amato principe sarebbe stata di solido marmo, di solida pietra.

E fu così che il settimo giorno di settembre, un giorno di buon auspicio fissato dal Capo astronomo reale Takiyuddin, Jahan si ritrovò in un cantiere a guardare la prima pala affondare nel terreno. Quaranta pecore e quaranta arieti furono sacrificati, il loro sangue fu sparso ai quattro cantoni, la carne cotta nei calderoni e distribuita a poveri e lebbrosi. Tra la folla Jahan notò Ebussuud Efendi con il suo alto turbante e le vesti ampie. Era diventato lo Shayh al-Islam, il capo religioso più alto in grado, e aveva un contegno imperioso. Vederlo da vicino fece rabbrividire Jahan. Ricordò con un dolore persistente l'eretico Majnun Shaykh, la sua voce di velluto, il bel volto e lo sguardo limpido. Non l'aveva dimenticato.

Poi se ne andarono – il sultano, i membri del *diwan*, gli spettatori. Rimasero solo gli operai. Centinaia. Jahan comprese che c'erano due tipi di uomini in un cantiere: quelli che non ti guardavano mai negli occhi e quelli che a volte lo facevano. I primi erano gli schiavi delle galere. Incatenati alle caviglie, frustati per ottenere obbedienza. Marinai, contadini, pellegrini o viaggiatori le cui vite erano state interrotte così all'improvviso che non riuscivano a dire se il presente fosse un'illusione o se il passato fosse stato un sogno. Vivendo di gallette secche e di una magra zuppa, lavoravano dall'alba al tramonto, schiavi cristiani che costruivano templi musulmani.

Poi c'erano quelli che, come Jahan, si erano offerti volontariamente. Erano pagati due aspri al giorno, ricevevano cibo più gustoso e nel complesso venivano trattati bene. Muratori, scavatori, falegnami, carpentieri, fabbri, vetrai e disegnatori, ciascuno sotto la sua gilda. Ogni spesa era vergata da uno scriba e controllata da un capomastro.

Ovunque si voltasse, Jahan vedeva un vortice di attività. Pulegge d'acciaio, argani, verricelli e gomene. Sinan aveva fatto costruire agli operai un'enorme ruota. A turno, gruppi di uomini vi entravano, e a volte camminavano, a volte correvano, facendo girare la ruota che sollevava le pietre più pesanti. Jahan si diceva che in un cantiere c'è qualcosa di simile al ponte di una nave. In entrambi i luoghi c'è una consapevolezza istintiva condivisa da ciascun uomo: un fallimento è il fallimento di tutti. E il successo viene distribuito, ridotto in piccoli pezzi, come la carne salata e seccata che galleggia nella zuppa. Che si costruisse un edificio o si navigasse in alto mare, si imparava a sorvegliarsi a vicenda; affiorava una comunanza forzata, una sorta di fratellanza. Una tacita comprensione vigeva tra i ranghi. Si accettava il fatto che il compito da svolgere fosse più grande di sé, e il solo modo di andare avanti fosse lavorare come una sola persona. Così si seppellivano le discrepanze, si seppellivano le contese, a meno che non esplodesse un ammutinamento, e allora il mondo si sarebbe rovesciato.

Gli operai non erano meno superstiziosi dei marinai. Non si poteva fischiare, sussurrare o imprecare piantando un chiodo. Tutti e tre erano inviti a Sheitan, che, una volta richiesta la sua compagnia, non mancava mai di fare la sua comparsa. Se il chiodo avesse forato la parete all'arrivo di Sheitan, la sua impronta sarebbe rimasta racchiusa nell'edificio fino alla fine del tempo. Non erano solo i musulmani ad attenersi a queste regole. Anche i cristiani e gli ebrei. Per allontanare il malocchio lasciavano una forma di pane e un pizzico di sale sulla pietra più alta. In nessun momento della costruzione desideravano veder passare una donna incinta, o qualcuno coi capelli rossi, o gli occhi azzurro chiaro, o il labbro leporino. Nemmeno Sinan riusciva a convincere gli operai a lavorare accanto a un muratore con i capelli color di fiamma.

Alcune creature portavano sfortuna: rane e maiali e capre con tre zampe. Agli altri non si badava: serpenti, scorpioni, lucertole, centopiedi e vermi. Branchi di cani randagi andavano e venivano. A parte quelli della setta Shaafi dell'Islam, gli operai amavano avere cani intorno, perché erano fedeli, riconoscenti. I ragni erano stimati perché avevano salvato il Profeta Maometto. Uccidere un ragno, o peggio ancora schiacciarlo sotto i piedi, era un peccato grave. Un altro animale considerato messaggero di buona sorte era, con gran gioia di Jahan, l'elefante.

Vedendo presagi nel cielo e sulla terra, osservavano la natura, ogni uccello che passava, ogni radice che urtavano scavando. Se c'era un odore nell'aria, acuto e pungente, sospettavano che qualcuno stesse preparando una pozione. Dei volontari setacciavano la zona, a est e a ovest, e ogni tanto tornavano con un pescatore, un mendicante o una vecchiaccia che accusavano di stregoneria e avrebbero adorato poter punire se Sinan non fosse sempre intervenuto chiedendo loro di lasciar andare il poveretto di turno.

Era sbagliato vantarsi in un cantiere. Le lodi bisognava rimangiarsele, i complimenti erano fuori luogo. Mai crogiolarsi nella lode dei propri risultati, e bisognava sempre ricordarsi di dire *in'sh'Allah* perché tutto era nelle mani di Dio e niente nelle loro. Tutte le volte che c'era un'impiccagione pubblica alcuni operai rubavano una scheggia di patibolo e la portavano come un amuleto, cosa che Jahan non capì mai: come può il dolore di un uomo portare qualcosa di buono a un altro?

Sinan non sembrava badare a quelle credenze, anche se ovviamente non le condivideva. Ma Jahan scoprì che aveva anche lui le sue superstizioni. Possedeva un talismano che portava sempre. Due cerchi, uno dentro l'altro, entrambi di pelle, uno chiaro, uno scuro. Digiunava tre giorni prima di avviare un progetto.

Quando l'aveva finito, per quanto grande fosse l'edificio lasciava sempre un difetto: una mattonella posata sbagliata, una pietra rovesciata, una lastra di marmo col bordo scheggiato. Faceva in modo che il difetto fosse lì, visibile all'occhio consapevole, invisibile al pubblico. Solo Dio è perfetto.

Uno dei capimastri fedeli a Sinan era un arabo cristiano dei monti del Libano. Si chiamava Gabriel Nevoso. Aveva capelli, pelle, ciglia e sopracciglia bianchi come alabastro; gli occhi, come quelli di un coniglio, al sole erano rosa. Ogni tanto un nuovo arrivato si rifiutava di lavorare sotto di lui, accusandolo di portare sfortuna. Sinan parlava in suo favore, dicendo che era nato così e che era il capomastro migliore delle sette regioni.

Chota faceva la sua parte, issando corde, portando tavole, spostando assi di legno. Una volta, mentre sollevava una colonna di marmo, la fune si spezzò, e il carico cadde rotolando. Gabriel Nevoso avrebbe potuto finire schiacciato se non si fosse spostato all'ultimo momento. Ma quasi sempre i giorni erano monotoni, il lavoro terribile. Ogni mattina il mahout e l'elefante uscivano da palazzo e arrivavano nel luogo vicino alle guarnigioni dei giannizzeri, e percorrevano la stessa strada al tramonto. Ormai i cittadini si erano abituati a vederli. A volte aspettavano lungo la strada, soprattutto i bambini. Alcuni, convinti che il terreno calpestato da un elefante avesse poteri curativi, raccoglievano i grumi di terra dopo il loro passaggio.

Jahan osservava con attenzione tutti nel cantiere, e imparava in fretta. Ma era degli allievi di Sinan che era più curioso. Erano più vicini al maestro di chiunque altro. Tutti e tre. Il primo, un anatolico magro dalla pelle olivastra che zoppicava per via di una malattia d'infanzia, si chiamava Nikola. Guardava un edificio, chiudeva gli occhi e lo disegnava nei minimi dettagli. Il secondo, alto e massiccio, era nato in un villaggio remoto vicino al confine con la Persia ed era stato allevato dal nonno dopo che dei malviventi avevano ucciso i suoi genitori. Si chiamava Davud e aveva la mente acuta come una lama. Il terzo era un muto di nome Yusuf, un ragazzo così abile con le cifre che Sinan faceva ricontrollare a lui tutti i suoi calcoli. Aveva il volto glabro, gli occhi grandi e verdi. Per via di un incidente da bambino, le sue mani erano state ustionate, e portava guanti di pelle di daino. Se non fosse stato per Sinan, certi operai gli avrebbero reso dura la vita. Sapendolo, come gli schiavi delle galere anche l'apprendista muto teneva gli occhi bassi.

Alla minima opportunità Jahan sgattaiolava accanto ai tre giovani e sbirciava i loro progetti. Quando tornava al serraglio imitava ciò che aveva visto, disegnando sull'argilla umida o sulla sabbia asciutta. Parte di lui era decisa a lavorare sodo e diventare come loro. Un'altra parte pensava solo a che cosa rubare, a quando fuggire. E il burrone in mezzo era così profondo e largo che trovava sempre più difficile attraversarlo. Presto o tardi avrebbe dovuto scegliere.

A gennaio il tempo s'inasprì. Dai tetti penzolavano ghiaccioli di una bellezza pericolosa. Istanbul dormiva sotto una spessa coperta bianca. Ma il cantiere lavorava. Gli schiavi delle galere si avvolgevano stracci attorno ai piedi. Le dita sbucavano dalla stoffa, infiammate, gonfie.

Una di quelle mattine l'elefante e il mahout partirono da palazzo alla solita ora. A metà strada un cane arrivò di corsa, abbaiando come un pazzo, come se volesse mostrar loro qualcosa.

«Andiamo a vedere cosa vuole!» urlò Jahan, che montava Chota.

Deviarono e cominciarono a seguire il cane. Tutto contento di aver attirato la loro attenzione, quello girò a sinistra, puntando verso la riva dove l'acqua si era congelata. L'elefante accelerò.

«Ehi, piano!»

Ma Chota, senza badargli, entrò nella piccola baia, spezzando il ghiaccio, affondando fino al petto. Si bloccarono, l'elefante, il mahout, il cane. C'era un cadavere nell'acqua, così vicino da toccarlo quasi. Una concubina, molto probabilmente. La sua pelle era diventata viola, i capelli danzavano con le onde. A giudicare dagli abiti e dal gioiello che portava al collo veniva da una casa ricca, forse da palazzo.

Jahan ordinò a Chota di avanzare, deciso a mettere le mani

sul gioiello. Era vicino al suo scopo quando Chota si fermò e si rifiutò di avanzare. In groppa a un elefante dentro acque gelide, cercando invano di non farsi prendere dal panico, sentendosi ridicolo, Jahan urlò chiedendo aiuto. Per fortuna dopo un po' comparve un carro trainato da un asino. Sopra c'erano cinque zingari. Osservarono la scena in silenzio.

«Le diamo una mano, Balaban?» chiese uno di loro all'uomo alto che sedeva alla guida.

«Sì, aiutiamola.»

«Sei scemo?» urlò Jahan. «Lei è morta! Salva noi.»

L'uomo chiamato Balaban, reggendo le redini in una mano, si arrampicò in cima al carro. Aveva i tratti ben disegnati, il naso storto, spezzato più di una volta, i capelli lunghi come quelli di un eremita e dalla bocca semiaperta s'intravvedeva un dente ricoperto d'oro. Con una piuma di egretta infilata nel copricapo, aveva un aspetto folle e importante insieme. «Parlami un'altra volta con quel tono, e ti taglio la lingua e la do da mangiare ai gatti.»

Jahan tacque. Guardò gli zingari preparare in fretta due cappi. Con uno presero l'elefante per la proboscide e con l'altro il corpo per la mano, e li trassero a riva allo stesso tempo. Chota si muoveva incerto. Un paio di volte barcollò, rischiando di spedire Jahan in acqua. Quando raggiunsero la riva Jahan balzò giù con un sospiro. Si ricordò le parole dell'ufficiale il giorno che lui e l'elefante erano arrivati a palazzo. E così quelli erano i famigerati zingari, la mezza tribù. Cauto, si avvicinò.

«Ci avete salvato la vita. Vi siamo grati.»

«L'abbiamo fatto per la bestia» disse Balaban. «Ne abbiamo una anche noi. Grandissimi animali.»

«Voi avete un elefante?» chiese Jahan incredulo.

«Si chiama Gulbahar. Il tuo però ha un colore strano» disse

Balaban mentre il suo sguardo vagava intorno. I suoi uomini avevano intascato la collana della donna e la stavano risospingendo in acqua.

Jahan protestò: «Non potete farlo. Bisogna seppellirla come si deve».

«Un gruppo di zingari si presenta con un cadavere, e tu credi che ci ringrazieranno? Diranno che l'abbiamo uccisa noi e ci getteranno in prigione. Se la lasciamo a riva, i cani la faranno a pezzi. Sta meglio nell'acqua.» Sorrise. «Se ti stai chiedendo che fine ha fatto la collana, considerala una ricompensa per il disturbo. Comunque lei non ne ha bisogno.»

Jahan non gli disse che aveva avuto lo stesso pensiero. Invece chiese, abbassando la voce: «Pensate che sia stata *assassinata*?».

«Meglio se ti tagliavo la lingua, per il tuo bene. Se non sai cosa fartene della risposta, non fare la domanda» disse Balaban. «Vai a occuparti della tua bestia. Ha un principio di congelamento.»

«Cosa?» Jahan corse da Chota: la sua pelle, coperta da una crosta leggera di ghiaccio, non era più bianca, ma di un rosa da far spavento. L'elefante tremava tutto.

Gli zingari intanto erano risaliti sul carro. Jahan li rincorse: «Non andate via, vi prego. Non so cosa fare».

«C'è un solo modo» disse Balaban. «Ha bisogno di un liquore forte. *Raki*.»

«*Raki*?» ripeté Jahan. «Sapete dove trovarlo?»

«Non è facile. La bestia è grande. Te ne serve un barile.» Gli zingari si scambiarono un sorriso complice. «Se te lo troviamo noi, chi ci pagherà?»

«Il Capo architetto reale Sinan» rispose Jahan, pregando che fosse la verità.

Vennero prodotti mezzo barile di *raki* e parecchie tazze. Se anche quelle cose fossero rubate, Jahan non osò chiederlo. Il liquore venne diluito con l'acqua e vi ficcarono dentro la proboscide di Chota. Forse per dare l'esempio all'animale, gli zingari mandarono giù una tazza per ciascuno. Poi un'altra. Nel frattempo l'elefante prese una sorsata e la spruzzò fuori, schizzandoli tutti. Ma il sapore doveva essergli piaciuto, perché tornò al barile e continuò a bere, questa volta senza sputare.

Un'ora dopo raggiunsero il cantiere: Jahan tirava Chota per le redini, gli zingari stavano sul carro, cantando allegramente.

«Dove sei stato?» domandò Sinan, lo sguardo che balenava dall'elefante agli zingari e ritorno.

«Abbiamo avuto un incidente lungo la strada. Questi uomini ci hanno salvato» disse Jahan.

«L'animale è ubriaco?» chiese Sinan, vedendo l'animale barcollare. Si rivolse agli zingari. «E loro?»

Quando sentì la storia del barile, Sinan rise. «Non posso permettere che una bestia ubriaca costruisca una moschea santa. Vai, e torna solo quando sarà tornato sobrio.»

«Sì, maestro» disse Jahan con la gola secca. «Siete arrabbiato con me?»

Sinan sospirò. «Hai un tuo modo di aggrapparti alla vita. È una buona cosa. Ma la curiosità può essere un danno, se non è guidata. Dovremmo ampliare la tua istruzione.»

«Ampliare?»

«Continuerai con le tue lezioni alla scuola del palazzo. Nel suo tempo libero Nikola può insegnarti come migliorare nel disegno; Davud ti darà lezioni di geometria; Yusuf di calcolo. Diventerai l'apprendista dei miei apprendisti.»

Senza ben sapere cosa volesse dire, ma comprendendo che

si trattava di un privilegio, Jahan si chinò a baciare la mano di Sinan. «Grazie, maestro. Io...»

In quel momento un rombo assordante riempì l'aria. Corsero tutti dalla parte del rumore, zingari compresi. Parecchie assi si erano sfilate dalle funi che le tenevano insieme e mezza impalcatura era crollata, miracolosamente senza ferire nessuno. Il legno era costoso, e così, per risparmiare, l'impalcatura era stata costruita con l'aiuto delle funi e appesa alle spalle della costruzione. Tagliate quelle, la struttura era crollata.

«Dev'essere il malocchio» disse Jahan tremante. «Quanti incidenti in un giorno!»

«Non giudicare troppo in fretta» disse una voce alle sue spalle. Era Balaban lo zingaro, e reggeva una fune. Quando ebbe l'attenzione di tutti, disse con un cenno secco: «Non è stato un incidente. Qualcuno ha tagliato le funi».

«Perché qualcuno dovrebbe fare una cosa del genere?» chiese Sinan.

Balaban fece un sorriso triste. «Chi lo sa? Sheitan non è mai a corto di scuse.»

«Qui non c'è il diavolo» disse Sinan. «I miei operai sono gente che lavora sodo.»

«Se lo dite voi...» disse Balaban. «Ma ascoltatemi, *effendi*. Non c'è niente di male nel fare attenzione. Forse c'è un traditore tra voi. Se fossi in voi, terrei gli occhi aperti.»

Il colpevole non fu mai trovato. Tra la scuola del palazzo, il serraglio e il cantiere, Jahan non aveva tempo per fermarsi a riflettere. Si era ridotto a mangiare durante i viaggi. Sapeva che essere apprendista del maestro Sinan voleva dire lavorare incessantemente. Di recente lo Shayh al-Islam aveva ordinato che altre moschee venissero costruite ovunque. Era stato emesso decreto dopo decreto per informare il popolo che chi non si fosse presentato alle preghiere del Venerdì avrebbe ricevuto una punizione esemplare. Ogni musulmano, nelle città e nei villaggi, fu costretto a pregare cinque volte al giorno e a unirsi alla congregazione più vicina. Dal momento che di conseguenza il numero di moschee e di fedeli era raddoppiato, Sinan e gli apprendisti avevano più lavoro che mai.

Avevano appena portato a termine la moschea Shehzade che cominciarono con la nuova costruzione. Jahan non era riuscito ancora a rubare nemmeno un aspro dai forzieri. Tutto era accuratamente controllato e ogni spesa registrata. Ma mentre cercava il modo per sottrarre denaro per il capitano Gareth e sognava di fare del male al patrigno, senza rendersene conto si era appassionato al mondo della progettazione.

Non aveva notizie di Mihrimah, figurarsi se poteva vederla. Curiosamente, la lontananza ne aveva accresciuto il valore.

Ripiegando il cuore come un fazzoletto, Jahan vi conservava la memoria dei pomeriggi trascorsi insieme. Confessava la sua nostalgia solo a Chota, che diventava sempre più grosso, l'appetito più grande della sua ombra.

D'estate Sinan e i quattro apprendisti cominciarono a lavorare al progetto più importante: la Suleimaniye. La moschea che il sultano aveva commissionato per sé avrebbe glorificato il suo nome per l'eternità. Parecchio prima di decidere dove posare la prima pietra, Sinan ordinò ai macellai di portare carcasse di mucche e pecore. Furono appese ad anelli di ferro e lasciate a marcire in vari punti. A distanza di pochi giorni Sinan andava a osservare la carne. Dove la putrefazione era più rapida, l'umidità era più alta. Poiché l'umidità divorava gli edifici come le farfalline divorano il tessuto, evitava quei luoghi. Cercava punti in cui l'aria fosse asciutta e la terra abbastanza compatta da tenere in caso di terremoto. In cima a una collina, la moschea, come il sovrano da cui prendeva nome, avrebbe tenuto d'occhio tutta la città.

I materiali furono tutti scelti con cura. Piombo e ferro furono portati dalla Serbia e dalla Bosnia, il legname da Varna. I marmi dalle terre d'Arabia e dal luogo in cui era sorto il palazzo di Re Salomone: le loro superfici lucide riflettevano ancora la bellezza della Regina di Saba. Una colonna gigante veniva da Baalbek, la Città del Sole. Diciassette colonne furono rimosse dall'Ippodromo, turbando il fantasma iracondo dell'imperatrice Teodora.

Erano centinaia: schiavi delle galere e operai assoldati. Quasi metà erano cristiani, un piccolo numero ebrei e il resto musulmani. Sinan aveva assegnato un capomastro a ogni divisione per verificare che le cose andassero lisce. E doveva attraversare di continuo il cantiere da un capo all'altro per controllare che tutto fosse in ordine.

«Maestro, perché non montate Chota?» chiese Jahan. «Può portarvi ovunque.»

«Vuoi che mi sieda sulla bestia?» chiese Sinan, divertito.

Nonostante la perplessità, quando Jahan mise l'howdah su Chota e lo invitò a fare un giro, l'architetto non rifiutò.

Prima che partissero Jahan prese da parte l'elefante. «Sii gentile con il maestro. Non sballottarlo troppo.»

A ritmo regolare percorsero con passi grevi il cantiere e discesero verso il mare sul sentiero di ghiaia finché il rumore di centinaia di persone che lavoravano fianco a fianco non fu diventato un brusio lontano. Finalmente si fermarono a contemplare una nebbia diafana levarsi dalla spiaggia. Sinan, una gioia infantile nella voce, disse: «Ci sono riuscito, a quanto pare».

Da allora, tutti i giorni l'architetto e l'elefante ispezionavano il cantiere insieme, e la loro vista faceva sorridere gli operai. Tutti lavoravano sodo. L'aria era densa di sudore e polvere. Ma Istanbul era migliaia di bocche calunniose, maligne, mai soddisfatte. Dicevano cose terribili. Che Sinan non era in grado di portare a termine un compito così importante. Che rubava legno e marmo per ampliare la sua casa. Che essendo nato e cresciuto cristiano non poteva costruire una moschea santa di tali dimensioni, e anche se ci fosse riuscito la cupola gli sarebbe caduta in testa.

Quelle menzogne tormentavano Jahan nel profondo. Ogni tanto aveva voglia di urlare con tutte le sue forze contro le file di case di sotto, dicendo a tutti di chiudere la bocca. All'alba si svegliava sperando che il vento disperdesse le dicerie del giorno prima; la sera andava a dormire schiacciato sotto il peso di nuove accuse.

Un pomeriggio ricevettero una visita del sultano. Non appena Jahan sentì il rumore degli zoccoli seppe che i pettegolezzi avevano raggiunto le orecchie del sovrano e macchiato il suo cuore. Il frastuono di martelli, seghe, asce e accette si placò. In quel silenzio il sultano cavalcava come il vento. Tirò le redini e guardò accigliato dall'alto del suo destriero. Portava un abito semplice di lana marrone: finito il tempo dei caftani di seta pura in tinte abbaglianti. Con l'età e la gotta era diventato più bigotto. Abbandonato il vino, rinunciato ai piaceri, aveva ordinato che gli strumenti musicali ancora presenti a palazzo venissero bruciati. Per decisione del *diwan*, le taverne, le case di malaffare e le caffetterie aperte di recente erano state chiuse; tutte le bevande fermentate, compresa la *boza*, sempre molto diffusa, furono proibite. Spaventava Jahan, quel nuovo Suleiman.

Sinan lo salutò con un inchino. «Vostra Altezza, quale onore.»

«È vero ciò che ho sentito di voi? Rispondete!»

«Il mio Sire può dirmi che cos'ha sentito a proposito di quest'umile formica?» chiese Sinan.

«Dicono che perdi tempo prezioso in frivolezze e decori, è vero?»

«Posso garantire al mio sultano che non risparmio sforzi per l'interno e l'esterno della sua moschea. Intendo costruirla applicando le arti più fini e...»

«Basta!» lo interruppe il sultano. «Non m'interessano i decori. Se sei saggio, non dovrebbero importare nemmeno a te. Ti ordino di finire subito. Non un giorno di ritardo! Voglio vedere la cupola, non gli ornamenti.»

Rimproverato davanti ai suoi operai e agli apprendisti, Sinan impallidì. Ma quando parlò sembrava tranquillo. «Sono inseparabili, la cupola e le decorazioni.»

«Architetto! Non hai sentito che cosa è successo al progettista del mio antenato Mehmet Khan? Portava il tuo stesso nome. Un presagio, che dici?»

Sinan rispose cauto, come rivolgendosi a un ragazzino malmostoso. «Conosco il suo triste destino, Vostra Altezza.»

«Allora sai che cosa attende coloro che non mantengono le promesse. Fa' in modo di non diventare uno di loro!»

Quando il sultano se ne andò, ripresero a lavorare. Ma non era lo stesso. C'era qualcosa di nuovo nell'aria, l'odore della disperazione. Non si tirarono indietro e non rallentarono, ma si sentivano scoraggiati. Se non fossero riusciti a compiacere il sultano a che cosa sarebbe servito tenere il naso sulla mola? Perché lavorare così duramente quando il lavoro non veniva apprezzato? Nei giorni che seguirono Jahan tenne d'occhio Sinan, in attesa dell'occasione per parlargli. Solo verso la fine della settimana riuscì ad avvicinarsi al maestro. Circondato da rotoli, la schiena curva, Sinan disegnava. Nel vederlo gli rivolse un sorriso stanco. «Come vanno le tue lezioni?»

«Spero che sarete fiero di me, maestro.»

«So che sarà così.»

«Maestro, l'altro giorno il sultano ha nominato un architetto. Quello che portava il vostro stesso nome. Che cosa gli è successo?»

«Oh. Atik Sinan...» Tacque, come se il silenzio dicesse tutto.

Poi raccontò la storia. Atik Sinan era stato il capo architetto del sultano Fatih, il conquistatore di Costantinopoli. Diligente e appassionato, era stato grande nella sua arte. Era andato tutto bene finché non aveva cominciato a costruire una moschea per il sultano. Fatih voleva che la sua moschea fosse più maestosa di qualunque edificio costruito fino a quel momento, compresa la Hagia Sophia. A questo scopo aveva portato le colonne più alte che era riuscito a trovare nelle sette regioni. Quando seppe che il suo Capo architetto reale aveva accorciato quelle colonne senza chiederglielo, il sultano andò su tutte le furie. Accusò l'architetto di ostacolare deliberatamente il progetto. Il povero Atik Sinan cercò di spiegare che essendo Istanbul una città di terremoti doveva tenere a mente la sicurezza, e che aveva accorciato le colonne per rendere l'edificio più solido. Fatih non apprezzò la sua risposta. Lo fece imprigionare nelle segrete più cupe, gli furono tagliate le mani e fu frustato a morte. Quel brillante artista della terra ottomana morì solo e sofferente in una cupa cella di prigione vicino al mare. Chiunque dubitasse della storia poteva andare a leggerla sulla sua pietra tombale. Il labbro inferiore di Jahan tremava. Fino ad allora aveva sempre creduto che fossero i ladri e i miscredenti a vivere sull'orlo del pericolo. Ma capiva che perfino gli onesti artigiani pendono dai più sottili fili di cotone. Se il sovrano si fosse arrabbiato, li avrebbe fatti spedire alla forca. Com'era possibile lavorare in una tale tensione?

Sinan, osservandolo, gli posò una mano sulla spalla. «Il talento è un dono del Divino. Per accrescerlo bisogna lavorare sodo. È questo che dobbiamo fare.»

«Ma non avete paura...»

«Figliolo, io temo l'ira del sultano quanto te. Ma non è per questo che lavoro. Se non ci fosse speranza di una ricompensa senza la paura del giudizio, lavorerei di meno? Non credo. Io lavoro per onorare il dono divino. Ogni artigiano, ogni artista stringe un patto col divino. Tu hai stretto il tuo?»

Jahan fece una smorfia. «Non capisco.»

«Ti confiderò un segreto» disse Sinan. «Sotto ogni edificio che costruiamo, piccolo o grande, immagina che ci sia il centro dell'universo. Così lavorerai con più cura e più amore.»

Jahan arricciò le labbra. «Non capisco.»

«Capirai» disse Sinan. «L'architettura è una conversazione con Dio. E Lui non ci parla mai così forte come al centro.»

Jahan era incantato. «Dove si trova questo posto, maestro?»

Prima che Sinan potesse rispondere Gabriel Nevoso arrivò di corsa, grigio in volto. «Mio signore, siamo perduti. La consegna...»

Da settimane aspettavano una consegna da Alessandria. Finalmente la nave era arrivata, ma senza il carico. Interrogato, il capitano spiegò che erano stati sorpresi da una tempesta così terribile che avevano dovuto gettare a mare metà del carico. Nessuno gli credette, ma nessuno poteva confutare le sue affermazioni. Sinan dovette modificare il progetto, riducendo il numero delle colonne.

Nel suo palazzo, il sultano Suleiman era più impaziente ogni giorno che passava, mentre i lavori per la moschea che doveva portare il suo nome erano sempre più in ritardo. Nel frattempo, le magnifiche colonne destinate alla moschea Suleimaniye giacevano in fondo al Mar Rosso, castelli per i pesci.

«Mahout! Dove sei?»

Jahan corse fuori dalla stalla e trattenne il fiato vedendola. Avvolta nei consueti abiti di seta, tinti di un azzurro intenso, e per una volta sola, lo guardò con tanta tenerezza da farlo tremare. «Ci avete onorato di una visita» mormorò Jahan inginocchiandosi.

«Ho notizie per l'elefante» disse lei, e tacque. Si divertì a guardarlo agitarsi per la curiosità. «L'ambasciatore austriaco ha portato un pittore a corte. Un uomo ambizioso, ho sentito dire. Hanno chiesto a mio padre il permesso di fare il ritratto alla bestia.»

«Che cos'ha detto il nostro nobile sultano?»

«Be', aveva intenzione di dire di no, ma dopo che ho parlato con lui ha cambiato idea. L'ho convinto che un quadro è una bella cosa. Nelle corti del Frangistan i re e le regine sono abituati a farsi rappresentare. Anche gli infimi mercanti lo fanno.» Mihrimah aggiunse dolcemente: «Anche le signore, immagino».

Jahan colse una traccia di desiderio nella sua voce e chiese, cauto: «A Vostra Altezza piacerebbe farsi fare il ritratto un giorno?».

«Che domanda stupida!» replicò lei. «Dovresti sapere che è impossibile.»

Jahan si scusò, preso dal panico: forse aveva oltrepassato un limite o scoperto qualcosa che non doveva sapere. Gli sarebbe tanto piaciuto dirle che aveva inciso ogni piccola parte del suo volto nello spazio illimitato della propria mente, così che quando chiudeva gli occhi la vedeva parlare, accigliarsi, ridere, il volto di luna nelle sue molte tonalità.

«Io non sono un pittore ma posso disegnarvi, Vostra Altezza» disse Jahan con un empito di coraggio. «Non lo saprà nessuno.»

«Stai cercando di dirmi che vuoi disegnare con assoluta impudenza il mio volto e ti aspetti che io sia contenta?»

Dal suo tono Jahan non riuscì a capire se fosse arrabbiata o se lo stesse prendendo in giro. Ma il pensiero che condividessero un segreto era così delizioso che non poté impedirsi di credere che fosse vero.

Lei fece un passo avanti. «Perché dovrei consentire una simile insolenza?»

«Perché, Vostra Altezza» disse Jahan, ora con voce tremante, «nessuno vi vede come vi vedo io.»

Chiuse gli occhi, in attesa della punizione che era certo sarebbe arrivata. Ma Mihrimah rimase stranamente in silenzio, e per la prima volta parve che entrambi avessero esaurito tutte le parole.

Busbecq, l'ambasciatore austriaco, era un uomo curioso. Tutte le volte che veniva invitato a palazzo a discutere faccende di Stato, dopo chiedeva di essere condotto al serraglio a vedere gli animali. Tale era il suo amore per gli animali e il suo interesse per loro che aveva riempito i giardini dell'ambasciata con tutti quelli che era riuscito a trovare. I locali chiamavano il suo giardino l'Arca di Noè. Teneva cervi con le corna piatte, furetti, zibellini, linci, aquile, scimmie, rettili dagli strani nomi, alci, muli, un orso, un lupo, e, con orrore dei suoi servitori musulmani, un maiale. I suoi animali preferiti erano le tigri, e Chota.

Fu Busbecq a presentare Melchior Lorichs alla corte ottomana. Da quando era arrivato in terra ottomana, il pittore aveva ritratto giannizzeri coi moschetti, cammelli con tamburi da guerra, portatori chini sotto il loro carico o antiche rovine ai fianchi della strada. Aveva due desideri residui che ripeteva a ogni occasione: ritrarre le donne ottomane nei loro veli e *yashmak*; e ritrarre l'elefante del sultano Suleiman. La vita cambiò per Jahan quando Melchior ottenne dal sultano il permesso di procedere col secondo desiderio.

Da allora due volte la settimana il mahout portava l'elefante alla residenza dell'ambasciatore.

Busbecq credeva che ci fossero due benedizioni nella vita: i libri e gli amici. E che bisognasse averne in quantità inverse: di libri molti, di amici pochi. Quando si rese conto che Jahan non era il domatore ignorante per cui l'aveva preso, cominciò a conversare con lui, uno straniero di fronte a uno straniero.

«I turchi hanno un gran rispetto per la carta» disse. «Se ne vedono un pezzetto per terra, la raccolgono e la mettono in alto, così che nessuno la calpesti. Ma non è strano che mentre riveriscono la carta non abbiano interesse per i libri?»

«Il mio maestro sì» disse Jahan.

«Sì, e pregheremo per la sua salute» disse Busbecq. «Ecco un'altra cosa che trovo strana: i turchi non hanno il senso della cronologia. È la prima cosa che uno straniero deve imparare in questa terra. Confondono gli eventi storici. Oggi viene dopo domani, e domani potrebbe precedere ieri.»

Jahan disse, canzonatorio: «Ma signore, oggi potrebbe venire dopo domani, è vero».

Da lui venne a sapere una cosa sorprendente. C'era un elefante alla corte del suo re. E si chiamava Suleiman!

«Non è un insulto» gli garantì Busbecq. «Anzi, è un segno di rispetto.»

Mentre Jahan ascoltava Busbecq che chiacchierava degli animali e delle loro abitudini, Melchior, avvolto in una veste color verderame, lo sguardo duro, portò Chota in giardino. Nonostante le riserve di Jahan insisté per far posare l'elefante sotto un albero di acacia. Sembrava un brav'uomo, e di talento, ma un po' troppo pieno di sé, come tendono a esserlo gli artisti. Aveva scelto la sua vocazione nonostante l'opposizione dei genitori, e aveva le sopracciglia perennemente aggrottate, come se da qualche parte nella sua testa stesse ancora litigando con loro. Aveva appena sistemato Chota dove voleva e aveva sistemato il cavalletto di fronte a lui quando l'elefante protese la proboscide e afferrò un ramo.

«Ehi, fermo!» urlò Melchior. Vedendo lo scarso effetto delle sue parole si rivolse al mahout. «La bestia ha fame?»

«Non ha fame. Ha fatto una robusta colazione» disse Jahan.

«Allora perché mangia le foglie?»

«È un animale, signore.»

Melchior osservò Jahan con freddezza, cercando di stabilire se si stava prendendo gioco di lui. «La prossima volta prima di venire qui nutrilo meglio.»

Jahan obbedì. Chota mangiava il doppio della sua razione del mattino; poi, una volta raggiunta la residenza dell'ambasciatore, divorava le foglie di acacia. Dopo qualche altro tentativo l'artista convenne di cambiare lo sfondo. Questa volta Chota posò all'esterno, in una strada serpeggiante e sonnacchiosa fiancheggiata da case malandate. Busbecq li osservava dalla finestra della sua stanza al primo piano. Le relazioni tra i due imperi erano peggiorate, e l'ambasciatore era agli arresti domiciliari. Mentre Melchior lavorava con Chota, Jahan teneva compagnia all'ambasciatore, imparando da lui cose sui fiori e sulle erbe, cose di cui era molto esperto.

Due mesi dopo Melchior finì il ritratto di Chota. Per festeggiare, Busbecq invitò un gran numero di ospiti. Pasha, visir, emissari. Jahan fu sorpreso di scoprire che se anche all'ambasciatore era ancora proibito uscire, la gente non si faceva problemi a venirlo a trovare. Il cavalletto era coperto con uno spesso telo bianco. Era lì in un angolo, ad aspettare il suo momento. Melchior indossava una veste di velluto azzurro e sorrideva soddisfatto. Jahan si chiese, e non era la prima volta, se tutti gli artisti erano così. Pronti a gongolare per una minuscola lode. Chota era in fondo al giardino. L'artista aveva insistito che l'elefante prendesse parte ai festeggiamenti. Jahan l'aveva legato a una vecchia quercia per evitare che calpestasse qualcuno.

Poco dopo l'ambasciatore annunciò che era il momento di scoprire il quadro. Un mormorio si diffuse mentre gli ospiti si avvicinavano. Poiché non si trattava del ritratto di un essere umano, anche i musulmani devoti erano curiosi di vederlo. Il drappo fu tolto e Jahan si trovò davanti a un'immagine decisamente stravagante.

Chota non sembrava Chota. Le sue zanne erano più grandi e affilate; aveva un'espressione feroce, come se fosse pronto a balzare fuori dalla cornice e attaccare. Eppure la strada, le case e il cielo erano così veri che si potevano quasi toccare. Il quadro trasudava calore. Colpiti, tutti applaudirono. Busbecq ricompensò l'artista con un sacchetto di monete. Diede anche una mancia a Jahan, ringraziandolo per il suo aiuto a dar forma a un'opera d'arte. Melchior, che puzzava di vino, abbracciò a sua volta il ragazzo.

Un'ora dopo, pronto ad andarsene, Jahan si fermò davanti al cavalletto. Fu allora che si accorse che la parte alta del quadro era mancante. Dove prima c'era una nuvola soffice ecco un grosso buco. Jahan si volse verso Chota, col cuore che martellava. Con orrore vide che l'animale aveva strappato la fune. Se anche aveva avuto dubbi sulla sua colpevolezza, svanirono quando vide uno sbaffo di vernice blu su una delle zanne. Senza parole, tirando le redini di Chota, Jahan si allontanò dalla residenza dell'ambasciatore. Chiusero il cancello e si immersero nel vento della sera. Jahan non avrebbe mai rivisto Melchior. Sentì dire che era tornato nel suo Paese ed era diventato famoso per la sua collezione orientale: ma tra le opere non c'era il ritratto dell'elefante del sultano Suleiman.

Quando Sinan e gli apprendisti furono prossimi alla conclusione della moschea Suleimaniye, la gotta del sultano era diventata così grave che le sue gambe, gonfie e piene di piaghe aperte, dovevano essere avvolte in garze. Aveva sulle mani il sangue di coloro che un tempo gli erano stati molto cari: del suo primo gran visir Ibrahim; e del figlio maggiore, Mustafa. Entrambi erano stati la pupilla dei suoi occhi eppure erano stati giustiziati, uno dopo l'altro, per ordine del sultano. Istanbul brulicava di congiure e cospirazioni.

Jahan pensava che non ne avrebbero avuto notizie per un po'. Come si sbagliava. Nonostante il dolore e la malattia continuava a mandare messaggi, in tono asciutto e irrequieto. Poi un giorno eccolo di nuovo al cantiere, dolorante ma cupo. Guardò la moschea mezza finita come se fosse invisibile ai suoi occhi. Si avvicinò a Sinan, restando a cavallo.

«Architetto, è passato troppo tempo. Sto perdendo la pazienza.»

Sinan disse: «Garantisco a Vostra Maestà che finirò la sua moschea, Dio volendo».

«Di quanto tempo ancora hai bisogno?»

«Due mesi, mio Sire.»

Il sultano fissò il cantiere con sguardo duro. «Due mesi siano!

Non un giorno di più. Se la chiave non verrà consegnata entro questo tempo, parleremo ancora.»

Quando se ne fu andato gli operai si scambiarono sguardi nervosi. Nessuno sapeva come avrebbero potuto finire in un tempo così breve. L'inquietudine ribolliva come uno stufato in una pentola. Agitati all'idea che alla fine dei due mesi se il sultano non avesse visto la sua moschea finita li avrebbe puniti, gli operai cominciarono a parlare di andarsene.

Un giorno, mentre le cose stavano cominciando a sfuggirgli di mano, Sinan chiese a Jahan di aiutarlo a prendere posto nell'howdah. Avrebbe tenuto un discorso dall'alto dell'elefante.

«Fratelli! C'era un'ape che volava stamattina. Ve ne siete accorti?»

Nessuno rispose.

«Io mi sono detto: se fossi quella minuscola creatura e potessi atterrare sulle spalle di ogni uomo, e ascoltare i rumori nella sua testa, che cosa sentirei?»

La folla fremette.

«Credo che sentirei pensieri preoccupati. Alcuni di voi sono a disagio. Se non finiamo la moschea in tempo saremo nei guai, dite. State certi che non succederà. Se il nostro sultano non è contento, nessuno di voi si troverà a patire. Tranne me.»

«Come facciamo a sapere che le nostre teste non rotoleranno accanto alla tua?» chiese un operaio senza mostrarsi in volto. Subito sorse un mormorio d'assenso.

«Ascoltatemi. Questo luogo era un campo spoglio. Con noi è sorta la santa moschea, pietra su pietra. D'inverno e d'estate abbiamo lavorato insieme. Vi siete visti più spesso di quanto non abbiate visto le vostre mogli e i vostri figli.»

Il cantiere fu pervaso da sussurri.

«La gente verrà qui dopo che saremo morti. Non sapranno i

nostri nomi. Ma vedranno che cosa abbiamo creato. Ci ricorderanno.»

«Lo dici tu!» gridò qualcuno.

Sinan disse, esitante: «Se io fallisco, fallisco solo io. Ma se riesco, riusciamo tutti».

«Figurarsi!» si azzardò a dire qualcun altro.

Non gli credevano. L'uomo a cui avevano obbedito e che avevano rispettato per tutto quel tempo all'improvviso era ai loro occhi qualcuno che metteva le loro vite a repentaglio.

«Fratelli!» disse Sinan in un ultimo tentativo. «Vedo che non riesco a convincervi. Metterò per iscritto tutto ciò che ho detto e sigillerò il documento. Se qualcosa dovesse succedere, consegnate la mia lettera al nostro onorevole sultano. A ricompensa della vostra fiducia distribuiremo delle mance.»

Il silenzio diceva approvazione. Così Sinan scrisse con la sua grafia elegante che era lui l'unico responsabile di qualunque fallimento nella costruzione della moschea Suleimaniye. Il successo apparteneva a Dio, e poi agli operai. La lettera fu firmata e sigillata, e seppellita fuori dalle mura. Se le cose fossero andate storte sapevano tutti dove andare a scavare.

La mattina dopo si presentarono tutti. Furono distribuiti *baksheesh*. Jahan riuscì ad approfittare della confusione. Rubò cinquanta aspri dal forziere. Tacitò la voce interiore e il senso di colpa ricordando a se stesso che non rubava al suo maestro, ma al sultano, che aveva già molto.

Ripresero da dove avevano lasciato, e lavorarono fino a tarda sera. Decine di operai furono aggiunti ai ranghi. A ogni tagliapietre disoccupato in città fu richiesto di unirsi alla squadra, ogni scultore, incisore, disegnatore. Proprio quando tutti pensavano che sarebbe stato paralizzato dalla paura, Sinan muoveva cielo e terra. La sua energia era contagiosa. Vedendolo così deciso, i suoi apprendisti lavorarono più sodo. Le spese salirono vertiginosamente. Una volta finita, la moschea Suleimaniye sarebbe costata al tesoro 54.697.560 aspri.

Anche in quella frenesia non c'era un solo dettaglio che il Capo architetto reale non avesse considerato con la massima cura. Le piastrelle, fatte nei laboratori di Iznik, erano di colori vivaci: turchese, rosso, bianco. Il bel *thuluth* che scandiva i nomi di Allah, Maometto e Al fu portato a termine dal calligrafo di corte, Molla Hasan. Mentre la gente trovò incantevoli le decorazioni all'interno, solo in pochi capirono che i contrafforti erano stati incorporati nelle pareti. Ancora meno furono quelli che notarono che le pareti laterali, liberate dal peso di reggere la cupola, erano punteggiate da così tante finestre che la luce entrava generosa come latte che scorre dal seno di una madre per il suo piccolo. Di nuovo, ancora meno si resero conto che ogni pietra aggettante all'interno della moschea era posata a bella posta per far echeggiare i suoni in modo che ogni membro della congregazione sentisse i sermoni, lontano o vicino che fosse all'imam.

Lampade a olio di vetro di Murano e globi di specchio pendevano dai soffitti. Tra loro c'erano uova di struzzo, fragili e squisite, dipinte con gusto, decorate con nappe di seta, appese a ganci di ferro. Minuscole moschee d'avorio erano inserite in globi di vetro che penzolavano qua e là. Al centro c'era un'enorme palla d'oro. Dopo il tramonto, quando le lampade ardevano e gli specchi riflettevano la luce, l'intera moschea sembrava aver inghiottito il sole. E tappeti... a centinaia. In innumerevoli case al Cairo e a Kure, donne di tutte le età avevano intessuto i tappeti della Suleimaniye.

La moschea era colossale, la cupola maestosa; la galleria su due piani era insolita e i quattro minareti bucavano il cielo. Le colonne di granito rosso del baldacchino centrale erano quattro, e furono paragonate agli amici del Profeta, i califfi Abu Bakr, Omar, Osman e Ali. Ogni verso del Corano era scelto dallo Shayh al-Islam Ebussuud. Le calligrafie ricordavano ai musulmani di pregare cinque volte al giorno e di non allontanarsi dal credo della congregazione. In un momento di conflitto con l'Iran, sciita, gli ottomani si attenevano scrupolosamente all'Islam Sunnita, e diventavano più pii.

Costruita su terrazzamenti, circondata da una scuola, una biblioteca, un ospedale e negozi, la moschea vista dal basso era impressionante. In aggiunta alla scuola coranica, la madrasa, c'erano un convento per dervisci, stanze per i pellegrini, la cucina, il forno, il refettorio, un ospizio, una scuola di medicina e un serraglio. Quando Sinan e i suoi apprendisti deposero l'ultima pietra niente era lo stesso: né la città né il trono. Tra l'inizio e il completamento il mondo era diventato un luogo più oscuro e il sultano un uomo più triste. Era quello il problema degli edifici colossali. Loro non cambiavano, ma la gente che li aveva commissionati, progettati, costruiti e infine li usava cambiava di continuo.

Vennero tutti a vedere la Suleimaniye, la moschea che superava tutte le moschee. Il bailo, gli ambasciatori, perfino l'inviato dello scià Tahmasp, anche se tra i due regni non era stata definita una vera pace, c'era solo una tregua.

Il sultano, gli occhi traboccanti di lacrime, disse: «Il mio architetto mi ha costruito una moschea che rimarrà fino al Giorno del Giudizio».

«Quando Hallaj Mansur sorgerà dai morti per scuotere il monte Damavand, potrà anche scuotere la montagna ma non la vostra cupola, Vostra Altezza» replicò Sinan.

Il sultano alzò la chiave d'oro che aveva in mano e si rivolse alla folla. «Chi di voi è il più meritevole? Voglio che quell'uomo prenda questa chiave e apra la porta.»

Jahan si guardò intorno. Tutti coloro che avevano pronunciato malignità sul suo padrone tacevano, sorridenti.

«Nessuno tra voi lo merita più del Capo architetto reale» disse il sultano. Si rivolse a Sinan. «Tu non mi hai deluso. Sono contento di te.»

Sinan, rosso in volto, abbassò lo sguardo. Prese la chiave, aprì la porta e invitò il sultano a entrare. Uno alla volta gli altri li seguirono. Jahan si fece largo tra la folla, deciso a vivere la giornata fino in fondo. Lo attorniavano gli uomini più ricchi dell'impero. Gemme scintillavano alle loro dita, borse gonfie di monete s'intravvedevano sotto le vesti eleganti. Alla sua sinistra vide un uomo grosso, un kadi della Rumelia, che parlava fitto con un altro ufficiale. Un rosario pendeva dalla mano dell'uomo, rosso cupo, preghiere fatte di rubini.

Mentre premevano verso l'ingresso, Jahan si scagliò contro l'uomo, ostentando un'espressione contrita, come se fosse stato spinto senza volerlo dalla folla.

«*Effendi*, vi chiedo perdono.»

Il kadi guardò storto oltre le spalle di Jahan. Fu sospinto con gli altri al di là della porta, senza rendersi conto che il ragazzo gli aveva rubato il rosario. Per evitare di incrociarlo di nuovo Jahan avanzò nella direzione opposta, lasciando che la gente lo sorpassasse. Aspettò lì da un lato per un po'. Fu dunque con un certo ritardo che entrò nella moschea Suleimaniye. Ormai gran parte degli ospiti erano usciti e stavano facendo il giro degli altri edifici.

Tastando le gemme, Jahan entrò nella moschea. Il suo ottimismo si volse in costernazione ricordando il capitano Gareth.

L'uomo aveva intrapreso un altro viaggio, di due mesi almeno. Jahan doveva tenere il bottino in un posto sicuro e consegnarglielo al suo ritorno. Si chiese lo stesso se vendere il rosario e comprare un regalo per Mihrimah. Magari un pettine di madreperla e tartaruga. Stava lavorando in segreto agli schizzi di lei, e provava e riprovava, scontento del risultato. Non si sarebbe mai aspettato che fosse così difficile deporre sulla carta un'immagine già incisa in modo incancellabile nella sua mente.

Con quei pensieri varcò la soglia e si fermò. Dentro, uno strano arcobaleno si riversava dalle finestre. Cremisi, blu cobalto, vermiglio. Ricordò all'improvviso che da ragazzo si stendeva sotto le betulle e guardava in su, come in cerca del paradiso. Se il cielo fosse caduto giù gli alberi l'avrebbero sorretto, si rassicurava. L'aveva fatto molte volte ma solo una aveva vissuto una strana esperienza. Quel giorno il cielo era gonfio, le nubi così vicine da potersi protendere a solleticarne una. Mentre guardava in su, il verde delle foglie si era sciolto nell'azzurro al di là. La sensazione era così tangibile che l'aveva quasi soffocato. Non era durata più di un battito di ciglia ma ricordava ancora, dopo tutti quegli anni, il sapore di quella gioia.

In quel momento, mentre ammirava la cupola che avevano eretto sopra quattro enormi pilastri, guardandola per la millesima volta ma quasi vedendola per la prima volta, provò la stessa cosa. La cupola si era fusa col firmamento di sopra. Cadde in ginocchio, senza badare a chi poteva vederlo. Si distese sul tappeto, gli occhi chiusi, gambe e braccia spalancate, ancora una volta il ragazzo sotto le betulle. Solo nella moschea, un puntino in quella vasta distesa, Jahan non poté fare a meno di pensare che il mondo fosse un enorme cantiere. Mentre il maestro e gli apprendisti stavano edificando la moschea, l'universo stava costruendo il loro destino. Non aveva mai pensato a Dio come a un architetto. I cristiani, gli ebrei, i musulmani, gli zoroastriani e le genti di miriadi di fedi e convinzioni vivevano sotto la stessa cupola invisibile. Per l'occhio che sa vedere, l'architettura è ovunque.

E lì, con un rosario rubato in mano e un'inspiegabile gratitudine nel cuore, pieno di conflitti e confusione, sotto la magnifica cupola della moschea Suleimaniye ecco Jahan, intelligentissimo domatore di animali e assai perplesso apprendista. Anche il tempo si fermò con lui. Gli parve in quell'istante di essersi avvicinato di un passo al centro dell'universo.

Ogni tanto il maestro Sinan mandava apprendisti e novizi a fare strane commissioni: comprare un vaso d'inchiostro al bazar o frugare tra le rovine di una chiesa antica e riferire al ritorno perché alcune parti erano crollate mentre altre avevano resistito; scavare in varie colline per vedere quali generi di terra pullulavano di vermi a passare una giornata con i costruttori di *ney* osservando come un semplice strumento musicale cattura suoni così immensi. Avevano il compito di eseguire gli ordini al meglio, per quanto futili potessero sembrare. Ma in verità misuravano sempre i loro compiti con quelli degli altri, giudicanti, invidiosi. Non avendo mai ricevuto simili ordini, Jahan era stato risparmiato dalle dispute.

Le cose cambiarono un giovedì pomeriggio. Come per rifarsi del tempo perduto, Sinan gli assegnò non uno, ma due compiti. Prima Jahan doveva andare a trovare due venditori di uova di struzzo e dir loro che Sinan avrebbe presto avuto bisogno della loro mercanzia. Poi da un libraio a comprare un libro. Sinan non aveva detto quale. Disse che una volta là l'avrebbe saputo. Quest'ultimo dettaglio suonò strano a Jahan, che però non ci badò. Giochetti da bambini, disse tra sé preparandosi a partire. Era ben deciso a svolgere i compiti in modo così rapido e impeccabile che il maestro avrebbe dovuto affidargli incarichi più importanti la volta dopo.

«Be', allora?» disse una voce alle sue spalle.

Si voltò e vide che gli altri tre apprendisti lo osservavano.

«Oh, niente. Uova di struzzo e un libro.»

«Un libro?» chiese Nikola. «Dal libraio di Pera?»

Quando videro Jahan annuire, i loro volti si rabbuiarono. Davud disse: «Congratulazioni, novizio! Il maestro manda solo i suoi prediletti dal vecchio caprone».

Contento com'era di sentirlo dire, Jahan si sentì a disagio.

«Non comportarti con umiltà quando sei da lui» disse Nikola. «Mostragli quanto sai. Gli piacerà.»

Yusuf sorrise a mo' di assenso.

«Non dimenticarti di urlare. Simeon è sordo come una campana» disse Davud.

Jahan li ringraziò per i consigli. Detestava lasciare Chota ad altri, così se ne occupò con la massima cura. Prima di mezzogiorno partì a cavallo – una creatura pigra e sfinita – con il sacchetto di monete che gli era stato affidato. Passando per campi verdeggianti e per cimiteri costeggiati da cipressi, lui e il cavallo avanzarono verso Unkapani. Una volta là, a costo di allungare la strada, Jahan puntò verso il porto. Gli piaceva andarci quando poteva, come per rassicurare se stesso che se le cose fossero andate male poteva sempre balzare a bordo di una delle navi e tornare a quella casa che nel profondo del cuore era ancora convinto fosse là ad attenderlo.

Il porto era gonfio di rumori e odori. Il sussurro delle onde, l'urlo dei gabbiani, gli ordini abbaiati, il tutto mescolato con il tintinnio delle catene e il sibilo delle fruste. Un puzzo di alghe intrideva l'aria, e un fetore di sudore ed escrementi si levava da centinaia di corpi che lavoravano insieme, i prigionieri della recente vittoria navale. Bambini, anziani, donne e uomini; gente che poche settimane prima aveva nomi e famiglie. Con le caviglie incatenate, guardando senza vedere, erano lì e altrove. Jahan balzò giù da cavallo e si unì alla moltitudine nell'osservare la tetra processione.

Erano tutti sporchi. Alcuni indossavano vestiti che erano stati eleganti e che erano riusciti a sistemare in modo da mantenere una parvenza di dignità. Quelli, si disse Jahan, dovevano essere i nobili. Altri erano coperti di stracci che i mendicanti di Eyup avrebbero sdegnato. Chiunque fossero stati nella vita precedente, la frusta calava a caso, più che per accelerare il passo per riportarli indietro dai sogni a occhi aperti in cui forse si erano rifugiati per un attimo.

Jahan risalì a cavallo e partì per il bazar. Parlò con parecchi mercanti che tra le altre cose trattavano uova di struzzo. Disse loro che Sinan avrebbe presto avuto bisogno della loro merce. Il maestro architetto usava le uova per tenere lontani i ragni ed evitare che si formassero ragnatele sui soffitti delle moschee. Le uova, forate alle due estremità e appese al soffitto, emanavano un odore che non infastidiva gli umani ma teneva a distanza tutti gli insetti.

I venditori lo ascoltarono. Ma quando Jahan chiese se le merci sarebbero state pronte di lì a un mese, si limitarono a dire *in'sh'Allah*. Senza ben sapere se era riuscito a svolgere il suo primo compito, Jahan si dedicò al secondo.

Quando arrivò all'indirizzo del libraio, una casa di due piani che aveva visto giorni migliori, il cavallo parve felice di sbarazzarsi di lui quanto lui del cavallo. Ricordando quello che avevano detto gli apprendisti, bussò forte. La porta si aprì e apparve un uomo malfermo: sembrava furioso.

«Vuoi farmi a pezzi la porta?»

«*As salam alaykum*, sono stato mandato da...»

«Perché urli? Credi che sia sordo, idiota?»

Perplesso, Jahan balbettò: «No, *effendi*».

«Chi ti ha mandato?» chiese il libraio, accigliato. Ma quando udì il nome di Sinan si addolcì. «Allora entra.»

Dentro, il profumo del pane fresco li avvolse come una coperta. Seduta in un angolo c'era una donna vecchia e magra china sul suo cucito. «È mia moglie, Esther. Non disturbiamola» disse Simeon.

Percorsero corridoi bui e pieni di spifferi. La casa era un labirinto. C'erano scaffali carichi di libri su libri rilegati in pelle, quasi tutti in nero o sfumature di bruno. Alcuni erano stati rubati dai corsari da isole remote, città di mare o navi nemiche. Sapendo quanto Simeon adorava simili articoli, i lupi di mare glieli portavano in cambio di una somma dignitosa. Altri erano stati raccolti nei regni dei franchi. Tra loro c'erano trattati medici di dottori spagnoli e volumi di nobili francesi. Altri ancora erano stati stampati a Istanbul o Salonicco. Gli ebrei sefarditi, con il permesso del sultano, potevano pubblicare i propri libri. In un angolo c'era un compendio di manoscritti matematici, che, apprese Jahan, erano appartenuti a uno studioso chiamato Molla Lutfi; disegni di venti e correnti, stelle e corpi celesti, erano inseriti nei bordi delle pagine. C'era il *Libro del Cavalier Zifar*, appena arrivato dalla Spagna; una pila di xilografie di Antonio da Sangallo; un trattato intitolato *Regole generali di architettura* di un certo Sebastiano Serlio, un architetto bolognese; e un manoscritto in latino con i bordi dorati, *De architectura*, di Vitruvio. Quest'ultimo, ritrovato durante la conquista di Buda, era finito a Istanbul. Un altro trattato di un certo Leon Battista Alberti s'intitolava *De re ædificatoria*, che Simeon tradusse come *L'arte di costruire*. C'era un tomo di un uomo dal nome strano, Ibn Maimon. S'intitolava *La Guida dei Perplessi*, e Jahan si disse che era proprio adatto a lui.

Arrivarono in una grande sala buia sul retro. Al centro c'era un armadio con decine di cassetti, gli sportelli incisi e decorati da disegni intricati. Simon fece cenno al ragazzo di sedere nell'unica sedia.

«Come sta il tuo padrone? Non lo vedo da un po'.»

«Vi manda i suoi omaggi» disse Jahan. «Voleva che scegliessi un libro. Ma non ha detto quale.»

«È facile. Prima dimmi sinceramente: sei uno che impara?»

Jahan gli rivolse uno sguardo sorpreso. «Frequento la scuola del palazzo e...»

«Non ti ho chiesto se sei uno studente. Ti ho chiesto: sei uno che impara? Non tutti gli allievi sono persone che imparano.»

Ricordando il consiglio di Nikola, Jahan decise che era il momento di fronteggiare quell'uomo scontroso. «Lavorando tutto il giorno nei cantieri si impara, che lo si voglia o no.»

L'espressione di Simeon era sprezzante. «Il nostro sultano, che la pietà di Dio sia con lui, dovrebbe imporre una tassa sull'imbecillità. Se potesse ricevere una moneta per ogni parola stupida pronunciata, i suoi forzieri sarebbero colmi.»

A Jahan balenò in mente il sospetto che i compagni apprendisti l'avessero fuorviato. Tutto ciò che aveva detto e fatto fino a quel momento era riuscito solo a irritare il vecchio. Disse in tono umile: «Gli altri sono già stati qui, vero?».

«Oh, sì, molte volte» disse Simeon. «Sei fortunato, a essere il novizio di un uomo come Sinan. Ti rendi conto della tua fortuna?»

Jahan si sentì un impostore. Che cos'avrebbe pensato quell'uomo se avesse saputo che lui cercava di rubare dai cantieri? Lentamente disse: «Faccio del mio meglio, *effendi*».

«I maestri sono grandi ma i libri sono meglio. Colui che possiede una biblioteca ha mille maestri. Il tuo profeta ha detto:

"Cercate la sapienza, se anche fosse in Cina". Il mio ha detto: "Dio ci ha creato perché voleva essere conosciuto". Gli ignoranti credono che siamo qui per lottare e fare la guerra e accoppiarci e avere figli. No, il nostro compito è ampliare la nostra conoscenza. È per questo che siamo qui.» Simeon tacque. «Dimmi, tu parli con Dio?»

«Io prego.»

«Non ti ho chiesto se preghi, stupido. Se vuoi diventare un architetto devi parlare con qualcosa di più grande di te!»

Jahan abbassò lo sguardo. «Non voglio seccare Dio con le mie preoccupazioni. Però parlo con il mio elefante. Chota è più grande di me, e più saggio. È giovane ma credo che quando è nato avesse cent'anni.»

Quando Jahan alzò la testa c'era qualcosa nello sguardo del vecchio che prima non c'era. Una traccia di approvazione. «Sembri un'anima gentile, ma la tua mente è confusa. Sei come una barca con due remi che remano in direzioni diverse. Non hai ancora trovato il centro del tuo cuore.»

Ricordando le parole del maestro pochi giorni prima, Jahan ebbe un brivido. Simeon riprese: «Ora dimmi, che cos'è che preferisci costruire?».

«Mi piacciono i ponti.»

Cominciò a piovere. Dalle profondità dell'ingresso giunse il fruscio di una pagina voltata. Era la moglie di Simeon che leggeva? O c'era qualcun altro in casa? In quel momento Jahan ebbe il sospetto che uno degli apprendisti fosse lì, nascosto, in ascolto. Scrutò il libraio, come cercando conferma. Ma l'uomo era occupato a frugare in un baule. Alla fine estrasse uno schizzo. «Guarda. Un ponte sul Corno d'Oro. È stato fatto da Leonardo.»

Jahan tacque: aveva sentito pronunciare quel nome dal suo maestro.

«Il sultano Bayezid aveva richiesto il suo aiuto. Leonardo gli ha mandato i suoi disegni. Non una lettera umile, a mia parola. Ha detto che era in grado di fare il ponte. Anzi, che avrebbe fatto anche molte altre cose nella nostra città. Un ponte mobile sul Bosforo.»

Simeon aprì un altro baule. Dentro c'erano schizzi che appartenevano a Michelangelo, disse, quasi tutti di cupole: il Pantheon, la cattedrale di Firenze e la Hagia Sophia. «Michelangelo era propenso a venire qui. Lo dice nelle sue lettere.»

«Avete scambiato una corrispondenza con lui?»

«Molto tempo fa. Era giovane. Io anche. Voleva lavorare nel Levante. Io l'ho incoraggiato. Il sultano è stato generoso. Io ero il loro dragomanno. Io e i frati francescani. Ma non so se hanno contribuito, a loro non piacciono i turchi.» Simeon s'immerse nei suoi pensieri. «Avrebbe costruito un ponte sul Corno d'Oro. Con un osservatorio all'interno. E una biblioteca. L'avrei diretta io.»

Jahan avvertì la delusione nella sua voce. «Cosa è successo?»

«L'hanno convinto a non farlo. Hanno detto che era meglio per lui morire per mano del papa che farsi ricompensare dal sultano. È finita lì. Roma è Roma. Istanbul è Istanbul. Nessuno parla più di avvicinare le due città» Simeon sospirò stancamente. «Ma sono sempre lì che scrutano.»

«Chi, *effendi*?»

«Gli occhi di Roma. Osservano il tuo maestro.»

Jahan si sentì a disagio. Pensò all'impalcatura crollata e alle funi tagliate; pensò al marmo mai consegnato… Dietro tutti quegli incidenti e quelle disgrazie poteva esserci una forza nascosta? *Gli occhi di Roma.* Si ricompose. La sua mente era scappata via di nuovo.

Intanto l'uomo si era avvicinato a uno scaffale e aveva preso un tomo con illustrazioni xilografate.

«Questo è tuo. Di' al tuo maestro che questo è il libro che ho scelto per te.»

Senza nemmeno guardare la copertina Jahan aprì la borsa, ma il libraio rifiutò di accettare un compenso. «Tieni per te le tue monete, ragazzo. Impara l'italiano. Se sei un uomo di ponti devi parlare parecchie altre lingue.»

Jahan uscì col libro sottobraccio, senza riuscire a trovare parole adeguate. Il cavallo aspettava. Solo quando arrivò a casa di Sinan gli venne in mente di osservare il dono. Era la *Divina Commedia* di un gentiluomo chiamato Dante.

Quando Jahan mostrò il libro a Sinan, il maestro sorrise. «A quanto pare sei piaciuto a Simeon. Ti ha regalato il suo libro preferito» disse.

«Ha detto che devo imparare l'italiano.»

«Be'… ha ragione.»

«Ma chi mi insegnerà?»

«Simeon in persona, naturalmente. Ha insegnato anche a Davud, Nikola e Yusuf.»

Jahan provò un morso di gelosia. Fino a quel momento era convinto di essere piaciuto più degli altri al vecchio libraio. Sinan disse: «Quando padroneggi una lingua ti viene consegnata la chiave di un castello. Quello che ci troverai dentro dipende da te».

Jahan sorrise: gli piaceva l'idea di entrare in un castello a prendersi le ricchezze nascoste dentro. «Sì, maestro.»

Fu così che il novizio si ritrovò a trascorrere molte ore della sua giovinezza nella bottega del libraio, che nel tempo sarebbe diventata un rifugio, una casa. Non era un estraneo tra quelle mura. Perso tra i libri, trovò se stesso. Mentre migliorava nella conoscenza dell'italiano, cominciò dilettarsi di latino e francese; mentre imparava a disegnare meglio, salì di rango da novizio ad apprendista, e si ritrovò finalmente accolto nella biblioteca di Sinan. C'era un'altra collezione nel quartier generale degli architetti reali a Vefa. Negli anni Jahan l'avrebbe visitata in molte occasioni, ma nulla gli avrebbe dato il piacere di stare a casa di Simeon, circondato dai profumi dell'inchiostro, del cuoio e del pane nel forno.

Tra brontolii e barriti, Chota marciava avanti e indietro. Era già stato così due volte, ma ogni volta la follia era svanita. Solo che in quella circostanza non andava proprio da nessuna parte. Ribelle e di malumore, qualche giorno prima aveva spaventato tanto i servi che avevo dovuto farlo incatenare. La mattina dopo aveva spezzato le catene e caricato un albero. Le ghiandole sui lati della sua testa emettevano una sostanza oleosa e odorosa che, Jahan lo sapeva, poteva voler dire solo una cosa: l'elefante era in calore.

Vagare per Istanbul in cerca di una compagna per Chota era come desiderare la neve in agosto. Jahan cercò dappertutto. Niente da fare. Ovunque andasse gli chiudevano la porta in faccia, non prima di essersi fatti una bella risata a sue spese. Nemmeno Olev il domatore di leoni per una volta sapeva cosa fare.

Quando Mihrimah comparve nel giardino con la sua bambinaia e chiese di vedere l'elefante, Jahan si mise a sudare. La vergogna di doverle spiegare perché non poteva vedere Chota in quello stato era così acuta che quasi lo soffocava.

Lei rise di quel panico, ma quando parlò c'era una nota triste nella sua voce. «Be', l'elefante è cresciuto. Non è più un bel cucciolo. L'innocenza dell'infanzia ci abbandona tutti, alla fine».

Jahan era stordito dalla preoccupazione. Riuscì a stento a

mettere insieme una debole protesta. «Vostra Altezza, questa stagione andrà e verrà. Chota è lo stesso di sempre. Non dovete smettere di venirlo a trovare, vi supplico.»

Lei volse il capo, fronteggiando il sole: non voleva guardarlo. «Puoi catturare il vento, mahout? Puoi prendere la luna? Ci sono cose che non possiamo cambiare. Io ho accettato questa verità, e un giorno la accetterai anche tu.»

Come se avesse sentito lo scambio e volesse intervenire, Chota si mise a urlare. Fece tanto rumore, scuotendo le catene, che Jahan non riuscì a cogliere a fondo le parole di Mihrimah.

Dopo che la principessa e la bambinaia se ne furono andate, Jahan ebbe un'idea. Si ricordò degli zingari che li avevano salvati dal ghiaccio. Non avevano detto di possedere un elefante? Quando condivise la sua speranza con gli altri domatori, scossero il capo. «Gli zingari vanno sempre in giro. Come farai a trovarli?»

Alla fine fu il maestro Sinan ad aiutarlo. L'architetto gli concesse del tempo libero e gli fornì una carrozza e una moneta d'argento, e infine disse, con un sorriso: «Va', trova una moglie carina per la bestia, e falla felice».

Viaggiarono in silenzio fuori dalla Porta di Silivri, il cocchiere e Jahan, guardando le nuvole diventare rosa chiaro in lontananza. Ci vollero ore per trovare i romanì. Finalmente videro dei carri in lontananza, lenzuola arrotolate e abiti stesi sulle siepi, a punteggiare il tetro paesaggio con i loro colori sfacciati. Il cocchiere si rifiutò di avvicinarsi. Aveva sentito troppe storie su quei vagabondi, e non aveva alcun desiderio di incontrarli.

«Sta' attento» disse a Jahan. «Se ti offrono da bere, tu non bere. Nemmeno un sorso. Ricorda, Satana, *djinn* e zingari sono sempre pronti a rubarti l'anima.»

Jahan lo salutò con la mano, scese dalla carrozza e avanzò in fretta verso l'accampamento, temendo di perdere il coraggio se avesse esitato. I suoi stivali scricchiolarono sulla ghiaia. Si avvicinò a un gruppo di bambini, il moccio al naso, i piedi nudi. Una donna allattava i suoi gemelli, un bambino avvinghiato a ciascun seno. Notò che lui le guardava il petto e lo fissò torva. Vergognoso, Jahan distolse lo sguardo.

Si avvicinò a un ragazzino. «Il vostro capo è qui?» Il bambino rimase così immobile che Jahan dubitò che l'avesse sentito.

«Cosa vuoi?» Alle sue spalle si alzò una voce roca, così all'improvviso che Jahan quasi schizzò fuori dalla sua pelle. Si voltò e vide due uomini che lo fissavano accigliati.

«Devo vedere il vostro capo… Balaban» disse.

«Come fai a conoscerlo?»

«Mi ha… salvato una volta» fu tutto ciò che Jahan riuscì a dire.

Fu condotto in una tenda di un punto così violento di azzurro che perfino la ghiandaia azzurra della voliera l'avrebbe invidiato. Alle pareti c'erano arazzi con figure di animali e fiori, e uno ritraeva Abramo che catturava un montone da sacrificare al posto del figlio. In un angolo, seduto vicino alla stufa, c'era un gruppo di uomini, e al centro nientemeno che Balaban.

«Guarda chi c'è!» disse Balaban. «Come mai sei qui? Dimmi.»

«Ho bisogno di aiuto. Il mio elefante ha perso la testa. È in calore. Ricordo che avevi detto che avevi una femmina…»

Prima che potesse finire di parlare, Balaban lo prese per la veste, estrasse un pugnale e glielo puntò sulla mascella. «Canaglia! Brigante! Hai il coraggio di venire a chiedermi di farti da magnaccia? Vuoi che versi il tuo sangue qui o dobbiamo uscire?»

Jahan disse con umiltà: «No, *effendi*. Ho buone intenzioni. È per il bene dell'animale».

Balaban lo spinse via. «E io cosa ci guadagno?»

«Se la tua elefantessa resta gravida, avrai due animali» disse Jahan. «Potresti usarli tutti e due.»

Balaban considerò la cosa, impassibile. «E poi?»

Jahan mostrò la moneta che gli aveva dato Sinan, ma Balaban ripeté: «E poi?».

Jahan decise di tentare in un altro modo e disse: «L'elefante appartiene al palazzo. Se non mi aiuti, il sultano sarà furioso.»

«Il sultano, hai detto?»

Jahan annuì con vigore, certo di averlo convinto.

«Maledetto rospo!» Balaban prese a calci un cuscino, facendolo volare contro la parete, dove colpì il montone di Abramo e rimbalzò indietro. «È questa la generosità del sultano? Una moneta sbeccata?»

«Ti supplico. L'architetto Sinan ha bisogno dell'elefante per lavorare.»

Il silenzio era insopportabile. Dopo un istante troppo lungo, e uno scambio di sguardi che Jahan non comprese, come il silenzio, Balaban scrollò le spalle. «Gulbahar è bella come un fior di loto. Dovete conquistarvela.»

«Cosa vuoi che faccia il mio elefante?» domandò Jahan sospettoso.

«Non il tuo elefante. Tu!»

Jahan cercò di mantenere un fare coraggioso, ma la sua voce s'incrinò. «Io?»

In quel momento comparve la donna che allattava i gemelli: portava un vassoio carico di bevande e di frittelle allo sciroppo.

«Prima prendi qualcosa. Chi condivide il mio pane e sale non è mio nemico» disse Balaban.

Jahan esitò per un istante. Si ficcò in bocca una frittella, assaporandone la dolcezza.

«Ora bevi. Non si può camminare diritti se la strada è storta.»

«Che le nostre mogli possano morire se non beviamo d'un fiato!»

Come loro, Jahan mandò giù il fluido color del fango in una sola sorsata; come loro, posò la tazza con un tonfo sul tavolo di legno; come loro, si pulì la bocca col dorso della mano. E la bevanda, bruciante fin nello stomaco, era sorprendentemente gradevole. Poi gli dissero, con dettagli scherzosi e allegria infantile, che cosa lo sfidavano a fare.

«Sta a te!» disse Balaban. «Prendere o lasciare.»

Che fosse l'amore per Chota, l'ostinazione o l'effetto della bevanda, dopo una pausa Jahan disse: «Bene, lo farò».

Gli uomini uscirono, lasciandolo con le donne. Sfrontate, divertite, lo aiutarono a vestirsi da ballerina. Uno *shalwar* violetto e una breve tunica ricamata che gli scopriva la pancia. Gli dipinsero il volto con una polvere biancastra che aveva odor di riso. Gli misero il kohl attorno agli occhi, gli accesero guance e labbra con quella che gli dissero essere una polvere di coleotteri schiacciati. Gli arrossarono le dita con l'henné e gli spruzzarono acqua di rose sul collo. E sulla testa gli sistemarono una coda di cavallo, dandogli una stranissima chioma.

Balaban e i suoi uomini tornarono accompagnati da musicisti che non riuscivano a suonare senza ridere. Arpeggiavano e soffiavano i corni per un po', e poi uno di loro scoppiava a ridere, e gli altri lo imitavano allegri. Ma Jahan danzò comunque, se i suoi movimenti goffi si potevano definire una danza. I romanì guardarono, bevendo, ridacchiando. Quando uno degli uomini cercò di abbracciare Jahan con intenzioni non dignitose, Balaban lo colpì alla testa con un cucchiaio di legno e gridò: «Comportati bene!».

Da allora in poi Jahan danzò più volentieri, sapendo che se lui avesse mantenuto la sua parte del patto loro avrebbero fatto lo stesso. Uscì dalla tenda ore dopo, con i suoi vecchi abiti addosso, le mani ancora macchiate di henné e gli occhi truccati. Il carrettiere era sparito. Jahan non ci badò. Non doveva tornare a piedi. Aveva una femmina di elefante a portarlo.

Quattro giorni dopo Jahan restituì Gulbahar. Gli ci volle un pomeriggio intero per trovare gli zingari, che si erano spostati di nuovo. Le vecchie radunate in un angolo lo salutarono con buffe smorfie che Jahan finse di non notare.

«Il ballerino è tornato» annunciò un bambinetto. Una risata alle sue spalle. Era Balaban.

«Felicitazioni» disse, «il tuo elefante non è più vergine.»

«Gulbahar ha reso Chota l'elefante più felice del mondo» disse Jahan con un sorriso modesto. Poi, rendendosi conto di una cosa a cui non aveva pensato, aggiunse: «L'hai fatto di nuovo, Balaban. Mi hai salvato la pelle».

Tutti i mercoledì il maestro Sinan radunava i suoi apprendisti nella sua casa e chiedeva loro di progettare un edificio – un acquedotto, una madrasa, dei bagni o un *bedestan*. I giovani prendevano questi compiti con la massima serietà, vedendovi l'occasione di mostrare il loro talento ma anche di superare i loro rivali. A volte il compito era semplice, come disegnare una capanna con una sola stanza. Altre volte l'esercizio era più complicato: come ridurre il numero di colonne in una dimora senza diminuirne la robustezza e la solidità; come far uso della calcina, che legava bene ma seccandosi si apriva in brutte crepe; come mettere insieme un reticolo di canali acquatici in superficie e sottoterra. E dovevano affrontare questi quesiti da soli. Discutere i problemi insieme era ammesso; ma in nessun caso dovevano vedere gli uni i progetti degli altri.

«L'architettura è un lavoro di squadra» diceva Sinan. «L'apprendistato no.»

«Come mai non volete che guardiamo i disegni degli altri?» gli chiese una volta Jahan.

«Perché fareste confronti. Se pensate di essere più bravi verrete avvelenati dall'*hybris*. Se pensate che l'altro sia meglio, sarete avvelenati dall'invidia. In ogni caso, di veleno si tratta.»

Uno di quei pomeriggi avevano finito di disegnare un convento di dervisci quando un servo annunciò che il maestro li aspettava in biblioteca. Misero da parte le penne e uscirono senza parlare, divorati dalla curiosità. Di sopra trovarono il maestro circondato da rotoli aperti. Al centro della stanza, sopra un tavolo di quercia, c'era un modello di legno.

«Venite» disse Sinan.

Timorosi e cauti, i quattro avanzarono.

«Lo sapete che edificio è questo?» chiese Sinan.

Davud, osservando il modello con le sopracciglia aggrottate, disse: «È un tempio degli infedeli».

«La cupola è notevole» disse Nikola.

«Dove si trova questo posto?» chiese Jahan.

«A Roma» rispose Sinan, agitando la mano come se Roma fosse fuori dalla finestra. Disse che si chiamava San Pietro, e che una volta finita sarebbe stata la cupola più grande della Cristianità. Vi avevano lavorato parecchi architetti, alcuni decisi a demolire la vecchia basilica e a ricominciare daccapo, altri a restaurarla. L'ultimo progettista, Sangallo, era morto. La costruzione, per ordine del papa, era stata assegnata a Michelangelo. Jahan riconobbe il nome pronunciato dal libraio e aguzzò le orecchie.

Sinan disse che Michelangelo, che non era più giovane, aveva due possibilità. O mettere da parte i progetti precedenti o costruire su quelli. La decisione avrebbe dimostrato non solo il suo talento di costruttore ma anche il suo carattere. Sinan parlava con tanta intensità che i suoi apprendisti furono contagiati dall'eccitazione. Ma un pensiero continuava a tormentarli: perché il maestro diceva loro quelle cose?

Interpretando il loro umore con un solo sguardo, Sinan disse: «Vorrei che vedeste San Pietro. Che studiaste il progetto. Che paragonaste quello che hanno fatto laggiù con quello che facciamo noi qui. Se desiderate eccellere nella vostra arte, dovete studiare l'opera di altri».

Ci volle loro un momento per cogliere tutto il peso delle sue affermazioni. «Voi... volete che noi andiamo nella terra dei franchi?» disse Davud, esitante. «A vedere le chiese?»

«Seguiamo il consiglio del nostro Profeta: cerchiamo la sapienza vicino e lontano.» Sinan disse loro che aveva imparato molto dai suoi viaggi nella terra dei franchi, nei Balcani, in Anatolia, in Siria, in Egitto, in Iraq e a est fin nel Caucaso. «Le pietre stanno ferme. Chi vuole imparare, mai.»

«Ma maestro, non dovremmo essere noi a insegnare a loro?» Di nuovo Davud. «Loro sono cristiani. Perché dovremmo imparare dai loro modi?»

«Ogni bravo artigiano, qualunque sia il suo luogo di origine, è il tuo maestro. Artisti e artigiani sono gente della stessa fede.»

Così dicendo Sinan prese due scatole di velluto, una lunga e sottile, l'altra tonda e tozza. Dentro la prima c'era un enorme spillo d'argento e nell'altra una lente ricurva, grande come una mela matura.

«Che cos'è?» chiese Nikola, la voce un sussurro, come se stesse guardando una stregoneria oscura.

«È un prisma» spiegò Sinan. «Lo usiamo per osservare come i raggi del sole viaggiano dentro gli edifici. In una cattedrale funzionerebbe bene.»

«E questo?» chiese Jahan, reggendo lo spillone sul palmo come un uccellino implume.

«È per il suono. Entra negli edifici quando c'è poca gente dentro. Reggi lo spillone al livello della tua testa e lascialo cadere. Ascolta. Il suono muore subito? O raggiunge gli angoli più lontani? Se è così, domandati come ha fatto l'architetto a ottenerlo. Si può far scorrere il suono come acqua, avanti e indietro, in una corrente tranquilla? Nelle cattedrali lo si ottiene creando una galleria dei sussurri. Andate ad ascoltare: sentirete come anche il minimo suono viaggia.»

Sinan parlava veloce come una tempesta di gradine. Non l'avevano mai visto così. Disse che ci sono tre fontane di saggezza a cui ogni artigiano dovrebbe bere in abbondanza: i libri, il lavoro e le strade. Leggere, lavorare e viaggiare.

Continuò: «Purtroppo non posso mandarvi tutti. Abbiamo del lavoro da fare. Dovete decidere tra voi chi andrà. È un viaggio di cinque settimane».

Nikola, Davud, Yusuf e Jahan si scambiarono sguardi furtivi, le spalle rigide. Il desiderio di impressionare il maestro con la propria audacia cozzava nei loro cuori con quello di restare dove tutto era familiare. Fu Yusuf a farsi avanti per primo, scuotendo il capo. Non voleva andare. Jahan non ne fu sorpreso. Come un piccolo pianeta che orbita attorno a quello più grande, Yusuf desiderava sempre essere vicino al maestro.

«E gli altri?» chiese Sinan.

«Nemmeno io posso andare» disse Jahan. «Chi si occuperebbe dell'elefante?»

Non diceva proprio la verità. Un altro domatore poteva tranquillamente sostituirlo, se il maestro avesse preso accordi con gli ufficiali a palazzo. Ma Chota era solo uno dei suoi pensieri. Doveva restare vicino a Mihrimah. Di recente veniva più spesso al serraglio, con l'espressione turbata, come se avesse qualcosa da dire ma non ci riuscisse.

«I miei genitori sono vecchi» disse Nikola. «Sarebbe dura lasciarli così a lungo.»

Tutti si volsero verso Davud, che sospirò. «Io posso andare, maestro.»

Sinan fece un cenno di apprezzamento e disse, a nessuno in

particolare: «Se qualcuno di voi cambia idea, me lo faccia sapere entro pochi giorni».

Il pomeriggio seguente Mihrimah non venne a trovare l'elefante. E nemmeno quello dopo. Invece venne Hesna Khatun con le ultime notizie dell'ala femminile del palazzo.

«Non aspettarla» disse. «La tua principessa si sposa.»

«Cosa stai dicendo, *dada*?»

La donna, assalita da un improvviso attacco di asma, prese un sacchetto, lo avvicinò al viso e inalò. Un acuto aroma di erbe aleggiò nell'aria. «Non chiamarmi così. Può solo la mia principessa.»

«Dimmi» disse Jahan, ignorando ogni finzione di etichetta.

E lei parlò. Mihrimah era stata promessa in moglie a Rustem Pasha, un uomo di grande ambizione. Non piaceva a nessuno, ma alla sultana sì, e questo bastava.

Dopo che la bambinaia se ne fu andata, Jahan lavorò a un nuovo progetto, spazzò il pavimento della stalla, lavò i truogoli, lucidò l'armatura dell'elefante, passò l'olio sulla pelle della bestia, fece a pezzi il progetto al quale stava lavorando e ne cominciò un altro, ingrassò i cardini di tutte le porte, fece ancora qualche schizzo e lo distrusse subito, e si dimenticò di dar da mangiare a Chota.

Per tutta la sera il serraglio fu immerso nei pettegolezzi sulle nozze. A mezzanotte Jahan non riuscì più a sopportarlo e sgattaiolò fuori. Braccia e gambe gli pulsavano di stanchezza, e il petto di un dolore ignoto. Camminò finché raggiunse le pareti che separavano il serraglio dal cortile interno e una volta lì, non sapendo che altro fare, tornò indietro. Arrivò al lillà sotto il quale lei si era seduta mentre lui le raccontava la storia della nascita di Chota e del loro viaggio dall'Hindustan.

L'albero si stagliava nel buio come la porta per un mondo migliore. Posò l'orecchio sul tronco, cercando di ascoltare che cosa gli stava dicendo la terra. Silenzio. Un ostinato, asciutto silenzio. Il vento si levò, l'aria si fece gelida. Una nebbia di tristezza calò sul palazzo. Rimase seduto, ad aspettare che il freddo della notte lo avviluppasse e lo stordisse. Non funzionò. Soffriva ancora. Faceva ancora male.

La mattina dopo mandò una lettera al maestro. Un messaggio breve.

Stimato maestro,

Se ancora desiderate che io vada, accompagnerò volentieri Davud a Roma.

Il vostro umile apprendista

Jahan

Roma, la città dove i ricordi sono scolpiti nel marmo. Il giorno del loro arrivo pioveva: una pioggerella leggera come una carezza. Rallentando i cavalli fino al trotto, vagarono per un po'. Ogni volto era sconosciuto, ogni strada più enigmatica della precedente. Ogni tanto passavano sopra un ponte, sotto un arco – tondo o a sesto acuto – o attraversavano una piazza colma di venditori e compratori. Jahan non sapeva che cosa si fosse aspettato, ma la città era grande e vivace al di là della sua comprensione. Lui e Davud, rigidi e a disagio, si fecero largo tra la folla. Giunti vicino alle rovine di un antico foro si fermarono a fissarlo stregati. Videro frati vestiti di nero, mercenari che marciavano a coppie, mendicanti non diversi da quelli di Istanbul. Le donne portavano sfere di profumo appese alle collane e non si coprivano i capelli né il petto. Davud, arrossendo fino alle orecchie, distoglieva lo sguardo tutte le volte che incrociavano una gentildonna con le sue maniche gonfie e le sue servette. Ma Jahan di nascosto guardava. A metà pomeriggio raggiunsero l'indirizzo che Simeon il libraio aveva dato loro. Lo trovarono facilmente dopo aver chiesto a un paio di passanti, che li indirizzarono, sia pur con uno sguardo duro, al quartiere ebraico.

La dimora di Leon Buendia a Roma somigliava in modo sorprendente a quella di Simeon Buendia a Istanbul. Anche lì si trattava di una casa su una strada caotica con l'acciottolato a terra; una porta di legno sciupata e antica; e dietro, una stanza dopo l'altra, tutte colme di libri e manoscritti. Anche lì viveva un vecchio con le orecchie molto grandi e le sopracciglia vistose, forse però non irascibile come il fratello.

«Simeon vi manda i suoi rispetti» disse Jahan in italiano quando li ebbero fatti entrare, sistemati attorno a un tavolo e fu offerta loro una pasta dolce di mandorle.

«Come sta il mio fratellino?»

Jahan rispose: «Lavora, legge, brontola».

Leon sorrise. «È sempre stato scostante.»

«Vuole che vi trasferiate a Istanbul» aggiunse Jahan.

«Lui pensa che là sia meglio. Io vorrei che si stabilisse qui. Siamo mortali. Le decisioni sono pecore; le abitudini, il pastore.»

Jahan stava riflettendo su quelle parole quando Davud disse: «Ci piacerebbe andate a trovare Michelangelo».

A quelle parole il libraio scosse il capo. «Nutro un enorme rispetto per il vostro maestro. Ma dovete capire che non è facile. Il Divino non vuol vedere nessuno. Dopo due anni è ancora in lutto.»

«Oh, chi è morto?» chiese Jahan.

«Prima suo fratello. Poi il suo apprendista prediletto. L'ha distrutto.»

Jahan non poté fare a meno di chiedersi per quanto tempo avrebbe pianto il loro maestro se fosse successo qualcosa a uno di loro. Nel frattempo il libraio disse che l'apprendista, che si chiamava Urbino, stava con Michelangelo da quando aveva quattordici anni. Per ventisei anni i due erano stati inseparabili. La devozione del maestro per il suo brillante apprendista era tale che negli ultimi mesi della malattia di quest'ultimo non aveva consentito a nessun altro di occuparsi di lui, e l'aveva curato giorno e notte. Da sempre petulante, dopo la morte di Urbino Michelangelo era diventato rancoroso, pronto a esplodere alla minima contrarietà.

«Al Divino non piacciono le persone. Le poche che gli piacciono le ama troppo.»

Jahan inarcò le sopracciglia. Il loro padrone non era così. Sinan non detestava e non evitava la gente. Equilibrato e cortese, era gentile con tutti quanti. Eppure forse tra accettare tutti e non essere troppo entusiasta di nessuno il passo è breve. Se fosse così, non sarebbe meglio assistere un maestro che è sgarbato con tutti tranne te che un maestro che è gentile con tutti te compreso?

Leon riprese: «Il disprezzo del Divino per gli esseri umani è certamente reciproco».

«Ha nemici?» chiese Davud.

«Oh, sicuro. C'è chi lo adora e chi lo detesta. Nemmeno Dio sa quali siano i più numerosi.»

Leon disse che Il Divino aveva già molti rivali quando aveva accettato di malavoglia la costruzione di San Pietro. Da allora ammiratori e avversari erano raddoppiati. Anche se aveva fatto uso di parecchie parti del progetto del Bramante, denigrava apertamente il suo predecessore, cosa che non l'aveva reso bene accetto ai nemici. «Ha detto che il progetto del Sangallo era malfatto, scarso di luce. Ha detto che ne sarebbe venuto fuori un bel pascolo.»

«Un pascolo?» chiese Jahan.

«Per le pecore. Ha detto che il progetto del Sangallo era per buoi stupidi e pecore che non sanno niente dell'arte. E i seguaci del Sangallo non l'hanno apprezzato.»

Jahan sospirò. Anche in questo il suo maestro era diverso. Non riusciva proprio a immaginare Sinan intento a denigrare un altro architetto, vivo o morto. Disse cautamente: «Abbiamo sentito dire che il papa sostiene Michelangelo».

«Be', è vero. Se non fosse per Sua Santità, l'artista sarebbe stato fatto a pezzi» osservò Leon, agitandosi nella sua sedia e bloccando per un attimo la luce della candela. Mentre il suo volto sprofondava nell'ombra, disse: «Anche il vostro maestro deve avere dei nemici».

«Ne ha» disse Davud con un piccolissimo cenno.

Leon disse loro che in testa ai nemici di Michelangelo c'era un uomo chiamato Nanni di Baccio Bigio, architetto e scultore. «Strano, vero? Coloro che condividono le nostre aspirazioni diventano i nostri peggiori nemici. L'uomo più affine è quello che più probabilmente diventerà il tuo peggior nemico.» Leon aveva appena finito di pronunciare queste parole quando il suo volto si contrasse, come se avesse capito di aver detto troppo. Si agitò sulla sedia.

Jahan, studiandolo, disse: «Vi abbiamo affaticato. È meglio se andiamo».

«Mi sarebbe piaciuto ospitarvi, ma...» disse Leon, sospirando.

C'era il coprifuoco nel quartiere ebraico, spiegò. Una volta chiusi i cancelli, nessuno poteva entrare o uscire. Se avevano dei visitatori dovevano informare le autorità. Non avendo intenzione di imporre all'uomo la loro presenza, gli chiesero di suggerire un luogo dove stare. Leon chiamò il suo servetto, un ragazzino sugli otto anni, e gli ordinò di accompagnare gli ottomani in una locanda dove, disse, si sarebbero ritrovati tra colleghi artisti.

Così eccoli di nuovo per le strade, tenendo i cavalli per le redini per seguire il ragazzo. Passarono davanti a case di ricchi con i vetri alle finestre. Attraversarono mercati dove videro maiali arrostiti allo spiedo. Jahan aveva il sospetto che il ragazzo non stesse prendendo scorciatoie. Non perché voleva mostrare loro la città, ma perché voleva mostrare loro alla città. Erano così vistosi nei loro abiti. A un certo punto, mentre Jahan si voltava per parlare con Davud, qualcosa, un'intuizione più che una chiara visione, lo bloccò. Temette che qualcuno li seguisse. Guardò a destra e a sinistra, incerto. Finalmente arrivarono a una casa a due piani che puzzava di salsicce e di sudore. Divisero la stanza e il pitale con altri tre: un pittore, uno studente di anatomia e un giocatore.

Il giorno dopo per prima cosa andarono alla casa del Divino. Trovarla fu facile. Anche i bambini sapevano dove viveva il grand'uomo. Ma varcare la sua soglia fu impossibile. Si presentarono al suo assistente, spiegando che erano stati mandati dal Capo architetto reale ottomano. Fu risposto loro in tono cortese ma fermo che Michelangelo non desiderava vedere nessuno.

«Chi crede di essere?» urlò Davud quando furono fuori dalla sua portata. «Ci sminuisce.»

«Hai sentito cosa dicono tutti: quell'uomo non vuol vedere nemmeno il suo papa.»

Davud fece schioccare la lingua. «Te lo dico io, questi infedeli hanno bisogno di una lezione. Non possono trattarci così.»

Nei giorni seguenti visitarono le chiese e le cappelle, come Sinan aveva chiesto loro di fare. La calce a Roma era di una tinta calda, anche se inferiore in qualità. I locali la mescolavano con una sostanza brunastra chiamata pozzolana per produrre la calcina. Una volta secca diventava fine e polverosa; era molto usata per ricoprire le pareti; ma nel tempo si copriva di una brutta muffa. Jahan e Davud presero appunti, fecero schizzi degli edifici. Spesso si persero in un labirinto di vicoli per ritrovarsi a fissare con stupore una basilica. Ma fu il cantiere di San Pietro a impressionarli come nient'altro. Un tempio circolare nella fredda luce del mattino, elusivo e attraente come i resti di un sogno che scivolano via. Era ben lungi dall'essere finita, ma avendo studiato ogni modello sul quale avevano potuto mettere le mani riuscirono a figurarsi come sarebbe diventata maestosa e impressionante: la base, il timpano, la volta e la cupola. Il suo odore di pietra, sabbia e legno segato di fresco si aggrappava ai loro abiti e restava con loro.

Jahan pensava che esistessero due tipi di templi costruiti dall'uomo: quelli che aspiravano a raggiungere il cielo e quelli che desideravano portare il cielo più vicino a terra. Poi, di rado, ce n'era un terzo: quello che faceva tutte e due le cose. San Pietro era così.

Mentre stava lì a contemplarla, completando la struttura nella mente, aveva la strana sensazione che anche lì ci fosse il centro dell'universo.

Gli operai aspettavano una consegna in ritardo per via del maltempo nel Sud. Una fortuna per gli apprendisti di Sinan, che poterono passeggiare senza farsi notare troppo. Si sistemarono su una collina e fecero decine di disegni. Le pareti del coro basso, le colonne giganti, i pilastri della crociera, ciascun elemento un'ode alla perfezione.

Tutti i giorni senza eccezioni andavano a trovare Michelangelo solo per farsi bloccare prima di varcare la soglia di casa sua. Sempre lo stesso apprendista, un pittore e un nobile di sorta, faceva la guardia all'ingresso, deciso a non lasciar entrare nessuno. Il suo nome era Ascanio. Jahan non aveva mai incontrato un apprendista così protettivo verso il maestro.

«Il Divino non è un uomo di questo mondo» diceva Ascanio, fissandoli con intensità. Raccontava che il suo maestro saltava i pasti e viveva di tozzi di pane. «Anche se gli rovesciaste sulla testa tutti gli scudi di Roma, vivrebbe lo stesso in estrema povertà.»

«Perché vivere da poveri in mezzo alle ricchezze?» domandò Davud.

«Semplice. Non è interessato ai fronzoli terreni.»

Davud sembrava ben deciso a irritare Ascanio. «È vero che dorme con gli stivali e non fa mai il bagno?»

Le guance di Ascanio si tinsero di rosso. «Non credere a tutto quello che senti. Questa città è crudele.» Disse che gli amici di Michelangelo a Firenze l'avevano richiamato là, ma che per amore della sua arte e perché era un uomo di parola non aveva lasciato Roma. «E gliene sono grati? Nemmeno un briciolo! Più dai loro, più chiedono. Lo sapete cosa dice il mio maestro?»

«Cosa?» chiese Jahan, come ci si aspettava da lui.

«Che l'avidità mette in sonno la gratitudine.»

Quello che Ascanio non diceva era che i cittadini erano agitati all'idea che Michelangelo morisse prima di finire San Pietro. Nella tarda età il suo umore era depresso, il corpo fragile, anche se la mente era affilata come una lama. Soffriva di un sacco di altre pene – aria nella pancia, un dolore all'addome e calcoli ai reni così grossi che a volte riusciva a stento a pisciare. Jahan si chiese se anche il suo maestro temesse la morte. Un artigiano appassionato e diligente come Sinan poteva faticare ad accettare la propria mortalità. Elevava edifici fatti per restare mentre la sua caducità incombeva più greve sul suo cuore ogni giorno che passava. Era un pensiero che andava e veniva. Se ne sarebbe ricordato, anni dopo.

Un pomeriggio, dopo un altro tentativo fallito di vedere Il Divino, entrarono in un'osteria che puzzava tremendamente di fumo e di grasso. Ordinarono pasticcio di anguilla, quaglie arrosto e un dolce chiamato torrone. Fu allora che Jahan notò uno straniero che li osservava. Aveva il cappuccio tirato sul naso, il volto seminascosto.

«Non guardare. Qualcuno ci segue.»

«Chi?» domandò Davud, voltandosi all'istante.

L'uomo balzò in piedi, spinse via il tavolo e corse fuori, come posseduto. I due apprendisti di Sinan si guardarono perplessi. Davud disse, alzando le spalle: «Doveva essere un ladruncolo. Sa che siamo stranieri, probabilmente voleva rubarci il denaro».

Il decimo giorno fecero visita a Michelangelo per l'ultima volta. Ascanio era uscito per una commissione e non era ancora tornato. Un altro apprendista aveva preso il suo posto, un ragazzo più giovane e apparentemente più gentile. Si presentarono come se fosse la prima volta che erano lì e chiesero all'apprendista di informare il maestro della loro presenza. Con loro sorpresa annuì garbato ed entrò. Dopo un po' fece ritorno e disse che Michelangelo aveva accettato di vederli. Cercando di celare lo stupore, lo seguirono. A Jahan venne in mente che forse Ascanio non aveva mai chiesto a Michelangelo se voleva vederli, certo che Il Divino non volesse essere disturbato. Gli apprendisti che considerano il maestro come un padre tendono a essere troppo protettivi, si disse.

Furono fatti entrare in una stanza grande, stipata di colori, barattoli, scalpelli, martelli, rotoli, libri e stoffe. Quasi tutte le finestre erano coperte da tende pesanti dai colori vivaci per attutire il rumore della strada, che conferivano al luogo un'aria ultraterrena. Nel bel mezzo di quella confusione c'era un vecchio, magro e rigido, che lavorava a una scultura – una testa e un busto maschile – alla luce che pioveva da candele di sego di capra. Aveva un'altra candela accesa fissata alla banda di metallo che portava sulla testa. Non era alto né robusto, a parte le spalle larghe e le braccia muscolose. Piccoli e scuri erano gli occhi, solenne e pallido il volto. Il naso era piatto, e quanto alla barba, filamenti neri venati di bianco, Jahan non la trovò notevole. Fu dalle mani che si sentì attratto: lunghe dita ossute, le punte pallide; unghie scheggiate e smangiate coperte di polvere e di sudiciume.

«Grazie per averci ricevuti» disse Jahan inchinandosi.

Senza voltarsi, Il Divino disse: «Una volta ho ricevuto una lettera dal vostro sultano».

«Dev'essere stato il defunto sultano Bayezid» azzardò Davud.

Ignorando l'osservazione, Michelangelo disse: «Voi non fate sculture. Come possiate chiamarla idolatria non lo capirò mai. Ma il vostro sultano è stato generoso. Ero pronto a venire. Sarebbe stata mia grandissima vergogna. Non doveva essere».

Burbero e roco, come un uomo abituato a vivere dentro la propria testa, parlava così in fretta che Davud e Jahan faticavano a seguirlo con il loro scarso italiano. Chiese: «Come sta il vostro maestro?».

Ricordando solo in quel momento la prima ragione per cui erano lì, gli porsero la lettera che Sinan gli aveva scritto. Il Divino si pulì i palmi in un grembiule più sporco delle sue mani e spezzò il sigillo. Quando ebbe finito di leggere c'era qualcosa nei suoi occhi che un attimo prima non c'era, una sorta di inquietudine.

Davud gli disse che sarebbero stati felici di portare a Sinan un messaggio, se l'avesse desiderato. L'artista annuì e si avvicinò a un tavolo dove stavano accatastati ogni genere di oggetti. Gettò un po' di cose a terra, si aprì uno spazio e si sedette a scrivere una lettera, la fronte aggrottata, perso nei suoi pensieri.

Non sapendo cosa fare nel frattempo, dato che non era stato detto loro di sedersi, Jahan e Davud osservarono la stanza. Su una panca c'erano due modelli, entrambi di San Pietro, uno di legno, uno di argilla. Notarono che Michelangelo aveva modificato la facciata e si era sbarazzato del portico. Aveva cambiato anche la forma dei pilastri principali che reggevano la cupola. Le finestrelle erano sparite, sostituite da finestre in minor numero ma più grandi, che lasciavano passare più luce.

Un gran rumore li trasse dal rapimento. Michelangelo aveva finito la lettera e cercava la ceralacca. Frustrato, aveva spinto via un paio di rotoli, e aveva fatto cadere una caraffa.

Guardarono sotto i libri, nei cassetti, sopra le scatole. Alla fine l'oggetto perduto fu ritrovato sotto un cuscino, mezzo schiacciato, perché era stato calpestato. Michelangelo sciolse la ceralacca, vi appose il suo sigillo e legò la lettera con un nastro. Doveva aver notato il loro interesse per i modelli di San Pietro, perché disse: «Sangallo ci ha messo anni a finire il suo progetto. Il mio l'ho fatto in quindici giorni».

Jahan fu sorpreso di sentire rabbia nella sua voce. Lui, l'artista più stimato di Roma, gareggiava con un fantasma. Gli venne in mente che forse la scultura gli era più confacente dell'architettura. Non lo disse. Invece, notato lo squisito disegno di un cavallo, osservò: «Voi amate gli animali».

«Li studio.» Dissezionava cadaveri e animali malati per vedere i muscoli, i nervi, le ossa, spiegò.

«Io ho un elefante bianco» disse Jahan, fiero. «Lavoriamo nei cantieri.»

«Il tuo maestro usa un elefante? Forse dovrei averne uno anch'io.»

Chiese loro della moschea Suleimaniye, lodando Sinan per il suo lavoro. Jahan si chiese da dove gli venissero quelle informazioni. Stava cercando un modo garbato per chiederlo, ma già l'artista aveva levato la mano dicendo: «*Altro non mi achade*».

Se ne andarono in silenzio.

Quella stessa settimana partirono per Istanbul con due stalloni. Affezionato com'era al suo cavallo, Jahan aveva sentito la mancanza di Chota. Non poteva che essere in pensiero: forse il domatore che aveva preso il suo posto non aveva fatto bene il suo lavoro, o magari sì, ma l'animale si era rifiutato di mangiare, come fanno a volte gli elefanti quando si sentono soli o abbandonati. Ma più si avvicinavano a Istanbul più era agitato. Era riuscito a non pensare a Mihrimah a Roma, ma il ricordo di lei tornava vendicativo, come rapide che infrangono la barriera che per breve tempo le ha intrappolate.

Quando si fermarono per riposare e liberarsi, Jahan si accorse che Davud era pensieroso. Sapeva che l'amico era un orfano ed era stato allevato dai nonni, e gli chiese della sua infanzia. «Che cosa c'è da dire?» disse Davud con gentilezza. Era stato un ragazzo perduto e rabbioso finché il maestro Sinan non l'aveva trovato, istruito e aveva cambiato il suo destino.

Percorsero la strada per Adrianopoli in silenzio, entrambi chiusi nei loro pensieri. Scese il buio; galopparono. Solo quando le loro schiene non ne poterono più e i cavalli avevano la bava alla bocca rallentarono. C'era una locanda lì vicino e fu lì che decisero di passare la notte.

Dentro era pienissimo. La sala da pranzo era grande, anche se i soffitti erano così bassi che si doveva star seduti o curvi. In un angolo c'era un focolare scavato nella pietra su cui sobbolliva un calderone annerito dalla fuliggine. Attorno ai lunghi, ampi tavoli di legno erano disposti i clienti: uomini di ogni età e religione.

Non appena Jahan e Davud entrarono tutti si voltarono a guardarli, e il rumore si attenuò. Nessuno li salutò. Notarono un posto libero in fondo a un tavolo e s'infilarono lì. Jahan si guardò attorno. Alla sua sinistra era seduto un uomo magro e grigio in testa, forse uno scriba, dato che aveva le dita macchiate d'inchiostro. Di fronte c'era un franco coi capelli color della paglia che si scaldava le mani sopra una ciotola fumante. Si tolse il cappello a mo' di saluto.

«Lo conosci?» chiese Jahan a Davud.

«Come faccio a conoscere qualcuno in questo buco?»

Un nano passò reggendo un vassoio di bevande. Mentre avanzava rapido, qualcuno gli fece lo sgambetto. Cadde, e le tazze rotolarono dappertutto. Scoppiarono risate. Il nano si alzò, rosso in volto ma tranquillo; i clienti tornarono al loro cibo, come se un attimo prima non fossero stati loro a ululare dal ridere.

Mangiarono in silenzio. Dopo la cena Davud andò di sopra per la preghiera serale. Jahan decise di restare ancora un po'. Una sorta di serenità che non aveva mai provato lo avvolse. Era solo come un faro abbandonato, ma in quel momento si sentì in compagnia, anche se di cosa o di chi non sapeva dirlo. Per la prima volta smise di penare per il matrimonio di Mihrimah.

«Il tuo amico è andato via?»

Jahan alzò il capo e vide l'uomo coi capelli color paglia che lo fissava.

«Posso sedermi?» chiese, e senza aspettare risposta lo fece. Con uno schiocco di dita fece cenno al nano. Un attimo dopo sul tavolo tra loro c'era una caraffa.

«Beviamo!» disse lo straniero.

Il vino sapeva di corteccia e di rose essiccate. Il viaggiatore, che si chiamava Tommaso, colpì Jahan con la sua intelligenza. Era italiano, disse che andava a est e moriva dalla voglia di vedere la Hagia Sophia. I bicchieri furono colmati di nuovo. Poi la caraffa. Parlarono amichevolmente, anche se più tardi Jahan non avrebbe ricordato la metà delle cose dette.

«Il nostro maestro ci ha mandati a Roma» disse Jahan. Pur brillo, fece attenzione a non menzionare la lettera che portavano con sé. «Voleva che ampliassimo le nostre conoscenze.»

Come un uomo che non parla da giorni, Jahan raccontò delle cose che era deciso a ottenere. Le parole colavano col vino. Da quando aveva saputo delle nozze di Mihrimah qualcosa dentro di lui desiderava salire in fretta.

Tommaso lo guardò da sopra l'orlo del bicchiere e disse, molto lentamente: «Quello che facciamo nella vita ha tanta importanza? O è ciò che non facciamo che ha un peso?».

«Cosa intendi dire?» chiese Jahan dopo aver tracannato il vino.

«Diciamo che sei nel bosco e vedi questa donna. Sola. Potresti prenderla lì, ma non lo fai. Questo mostra che razza di uomo sei. Un tipo ti insulta. Potresti dargli un pugno sul naso. Se non lo fai, ecco chi sei.»

«Quindi stai dicendo che non fare nulla è un atto coraggioso?» chiese Jahan.

«Vero» disse Tommaso con un sorriso. «Si costruisce col legno, la pietra, il ferro. Si costruisce anche con l'assenza. Il tuo maestro lo sa bene.»

Jahan sentì un nodo di nausea in fondo allo stomaco. «Come fai a conoscerlo?»

«Tutti conoscono il tuo maestro» disse Tommaso alzandosi e gettando una moneta al nano. «Devo andare, amico mio.»

In segreto Jahan fu contento che Tommaso avesse pagato. Si sarebbe sentito in colpa se avesse dovuto spendere il denaro del maestro per il vino.

«Se vuoi far bene, d'accordo. Che Dio ti benedica comunque. Ma non diventare una di quelle anime triste» disse Tommaso.

Di sopra, Jahan trovò Davud che dormiva insieme a una dozzina di viandanti. Andò barcollando ad aprire una finestra. Un grillo friniva là fuori. Un gufo tubò. Era una serata incantevole, la luna una falce dorata. Poco più in là, aperto come un ventaglio, si stendeva un giardino fiancheggiato da aiuole orlate di pietra, da cui saliva un profumo così delizioso che avrebbe potuto mangiarselo. Mentre inspirava quel dolce aroma ricordò. Solo allora. Le parole gli vennero in mente. Le aveva lette prima. Erano di Dante. L'Inferno. «L'anime triste di coloro / che visser sanza 'nfamia e sanza lodo.»

La mattina dopo, quando Jahan e Davud si svegliarono, scoprirono che erano stati derubati. Gli stivali, le monete rimaste nelle borse, lo spillo d'argento, il prisma e la sacca in cui tenevano i disegni: era tutto sparito. Così come il diario rilegato in pelle di Jahan. Ciascuno degli schizzi che avevano meticolosamente tracciato in tutto il viaggio, i malviventi l'avevano portato via. Sparita anche la lettera di Michelangelo.

«Che razza di banditi sono quelli che rubano dei progetti d'architettura?» protestò Jahan.

Fatto strano, agli altri viandanti non era stato rubato nulla. Il ladro, chiunque fosse, aveva mirato solo agli apprendisti di Sinan. Singhiozzarono e gemettero come bambini. Cercarono più e più volte. Inutile. Preoccupati, mortificati e addolorati, lasciarono la locanda. Ciascuno di loro accusava se stesso. Jahan per aver bevuto la sera prima e Davud per essere andato a letto così presto e aver dormito un sonno così pesante.

Non avrebbero mai scoperto che cosa aveva scritto Il Divino al loro maestro. La corrispondenza tra il Capo Architetto di Roma e il Capo Architetto di Istanbul fu interrotta, e non per la prima volta. Gli apprendisti arrivarono alla casa di Sinan senza nulla da offrirgli. Fu come se di quel lungo viaggio non fosse rimasto nulla, tranne il dolore alle membra e i ricordi di San Pietro che già avvizzivano.

Il capitano Gareth arrivò con un acre odore di sale, sudore e alcol addosso. Fu come se avesse attraversato le mura del palazzo con l'agio di un fantasma. Non piaceva a nessuno, ma nessuno osava infastidirlo. In compenso giravano tutti alla larga: proprio quello che voleva.

Jahan notò che non aveva un bell'aspetto. La sua pelle, che di solito era di un rosa acceso che non s'incontrava negli uomini ottomani, era diventata gialla. Aveva le labbra spaccate, le guance infossate. Jahan sospettò che potesse aver contratto una malattia in uno dei suoi viaggi. O quello, o il tradimento aveva finalmente cominciato ad avvelenargli l'anima.

«Bene, bene. È passato un bel pezzo. L'altro giorno mi sono detto, andiamo a trovare il finto mahout, così gliene diciamo quattro. Vengo qui e cosa scopro? Oh, no, dicono, è a Roma! A Roma? Che ragazzo fortunato. Allora com'è andata nei bordelli? Piacerebbe anche a me assaggiarne un po'. Ma ahimè! Nessuno manda me a Roma! Dov'è la mia ricompensa? Dimmi, che cos'hai portato al tuo vecchio amico?»

«Ci hanno derubato nel viaggio di ritorno a Istanbul» disse Jahan.

«Davvero? Adoro le storie inventate.»

Per zittirlo, Jahan gli consegnò il rosario di rubini che aveva rubato all'inaugurazione della moschea Suleimaniye. Aveva in mente di venderlo e comprare un regalo per Mihrimah. Che idiota.

Uno sguardo al bottino e l'uomo lo guardò deluso. «Tutto qui, fannullone?»

No. Sepolta in profondità sotto lo stesso albero Jahan teneva un'altra scatola: argenteria dalle cucine imperiali, una perla caduta dall'orlo dell'abito di Mihrimah, una penna col pennino d'oro, un barattolo di miele della dispensa reale e una forcina di Hesna Khatun. La bambinaia gli stava dando un'altra ripassata delle sue quando le era venuto un attacco di asma e si era piegata in due così vicino alla punta delle dita di Jahan che sarebbe stato un peccato non sfilare la forcina. Aveva voluto tenere quelle cose per sé nel caso che qualcosa fosse andato storto e avesse avuto bisogno di fuggire. Ma il capitano non era uno sciocco. «Sto perdendo la pazienza. Peccato, sei ancora giovane. Quando scopriranno che razza di bugie hai rifilato a tutti, ti scuoieranno vivo.»

Jahan rabbrividì al pensiero, ma intanto l'uomo non l'aveva picchiato e non l'aveva minacciato col pugnale. Qualcosa lo rendeva esitante.

«La tua principessa è triste, dicono. Poverina. Ha tutte le ricchezze del mondo, ma nessun innamorato a coccolarla.»

«Non la vedo da un po'» disse Jahan, a disagio.

«Oh, la vedrai di sicuro. Dal momento che ama tanto l'elefante bianco...»

Jahan capì. Aveva sentito dire che il matrimonio della principessa Mihrimah non era felice. Aveva scoperto, proprio come tutta la città, che passava molti pomeriggi a piangere da sola nella sua bella casa solitaria. Sapendo che era affezionata a Chota, e forse anche al mahout, il capitano immaginava che non ci sarebbe voluto molto perché ricomparisse nel serraglio. Jahan era l'oca che avrebbe deposto uova d'oro per lui. Non desiderava farlo fuori troppo presto.

All'improvviso Jahan si sentì rincuorato. Con un sorriso disse: «Adesso dovete andare. Il Capo eunuco bianco potrebbe arrivare da un momento all'altro. Non vorrei essere nei vostri panni se vi trova qui».

Il capitano Gareth rimase a bocca aperta. Non sapeva che cosa dire. Jahan aggiunse in fretta: «Andate! Quando avrò qualcosa da mostrarvi, vi manderò a chiamare».

L'uomo gli rivolse uno sguardo gelido, ma non replicò. Per la prima volta se ne andò senza minacciarlo. E così Jahan scoprì una cosa dei disgraziati come lui: che per quanto spaventosi possano essere, si nutrono delle debolezze altrui. Se Jahan voleva sopravvivere nel serraglio, decise che doveva costruirsi un harem interno e mettere sotto chiave ogni paura, preoccupazione, segreto e dolore che avesse sfregiato la sua anima. Sarebbe stato il sultano e l'eunuco di quell'harem insieme. Non avrebbe permesso a nessuno di guardarci dentro. Nemmeno al suo maestro.

La cupola

Jahan avrebbe sempre ricordato il 1562 come l'anno della felicità. Tutti hanno un anno del genere nella vita, ne era convinto. Cresce, fiorisce, e proprio mentre cominci a credere che sarà sempre così, è finito. Il suo tempo di gioia cominciò quando avviarono la costruzione di una moschea per Mihrimah. Ora che suo padre le aveva dato vaste terre e ampie rendite, era diventata la donna più ricca dell'impero, e la più esigente. La gente aveva paura di farla arrabbiare. Compresi gli apprendisti. Perfino il maestro Sinan era a disagio in sua presenza. Faceva venire a tutti i sudori freddi. Tranne che a Jahan. Era troppo innamorato di lei per ricordarsi di temerla.

E così, mentre gli altri apprendisti erano timorosi e riluttanti a dire qualcosa di nuovo, Jahan traboccava di idee. Lavorava così sodo che pur essendo ancora solo un apprendista il maestro teneva in conto il suo entusiasmo. Cominciò a portarlo con sé tutte le volte che andava a trovare la principessa per informarla dei progressi.

In tutti quei primi mesi qualunque cosa Jahan facesse e ovunque fosse pensava al progetto che Sinan aveva disegnato con tanta precisone. La notte a letto si spremeva le meningi su come perfezionarlo. Perfino nel sonno trasportava pietre alla moschea di Mihrimah. Poi, un giorno, raccolto il coraggio, disegnò un portico fatto di sette campate ricoperte da cupole e lo consegnò al Capo architetto reale.

«Hai messo da parte il mio progetto e ne hai disegnato uno tuo» disse Sinan, più incredulo che arrabbiato.

«Maestro, perdonatemi, non volevo mancarvi di rispetto. Credo che l'ingresso della moschea debba essere sorprendente, inaspettato.»

Sinan avrebbe potuto sgridarlo all'istante. Invece no. Invece osservò lo schizzo e chiese: «Perché sette?».

Jahan aveva pensato alla risposta. «È il numero degli strati della terra. E dei cerchi che un pellegrino fa attorno alla Ka'ba. È un numero santo.»

Sinan rimase pensieroso per un momento. Poi arrotolò il foglio e gli disse: «Torna con altri progetti. Fai qualcosa di meglio, se vuoi che ti prenda sul serio».

Jahan lo fece. Continuò a disegnare, a misurare, a sognare. Non confessò mai che voleva che la moschea ricordasse a Mihrimah il giorno in cui si erano conosciuti. Quando era ancora una bambina che fuggiva davanti a una vespa. Quando portava una collana con sette perle.

Nei suoi piani scelse il marmo e il granito più chiaro per le colonne, del colore del suo abito e del suo velo. Quattro torri avrebbero sostenuto la cupola, così com'erano in quattro quel pomeriggio nel giardino: la principessa, Hesna Khatun, il mahout e l'elefante. E un singolo minareto sarebbe svettato, sottile e aggraziato proprio come lei. La sua moschea avrebbe avuto moltissime finestre, sia sulla cupola che nella sala di preghiera, per riflettere il sole nei suoi capelli.

Dopo settimane agitatissime, Sinan prese da parte Jahan e disse: «Ti ho osservato al lavoro. Non sei ancora del tutto pronto, ma credo che tu abbia la forza e il coraggio. Ti darò maggiori

Mentre la fine dei lavori della moschea di Mihrimah si avvicinava, il maestro e gli apprendisti si ritrovarono in una situazione difficile. Da un po' di tempo gli antichi acquedotti avevano bisogno di riparazioni. Allineati come giganti sconfitti, incombevano sulla città, vecchi e vuoti. Con la popolazione di Istanbul cresceva la richiesta di acqua. In profondità, sotto ospedali, locande, mattatoi, *hamam*, moschee, chiese e sinagoghe, fonti sacre filtravano attraverso il terreno. Ma non bastavano più.

Sinan era pronto ad affrontare l'impresa. Non voleva soltanto restaurare ciò che era stato fatto nei giorni lontani degli infedeli: il suo disegno era più grande, più audace. Desiderava portare l'acqua in tutta la città costruendo una successione di ponti di pietra, canali e tunnel sotterranei. Cisterne aperte e chiuse avrebbero fornito riserve per le aride stagioni estive. Era un'impresa immensa, che gli guadagnò avversari e critici in gran quantità: nessuno potente quanto Rustem Pasha, lo sposo reale, il nuovo gran visir, il marito di Mihrimah.

Rustem si era opposto al progetto di Sinan fin dall'inizio. Acqua fresca voleva dire migranti freschi: più confusione, più baracche, più pestilenze. Istanbul era già abbastanza affollata e poteva fare a meno di nuovi abitanti, ciascuno dei quali sarebbe arrivato con il suo fagotto di sogni e delusioni.

Molti si schierarono con Rustem, anche se per ragioni personali. Gli architetti rivali che invidiavano il talento di Sinan non volevano che affrontasse una commissione così colossale per paura che potesse riuscire. I laici sostenevano che nessun mortale potesse portare acqua dalle montagne, a meno che non fosse Ferhad che sbucava dal monte Bisutun per portare latte a Shirin. I predicatori dicevano che la terra andava lasciata indisturbata, altrimenti avrebbero risvegliato il *djinn* e attratto disgrazie sull'umanità. Mentre tutti quanti lo prendevano di mira, Sinan continuò a lavorare sodo come se non ci fosse niente per cui agitarsi. Come riuscisse a mantenersi saldo in mezzo ai tradimenti, e a restare sordo e muto davanti a quei pettegolezzi maligni, a Jahan era quasi incomprensibile. Non una volta il maestro replicò alle calunnie con le calunnie. Ricordava a Jahan una tartaruga che, tormentata dai ragazzini del villaggio, si ritira nel suo carapace, aspettando che la follia passi. Ma la tartaruga che era Sinan lavorava e lavorava per tutto il tempo che restava immobile.

Nikola e Jahan dovevano assistere il maestro nel progetto delle acque. Era loro responsabilità prendere le misure, calcolare le pendenze, perfezionare i progetti e verificare dove le vie d'acqua bizantine avevano fallito e come potevano essere migliorate. Una volta raccolte tutte queste informazioni avrebbero presentato le loro scoperte al sultano.

Con un compito così importante sulle spalle, Nikola e Jahan erano emozionati e sgomenti a un tempo. Di tutti i lavori che si erano sobbarcati negli anni, quello era di gran lunga il più difficile. Ma faticavano più per non mettere in imbarazzo il loro maestro che per impressionare il sultano o battere il gran visir. Uno a uno, individuarono le sorgenti e i pozzi, i torrenti e i ruscelli, le fontane e i serbatoi, li segnarono sulla mappa e rimuginarono su come collegarli con canali sopra e sotto terra. Finalmente un giovedì pomeriggio il maestro e i due apprendisti, eleganti ed eccitati, partirono alla volta del palazzo, carichi di progetti e di speranze.

Fu Rustem ad accoglierli, educato ma gelido. Jahan si piantò le unghie nei palmi per smettere di tremare davanti al croato che gli aveva portato via Mihrimah. Il gran visir non si accorse di nulla. Alto, dotato di una mente astuta e di una naturale flessibilità, aveva conquistato un gran numero di seguaci: e quel giorno sembrava deciso a fare del suo meglio per ostacolare Sinan. Così profondo era il suo disgusto per i migranti dell'Anatolia che per evitare il loro arrivo era pronto a sacrificare la prosperità di tutti i cittadini.

Fatti entrare nella Sala delle Udienze, trovarono il sultano Suleiman sul trono coperto da un drappo dorato disseminato di gemme. Una fontana chioccolava in un angolo, il suono increspava il silenzio. Il Sire dei Mondi, avvolto in una veste di satin giallo e zibellino nero, salutò Sinan con calore, anche se a nessuno sfuggì la durezza della sua voce. Aveva scelto colori vivaci per la prima volta in settimane. I due figli erano diventati nemici acerrimi l'uno dell'altro, ma era stata la perdita di Hurrem a farlo crollare come nessun'altra cosa. La donna per cui aveva scritto poesie d'amore, la madre dei suoi cinque figli, l'amatodiata regina, la concubina che era riuscita a salire là dove nessun'altra fanciulla dell'harem era arrivata, la ridente, non era più. Era morta senza vedere uno dei suoi figli sul trono ottomano.

Gli apprendisti si prostrarono a terra tre volte, gli occhi bassi, e poi seguirono il maestro, il tappeto morbido e sontuoso sotto i loro piedi. Più tardi Jahan avrebbe ricordato la luce che pioveva dai candelabri, e l'odore del tiglio fuori dalla finestra, che non aveva osato sbirciare ma che l'aveva rassicurato con la sua presenza.

«Capo architetto reale, sostenete i vostri progetti» ordinò il sultano Suleiman.

Sinan fece un cenno agli apprendisti. Avevano fatto gli schizzi su pannelli di pelle di cammello così sottili da essere trasparenti. Quattro in tutto. Nikola e Jahan srotolarono il primo progetto e ne ressero le estremità. Nel frattempo Sinan spiegava che cosa intendeva fare, indicando ogni tanto un dettaglio. Né il sultano né il gran visir dissero una parola.

Procedettero a mostrare il secondo e il terzo disegno: acquedotti di varie misure in vari luoghi. Il quarto, un groviglio di condutture sotterranee che avrebbero unito parecchie fonti, il progetto che più li eccitava, Sinan lo tenne da parte. Se avesse trovato una platea favorevole l'avrebbe mostrato. Tuttavia l'istinto gli disse di tenerselo per sé. Disse invece che con l'aiuto delle condutture avrebbe fatto arrivare l'acqua nei giardini, nei cortili e nelle vigne. Disse che non c'era atto più nobile che alleviare il tormento degli assetati. Quando ebbe finito, il sultano Suleiman tossicchiò per un po'. Poi si volse verso il gran visir e gli chiese la sua opinione.

Rustem non aspettava altro. Parlò cauto, come se ciò che stava per rivelare gli desse dolore ma non avesse altra scelta. «L'architetto Sinan è un uomo abile. È venuto qui con un'idea sublime. Ma temo che non comprenda che ci porterà solo guai.»

«Che genere di guai, visir?»

«Mio sultano, è costoso. Graverà sul tesoro.»

Sinan, richiesto di commentare, disse: «Ci sono modi per tagliare le spese. Dove possiamo, sceglieremo il percorso più breve e useremo materiale idoneo».

Il gran visir disse: «E che cosa avrete ottenuto? Più migranti! Se scoppia un incendio, come farete a spegnerlo se avrete case piantate una a fianco dell'altra come funghi selvatici?». Senza aspettarsi una risposta, estrasse un fazzoletto e si asciugò la fronte. «Questa città è piena da scoppiare. Non abbiamo bisogno di altra gente.»

Un'ombra passò sul volto di Sinan. «Quanti arriveranno è una questione che può essere decisa dal nostro sultano. Ma la gente che è qui deve avere l'acqua.»

E avanti così per un pezzo. Il Capo architetto reale che ribatteva al gran visir, il gran visir che ribatteva al Capo architetto reale. Infine, annoiato dalle manovre, il sultano sbottò: «Basta così, ho ascoltato entrambe le parti. Verrete a sapere della mia decisione!».

Sinan e i suoi apprendisti lasciarono la sala camminando all'indietro. Rustem rimase, cosa che Jahan trovò ingiusta. Certo in loro assenza avrebbe cercato di convincere il sovrano. Jahan si spremette le meningi per cercare di salvare la situazione. Se uno di loro avesse potuto passare un po' più di tempo da solo col sultano, senza il gran visir a interferire, forse sarebbero riusciti a convincerlo. Altrimenti non avevano alcuna possibilità.

Quella sera, snervati dagli eventi del giorno, gli apprendisti rimasero a casa di Sinan. Jahan aveva sperato di poter discutere, ma il maestro, che non amava i vani sproloqui, li fece studiare. Sfiniti, andarono a letto subito dopo cena. Fu lì, disteso sul suo giaciglio, rivoltandosi nell'oscurità, che Jahan concepì un piano.

Incapace di aspettare fino al mattino, raggiunse a tentoni l'altro capo della stanza, dove l'amico giaceva profondamente addormentato. Lo prese per una spalla e lo scrollò.

Strappato dal suo sogno, Nikola disse: «Chi c'è?».

«Ssst, sono io.»

«Jahan… cosa è successo?»

«Non riesco a dormire. Continuo a pensare a com'è andata oggi.»

«Anch'io» disse Nikola, che pure era morto al mondo solo un attimo prima.

«Com'è possibile che il nostro sultano prenda una decisione quando il visir sta sempre con lui? Il maestro vede il sultano solo ogni tanto. Rustem tutti i giorni.»

«È vero, ma non possiamo farci niente.»

«Forse sì. Ho un'idea» disse Jahan. «C'è un solo posto in cui il gran visir non disturberà mai il sultano.»

Nikola rimase a bocca aperta. «Vuoi entrare nell'harem?»

«No, scemo» disse Jahan, ridendo suo malgrado. «C'è un altro posto dove il visir non lo accompagnerebbe mai. Indovina!»

«Oh, non ci riesco. Dimmelo» lo pregò Nikola.

«A caccia. Quando il sultano va a caccia, io lo seguirò e gli spiegherò le nostre intenzioni. Senza quel visir ficcanaso intorno penserà con più chiarezza.»

«Fratello, è un piano brillante» disse Nikola.

Sapevano che il gran visir detestava la caccia. Disperatamente goffo, non riusciva a muoversi allo stesso passo degli altri, men che meno a seguire le tracce di una preda su e giù per le colline.

«Questo sarà il nostro regalo al maestro» disse Jahan. «Non dirgli ancora nulla.»

La voce di Nikola si ridusse a un sussurro. «E se è pericoloso?»

«Perché dovrebbe? Se il sultano non vuole ascoltare, io me ne andrò.»

«Devo venire con te?»

«Meglio se vado da solo. Quando torno ti prometto che ti dirò tutto.»

«Ma… sta' attento.»

«Non preoccuparti, andrà tutto bene.»

Nonostante la sua sicumera, per il resto della settimana la mente di Jahan fu un alveare, i nervi ridotti in pezzi. Ripeteva responsabilità nella costruzione della moschea della principessa Mihrimah. Lascerò che tu faccia quei cambiamenti».

Jahan gli baciò la mano, se la posò sulla fronte. Qualunque cosa fosse stata la vita per lui fino a quel momento, dopo non sarebbe più stata la stessa. In nessun altro cantiere avrebbe lavorato così duramente, sfinendosi per ogni dettaglio.

Nel frattempo, l'instancabile dedizione di Jahan era fonte di irritazione per gli altri apprendisti, ma lui l'avrebbe capito troppo tardi.

parola per parola ciò che avrebbe detto al sultano. Grazie ai compagni del serraglio scoprì dove e quando il sultano sarebbe andato a caccia. Da lì partì la seconda fase del piano, che non aveva condiviso con Nikola. Avrebbe portato con sé Chota. Fino a quel momento tutti i suoi sforzi per rendere l'animale caro al sultano erano stati inutili. Ora, pensò Jahan, sia l'elefante che il mahout avevano l'occasione di conquistarlo.

Finalmente il giorno arrivò, e quel mattino Jahan, in cima all'elefante, una sacca di cuoio legata sulla schiena, raggiunse l'enorme porta di Bab'i Humayun in direzione della Hagia Sophia e fece il saluto alle guardie.

«Dove vai?» gli chiese una di loro.

«Il nostro sultano, rifugio del mondo, ha dimenticato l'arco fortunato. Ho l'ordine di portarglielo.»

«Perché non hanno mandato un cavaliere?» chiese la seconda guardia.

«Perché gli elefanti sono più veloci dei cavalli» disse Jahan senza esitare.

Ridacchiarono. La prima guardia disse: «Forse dovrei andare a controllare».

«Certo, io aspetto. Se il sultano si accorge di non avere con sé l'arco fortunato e si arrabbia, non sarà colpa mia.»

Masticandosi i baffi, gli uomini lo squadrarono. Il tono serio di Jahan li aveva indotti a riflettere. Poi, come legati da un filo invisibile, si spostarono entrambi.

«Vai!» disse la seconda guardia. «Meglio se sproni quell'elefante.»

E così fece Jahan, ma non prima che la città fosse alle loro spalle. Non voleva che Chota calpestasse nessuno. Non appena la vista e i rumori di Istanbul furono spariti, ordinò all'elefante di correre.

Raggiunsero le foreste di pini a nord della città. Jahan aveva appreso che tutte le volte che il sultano andava a caccia, aveva l'abitudine di spingere la preda verso l'orlo di un certo precipizio. Fu lì che aspettò. Passò molto tempo, o così gli parve. Cominciò a preoccuparsi. Forse erano nascosti dietro i cespugli, per quel che ne sapeva, e potevano spararagli per errore. Stava inventandosi nuove paure quando sentì l'abbaiare lontano dei cani. Ce n'erano una mezza dozzina, e si avvicinavano in fretta.

Poi Jahan lo vide. Un cervo maschio. Sbucò dalla foresta barcollando. Una freccia gli aveva trapassato il collo e un'altra il cuore. Era un miracolo che ancora corresse.

Mentre Jahan smontava dall'elefante, il cervo si avvicinò, l'impalcatura luccicante nel tramonto. Era un animale magnifico: grandi occhi liquidi, folli fin quasi al delirio. Turbato dall'odore del sangue, Chota dondolò la testa. Ma il cervo aveva raggiunto un luogo nel quale nessuna minaccia lo spaventava più. Dilatò le nari, aprì la bocca, come se volesse dire qualcosa, e cadde.

Jahan corse verso di lui e inciampò in una radice. Quando raggiunse il cervo cinque levrieri erano comparsi dal nulla, abbaiando con tutta la loro forza. Circondarono la carcassa e non lo lasciarono avvicinare.

D'impulso Jahan si voltò. Il sultano, a cavallo, lo fissava. Tremante, Jahan si gettò a terra. «Mio Sire.»

«Che cosa ci fai qui... tu e l'elefante?»

«Questo umile servo è venuto a incontrarvi, se mi consentirete di pronunciare poche parole.»

«Tu non sei il mio mahout?»

«Sì, mio Sire» disse Jahan. Proprio l'altro giorno si era trovato a pochi passi da lui, intento a mostrargli i progetti. Ma a quel che pareva se n'era dimenticato. «Sono anche uno degli apprendisti del maestro Sinan. È per questa ragione che sono venuto a supplicare Vostra Altezza.»

Mentre parlavano, i servi avevano caricato la carcassa su un carro tirato da due cavalli. I cani, ancora intenti ad abbaiare la loro vittoria, li seguivano rumorosamente.

«Hai preso l'elefante reale senza avere il permesso?» chiese il sultano. «Lo sai che potresti essere frustato per molto meno?»

«Vostra Maestà, vi chiedo perdono. Dovevo vedervi. Speravo che venendo qui con l'elefante mi avreste notato.»

Se Jahan avesse osato alzare lo sguardo, avrebbe visto gli occhi del sultano incresparsi in un sorriso. «Devi avere una ragione per una simile malefatta.»

«Mio Sire, se me lo consentite...» Jahan non riuscì a dominare il tremito nella voce.

Lentamente, srotolò il progetto che non avevano avuto modo di mostrare qualche giorno prima. Spiegò quanto era importante il disegno di Sinan per la città e quante persone – vecchie, malate, fragili e povere – avrebbero pregato per il sultano ogni volta che avessero placato la sete.

Il sultano Suleiman ascoltò e fece domande. Jahan fu felicissimo di scoprire che aveva avuto ragione nel supporre che fuori dalle mura del palazzo sarebbe stato un uomo diverso, un uomo più gentile.

«Il tuo maestro sa che sei qui?» disse il sultano.

«No. Si arrabbierebbe con me se lo sapesse.»

«Io dovrei essere arrabbiato con te, ma non lo sono. È chiaro che veneri il tuo maestro. Se tutti gli apprendisti di Sinan sono dediti come te, è un uomo fortunato.»

Jahan sentì un sorriso premere agli angoli della bocca. Di queste vanità non richieste sono forse intessute le delusioni più profonde della vita. È in momenti come questi che Sheitan ci batte sulla spalla e ci sussurra all'orecchio, chiedendo ingenuamente perché non dovremmo volere di più.

«Vostra Maestà, posso mostrarvi un'altra cosa?»

Il sultano fece un cenno minimo. Jahan prese la pergamena che aveva tenuto dentro l'abito. Era un progetto tutto suo: un ponte di pietra con sette archi.

Avrebbe avuto frangicorrente per proteggere i piloni dalla forza dell'acqua e ricoveri di sopra per i pedoni e gli animali. La massiccia struttura mobile avrebbe consentito di controllare il flusso di merci e passanti. Se il sultano avesse accettato il progetto del suo ponte insieme alle vie d'acqua di Sinan, Jahan si sarebbe fatto un nome tutto suo. «Architetto delle acque» l'avrebbero chiamato. O, meglio ancora, «il prodigio di Sinan». Avrebbe anche potuto essere ammesso nella gilda, chissà. Di solito un apprendista si faceva strada non più rapido di una lumaca in un prato, ma perché Jahan non poteva essere l'eccezione? Il suo successo certo sarebbe giunto alle orecchie di Mihrimah.

Il sultano diede appena un'occhiata al progetto e afferrò le redini del suo stallone. «Mi piace il tuo coraggio, giovane. Ma il coraggio è una cosa pericolosa. Ricorda, un governante considera molti aspetti prima di prendere una decisione. Torna a casa e aspetta mie notizie.»

E partì, seguito da uomini, cani e cavalli. Anche dopo che furono scomparsi Jahan riuscì a sentire il loro vento sulla pelle. Trasse un sospiro di sollievo. Era andato tutto liscio. Ringraziò i cieli.

Il giorno dopo, al cantiere, Nikola arrivò di corsa. «Cosa è successo? Com'è andata?»

«L'ho visto. Gli ho parlato.»

Gli occhi di Nikola si spalancarono. «Davvero?»

«Sì!» disse Jahan con un senso di trionfo quasi incontenibile. «Se vuoi saperlo, il nostro sultano vuole che costruiamo un nuovo acquedotto e un ponte.»

«Quale ponte?»

«Oh, gli ho detto di questo ponte che ho progettato io.»

«Senza consultarti col maestro?»

A disagio, Jahan non rispose. Tutto il giorno aspettò l'occasione per parlare con Sinan. Non venne. Invece poco prima del tramonto arrivarono quattro giannizzeri.

Sinan li salutò. «*As salam alaykum*, soldati, che cosa vi porta qui?»

«Siamo venuti a prendere uno dei vostri uomini, Architetto.»

Sinan disse: «Dev'esserci un errore. I miei operai sono gente onesta».

«Non un operaio. Un apprendista!»

Jahan, che aveva origliato la conversazione, avanzò verso di loro, avvertendo l'inevitabile. Proprio in quel momento Sinan chiese: «Quale?». Un soldato fece il nome di Jahan.

Sconcertato, Sinan sbatté le palpebre. «È un bravo studente.»

«Ordini del gran visir» disse il capo dei soldati, che rispettava il maestro e non voleva turbarlo trascinando via il suo apprendista.

«Non ha fatto niente di male, vero?» insisté Sinan.

Nessuno si offrì di rispondere. In quel silenzio imbarazzante Jahan borbottò: «Mi dispiace, maestro».

L'espressione di Sinan mutò di colpo nello scoprire che c'erano cose che non sapeva. Posò le mani sulle spalle di Jahan e strinse forte, come se volesse trasmettergli un po' della sua fede. Era la seconda volta. La prima era stata sul campo di battaglia, anni prima. Disse: «Qualunque cosa succeda, non ti abbandonerò. Non sei solo. Dio è con te».

La gola di Jahan si serrò. Non osava aprir bocca per paura che gli sfuggisse un singhiozzo. I soldati, rispettosi, marciavano ai suoi lati. Non appena i rumori del cantiere si furono ridotti a un debole mormorio, lo ammanettarono. Fu così che venne portato davanti al gran visir.

«Tu!» disse Rustem Pasha indicandolo. «Tu hai avuto la sfrontatezza di tendere un agguato al sultano. Come un serpente sei scivolato alle mie spalle!»

Jahan sentì il sudore bagnargli il collo; tremava.

«Tu intendi portare la rovina sul tesoro, ecco! Ho preso informazioni su di te. A quanto pare sei tutto una bugia! Sei una spia iraniana?»

«Mio visir» disse Jahan, la voce incrinata, «giuro sul Santo Corano che non sono una spia. Non avevo cattive intenzioni.»

«Vedremo.» Rustem chiamò le guardie.

Fu così che l'apprendista ribelle di Sinan, intendendo aiutare il suo maestro a portare acqua alla città, si ritrovò condotto nelle oscure prigioni della Fortezza delle Sette Torri, dove centinaia e centinaia di anime erano finite prima di lui ma da dove solo una manciata erano uscite vive.

«Il tuo nome?» chiese lo scriba per la seconda volta.

Jahan non agiva a proprio vantaggio rifiutando di rispondere. Ma qualcosa dentro di lui resisteva all'idea di vedere il suo nome su quella pergamena sulla quale era stato registrato ogni malvivente mai catturato a Istanbul. Fu avvolto dal crescente timore che una volta lì scritti si sarebbe finiti dimenticati in quel buco fino alla fine del tempo. Lo scriba lo guardò storto. Il suo accento, in contrasto con la calligrafia, mancava del tutto di grazia. «Io chiedo, tu rispondi. Altrimenti ti taglio la lingua.»

Il capo guardiano che li aveva osservati intervenne: «Su, su. Non c'è bisogno di spaventare la gallinella».

«Una gallinella reale, *effendi*!» disse lo scriba.

«Provvederemo. Tutte le galline sono le stesse una volta spennate.»

«Giusto, *effendi*!»

Guardando Jahan con espressione vuota, il capo guardiano non rise. Magro in volto, curvo, ricordava a Jahan un ragazzo del suo villaggio che aveva l'abitudine di catturare rospi, legarli a un bastoncino e sezionarli col coltello, il tutto con il volto imperturbabile e lo sguardo vacuo.

«Non abbiamo mai avuto uno come lui, vero?» disse, come se Jahan non fosse presente.

«Già, un bell'acchiappo, questo qui.»

«L'acchiappo del gran visir!»

Jahan capì che già sapevano tutto di lui. Gli chiedevano il nome, proprio come lo tenevano in catene quando era evidente che non sarebbe fuggito, solo per il gusto di farlo. Restando in silenzio non faceva che prolungare la burla. La sua voce uscì roca quando disse: «Sono il domatore dell'elefante del nostro sultano e l'apprendista del Capo architetto reale».

Seguì un breve silenzio, perforato dal grattare della penna. Una volta finito, lo scriba disse: «È un poveraccio, vero, *effendi*?».

«Un poveraccio di sicuro. Un piccolo uomo con un grande nemico.»

Jahan deglutì. «Il mio maestro mi tirerà fuori di qui.»

Il capo guardiano si avvicinò tanto che Jahan sentì il suo alito acre. «Tutti gli uomini che sono marciti qui avevano un maestro. Non gli è servito a niente. Quei maestri, sai, non sono venuti nemmeno al loro funerale.»

Lo scriba ridacchiò. Jahan insisté: «Il mio maestro è diverso».

«Un gallo che canta troppo presto chiama il macellaio» disse il capo guardiano, e alzando la voce, rivolto alle guardie: «Portate il principe nel suo palazzo».

Le guardie spinsero Jahan in uno sporco corridoio umido. Scesero una rampa di scale e varcarono una soglia così stretta da costringerli a procedere in fila. Jahan non poté non notare le crepe in cui si era raccolto viscido muschio verde. Scesero un altro piano, poi un altro. Il puzzo si fece più intenso, il buio più fitto. Calpestò qualcosa che seppe d'istinto essere stato vivo, una volta.

Erano nel ventre della torre. A parte qualche candelabro, era così buio che se Jahan non avesse saputo che quando era stato portato lì era mattina avrebbe creduto che fosse scesa la notte.

C'erano celle a destra e a sinistra, incise come denti mancanti in una bocca. Poi li vide. Guance cave, magri, alti e bassi, giovani e vecchi. Alcuni lo osservavano, la fronte appoggiata alle sbarre di ferro. Altri lo ignorarono, voltandogli la schiena. Altri ancora erano distesi su rozzi paglericci. Ogni tanto Jahan vide un braccio ossuto che si protendeva a prendere un mestolo d'acqua, un volto macilento che sbucava dalle ombre, feci ammucchiate accanto a secchi colmi fino all'orlo di escrementi.

Un prigioniero gemette, diede in un sussurro rasposo, e quando Jahan si volse ad ascoltare quello che diceva gli sputò in faccia. Le mani immobilizzate, Jahan cercò di asciugarsi il muco con la spalla. Il prigioniero rise. La risata echeggiò per un po', bassa, inquietante. In quel momento Jahan si sentì come se la torre lo stesse dileggiando. Gli cedettero le ginocchia. Era un tagliaborse, vero, ma non era come loro. Quelli erano banditi, assassini, stupratori, malviventi e fannulloni. Non avrebbe dovuto trovarsi fra di loro. Un'amarezza acuta gli salì in gola come bile, e quasi lo soffocò.

«Cammina!» abbaiò una guardia.

Davanti a loro qualcosa diede in uno stridio. La guardia alzò la torcia. Un pipistrello. Jahan si chiese come fosse entrato. Non ci fu tempo per pensarci. Le guardie aprirono un cancello rugginoso e spinsero Jahan in una cella vuota.

«Ecco il tuo trono, Altezza!»

Jahan attese che gli occhi si abituassero all'oscurità. C'erano lame di luce dalle aperture in alto, non più di una mezza dozzina e non più grandi di monete. Era da lì che entrava l'aria fresca, se entrava. Vide pareti di pietra, un pavimento sudicio, un giaciglio liso e due secchi di legno, uno incrostato di feci, e l'altro pieno d'acqua in cui galleggiavano alcuni insetti morti.

«Ehi, perché non l'hai portato qui?» urlò qualcuno dall'altra parte del corridoio. E si diede a elencare che cos'avrebbe fatto a Jahan. A ciascuna frase lussuriosa i compagni ululavano dalle risate. Continuarono così per un po', lui a urlare oscenità e a schioccare le labbra, gli altri a ridere. Poi cantarono una canzone: battendo le mani, picchiando contro le sbarre, pestando i piedi. Jahan scoccò un'occhiata alla loro cella, che a differenza della sua era piena di luce di candele.

Uno dei prigionieri – un ragazzo coi capelli ricci, gli occhi a mandorla, le fossette nelle guance – cominciò a danzare mentre gli altri fischiavano e ululavano. Oscillando lentamente si alzò la camicia, esponendo l'ombelico sul quale brillava una minuscola perla. Sotto era tatuata una parola a lettere grandi, chiara abbastanza perché Jahan riuscisse a leggerla: AMATO.

«Su, Kaymak!»

«Muovi quel tuo bel culetto!»

Incoraggiato, Kaymak cominciò a scuotere tutto il corpo. Più si agitava più i motteggi diventavano volgari. Gli altri compagni di cella, erano in quattro, ridacchiavano, anche se Jahan si accorse che avevano paura del tipo prepotente. Lo colpì il fatto che, a differenza di lui e di quasi tutti gli altri che aveva incrociato, nessuno di quei prigionieri era in catene. Come avessero ottenuto quel privilegio non riusciva a immaginarlo.

Mentre Jahan studiava il ragazzo, il prepotente studiava lui. All'improvviso afferrò Kaymak per le spalle e gli si gettò addosso come per montarlo. I compagni risero. Kaymak arrossì e fece un sorriso nervoso. Il fracasso si doveva sentire dappertutto, ma le guardie erano sparite.

Il prepotente sfilò una lama dallo stivale. Ne leccò la punta fredda e affilata e la posò contro la gola di Kaymak. Il pomo d'Adamo del ragazzo andò su e giù, ma lui continuò a danzare. Per un po' i tre rimasero chiusi in un loro mondo: il prepotente, il ballerino, la lama.

Il prepotente si scostò e si arrotolò la manica. Il braccio sinistro era coperto di lividi e tagli, alcuni dei quali si erano rimarginati, altri sembravano fatti di recente. Con un solo rapido gesto si tagliò la carne dal polso al gomito. Gocce di sangue caddero a terra, e Jahan si rese conto solo allora che il pavimento era coperto di macchie nere. Cercò di mostrarsi indifferente ma si sentì svenire. Gli venne in mente che avrebbe potuto uccidere quell'uomo.

Fu allora che una voce squarciò l'aria. «Basta così, voi!»

L'ordine, pur irreale, echeggiò dalle pareti e zittì subito il frastuono. Jahan guardò a destra, verso la cella alla fine del corridoio. Subito non vide nulla. Poi lentamente dal buio affiorò un volto familiare. Balaban.

Il prepotente grugnì. «I ragazzi si stavano divertendo un po'.»

«Ah, sì? Digli che mi fan venire il mal di testa.»

Il prepotente fece un cenno ai suoi, che si ritrassero negli angoli, compreso il ragazzo, che si allontanò con riluttanza.

«Un'altra cosa» gridò Balaban.

«Eh?»

«Smettila di tagliarti, Abdullah. Non voglio vedere il tuo sangue.»

«Era per il nuovo arrivato» disse Abdullah: sembrava offeso che il suo sangue non venisse apprezzato.

«Be', la cerimonia è finita» disse Balaban. Solo allora si avvicinò alle sbarre e guardò Jahan. «Ma guarda guarda! È il ragazzo indiano.»

C'erano cinque zingari con lui nella sua cella, leali fino in fondo. Uno per uno chinarono il capo per salutare Jahan.

«Come hai fatto a finire in questo buco merdoso?» gli chiese Balaban.

«Ho fatto arrabbiare il gran visir» disse Jahan. «E tu?»

«Io? Non ho fatto niente. Solo un po' di solletico a un kadi!»

Balaban era stato arrestato per aver rubato una carrozza appartenente a un giudice. Quell'uomo in passato aveva gettato il lontano cugino di Balaban in prigione e aveva mandato il suo prozio alla forca. Decisi a vendicare la sua famiglia, Balaban e i compagni avevano rubato i gioielli e i caftani del kadi, avevano arrostito i pavoni del suo cortile, rapito la sua quarta moglie e incendiato le sue stalle. Solo quando avevano messo gli occhi sulla sua carrozza nuova di zecca, fatta arrivare dal Frangistan e prima appartenuta a un uomo di rango, erano stati catturati.

Nella prigione della Fortezza delle Sette Torri, Balaban era re. Nello squallore e nella disperazione aveva creato un'oasi: morbidi cuscini di seta, un braciere per scaldarsi, una pentola di rame per il caffè, la seggiola di quercia intagliata che era il suo trono. I compagni lo veneravano o lo evitavano, attenti a non pestargli i piedi. Perché avevano tutti persone amate là fuori: genitori, mogli, figli. Anche il prigioniero più feroce sapeva che se avesse fatto un torto a Balaban, un membro della grande famiglia zingara avrebbe ricambiato. Perché Balaban era il capo di una tribù immensa la cui grandezza era un mistero anche per lui. Ma non era quella la sola ragione per cui veniva rispettato e onorato. Compagni e guardie temevano la fattura romanì, che, se scagliata con la luna piena, si sarebbe cancellata solo dopo sette generazioni. Anche dopo la morte del colpevole i suoi nipoti ne avrebbero sopportato le conseguenze.

Tutto questo Jahan lo apprese in fretta. Sospettava che dietro le leggende su Balaban non ci fosse altri che Balaban. Dopo Sinan era l'uomo più intelligente che avesse conosciuto. Ma là dove lo spirito del suo maestro era un tranquillo lago senza fondo, quello di Balaban era un fiume turbolento che schizzava e sciaguattava, troppo tempestoso per seguire un corso.

La notte Jahan si avvolgeva in una sottile coperta bucherellata dalle tarme che puzzava di ogni essere che era passato di lì. Spesso c'era così freddo che batteva i denti; il rumore gli ricordava gli scalpelli che incidono la pietra. Nelle fessure delle pareti ululava il vento, zampettavano insetti, sgattaiolavano ratti. Il pensiero che una di quelle creature gli entrasse nell'orecchio o gli masticasse il naso era così spaventoso che dormiva solo a tratti, aspettando l'alba, la testa che gli doleva tanto stringeva i denti. Gli mancava Chota. Desiderava vedere ancora una volta Mihrimah, sentire la sua voce setosa. La sua vita precedente abitava la sua mente come una fiaba che conosceva vagamente solo per averla sentita raccontare da qualcun altro.

Le guardie erano sprezzanti, le settimane di una lentezza penosa. Il tempo divenne una scalinata ritorta che non andava da nessuna parte. Poteva scendere a patti con la solitudine, ma non con l'abbandono. Per quanto cercasse di trovare delle scuse non riusciva a capire perché Sinan non avesse nemmeno mandato un messaggio. I primi giorni, tutte le volte che sentiva dei passi nel corridoio si aspettava che le guardie lo liberassero. Poi basta. Certo era stato dimenticato. Li immaginava – Yusuf, Nikola, Davud e il suo maestro – al lavoro come al solito, imperturbati dalla sua assenza. Vedeva Mihrimah con le sue serve, che contemplava il proprio volto in uno specchio veneziano, piangendolo in silenzio, in silenzio ma non nel profondo. Pensava a Chota e ai domatori del palazzo, ciascuno nel suo mondo. Rabbia e risentimento infestavano la sua anima, moltiplicandosi più rapidi dei pidocchi che gli brulicavano in testa.

Una volta al giorno veniva dato loro un pezzo di pane muffito con una broda in cui galleggiavano pezzi di cartilagine, e Jahan non riusciva a mandarli giù senza conati. Scoprì che la fame ha strani effetti. A tutte le ore del giorno sognava cibo, ogni genere di provviste. Parlava da solo, discutendo con coloro che gli avevano fatto del male in passato. Il capitano Gareth, Garofano Kamil Agha, il domatore di orsi Mirka... Sveglio o nel sonno, litigava con tutti. Nella sua cella Abdullah lo teneva d'occhio con un sorriso ironico, come per dire che ormai cominciavano ad assomigliarsi.

Dopo un mese le guardie portarono dentro un ragazzo così grazioso che non poteva che trarne danni: un ladro, come si scoprì. Camminava a stento, avendo ricevuto cento colpi su ciascun piede. Poi aveva doverosamente baciato le mani del suo aguzzino, ringraziandolo per avergli mostrato la via della giustizia. Gli era stato chiesto di pagare l'uomo che l'aveva frustato per ripagarlo della stanchezza. Il ragazzo non possedeva nemmeno un aspro. Picchiato di nuovo, era stato mandato nella Fortezza delle Sette Torri.

C'era molto spazio accanto a Jahan, ma il ragazzo fu rinchiuso nella cella di fronte. Non ci volle molto tempo prima che Abdullah cominciasse a molestarlo. Il ragazzo oppose veemente resistenza. Ogni tanto Jahan sentiva la sua voce sottile soffusa di paura. Cerchi scuri comparvero sotto i suoi occhi. Jahan sospettava che non riuscisse a dormire, perché doveva restare sempre vigile.

Una mattina che aveva appena preso sonno all'alba, Jahan fu svegliato da una serie di suoni soffocati. Vide Kaymak che si tormentava le sopracciglia in un angolo. Gli altri giocavano ai dadi, urlando e imprecando. Poi li vide. Abdullah aveva puntato il pugnale alla gola del ragazzo e lo costringeva al silenzio abbassandogli le braghe. Tutti fingevano di non aver notato nulla.

Jahan corse alle sbarre e gridò con tutto il fiato che aveva in gola: «Balaban!».

Niente. «Balaban, ehi!»

«Cosa?» fu la risposta irritata. «Perché nitrisci come un cavallo?»

«Il ragazzo è nei guai!»

«E allora?»

«Aiutalo!»

«Se dovessi aiutare tutti i ragazzi idioti che ci sono in giro non avrei nemmeno il tempo di cagare.»

«È soltanto un bambino.»

«Se sei un martello, batti; se sei un chiodo, prendi i colpi.»

Jahan urlò: «Maledetto! Fa' qualcosa, o…».

La frase rimase a mezz'aria, incompleta. Jahan esitò, deglutì. Come poteva minacciarlo? Aggiunse stancamente: «Vuol dire che non sei diverso da Abdullah».

«Mai preteso di esserlo» replicò Balaban.

Abdullah ridacchiò. Le sue mani accarezzavano i fianchi del ragazzo mentre diceva: «Vuoi salvarlo? Vieni a prendere il suo posto!».

Calò un fastidioso silenzio mentre Jahan pensava a che cosa fare. Balaban. Kaymak, il ragazzo, i prigionieri lungo il corridoio: sembrava che tutti fossero in attesa della sua reazione. Jahan provò una vergogna ardente ma anche il bisogno di dire qualcosa di notevole. «Io ho un elefante. Ha schiacciato molti uomini. Quando esco di qui, giuro che ti ucciderà.»

«Che cos'è un elefante?» disse Abdullah, confuso.

«Una bestia selvaggia. Più grande di una casa.»

Abdullah sbuffò. «Hai mangiato hashish, eh? Dove l'hai trovato?»

«È vero. Gli elefanti sono gli animali più grandi del mondo. Il mio ti ridurrà in poltiglia.»

«Fandonie!» disse Abdullah.

«È meglio se gli credi» s'inserì Balaban. «Anch'io ho un elefante. Il suo elefante e il mio sono marito e moglie. Animali capaci. Più svegli di te, questo è certo. Possono schiacciarti come un rospo.»

Ora che Balaban si era schierato con Jahan, Abdullah prese la minaccia più seriamente. Incupito, chiese: «Cosa mangiano?».

«Carne umana» disse Jahan.

«Fandonie!» disse Abdullah, meno sicuro di sé, stavolta.

In quel fugace istante il ragazzo si liberò dalla stretta di Abdullah e corse all'altro capo della cella. Non disse una parola per tutto il giorno. Per sua fortuna sarebbe stato rilasciato presto. Felice com'era di vederlo sano e salvo, Jahan non riuscì ad alzarsi dal suo giaciglio per dirgli addio. Era stanco. E assetato. E aveva freddo. Il tempo si era fermato per lui. Negli accessi del delirio baciava Mihrimah, rideva con Sinan, camminava accanto a Nikola, Yusuf e Davud. Vide anche un po' di *ghul* e *ifrit*.[20] Uno di loro fu piuttosto molesto, insistendo che bevesse un infuso.

«Non accetto da bere da un *ifrit*» disse Jahan.

«Io non sono un *ifrit*, zuccone.»

Jahan si costrinse ad aprire gli occhi. «Balaban?»

«Sicuro, andiamo, bevi! Sei bollente.» Reggendo la tazza in una mano, Balaban aiutò Jahan a mettersi seduto, la schiena contro la parete.

«Che cosa ci fai qui?»

«Mi occupo di te.»

«Come sei entrato?»

«Ho le chiavi di tutte le celle del corridoio.»

«Cosa?»

«Ssst, ne parliamo dopo. Dimmi, ce l'hai una moglie?»

«No.»

[20] Tipi di *djinn*, enormi creature alate del fuoco.

«E un'amante, eh? Petto grande, culo caldo. Immagina che ti abbia preparato un sorbetto. Bevi, non spezzarle il cuore.»

Jahan non riusciva proprio a pensare a Mihrimah che preparava un sorbetto per lui, o per chiunque altro. Chiuse gli occhi e borbottò: «Non voglio...».

«Fidati di me e bevi questo.»

«Fidarmi di te? Tu non hai aiutato il ragazzo.»

Balaban sospirò. «Quel ragazzo non era uno di noi. Non aveva giurato fedeltà. Se proteggo tutti, come farò a mantenere fedele la mia gente? Ho già tante cose a cui pensare. Lo sai cosa dicono: dove ci sono due zingari, ci sono tre opinioni.»

«Quindi tu proteggi solo i tuoi?»

«Sì, solo la famiglia!»

«Maledetta la tua famiglia!»

«Attento a quello che dici, fratello. Perché dovrei aiutare ogni canaglia in questo buco?»

«E perché aiuti me? Mi sbagliavo. Sei peggio di Abdullah.»

«Parlami così e ti strappo la lingua.»

«Fallo» disse Jahan. «Strappala, non m'importa più.»

«A meno che... tu non sia uno della famiglia. Allora puoi parlarmi così.»

Colto da un accesso, Jahan tossì, le spalle sussultanti. Quando ritrovò la voce chiese: «Di cosa stai parlando?».

«Facciamo un patto. Tu bevi questa roba e ti ristabilisci. Io a primavera do una festa. Ti faccio romanì onorario. Non devo tagliarti la lingua.»

Jahan rise. Balaban lo guardò male. «Lo trovi divertente?»

«No, non è questo» disse Jahan. «Ne sarei onorato. Solo che... non credo che uscirò di qui.»

Abdullah, che aveva origliato dalla sua cella, urlò: «Lascialo marcire!».

«Chiudi quella boccaccia!» gridò Balaban. Abbassando la voce disse a Jahan: «Tu bevi questo e io ti faccio zingaro. È un ottimo infuso, la ricetta è della *Daki dey*.»[21]

In quello stato a Jahan non venne in mente di chiedere chi fosse. Bevve e sputò. «Bleah. Che cos'è? Disgustoso.»

Balaban sospirò. Con un solo gesto fermo tirò indietro la testa di Jahan, la premette contro la propria spalla e gli fece colare il liquido in gola. Tra conati e colpi di tosse, mezzo soffocato, versandone un bel po' Jahan ne inghiottì metà.

«Bene» disse Balaban. Prese un fazzoletto e lo legò attorno alla testa di Jahan. «Questa primavera tu entri a far parte della famiglia.»

Che fosse la magia dell'infuso, che Jahan da allora bevve tre volte al giorno per tutta una settimana, o pura fortuna, che non pensava di possedere in gran quantità, ma superò la malattia. Trovò perfino la forza di ricominciare a disegnare.

[21] Nonna materna.

Se la speranza era scarsa, la merda era fin troppa. I secchi venivano vuotati di rado e quello di Jahan non faceva eccezione. Una pila di escrementi si era ammucchiata in un angolo. In passato gli architetti tracciavano i loro progetti su pavimenti di gesso. Jahan disegnò sul suo pavimento con l'aiuto di un bastoncino e usò la merda come inchiostro.

Prima disegnò un caravanserraglio. Lo cancellò, provò con una dimora elegante, degna di Mihrimah. Il suo capolavoro fu una prigione. Non verticale ma orizzontale. Attraverso ampie aperture nel soffitto avrebbe ricevuto molta luce e aria fresca. Nella sua prigione non avrebbe mai messo i giovani reclusi insieme ai vecchi. E non avrebbe tenuto in catene nessuno. I prigionieri avrebbero potuto darsi da fare nei laboratori, imparando la falegnameria o l'arte di tagliare le pietre. Ci sarebbero stati padiglioni collegati all'edificio principale. Fino a quel giorno Jahan si era divertito a progettare edifici ma non aveva mai veramente pensato a chi era destinato a usarli e a ciò che avrebbe provato. Ma adesso era diverso. Gli importava della gente tanto quanto degli edifici.

«Cosa fai?» gli chiese Balaban quando venne a trovarlo.

«Disegno un ospizio per i poveri. Questa parte qui è la cucina. E qui c'è la biblioteca. Se ogni saggio della città potesse insegnare qui anche solo per un giorno, immagina come starebbero bene i poveri.»

«Poverino, sei diventato matto» disse Balaban; ma non riuscì a non chiedere: «E l'altro?».

«È un ospedale» disse Jahan, indicando il secondo disegno. «Per gente più matta di me. L'edificio li terrà rinchiusi senza incarcerarli.»

«Be', va' a fare i tuoi disegni fuori. Ho una notizia. Il gran visir ti ha perdonato.»

«Come fai a saperlo?»

«Ho gente della famiglia nel palazzo.»

Un'ombra passò sul volto di Jahan. «Ma perché? Cosa è cambiato?»

«Che cos'hai che non va?» disse Balaban alzando le mani esasperato. «Mettiti in ginocchio e ringrazia Allah. Perché fai sempre domande? Uno che sta annegando si aggrappa perfino a un serpente.»

Poco prima dell'alba Jahan sentì dei passi, poi la chiave che girava nella serratura. Due guardie entrarono nella cella. Gli tolsero le catene, lo aiutarono ad alzarsi. Nonostante le parole di Balaban, la prima e unica cosa che gli venne in mente fu che l'avrebbero giustiziato. Vedendo la sua riluttanza lo spinsero, seppure con più garbo che in altri giorni. La loro compassione fu una conferma della sua paura.

«State per impiccarmi?»

«No, imbecille. Sei libero di andartene.»

Incredulo, Jahan andò verso la cella di Balaban. Erano tutti addormentati. L'idea di partire senza dire addio lo turbava; prese il fazzoletto che lo zingaro gli aveva avvolto intorno alla testa e lo legò alle sbarre di ferro. Guardò Kaymak, che proprio in quel momento borbottò qualcosa di indistinto. Disteso lì vicino, Abdullah dormiva tranquillo, apparentemente incapace della violenza che covava.

Avanzarono lungo i corridoi, poi per le scale. Mentre salivano, Jahan non riusciva a pensare ad altro se non a chi l'aveva salvato e perché. Fuori c'era una carrozza ad aspettarlo.

«Dove andiamo?» chiese al cocchiere.

«Ho l'ordine di portarti dalla Mia Signora Mihrimah.»

Così seppe chi l'aveva salvato. Dalla finestra della carrozza fissò la foschia sul mare, il verde scuro dei pini, gli aquiloni con le loro code biforcute che volavano alti sulle correnti. Tutto era come l'aveva lasciato. Nello stesso tempo niente era lo stesso. Quando uno cambia, pensa che anche il mondo sia cambiato.

Sporse la testa e gridò al cocchiere: «Scusa, ma non posso andarci in questo stato. Portami a un *hamam*».

«No. Ho l'ordine di portarti subito dalla mia sultana.»

«*Effendi*, abbi pietà. Come posso permettere che mi veda così?»

Il cocchiere alzò le spalle. Non gl'importava. «Avresti dovuto pensarci prima di finire in prigione» disse, feroce.

A quelle parole Jahan esplose. Non aveva più pazienza per la gente senza cuore. «Adesso ascoltami. Sono appena uscito di prigione. Se è necessario ci tornerò. Ma prima ti ammazzo!»

Il cocchiere brontolò. Ma l'ex carcerato gli faceva paura. Giunto nella prima piazza, deviò in una stradina laterale, in cerca dell'*hamam* più vicino.

Il proprietario dell'*hamam* non voleva lasciar entrare Jahan, e accettò solo dopo un lauto pagamento da parte del cocchiere. Non appena l'acqua bollente gli sfiorò la pelle, Jahan trasalì per il dolore. Il calore del marmo sotto le dita dei piedi gli diede la sensazione di camminare sulle nuvole. Si tagliò la barba per la prima volta in mesi. Il *tellak*, un curdo corpulento, era arrabbiato per un'ingiustizia appena subita o aveva usato troppe spezie, perché strofinava troppo forte – le dita lavoravano agili e anelli rossi si formarono attorno ai suoi polsi per il vigore. Quando ebbe finito, la pelle di Jahan era rossa come i papaveri. Il puzzo e il sudiciume della prigione colarono fuori dalla sua pelle in forma di chiazze nere. Stordito, si alzò e barcollò nel vapore verso la piattaforma esterna. Era fresca, dopo il bollore della stanza interna.

Gli offrirono un sorbetto di fragole selvatiche. Sorseggiando la sua bibita, e non avendo altro da fare, si guardò intorno. C'era un uomo robusto dalla pelle rubizza, probabilmente un mercante, mezzo addormentato. Un altro uomo con lo sguardo vigile e una cicatrice sulla mascella era seduto sul bordo, le gambe penzoloni coperte quasi tutte con un *peshtamal*. Il kazako lì accanto osservò Jahan e non trovandolo interessante gli volse le spalle.

Dopo un po' comparvero due ragazzi imberbi, gli occhi grandi e luminosi. Era l'uomo robusto che li aveva fatti chiamare.

Jahan capì che cosa stava per succedere. Nelle stanze private i ragazzi offrivano prestazioni a clienti scelti. Jahan pensò a Kaymak e ad Abdullah. Gli s'irrigidì la schiena, la bocca si torse in una smorfia.

Una voce gli borbottò all'orecchio: «A te non piacciono i ragazzi».

Jahan si ritrasse. Un uomo si era seduto sul marmo accanto a lui. Petto, braccia, gambe, spalle erano coperte da ciuffi di peli scuri.

«Non mi piace cosa sta succedendo» disse Jahan.

L'uomo annuì come se fosse d'accordo ma aggiunse con un ghigno: «Sai come dicono: ragazzi d'estate, mogli d'inverno per tenerti caldo».

«D'estate preferisco una coperta leggera e d'inverno una trapunta.»

L'uomo rise ma non aggiunse altro. Prima di andarsene dall'*hamam* Jahan indossò gli abiti che il cocchiere gli aveva trovato. Fuori vide i due ragazzini che sussurravano: uno stringeva una moneta come se fosse la chiave per un mondo segreto.

Lo stesso pomeriggio, quando entrò nella dimora di Mihrimah sulle rive del Bosforo, provò un fremito. Allora non si era assiderato, il suo cuore. Trasse brevi respiri per rinfrancarsi e s'inginocchiò davanti a lei.

«Guardati!» La mano le volò alla bocca. «Sei tutt'ossa.»

Jahan osò alzare lo sguardo. Attorno al collo aveva un filo di perle che intercettavano i raggi del sole a ogni suo movimento. Il suo abito era di seta sottilissima, del colore di un sempreverde. Era una donna sposata, aveva una figlia, e dunque il suo atteggiamento era diverso. Dietro il velo leggero era bella, e triste. Mai il dolore di qualcuno era stato così dolce. Piangeva per lui. Forse lo amava.

Fece venire piatto dopo piatto e lo invitò ad assaggiare tutto. Montone stufato, foglie di vite ripiene, prugne sciroppate, mandorle zuccherate di vari colori. Su un piattino c'era una cosa che Jahan non aveva mai assaggiato: caviale. Il destino era strano. Il giorno prima era lì che disegnava sul pavimento con la merda. Ed eccolo lì seduto su cuscini di seta, a mangiare caviale dalle mani della sua amata. E mentre chiudeva gli occhi per un istante non riuscì a distinguere che cosa fosse vero e che cosa fosse vita altrui.

«Una volta mi raccontavi delle storie» disse Mihrimah, la voce appena più di un sussurro. «Ti ricordi?»

«Come potrei dimenticare, Vostra Altezza?»

«Allora era tutto diverso. Eravamo soltanto bambini. Uno dev'essere bambino per godersi appieno una storia, non pensi? Ma anche da adulti possiamo...»

Stava per aggiungere dell'altro quando fu interrotta da un rumore di passi sulla scalinata grande. Jahan si raddrizzò, come se gli fosse venuto in mente che poteva essere il marito, Rustem Pasha. Quando volse il capo vide Hesna Khatun con una bambina al fianco. La bambina fece un profondo inchino alla madre e puntò i grandi occhi bruni su Jahan.

«Aisha, mio tesoro, voglio che tu saluti il nostro ospite. È un architetto di talento. Lui e il maestro Sinan hanno fatto quelle belle moschee di cui parliamo sempre.»

«Sì, Madre» disse la bambina senza una traccia di curiosità.

«Si è occupato anche dell'elefante bianco» aggiunse Mihrimah.

Il volto di Aisha s'illuminò. «Sei tu quello che ha aiutato l'elefante a bere il latte della sua mamma?»

Jahan trasse un sospiro. Le storie che un tempo aveva narrato a Mihrimah lei le doveva aver raccontate alla figlia. La scoperta lo fece sorridere, come se si fosse insinuato nell'intimità di quella casa e fosse entrato a far parte delle conversazioni prima del sonno senza nemmeno saperlo. Sopra la testa della bambina il suo sguardo incrociò quello di Mihrimah. Un lampo di comprensione passò tra loro, come un dolce sbuffo di vento.

«A Vostra Eccellenza piacerebbe venire a vedere l'elefante?» chiese Jahan alla bambina.

Aisha arricciò le labbra, come per dire forse sì o forse no. Invece di guardare la madre per chiederle il permesso scoccò un'occhiata a Hesna Khatun, che era rimasta un passo indietro, a osservarli in silenzio.

Jahan studiò la bambinaia. Era invecchiata: le sue guance si erano avvizzite come foglie secche. Ma nemmeno l'inconfondibile durezza del suo sguardo riuscì a disperdere il pensiero di Jahan. La sua vita avrebbe potuto essere così se solo avesse avuto la fortuna di ritrovarsi nei panni di Rustem Pasha, quella bambina sarebbe stata sua figlia, quelle pareti il suo scudo contro il mondo, la splendida vista dalla finestra la realtà in cui svegliarsi ogni mattina, e la principessa che amava in segreto la sua legittima moglie. Mai prima d'allora, nemmeno nelle ore più buie in prigione, aveva desiderato la morte di un altro uomo come in quel momento.

Colse un movimento confuso. Hesna Khatun lo fissava senza battere ciglio, le labbra che si muovevano rapide, come se stesse parlando con qualcuno. A Jahan venne la pelle d'oca. Sapeva che gli aveva letto nella mente, anche se non sapeva dire come, e che avrebbe trovato il modo di usare ciò che aveva letto contro di lui.

Il giorno dopo la liberazione Jahan si svegliò col cuore greve. Sbatté le palpebre più volte, senza capire dove fosse. I domatori erano già all'opera, e al di là della porta chiusa sentì il ruggito di un leopardo.

Si trascinò fuori dal letto, barcollò nel cortile e si spruzzò l'acqua della fontana sul volto. Una pioggerella cadeva sull'erica, gocce perlate simili a rugiada. C'era un profumo fresco nel vento e gli animali si muovevano pigramente nelle gabbie. Aveva passato parecchio tempo con Chota la sera prima, ma aveva una gran voglia di rivederlo. Più tardi sarebbe andato a trovare il suo maestro. Era eccitato e nervoso insieme. Avrebbe chiesto a Sinan come mai non era andato a trovarlo in prigione, e se per qualche ragione non c'era riuscito, come mai non aveva almeno mandato una lettera.

A mezzogiorno era a casa del maestro. La sua malinconia fu dissipata non appena vide Sinan e l'affetto nel suo sguardo. Si chiese se il padre che aveva perso tanto tempo prima l'avesse mai guardato così. Si chinò a baciare la mano del maestro, ma Sinan lo trasse a sé e lo strinse tra le braccia. Con voce rotta, disse: «Fatti guardare. Sei così magro, figliolo».

Dopo un po' la *kahya* cieca entrò nella stanza. In quei giorni stava insegnando i propri compiti al figlio, e Jahan capì che un giorno, molto presto, l'uomo sarebbe stato chiamato a prenderne il posto. L'apprendista provò una tristezza straziante, e sperò di riuscire a dire addio alla vecchia serva, a tempo debito, e a chiederle la benedizione.

«Deve mangiare» disse Sinan alla *kahya* dalla sua sedia.

«Povero ragazzo» esclamò la vecchia; e più veloce che poteva andò a dare disposizioni per il pasto.

I servi si precipitarono nella sala, portando un tavolo basso, tovaglie e cucchiai di legno. Gli posero davanti ciotole di miele, burro, panna, focacce, melassa di uva acidula, halvah e un barattolo di bibita allo yogurt con menta e uvette.

«Mangia! Bevi!» ordinò Sinan.

Jahan obbedì, anche se non aveva fame. Quando non poté più mandar giù un solo boccone, Sinan, che l'aveva osservato, disse piano: «Hanno punito te per colpire me. Lo sanno tutti».

Jahan rimase senza parole. Senza rendersi conto dell'amarezza che fermentava nel cuore del suo apprendista, Sinan continuò: «Sua Maestà desidera riprendere in considerazione il progetto delle acque. Vorrei che venissi con me a palazzo. Dobbiamo riabilitare il tuo nome».

«Non so nemmeno di cosa sono stato accusato» disse Jahan.

Una pausa. «Tradimento.»

In quel momento Jahan non provò paura, solo una profonda malinconia.

«Ci sarà Rustem Pasha?» chiese. Vedere la brutta faccia del gran visir era l'ultima cosa che desiderava.

«Senza dubbio. Dovrai baciargli la mano, chiedere il suo perdono. Te la senti?»

Jahan non riuscì a rispondere. Invece chiese: «Non capisco questa improvvisa clemenza. Che cosa è cambiato?».

«È quello che mi chiedo anch'io. Dev'esserci una ragione, ma non riesco a immaginarla. So solo che il nostro sultano ha espresso il desiderio di vedermi.»

Jahan rimase in silenzio. Doveva essere stata Mihrimah. Doveva aver parlato col marito e supplicato il padre, chiedendogli di ascoltare gli architetti un'ultima volta. Allusioni delicate come ciuffi di soffioni al vento. Tutto suggeriva che lei gli voleva bene. Jahan abbassò il capo per paura che il maestro potesse leggere i suoi pensieri.

Il giorno della visita Jahan indossò abiti nuovi – uno *shalwar* di cotone leggero, una camicia di lino, scarpe di pelle a punta. Il suo padrone li aveva comprati per aiutarlo ad avere il miglior aspetto possibile. Anche Sinan si era vestito con cura, scegliendo un caftano rossobruno e un gonfio turbante. La *kahya* borbottò le preghiere che aveva appreso dalla madre quasi un secolo prima e spruzzò sulle loro teste acqua di rose benedetta da sette imam.

Era venuta a prenderli una carrozza reale, un segno propizio, senza dubbio, che mostrava il riguardo del sultano nei loro confronti. Vi presero posto, il maestro e l'apprendista, divisi dai rotoli. Avevano lo stomaco serrato e faticarono a parlare. Fu in quest'atmosfera che Sinan e Jahan entrarono a palazzo.

«Capo architetto reale. Ciascuno di questi onorevoli uomini ha domande per voi. Volete rispondere?» chiese il sultano.

Sinan s'inchinò. «Sono onorato, Vostra Felice Maestà.»

Lo Shayh al-Islam, Ebussuud Efendi, il volto illeggibile come un manoscritto sbiadito, fu il primo a parlare. «Nella nostra gloriosa città ci sono ponti dal tempo degli infedeli che non sono sopravvissuti. Sono crollati perché furono costruiti senza vera fede. Convieni?»

Sinan trasse un respiro. «Dio ci ha dato una mente e ci ha detto di farne buon uso. Molti antichi ponti sono in rovina perché non sono stati costruiti su un suolo saldo. Quando costruiamo un ponte dobbiamo assicurarci che l'acqua sia bassa, le correnti favorevoli. I ponti sono costruiti con la fede, vero. Ma anche con la conoscenza.»

Il sultano Suleiman fece un gesto alla sua sinistra, e il Capo giannizzero Agha intervenne. «Maestà, il vostro vassallo Sinan sembra ritenere di poter prevedere quanta acqua c'è sette strati sottoterra. Com'è possibile? Pensavamo che fosse un architetto, non un negromante. Pratica anche le arti occulte?»

Jahan sbiancò all'allusione, ben conoscendo le conseguenze di un'accusa di magia nera.

Sinan rispose: «Non ho esperienza di divinazione. La quantità d'acqua nel sottosuolo può essere misurata attraverso l'uso corretto di strumenti».

«Questi strumenti che dice, vengono da Allah? O da Sheitan?» disse il Capo giannizzero Agha.

«Certo da Dio» rispose Sinan. «Lui vuole che noi ampliamo la nostra conoscenza.»

Lo Shayh al-Islam intervenne. «Al-Khidr, che riposi in Paradiso, ha scoperto l'acqua. Tu hai la pretesa di essere un santo come lui?»

«Io non valgo l'unghia di un santo» disse Sinan. «Al-Khidr ha viaggiato con il Profeta Mosè e ha scoperto i segreti dell'universo. Accanto alla sua conoscenza, la mia è una goccia d'acqua. Ma credo che usando i giusti mezzi di misurazione possiamo individuare le fonti invisibili.»

Il sultano si volse verso il gran visir. «Tu cosa dici, Pasha?»

Rustem diede in un colpetto di tosse secca. «Mi piacerebbe sapere quanto pensa di spendere il Capo architetto reale. Il nostro tesoro non può essere dissipato.»

Sinan, che si aspettava la domanda, disse: «Ci sono due possibilità. La spesa cambierà secondo i desideri del mio sultano».

Suleiman era incuriosito. «Cosa intendi dire, Architetto?»

«Maestà, il nostro scopo è portare acqua corrente alla città. Abbiamo bisogno di operai, a centinaia. Se preferite, useremo gli schiavi delle galere. Così non dovrete pagarli. Avete un'infinità di servitori.»

«E qual è la seconda via?»

«Reclutiamo artigiani esperti. Saranno pagati secondo le loro capacità e il servizio reso a Sua Maestà. In cambio daranno il loro sudore e le loro preghiere.»

«Quindi lui pensa di poter riempire i forzieri con sudore e preghiere?» disse Rustem.

Ignorando l'osservazione, il sultano chiese a Sinan: «Che cosa suggerisci tu?».

«Io credo che dovremmo pagarli e avere la loro benedizione. Il tesoro potrà essere intaccato, ma è meglio per il trono e per la gente.»

Jahan impallidì, temendo il peggio. Finalmente, dopo un lungo silenzio teso, il sultano alzò la mano e disse: «Il Capo architetto reale ha ragione. L'acqua è un bene di tutti e dev'essere distribuita con generosità. Darò acqua alla gente e pagherò i miei operai».

Ma subito dopo Suleiman disse a Sinan: «Però non ti consento di costruire un nuovo ponte. Ristruttura gli acquedotti, e basta così».

Nella sala si diffuse una certa agitazione mentre ogni presente rifletteva su chi avesse vinto la disputa, se poi qualcuno aveva vinto. Sinan disse: «Mio Sire, con il vostro permesso il mio apprendista indiano mi aiuterà nella ristrutturazione».

Il sultano si passò un dito nella barba scrutando Jahan. «Me lo ricordo. È bene che tu abbia un seguace così devoto.» Fece una pausa. «Cosa dici, Pasha, lo perdoniamo?»

Il gran visir, una scintilla negli occhi, tese il braccio. Sinan fece un cenno d'incoraggiamento a Jahan. Barcollando, Jahan fece un passo come nella nebbia e baciò la mano paffuta coperta di anelli, se la posò sulla fronte. Avrebbe adorato sfilargli uno di quegli anelli. Una ricompensa per le sue sofferenze.

«Che Dio benedica i vostri sforzi» disse Rustem, il cipiglio gelido in contrasto con la dolcezza della voce.

Sulla via del ritorno attraversarono corridoi di marmo, il maestro e l'apprendista. Il sollievo che li avvolgeva era così intenso che rimasero in silenzio a fatica. Jahan sapeva che non era solo il suo cuore ad aver palpitato: anche il suo maestro aveva avuto paura. Ancora una volta Sinan si era trovato in una situazione difficile quando voleva soltanto lavorare. Ancora una volta, e come sorretto da un oscuro spirito benevolo, era stato salvato. Forse aveva un protettore, pensò Jahan, un benefattore misterioso che intercedeva per lui tutte le volte che le cose si complicavano, un angelo custode invisibile sempre al suo fianco…

Di ritorno al serraglio Jahan trovò i domatori ad aspettarlo, tutti sorridenti.

«Vieni con me» disse Olev, incrociando le braccia.

«Dove andiamo?» chiese Jahan.

«Non chiederlo» disse Olev, tirandolo per il gomito. «Un uomo che è appena uscito di prigione è un uomo che ha bisogno di gioia.»

Con sorpresa di Jahan, Olev lo guidò verso le stalle dei cavalli favoriti. Lì tenevano i migliori purosangue. Ciascuno portava attorno al collo un amuleto azzurro contro il malocchio. Vedendoli avvicinarsi, l'amatissimo stallone del Capo eunuco bianco, Tempesta, nitrì piano. Nobile, maestoso, solo. Olev accarezzò l'animale, sussurrandogli parole dolci all'orecchio.

«Qualcuno vuole dirmi cosa sta succedendo?» chiese Jahan nervosamente.

«Hai sempre voluto cavalcare questo cavallo, vero? Questo è il nostro regalo per te.»

«Ma Kamil Agha…»

Olev lo interruppe alzando la mano. «Non preoccuparti, è tutto deciso. Stanotte non è a palazzo. È fuori a visitare l'*hamam* delle pene. Non chiedermi dove si trova questo posto, non lo so.»

«Ma cosa vi aspettate che faccia con il cavallo?»

«Niente» disse Olev con una strizzatina d'occhio. «Vai, e scendi dalla collina.»

Dopo un po' un'ombra schizzò fuori dai cancelli delle stalle: Jahan, il corpo parallelo alla schiena del cavallo, cavalcava Tempesta nel buio. Le due guardie ai cancelli, pagate in anticipo, non gli badarono. Galoppò nella direzione suggerita da Olev, godendosi il vento sul volto, sentendosi libero e spericolato, per una volta. Dopo un po' rallentò. Lì vicino c'era un carro. E ammucchiati sopra ecco gli zingari!

«Ma cosa...?» esclamò Jahan. «Quando siete usciti di prigione?»

«Oh, eravamo stati tutti liberati un mese prima di te. Abbiamo aspettato con te finché non sei stato graziato» disse Balaban.

«Cosa? Perché non me l'avete detto?» balbettò Jahan. «Cosa ci fate qui a quest'ora?»

«L'uomo dei leoni ci ha mandato un messaggio» disse Balaban legando le redini di Tempesta al retro del carro. «I tuoi amici hanno parlato di te, a quanto pare. Pensano che sia ora che tu ti goda un po' di piacere. Te lo sei meritato.»

«Cosa vuol dire?» chiese Jahan, sospettoso.

Gli zingari si scambiarono sguardi divertiti.

«Vedrai» disse Balaban, e prima che Jahan potesse obiettare frustò l'asino. Il carro partì, seguito da Tempesta.

Avanzò dondolando lungo i sentieri e in mezzo ai campi. Era una fresca serata autunnale, il cielo di un nero di velluto, ma banchi di nebbia si addensavano a nord, puntando verso il limitare della città. Una coperta di nebbia inghiottì le stradine tortuose e gli archi dei ponti, e Istanbul inghiottì loro. Passarono per vicoli, molti dei quali così stretti – con le case di legno strette e vicine su entrambi i lati come alberelli piegati nella burrasca – che gli assali delle ruote grattavano le pareti al loro passaggio. Ciascuno dei quartieri che si lasciarono alle spalle sembrava più silenzioso, stantio e dolente di quello prima. Balaban cadde in silenzio. A parte qualche raro stridio di gabbiano per un bel pezzo sentirono soltanto il fracasso degli zoccoli e delle ruote sull'acciottolato.

Il carro si fermò e scesero tutti. Jahan trasse un respiro per rinfrancarsi, balzò giù da cavallo, si guardò intorno in cerca di qualcosa di familiare e non trovò nulla.

«Dai» gli disse Balaban con un cenno. «Quando ti si offre del cibo, mangia.» Il capo si posò la mano destra sul cuore e disse ai suoi uomini: «Andate, e che Dio venga con voi».

Jahan seguì Balaban. A ogni passo gli odori della strada si facevano più intensi: l'aroma del gelsomino si mescolava col sentore forte del mare e i profumi del cibo, un misto di salmastro e di agliato. I domatori imparano molto dai loro animali e Jahan sapeva che c'era una cosa che Chota gli aveva martellato in testa: come annusare meglio. Così fece più attenzione a quegli aromi nel vento e dopo un po' colse una zaffata di oli profumati proveniente da una casa vicina.

«Cos'è questo posto?» sussurrò.

Balaban ridacchiò. «Non capisci? Ti abbiamo portato al bordello!»

Jahan impallidì. «Mi rifiuto di venire.»

«Cosa? Hai paura delle sgualdrine? Andiamo dentro a dare un'occhiata. Se non ti piace quello che vedi, ce ne andiamo. Che il mio sangue arrossi la terra sotto i tuoi piedi se mento. Andiamo, Indiano. Dopo tutto quello che abbiamo passato in prigione, ascoltami.»

Jahan esitò. Non poteva accettare né rifiutare. Balaban lo spinse, continuando a parlare per placare le sue paure. Spiegò che un bordello a Istanbul è un po' come l'inizio di una fiaba: *C'era una volta o forse non c'era*. Parecchie puttane potevano abitare sotto lo stesso tetto per mesi, e proprio quando eri convinto che sarebbero state lì per sempre svanivano nel nulla, la casa un guscio vuoto. Poi c'erano le mogli, povere come topi in una dispensa saccheggiata, i mariti andati in guerra o spariti da tempo, che diventavano meretrici, anche se per poco o in rare occasioni.

In molti quartieri le donne sospettate di essere di facili costumi, a ragione o no, venivano colpite da maledizioni e da pietre. Spesso si svegliavano e trovavano la soglia di casa verniciata di catrame, i muri coperti di calunnie. A volte queste donne potevano essere arrestate, perfino imprigionate. Le sgualdrine erano costrette a sedere a rovescio sui muli e portate per le strade così che tutti potessero vedere che cosa si meritavano le loro simili.

Ma i kadi erano molto differenti e non meno confusi di chiunque altro, disse Balaban. Detestavano le meretrici, ma vedevano la loro attività come un male necessario e un beneficio per il tesoro, dal momento che era sottoposta a tassazioni. Il solo momento in cui quel traffico era severamente proibito era nel mese del Ramadan. Per il resto dell'anno, la prostituzione era la sola trasgressione che fosse e non fosse un crimine a un tempo.

Il distretto di Eyup poco tempo prima era diventato severo e aveva emanato una serie di decreti. Le taverne erano state chiuse, come le caffetterie che consentivano il gioco dei dadi. Tutte le donne di malaffare erano state bandite, anche quelle che si erano sposate rinunciando alla vita dissoluta. Per evitare lo stesso destino, le donne dipinte si spostavano da un luogo all'altro, secondo il tempo.

«Il meretricio è come il vento» disse Balaban, «più gli metti i ferri, più scivola dai buchi.»

Con questo giunsero a una porta. Fu aperta da un nero. Vedendo Balaban s'inchinò e disse: «Maestro, benvenuto».

Jahan borbottò, sorpreso: «Questo posto è tuo?».

Balaban scoccò al servo uno sguardo gelido. Si rivolse a Jahan e alzando le mani disse: «Io sono un povero romanì. Pensi che questa sia una casa su ruote? Come faccio a possederla? Andiamo, non perdiamo tempo».

Furono invitati a salire, dove una vecchia, il volto grinzoso come una noce, salutò Balaban con grande rispetto. Accanto a lei c'era un cesto, e dentro una mamma gatta con sei gattini appallottolati, tutti con lo stesso folto manto grigio fumo. «Sono nati qui» disse. «Ciascuno porta il nome di una delle mie ragazze.»

Le ragazze, apprese Jahan, erano l'araba Fatima; Nefise la veneziana; la curda Kamer; Narin la circassa; Zarife la turca; Esther l'ebrea; e Ani l'armena.

Alla loro destra e alla sinistra c'erano porte chiuse dietro le quali Jahan udì provenire mormorii. Balaban lo spinse in una delle stanze, lo fece sedere sui cuscini, disse che andava a controllare i musici e scomparve.

Venne una serva con un vassoio. Aveva i capelli rossi e brutte cicatrici sulle guance. Il suo sguardo era remoto, come in cerca di altre sere lontane. Gli portò acqua, vino e piatti colmi di formaggio di capra, fichi zuccherati, mandorle tostate, sottaceti. Li posò su un tavolo basso e chiese a Jahan se desiderava altro. Lui scosse il capo, fissando lo sguardo sui disegni del tappeto. Non appena la serva se ne fu andata, entrarono due donne, una dopo l'altra. Una era così grassa che aveva tre menti. Le sue guance erano rotonde e rossissime. Jahan pensò che se Chota fosse stato con lui le avrebbe inghiottite scambiandole per mele. Il pensiero lo fece sorridere.

Lei fece un gran sorriso: «Ti piaccio?».

«No» esclamò Jahan. Poi, non volendo passare per sgarbato, aggiunse in fretta: «Be', sì, ma non in quel senso».

Risero entrambe, lei di più. La carne del suo ventre ballonzolava su e giù. Fece schioccare le labbra e si protese in avanti. «Io ho tre seni e c'è un mostro nel mio ventre che esce quando ho fame. Io mangio gli uomini!»

Jahan la guardò terrorizzato. Scoppiarono di nuovo a ridere.

«Potreste chiamare Balaban?» disse Jahan. «Devo vederlo.»

Si scambiarono uno sguardo, temendo che le loro burle si fossero spinte troppo in là. La stanza era bollente, soffocante. Jahan si alzò, borbottò qualche parola a mo' di scusa e come una freccia filò fuori. All'ultimo momento si accorse che anche le donne si erano alzate e lo seguivano. Chiuse rapido la porta col chiavistello. Fuori, vicino alle scale, s'imbatté nella serva che aveva portato il vassoio.

«Stai bene?» gli chiese lei. «Vai via?»

«Sì. Chota mi aspetta.»

«È tua moglie?»

Jahan sorrise suo malgrado. «No, è il mio elefante. Un animale grosso.»

I suoi occhi scuri s'illuminarono. «Lo so cos'è un elefante.»

Le donne chiuse nella stanza cominciarono a picchiare sulla porta. Jahan impallidì. L'ultima cosa che voleva era farsi acchiappare. Si guardò intorno, in preda al panico.

«Vieni con me» disse la serva, e lo prese per mano.

Da una botola sul retro raggiunsero una rampa di scale cigolanti. Lei lo condusse nella sua stanza in soffitta, dove il tetto era così basso che dovettero chinarsi. Ma sotto la mezzaluna la vista dalla finestra era incantevole: una foresta di alti pini e al di là il mare a strisce nere. Da lassù l'acqua sembrava qualcos'altro, morbida e solida, un enorme scialle di seta gettato sulle spalle della città.

Jahan le disse cos'era successo di sotto, cosa che la divertì immensamente. Disse che si chiamava Peri. Un tempo aveva seguito l'esercito come prostituta. Dopo che era stata sfregiata da un soldato che sul campo di battaglia aveva visto cose tali da impazzire e prendersela con le sgualdrine, nessuno la desiderava più.

«Non è vero che nessuno ti vorrà» disse Jahan. «Sei più graziosa di quelle signore di sotto.»

La baciò e lei gli restituì il bacio. Il sapore della sua lingua indugiò nella bocca di Jahan. Lei gli carezzò i capelli, le punte delle dita morbide e calde sulla fronte di lui, increspata per la preoccupazione. «Non l'hai mai fatto, vero?» gli chiese lei.

Il rossore che gli si diffuse sul volto bastò a risponderle. Lo fece stendere e lo spogliò lentamente. Jahan non aveva mai saputo che esistesse un simile regno del piacere. Solo anni dopo avrebbe capito quanto era stato fortunato ad avere una come lei a mostrargli la via.

Nel buio, mentre dormiva accanto a Peri, si vide in una terra ignota, in groppa a Chota. Avanzavano in cima alle case, balzando da un tetto all'altro. Poi la vide in lontananza, Mihrimah, in un abito di lino bianco, i capelli danzanti nel vento. «Aspetta!» gridò. Lei non sentì. Lui gridò di nuovo. Ogni volta che apriva la bocca era un altro urlo vano.

«Ssst, svegliati.»

Gli ci volle un attimo per ricordarsi dov'era, e quando ci riuscì era inzuppato di sudore freddo. Si rivestì in fretta e borbottò: «Devo andare». Si fermò, vedendo che il volto di lei si era rannuvolato. «Mi dispiace. Io non so… questo, io… ti pago?»

Peri volse il capo. «Non mi devi nulla.»

Jahan si avvicinò, le accarezzò i capelli. La confusione montava, pronta a volgersi in un acutissimo senso di colpa. Sapeva di doversene andare prima che accadesse. Non voleva che Peri vedesse ciò che era successo tra loro trasformarsi in rimpianto.

«Hai parlato nel sonno» disse lei aprendo la porta. «È chiaro che lei abita il tuo cuore. Chiunque sia. Lo sa che la ami?»

Confuso, sconcertato, Jahan se ne andò da quella casa. Non avrebbe mai osato definire amore ciò che provava per Mihrimah, eppure raccolse con cautela la parola pronunciata e rivelata da qualcun altro per stringersela al petto: non voleva lasciarla andare.

Centotrenta operai furono assoldati per la riparazione degli acquedotti. Lavoravano in due squadre: la prima nell'ala ovest, la seconda nella parte centrale, dove il deterioramento era stato più profondo. Nel frattempo i quattro apprendisti, con l'aiuto di un astrolabio, misuravano la profondità delle valli e l'altezza delle cime. Come sua abitudine, Sinan ordinò loro di approfondire lo studio delle opere del passato. Dovevano capire dove i bizantini erano riusciti e dove avevano sbagliato, se volevano far meglio.

Davud e Yusuf, abili nella scienza della geometria, presero le misure dei condotti. Nikola e Jahan, marciando su e giù per le colline, individuarono i canali interrotti e i condotti intasati. In alcuni punti l'acqua correva tumultuosa in una gola perché le condutture si erano deteriorate. L'acqua spariva tra prati verdi, tornando alla terra senza essere stata utile agli esseri umani. In altre zone dovettero trovare la fonte del ruscello ed escavare i condotti. Crearono sbarramenti per far scorrere l'acqua in una sola direzione, verso la città. Poi, con l'aiuto di un nuovo scavo, la fecero scorrere da un lato all'altro della valle. A ogni passaggio misuravano la quantità usando condotti d'ottone collegati a serbatoi con saracinesche, calcolando le quantità d'acqua che si accumulavano strada facendo.

Una settimana dopo Jahan cominciò a notare qualcosa di strano. Gli operai li evitavano, ed erano riluttanti a eseguire gli ordini. Più li osservava più si convinceva che cercassero scuse per non piantare un chiodo, trasportare un'asse, o fare le cose più piccole, che sommate erano abbastanza grandi da ritardare il lavoro di tutti.

Prese da parte uno dei disegnatori, un curdo di nome Salahaddin. Sua moglie aveva appena dato alla luce due gemelli maschi. Sapendo che era un uomo onesto, Jahan si aspettava che dicesse la verità.

«Che cosa succede? Perché sono tutti lenti?»

Salahaddin distolse lo sguardo. «Lavoriamo, *effendi.*»

«Andate a rilento. Come mai?»

Le sue guance arrossirono appena. «Non ci avevi detto che c'era un santo qui.»

«Chi lo dice?»

L'uomo alzò le spalle, rifiutandosi di far nomi.

Jahan tentò con un'altra domanda. «Come fanno a sapere che c'è un santo?»

«Hanno visto... un'apparizione» rispose Salahaddin, guardandolo come in cerca di conferma.

Era il fantasma di un martire, un ardimentoso soldato musulmano che aveva trovato la morte combattendo gli infedeli. Una freccia gli aveva trapassato il petto entrando nel suo cuore, ma lui aveva continuato a combattere, implacabile, per altri due giorni. La terza mattina era caduto ed era stato seppellito da quelle parti. Ora la sua anima vagava, disturbata dalla confusione del cantiere. Gli operai temevano che il fantasma gettasse su di loro una maledizione.

«Sciocchezze. Chiunque diffonde questa storia vuole danneggiare il maestro Sinan.»

«È vero, *effendi*» disse Salahaddin. «La gente l'ha visto.»

«Dove?» disse Jahan, gettando le mani in alto, esasperato. «Fammi vedere!»

Con sua sorpresa, l'uomo indicò col mento l'impalcatura.

«Il fantasma ha messo su casa lì?» chiese Jahan scherzoso. Ma Salahaddin rispose con solennità. «È lì che l'hanno visto.»

Per il resto del pomeriggio Jahan si aggirò attorno all'impalcatura, controllando le assi, stringendo le funi, assicurandosi che fosse salda e sicura, guardando storto tutti gli uomini che osavano fissarlo.

«Non sei concentrato» disse Davud il giorno dopo mentre studiavano le misure.

«Mi dispiace. Ho la testa…» disse Jahan, e trasalì. In quel momento aveva intravisto qualcosa sulla piattaforma di legno, lungo il terzo livello. Alcuni operai lavoravano là, uno di loro portava un secchio. Vide l'uomo dondolarsi, come spinto da una mano invisibile, poi riacquistare l'equilibrio. A Jahan si rizzarono i peli sulla nuca. In passato, quando il legname scarseggiava, avevano usato piattaforme penzolanti da appoggi più in alto per risparmiare materiale. Ma quella struttura si levava da terra ed era fissata alle pareti, sostenuta da puntelli e travature. Perché oscillasse le funi dovevano essersi allentate e una parte della struttura doveva essersi liberata: una parte, o tutta.

«Stai bene?» gli chiese Davud, seguendo il suo sguardo.

Un urlo di panico infranse il brusio del cantiere. Videro una tavola ribaltarsi nell'aria, vorticando come una foglia al vento, e precipitare a terra. Un'altra tavola colpì un muratore, cadendogli in testa con un tonfo raccapricciante. La gente correva dappertutto mentre legname e metallo piovevano dall'alto.

«*Kiyamet, kiyamet*»[22] gemette qualcuno.

I buoi muggivano di dolore. Un cavallo con la zampa rotta era disteso, il corpo scosso da tremiti, le froge dilatate. Nella confusione Jahan non riuscì a vedere Chota. In un batter d'occhio l'impalcatura che avevano montato con fierezza solo poche settimane prima crollò. Gli operai sui livelli più alti della parte centrale furono quelli che caddero peggio. Loro e quelli di sotto, colpiti dalle tavole. Di questi, otto non sopravvissero. Tra di loro c'era Salahaddin.

[22] Apocalisse.

Sinan e i quattro apprendisti si avvicinarono al *gassal*.[23] «Possiamo restare vicino a te mentre lo lavi?»

L'uomo esitò. Poi, forse perché aveva riconosciuto il Capo architetto reale o forse confondendolo con un parente disperato, disse: «Va bene, *effendi*».

Rivolto agli apprendisti, Sinan disse: «Qualcuno di voi vuole venire con me?».

Yusuf evitò il suo sguardo e arrossì lievemente. Nikola, che non era musulmano, disse che forse l'uomo non lo voleva presente. Davud, all'improvviso cereo, disse che non aveva ancora dimenticato i cadaveri visti da bambino e non desiderava incontrarne altri fino al giorno della sua morte. Essendo il solo rimasto, Jahan annuì. «Vengo io.»

Disteso sul marmo freddo c'era il corpo nudo di Salahaddin. Lividi di varie dimensioni e sfumature coprivano il lato sinistro della testa e del petto dov'era stato colpito dal legname caduto. Eppure Jahan ebbe la strana sensazione che le ferite fossero state dipinte più che incise sul corpo di Salahaddin, e che se solo le avessero lavate via avrebbe potuto tornare in vita da un momento all'altro.

[23] Il lavamorti.

«Dio ha costruito il palazzo del nostro corpo e ce ne ha affidato la chiave» disse Sinan a voce così bassa che il *gassal*, alle sue spalle, chinò il capo convinto che stesse pregando.

Il palazzo del nostro corpo... Che cosa strana da dire, pensò Jahan. Tutto ciò che vedeva era un mucchio di carne ferita. Come se gli avesse letto nel pensiero, Sinan gli chiese di avvicinarsi.

«L'uomo è fatto a immagine di Dio. Al centro c'è ordine, equilibrio. Guarda i cerchi e i quadrati. Guarda come sono stati disposti nelle giuste proporzioni. Ci sono quattro umori: sangue, bile gialla, bile nera e muco. Noi lavoriamo con quattro elementi: legno, pietra, vetro, metallo.»

Jahan e il *gassal* si scambiarono uno sguardo. Jahan sapeva che cosa stava pensando l'uomo, perché stava pensando la stessa cosa. Temeva che il maestro fosse impazzito di dolore o di stanchezza.

«Il viso è la facciata, gli occhi sono le finestre, la bocca è la porta che si apre all'universo. Le gambe e le braccia sono le scalinate.» Così dicendo Sinan versò acqua da una brocca e disegnando cerchi con le mani cominciò a lavare il corpo con tanta dolcezza che il *gassal* non osò muoversi.

«Ecco perché quando vedi un essere umano, schiavo o visir, maomettano o infedele, devi rispettarlo. Ricorda, anche un mendicante possiede un palazzo.»

«Con tutto il rispetto, maestro, io non vedo la perfezione. Io vedo i denti mancanti. Quest'osso storto. Tutti noi, insomma, c'è chi è gobbo, c'è chi...» disse Jahan.

«Incrinature sulla superficie. Ma l'edificio è perfetto.»

Il *gassal*, tendendo il collo, chinò il capo in assenso, forse più convinto dalla cantilena della voce di Sinan che dalle sue opinioni. Poi tacquero. Lavarono il morto due volte, prima con acqua calda, poi con acqua tiepida. Infine lo avvolsero da capo a piedi in un sudario bianco latte, lasciando fuori la mano destra. La presero e con dolcezza la posarono sul cuore, come se stesse dando l'addio a questo mondo e rivolgendo i suoi *salam* al prossimo.

La preghiera funebre fu tenuta da un imam con un gozzo così grosso che gli premeva sulla laringe, lasciando uscire il fiato in rochi singulti. Disse che era di gran consolazione che fossero morti in un cantiere. Quegli uomini non stavano cercando con lascivia donne dalla cattiva reputazione, non stavano bevendo, non giocavano, non pronunciavano imprecazioni. La morte li aveva colti in un'ora di duro, onesto lavoro. Quando il Giorno del Giudizio fosse arrivato, e certo così sarebbe stato, Dio ne avrebbe tenuto conto.

Disse che Salahaddin aveva lasciato questa vita mortale costruendo un ponte per il sultano – nessuno osò correggerlo dicendo che in verità si trattava di un acquedotto. In cambio, nell'altro mondo, quando fosse stato il suo turno di varcare il Ponte di Sirat, più stretto di un capello, più scivoloso di mille anguille, una coppia di angeli l'avrebbe aiutato. L'avrebbero sorretto per le mani e non l'avrebbero lasciato cadere di sotto, nelle fiamme dell'inferno.

La bara fu trasportata al cimitero tra gemiti e pianti. La famiglia di Salahaddin era povera, e fu Sinan a pagare per la sua lapide.

Il padre del morto, distrutto dall'età e dal dolore, avanzò barcollando verso di loro. Commosso e onorato che un uomo come Sinan assistesse al funerale del figlio, li ringraziò tutti. Il fratello di Salahaddin intanto si teneva a distanza. Non era difficile capire che li riteneva responsabili della sua perdita, quel ragazzo di non più di quattordici anni. Uno sguardo e Jahan seppe che si erano fatti un altro nemico. Quando, dopo aver gettato palate di terra sulla bara del fratello, indietreggiò nella folla, Jahan lo seguì.

«Che Dio possa accogliere tuo fratello in paradiso» disse non appena l'ebbe raggiunto.

Nessuna risposta. Un momento d'imbarazzo passò tra loro, mentre ciascuno aspettava che l'altro parlasse. Alla fine fu il ragazzo a infrangere il silenzio. «Eri con lui quando è morto?»

«Ero vicino.»

«Li ha spinti il fantasma. L'hai visto succedere?»

«Non li ha spinti nessuno. È stato un incidente» disse Jahan nervoso. Nemmeno lui poteva negare la stranezza del fatto.

«Il fantasma vuole che vi fermiate. Non ci sarà fine ai disastri se lo disturbate, ma il tuo maestro non ci bada. Non ha rispetto per i morti.»

«Non è vero. Il maestro è un uomo buono» disse Jahan.

Il volto del ragazzo fu oscurato dalla rabbia. «Il tuo amico aveva ragione. State insozzando un luogo sacro. Con i vostri martelli e gli asini. Siete tutti condannati all'inferno.»

La folla cominciò a disperdersi. Tra le persone in lutto che avanzavano verso il cancello, Jahan notò Sinan che si muoveva senza convinzione, come tirato contro la propria volontà da fili invisibili. Disse debolmente: «Non dar la colpa al mio maestro».

Mentre si allontanavano dal cimitero il vento si scatenò, trascinando vortici di polvere verso di loro. Più tardi, molto più tardi, a Jahan venne in mente che nella confusione non aveva chiesto al fratello di Salahaddin chi era questo amico con cui aveva parlato e perché aveva pronunciato profezie così terribili.

Il giorno dopo solo la metà degli operai venne al lavoro.

«E sono lavoratori pagati!» esclamò Davud. «Se avessimo

preso degli schiavi incatenati delle galere nessuno ci avrebbe abbandonato. Visto dove ci porta la gentilezza?»

«Il maestro troverà altre braccia» disse Nikola.

Aveva ragione. Deciso a concludere quanto aveva cominciato, Sinan assoldò nuovi operai. Non fu difficile trovarli. In quella città erano in molti ad aver bisogno di un lavoro. Il dramma della fame prevalse sulla paura della maledizione di un santo. Per un po' le cose parvero migliorare. Il lavoro procedette senza complicazioni. Arrivò l'autunno, l'aria divenne fredda.

Poi venne la piena. Spazzando case, taverne, santuari e baracche, travolse le valli. Poiché non erano riusciti a ripulire del tutto i canali che portavano all'acquedotto, le acque travolsero le impalcature e sbriciolarono il canale come se fosse stato una cialda. La piena li aveva colti impreparati. Nessuno rimase ferito. Ma persero settimane di lavoro e materiali di pregio. Il disastro rafforzò il partito dei calunniatori, e anche coloro che prima erano dubbiosi si convinsero che Sinan e i suoi apprendisti fossero maledetti.

Il loro umore precipitò. Fino a quel momento il maestro aveva superato ogni ostacolo, per quanto grande. Ma stavolta era diverso. Come poteva Sinan sconfiggere un fantasma?

La ristrutturazione fu interrotta. Per quanto Sinan ci provasse, non riuscì a convincere un solo uomo a continuare a lavorare. Gli operai accusavano il Capo architetto reale di mettere le loro vite a repentaglio per ottenere il favore del sultano. Chi aveva bisogno d'acqua quando l'acqua portava sventura? Gli acquedotti risalivano ai tempi degli infedeli. Perché ripararli se non per diffondere l'idolatria?

Jahan scoprì con sorpresa che avevano già dimenticato il fantasma del martire musulmano. Avevano trovato nuove paure a cui aggrapparsi e vi si aggrapparono. Silenziosi e compiacenti in apparenza, sussurravano pettegolezzi maligni non appena gli apprendisti voltavano le spalle.

Dopo una settimana così Sinan comparve con un ometto dall'aria solida al fianco. I due salirono sull'impalcatura ricostruita. Sinan disse: «Operai! Capimastri! Abbiamo la fortuna di avere con noi un rispettabile *hodja*».[24]

Sinan tese la mano allo straniero. L'uomo fece un passo avanti, nervoso e cinereo in volto, poco avvezzo a stare in alto. Disse che era lì per chiedere la protezione di Dio. Chiuse gli occhi e cominciò a intonare versetti del Corano. Scoprirono che lo chia-

[24] Insegnante di religione, predicatore.

mavano Usignolo Hodja. Nato in Bosnia, comunicava con Dio in sette lingue e conosceva i modi di molte credenze e di molte sette. C'era qualcosa nella voce di quell'uomo, che aveva un aspetto altrimenti ordinario, che incantò gli operai. Disse loro di lavorare e di non parlare mai male degli altri, perché se Sheitan poteva volare così in alto era grazie a due ali: l'accidia e la calunnia.

L'*hodja* venne tutti i giorni, restò con loro dall'alba al tramonto, la polvere nei capelli, il fango sulle scarpe. Spruzzando acqua benedetta e pronunciando la preghiera del *Cevsen*, che disse che l'Arcangelo Gabriele aveva rivelato quando il Profeta Maometto era spaventato e aveva più bisogno di protezione – perché i profeti, come la gente comune, possono essere spaventati dai pericoli di questo mondo – e benedisse gli acquedotti, placando i timori di ebrei, cristiani e musulmani allo stesso modo. Poi concluse: «Ora è pulito. Questo luogo è puro come il latte di vostra madre. Tornate al lavoro».

Così fecero. A poco a poco. Portarono a termine la ristrutturazione con una tale precisione che neanche coloro che odiavano Sinan più di chiunque altro sulla terra poterono sollevare obiezioni. Il sultano Suleiman fu contento. Rese onore al suo architetto con doni e lodi, chiamandolo *Al-insan al-Kamil*.[25]

Fu dopo questo incidente che Jahan comprese che il segreto del suo maestro non stava nella sua durezza, perché non era duro, o nella sua indistruttibilità, perché non era indistruttibile, ma nella sua abilità di adattarsi al cambiamento e alla disgrazia, e di ricostruirsi ogni volta dalle rovine. Mentre Jahan era fatto di legno, e Davud di metallo, e Nikola di pietra, e Yusuf di vetro, Sinan era fatto di acqua corrente. E quando qualcosa bloccava il suo corso, vi scorreva sotto, attorno, sopra, come poteva; trovava la strada nelle fessure, e continuava a scorrere.

[25] Colui che ha raggiunto la perfezione.

Che notte terribile! Chota soffriva. Ruggì, urlò, ringhiò fino alle prime luci del mattino, agitando la proboscide, sfinito. Stava così male che Jahan dovette dormire accanto a lui, ammesso che di sonno si potesse parlare. Un solo sguardo dentro la bocca dell'animale e comprese la ragione del dolore: il molare inferiore sinistro era tutto nero e la gengiva era gonfia di pus.

Jahan ricordava che l'estate prima anche lui aveva avuto un gran mal di denti, e così il barbiere che faceva la barba al sovrintendente delle Stalle reali aveva avuto pietà di lui. Tra gemiti e lamenti aveva tirato e tirato, ponendo fine alla sua sofferenza. Ma Jahan non riusciva a pensare a una sola persona ad Istanbul abbastanza coraggiosa da estrarre un molare a un elefante.

«Cosa succede?» chiese Taras il siberiano quando entrò nella stalla e vide la sua faccia. «Una testa su una picca è più allegra di te.»

«È Chota. Il dente lo fa impazzire.»

«Se solo fossimo nella taiga» disse Taras con un sospiro. «Conosco un'erba capace di curarlo all'istante. Alla nonna piace tanto.»

Jahan lo guardò allibito. «Tua nonna è ancora viva?»

«Sì, è una dei dannati» disse Taras. Vedendo la sorpresa di Jahan aggiunse, asciutto: «Non c'è peggior maledizione che seppellire tutti i tuoi amati ed essere ancora in vita».

Anni dopo Jahan avrebbe ricordato quel momento, ma allora le parole gli passarono accanto come una corrente d'aria.

«Prendi dell'aglio, tanto, del finocchio, olio di chiodi di garofano... un pochino di anice, appena appena... Mescola.»

Jahan si procurò gli ingredienti in cucina e li pestò nel mortaio finché non furono ridotti a una pasta verde collosa. Quando gli mostrò l'impasto, Taras fu soddisfatto. «Adesso strofinalo sulle gengive della bestia. Gli allevierà il male, per il momento. Bisogna togliere il dente.»

Jahan corse alla stalla. L'elefante resistette ai suoi tentativi con tanta ferocia che riuscì ad applicare solo metà della pasta, senza ben sapere se avesse individuato il molare giusto. Un odore sgradevole usciva dalla bocca di Chota. Non era riuscito a mangiare nulla e la fame, come sempre, lo innervosiva. Jahan cucì due sciarpe, le imbottì col resto dell'unguento e le legò alla testa dell'animale, contro la pelle infiammata. Chota era così buffo che avrebbe riso, se la povera bestia non avesse sofferto tanto.

Jahan andò a cercare per le strade un dentista girovago o un barbiere. Il primo a cui domandò scoppiò a ridere nell'apprendere l'identità del paziente. Il secondo era un tipo dall'aspetto così minaccioso che non osò portarlo al serraglio. Desolato, stava per rinunciare quando si ricordò del solo uomo che sapeva tutto di tutto: Simeon il libraio.

Il quartiere attorno alla Torre di Galata era affollatissimo. Mercanti camminavano a fianco dei mendicanti; emissari e dragomanni si spostavano per lasciar passare i carri trainati dai buoi; un ambasciatore in *tahtirevan* passò veloce, portato da schiavi neri; vagavano branchi di cani. Vide uomini andare alle lezioni alla *yeshiva*, i vecchi che chiacchieravano agli angoli delle vie, una donna che tirava il figlio tenendolo per mano. Parole in spagnolo, francese e arabo vorticavano nel vento.

Svoltato un angolo, sempre pensando a Chota, Jahan camminava di fretta quando s'immobilizzò. Davanti a lui, a pochi passi dalla casa di Simeon, c'era il viaggiatore col quale aveva bevuto alla locanda sulla strada. Vicino a lui c'era Yusuf, l'apprendista muto, gli occhi a terra. L'uomo disse qualcosa, Yusuf annuì e se ne andò.

Jahan fu sopraffatto dai ricordi. Ripensò a com'erano stati rapinati al ritorno da Roma. All'improvviso gli sorse il sospetto che l'uomo davanti a lui avesse qualcosa a che fare con quell'episodio. «Ehi, Tommaso!»

L'italiano si voltò. I suoi occhi rimpicciolirono alla vista di Jahan. Scattò come una freccia e svanì nella folla. Jahan lo inseguì per un po', ma era chiaro che non sarebbe riuscito a prenderlo. Sconfortato, tornò indietro e bussò alla porta di Simeon.

«Tutto bene?» gli chiese il libraio.

«Yusuf era qui un attimo fa? Con un uomo biondo?»

«Quale uomo biondo? Sono settimane che non vedo Yusuf.»

«Non importa» disse Jahan con un sospiro, «ho bisogno del vostro aiuto.»

«È il momento giusto, è arrivata una nave. Ci sono nuovi libri dalla Spagna.»

«Li guardo dopo. Prima ho bisogno di aiuto per l'elefante.»

Quando Jahan gli ebbe esposto il suo problema, Simeon torse la bocca in una smorfia. «Io sono un uomo di idee; non ho mai fatto un intervento su un animale.»

«Non conoscete nessuno?»

«Non più di te. Senti, vediamo di trovare qualcosa in un libro. Poi potrai farlo da solo.»

«Bene» disse Jahan debolmente.

«Dovrai addormentarlo. Procurati un sacco di *boza*. Meglio ancora, un sonnifero.»

Simeon disse che nell'antichità i medici usavano la cicuta, che aveva ucciso molti mortali e ne aveva salvati alcuni. Oggi preferivano la belladonna e la mandragora, una pianta che emetteva uno sgradevole strillo quando veniva strappata dalla terra. Ma la cosa migliore era l'oppio. Galeno lo raccomandava per l'itterizia, l'idropisia, la lebbra, il mal di testa, la tosse e la melanconia. Per un uomo dell'età e della taglia di Jahan, due cucchiaini erano il quantitativo giusto. Dal momento che un elefante pesa come una montagna ed è alto come un albero… Le sopracciglia di Simeon si inarcarono mentre faceva il calcolo. «Te ne servirà un barile!»

«Dove lo trovo?»

«Il Capo eunuco bianco. Non c'è miracolo che non possa fare» disse Simeon.

Jahan tornò a palazzo con un libro sotto il braccio e molti dubbi in testa. Nessuno provocava Garofano Kamil Agha. Non aveva dimenticato la sgridata che aveva ricevuto da lui al suo arrivo. Ma raccolse tutto il suo coraggio e andò da lui. Con sua sorpresa, l'uomo era ben disposto, gentile, perfino.

Un barile di oppio fu prodotto in un lampo. Jahan non indagò come. Anni a palazzo gli avevano instillato il codice del silenzio. Due domatori sollevarono la mascella di Chota; altri due abbassarono la mandibola. L'elefante, fiaccato e stanco, non reagì. Per buona misura, con l'aiuto di un imbuto versarono nella bocca molle un boccale di vino rosso aromatizzato.

A poco a poco il respiro di Chota rallentò; il suo muso si abbandonò, molle come cera, e lo sguardo si fece vitreo. Le zampe cedettero sotto il suo peso enorme e cadde a terra. Lo legarono con funi, catene e corde, nel caso si svegliasse e li aggredisse in un accesso di delirio. Jahan cominciò l'intervento.

Iniziò con uno scalpello, ben presto sostituito da un martello. Dara il domatore di giraffe, Kato il domatore di coccodrilli e Olev il domatore di leoni fecero a turno a battere, picchiare, colpire. Poi a tirare, strattonare, torcere. Dopo quella che parve un'eternità, Jahan estrasse un dente: come la zanna del serpente gigante di una fiaba che un *meddah* avrebbe potuto raccontare in una caffetteria.

«Dammelo» ordinò il Capo eunuco bianco, gli occhi scintillanti.

Jahan capì allora come mai l'uomo era stato così gentile con lui fin dall'inizio. Si era impossessato del tesoro nascosto di stravaganze appartenuto un tempo a Hurrem Sultana e voleva aggiungervi il dente di Chota. Jahan rabbrividì chiedendosi dove tenesse la sua collezione e che altro potesse contenere.

Quando apprese che Rustem Pasha era morto, Jahan provò molte cose tutte insieme, ma il dolore non era tra queste. Il marito della principessa Mihrimah… il padre dei suoi tre figli… il favorito reale che l'aveva toccata tutte le notti… il *devshirme* che era salito troppo in fretta… il gran visir, molto rispettato e molto temuto… L'uomo che l'aveva spedito in prigione e si era aspettato che gli baciasse la mano una volta liberato… se n'era andato come se ne va tutta la carne umana. Soffriva da tempo di idropisia, questo sapeva Jahan. Perché per quanto cercasse di allontanare l'uomo dai suoi pensieri, ogni giorno che passava sentiva dire qualcosa di nuovo su di lui e lo odiava di più.

Un mese dopo la principessa Mihrimah mandò a chiamare Sinan, facendogli sapere che doveva portare con sé anche il suo apprendista indiano.

«Capo architetto reale, voglio che tu costruisca una moschea per il mio sposo defunto, che possa abitare in paradiso.» Era vestita di colori scuri adatti a una vedova.

Jahan aspettava alle spalle del maestro, le mani intrecciate, lo sguardo fisso sul tappeto, e si disse che si sarebbe occupato lui di quella moschea e vi avrebbe inserito da qualche parte un segno impercettibile ma evidente per uno sguardo consapevole. Avrebbe inciso il suo odio per Rustem Pasha proprio nel monumento a lui dedicato. E se era peccato pensare simili cose, allora era un peccatore.

Ignara dei suoi pensieri, Mihrimah continuò a parlare. Disse di non preoccuparsi delle spese, che le avrebbe coperte tutte lei. Richiese un cortile grande e una fila di negozi perché la moschea avesse degli introiti. Voleva far uso generoso delle migliori piastrelle di Iznik: verde salvia, blu zaffiro e rosso scuro come il sangue di ieri.

«Sarà come desiderate, Vostra Altezza» disse Sinan.

«Voglio che sia raffinata» disse Mihrimah. «Degna del nobile nome del mio defunto marito.»

Jahan era turbato. Il rancore si attorcigliava dentro di lui come un serpente. Deplorava, quasi controvoglia, il fatto di aver accompagnato il maestro in quella casa ricca. Ma poi, come se avesse notato il suo disagio, Mihrimah si volse verso di lui.

«È un po' che non vedo l'elefante. Come sta?»

«Chota ha sentito la vostra mancanza, Vostra Altezza» disse piano Jahan.

Lei lo osservò, notando i segni del tempo. «Come fai a dirlo?»

«Spesso l'ho trovato che aspettava con lo sguardo fisso sul sentiero che Vostra Altezza si degnava di percorrere.»

Mihrimah alzò la mano come a sfiorare l'aria tra loro. «Be', di' a Chota che sono stata via, prigioniera di un'altra vita, ma che tornerò a trovarlo, perché non ho mai conosciuto un elefante bianco come lui.»

«Sarà felice di saperlo, Vostra Altezza.»

«Digli che niente di tutto questo è dipeso da me.»

Lo sguardo di Jahan scivolò in alto. Un aquilone si librava galleggiando su una corrente, bello e libero. «Sono certo che capisce, Vostra Altezza. E sono certo che aspetta ancora il vostro ritorno. Gli elefanti non dimenticano mai.»

Lei annuì lentamente. «Ora potete andare. Che Dio vi guidi.»

Mentre il maestro e l'apprendista si congedavano, Mihrimah mormorò: «Hai detto che gli elefanti non dimenticano mai. E i domatori di elefanti?».

Jahan impallidì. Sentì lo sguardo del maestro, allarmato dal tono informale della conversazione che aveva appena ascoltato. Ma per una volta non volle nascondere. Non volle fingere. Chinò il capo e disse: «Nemmeno loro, Vostra Altezza. Nemmeno loro».

Istanbul, la sede del trono, stanca com'era di fuochi e terremoti, traboccava. Un alveare di città, attirava da vicino e da lontano genti di ogni tipo: genti indaffarate, avide, ambiziose. Erano troppe le anime sotto lo stesso cielo, più numerose delle stelle che fissavano: musulmani, cristiani, ebrei, credenti ed eretici di ogni fede, che parlavano con Dio tutti insieme, le loro suppliche e le preghiere di aiuto e buona fortuna portate dal vento, pronte a mescolarsi con le grida dei gabbiani. Jahan si chiedeva come l'Onnipotente riuscisse a sentirle con tutto quel rumore.

Verso la fine dell'estate lo Shayh al-Islam, Ebussuud Efendi, attaccò Sinan. Dichiarò che le lastre di marmo che l'architetto aveva spostato dalla Hagia Sophia durante una ristrutturazione erano dannate e avevano portato agli abitanti della città una calamità dopo l'altra. Alla fine, non sapendo dove mettere le pietre maledette della vecchia chiesa, Sinan e gli apprendisti le usarono per la tomba di Hurrem la sultana, convinti che lei non ci avrebbe badato.

Nel 1566, era il primo giorno di maggio, fu dichiarata la guerra per conquistare la fortezza di Szigetvár, e i servigi dell'elefante vennero richiesti. Depresso com'era alla notizia, Jahan obbedì. Poteva anche essere impegnato come apprendista di Sinan, ma era il mahout del sultano, e lo sarebbe rimasto finché Chota fosse stato in vita.

Raggiunsero Belgrado in giugno; il fiume Danubio scorreva fin dove l'occhio poteva guardare: turbolento, attraente, grandioso. Il sultano Suleiman, che fino ad allora aveva cavalcato davanti a loro, rallentò il passo della sua cavalla saura fino al trotto. Jahan non sapeva che la gotta del sultano era divenuta così dolorosa che aveva difficoltà a stare in sella. Il suo gran visir, Sokullu – un uomo astuto con la voce controllata e l'espressione entusiasta, un *devshirme* giunto da un villaggio della Bosnia chiamato Nido di Falco – aveva pensato di trasportarlo in una barella ma poi aveva accantonato l'idea. Una mossa del genere avrebbe solo scoraggiato le truppe, che avrebbero preferito veder piovere girini dal cielo che vedere il loro comandante fragile e deperito. Fu allora che venne trovata una soluzione: Chota.

A Jahan fu dato l'ordine di preparare l'elefante per trasportare il Sire dell'Est e dell'Ovest. «Assicurati che il tuo animale sappia chi lo cavalca» l'avevano avvertito.

La mattina dopo Jahan vide il sultano da vicino per la prima volta in anni. La sua pelle spenta gli ricordò le ceneri fredde dentro un focolare quando le fiamme si sono spente da molto. L'alta fronte che aveva passato in eredità a Mihrimah era segnata da rughe, un'oscura calligrafia vergata dal tempo. Con un profondo inchino Jahan baciò l'orlo del suo caftano – una veste di tessuto semplice, perché Suleiman ancora rifuggiva l'opulenza. Le sue guardie lo aiutarono a salire nell'howdah. Una volta che si fu sistemato, Jahan prese posto sul collo di Chota. E così procedettero.

Raggiunsero Szigetvár il cinque agosto. Era un pomeriggio afoso, i campi erano macchiati dai denti di leoni. Si accamparono e disposero i cannoni per l'assedio tirati da decine di buoi. Poi innalzarono la tenda del sultano con le sue sette code di cavallo bianche in cima a una collina dalla quale il sovrano poteva scrutare la fortezza che avevano giurato di prendere. Dentro il castello, il conte Nikola Subic Zrinski era al comando. La sua gente aveva appeso enormi drappi alle mura, del colore del sangue.

«Cosa vuol dire?» chiese Jahan a un fante.

«Vuol dire che non usciranno da quella maledetta fortezza. Piuttosto muoiono.»

Ostinati e leali, il conte e i suoi soldati difesero la loro cittadella. I giorni diventarono settimane. Passò un mese. Il caldo divenne insopportabile. L'esercito ottomano si nutriva di miglio tostato, noci, carne secca e di un pezzo di formaggio duro di latte d'asina: questa era la razione. Le greggi di pecore e capre che avevano portato da Istanbul aspettavano, pronte a essere macellate. Come il nemico resistesse con poco cibo e ancor meno uomini, Jahan non lo sapeva proprio. L'esercito del sultano andò all'attacco; la fortezza resistette. Molti caddero su entrambi i fronti, più nelle linee ottomane che in quelle nemiche. Ma dove gli altri avevano centinaia di uomini, gli ottomani ne avevano migliaia. Seppelliti i loro morti in fosse più profonde dei pozzi più profondi, si prepararono a un nuovo attacco. Ogni tanto mandavano messaggeri a chiedere al conte di arrendersi, promettendogli salva la vita se l'avesse fatto. Il sultano Suleiman gli offrì perfino di diventare il governatore della Croazia sotto il comando ottomano. Ogni messaggero tornava con la stessa risposta: avrebbero combattuto.

Il cannoneggiamento ottomano echeggiò tra le colline ondulate. La resistenza del nemico era incrollabile. I buchi aperti di giorno nelle mura difensive venivano riparati la notte da uomini, donne e bambini. Usarono tutto quello che avevano per fortificare le mura: legno, stoffa, tappeti. Non fu risparmiato nulla. Nemmeno un bellissimo arazzo di seta che doveva essere appartenuto a una famiglia ricca. Ninfe d'acqua danzavano reggendo lire, i capelli splendenti come la luce della luna su onde scure. Jahan non riusciva a distogliere lo sguardo. E nemmeno i giannizzeri. C'era qualcosa di affascinante nell'immagine di quel paradiso lucente, i colori e la dolcezza così attraenti che i comandanti, sospettando una stregoneria, ordinarono che l'arazzo venisse bombardato. Bersagliarono incessantemente quella parte delle mura finché tutti i colori splendenti non furono scomparsi e l'arazzo divenne un brutto straccio tutto fuliggine e scorie.

Un limpido pomeriggio di settembre Jahan cavalcava Chota, riportando il sultano alla sua tenda, quando udirono un frastuono che avrebbe echeggiato per giorni nelle loro orecchie. Il terreno fu scosso; globi di fumo si levarono sopra le nuvole. L'elefante sussultò, facendoli quasi cadere.

Jahan urlò i suoi ordini a Chota, cercando di calmarlo, e intanto fissava esterrefatto il cielo scurissimo.

«Mahout... cosa succede?» chiese il sultano da dov'era disteso nell'howdah, in mezzo ai cuscini.

«Mio Sire, hanno fatto saltare in aria il loro arsenale... e se stessi.»

«Cos'hai detto?» Il sultano si alzò a sedere e si protese in avanti per vedere meglio. «Proprio così» mormorò. «Proprio così.»

Per un lungo istante di orrore il sovrano e il mahout contemplarono l'incendio. Chota dondolò la proboscide e sbatté le orecchie, agitato. Dimentico del disagio dell'animale, il sultano ordinò: «Avvicinati. Voglio vedere».

Jahan obbedì, sperando che l'elefante non si eccitasse troppo. Ma quando raggiunsero la scena fu lui a restare sconvolto. Il suolo era coperto di armi in pezzi e di membra staccate dai corpi: impossibile dire quali appartenessero ai nemici e quali ai loro uomini. Il respiro di Jahan si fece irregolare mentre la gola gli si chiudeva. La bile gli riempì la bocca, facendolo quasi vomitare. Si coprì il volto con le mani.

«Non piangere» disse il sultano. «Prega.»

Vergognandosi della sua debolezza, Jahan raddrizzò le spalle. «Pregherò per i nostri soldati, mio Sire.»

«No» disse il sultano. «Prega per tutti loro. Non c'è più differenza.»

Quell'uomo che nei suoi quarantasei anni di regno aveva combattuto incessantemente una guerra dopo l'altra; che aveva ordinato che il suo più brillante gran visir, forse il suo solo amico, venisse ucciso; che aveva guardato strangolare il figlio maggiore, provocato la morte di dolore di un altro figlio, e preso accordi perché un terzo figlio venisse assassinato lontano, in Iran; quell'uomo che era diventato il più forte di tutti i sultani ottomani aveva appena detto, in un campo di denti di leone e di morte, che alla fine non c'era differenza tra il soldato dentro e il soldato fuori dalla fortezza nemica, il cristiano e il musulmano, lasciando Jahan con un enigma che non sarebbe riuscito a risolvere per molti anni a venire.

La mattina dopo, l'odore di carne bruciata ancora avvolgeva il campo di battaglia, un puzzo così denso che non c'era vento che potesse portarlo via. Jahan aveva la sensazione che l'odore gli si fosse annidato in fondo alla gola, rendendo difficile respirare, figuriamoci deglutire.

Ma come tutti i giorni preparò Chota per il sovrano, e aspettarono davanti alla sua tenda. Dopo un po' fu Sokollu a uscire, dicendo in un sussurro che voleva parlare con il mahout. Ormai Jahan era stato a palazzo abbastanza a lungo da sapere che se un gran visir vuole parlare con un servo comune è successo o sta per succedere qualcosa di terribile. Lo seguì, il cuore in gola.

Dentro la tenda del sultano, anche se la luce del giorno era abbondante, una lampada brillava modesta in un angolo. Dall'altra parte, disteso su un divano di velluto, c'era il sultano, immobile.

«Senti, figliolo» disse il visir. «Quello che vedi non lo sa nessuno. Capito?»

«È...?» disse Jahan, esitante.

«Temo di sì. Il nostro sultano è morto, che possa abitare in Paradiso. Io e te abbiamo un compito importante.»

Non sapendo dove guardare, Jahan fissò i propri piedi con gli occhi sgranati per la pena. Il sultano Suleiman, all'età di settantadue anni, non era vissuto abbastanza per godere del loro trionfo.

«Spetta a noi nascondere la verità all'esercito.» Sokollu parlava scegliendo le frasi con cura, a scatti; era convinto che le parole, come il denaro, devono essere usate con parsimonia. «Il nostro sultano siederà sull'elefante come se fosse un giorno qualunque. Tu lo porterai in giro.»

Jahan fremette quando capì che avrebbe dovuto sistemare un cadavere sopra Chota. Chiese: «E se qualcuno vuole parlare con il sultano?».

«Assicurati che l'elefante non si avvicini a nessuno. Se i giannizzeri lo vedono da lontano basterà. Non hanno bisogno di sentire la sua voce. Hanno solo bisogno di credere che sia vivo.»

All'improvviso udirono dei passi. Le guardie stavano facendo entrare qualcuno. Sokollu, che si era assicurato che solo le persone più affidabili potessero varcare la soglia, allungò il collo per vedere chi entrava. Era un tataro basso, dal collo taurino.

«Oh, sei tu. Vieni qui.»

Così dicendo il gran visir prese un rotolo dall'interno dell'abito, lo baciò e se lo posò sulla fronte. «Porta questo al principe Selim.»

L'uomo fece un profondo inchino.

«Sii veloce come il vento. Non fermarti da nessuna parte. Mangia in sella. Non dormire. Non perdere tempo. Il destino dell'impero dipende da te.»

Jahan si chiese quanto ci sarebbe voluto per andare al galoppo da Szigetvár a Kütahya dove il principe faceva da governatore. Non bastava che la notizia della morte del padre lo raggiungesse senza indugio; anche lui doveva raggiungere Istanbul in tempo. Un trono vuoto era un segnale infausto; poteva succedere qualunque cosa nel vuoto tra la morte del padre e l'ascensione al trono del figlio.

Sokollu prese un Corano da una scatola di madreperla. «Ho bisogno che giuriate sul libro santo. Tutti e due.»

Fecero come veniva loro detto. Ma il gran visir non parve soddisfatto. Chiese da dove venivano.

«Hindustan» disse Jahan.

«Kazan» disse il messaggero.

Sokollu estrasse un pugnale d'oro ricoperto di gemme. «Le mani.»

Fece un taglio sull'indice del messaggero, poi su quello di Jahan. Il sangue colò dalle loro mani sul fodero del pugnale. «Se uno di vuoi due tradisce il segreto, vi ucciderò entrambi.»

Jahan non capì perché la sua vita dovesse dipendere da un estraneo, e anche il messaggero doveva avere lo stesso dubbio, perché si volse verso di lui accigliato. Ma nessuno dei due osò protestare. Sokollu diede loro due fazzoletti di seta da avvolgere attorno alle dita.

«Ora vai, figliolo» disse al messaggero, «che Allah ti guidi.»

Jahan rivolse un ultimo sguardo all'uomo sulla cui fedeltà ormai contava. Si scambiarono un cenno di silenzioso addio. L'avrebbe saputo solo anni dopo, ma quello era lo stesso messaggero che avrebbe condotto il maestro Sinan a palazzo la notte in cui il nipote del sultano Suleiman avrebbe ucciso i suoi cinque fratelli per assicurarsi il trono.

Il messaggero era appena partito quando arrivò il medico. Un ex *converso* di Salamanca che era tornato alla sua religione e parlava ottomano con un accento cadenzato. Anche lui dovette giurare il segreto posando la mano sul Corano perché non c'erano Bibbie ebraiche; ma per qualche ragione il suo dito fu risparmiato.

«Lui può aiutarmi?» chiese il medico, accennando a Jahan.

Sokollu, che dava loro le spalle, era concentrato a contraffare la firma del sultano, mandando lettere e ordini in suo nome. Fece un gesto sprezzante e disse, voltandosi appena: «Aiutalo».

Il medico aprì un barattolo, riempiendo la tenda di un aroma acuto. Un misto di mirra, cassia e altre spezie. Spogliarono il sultano e unsero tutto il suo corpo. Ciò che poi vide Jahan non avrebbe potuto dirlo a nessuno. Sarebbe entrato nei suoi sogni, ogni tanto. Il Capo Medico tagliò e aprì il lato sinistro del petto del sultano ed estrasse il cuore. Sembrava un uccello rosso. Reggendolo tra le due mani, il medico lo posò in un vassoio d'argento. Poi ricucì la ferita con dodici punti perfetti. Jahan guardò l'uomo con orrore. «*Effendi*, perché abbiamo fatto questo?»

«Il cuore è il centro del nostro essere. Era l'ultimo desiderio del nostro sultano. Se fosse morto qui, voleva che il suo cuore venisse sepolto sul campo di battaglia.»

Scelsero il caftano più bello che riuscirono a trovare nei bauli e vestirono il cadavere. Infine gli pettinarono la barba, gli contornarono gli occhi di fuliggine e gli colorarono le guance con una polvere rosa. Quando ebbero finito il sultano Suleiman sembrava più in salute che da vivo.

«Toglietegli quel vestito» disse Sokollu non appena vide quello che avevano fatto. «Troppo vistoso. Non se lo metterebbe mai.»

Scelsero una veste semplice e prepararono il cadavere. Sceso il crepuscolo, tre guardie scelte, finito di ispezionare il campo, arrivarono a riferire che era tutto tranquillo. Con il loro aiuto l'elefante fu portato all'ingresso della tenda. Chota era agitato, avvertiva qualcosa d'insolito.

«Cosa c'è?» chiese Sokollu, irritato.

«Mio Signore, concedetemi un po' di tempo con l'animale, vi supplico.»

Jahan parlò con dolcezza a Chota, dicendogli che avrebbe trasportato un uomo morto. Solo per pochi giorni, gli garantì. Dopo molte lusinghe e molte mele l'animale si placò e consentì loro di sistemare il sultano nell'howdah. Jahan prese il suo posto sul collo dell'elefante e lo guidò, gli occhi fissi sugli avvoltoi che volavano in circolo in lontananza. Quando ne vide alcuni calare sui corpi sparsi là sotto, dovette distogliere lo sguardo. Ventimila uomini erano morti durante l'assedio di Szigetvár.

Sulla strada del ritorno appresero che il principe Selim era riuscito ad arrivare in città. Il messaggero ce l'aveva fatta. Sokollu fu immensamente sollevato. Non c'era più bisogno di fingere, così ordinò alle guardie di rivelare la verità. Il corpo del sultano fu calato dall'howdah e deposto in una lettiga trainata da due stalloni bianchi. In quel modo raggiunsero la capitale. La gente di Istanbul li aspettava. In migliaia si erano radunati ai due lati della strada, piangendo, singhiozzando, strappandosi i capelli, battendosi il petto. Jahan vide guerrieri intrepidi scoppiare in lacrime, uomini frignare come bambini.

Subito dopo la sepoltura del padre venne l'insediamento sul trono del figlio. Selim volle che il popolo festeggiasse come non aveva mai fatto. Terremoti, malattie, morti – le calamità si erano abbattute così fitte e rapide che non era rimasta la gioia, men che meno la speranza. Ne avevano avuto abbastanza di piangere. Era tempo di rallegrarsi.

Gli *ulema* inorridirono. Perfino Sokollu fu spaventato dalla loro reazione. Fu il suo consigliere Feridun Beg che lo convinse che era giusto lasciare che la folla facesse un po' baldoria. Disse: «Può un corpo essere costipato tutto il tempo? Il mondo ha bisogno di svuotare le proprie viscere. Lascia che si divertano, mio visir».

Il giorno che Selim salì al trono, Chota fu abbigliato con un copricapo magnifico e un manto d'argento ornato di gemme. L'elefante guidò la processione regale lungo le strade di Istanbul. La gente agitava le braccia, esultante, sorridente. E ancora una volta Jahan non riuscì a credere come in un tempo così breve l'umore della folla passasse dal dolore alla gioia, come il fiume di lacrime si asciugasse in fretta.

Una volta salito al trono il nuovo sultano, Chota e Jahan tornarono a lavorare nei cantieri. La mattina uscivano dal serraglio e percorrevano sempre la stessa strada; la sera tornavano, stanchi e assetati, con l'odore di polvere e fango addosso. In quel periodo il maestro Sinan cominciò a costruire un ponte che collegava il lago Büyükçekmece al mare: lungo, arcuato e aggraziato.

Una notte di dicembre, finito il grosso della costruzione, stavano tornando in città: il maestro e i tre apprendisti su un carro, Jahan davanti a loro, in groppa a Chota. Svoltarono una curva e sentirono un rumore in lontananza, in città, e dentro quel rumore un urlo acuto, da aggricciare il sangue. Quando Jahan alzò il capo verso il cielo vide una cascata gialla, arancione e rossa, colori così brillanti da far male agli occhi. Urlò: «Fuoco!».

Il carro si fermò ed essi scesero. Sinan era sconvolto. «Dobbiamo andare a portare aiuto» disse.

«Perché non andiamo con Chota?» disse Jahan. «Faremo più in fretta.» Così salirono tutti nell'howdah e Jahan prese posto sul collo dell'elefante.

Avanzarono a fatica lungo le strade, seguendo le urla che perforavano l'aria come schegge di vetro. Mentre procedevano il vento si fece più forte, più bollente, e diffuse la tempesta di fuoco da una casa di legno all'altra. Jahan continuava a sbattere le ciglia, abbagliato dal riverbero quanto dal rumore. Le fiamme lambivano il cielo notturno in vortici di colore così vivace da sembrare quasi solido. Ogni tanto una fiamma si levava, e gli alberi sfolgoravano come candelieri di Murano.

Dietro ogni angolo li aspettava una vista più straziante. Animali che correvano intorno smarriti, storditi. Famiglie che cercavano di salvare il poco che avevano, uomini che trascinavano cesti e barili, donne pallide di terrore, neonati che ululavano. I bambini, solo loro, restavano intrepidi, e vagavano come nel bel mezzo di un gioco che gli adulti avevano inventato per loro.

Sotto i loro occhi interi quartieri andarono in fumo. Stanze in cui madri avevano partorito, dove erano state festeggiate circoncisioni, dove si concepiva la vita e i malati traevano l'ultimo respiro, quei luoghi, con i ricordi che contenevano, finirono in cenere. Non rimase nulla tranne un calore flottante e dappertutto abiti, scarpe, cianfrusaglie, un pezzo di mattone che un tempo era un muro. Si fermarono in una via dove il fuoco aveva fatto del suo peggio. Sinan, attonito, chiese di scendere. In qualità di Capo architetto reale aveva lavorato sodo per evitare questa calamità, facendo pavimentare le strade, controllando gli edifici. Tutto per nulla.

C'erano giannizzeri che oziavano, trasportavano casse, parlavano con la gente, ma a passi di piombo, quasi riluttanti. Sinan si avvicinò a uno di loro, un uomo seduto su un ceppo che si guardava intorno con aria stolida.

«Perché non fate qualcosa?»

Il giannizzero, che non si aspettava di essere interrogato e non aveva riconosciuto l'architetto, uscì di botto dalla sua fantasticheria. «Cosa?»

«Perché non aiutate la gente?»

«La sto aiutando» disse l'uomo, cupo.

Si avvicinò un altro giannizzero. Disse che non avevano spento le fiamme con grande energia perché aspettavano notizie dal loro agha, che era a letto malato.

A questo Sinan si oscurò in volto. «Che ordini avete bisogno di ricevere? Come potete tirarvi indietro quando la città è in fiamme?»

Mentre Sinan discuteva con i giannizzeri, il mahout e l'elefante, attratti da un rumore, svoltarono in una strada laterale. Più in là Jahan scorse due donne che si urlavano addosso, fuori di sé. Dai vicini apprese che erano le mogli di un mercante lontano da casa per lavoro.

Quando era scoppiato l'incendio le donne erano uscite di corsa dalla casa, afferrando i propri bambini, ciascuna convinta che l'altra avesse preso con sé l'ultima nata.

Jahan guardò l'edificio in fiamme e le donne in lacrime.

«Aspettami qui. Entro io» disse a Chota. Non si sarebbe mai sognato di portare con sé l'elefante, sapendo che le fiamme lo spaventavano.

Lentamente Jahan avanzò verso la casa incendiata. Fece ogni passo con la massima cura, ascoltando ogni minimo rumore. Varcata la soglia, le fiamme lo aggredirono da tutti i lati. Il piano superiore sopra le stanze davanti era crollato, ma sul retro l'edificio era ancora intatto. Jahan scorse un candelabro di ottone e lo afferrò per abitudine, anche se era di scarso valore. Pochi passi avanti e fu più fortunato: un calamaio vuoto d'oro e smeraldi. Tossendo, rantolando, Jahan avanzò a tentoni tra tende di fumo, gli occhi così invasi dalle lacrime che a stento vedeva dove stava andando.

Scansò una trave infuocata che crollò accanto a lui. Il legno gli colpì una spalla, gettandolo a terra. Non c'era modo di andare oltre.

All'improvviso un morbido cappio di carne lo afferrò alla vita e lo sollevò.

«Chota! Come hai fatto a venire fin qui?» esclamò Jahan.

Invece di rispondere l'elefante lo condusse verso i recessi della casa, o quel che ne restava. Agitava le orecchie come se avesse colto un rumore impercettibile.

Le sue zampe sensibili dovevano essere bruciate, ma il mahout ci avrebbe pensato dopo.

Jahan non poteva aprire la bocca per paura di inghiottire altro fumo. Ogni respiro un dolore. Si tolse la giacca e la avvolse attorno alla testa. Chota lo spinse da dietro, con dolcezza ma deciso. Circondato dalle fiamme, Jahan avanzò nella seconda stanza, poi si raddrizzò. L'elefante aspettava alle sue spalle.

Eccola: la culla. I veli leggeri dovevano aver aiutato la piccola a respirare. Jahan afferrò il fagotto senza controllare se fosse vivo.

La bimba, aggrappandosi alla vita, afferrò con una mano Jahan. Aveva pianto tanto che non aveva più voce; il suo bocciolo di bocca taceva. Ma aveva una forza sorprendente, e contagiosa, anche, perché sia Chota che Jahan erano più tranquilli.

Quando Chota e Jahan uscirono la gente in attesa sulla strada era triplicata. Anche Sinan e gli apprendisti erano lì, avendo sentito la storia della bestia che era entrata in una casa in fiamme. La mamma della bambina si precipitò verso di loro e strappò il fagotto a Jahan. Poi cominciò a pregare, ridere, ringraziare, piangere, cercare di baciare la mano di Jahan, la pelle di Chota, tutto insieme, senza timore di essere calpestata dall'elefante.

Jahan barcollò verso Sinan, che veniva verso di lui a braccia aperte. «Ragazzo indiano» disse. «Sono arrabbiato con te» disse, «ma fiero, figliolo, tanto fiero.»

Gli apprendisti lo abbracciarono. Ma Jahan sentiva una freddezza emanare da loro. Li aveva oscurati e questo non l'avevano apprezzato.

Si scoprì che il Capo giannizzero Agha era veramente malato. Ma non era quella la ragione per cui aveva ritardato gli ordini. L'esercito, che chiedeva un aumento della paga, aveva visto il fuoco come un'occasione per dimostrare la propria importanza. Come il gran visir era stato lento nel concedere l'aumento, l'agha era stato lento nel dare ai suoi giannizzeri l'ordine di spegnere il fuoco.

Il mahout e l'elefante andarono verso la casa del maestro, coperti di fuliggine, avvolti in un odore di cenere. Jahan fasciò le zampe di Chota. Due unghie erano rotte e sanguinavano. Aveva macchie di pelle bruciata dappertutto. Le cicatrici di quella notte sarebbero rimaste, destinate a non guarire.

Più tardi, dal giardino di Sinan, Jahan rimase a guardare la città di sotto, gli spettri di fumo che vorticavano qua e là. All'alba niente cinguettio di uccelli, niente scoppiettio di focolari, niente gabbiani in picchiata; tutto era sprofondato nel silenzio. L'aria era gelida; il freddo sembrava strano dopo il calore della notte.

Quando il fuoco si estinse furono chiare le dimensioni del disastro.

A parte le case di pietra del quartiere ebraico, tutte le strade erano state rase al suolo.

«Il fuoco è stato il nostro maestro» disse Sinan quando si riunirono di nuovo. «Ci ha dato una lezione.»

Quella stessa settimana Sinan andò a palazzo e ottenne i permessi che gli servivano. Dormendo poco, disegnò e progettò. Le strade sarebbero state allargate di mezzo cubito per lato. Niente case più alte di due piani. Più mattoni e pietre al posto del legno per le costruzioni.

Non appena le nuove regole furono introdotte, tuttavia, la gente cominciò a sfidarle. Il fuoco era stato maestro, vero. Ma Istanbul, dove dimenticare era più facile che ricordare, non imparò mai la lezione.

Una sera Sangram andò a trovare Jahan con una ciotola di *sutlach*, come aveva fatto molte lune prima. Era molto vecchio e fragile, e ogni tanto scuoteva il capo in modo incontrollabile, come se stesse discutendo con un compagno invisibile. Jahan prese il dolce e lo ringraziò. Mentre lo guardava mangiare, Sangram chiese: «Hai sentito che cos'ha fatto stavolta il capitano Testamatta?».

Jahan rischiò di lasciar cadere il cucchiaio. «Cosa?»

La flotta del capitano Gareth aveva incrociato un'armada. Nel combattimento che ne era seguito il marinaio aveva morso la mano che l'aveva nutrito per tutti quegli anni e aveva tradito. La guerra che aveva cominciato dalla parte degli ottomani l'aveva finita brindando al papa. Sapendo che se fosse stato catturato sarebbe stato sventrato vivo, era fuggito dal territorio ottomano. Non poteva più tornare a Istanbul. Non che gli importasse. Ottenuta la protezione del Papato, era ben contento della sua nuova bandiera, e dava la caccia ai marinai ottomani.

Quando Jahan udì la notizia rimase ammutolito, sopraffatto da ricordi fastidiosi. Il capitano Gareth era la sola ragione per cui era finito nel serraglio reale. Il piano dell'uomo era stato di farlo passare per un domatore di animali e sistemarlo a un passo dalle ricchezze del palazzo. Un piano che aveva funzionato benissimo dopo che i marinai ai suoi ordini si erano sbarazzati del vero mahout. Fatto a pezzi, gettato in acque profonde. «Mai piaciuto quel tipo» aveva commentato il capitano a mo' di spiegazione, anche se non aveva mai capito come potesse non piacergli un uomo che non parlava una parola di turco o d'inglese e che stava tutto il giorno a fissare le onde. Dentro la stiva portavano mercanzie dall'Hindustan e un elefante bianco sul punto di morire. Jahan era solo un mozzo, fuggito dal patrigno. Era solo un ragazzotto di una città dell'Anatolia. Che cosa sapeva di elefanti? Mentre Jahan era intento a ricordare, fu colto da un altro pensiero. Perché all'improvviso Sangram gli veniva a parlare del capitano Gareth?

«Quindi tu sapevi...» disse.

«Come potevo non sapere?» disse Sangram. «Mi hai detto che venivi dall'Hindustan. Non parlavi una parola di una qualunque delle nostre lingue e le storie che raccontavi non avevano senso.»

«Allora come mai non hai fatto la spia? Avresti potuto dire a tutti: "Questo ragazzo è un impostore, sta mentendo".»

Sangram sorrise. «Stavo per farlo... ma poi ho cambiato idea. Non volevo che soffrissi. Sembrava che avessi avuto la tua parte di brutte cose: perché provocarti altro dolore?»

Jahan si alzò e gli baciò la mano ossuta.

«Eri solo un ragazzino, adesso guardati» disse Sangram, sopraffatto dalla dolcezza.

Jahan si morse il labbro. Che cosa strana. Mentre lui rincorreva cose che non sarebbero mai successe ed era arrabbiato con la vita per i doni che gli aveva negato, c'era chi l'aveva sostenuto senza farsi notare. Chi aveva dato senza aspettarsi nulla in cambio.

Il sultano Selim era deciso a godersi il serraglio, a rivitalizzarlo e ampliarlo. A differenza del padre, che quasi non si era accorto dell'esistenza dei suoi sudditi animali, il nuovo sovrano s'interessò a loro. Veniva spesso a trovare le bestie selvagge, a volte da solo, quasi sempre in compagnia dei cortigiani. Era molto affascinato dai felini grandi – tigri, leopardi e leoni – e, per una ragione ignota a tutti, aveva una passione per lo struzzo. I gorilla suscitavano la sua curiosità con i loro suoni e gesti arcani. Ma era Chota il suo preferito. Gli piaceva viaggiare a dorso di elefante. Per questo aveva richiesto un howdah più grande con una scala pieghevole. A Chota era stato assegnato un nuovo copricapo, che si vedeva lontano un miglio, di un vivido turchese bordato di nappe dorate e adorno di piume di pavone. Con costernazione di Jahan c'era un abito altrettanto vistoso e ridicolo per lui: uno scintillante farsetto argentato ricamato a tulipani azzurri e un turbante bianco. Il sultano aveva un debole per le cose elaborate, sia per sé che per coloro che lo circondavano. Gli piaceva passare il tempo con nani, muti, buffoni, e preferiva la loro compagnia a quella dei suoi visir e dei consiglieri con i loro tetri discorsi.

Poeta e arciere, Selim era un uomo triste e inquieto. Aveva il collo così corto da essere quasi inesistente, il colorito florido, spalle spioventi come se schiacciate da un peso invisibile che conosceva solo lui. Diventò sultano all'età di quarantadue anni, non più nel fiore dell'età. Per tutta la vita aveva aspettato, pregando e tramando per il trono ottomano; ma quando venne il momento non era pronto. Jahan lo paragonava alla fiamma esitante di una candela: nervoso, vago, in attesa del vento che un giorno l'avrebbe spento.

Suo fratello Bayezid – il suo più grande rivale – era stato giustiziato in Iran, lasciando Selim unico erede. Ci si sarebbe aspettati che la cosa gli facesse piacere. Invece l'aveva reso irritabile. Se uccidere un principe era così facile, e non portava con sé rimorso o responsabilità, di chi poteva fidarsi a questo mondo? Beveva molto. Mangiava con voracità. Dormiva con le donne più belle. Andava a caccia – cervi, anatre selvatiche, pernici, cinghiali. Nulla placava la sua sete. Uno sguardo ai suoi abiti bastava per notare la differenza tra lui e il padre defunto. Nella sua passione per l'opulenza si copriva di gemme rare, broccato sofisticato, profumi grevi. Si cerchiava gli occhi di kohl, cosa che dava al suo sguardo una durezza poco in accordo con la sua personalità. Che i suoi turbanti, decorati con piume di colori sgargianti, fossero più alti di quelli del sultano Suleiman non sfuggiva a nessuno.

Le sue molte donne ebbero molti figli. Ma c'era una concubina che oltrepassò le altre e divenne sua moglie: Nurbanu la veneziana, l'incantatrice. Il nome che le aveva dato sua madre era Cecilia. Diceva di venire da una famiglia di alto rango e che avrebbe vissuto da nobile se non fosse stata ridotta in schiavitù dai corsari a dodici anni. Bocche ostili completavano le parti della storia che lei tralasciava, dicendo che pur figlia di un patrizio era nata fuori dal matrimonio. Nurbanu non smise mai di mandare lettere ai suoi parenti a Corfù e a Venezia. Scriveva anche al bailo, al doge, al senato.

In cambio riceveva una fitta corrispondenza ma anche doni. Come Selim, anche Nurbanu amava molto il fasto. Di recente, su sua richiesta, le erano stati mandati due cagnolini da Venezia, due piccoli animali col mantello raso color crema che non la lasciavano mai. Erano buffe creature, che abbaiavano a qualunque creatura si muovesse, dimentiche della propria taglia. Prima di ogni pasto il loro cibo veniva gustato da un assaggiatore nel caso che qualche malvagio cercasse di avvelenarli. E c'era parecchia gente che l'avrebbe fatto volentieri.

Di notte, attorno al fuoco, i domatori parlavano di lei, scambiandosi voci e discorsi esagerati. Il codice del silenzio veniva ancora osservato, ma non con la severità di prima. Erano attenti a scegliere le parole e usavano una lingua segreta, ma chiacchieravano quanto volevano. Altre cose erano cambiate. Dal cortile degli eunuchi alla torre del Capo medico, dalle stanze dei principi ai dormitori degli Zuluflu Baltacilar, gli Alabardieri delle Trecce, il palazzo era gonfio di suoni. Ogni rumore soppresso durante il regno di Suleiman era stato liberato e aleggiava nei corridoi.

Quando il tempo era piacevole il sultano prendeva gusto nell'andare in barca con i suoi compagni, mangiando e bevendo mentre scivolavano verso il Corno d'Oro, succhiando losanghe di muschio per profumarsi l'alito. Selim era convinto che finché il suo gran visir Sokollu ne avesse tenuto le redini il regno avrebbe funzionato bene. Non era in grado di cogliere le complicate sottigliezze del governo, e avrebbe preferito restare poeta, o bardo itinerante, se non fosse stato confinato sul trono.

Gli *ulema* detestavano le sue abitudini. I giannizzeri gli rimproveravano di non guidare l'esercito da un campo di battaglia all'altro. La gente lo paragonava al padre, trovandolo debole e maledicendo il fantasma di Hurrem, che ancora infestava le sale di marmo, per non aver dato alla luce nessuno di meglio. Selim li placava facendo donazioni, distribuendo ricchezze, purché lo lasciassero in pace. Grazie alla sua generosità, le cattiverie diffuse sul fatto che fosse un peccatore e un poco di buono, troppo diverso dal padre, venivano spazzate via come una scritta sulla sabbia bagnata, solo per essere riscritte daccapo poco dopo.

Tra i cortigiani più vicini a Selim c'erano poeti e musicisti. C'era una poetessa di nome Hubbi Hatun. Poteva recitare per ore, a occhi chiusi, la voce che saliva e scendeva come un gabbiano nel vento. C'erano compositori di ballate che conoscevano canzoni di tutti gli angoli dell'impero e potevano intonarle in una dozzina di lingue, portando la platea dalla gioia alla disperazione, dalla disperazione alla gioia. C'era un pittore che quando era un po' brillo diceva che un giorno avrebbe usato il proprio sangue come rosso.

Jahan li conosceva tutti. Passeggiavano nei giardini delle rose nel loro modo faceto, e poi si fermavano al serraglio a osservare e nutrire gli animali. Erano un gruppo rumoroso che amava banchettare e far baldoria quanto il protettore. Le loro visite erano improvvise, casuali. Potevano avvenire a qualunque ora del pomeriggio o della sera.

Un giovedì, nel cuore della notte, i domatori furono destati da musica e risa. Si guardarono assonnati, cercando di indovinare che cosa stava succedendo.

«Dove sono questi maledetti servi?» rimbombò una voce nel buio.

Si vestirono, corsero fuori, si misero in fila. Comparvero il sultano e tre ospiti, vispi e all'apparenza decisamente ubriachi.

Selim urlò: «Dov'è il mahout?».

Jahan fece un passo avanti e un profondo inchino.

«Ti stavamo cercando. Vogliamo cavalcare l'elefante.»

«Adesso, mio sultano?»

Alla domanda risposero scoppi di risatine, mentre il sultano lo guardava accigliato. Jahan borbottò le sue scuse e corse alla stalla. Chota brontolò: non voleva abbandonare la terra dei sogni dove marciava allegro. Con suppliche e minacce, Jahan riuscì a farlo uscire e a mettergli lo howdah.

Il sultano, il musicista, il poeta e il menestrello salirono. Jahan notò che il sultano aveva messo su peso; sbuffava arrampicandosi. I servi venuti con loro portavano cesti pieni di cibo e bevande, che furono issati con funi sull'howdah. Chota sollevò Jahan con la proboscide e se lo mise sul collo. Così cominciarono la passeggiata notturna.

Jahan era convinto che sarebbero rimasti dentro i giardini reali, ma quando furono al cancello esterno sentì Selim dire: «Vai avanti, mahout».

«Dove, mio Sire?»

«Vai, non fermarti finché non te lo dico io.»

Le guardie, gli occhi sgranati dallo stupore, si scostarono per lasciarli passare. Chota, ancora assonnato e di malumore, avanzava greve, a passo di lumaca, rifiutandosi di accelerare nonostante Jahan lo pungolasse. Dentro l'howdah sembrava che non ci badassero. Cantavano. La musica di un liuto riempiva l'aria. Percorsero le stradine tortuose dove nulla si muoveva, nemmeno una foglia o un'ombra.

«Mahout, ferma!» ordinò il sultano.

Jahan fece come gli veniva detto.

«Salta giù!»

Lo stesso.

«Adesso prendi!»

Ridacchiando come bambini, calarono un cesto. Dentro c'erano una bottiglia di vino e un bicchiere. Il sultano disse: «Bevi!».

«Mio Sire...»

«Andiamo. Hai idea di come siano noiosi i sobri per chi è allegro?»

Jahan riempì il bicchiere e bevve. Seguì uno scoppio di risate. Il sultano, chiaramente divertito, disse: «Bevine un altro».

E avanti così. Prima di rendersene conto aveva finito la bottiglia. Chiese a Chota di sollevarlo, e mentre l'animale eseguiva la testa di Jahan girava come una ruota. Il mahout cominciò ad avere il singhiozzo. Rimase lì seduto, il volto rubizzo, reprimendo l'angoscia, finché sentì il sultano dire: «Dimmi, mahout, sei mai stato innamorato?».

Jahan disse, un po' esitante: «Tutto ciò che so dell'amore è che fa male al cuore, Vostra Altezza».

Dall'howdah si levò una melodia tristissima, che vagò nell'aria come la piuma di un uccello da tempo svanito. Il poeta recitò una poesia: «Guarda la bellezza che allarga il cuore dentro lo specchio della rosa...».

In quel momento Jahan pensò che Dio, che doveva essere lì a guardarli, poteva capire il dolore e il timore che provavano per il fatto di essere così piccoli, così mortali. Batté le mani con fervore. La sua insolenza, che in qualunque altro momento avrebbe provocato guai, fu accolta con risate gioiose. All'improvviso un ululato trapassò l'aria. «Che cosa diavolo succede?»

Davanti a loro barcollava un uomo. Aveva l'aspetto sconvolto di chi si è appena svegliato. La soglia davanti a cui si erano fermati evidentemente era il suo letto. Troppo ubriaco per ritrovare la strada di casa, si era addormentato lì.

Jahan cercò di avvertire il poveretto. Si sporse e sussurrò: «Ehi, c'è il sultano seduto quassù!».

«Sicuro» abbaiò l'uomo. Indicò Selim. «Quello è il sultano!» Indicò i cortigiani. «Questi sono gli arcangeli...» Indicò Chota. «Questa bestia è lo *zebani* all'inferno. E io sono morto.»

Il sultano intervenne: «Cosa fai a quest'ora per la strada?».

«Niente» disse l'uomo.

«Non ti reggi in piedi ma vuoi ancora da bere, vero? Non mentire! Non ti vergogni?»

Stupefatto, smarrito, l'uomo si chinò in avanti come per baciare la proboscide di Chota. «Volere voglio, ma non vino.» Si batté il petto. «Io cerco amore!»

I cortigiani risero, e così il sultano, pur irritato. «A quest'ora, per le strade deserte. Sei disperato.»

L'ubriaco alzò la testa. «Forse sì. E tu?»

Jahan era preoccupatissimo. Non osava guardare il sultano, temendo la punizione che avrebbe inflitto a quel tipo insolente. Ma quando Selim parlò di nuovo era tranquillo, quasi comprensivo. «Prendi!» Qualcosa tintinnò sull'acciottolato. L'uomo si chinò e si ritrovò a fissare perplesso l'anello che aveva raccolto.

«Se trovi quello che cerchi, vieni a palazzo e mostra il mio sigillo. Di' loro che hai un messaggio per il Signore dell'Impero» disse il sultano.

L'ubriaco capì solo in quel momento che si trattava davvero del sultano. Balzò in avanti per baciargli la mano o l'orlo dell'abito o i piedi, e non riuscendo a raggiungere niente di tutto ciò abbracciò la zampa di Chota.

«Sta' alla larga» disse Jahan. «O finirai calpestato.»

L'uomo fece un passo indietro, smarrito, tremante, borbottando la sua gratitudine, stupito e lieto di essere vivo.

Selim ordinò: «Andiamo, mahout».

Sulla strada del ritorno tacquero, improvvisamente cupi.

Dal loro arrivo nel palazzo ottomano, a volte Chota era stato trascurato, maltrattato, anche, ma era sempre stato il solo e l'unico. Non c'erano altri elefanti nel serraglio. Non c'era nessun altro elefante reale nell'impero. Tutto cambiò il giorno che una caracca approdò nel porto di Galata.

Era il mese di aprile. Gli alberi di Giuda erano in piena fioritura, la città era avvolta nei profumi quando la nave gettò l'ancora. Nel carico c'erano tre animali: una zebra, una giraffa e un elefante della savana africana. Furono condotti a palazzo su carri, miserabili e sofferenti, dopo un viaggio che era stato una tortura. La giraffa, con la sua lingua nera e gli occhi tranquilli, purtroppo non sopravvisse a lungo. La zebra fu mandata alla Casa dei Leoni. Quanto all'elefante – un maschio di vent'anni di nome Mahmood – si riprese e rimase. Con lui venne un volto ostile: Buziba.

Ormai Chota aveva trent'anni. Non era proprio malfermo, in anni di elefante, ma non aveva più l'agilità del suo fulgore. Tuttavia ogni estate che passava era diventato più sveglio e astuto. Jahan capiva come mai i guerrieri segnati dalle battaglie preferiscono gli elefanti anziani a quelli giovani. Per robusti che possano essere, i giovani tendono a essere dissennati – come gli esseri umani.

Mahmood fu sistemato nella stessa stalla di Chota mentre Buziba si unì ai domatori nel capanno. All'inizio Jahan cercò di evitarlo, ma era impossibile. Tutte le sere cenavano insieme, tutti i pomeriggi si occupavano dei loro elefanti fianco a fianco. Se Buziba sapeva che cos'è un *hamam* non lo dava a vedere. Si lavava di rado, se mai si lavava, e non puliva mai attorno a sé. Contrariamente alle abitudini del palazzo, mangiava in modo rumoroso. Ai pasti Jahan evitava di sedersi vicino a lui per via delle briciole che sputava a destra e a sinistra.

Jahan non era il solo a essere infastidito dai nuovi venuti. Anche Chota era turbato. Furibondo. Lo irritava il fatto che Mahmood mangiasse il suo fieno, bevesse la sua acqua, si prendesse i suoi dolcetti. Ogni tanto rovesciava il secchio dell'altro o gli rubava il cibo. Un elefante arrabbiato è appassionato e vendicativo.

Una mattina Jahan entrò nella stalla e trovò Chota che calpestava il manto che Buziba gettava sul dorso di Mahmood tutte le volte che uscivano a passeggio.

«Vergogna!» sibilò Jahan, tenendo la voce bassa per non farsi sentire da nessuno. «Levati da quella roba.»

Troppo tardi. Il manto era coperto di polvere.

«Cosa succede?» disse Buziba alle sue spalle.

Inutile negare la malefatta di Chota: Jahan non ci provò nemmeno. «Lo pulisco, giuro.»

Buziba raccolse il drappo non prima di aver borbottato sottovoce qualcosa che Jahan prese per una maledizione. «Credi che sia stupido? Lo so cosa sta succedendo» disse con voce soddisfatta più che turbata. «Tu e la tua bestia siete gelosi.»

«Non è vero.»

«Lo è, e a ragione. Ben presto vi butteranno fuori, voi due. Chiunque può vedere quale elefante è il migliore.»

Jahan aprì la bocca e la richiuse, incapace di ribattere. Qualcuno aveva visto la sua più intima paura e l'aveva pronunciata ad alta voce, e l'universo l'aveva sentita.

Il giorno dopo comparve il sultano, accompagnato dai suoi cortigiani. Proprio mentre Jahan stava per preparare Chota per un giro, Selim disse: «Proviamo l'elefante nuovo».

Buziba si gettò a terra, proclamando che lui e l'animale avrebbero servito con gioia il Sovrano della Casa di Osman, il Comandante dei Fedeli e il Successore del Profeta, l'Ombra di Dio sulla Terra, il più generoso e il più virtuoso e il più giusto di tutti i governanti che erano e che sarebbero saliti al trono.

Jahan non aveva mai sentito così tante parole mielate, roride di denso sciroppo appiccicoso. Ma il sultano sembrava compiaciuto. In un lampo, l'howdah di Chota fu piazzato sopra Mahmood, la giacca di Jahan fu consegnata a Buziba – quella giacca orrenda che Jahan odiava con tutto il suo essere e che al momento gli parve straordinaria. Mente lui si mordeva le labbra e Chota sbatacchiava la proboscide, Mahmood e il suo mahout li sostituirono, così.

Partirono. Anche quando furono spariti il vento continuò a portare i loro rumori, o così parve a un depresso Jahan. Accarezzò Chota, che gli avvolse la proboscide attorno alla vita. Rimasero così per un bel pezzo, cercando rifugio l'uno nella compagnia dell'altro.

La mattina dopo si scatenò l'inferno. C'era uno stagno dietro le stalle, circondato da un verde, peloso tappeto di muschio. Era poco più di una pozzanghera coi pesci dentro, ma Chota adorava passarci del tempo. Jahan aveva ottenuto il permesso che ci facesse il bagno ogni tanto, dal momento che Selim trovava molto tenera la vista di un elefante che sguazza.

Quando Chota e Jahan giunsero allo stagno trovarono Mahmood piazzato nel posto che era di Chota. Vicino a lui c'era Buziba, che dondolava i piedi nudi nell'acqua, godendosi il sole con gli occhi chiusi e la bocca semiaperta.

Jahan soppesò le possibilità. Inutile scatenare una rissa: la cosa sarebbe giunta alle orecchie del Capo eunuco bianco e l'avrebbe messo nei guai. Ma non poteva permettere che se la cavassero così. Chota era al suo fianco, silenzioso come un topo, come se anche lui stesse considerando le alternative.

Cautamente, Jahan avanzò verso Buziba e gli batté sulla spalla. Strappato alla sua fantasticheria, il mahout trasalì. «Cosa vuoi?»

«Questo è il posto di Chota.»

Senza l'ombra di un'emozione sul volto di legno, Buziba richiuse gli occhi, sbadigliò e tornò a dondolare pigramente i piedi, come se Jahan e Chota non fossero lì in attesa di una risposta.

Jahan disse: «Andiamo, Chota. Torniamo un'altra volta».

Aveva fatto a stento un passo quando udì un tonfo. Chota, benedetto, aveva fatto quello che lui non aveva osato. Buziba, nello stagno, sbottò in un'imprecazione, tossendo e agitando le mani. Accortosi che non sapeva nuotare, Jahan corse da lui.

«Prendi la mia mano, ti tiro fuori.»

Buziba smise di agitarsi, rendendosi conto che l'acqua era bassa. Si alzò, tutto gocciolante, uscì senza aiuto e li superò, furibondo.

Cominciò così. La loro guerra. Tutti i giorni trovavano una nuova scusa per azzannarsi. Quando lavorava per Sinan Jahan non riusciva quasi a concentrarsi per timore che in sua assenza Buziba facesse del male a Chota. Perse il sonno, mangiava poco. Ricordò quello che aveva detto una volta Sinan con una nota comprensiva nella voce: «L'equilibrio è ciò che ci tiene diritti. Vale per gli edifici. Vale per le persone». Jahan aveva perso l'equilibrio. Anche Chota. L'elefante passava i giorni fissando davanti a sé con gli occhi vitrei come se desiderasse con tutto il suo essere trovarsi al di là dei muri della stalla che divideva col nemico. Dopo due settimane di quella tortura a Jahan venne in mente un piano. Il tempo si era fatto più freddo, l'estate già scivolava via. Gli zingari di Balaban, appena tornati dalla Tracia, presto si sarebbero diretti a sud. Jahan decise di far loro visita prima della partenza.

Lo accolsero come un fratello da tempo perduto. Furono serviti sorbetti al tamarindo, li avvolsero aromi da acquolina in gola: melassa di uva acida, formaggio di capra, *pide* di spinaci, carne arrosto. I bambini correvano intorno, le donne fumavano, le nonne ridevano risa sdentate. Mentre s'ingozzavano chiesero del sultano, avidi di sentire gli ultimi pettegolezzi del palazzo. Jahan spiegò che aveva dovuto dare la mancia alle guardie per svignarsela e doveva tornare prima della pattuglia notturna.

«Cosa ti porta qui, dunque?» chiese Balaban.

«Ho bisogno d'aiuto» disse Jahan. «Possiamo parlare da soli?»

«Non ce n'è bisogno. Siamo in famiglia» disse Balaban allargando le braccia.

Jahan gli si avvicinò e ridusse la voce a un sussurro. «C'è qualcosa per accendere un maschio di passione per una femmina?»

Balaban sorrise. «Sicuro, si chiama amore.»

«Non quello. Per… accoppiarsi. Una polvere o una pozione che scateni il desiderio.»

Balaban smise di masticare e squadrò Jahan. «Stai poco bene?»

«Non è per me. È per un elefante.»

«La bestia non ha bisogno di aiuto. Che cos'hai contro la povera Gulbahar?»

«Oh, non è per Chota!»

Jahan gli raccontò tutto, di come aveva perso la tranquillità per via di un altro elefante e di un altro mahout. Si aspettava che Balaban se la ridesse a sue spese, ma quando ebbe finito lo zingaro annuì solennemente e disse: «Non stare in pensiero. Ti daremo una mano».

Jahan prese la borsa che aveva portato e la posò sul tavolo.

«È da parte del sultano o da parte tua?» chiese Balaban.

«Il sultano non sa nulla. Non deve.»

«Allora tienili» disse Balaban nel suo modo frizzante e festoso. «Ora vai. Ti troveremo noi.»

Jahan tornò al serraglio. Nella sua testa fermentava una pozione da strega: vergogna, speranza, colpa. Due giorni dopo uno sguattero venne a cercarlo con un barattolo. «Qualcuno ti manda questo.»

Jahan lo osservò – i lucenti occhi neri, il sorriso e le fossette, la pelle olivastra. Senza alcun dubbio era parente di Balaban. Nel barattolo c'era una polvere color della curcuma. Vi intinse la punta del dito e la assaggiò. Aveva un sapore blando, un po' salato. Poteva mescolarsi con qualunque cosa.

Rubò del sorbetto di melograno dalla cucina e lo mescolò con una cucchiaiata di polvere. Quando Buziba se ne andò diede la bibita all'elefante, che la trangugiò allegramente. Non successe nulla. Il giorno dopo riprovò, aumentando la dose. Di nuovo nulla. Versò tutto il resto in una pappa di riso e guardò Mahmood buttar giù tutto.

Fortuna volle che quella notte il sultano Selim facesse la sua comparsa con i compagni: non vedevano l'ora di passare un'altra notte in allegria.

«Mahout» chiamò il sultano.

Jahan s'inchinò. «Sì, mio sultano.»

«Dov'è l'altro mahout?»

Buziba arrivò di corsa, con il volto coperto di sudore. «Vostra

Maestà, l'elefante non sta bene. Vi prego di perdonarci per questa notte.»

«Che cos'ha la bestia che non va?» chiese il sultano.

Per tutta risposta dalla stalla si levò un rumore terribile, seguito da un tonfo. Il sultano andò verso il rumore, seguito dagli altri.

Era uno spettacolo stranissimo. Mahmood, nella sua agitazione, si era scagliato contro il pannello di legno e una delle zanne si era incastrata nel legno. Non poteva andare né avanti né indietro. Il suo organo sessuale era gonfio e gocciolante. Muggì, più di rabbia che di dolore. Nessuno osò avvicinarsi, nemmeno Buziba.

Quella fu la fine di Mahmood. Fu liberato, ma la sua furia e la frustrazione non calarono. Alla fine dovettero incatenarlo. Spezzò le catene, abbatté le pareti. La cosa peggiore erano i versi che faceva: barriva, gemeva, strillava. Prima della fine del mese, Mahmood e Buziba fuono mandati alla vecchia chiesa vicino alla Hagia Sophia.

Nessuno sospettò nulla, tranne Olev. «Sei stato tu, vero?» chiese, aggrottando le sopracciglia.

Quando Jahan, già in preda al rimorso, non rispose, continuò: «Ricordo il giorno del tuo arrivo. Il tuo elefante era un neonato, e tu anche. Ricordo di aver pensato: come farà a sopravvivere a palazzo, un ragazzo di così buon cuore, così credulone. E adesso guardati! Sei diventato uno di noi: peccato».

Jahan alzò lo sguardo. «Cosa vorrebbe dire?»

«Vuol dire che combatti battaglie non necessarie» disse Olev. «Sei più forte. Attento, però. Se reggi una spada, obbedisci alla spada, non è il contrario. Non si può portare un'arma senza sporcarsi le mani di sangue.»

«Io posso… non darti pensiero per me» disse Jahan. Il tempo di dirlo e provò una fitta acuta di panico: temeva di aver sfidato il fato.

Dal giorno dell'ascesa al trono, tutte le volte che Istanbul abbatteva il suo spirito, e succedeva spesso, Selim partiva per Adrianopoli, la città in cui aveva passato parte della giovinezza. Là poteva andare a caccia, gozzovigliare e bere quanto voleva, lontano da occhi giudicanti e lingue lunghe. Come ogni uomo consapevole di essere sgradito a molti, il sultano si sentiva in debito con coloro che lo sostenevano, e la gente di Adrianopoli l'aveva sempre fatto. Così parecchi anni dopo essere diventato sovrano Selim decise di ricompensare questa fedeltà commissionando una moschea, non nella capitale, come ci si aspettava, ma nella sua città-rifugio.

Nel momento in cui fu dato l'annuncio che il sovrano avrebbe pagato per una splendida moschea, partirono le calunnie. Dissero che c'era una ragione per cui non era stata scelta Istanbul. Non avendo mai guidato l'esercito in battaglia, il sultano non aveva la sfacciataggine di ordinare la costruzione di un monumento così grandioso nella sede del trono. Come poteva la moschea di Selim trovarsi vicina a quella di Suleiman, quando il figlio non poteva reggere il confronto col padre? Ecco perché, dicevano, la nuova costruzione poteva essere eretta solo a Adrianopoli.

Parole come bile nera. Ciononostante Sinan – e i quattro apprendisti – posero le fondamenta della Selimiye in aprile. Il sultano ricompensò il suo architetto con una veste d'oro e d'argento, mostrando quanto confidava in lui. Tutti nel cantiere – dai falegnami agli schiavi delle galere – stavano a guardare con una trepidazione prima sconosciuta. In qualche modo avvertivano che stavano per dar vita a qualcosa di unico. Lavoravano con questa consapevolezza, e questa paura. Era peccato creare una cosa così altera da aver la pretesa di tener testa al Creatore. Agli imam e ai sacerdoti e ai rabbi poteva anche non piacere sentirlo dire, ma nel profondo sospettavano che a volte anche Dio diventasse geloso.

L'idea della moschea era venuta al sultano in sogno. Aveva visto il Profeta Maometto – l'aveva riconosciuto non dal volto, dal momento che nessun mortale poteva vederlo, ma dall'aura. Selim gli aveva promesso che se avesse conquistato l'isola di Cipro, con il bottino avrebbe costruito una favolosa moschea del Venerdì. Il Profeta aveva indicato gli angeli in attesa al suo fianco. Scivolando nell'aria, splendenti come lucciole, erano scomparsi per tornare con un rotolo. Sopra c'era il progetto della Selimiye.

Affascinato ed eccitato, la mattina dopo il sultano non voleva svegliarsi. Quando finalmente lo fece raccontò la sua visione al gran visir. Sokollu, scaltro e acuto com'era, credeva che i sogni di un governante potessero essere di due tipi: quelli da non condividere con nessuno, nemmeno con il suo gran visir, e quelli da raccontare a tutti. Quello, ne dedusse, era del secondo tipo.

A mezzogiorno Sokollu affrontò l'argomento con il *Nishanci*, il capo della Cancelleria. Uomo goloso, ne parlò col capocuoco degli Halvah che a sua volta lo riferì al mercante responsabile delle noci e nocciole usate nelle cucine reali. Nel pomeriggio la storia uscì da palazzo in un carretto di pistacchi e raggiunse la periferia di Istanbul. Da lì rimbalzò a nord e a sud, a est e a ovest. Quando la preghiera della sera riempì l'aria, in centinaia ne avevano sentito parlare. Prima della fine della settimana tutta la città, compreso il bailo veneziano, sapeva che il Profeta aveva chiesto al sultano di salvare Cipro dai cristiani infedeli.

Selim visitò le tombe degli antenati e quella di Ayyub il Martire. Gli spiriti gli diedero la loro benedizione per intraprendere una guerra. Ma quando venne il momento di imbarcarsi, lui non volle andare con la marina. La conquista sarebbe stata fatta non dalla spada del sultano ma dal sogno del sultano. Il bottino sarebbe stato enorme. Nicosia fu presa e saccheggiata finché poco rimase della città che era stata. Famagosta, dopo essere stata presa a pugni per mesi, capitolò, con centinaia di prigionieri.

Nel frattempo ad Adrianopoli il Capo architetto reale e gli apprendisti lavoravano fino a sfinirsi. Sinan considerava ogni compito, per quanto arduo, come un bozzolo: una volta dentro, evitava il mondo. Non aveva interesse per le guerre, men che meno per le vittorie. Tuttavia fu solo dopo la cattura dell'isola che i lavori guadagnarono velocità. Il denaro dei tributi entrò nelle casse, portando altri operai e altri materiali.

Stranamente, mentre la moschea costruita in suo nome cresceva sempre di più, il sultano scendeva sempre più in basso. L'uomo e l'edificio erano legati in una maniera profonda ma inversa, come il giorno e la notte. Perché esistesse uno l'altro doveva perire. Con ogni chiodo piantato, ogni pietra aggiunta all'edificio, qualcosa veniva portato via da Selim: salute, felicità, potere, e alla fine *kismet*.

Mentre lavorava a uno degli otto enormi pilastri della moschea Selimiye, un pomeriggio d'autunno, il maestro mandò a chiamare gli apprendisti. Arrivando alla sua tenda Jahan vide gli altri esitare sulla soglia. Si sedette su una panca vicino a loro, aspettando che Sinan finisse l'incontro con alcuni vetrai.

Davud era preoccupato, come al solito. Sussurrò: «Il maestro non ci allontanerebbe mai dal lavoro. Dev'esserci qualcosa di grave che non va».

Grazie al cielo i vetrai se ne andarono presto, evitando loro di fare sciocche ipotesi. Trovarono il maestro seduto su un tappeto decorato con alberi in fiore al centro e una processione di cervi, gazzelle, tigri e leoni lungo i bordi: tessuto nella città di Herat in Khorasan, era stato donato a Sinan da un *beg* curdo per il quale aveva costruito un ospizio. Appoggiato ai cuscini, Sinan reggeva nella destra un rosario che scorreva lentamente. Jahan sapeva che a seconda del suo umore ne sceglieva uno diverso: quello di opale azzurro quando era immerso nei pensieri, quello d'ambra gialla quando era allegro, quello di onice nera quando era pronto ad avviare un nuovo progetto. Quel giorno era il rosario di berillo verde pallido, che prendeva quando era preoccupato. Sul tavolo basso davanti a lui c'erano una tazza di caffè e un bicchiere d'acqua. Vicino, uno schizzo che Jahan riconobbe: la Hagia Sophia.

Si sedettero uno a uno sul tappeto, di fronte al maestro. Tacque finché si furono sistemati; il ticchettio dei grani, che si muovevano più rapidi, riempiva l'aria. Poi disse loro che cosa lo tormentava.

La zona attorno alla Hagia Sophia negli anni si era riempita di catapecchie costruite senza rispettare la legge. Parecchie proteste erano state rivolte al Capo kadi di Istanbul, invano. Alla fine, vedendo che la faccenda si faceva disperata, Sinan aveva scritto una petizione al sultano. Nella lettera si era rammaricato per gli ignoranti che prendendo il cubito in mano avevano costruito senza saper nulla dell'arte né badare ai dintorni.

«Il nostro sultano ha preso in considerazione la richiesta del suo umile servitore» disse Sinan.

Era stato creato un comitato. Il Capo kadi, l'imam della moschea, studiosi di religione e i decani dei disegnatori e dei muratori si sarebbero riuniti per constatare il danno e riferire le loro osservazioni.

Poi, se il sultano fosse stato d'accordo, Sinan avrebbe riparato la Hagia Sophia.

«Per questo devo tornare a Istanbul e vorrei che mi accompagnaste.»

Jahan chinò il capo, avvampando per l'eccitazione. Che onore sarebbe stato ristrutturare quella perla dell'architettura: un tempo un'amatissima basilica, ora una grandiosa moschea. L'edificio che aveva indotto Giustiniano a esclamare con orgoglio: «Salomone, ti ho superato!». Ma Jahan aveva la netta sensazione che ci fosse dell'altro. Domandò: «Se il nostro sultano dovesse dare il permesso di restaurare la moschea, che cosa succederà alle case tutto intorno?».

Un'ombra passò sul volto di Sinan. «Verranno demolite.»

Jahan trasse un sospiro: comprendeva il dilemma di Sinan.

Il suo maestro aveva dovuto scegliere tra la gente e l'edificio, e chiaramente aveva scelto il secondo.

Di ritorno a Istanbul, il giorno dell'incontro, con loro gran meraviglia si unirono a loro il sovrano e la sua corte. Desideroso di vedere la situazione con i suoi occhi, il sultano Selim aveva deciso di venire, accompagnato dai suoi nobili e dai visir. Così visitarono i dintorni della Hagia Sophia. Ciò che videro era agghiacciante in modo indicibile. Lungo le pareti esterne della moschea correvano canali di scolo, un'acqua fangosa che lasciava più sporco di prima chiunque vi si bagnasse. Sui bordi gracchiavano rane, sgattaiolavano ratti e si ammucchiavano feci, di animali e di umani insieme. Dietro una curva videro la carcassa di un cane, la mandibola assente, gli occhi spalancati, come ancora paralizzato dal terrore.

Molta gente si era stabilita di recente a Istanbul. Lasciati i villaggi, erano migrati verso la sede del trono senza un riparo ad attenderli, parenti a cui affidarsi o terra da coltivare. Avevano sentito dire da altri che la zona attorno alla Hagia Sophia era libera e raggiungibile, ed era lì che avevano messo radici. Non erano solo catapecchie di tutte le misure a confinare con l'antico edificio. C'erano laboratori, stalle, ovili, capanni per la mungitura, pollai, latrine. Insieme si appoggiavano alla moschea, spingendola dai quattro lati. La pressione era tale che le pareti a ovest della Hagia Sophia, dove l'insediamento era più fitto, avevano cominciato a inclinarsi.

I cortigiani entrarono nel laboratorio di un ciabattino. L'artigiano, gli occhi sgranati per la paura, attonito alla vista del sultano, tremava e balbettava, incapace di rispondere a una sola domanda. Per fortuna non svenne. Lungo la strada, in un capanno videro enormi calderoni dove venivano bolliti gli intestini degli animali per farne candele. Il puzzo era così tremendo che il sultano, un fazzoletto di seta sul naso, uscì in gran fretta. Gli altri lo seguirono rapidi.

Uno degli abitanti di quel quartiere eterogeneo aveva costruito un recinto per il bestiame e una casa a tre piani, e affittava le stanze in più a studenti e pellegrini. Un altro, nel tentativo di aprire un pozzo nel cortile, sul retro aveva scavato a fondo nel terreno, danneggiando le fondamenta della Hagia Sophia. Un terzo aveva costruito una casa che era crollata, miracolosamente senza ferire nessuno; dopodiché ne aveva costruita una seconda, e questa volta era riuscito a tenerla in piedi. Una pila di detriti si levava nel cortile, dove giocavano i bambini e scorrazzavano i cani.

Quando il giro fu finito, il sultano gridò, in sella al suo stallone: «Capo architetto reale, vieni avanti».

Sinan obbedì con un profondo inchino.

«È una vergogna. È mio desiderio vedere la moschea restaurata.»

Sinan s'inchinò di nuovo, chiudendo gli occhi, grato.

«Ti do la mia benedizione. Comincia il restauro senza indugio. Costruisci dei contrafforti dove serve. Demolisci i capanni. Nessuno è stato costruito con il mio permesso.»

Il sultano agitò una mano coperta di anelli, e a quel gesto due servi si fecero avanti: uno apriva la strada, l'altro portava un caftano di seta purissima bordato di ermellino. Il gran visir lo prese, si rivolse a Sinan, ancora in ginocchio, e gli chiese con voce dolce di alzarsi. In questo modo all'architetto fu consegnata la veste d'onore.

Davud, Yusuf, Nikola e Jahan si guardarono furtivamente, incapaci di reprimere i sorrisi.

«Bene, allora. Potete cominciare il lavoro» proclamò il sultano, tirando le redini del cavallo, pronto ad andarsene.

«Vostra Maestà, uno degli edifici fuorilegge è un deposito che appartiene al palazzo» disse Sinan. «Ci permettete di abbatterlo insieme a tutto il resto?»

Il sultano Selim esitò brevemente. «Fate ciò che dovete.»

Il giorno dopo ispezionarono i quartieri di Zeyrek e di Kalenderhane. Anche lì trovarono una gran quantità di costruzioni non autorizzate. Sinan decise di delimitare uno spazio largo trentacinque cubiti attorno alla moschea santa e di spianare tutto in quell'area. Fece trascrivere il progetto nel dettaglio agli apprendisti. Non una volta, ma due. Una copia per l'approvazione del sultano, una per gli archivi degli architetti a Vefa. Registrarono la promessa solenne di: riparare le parti della Hagia Sophia, dentro e fuori, che erano cadute in rovina; portare acqua corrente alla moschea attraverso nuovi canali; coprire i tetti danneggiati con piombo; sostituire la base di legno del minareto, distrutta e sbriciolata, con una robusta, di mattoni; aprire una striscia larga tre cubiti attorno alla madrasa abbattendo le capanne; lasciare uno spazio vuoto largo trentacinque cubiti a destra e a sinistra della Hagia Sophia e abbattere tutte le costruzioni illegali; usare le pietre, i mattoni e le assi ottenute dalle demolizioni per la riparazione della Hagia Sophia.

Poco dopo aver ricevuto la lista, il sultano mandò la sua approvazione e in più emanò un decreto:

> Al Capo kadi della città di Istanbul e al capo delle sovvenzioni della moschea di Hagia Sophia
>
> Questo è il mio ordine per voi e dev'essere eseguito all'istante e fino in fondo. Quando mi fu riferito che la Grande Moschea

pativa dei danni provocati dal tempo e dalla gente, e chiedeva di essere riparata, ho personalmente ispezionato la zona in compagnia del capo dei reali architetti e di altri esperti, che Dio possa accrescerne la saggezza, e sono giunto alla conclusione che il restauro è essenziale e dunque dev'essere eseguito, dal momento che la riparazione dei venerabili santuari è ordine di Dio l'Onnipotente e una nobile responsabilità per il sultano.
Dunque io vi ordino di aiutare il Capo architetto reale e i suoi disegnatori, e di accertarvi che qualunque cosa serva sia fornita loro così che possano eccellere nel loro compito.

Incoraggiati dal decreto, Sinan e gli apprendisti diedero inizio al restauro. Insieme a loro c'erano ottantacinque operai forniti di martelli e mazze, oltre che di una gran quantità di polvere da sparo. E animali, anche: buoi, cammelli, muli, e come al solito Chota, l'elefante bianco.

Quando raggiunsero la Hagia Sophia trovarono una folla in attesa. Si erano messi di mezzo, una parete di carne e ossa, e non lasciavano passare gli operai. Scuri occhi vacui erano serrati per l'esasperazione, le bocche erano tese. La rabbia nell'aria era palpabile. Non avvezzi a un odio del genere, gli apprendisti furono colti alla sprovvista. Così il loro maestro, il volto pallido, vecchio all'improvviso.

«Cosa succede?» chiese Sinan.

«Distruggiamo le loro case» disse Nikola.

«Maestro, lascia che ci parli io.» Fu Davud a dirlo. «Vengono da dove vengo io. Conosco la mia gente. Non vorremo trasformarli in nemici.»

«Ha ragione» disse Jahan. «Dobbiamo convincerli prima di cominciare.»

Sinan, stringendosi addosso il mantello come se fosse esposto a una corrente, assentì. «Davud, vai a parlare con loro. Di' loro che ricompenseremo la loro perdita. Il nostro sultano ha dato la sua parola.» Poi si rivolse agli operai. «Oggi non faremo nulla.»

La mattina dopo al loro arrivo la strada era vuota e le cose sembravano tranquille. Almeno finché il capomastro non arrivò di corsa, il volto paonazzo, e disse, senza nemmeno salutare: «*Effendi*, ti prego».

«Cosa c'è?» chiese Sinan.

«Hanno rubato gli attrezzi e rotto i carri. Non ci lasciano lavorare, questi malvagi!» Una folla – più grande e arrabbiata del giorno prima – si era riunita dall'altra parte della moschea, spiegò.

«Cosa vogliono?» chiese Sinan.

«Dicono che questo è un tempio degli infedeli» disse Gabriel Nevoso. «Che sfacciataggine! Spargono dicerie su di voi, perdonatemi se ve lo dico, maestro.»

«Cosa dicono?» chiese Sinan.

Gabriel Nevoso abbassò lo sguardo. «Dicono che siccome siete un cristiano convertito, volete distruggere le case dei bravi musulmani per amore di una chiesa.»

Sinan disse, la fronte aggrottata: «Moschee, chiese, sinagoghe sono costruite per rendere onore a Dio. Com'è possibile mancar loro di rispetto?».

La folla non ne volle sapere. Nei giorni seguenti gli apprendisti dovettero affrontare un problema dopo l'altro. Gli operai furono minacciati. Due animali furono trovati morti, avvelenati. Temendo che potesse succedere qualcosa a Chota, Jahan smise di portarlo al cantiere. Non si poté piantare un chiodo, spostare una pietra.

Una settimana dopo Sinan mandò gli apprendisti dal Capo kadi a chiedere aiuto. Era un uomo con la barba grigia, gli occhi infossati e un fare circospetto. Jahan si era aspettato che fosse arrabbiato con gli abusivi. Invece era furioso con Sinan.

«Il vostro maestro ha scritto al sultano, e il nostro sultano, benigno com'è, ha preso sul serio la sua supplica. Guarda dove ci ha portato.»

«*Effendi*, non è colpa di queste persone?» chiese Jahan. «Hanno costruito illegalmente attorno alla Hagia Sophia e...»

«Giusto» lo interruppe il Capo kadi. «Vedrò quello che posso fare. Non aspettatevi miracoli.»

Gli apprendisti lasciarono la casa del kadi scoraggiati. Jahan capiva che chi poteva aiutarli non l'avrebbe fatto per rancore, pigrizia o perché gelosa dei successi di Sinan.

Le cose non sarebbero forse mai migliorate se non fosse stato per la fatwa emessa poco dopo. Le parole del gran mufti piovvero sulla città come grandine, spegnendo tutti i fuochi, piccoli e grandi.

> Domanda: C'è chi dice, a proposito del restauro di una moschea santa che un tempo era una chiesa, noi non ce ne andiamo perché un edificio degli infedeli è destinato a crollare comunque e non è importante se crolla, e c'è chi sostiene questo partito dicendo che chiunque restauri un tempio degli infedeli è un infedele. Che cosa bisogna fare di questa gente e dei loro seguaci?
> Risposta: Chiunque dica queste cose sbagliate è un infedele lui stesso e sarà giustiziato. Coloro che impediscono il lavoro saranno puniti. Il restauro della moschea deve procedere regolarmente, secondo la pia sharia.

Da allora le cose si calmarono. Niente più folle inferocite nelle strade, anche se qua e là si verificarono piccoli incidenti: furti di materiale, soprattutto. Sinan tornò a Adrianopoli con Yusuf per portare a termine la moschea Selimiye. A Jahan non piacque. Avrebbe preferito tenere d'occhio Yusuf. Non era ancora riuscito a interrogarlo a proposito dei suoi incontri segreti con Tommaso, e saperlo solo con il maestro lo metteva a disagio.

Davud, Nikola e Jahan rimasero a Istanbul come responsabili dei lavori attorno alla Hagia Sophia. Dovevano scrivere spesso al maestro per tenerlo informato. Via via le lettere si diradarono, e un colpevole silenzio riempì la distanza tra il maestro e gli apprendisti.

Non lo confessarono mai a Sinan, ma gli apprendisti rimasti a Istanbul erano a disagio. Ogni volta cercavano di avvertire in anticipo gli abitanti delle catapecchie che stavano per abbattere, cercavano di dar loro abbastanza tempo per portar via le loro cose. Ma la gente era troppo lenta o riluttante, non era pronta ad andarsene, e così ogni tanto esplodeva la stessa penosa scena: intere famiglie che tra lacrime e imprecazioni si portavano via il poco che avevano – utensili di cucina, lampade, tappeti, giocattoli, una culla, un kilim, un uccellino in gabbia.

Jahan prese l'abitudine di vagare nel quartiere per schiarirsi la mente, a volte con un altro apprendista, più spesso da solo. Uno di quei giorni, lui e Nikola camminavano in un vicolo sporco stipato di laboratori mezzi vuoti quando videro due bambini venire verso di loro.

Una femmina e un maschio – fratello e sorella, a giudicare dalla somiglianza – con occhi verde salvia che splendevano sopra le lentiggini scure che attribuivano loro un'aria maliziosa. Avevano i capelli molto corti, una misura contro i pidocchi. Erano tutti e due scalzi.

Jahan si accoccolò e disse: «Ehi, piccoli. Non dovreste star qui da soli. Dove abitate?».

La bambina indicò la capanna in fondo al vicolo. Nikola e

Jahan si scambiarono uno sguardo colpevole. Era uno dei posti che avrebbero raso al suolo la mattina dopo.

Il bambino gli afferrò la mano e cominciò a tirarlo con tutte le sue forze. Da sotto le ampie maniche lacere spuntavano i polsi, due bastoncini bianchi. Jahan comprese con orrore che il bambino voleva che lo seguisse dentro casa. Disse, più forte di quanto non volesse: «No, non posso venire con te».

I bambini furono irremovibili. Mentre il bambino lo implorava con i grandi occhi liquidi, la bambina tirava la mano di Nikola. Alla fine gli apprendisti non riuscirono a opporsi.

Un odore stantio di muffa e marciume investì Jahan e Nikola quando entrarono nella tana che per i bambini era casa. Nella prima stanza, un malato era disteso al suolo. Lo assisteva una donna coperta dalla testa ai piedi. Quando li vide fuggì.

«Mio padre» disse la bambina.

Al suono della sua voce il malato, che fino ad allora era rimasto immobile, voltò il capo. Rivolse a Jahan uno sguardo di dolore. Quando aprì la bocca ne uscì solo un sibilo. La bambina, imperturbabile, si chinò verso di lui, ascoltò, annuì e disse: «Chiede se il tuo nome è Azrael».

Jahan rabbrividì. L'uomo chiaramente aveva le allucinazioni, e lo confondeva con l'Angelo della Morte. Una voce interiore gli disse di andar via. Invece augurò buona salute all'uomo e seguì piano i bambini nelle viscere della casa. Nikola andò con lui. Nella seconda stanza videro due neonati gemelli che dormivano nella stessa culla, a bocca aperta. Da una fessura della finestra una lama di luce cadeva su di loro. Uno dei piccoli aveva il labbro malformato. Gemelli identici che non si sarebbero mai somigliati.

I bambini insistettero perché proseguissero. Percorsero un buio corridoio dal soffitto basso ed entrarono nel cortile; i due apprendisti furono sorpresi nel vedere quanto erano vicini alla Hagia Sophia. C'era un pollaio vuoto su un lato. Una porta di legno malferma si apriva su un fazzoletto di terra usato come bagno; il puzzo era acuto. Accanto a quella porta c'era una mamma gatta maculata, le mammelle gonfie, distesa in un cesto con cinque gattini dello stesso colore.

La bambina prese per il collo uno dei gattini e ne premette il nasino contro il petto magro. L'animale non fece alcun rumore, sopraffatto dall'amore. Poi, bruscamente, la piccola sollevò la delicata creatura e disse: «Prendilo».

«Oh, no. Non posso.»

«È tuo» disse la bambina.

Jahan fu altrettanto fermo. «Non voglio un gattino.»

La bambina s'immalinconì. «Moriranno, qui.»

Vedendo il dolore della sorella, il bambino prese il gattino e lo spinse verso Jahan. La bestiola, spaventatissima, graffiò il pollice di Jahan, che gemette.

«Mi dispiace» disse. «Non posso salvare il vostro gattino.»

Scossi, gli apprendisti riattraversarono la casa e uscirono in strada, dove si era radunata una piccola folla di vicini che aveva saputo della loro presenza. Qualcuno lanciò un sasso, che colpì Nikola alla spalla.

Gli apprendisti si misero a correre. Nello smarrimento svoltarono dalla parte sbagliata e corsero nel campo vicino, con le ortiche che frustavano loro le caviglie. Ansanti, all'erta, si aspettavano che qualcuno balzasse da dietro i cespugli. Quando rallentarono, Nikola esalò, senza fiato: «Non voglio fare questo».

«Nemmeno io» disse Jahan.

Di ritorno al cantiere trovarono Davud al lavoro. Li guardò preoccupato. «State bene?»

Jahan gli raccontò l'accaduto. Il malato, i bambini, i neonati…

«Non farti tormentare» disse Davud. «Non avevano il diritto di costruire quella capanna.»

«Ma non avevano altri posti dove andare.»

«Verranno ricompensati. L'ha detto il nostro sultano.»

«Sai bene quanto me che non basterà» disse Jahan.

«Cosa possiamo fare?» mormorò Davud passandosi le dita nella barba. «Il nostro maestro ci ha affidato il compito.»

«Sì, e adesso dov'è? A costruire la moschea del sultano mentre noi dobbiamo affrontare questo guaio.» Jahan aveva appena pronunciato queste parole quando s'interruppe, turbato dalla propria rabbia. «Perdonami.»

«Già fatto» disse Davud con un sorriso fraterno.

Quella settimana posticiparono la lettera a Sinan: nessuno di loro si sentiva di scrivere. Si evitarono: più tempo passavano insieme più si ricordavano della loro colpa. Poi arrivò una lettera dal maestro.

Miei diligenti apprendisti,

sarei stato con voi se non mi fosse stato affidato l'incarico di finire la moschea del nostro sultano senza indugio. L'urgenza della moschea Selimiye mi ha costretto a lasciarvi soli. L'ho fatto sapendovi in grado di occuparvi della Grande Moschea di Hagia Sophia. Tuttavia so che questo è il nostro compito più difficile. Nella nostra arte vediamo di rado la gente. Diventiamo amici delle cave di pietra, conversiamo con le mattonelle, ascoltiamo il marmo.

Questa volta però vi trovate faccia a faccia con la gente di cui dovete demolire le case. È un gran peso. Se solo avessi potuto, avrei trasferito ciascuna di quelle famiglie in case più sicure con molta terra e alberi. Ma è al di là delle mie facoltà. E delle vostre.

Ricordate solo che anche le città sono come esseri umani. Non sono fatte soltanto di pietre e di legno. Sono fatte di carne e di ossa. Sanguinano se danneggiate. Ogni costruzione illegale è un chiodo piantato nel cuore di Istanbul. Ricordate di avere pietà di una città come avete pietà delle persone. Che Dio vi conceda ciò che desiderate e possa mantenere il vostro equilibrio.

Sinan, umile e infimo allievo di Seth e Abramo,
Santi Patroni dei Muratori e degli Architetti

Quell'autunno gli apprendisti rasero al suolo innumerevoli stamberghe. Per quanto veloci fossero, i nuovi arrivati lo erano di più. Mentre abbattevano le case e spostavano i detriti, in altre parti della città si elevavano nuovi edifici, altrettanto illegali, altrettanto pericolosi e brutti. Le regole sviluppate da Sinan sulla larghezza delle strade e l'altezza delle case furono di nuovo ignorate. Jahan era sgomento. Mai prima aveva pensato che tra i compiti di un architetto ci fosse quello di proteggere la città dalla sua gente e il passato dal futuro.

La cupola: per quella vaneggiavano tutti. Nelle sue lettere al Capo architetto reale, il sultano richiedeva una cupola più grande di quella della Hagia Sophia. La sua moschea avrebbe proclamato il trionfo dell'Islam sulla cristianità. Tutti quei discorsi innervosivano Jahan. Come il governante, anche la gente provocava gli architetti a mettersi in gara, opponendo Sinan ad Antemio il matematico e a Isidoro il fisico che avevano progettato la chiesa infedele.

«C'è qualcosa che ti turba?» chiese Sinan. «Sembri chiuso in te stesso.»

Una polvere sottile di segatura copriva le loro scarpe e un velo leggero di sudore brillava sulle loro fronti. Erano sfiniti ma continuavano a lavorare come se ogni giorno fosse l'ultimo. Jahan disse: «Non vedo l'ora di finire e andarmene».

«Finiremo tra quattro settimane, ad Allah piacendo» disse Sinan, con voce sempre più fioca.

Anche quello era troppo, ma Jahan non obiettò. Si vergognava di lamentarsi quando il maestro, che aveva più di ottant'anni, sgobbava dall'alba al tramonto. Nonostante lo supplicassero non voleva riposare. Come una falena attratta dal fuoco, Sinan era attratto dalla polvere, dallo sporco e dalla fatica dei cantieri. Le mani ruvide, le unghie spezzate, sotto i caftani di seta che indossava per le cerimonie era un operaio fino all'osso. E questo aveva un effetto sugli apprendisti. La vista di lui sul campo, non dissimile da quella di un comandante al fronte, spingeva tutti a continuare a lavorare ancora più sodo.

«Questa moschea ci sta consumando» disse Jahan.

Sinan si fece pensoso. «Te ne sei accorto.»

Sorpreso dal fatto che il suo maestro ammettesse le proprie paure, Jahan balbettò. «Lo sapete.»

«Pensa a un bambino nel ventre materno. Vive a spese di sua madre e la sfinisce. Mentre noi consegniamo un edificio, siamo come la madre. Quando il piccolo sarà nato saremo felicissimi.»

La similitudine tra l'arte della costruzione e il parto fece sorridere Jahan. Ma subito fu colto da un altro pensiero. «Però non capisco. Il sultano non lavora con noi. Perché questo gli sottrae forza?»

«È sempre legato alla sua moschea.»

«Abbiamo lavorato ad altri edifici. Ponti, moschee, madrase, acquedotti... Perché non mi sono mai sentito così?»

«Era così, ma non te lo ricordi. Anche questo è nella natura delle cose. Noi ci dimentichiamo di quello che abbiamo provato l'ultima volta. Di nuovo, come una madre.» Sinan tacque, come se non sapesse se continuare. «Ma alcuni parti sono più difficili di altri.»

«Maestro... mi state dicendo che ciò che creiamo può ucciderci?»

«Ciò che creiamo può indebolirci» disse Sinan. «Di rado ci uccide.»

Tre settimane dopo, il sultano mandò una lettera dicendo che desiderava venire a supervisionare gli ultimi tocchi alla sua moschea. Sarebbe arrivato ad Adrianopoli a capo di una sfilata reale. Per questo gli serviva l'elefante. Dal momento che Mahmood aveva perso il suo favore e non era ancora riuscito a riconquistarlo, Chota si rendeva di nuovo necessario.

Con la benedizione del suo maestro, Jahan prese Chota e tornò a palazzo. Fu una gioia rivedere i vecchi compagni del serraglio mentre l'elefante riposava nella stalla. La mattina dopo erano pronti a unirsi alla processione.

Fu spettacolare. I giannizzeri, le guardie scelte e gli arcieri vestiti di colori vivaci. Parecchie concubine accompagnavano il sultano, sedute dentro carri coperti da tende pesanti. Nel vento aleggiavano eccitazione e orgoglio. Sotto, però, covava l'inquietudine, come nubi scure che si radunano in lontananza in una giornata altrimenti piena di luce e sole. I cristiani, sconvolti dalla perdita di Cipro e dal fatto che le loro cattedrali venissero trasformate in moschee, avevano messo insieme una Lega Santa. Volevano vendetta. Le forze del papa, degli spagnoli e dei veneziani, superando antiche divisioni, si erano unite. Mentre si preparava il viaggio per Adrianopoli, era in corso una battaglia navale tra le forze ottomane e cristiane nel golfo di Corinto, vicino a Lepanto.

Dopo un'ora il sultano Selim uscì impettito, il volto tondo e rosso. Reso onore ai soldati, andò verso il suo cavallo, uno stallone nero purosangue. Fu allora che accadde una cosa stranissima. Il cavallo, per nessuna ragione apparente, balzò in avanti e inciampò. La folla trasalì. Poteva solo essere un segno: un terribile presagio.

Selim, visibilmente turbato, ordinò che il cavallo venisse riportato nella stalla. Non aveva intenzione di cavalcare un animale stregato. Venne trovato in fretta un sostituto: Chota. Dal momento che il sultano era decisissimo a uscire dalla capitale in modo grandioso e a fare il suo ingresso ad Adrianopoli allo stesso modo, cosa c'era di meglio di un elefante per trasportarlo? A

Jahan fu dato ordine di preparare l'howdah e il luccicante copricapo tutto tintinnii che Chota detestava profondamente.

Così il sultano si aggrappò alla scala penzolante e riuscì con difficoltà a salire. Stava per sedersi dentro l'howdah quando Chota, forse perché il copricapo gli prudeva o forse perché un demone gli aveva infilato un dito nell'occhio, si mosse con tanta forza che il sovrano perse l'equilibrio. Il suo turbante, quell'immensa cupola piumata, scivolò e cadde, atterrando di sotto, proprio davanti a Jahan. Il mahout lo afferrò e si arrampicò su per la scala.

Per la prima volta si guardarono negli occhi: Jahan sulla scala, il sultano dentro l'howdah. Jahan abbassò il capo. Ma per un fugace istante i loro sguardi si incrociarono.

«Mio Sire» disse Jahan, tenendosi alla corda con una mano e porgendogli il turbante con l'altra.

«Dammelo» disse Selim, la voce venata d'irritazione.

Il turbante scivolò dalla mano del sultano e cadde di nuovo. A terra, i servi si affrettarono a raccoglierlo. Lo consegnarono a Jahan e lui al sultano. Questa volta Selim lo prese con cautela, senza parole, pallido come un cadavere. «Puoi andare, mahout» disse.

Jahan si affrettò a scendere dalla scala e batté sulla proboscide di Chota. L'animale lo sollevò e lo depose al solito posto, sul collo. Fra preghiere e lodi partirono. La gente allineata ai lati delle strade guardava ammirata. Ma nonostante la magnificenza, su tutti era calato lo sconforto. A parte lo schiocco degli zoccoli, il fragore delle ruote e il tintinnio delle campanelle sul copricapo di Chota non c'erano altri rumori. Jahan non aveva mai visto così tanta gente fare così poco fracasso.

Il loro umore migliorò quando si lasciarono alle spalle Istanbul. Ma cupe notizie li salutarono alle porte di Adrianopoli. La flotta ottomana era stata perduta in una sconfitta umiliante e straziante. Se *kiyamet* avesse avuto un altro nome sarebbe stato Lepanto. A centinaia finirono annegati, uccisi, fatti schiavi. La gente era stordita dal colpo, ma non durò. Dopo la perplessità venne lo scontento, e dopo lo scontento la rabbia. All'improvviso erano tutti furiosi col sultano.

Per la prima volta in anni Jahan ebbe paura a camminare per le strade. A un certo punto, mentre lui e Chota passavano, qualcuno lanciò loro una pietra, che sibilando volò oltre il capo di Chota e colpì un tronco d'albero. Jahan si guardò intorno, cercando di scoprire il colpevole. Vide dei ragazzini che giocavano a ossi, un venditore ambulante che offriva frattaglie e delle persone che camminavano. Poteva essere stato uno qualunque di loro. Non riuscì a non pensare che qualcuno li detestava perché erano l'elefante del sultano e il mahout del sultano.

Anche l'umore al cantiere era cupo. Ciò che era cominciato nella speranza si volgeva in avvilimento. Zelo e disperazione. Potere e perdita. Cipro e Lepanto. La Selimiye, come se fosse costruita sotto un pendolo invisibile, oscillava tra due opposti. E nel bel mezzo di tutto c'era il maestro Sinan, imperturbato, impassibile, al lavoro.

Continuarono. I minareti erano sottili, aggraziati e più alti di qualunque altro avessero visto o sentito descrivere. Quattro ordini di finestre su tre gallerie facevano entrare una luce abbondante che si rifletteva sui pannelli di piastrelle, rendendo la moschea chiara e allegra nonostante il cipiglio degli operai. Le facciate di arenaria erano color del miele, calde e invitanti. Lo spazio all'interno era vastissimo, ininterrotto. Ovunque ci si inginocchiasse si vedeva il *mihrab*, dove l'imam sedeva e guidava la preghiera. Tutti erano ugualmente vicini a Dio.

Pittori greci furono fatti venire dall'isola di Chio per dare una mano con le decorazioni. C'era anche un artista maomettano, un uomo sognante dal nome di Nakkash Ahmed Chelebi. Il suo rispetto per la moschea era tale che veniva in momenti diversi del giorno solo per vedere, per ammirare. Mentre in mare aperto isole venivano catturate, flotte venivano affondate, musulmani uccidevano cristiani e cristiani uccidevano musulmani, nel mondo simile a un bozzolo di Sinan lavoravano fianco a fianco.

Sostenuta da otto pilastri ottagonali di marmo e granito, la cupola posava su un quadrato con semicupole agli angoli. Incantevole com'era, dentro e fuori, era delle sue misure che tutti erano curiosi. Maestri di geometria si unirono a Takiyuddin, il Capo astronomo reale, e presero precise misure. Volevano tutti conoscere la risposta: la loro volta del cielo blu scuro era più grande di quella della Hagia Sophia? Sì. Misurando dalla base della cupola fino al centro, era più alta. La cupola tonda della moschea Selimiye con la sua cima più alta aveva superato la cupola piatta della chiesa di Giustiniano. Eppure no. Partendo da terra per arrivare in cima la loro era più bassa, e quella della Hagia Sophia più alta.

Più alta e più bassa insieme. E Jahan si domandò, anche se non riuscì mai a indursi a chiederlo, se con tutta quell'agitazione e quelle alte attese fosse proprio così che il maestro Sinan aveva voluto tenerla.

Marcantonio, il bailo il cui mandato era concluso, stava partendo da Istanbul. Aveva passato sei anni sotto il cielo ottomano, e a differenza di molti viaggiatori in quella terra era diventato, seppur in modo minimo, un cittadino di Istanbul. Essendo una persona affabile aveva una gran quantità di amici, due dei quali aveva in grandissima stima: il gran visir Sokollu e Sinan.

Poiché era un uomo di lettere, e conosceva la scultura e l'architettura, quel vivace emissario di Venezia. Ogni tanto andava a trovare Sinan, e definiva il suo lavoro, schioccando le dita e ridendo di cuore, «favoloso». Anche Sinan andava da lui, nonostante ci fosse chi lo guardava con sospetto per la sua amicizia con un infedele.

C'era un altro essere in città a cui l'ambasciatore si era affezionato: Chota. Tutte le volte che Marcantonio incontrava Jahan domandava notizie della salute dell'animale, e gli portava dolcetti. Intriso di curiosità, chiedeva a Jahan informazioni sugli elefanti: ma non quanto mangiano, quanto pesano, quanto vivono. Jahan era abituato a sentirsi fare simili domande. Quelle di Marcantonio erano diverse. È vero, chiedeva, che gli elefanti, come le donne, tendono a piangere quando hanno il cuore spezzato? Quando la bestia andava a dormire, secondo l'umile opinione di Jahan sognava? Aveva idea di essere un elefante o afferrava solo il mondo esterno a sé? Incapace di rispondere, spesso Jahan aveva lasciato che Marcantonio desse da mangiare a Chota e lo cavalcasse nella speranza che trovasse le risposte da solo.

Un bel giorno di primavera Marcantonio comparve nel serraglio. Lo seguivano due servi che trasportavano un grosso oggetto avvolto in un drappo.

«Un dono d'addio per il gran visir» disse il bailo con un sorriso malizioso.

«Posso dare un'occhiata?» chiese Jahan.

Tolsero il drappo e Jahan fu sorpreso di vedere che era un ritratto dell'emissario italiano in turbante e caftano. Era seduto su un divano e non accavallava le gambe come i franchi, ma ne aveva una piegata all'indietro e l'altra al ginocchio, come gli ottomani. Dalla finestra aperta sullo sfondo si vedeva Istanbul: lussureggianti colli verdi, nuvole soffici, un mare azzurrissimo punteggiato da caicchi.

A prima vista il ritratto non era somigliante. Marcantonio aveva la pelle cerea e porosa, mentre il suo doppio risplendeva di gioventù e salute. Il naso ricurvo, i peli nelle narici, il neo sulla guancia che s'incipriava ogni giorno con cura, tutto era stato cancellato. Era come se indossando le vesti ottomane e accettando di posare per il pittore fosse scivolato in un altro regno dove tutto era più morbido e luminoso. In fondo c'era una dedica: «Domino Mahomet Pacha Musulmanorum Visiario amico optimo».

Più Jahan fissava il ritratto più lo sentiva vivo. Lentamente i caicchi cominciarono a scivolare sul mare, i remi a sollevare schizzi, e le nuvole all'orizzonte si fecero di un rosso ardente. Poi, cauto, l'uomo del ritratto sgranò gli occhi rivolto al bailo, come per accertarsi della loro somiglianza. Con un brivido Jahan abbassò il drappo. Era sicuro che ci fosse uno spirito nascosto nel quadro, anche se non sapeva dire se fosse buono o cattivo.

Il mercoledì, mentre gli apprendisti erano occupati a lavorare su uno schizzo, arrivò un altro dono da Marcantonio, questo per il maestro Sinan.

Una scatola di legno di rosa intagliato, con incastonate le iniziali d'oro, MB. Dentro c'era un libro con la legatura di pelle, *I Dieci Libri dell'Architettura* di Vitruvio. Era tradotto e commentato nientemeno che dal fratello di Marcantonio.

Sinan aveva già studiato il trattato ma fu felicissimo di ricevere quella nuova edizione in italiano. Strinse la scatola al petto e si ritirò nella biblioteca. Ma prima chiamò Jahan. «Vieni ad aiutarmi a leggere.»

Non fu facile. Il testo era scritto in un raffinato italiano cortigiano che Jahan trovò difficile da interpretare. Ogni frase uno sforzo. Pezzo per pezzo, riuscì a farsi strada tra le pagine. Sinan ascoltava attento, gli occhi stretti, in contemplazione.

L'architettura è una scienza, diceva il libro. È basata su tre qualità: forza; scopo; e bellezza.

«Dimmi, quale di queste tre parole sacrificheresti se dovessi sacrificarne una?»

«Bellezza» rispose sicuro Jahan. «Non possiamo compromettere forza o scopo. Possiamo fare a meno della bellezza, se necessario.»

Il volto di Sinan diceva il contrario. «Non possiamo rinunciare alla bellezza.»

«Allora quale dobbiamo sacrificare?»

«Nessuna» disse Sinan con un sorriso dolce. «Se rinunci a una di esse, finirai col perderle tutte e tre.»

Proprio in quel momento entrò il figlio della *kahya* con una lettera, dicendo che arrivava da palazzo. Sinan spezzò il sigillo e la lesse, gli occhi luccicanti di pagliuzze ambrate. Disse che il sultano Selim dava un banchetto per Marcantonio. Un grande onore, senza dubbio, che dimostrava che il sovrano si era affezionato al bailo.

«Generoso da parte del nostro sultano» commentò Jahan.

«Be', a quanto pare verrai anche tu.»

«Io?» Jahan non poteva credere che il suo nome si trovasse in una lettera reale.

Non proprio, si scoprì. Prima di tutto la lettera era del gran visir Sokollu. Secondo, non era il nome del mahout ma quello dell'elefante a essere citato. Sapendo quanto il bailo fosse legato alla creatura, Sokollu chiedeva che Chota intrattenesse i presenti quella sera. Jahan si sentì il cuore sprofondare.

«Sei turbato» disse Sinan.

«Io sono l'apprendista del Capo architetto reale, ma il visir mi vede come un mahout.»

«Sta' allegro» disse Sinan. «Io voglio che tu mi accompagni al banchetto. Quando avrai mangiato potrai esibirti.»

Jahan lo guardò a bocca aperta, faticando a trattenere l'eccitazione. Voleva dire che non avrebbe cenato con i domatori nel serraglio, in attesa del suo turno, ma nella sala grande con gli ospiti. Ma invece di ringraziare il maestro si sentì dire: «Chota non sa fare giochetti».

«Non serve. Fai sfilare l'animale. Un esercizio semplice basterà. Vogliono vedere ciò che Dio ha creato più che ciò che riesci a far fare all'elefante.»

Jahan era comunque angosciato. La catastrofe al tempo di Hurrem Sultana era ancora fresca nella sua memoria. Pur rancoroso, cominciò a esercitarsi in giochetti con Chota. Per l'occasione all'elefante era stata preparata una nuova gualdrappa gialla, e quando la indossò visto da lontano sembrava un globo di fuoco.

Alle zampe portava braccialetti, cerchi d'argento con centinaia di campanelline appese. La prima volta che Jahan le mise a Chota, l'animale rimase paralizzato. Fece qualche cauto passo, poi si fermò, riprese a marciare, si fermò, incapace di capire da dove venisse il rumore.

Il pomeriggio del gran giorno Jahan lavò, spazzolò, ripulì e unse Chota dalla proboscide alla coda. Poi gli mise il manto e i bracciali.

«Bellissimo» lo blandì. «Se fossi un'elefantessa m'innamorerei.»

Per un brevissimo istante gli occhi di Chota, troppo piccoli per il suo testone, s'incresparono di gioia. Fu così che varcarono le porte che davano sui cortili interni.

La serata cominciò con la cerimonia dei doni. Al bailo furono consegnati scialli, scarpe, cinture ingioiellate, usignoli in gabbie d'oro e una grossa borsa che conteneva diecimila akçe. Si levò un mormorio di approvazione: tutti lodavano la generosità del sultano Selim, che doveva ancora palesarsi. L'ambasciatore fu fatto entrare nella sala da pranzo.

Dentro una sala dal soffitto alto erano stati preparati quattro tavoli, dove avrebbero cenato solo le persone più importanti. Marcantonio, il gran visir e il maestro Sinan sarebbero stati allo stesso tavolo.

Il sultano avrebbe mangiato da solo, com'era abitudine a palazzo. Jahan pensò ai re e alle regine franchi che cenavano col loro seguito. Si chiese che cosa fosse meglio, il loro sistema o quello ottomano? Chi avrebbe voluto guardare il monarca masticare una coscia di pollo o manducare e ruttare come un comune mortale? Non veder mangiare il sultano non faceva che accrescerne la rispettabilità. Eppure lo rendeva ancora più irraggiungibile e alla fine più difficile da capire. È più facile amare qualcuno con cui condividi il pane.

Nel frattempo gli altri ospiti, Jahan compreso, furono condotti in sale più piccole. Una cinquantina di ragazzi di taglia e altezza simile, in *shalwar* verde, cominciarono a servire. Destri e rapidi, portarono grandi vassoi tondi e li poggiarono su gambe di legno. Su questi disposero cucchiai e olive, sottaceti e spezie in ciotole così piccole da non osare intingervi un dito per paura di romperle. Poi portarono bacili e caraffe d'argento perché tutti si lavassero le mani. Infine distribuirono tovagliette e *peskir* perché gli ospiti se li ponessero in grembo e si pulissero le dita.

Ben sapendo quanto sono importanti le buone maniere, Jahan si guardò a destra e a sinistra, osservando ciò che facevano gli altri. Il peccato più grave che si potesse commettere a un banchetto era la golosità. Anche davanti al proprio piatto preferito bisognava mangiare lentamente, senza mostrare segni di avidità. Jahan fece attenzione a usare le tre dita della mano destra senza far colare l'olio. Grazie al cielo c'erano altri come lui, che studiavano i modi degli altri. Un po' di volte i loro sguardi s'incrociarono e si scambiarono cenni educati.

Fu servita loro una zuppa di grano con un pezzo di pane scuro, così ricca che Jahan avrebbe potuto smettere di mangiare all'istante. Ma non appena furono portate via le ciotole, arrivarono foglie di vite ripiene di carne, riso con pinoli, kebab di pollo, pollo con funghi, agnello al burro, piccioni fritti, pernici arrosto, zampetti d'agnello, oca ripiena di mele, acciughe in salamoia, un grosso pesce rosso dalle acque ghiacciate su al nord, *borek* con carne a pezzetti, uova con cipolle. Servirono *hoshaf* in ciotole e limonata in caraffe. Con l'appetito acceso dai deliziosi aromi, Jahan assaggiò tutti i piatti serviti. Mentre continuavano a mangiare, i *cesnici* e i *kilerci* giravano intorno, controllando che tutto funzionasse alla perfezione. Poi arrivarono i dolci: baklava alle mandorle, pera cotta con ambra grigia, budino di ciliegie, ghiaccio tritato addolcito con fragole selvatiche e cataste di fichi al miele.

Finita la cena gli ospiti barcollarono fuori e si abbandonarono sulle poltrone preparate per loro. Mangiatori di fuoco si aggiravano nei loro farsetti luccicanti, gli acrobati facevano salti all'indietro, i mangiatori di spade inghiottivano le lame più affilate. Comparvero tre fratelli: un *cemberbaz*, che giocava coi cerchi, un *shishebaz*, che lanciava bottiglie, e un *canbaz*, che giocava con la propria vita, saltellando su una corda tesa in alto. Quando toccò a loro, Chota e Jahan avanzarono con sicurezza posticcia. Si esibirono, per fortuna senza incidenti, nei pochi trucchetti che conoscevano. Chota prese il fiore dalla cintura di Jahan e lo diede al bailo, che lo prese con una risata allegra.

Dopo, i tre – il maestro, l'apprendista e l'animale – se ne andarono da palazzo, ciascuno chiuso nei suoi pensieri. C'era un senso di conclusione nell'aria. Il bailo se ne andava, l'estate stava per finire. Il sultano Selim non si era mostrato per tutta la serata, e correva voce che la sua salute stesse peggiorando. A Jahan parve che in verità anche il mondo fosse uno spettacolo. In un modo o nell'altro, fanno tutti la parata. Eseguono i loro giochetti, ognuno di loro, qualcuno resta più a lungo, qualcuno meno, ma alla fine escono tutti dalla porta sul retro, parimenti inappagati, parimenti bisognosi di applausi.

Poco dopo l'inaugurazione della moschea Selimiye, il sultano fu colto dalla malinconia. La sua tetraggine era tale che non godeva nemmeno del grandioso monumento costruito in suo nome. Jahan trovava strano che la gente comune che pregava nella moschea trovasse diletto nella sua architettura e magnificenza più del sovrano che l'aveva pagata. Erano gli umori nel suo corpo che lo facevano soffrire. Aveva troppa bile nera nel sangue, e di conseguenza non poteva evitare di sentirsi triste giorno e notte. Era stato curato con le coppette e salassato a dovere, e aveva dovuto prendere elleboro e vomitare, ma la tristezza non era colata via.

Con il maestro, i compagni apprendisti e Chota, Jahan tornò a Istanbul. Con l'elefante bianco si ristabilì nel serraglio. Fu lì, un pomeriggio di dicembre, che il sultano comparve. Portò con sé un sufi.[26]

Jahan era nella stalla a controllare il cibo dell'elefante. Di recente le cure di Chota erano state assegnate ad alcuni domatori più giovani, uno dopo l'altro, ma Jahan si occupava ancora di lui, e verificava che venisse accudito con proprietà. Fu proprio mentre era affaccendato che sentì il sultano e il sufi avanzare nei

[26] Halveti Shaykh Suleiman Effendi.

giardini delle rose. Salì nel granaio. Li spiò da una fessura tra le assi di legno. Il volto avvizzito di Selim aveva un malsano colore giallastro, la barba era poco curata, e lui aveva messo su altro peso. Aveva gli occhi gonfi. Doveva essersi rimesso a bere. Oppure, comprese Jahan con orrore, aveva pianto.

Il sultano e il sufi sedettero su una panca di pietra vicino alle gabbie dei felini selvatici. Jahan non poteva credere che il Signore dell'Est e dell'Ovest si fosse lasciato cadere su quel freddo, sporco sedile. Le loro voci erano come il mormorio di un fiume e non capì quasi nulla. Poi colse le parole che si riversavano dalle labbra del sultano: «È vero che Allah ama coloro che si purificano?».

Era la Sura del Pentimento, Jahan lo sapeva. Il sultano era così affezionato alla preghiera che l'aveva fatta scrivere in *thuluth* sulla parete di una moschea che aveva commissionato a Konya. Jahan provò un'immensa tristezza, che lo rese più audace di quanto non avrebbe osato normalmente. Uscì dal nascondiglio e andò a salutarli.

«Come sta la bestia?» chiese Selim, che non aveva mai imparato il nome di Jahan.

«Sta bene, mio Sire. Vostra Altezza vuole cavalcare il suo elefante?»

«Un altro giorno, mahout» disse Selim distrattamente.

Non ci sarebbe stato un altro giorno. Quella settimana Selim cadde nell'*hamam* e batté il capo. Dissero che era ubriaco fradicio quando morì. Altri dissero che era sobrio ma così assente che non vedeva dove andava. Figlio di un uomo troppo autoritario, reggente di un impero troppo grande, portatore di un'anima troppo ferita, sognatore di poesie troppo delicate, Selim il Beone, Selim il Biondo, Selim il Desolato lasciò questo mondo all'età di cinquant'anni. Nurbanu avvolse il suo corpo nel ghiaccio, tenendone segreta la morte finché il figlio prediletto, Murad, non arrivò dall'Anatolia.

Il sultano Murad salì al trono. Prima fece giustiziare i fratelli e poi seppellì il padre. Amava le moschee imponenti quanto ogni altro sovrano, ma non attribuiva valore alla magnificenza come il nonno Suleiman né alla bellezza come il padre Selim. Niente forza né bellezza. Ciò che ora importava era solo lo scopo. La funzione sopra la grandezza. La funzione sopra la bellezza. Da quel giorno niente sarebbe stato lo stesso per Sinan e i suoi quattro apprendisti.

Una notte nel serraglio furono destati da un orribile rumore. Un miscuglio di nitriti, uggiolii, borbottii, ululati, gemiti lacerò l'aria. Jahan gettò via la coperta e balzò in piedi. Anche gli altri domatori si alzarono. Taras il siberiano, tranquillo in ogni circostanza avversa, fu il primo a uscire mentre gli altri cercavano a tentoni abiti e stivali. Avanzando come un cieco nel buio, Jahan uscì in giardino, dove una lama di luce lunare splendeva timida. C'era un torrente di luce che si riversava dall'alto: una cascata di tutte le sfumature di rosso. Gli ci volle un attimo per capire che cos'era.

«Il fuoco!» urlò qualcuno.

Jahan stava assistendo a un altro incendio nel cuore del palazzo. I giardini, i padiglioni e i corridoi, sempre così silenziosi che camminando si sentiva il fruscio dei propri capelli, ribollivano di urla d'aiuto. Il codice del silenzio che risaliva ai giorni del sultano Suleiman era andato in fumo.

Il nefasto evento si era scatenato dall'altra parte delle mura interne, lungo il limitare est del secondo cortile. Jahan sapeva che cosa si trovava là: le cucine reali. Le dispense e le stanze annesse ardevano lentamente. Solo di recente il maestro e gli apprendisti avevano ristrutturato quegli edifici. Ed ecco che andavano a fuoco. Le fiamme erano balzate a ovest, divorando in modo lento ma inesorabile le voliere. Jahan si chiese se qualcuno avesse liberato gli uccelli. Il pensiero di centinaia di paia d'ali che sbatacchiavano in preda al terrore, incapaci di spiccare il volo, lo trafisse nel profondo.

Il primo cortile, dove si trovavano al momento, era ancora intatto. Ma il vento era forte, volubile. Ogni tanto soffiava dalla loro parte, portando spesse ceneri grigie come farfalle morte. Il fumo bruciava loro gli occhi, riempiva loro i polmoni. Le scimmie, in preda a una paura incomprensibile, i denti scoperti, gli occhi vitrei, picchiavano sulle sbarre di ferro. I domatori dovevano spostare tutti gli animali del serraglio in un luogo sicuro.

Non fu un'impresa da poco. Se li si costringeva a far qualcosa, gli animali erano capaci dei comportamenti più strani. I giardini reali non erano il loro luogo di nascita, ma erano la loro casa. Nessuno poteva prevedere come avrebbero reagito una volta obbligati a uscire dalle gabbie per entrare in casse di legno. I domatori non avevano molti carri a disposizione, e poterono procedere solo un po' alla volta, spostando alcuni animali insieme. Impreparati e confusi, discussero tra loro sul da farsi. Gli stallieri circassi volevano aspettare gli ordini del Capo eunuco bianco. Un'altra ondata di vapori e braci che soffiava dalla loro parte bastò a zittirli. Non c'era tempo da perdere.

Prima spostarono le scimmie grandi. Non perché fossero più preziose ma perché nessuno riusciva a sopportare il chiasso che facevano. Poi Jahan guidò Chota fuori dalla stalla. Saggio com'era, Chota non pose problemi. Anzi, fu ben disposto, e diede il suo aiuto. Non gli dispiacque trainare il carro sul quale avevano sistemato scimmie e gorilla, molti urlanti, intenti a saltare su e giù, barcollanti come ubriachi intrattabili.

Le creature che potevano muoversi da sole furono liberate: cavalli, cammelli, zebre, giraffe, gazzelle e renne. Temendo che un rumore improvviso potesse spaventarle e indurle a una fuga precipitosa, i domatori furono cauti, attenti. Legarono gli animali per il collo l'uno all'altro formando una carovana di improbabili compagni di viaggio. Alcuni a cavallo, altri sui carri, seguirono i loro animali. Nonostante tutte le precauzioni, non appena furono fuori dal palazzo le zebre, come stregate, sfrecciarono giù dalle colline, trascinando il resto della carovana. I domatori le rincorsero rapidi come demoni. Zuppi di sudore, polvere e imprecazioni, riuscirono a trattenere le zebre prima che il branco travolgesse se stesso, una bestia sull'altra.

Con l'aiuto di bastoni e reti, blandizie e minacce, caricarono gli animali reali sui carri. E uscirono i serpenti, i camaleonti, gli struzzi, le tartarughe, i procioni, le donnole, i pavoni e i lama terrorizzati. Poi vennero le volpi, le iene, le pantere e i leopardi. Li trasportarono fuori dai cancelli del palazzo, giù dai declivi verso un varco vicino ai moli, non sapendo quanta strada avrebbero fatto le fiamme.

L'elefante e il mahout fecero parecchi giri, portando cibo e acqua per gli animali.

Quando ebbero finito, Jahan posò un cesto di foglie davanti a Chota, lasciandolo alle cure dei gemelli cinesi, e tornò al serraglio per un'ultima ispezione. In parte era per una vecchia abitudine. Vero, da quando il capitano Gareth se n'era andato lui aveva smesso di rubare, ma come tutti i ladri sapeva che un incendio è un'opportunità irripetibile di imbattersi in ricchezze inaspettate. Ma non era la sola ragione per cui desiderava tornare. Stava pensando a Mihrimah. A lungo dopo la morte del fratello Selim si era rifiutata di venire a palazzo. Ma quella notte era anche lei nell'harem. *Chissà se è spaventata*, si chiese Jahan. Pensò alla sua bambinaia, e alla fatica che doveva costarle respirare, con la sua asma. Entro un paio d'ore, per quel che ne sapeva lui, le fiamme avrebbero potuto lambire le loro stanze. Voleva essere sicuro che stessero bene e fossero al sicuro.

Le guardie al cancello erano troppo distratte per prestargli attenzione. Ormai l'incendio si era avvicinato e si spingeva sopra le mura verso i giardini delle rose. Le braci schizzavano in spruzzi d'oro. Quando giunse al recinto dei felini selvatici, Jahan fu sorpreso di vedere che i leoni erano ancora rinchiusi: erano due femmine e un maschio. Le enormi bestie, nervose e inquiete, camminavano avanti e indietro, ringhiando a qualcosa in lontananza, come se si trovassero davanti a un nemico che soltanto loro riuscivano a sentire.

Fuori dalla gabbia c'era Olev. Animato come al solito, gridò: «Ehi, Indiano. Perché sei tornato?».

«Volevo dare un'occhiata. Hai bisogno di una mano?»

«Le mie ragazze sono spaventate; il ragazzo non vuole uscire. Dovrò trascinarli fuori. Non voglio che i poveretti si brucino.»

Sorridendo alla propria battuta, disarmato, Olev aprì la porta di ferro ed entrò nella gabbia. Jahan lo guardò avvicinarsi a una delle femmine, parlando in tono tranquillo, senza interrompersi. La belva rimase immobile, seguendo con lo sguardo ogni gesto del domatore. Lento, cauto, Olev le passò un cappio attorno al collo, e tirando, attento, la guidò fuori. La spinse su per una tavola nella cassa di legno sistemata su un carro. Poi spostò allo stesso modo la seconda leonessa. Mentre lei usciva il maschio guardava da un angolo, gli occhi due schegge di citrino scuro.

Jahan si sentiva scottare la nuca. La preoccupazione cominciò ad attanagliarlo. Lontano avanzava l'alba. C'era qualcosa sul volto di Olev che prima era assente. Un impercettibile tremolio delle narici, una piccola contrazione della bocca. Erano in due nella gabbia: il domatore e il leone. Olev reggeva una corda, floscia, come se non sapesse che farne. Per la prima volta Jahan lo vide esitare. Il leone ringhiò, un borbottio appena avvertibile, come se anche lui tentennasse. Col cuore a mille, Jahan afferrò un bastone e mise un piede nella gabbia.

«Indietro» disse Olev. «Vai via!»

Jahan trasse un respiro e fece come gli era stato detto.

«Chiudi la porta!»

Jahan obbedì di nuovo. Si sentiva intorpidito, incapace di pensare a dovere. La coda color fiamma di Olev si sciolse, i capelli si sparsero sul colletto. Si asciugò il sudore dalla fronte, distratto per un attimo. In quell'istante il leone si volse verso di lui con un altro ringhio, come se si fosse appena accorto di lui, come se quello non fosse l'uomo che si era preso cura di lui un anno dopo l'altro, nutrendolo ogni giorno prima di nutrire se stesso. La bestia alzò la zampa, gli artigli snudati; e balzò sull'uomo.

Olev cadde. Non c'era traccia di dolore sul suo volto, solo stupore. L'espressione di un padre deluso dal figlio. Fuori dalla gabbia, Jahan scattò in avanti come un pazzo, agitando le braccia, gridando. Il bastone ancora in mano, colpì le sbarre della gabbia nella speranza di distrarre il leone. Funzionò. L'animale si ritrasse e fece alcuni passi verso di lui.

Nel frattempo Olev si alzò, incerto sulle gambe. Invece di andare verso la porta si avvicinò al felino, chiamandolo. Accadde in fretta. Come un sogno Jahan lo vide succedere, davanti ai suoi occhi. Il leone distolse lo sguardo da Jahan, si voltò e balzò sul suo domatore, chiudendo le fauci sul collo di Olev.

Jahan urlò, la sua voce quella di un estraneo. Spezzò il bastone, prese a calci le sbarre, urlò al felino. Trovò una mazza lì vicino, e corse indietro, troppo terrorizzato per ricordarsi di pregare. Entrò nella gabbia. C'era una pozza di sangue dove giaceva Olev. Il leone, perso interesse, era tornato nel suo angolo. Lentamente, senza distogliere lo sguardo dal felino, pur non sapendo che cosa avrebbe fatto se quello fosse balzato, Jahan trascinò fuori l'uomo ferito. Gli occhi di Olev erano aperti e si muovevano a scatti; dalla gola schizzava sangue. Il collo era stato squarciato, la vena giugulare strappata. Il tempo di trascinarlo fuori e Jahan chiuse la porta. Non gl'importava se le fiamme avessero raggiunto il leone. Voleva che bruciasse.

Seppellirono Olev in un cimitero non molto lontano dal serraglio. Il leone, nonostante l'augurio di Jahan, era sopravvissuto. In verità le fiamme non raggiunsero mai il serraglio, tutti i loro sforzi erano stati inutili. Le cucine reali erano ridotte in cenere insieme a parti dell'harem e dell'appartamento privato. Sinan e gli apprendisti avrebbero dovuto ricostruire tutto quanto.

Dopo il funerale di Olev – a cui presero parte solo i domatori di animali e gli scudieri – qualcosa s'impadronì di Jahan. Fu colto da un profondo rancore, come se in una sola morte avesse visto la morte di tutti loro. Era divorato da una rabbia profonda, non per il leone che aveva ucciso un amico ma per tutti gli altri; per se stesso, per aver lasciato solo Olev in quella gabbia e aver agito troppo tardi; per il sultano, che non aveva nemmeno pensato ai suoi servi che morivano servendolo; per il maestro Sinan, che, insensibile ai disastri, continuava a creare un edificio dopo l'altro; per Dio, che consentiva loro di sbagliare e soffrire tanto e si aspettava ancora che lo pregassero grati. Sì, il mondo era bello: di una bellezza che lo infastidiva. Che differenza faceva che fossero feriti o felici, nella ragione o nel torto, quando il sole sorgeva e la luna tramontava comunque, con o senza di loro? La sola creatura per cui non provava risentimento era Chota, e passava tutto il tempo che poteva accanto a lui, placato dalla sua calma.

La rabbia non era tutto. Qualcos'altro la accompagnava – un'ambizione che non aveva mai provato prima. C'era una parte di lui che desiderava sfidare non solo il maestro che l'aveva fatto suo apprendista, il sultano che l'aveva fatto suo mahout, e il Dio che l'aveva fatto debole, ma sopra tutti Mihrimah, che per tutti quegli anni l'aveva fatto soffrire in silenzio. Lavorava sodo, parlava poco. Questo più o meno era il suo umore quando Sinan e gli altri tre apprendisti arrivarono a palazzo per riparare ancora una volta il danno.

«Aggiungeremo nuovi bagni e padiglioni vicino alla spiaggia» disse Sinan. «L'harem e l'appartamento privato hanno bisogno di restauri. Li ingrandiremo ancora. Tutto ciò che costruiamo deve essere affine allo spirito dell'edificio.» Tacque per un momento. «Voglio che disegniate un progetto. Chi mi porta il migliore sarà il mio Primo assistente.»

Jahan fu sorpreso. Fino a quel giorno erano stati trattati come pari, anche quando sapevano di non esserlo. Ora il loro maestro li faceva competere gli uni contro gli altri. Avrebbe voluto essere eccitato. Ma non provava alcuno slancio. Lavorò comunque, anche se non al fianco degli altri apprendisti all'ombra nei giardini. Lui andò nella stalla, si sedette vicino a Chota e lì finì i suoi schizzi.

Qualche giorno dopo Sinan chiese di parlare con lui – subito. Aveva disposto i progetti fianco a fianco, ed erano quattro.

«Vieni» disse. «Voglio che tu li guardi e mi dica cosa vedi.»

Non sapendo quale rotolo appartenesse a chi, Jahan osservò i tre disegni. Li paragonò al proprio. Sembrava che lui solo avesse proposto di abbattere i bagni e di ricostruirli dietro l'harem. Anche se Mihrimah non viveva più lì, aveva fatto quel progetto pensando alla sua comodità. Mentre osservava gli schizzi cominciò a riconoscere il tratto rapido di Davud, il disegno meticoloso di Nikola e la mano leggera e sciolta di Yusuf.

«Cosa ne pensi?» chiese Sinan.

A disagio, Jahan indicò il meglio di ogni disegno. Sinan disse: «So quali sono i loro punti di forza. Dimmi quali sono i punti deboli».

«Questo qui è stato fatto in fretta» disse Jahan. L'altro, spiegò, nel suo desiderio di copiare il maestro non aveva pescato nella propria anima.

«E questo?» chiese Sinan, mostrando a Jahan il suo rotolo. «Mi piace che si preoccupi della popolazione dell'harem e che faciliti loro le cose.» Jahan si sentì avvampare.

«Però non tiene conto dei dintorni. Non c'è armonia tra le nuove costruzioni e la vecchia struttura.»

Gli occhi di Sinan scintillarono. Prese l'ultimo progetto. «E questo?»

«Attento, equilibrato. Ha rispettato l'edificio e l'ha allargato in proporzione.»

«Giusto. Adesso vorrei sapere perché il tuo progetto, che è il migliore, non presta attenzione al palazzo.»

Jahan s'incupì. «Non lo so dire, maestro.»

«Il tuo era il migliore ma non teneva conto dell'armonia. Noi non costruiamo edifici che galleggiano nello spazio vuoto.»

Così l'apprendista muto divenne il Primo assistente. Arrossendo fino alle orecchie, un sorriso timido che aleggiava sulle labbra, Yusuf tenne lo sguardo a terra, come se volesse scomparire lì stante. Quanto a Jahan, aveva appreso qualcosa su di sé: che aveva raggiunto un punto nella sua arte in cui poteva o migliorare o distruggere il proprio talento. Né Davud né Yusuf né Nikola erano i suoi rivali. Il suo più temibile rivale non era altri che se stesso.

Passarono l'estate ampliando il palazzo e riparando le zone danneggiate dal fuoco. Abituati com'erano a lavorare in ogni sorta di cantieri, quello era diverso, stranamente tranquillo. Intanto non circolavano lazzi tra gli operai, niente scherzi o battute quando trasportavano le assi, azionavano le carrucole o mangiavano la loro zuppa. Quando misero diritta una colonna di marmo grezzo, decine di uomini impegnati a tirare insieme, con le funi che tagliavano loro i palmi, non si udirono le consuete urla di *Allah*, *Allah*. Così come non c'erano lodi dai capimastri quando uno di loro faceva un buon lavoro: erano più impegnati a spingere gli operai a lavorare di più che a lodarli. Perfino martelli, seghe e asce facevano un rumore meno assordante del solito. Un silenzio strano sovrastava ogni cosa, lasciandoli storditi come se si fossero appena svegliati da un sonno profondo. Tale era l'effetto della vicinanza del sultano Murad.

In quelle settimane Jahan incontrò servi che non aveva mai incrociato prima e apprese di sale di cui ignorava l'esistenza. Il palazzo era un labirinto di stanze dentro stanze e di sentieri che disegnavano cerchi, un serpente che si mangiava la coda. Era così vuoto da indurti ad amare la tua ombra e così affollato da lasciarti a boccheggiare in cerca di aria. C'erano molte più persone sotto il suo tetto che al tempo del sultano Suleiman: più donne nell'harem, più guardie alle porte, più paggi che servivano più piatti. Come un pesce che non sa quando è sazio, il palazzo continuava ad assorbire più vita.

Quando gli apprendisti ebbero finito di ricostruire le cucine, cominciarono gli ampliamenti all'esterno dell'harem. Le concubine, ritiratesi nelle stanze più interne, erano invisibili. Jahan sperava di vedere, se non Mihrimah, qualcosa che le appartenesse: un fazzoletto con le sue iniziali, una babbuccia di velluto, un pettine d'avorio. Non trovò nulla. Qualche giorno dopo Mihrimah gli mandò un messaggio. Lei e la *dada* tornavano nel suo palazzo. *A mezzogiorno varcheremo la Prima Porta.*

Seduto su uno dei rami più alti di un melo, Jahan attese, esaltato e terrorizzato. Nella calura sonnolenta il sole brillava tra i frutti maturi, che nessuno coglieva perché appartenevano al sultano, che non aveva tempo per simili quisquilie. Jahan sussultò a un rumore lontano. Comparve una carrozza, che avanzava lentamente. Parve a Jahan che lui e solo lui fosse giunto in un punto morto mentre il mondo era andato avanti. Tutto era familiare in un modo strano. Accanto alla vastità dell'universo il suo battito divenne inudibile. Era un osservatore. Nulla di più. Le foglie frusciavano, le lumache avanzavano piano, le ali di una falena sbatacchiarono nel vento. Jahan assaporava ogni dettaglio, avvertendo che non avrebbe mai più vissuto quel momento. Il tempo divenne un fiume. Lui era in piedi accanto alla sponda erbosa e fissava l'acqua che passava, solo e desolato. La carrozza si fermò. Una mano, aggraziata come un uccello, tremò fuori dal finestrino e scostò la tenda. Mihrimah guardò il punto in cui era appollaiato Jahan, e il suo volto si addolcì mentre notava lo sguardo adorante del mahout. Vide ancora una volta che nonostante i decenni e la lontananza e le rughe profonde nulla tra loro era cambiato. Jahan la guardò a lungo, senza distogliere lo sguardo o chinare il capo; la guardò dritto negli occhi. Le labbra di Mihrimah si curvarono in un sorriso dolce, e arrossì appena. Si sfilò un fazzoletto dal petto, ne annusò il profumo, guardò Jahan lassù e lo lasciò cadere, perché venisse a raccoglierlo più tardi.

Era un pomeriggio soffocante di Ramadan: il digiuno li aveva rallentati. Jahan non pativa troppo la fame, ma la sete lo uccideva. Per quanti bicchieri d'acqua bevesse al *sahur*,[27] la mattina dopo non appena arrivava al cantiere la sua bocca era secca come polvere. Ore dopo, incapace di sopportare oltre, andava verso il retro delle cucine, dove c'era una fontana. Si sciacquava la bocca per liberarsi del sapore di ruggine. Se anche avesse inghiottito qualche goccia, pazienza. Era un peccato, imbrogliare così. Ma sperava che Dio non ci avrebbe badato se anche lui avesse consumato qualche gocciolina della Sua infinita acqua.

Mentre andava alla fontana, Jahan notò davanti a sé una persona con le mani guantate. Rapida e furtiva, scomparve tra i cespugli. Riconobbe l'apprendista muto e prese a seguirlo. Decise che era il momento di parlargli e cercare di scoprire se era lui il traditore.

Yusuf andò dritto allo stagno dove ogni tanto Chota si rinfrescava; sedette lì, il volto impenetrabile. Subito Jahan pensò che fosse venuto lì anche lui per placare la sete. Ma pareva che non facesse altro che fissare il proprio riflesso nell'acqua, triste

[27] Il pasto consumato la sera prima di un digiuno.

e sommesso, come se si fosse appena separato da qualcuno che amava teneramente. Jahan lo osservò per un po'. Yusuf era così tranquillo e distratto che a parte il movimento delle mani e qualche raro sguardo che scoccava verso il cantiere avrebbe potuto essere inanimato, un'altra bizzarra creatura della collezione del Capo eunuco bianco.

Poi, come in sogno, si tolse i guanti. Aveva mani sottili e bianche, senza alcuna traccia di ustioni. Jahan si chiese stupito perché avesse mentito a tutti. Quel che successe dopo lo confuse ancora di più. Yusuf cominciò a modulare una canzone. La sua voce, la voce che nessuno aveva mai sentito, era dolce e melodiosa. Jahan capì che si era imbattuto in qualcosa di oscuro, qualcosa di cui non sapeva venire a capo, e trattenne il fiato, osservando l'apprendista che per tutto quel tempo aveva preso per muto.

Yusuf tacque di nuovo: l'attimo svanì. Jahan cercò di farsi indietro ma nella fretta calpestò un rametto. Con un sussulto Yusuf si voltò e lo vide. Rimase attonito, le labbra sporgenti, come un bambino. Così profondo era il suo panico che Jahan stava per correre da lui, per dirgli di non preoccuparsi, che non avrebbe rivelato il suo segreto. Invece tornò al lavoro e cercò di non pensare alla faccenda. Eppure non riusciva a smettere di scoccare sguardi a Yusuf, che restava a capo chino, gli occhi fissi a terra.

Quella sera dopo cena Jahan si concedette qualche riflessione sul mistero. Il volto glabro, le lunghe ciglia ricurve, il modo in cui sedeva modestamente con le mani guantate in grembo. Tutto cominciava a tornare. La mattina dopo trovò Yusuf coperto di fuliggine e polvere, intento a disegnare. Nel vedere Jahan i suoi occhi si oscurarono, la schiena s'irrigidì.

«Vorrei parlare» disse Jahan. «Vieni con me, te ne prego.»

Yusuf lo seguì. Camminarono in silenzio e si fermarono all'ombra di un albero. Sedettero a terra, a gambe incrociate.

Jahan si schiarì la gola. «Ti ho sempre invidiato. Tu hai un dono. Non c'è da stupirsi che il maestro ti abbia scelto come Primo Apprendista.»

Furono distratti da un portatore che reggeva una cesta di pietre sulla schiena. Quando i suoi passi si furono dileguati, Jahan riprese. «Ma tu ti comportavi in modo strano... ho sospettato che tu avessi parte negli incidenti.»

Yusuf fece una smorfia sorpresa.

«Ora capisco che c'era una ragione per la tua riservatezza. Tu non manchi della parola. Tu nascondi la tua voce perché... sei una femmina.»

Lui – lei – allacciò lo sguardo a quello di Jahan: i suoi occhi erano grandi e spaventati come se Jahan fosse un'apparizione. Le sue labbra si mossero, subito prive di parole: una voce rimasta inutilizzata tanto a lungo che incespicava come un uccellino che impara a volare. «Lo dirai agli altri?»

«Senti, io non sto cercando...»

Le mani tremanti, lo interruppe: «Se lo dici, sarà la mia fine».

Jahan la guardò sgomento e annuì lentamente: «Ti do la mia parola».

La scoperta del segreto dell'apprendista muto aveva incuriosito Jahan non solo su di lei, ma anche su Sinan. Era sicuro che il suo maestro sapesse.

Di più, sospettava che fosse stata fin da subito una sua idea. Sinan voleva, permetteva, e incoraggiava il fatto che lavorasse con loro, una donna tra centinaia di operai, anno dopo anno, edificio dopo edificio. Per tutta la settimana meditò su quel mistero. Alla fine andò da lui.

«Apprendista indiano» disse Sinan, allegro. «Hai qualcosa da chiedere, lo capisco.»

«Mi piacerebbe sapere, se posso, come scegliete i vostri apprendisti.»

«Li scelgo tra i giovani dotati.»

«Ce ne sono molti così alla scuola del palazzo. Sarebbero disegnatori migliori.»

«Alcuni potrebbero…» Sinan lasciò la frase a metà.

«Io pensavo che noi fossimo gli studenti migliori che avevate incontrato. Che vanitoso! Ora capisco che abbiamo talento ma non siamo i migliori. Voi non scegliete i migliori. Voi scegliete quelli che sono bravi ma sono…» Esitò, cercando la parola giusta. «Orfani… abbandonati…»

Ci volle un attimo prima che Sinan parlasse. «Hai ragione. Io scelgo i miei apprendisti con cura. Quelli che hanno le doti ma non hanno un posto dove andare.»

«Perché?»

Sinan trasse un lento respiro. «Tu sei stato in mare, il grande mare.»

Non era una domanda, ma Jahan annuì.

«Hai mai visto le tartarughe marine sospinte a riva? Continuano a camminare, con tutta la loro forza, ma la strada è sbagliata. Hanno bisogno che qualcuno le faccia voltare verso il mare, a cui appartengono.»

Sinan si tirò la barba, che si era molto incanutita negli ultimi mesi. «Quanto ti ho visto, ho pensato che avessi una gran mente, e che avresti imparato in fretta, se solo ti avessi potuto distogliere dalle abitudini sbagliate, dal passato.»

Mentre Jahan ascoltava il suo maestro trovò la parola che cercava: «spezzati». Cominciava a capire quello che faceva Sinan, quello che faceva da tempo. Jahan, Davud, Nikola e Yusuf. Tutti e quattro arrivati dai quattro angoli del mondo, profondamente diversi ma ugualmente spezzati. Il maestro Sinan non solo li istruiva, ma li stava anche, con dolcezza ma con ostinazione, aggiustando.

Jahan mantenne la parola. Non spartì il segreto di Yusuf con nessuno, nemmeno con Chota, colto dalla superstizione secondo cui sarebbe passato dall'animale all'howdah, e dall'howdah alla gente che portava. Piano piano, nelle pause, Yusuf gli narrò la sua storia – o quel che ne era rimasto – e gli confidò il suo nome di molte estati prima, Sancha.

C'era una grande casa bianco latte coperta di glicine, disse, in una città chiamata Salamanca. Suo padre era un noto medico. Affettuoso con i pazienti, severo con moglie e figli, non desiderava altro che vedere i tre figli continuare la sua nobile professione. Insistette che anche la figlia venisse istruita. Di conseguenza tutti i tutori che venivano in casa insegnavano a tutti e quattro i ragazzi. L'estate che lei compì otto anni la peste varcò le porte della città. La morte si prese i maschi, uno dopo l'altro. Solo Sancha rimase, oppressa dal fardello di essere viva quando i più amati erano morti. Sua madre, stordita dal dolore, cercò rifugio in un convento a Valladolid. Rimasero solo Sancha e il padre. Lei si occupava di lui, anche se lui chiaramente ne disprezzava gli sforzi. Tuttavia a poco a poco cominciò a istruirla. Non nella medicina, perché era convinto che le donne fossero per natura incapaci in quella scienza, ma in altri campi: l'aritmetica, l'algebra, la filosofia. Le insegnò tutto ciò che sapeva. Essendo una brava studentessa, lei imparò in fretta, subito per sete di conoscenza più che nella speranza di guadagnarsi l'amore del padre. Col tempo ebbe tutori migliori. C'era un architetto, vecchio e povero, che passò molto tempo a darle lezioni, e intanto cercava di rubarle baci.

Suo padre aveva amici come lui, uomini che avevano cara la sapienza. *Conversos* e cattolici, e fra loro un arabo. C'era ancora molta paura e sospetto, a quel tempo. Gli eretici venivano bruciati al rogo, il puzzo della carne arsa sporcava il vento. Suo padre, la cui ricchezza aveva cominciato a diminuire, proclamò che in capo a un anno si sarebbe sposata con un lontano cugino. Un ricco mercante che lei non aveva mai visto prima e che già odiava. Supplicò, pianse, cercò di convincere il padre a non mandarla via, ma invano.

La nave su cui si imbarcò per andare a incontrare il fidanzato fu assalita dai corsari. Dopo settimane di sofferenze che preferiva non ricordare, si ritrovò a Istanbul, ridotta in schiavitù. Fu venduta a un musico di corte che era un conoscente di Sinan. L'uomo era gentile e la trattava bene, consentendole, su sua richiesta, di usare carta e penna. Le sue due mogli però la tormentavano tutti i giorni. Gelose della sua gioventù e bellezza, si lamentavano amaramente dicendo che non le aiutava come una concubina avrebbe dovuto. L'avevano controllata da capo a piedi e potevano attestare che non aveva niente che non andasse, ma ancora dubitavano che fosse una donna. Pur essendo stata convertita all'Islam e avendo dovuto assumere un nuovo nome, Nergiz, in segreto disegnava chiese cristiane con croci e campane. Il musicista ascoltava le loro lamentele ma non le chiese mai di vedere gli schizzi a cui alludevano.

Un giorno, mentre il musicista era in viaggio, le sue mogli strapparono i disegni di Sancha e la picchiarono. La stessa sera lui fece ritorno. Il suo destino avrebbe potuto essere diverso se solo fosse tornato qualche giorno dopo, quando i lividi fossero spariti. Invece lui vide gli abiti strappati, il volto ferito, gli occhi gonfi. Trovò anche gli schizzi strappati. Uno era rimasto intatto. Lo prese e lo mostrò a Sinan. Con sua sorpresa il Capo architetto reale rimase colpito e chiese di incontrare l'autore del disegno. Il musicista spiegò a Sinan che era una sua concubina, una fanciulla, anche se non più vergine, graziosa come il sole, e che era lieto di fargliene dono. Poteva fare di lei quello che voleva. Se la ragazza fosse rimasta nella sua casa le sue mogli l'avrebbero calpestata come un brutto tappeto.

Fu così che Sancha finì nella casa del Capo architetto reale. Le fu concesso di attingere alla biblioteca e di fare i suoi schizzi purché aiutasse Kayra, la moglie del maestro, nei lavori domestici dal mattino a mezzogiorno.

Dopo un anno di questa vita, Sinan cominciò a istruirla. Era contento di quell'improbabile allieva, ma non aveva mai pensato di portarla nei cantieri.

La settimana che Sinan posò la prima pietra della moschea Shehzade, Sancha lo supplicò di concederle di lavorare con lui. Ottenuti numerosi rifiuti, s'impossessò di un paio di forbici e si tagliò i lunghi capelli color terra d'ombra bruciata, che lasciò ammucchiati davanti alla porta della stanza del maestro. Quando Sinan uscì la mattina dopo, calpestò un setoso cumulo di capelli. Capì. Le fornì abiti da maschio. Quando lei li indossò fu divertito e attonito insieme. Poteva facilmente passare per un ragazzo. Il solo ostacolo era la voce. E le mani. Si poteva risolvere col silenzio e con un paio di guanti. Sinan decise che sarebbe stata il suo apprendista muto.

Sancha disse tutto questo a Jahan un pomeriggio che lavoravano alla moschea di Molla Çelebi. Un baldacchino esagonale coperto da una cupola, quattro torrioni sormontati da piccole cupole. I due sedettero insieme su una panchina davanti alla mezza cupola sopra il *mihrab*.

«Non lo sa nessuno?» chiese Jahan.

«Solo una persona» disse Sancha. «Quell'architetto italiano, Tommaso. Segue sempre il nostro maestro. Mi ha sentito parlare una volta, temo.»

Jahan stava per parlare quando sentì un rumore, come di un animale notturno tra le frasche. Si voltò spaventato. C'era un silenzio irreale, ma lui avvertiva con tutto il suo essere che non erano soli. Il cuore che rimbombava nel petto, si alzò e si guardò intorno. Vide alcuni uomini aggirarsi in lontananza. Ne riconobbe uno. Era il fratello di Salahaddin. Jahan ricordava il loro amaro scambio al cimitero. Sapeva che il giovane odiava Sinan, che riteneva responsabile della morte del fratello. Temette che fossero venuti per far del male al maestro. Ma potevano anche essere ladri. Ce n'erano sempre attorno ai cantieri, in cerca di materiale da rubare. Jahan non voleva allarmare Sancha accrescendo la sua sofferenza, e così osservò gli intrusi ancora un po' e si tenne per sé i sospetti.

«Ti ho visto con Tommaso» disse dopo una pausa. Un'ombra gli passò sul volto mentre un nuovo pensiero gli affiorava nella mente. «Lui ti ricatta.»

Sancha abbassò lo sguardo.

«Ma tu non sei ricca. Che cosa vuole da te?»

«Lui non cerca denaro» disse Sancha, torcendo il bordo della camicia tra le dita. «Vuole i progetti del maestro.»

Jahan la guardò orripilato. «E tu glieli hai dati?»

«Tutto quello che ha è un fascio di disegni mediocri. Crede che siano del maestro Sinan. Glieli ho disegnati io.»

Un sorriso passò tra loro. Un senso di amicizia, una sorta di fratellanza. Quello che Sancha non disse, né allora né più in là, e

Poi riferivano i loro sogni. Molto spesso riguardavano santi e sapienti terribilmente sconvolti che le loro tombe fossero andate in rovina. O martiri che mostravano dove si trovavano i loro resti e chiedevano un funerale come si deve. O mistici giustiziati per eresia e sepolti in modo clandestino, ammesso che fossero stati sepolti.

I morti nelle visioni erano impazienti, le loro richieste urgenti. Così erano i supplici dei sogni, come li chiamava Jahan. Si aspettavano che l'architetto e gli apprendisti smettessero di fare qualunque cosa stessero facendo – come costruire una moschea del Venerdì – e li seguissero. Alcuni arrivavano alle minacce. «È un santo potente, questo qui. Se non fate come dice, vi maledirà.»

Tutti i mesi uno degli apprendisti veniva a turno destinato a occuparsi dei supplici dei sogni. Il suo compito impossibile era ascoltarli tutti e separare quelli che erano sinceri dai truffatori. Fu così che molti giovedì pomeriggio Jahan si ritrovò appollaiato su uno sgabello faccia a faccia con estranei. C'era uno scriba al suo fianco, chino sul tavolo, impegnato a scrivere ininterrottamente. Per quanto infarcite di sciocchezze o banalità, tutte le richieste dovevano essere trascritte. Sinan accoglieva i supplicanti in modo affabile. Annunciava che il suo saggio apprendista era lì per ascoltare quello che avevano da dire. Scoccava uno sguardo obliquo verso Jahan e se ne andava con un sorrisetto malizioso. Sotto decine di sguardi indagatori che studiavano ogni sua mossa, Jahan spesso sudava. La stanza era piccola e soffocante. All'improvviso non c'era abbastanza spazio per quelle persone e le loro enormi attese.

Venivano da ovunque. Porti frequentatissimi e villaggi dimenticati. E imploravano gli apprendisti di andare a costruire ovunque: in città, fattorie, o proprietà che ospitavano solo serpenti. Gran parte dei supplici erano uomini di età diverse. C'erano ragazzini accompagnati dai padri. Ogni tanto c'era una donna. Aspettava fuori mentre il marito o il fratello riferiva i suoi sogni.

Una volta dei contadini chiesero che la fontana bizantina che forniva acqua a un villaggio venisse restaurata. Avevano fatto richiesta al kadi, ma i loro sforzi erano stati vani. Poi un lattonaio fece un sogno. Un santo energico e furioso gli rivelò che sotto la fontana c'erano i resti di una *dergah* sufi. Finché l'acqua aveva continuato a scorrere, le anime dei dervisci avevano riposato in pace. Ora che l'acqua si era prosciugata, erano turbate. Quindi la fontana doveva essere aggiustata, e subito.

Quando Jahan riferì al maestro il resoconto delle sue udienze, Sinan scelse di prestare attenzione proprio a quella storia, tra le altre.

«Ma maestro, credete che dicano la verità?» obiettò Jahan.

«Hanno bisogno d'acqua, non importa cosa credo io.»

Ricostruirono la fontana, ripulendo i canali che portavano l'acqua dalle montagne. Gli abitanti del villaggio furono contenti; e così Sinan.

Fu in quei giorni che arrivò un mugnaio. Disse che mentre macinava il grano aveva sentito una donna cantare con voce dolce e affascinante. Temendo che fosse una *djinn*, era andato sulle colline. Il giorno dopo la voce lo aspettava, anche se aveva gettato sale sopra la spalla sinistra e sputato tre volte sul fuoco. L'anziano del villaggio gli aveva consigliato di leggere il Corano prima di andare a dormire. E lui lo fece. Quella stessa notte una donna gli apparve in sogno. Il suo volto brillava come se avesse una lanterna sotto la pelle. I lucidi capelli biondi le ruscellavano sulle spalle. Disse che era stata strangolata per ordine della Madre Sultana, ma non ne rivelò il nome. Da allora la sua anima vagava per la terra in cerca del suo corpo, che era in fondo al mare. Di recente un pescatore aveva recuperato il pettine di tartaruga che aveva in testa e che era scivolato via quando era stata gettata in mare con una pietra legata ai piedi. Non sapendo che farne, il pescatore l'aveva messo in una scatola. Voleva che il mugnaio trovasse il pettine e lo seppellisse come se fosse sua carne e sue ossa. Così avrebbe avuto una tomba e avrebbe trovato pace.

«Perché non si è palesata al pescatore?» chiese Jahan incredulo.

«È un uomo difficile» disse il mugnaio. «Vive a un tiro di sasso dal castello di Rumelian. C'è una casetta, azzurra come un uovo di pettirosso.»

«Tu ci sei stato?»

«Certo che no, *effendi*. È stata lei a raccontarmi tutto questo. Io sono un pover'uomo, mia moglie è malata, non ho figli che mi diano una mano. Non posso andare fin là.»

Jahan capì quello che gli veniva richiesto. «Non posso andarci nemmeno io. Hanno bisogno di me qui.»

La delusione negli occhi dell'uomo attraversò Jahan come una freccia incendiaria. Ma la sorpresa più grande fu quando Sinan, ascoltata la storia, insistette perché Jahan andasse a indagare. Così il giorno dopo l'elefante e il mahout partirono.

Trovare il pescatore fu facile; parlare con lui impossibile. Occhi scuri di amarezza, bocca da secoli chiusa al sorriso, era una persona dura. Uno sguardo e Jahan capì che non c'era modo che gli consentisse di frugare tra le sue cose. Allora ideò un altro piano. Non appena furono dietro le colline, fece fermare l'elefante e balzò a terra. Legò Chota a un salice, che l'animale avrebbe potuto sradicare senza sforzo, e disse: «Torno subito».

Silenzioso come un gufo, Jahan ripercorse la strada a ritroso. Fece il giro del cortile in punta di piedi, sgattaiolò nel capanno che puzzava di pesce. Trovò alcune scatole, ma nessuna conteneva un pettine. Stava per andarsene quando vide il cesto per terra.

Con mani tremanti guardò dentro. Il pettine era lì. Maculato di bruno e di color ambra, screpolato alle estremità. Se lo infilò in tasca e partì.

Per fortuna Sinan non volle sapere come l'oggetto fosse stato recuperato. Disse invece: «Dobbiamo darle riposo. Ha bisogno di una pietra tombale».

«Ma… possiamo seppellire un pettine al posto di un corpo?»

«Se è la sola cosa rimasta di una persona, non vedo perché no.»

Accanto a un gelso Sinan e gli apprendisti scavarono una fossa profonda. Vi deposero il pettine. Mentre gettavano terra sulla tomba, pregarono. Alla fine la donna del sogno del mugnaio, vera o no, ebbe una lapide. Diceva così:

PREGA PER L'ANIMA DI UNA CREATURA DAL NOME NON SVELATO
CHE PUR L'ONNIPOTENTE HA SEMPRE CONOSCIUTO E AMATO.

Nella primavera del 1575 l'astronomo Takiyuddin prese a far visita più spesso a Sinan. I due si ritiravano nella biblioteca a parlare per ore. C'era qualcosa di nuovo e di grosso nell'aria; Jahan lo annusava come pane fresco: qualcosa che eccitava quei vecchi come se fossero di nuovo ragazzi.

Il Capo astronomo reale e il Capo architetto reale si erano sempre molto rispettati. Ogni tanto Takiyuddin assisteva alla cerimonia d'inaugurazione di una moschea, dando una mano con le misurazioni. Parimenti lui consultava Sinan sulle leggi dell'aritmetica, delle quali entrambi erano appassionati. I due uomini leggevano senza fatica in parecchie lingue: turco, arabo, persiano, latino e un po' d'italiano. Negli anni si erano scambiati moltissimi libri e idee, e, Jahan sospettava, parecchi segreti. Se la loro passione per i numeri era una delle cose che avevano in comune, un'altra era lo zelo. Entrambi erano convinti che il solo modo per ringraziare Allah dei talenti che aveva dato loro era lavorare duro.

Nonostante tutto ciò che condividevano, in verità non avrebbero potuto essere più diversi. Takiyuddin era un uomo di passione. Il suo volto era un libro aperto che rivelava ogni emozione che gli attraversava il cuore. Quando era contento, i suoi occhi s'illuminavano; quando era pensieroso, faceva scorrere il rosario con tanta energia che quasi il filo si spezzava. Nella sua ossessione per la conoscenza si diceva che avesse assoldato dei profanatori di tombe perché gli portassero cadaveri da studiare. Se qualcuno si interrogava sulla ragione per cui un contemplatore di stelle mostrava interesse per il corpo umano, lui diceva che Dio ha progettato il piccolo cosmo e il grande cosmo in parallelo. Spesso si lamentava dell'arroganza degli *ulema* e dell'ignoranza della gente. Con tanto fuoco nell'anima dava molti pensieri agli amici, che temevano di vederlo scottarsi. Appassionato e vivace, faceva un bel contrasto con Sinan, che di rado mostrava il suo ardore e nel complesso aveva un contegno tranquillo.

Solo che in quel momento anche Sinan sembrava eccitato, se non ansioso. Passava le sue giornate a leggere e disegnare, cosa consueta, ma anche a guardar fuori dalla finestra, distaccato e distratto, cosa insolita. Un paio di volte Jahan lo udì chiedere ai servi se qualcuno gli avesse portato un messaggio.

Un mercoledì, mentre gli apprendisti lavoravano nella casa del maestro, il messo tanto atteso arrivò con un rotolo. Sinan spezzò il sigillo, osservato da sguardi indiscreti, e lesse la lettera. Il suo volto, rigido di entusiasmo represso, si addolcì in un sorriso di sollievo.

«Costruiremo un osservatorio!» annunciò.

Una casa per studiare l'immensità oscura sopra le loro teste. Sarebbe stato più grande di qualunque altro mai costruito, a est e a ovest. Gli astronomi di tutto il mondo sarebbero venuti lì ad affinare i loro talenti. Il sultano Murad aveva promesso di sostenere Takiyuddin nel suo desiderio di scoprire la cupola invisibile.

«Ciò modificherà la nostra comprensione dell'universo» osservò Sinan.

«Perché dovrebbe riguardarci?» chiese Davud.

Per tutta risposta Sinan disse che la conoscenza, *ilm*, è un carro trainato da molti cavalli. Se uno dei destrieri comincia a galoppare più veloce, anche gli altri cavalli accelerano e il viaggiatore in carrozza, l'*alim*, ne trae beneficio. I progressi in un campo sostengono i progressi in altri campi. L'architettura dev'essere amica dell'astronomia; l'astronomia dell'aritmetica; l'aritmetica della filosofia; e così via.

«Un'altra cosa» disse Sinan. «Sarete voi a costruire l'osservatorio. Io vi seguirò ma l'opera sarà vostra.»

Gli apprendisti lo guardarono a bocca aperta, increduli. Avevano lavorato a molte costruzioni ma non ne avevano mai creata una da soli.

Nikola disse: «Maestro, siamo in debito. Voi ci avete onorato».

«Che Dio possa illuminare il vostro cammino» disse Sinan.

Nelle settimane seguenti gli apprendisti presentarono al maestro i loro progetti. Era stato concesso loro un lotto su una collina a Tophane: controllarono il terreno, misurarono l'umidità. Erano ancora in competizione gli uni con gli altri per ottenere il favore del maestro, ma unirono le loro forze. L'eccitazione di lavorare a un edificio insieme era più importante di qualunque gelosia.

Takiyuddin nel frattempo era la persona più felice dell'impero, e la più irrequieta. Vagava per il cantiere, facendo domande che suonavano a tutti insensate, e non vedeva l'ora di assistere alla realizzazione del suo adorato osservatorio. Parecchie settimane dopo l'inizio della costruzione fu pervaso dalla paura di morire. Morbosamente affascinato dagli incidenti e dalle malattie, temeva di andarsene da questa vita prima che l'edificio fosse concluso. Jahan non aveva mai visto un uomo intelligente impazzire così di paura.

Strumenti furono portati da vicino e lontano. Libri e mappe celesti furono messi insieme per la collezione dell'osservatorio.

Rotonda, ampia, inondata di luce che pioveva da alte finestre, la biblioteca era un luogo che Jahan amava, fiero di aver contribuito al progetto.

Mentre la costruzione continuava, Jahan riuscì ad apprendere altre cose su Takiyuddin. Nato a Damasco, istruito a Nablus e al Cairo, si era poi stabilito a Istanbul confidando che fosse la città giusta per i suoi talenti. Lì aveva prosperato, raggiungendo il rango di Capo astronomo reale. Jahan avrebbe scoperto solo più in là che era stato lui a fomentare quell'impresa, convincendo il sultano della necessità di un osservatorio reale. Questo però non significava che avesse persuaso tutti a corte. Assai rispettato da alcuni, detestato da altri, Takiyuddin aveva molti amici e molti nemici.

Beneficiando delle scoperte del matematico Jamshid al-Kashi e degli strumenti perfezionati da Nasir al-Din al-Tusi, Takiyuddin era desideroso di continuare i progressi dell'osservatorio di Samarcanda costruito da Ulugh Bek, astronomo, matematico e sultano. Duecento anni prima, diceva, gli studiosi più brillanti avevano rivelato molti segreti dell'universo. I loro risultati invece di venire perfezionati erano stati messi da parte e dimenticati. Una sapienza preziosa era andata smarrita per le generazioni future. C'erano gemme di saggezza che aspettavano di essere scoperte, come forzieri di tesori nascosti nel profondo del sottosuolo. Imparare dunque era più ricordare che scoprire.

Takiyuddin citava spesso Tycho Brahe, un astronomo del Frangistan. Per combinazione al tempo in cui gli apprendisti posarono la pietra di fondazione dell'osservatorio, quello di Brahe veniva eretto nella lontanissima Uraniborg. I due uomini, invece di scontrarsi, si scambiavano lettere di reciproca stima e ammirazione.

«Amiamo la stessa donna» disse Takiyuddin.

«Cosa?» chiese Jahan, incerto.

«Il cielo, siamo tutti e due innamorati del cielo. Purtroppo siamo mortali. Dopo che saremo morti, altri lo ameranno.»

Quando gli strumenti celesti furono sistemati al loro posto, Takiyuddin fece fare loro il giro dell'osservatorio. Ovunque si voltasse Jahan vedeva orologi astronomici con tre quadranti, costruiti in modo squisito ed esatti. In una sala sul fondo notarono pompe d'acqua di varie misure, e Takiyuddin disse che non avevano nulla a che vedere con il cielo, ma erano soltanto un'altra delle sue passioni. Al piano di sopra c'era un enorme astrolabio con sei anelli, *dhat al-halaq*. Veniva usato per stabilire latitudine e longitudine, così fu detto loro. Un altro dispositivo montato sulla parete, *libna*, consisteva di due grandi quadranti d'ottone e serviva per osservare l'inclinazione delle stelle e del sole. Certi lunghi pezzi di legno, che per il loro aspetto umile sembravano insignificanti, misuravano la parallasse della luna. Un arnese con un anello di rame stabiliva l'azimut delle stelle; quello accanto gli equinozi. Il preferito di Jahan era un sestante che valutava le distanze tra i corpi celesti.

In ciascuna stanza che visitavano trovavano uno strumento atto a svelare un altro segreto del firmamento blu. L'astronomo di corte spiegò che con i corpi celesti, come con molte cose della vita, uno deve trovare la guida giusta. Invece di prendere la luna come punto di riferimento, studiava due stelle vaganti; una si chiamava Venere, l'altra Aldebaran, un nome che a Jahan piaceva tanto che continuò a ripeterselo, come se fosse poesia.

A differenza degli strumenti, che erano nuovi, i libri e i manoscritti nella biblioteca erano antichissimi. Era lì che Takiyuddin teneva i suoi trattati di geometria, algebra e sulle forze del movimento. Era particolarmente contento che in un decreto recente indirizzato ai kadi di Istanbul il sultano avesse ordinato a chi possedeva collezioni di valore di consegnarle all'osservatorio reale. «Quando riceverete questo ordine, trovate i libri di astronomia e geometria, e consegnateli al mio onorevole astronomo Takiyuddin, così che possa continuare la sua eccellente opera sotto la mia protezione.»

Con un appoggio così forte erano convinti che nulla potesse andare storto. Immacolato all'interno, immacolato all'esterno, l'osservatorio, il loro osservatorio, con le sue vetrate iridescenti nel sole della sera, scintillava in cima a una collina a Tophane.

La cerimonia d'inaugurazione fu maestosa. Sopra di loro era appeso un sole splendente e generoso, il cielo era di un azzurro ininterrotto. Però l'aria era fresca e frizzante, come se sia l'inverno che l'estate avessero voluto essere presenti in una simile giornata. I gabbiani volavano in picchiata molto più in là, per una volta senza strilli; le rondini si tuffavano a bere dalla fontana di marmo nel cortile. L'aroma della mirra sugli abiti e sulle barbe si mescolava con la dolce fragranza dell'*halva* che Takiyuddin aveva ordinato di distribuire agli operai che avevano lavorato sodo per finire l'edificio in tempo.

Sinan era presente, avvolto in un caftano color cannella, con un turbante bulboso, le dita della destra a scorrere un rosario immaginario.

Gli apprendisti stavano qualche passo indietro, sforzandosi di nascondere l'orgoglio. Perché anche se era per il trionfo del sultano Murad e il successo del Capo astronomo di corte che si trovavano lì a pregare, gli studenti di Sinan avevano dato un contributo notevole a quell'osservatorio. Non potevano fare a meno di scoccare sguardi fieri ai due edifici che avevano progettato, costruito e arredato, creati sotto l'egida del maestro, ma tutti loro.

Quella era la loro creazione, che il Creatore perdonasse l'uso della parola che apparteneva soltanto a Lui.

Oltre il cortile, le voci portate dal vento, si stendeva una folla di spettatori e sostenitori. Delegati stranieri che osservavano gli eventi, mercanti che calcolavano che cosa tutto questo potesse portar loro, pellegrini che mormoravano preghiere, mendicanti in cerca di elemosina, ladri a caccia di prede, e bambini issati sulle spalle dei padri per riuscire a intravvedere la casa dove si potevano guardare il sole e la luna, e si poteva perfino scoprire dove finivano le stelle cadenti quando si precipitavano dal cielo.

Takiyuddin, alto ed eretto, era al centro. Indossava un'ampia veste bianca come alabastro. Quaranta pecore e quaranta mucche erano state sacrificate prima, e la loro carne era stata distribuita ai più poveri dei poveri. Ora una goccia del loro sangue brillava sulla sua fronte, tra gli occhi. Alla sua destra e alla sua sinistra ventiquattro astronomi si erano allineati, i volti splendenti di gioia.

All'improvviso tutti i rumori si zittirono. Un'ondata di eccitazione si propagò nella platea. Il sultano Murad stava arrivando. Come acqua la sua presenza invase il cortile, riempiendo ogni spazio vuoto, ben prima che il suo corteo fosse visibile in lontananza. L'Ombra di Dio sulla Terra stava per inaugurare il più grande osservatorio delle sette regioni. Quando il sultano e le sue guardie furono arrivati, uno sheikh sufi cominciò a pregare con voce insieme forte e dolce.

«Che Allah conceda la Sua protezione al nostro generoso sultano!»

E tutti in coro, assaporando la parola come se fosse un boccone gustoso: «*Amin!*».

«Che Allah possa avere pietà del nostro glorioso impero e guidarci in tutte le nostre azioni e aiutarci a congiungerci a coloro che sono passati per questo mondo prima e non hanno peccato!

Che Allah possa proteggere questa casa e rivelare i segreti dei cieli a coloro e solo a coloro che possono sopportarli.»

«*Amin!*»

Mentre Jahan ascoltava le parole del sufi, il suo sguardo vagò verso gli *ulema*, gli anziani religiosi che assistevano alla cerimonia. Era corsa voce che lo Shayh al-Islam, richiesto di guidare la preghiera comunitaria, si fosse rifiutato. Jahan studiò il volto dell'uomo. Sembrava sereno, l'espressione pacifica come uno stagno. In quel momento arricciò le labbra, la bocca contratta in una smorfia, come se avesse assaggiato qualcosa di sgradevole. Jahan si disse che doveva essere passato inosservato, visto che tutti erano assorbiti dalla preghiera. Ma lui l'aveva visto, quel piccolo gesto, e sentì una stretta al petto. Per un attimo breve come l'ascesa di un condor Jahan seppe nelle viscere che anche se non c'era niente di strano qualcosa non andava. Aveva l'intensa sensazione che lo sentisse anche Sinan; di qui il movimento nervoso delle dita, così poco da lui. Nel frattempo Takiyuddin nella sua gioia non sospettava nulla. Più tardi Jahan avrebbe ripensato con calma a quel momento. Sinan non aveva avuto molte frequentazioni con gli *ulema* ma riusciva ad avvertire il loro profondo disappunto. Takiyuddin, dal canto suo, li conosceva meglio di chiunque altro. Dopotutto era stato giudice, teologo, *muwakkit*, il guardiano del tempo, e insegnante in una madrasa. Eppure non condivideva il disagio che il maestro e l'apprendista avevano provato quel giorno. Forse, avrebbe concluso Jahan, quando sei troppo vicino sei cieco, e solo a una certa distanza comprendi.

Takiyuddin stava scrivendo un trattato sugli esseri del cielo, un libro che chiamava *zij*. Vi trascriveva le posizioni e le distanze e i moti del sole e della luna e delle stelle e dei corpi celesti. Gli ci sarebbero voluti anni, spiegava, ma una volta finito sarebbe stato una guida per l'eternità.

«Uno *zij* è una mappa» commentava. «Una mappa della divina creazione.»

Molto tempo prima un saggio infedele chiamato Aristo – un uomo che aveva insegnato al grande Askander tutto ciò che sapeva – aveva sostenuto che la terra fosse al centro dell'universo e che fosse tranquilla e immobile, a differenza degli altri corpi celesti. Lasciò agli astronomi il compito di trovare la somma delle sfere che vi giravano attorno e il numero complessivo delle molte cupole sopra le loro teste.

«Siete riuscito a contarle?» chiese Jahan quando, dopo l'inaugurazione, lui e Davud andarono a trovarlo.

«Otto» rispose Takiyuddin con decisione.

Era un numero inappuntabile, e per una buona ragione: la forma della terra, la disposizione dei corpi celesti, gli strati dell'universo, tutto era stato messo in ordine da Dio perché gli esseri umani lo vedessero, lo studiassero e lo contemplassero. Più Takiyuddin parlava più diventava loquace. Disse che per quanto autorevole fosse stato Aristo, aveva capito male. Era il sole che era nel cuore dell'universo, non la terra. Gli altri corpi giravano attorno a quella palla di fuoco in cerchi perfetti. Mostrò a Jahan un libro e disse che lo dimostrava oltre ogni dubbio. Jahan lesse ad alta voce il titolo e le parole in latino gli scivolarono sulla lingua, lisce e tonde, qualcosa a che vedere con la rivoluzione delle sfere. *Koppernigk.* Che nome strano, pensò. Eppure il Capo astronomo reale l'aveva pronunciato con tanta venerazione che detto dalla sua bocca suonava come un incantesimo.

«Aveva un'innamorata ma non si sposò mai» disse Takiyuddin

indicando il tomo rilegato in pelle come se fosse vivo. «Crebbe i figli della sorella e non ne ebbe di suoi.»

Davud chiese: «Come mai non si sposò?».

«Lo sa solo Dio. Ma probabilmente per il bene di lei. Quale moglie può sopportare un marito che vede solo i cieli?»

Davud e Jahan si scambiarono uno sguardo eloquente: stavano pensando la stessa cosa. Takiyuddin era sposato, ma dormiva nell'osservatorio quasi tutte le notti. Non osarono chiedere se parlando di Koppernigk alludesse a se stesso.

Ringraziati l'astronomo e i suoi accoliti, Davud e Jahan dissero loro addio. Erano appena usciti quando furono avvolti da un'ondata di nebbia dilagante e sinistra. Barcollando come due ciechi trovarono Chota, salirono al loro posto e lentamente, molto lentamente si avviarono verso la città.

Dopo pochi passi Jahan provò l'impulso di voltarsi a guardare. Allora successe una cosa strana. Dei due alti edifici che formavano l'osservatorio non si vedeva nulla, nemmeno una fiamma di candela esitante dalle finestre o un bagliore di strumenti sulla terrazza superiore. I contorni erano sprofondati a tal punto nel mare grigio che in quel momento parve che l'osservatorio non fosse mai esistito e che tutto ciò che era stato detto e fatto sotto il suo tetto non fosse più che una sequenza di orme nella sabbia.

In un giorno ventoso, tornati dal lavoro – Jahan in collo a Chota, il maestro e gli altri apprendisti dentro l'howdah – trovarono Takiyuddin ad aspettarli nel cortile. Era chiaramente preoccupato. Jahan non andava a trovarlo da un po' e rimase stupefatto nel vedere quanto era cambiato. L'eccitazione che gli aveva lucidato i tratti nei primi mesi dell'esistenza dell'osservatorio si era dissipata, lasciando un volto più vecchio e più scavato, invaso dalla tensione. Dopo un breve scambio di saluti, i due anziani si ritirarono nel padiglione in giardino, sotto una pergola di vite, le voci sommesse e tese.

Incapaci di avvicinarsi, non volendo stare alla larga, gli apprendisti entrarono in cucina dove, nonostante i brontolii del cuoco, si sporsero dalla finestra – il solo punto della casa da cui si potevano spiare i padroni. Da quella distanza non si riusciva a sentire niente. Ma nulla poté trattenerli dal fare ipotesi.

«C'è un problema» mormorò Davud. «Me lo sento nelle ossa.»

«Forse stanno solo discutendo» disse Nikola, incapace di abbandonare l'abituale concretezza.

Takiyuddin aveva portato con sé uno dei suoi accoliti, un giovane astronomo con il volto butterato e una sottilissima barba color del tramonto. Quando si unì a loro, gli apprendisti cominciarono a tormentarlo, chiedendogli che cosa stava succedendo.

Lui cercò di eludere le loro domande, ma ben presto parlò. «Il mio maestro ha visto una cometa in Sagittario.»

Jahan guardò gli altri. Nikola sembrava confuso; Davud sospettoso; non c'era modo di dire che cosa pensasse Sancha dal momento che aveva gli occhi a terra. Deducendo di non essere il solo ignorante nei dintorni, chiese: «E sarebbe?».

L'astronomo sospirò. «Una stella coi capelli lunghi. Grossa. Viene dalla nostra parte.»

«Che cosa farà?» chiese Davud.

«Il mio maestro non lo sa.»

«Ma tu qualcosa saprai» insisté Davud.

«Alcune comete hanno provocato inondazioni. In un regno tutte le donne incinte hanno abortito. Un'altra volta sono piovute dal cielo rane con tre zampe.»

Gli apprendisti ascoltarono agghiacciati. Spronato dalla propria voce, l'uomo continuò a snocciolare una calamità dopo l'altra. «Un'altra cometa ha portato sette anni di siccità. Venti forti. Spargimento di sangue. Saccheggi...»

«Ssst, arrivano» lo zittì Nikola, anche se non c'era modo di farsi sentire dall'esterno.

Imbarazzati, alla maniera di bambini che si sono comportati male, uscirono tutti in giardino a salutare i due maestri. Qualunque fosse ciò che turbava Takiyuddin, sembrava aver intaccato l'umore di Sinan, come un cancro che passa da un albero all'altro.

«Guardali» disse Takiyuddin indicando gli apprendisti.

«Il pettegolezzo vola più veloce di una cometa» disse Sinan con il tono faceto che adottava per i rimproveri paterni.

«Soprattutto se qualcuno non sa trattenere la lingua» borbottò Takiyuddin, lo sguardo fisso sul suo accolito, che subito abbassò il capo e arrossì. L'astronomo aggiunse piano: «Va bene. Tutta la città lo saprà comunque».

Incoraggiato, Jahan chiese: «Che cosa significa tutto ciò?».

«Allah è grande e così i Suoi presagi» disse Takiyuddin. «Noi mortali possiamo non vederla in questo modo, ma alla fine è sempre così.»

Jahan fissò l'astronomo di corte, ammutolito. La sua risposta non solo non era confortante, ma anzi, era schiacciante. E non era il solo a sentirsi così. Fino a quel momento gli apprendisti erano stati più preoccupati di inventarsi minacce dove non ne vedevano. E invece eccoli minacciati da una forza che non avevano la sapienza per afferrare né la forza di sconfiggere.

Sinan aveva ragione sulla velocità delle dicerie. Nei giorni seguenti gli abitanti di Istanbul non parlarono d'altro. Sussurri timorosi e oscuri pronostici s'infiltrarono nelle crepe delle pareti, riempirono le fessure tra i ciottoli, passarono attraverso i fori delle serrature, scivolarono giù dalle fognature, sporcando l'aria. Poco dopo il sultano dichiarò che avrebbe indetto un conclave di notabili, visir e membri degli *ulema*. Un consiglio improvvisato in cui Takiyuddin avrebbe riferito sulla situazione davanti a tutti i presenti. L'eccitazione di Jahan prese il volo quando seppe che anche a Sinan era stato chiesto di andare a esprimere la sua opinione.

«Per favore, portatemi con me» lo supplicò Jahan.

Sinan gli rivolse uno sguardo bruciante. «Come, solo perché sei curioso?»

«Se non portate me, allora portate qualcuno di noi. Abbiamo costruito l'osservatorio...»

Non dovette continuare. Sinan cedette: «Va' a prepararti».

Dopo la preghiera di mezzodì il maestro e il mahout andarono a palazzo. Come gli altri, furono fatti entrare nella Sala delle

Udienze. C'erano una quarantina di dignitari, alcuni coi loro attendenti, allineati sui due lati della vasta sala. Seduto su un trono d'oro al centro c'era il sultano Murad.

Ben presto venne fatto entrare Takiyuddin. Jahan lo guardò inginocchiarsi e baciare l'orlo della veste del sultano, inchinarsi di nuovo e salutare i membri del *diwan* e aspettare con modestia, una mano nell'altra, lo sguardo fisso sui propri piedi. In quel momento nessuno desiderò di essere al suo posto.

«Capo astronomo reale, sei qui per dire al nostro benigno sultano che cosa la cometa promette di portare» disse il gran visir Sokollu.

«Se Vostra Altezza lo permette» disse Takiyuddin, e prese un rotolo dall'interno della veste. Cominciò a leggere ad alta voce: «Io, Takiyuddin ibn Ma'ruf, in qualità di Capo astronomo reale, ho visto una cometa in Sagittario. Dopo aver consultato il mio *zij* e aver fatto uso del mio turchetto come ha fatto un tempo il grande Nasir al-Din al-Tusi, scoprii che la sua longitudine era 26 in Sagittario e la latitudine 22 gradi nord. Nelle mie misurazioni ho preso tre stelle maggiori come punti di riferimento: Aldebaran, l'occhio del toro; Algorab, il corvo; e Altayr, l'avvoltoio in volo. Per giorni ho osservato il moto della cometa per comprenderne il temperamento. I dettagli della sua avanzata li ho trascritti nel dettaglio perché i giovani astronomi li studino dopo che la mia anima avrà lasciato questo mondo d'ombre».

Qui Takiyuddin tacque. Nella sala non si sentiva un rumore.

«Ho dormito poco per sette notti. Io e i miei apprendisti abbiamo fatto a turno, studiando...»

«Risparmiaci quello che hai fatto tu» disse Sokollu. «Dicci che cosa farà la stella.»

Takiyuddin trasse un respiro, come per assorbire quel momento, quella sala; la abbracciò tutta, le facce di amici e nemici che studiavano ogni sua mossa, ogni sospiro, e forse si sentì solo come la cometa che aveva identificato. Posò il dito sul rotolo e saltò verso la fine: «Ho scoperto che la cometa è attratta da Venere, la sua coda si estende a est, il suo moto è da nord a sud. Studiando la composizione della cometa e il temperamento del pianeta da cui è attratta sono giunto alla conclusione che, a differenza delle comete che hanno fatto visita ai vostri cieli nei tempi antichi, questa ha una natura benigna. Non ci augura il male».

Si diffuse un sommesso mormorio di sollievo. E il sultano, parlando per la prima volta, disse con un cenno del capo: «Questo è bene. Dicci di più».

«Porterà molte nuvole di pioggia, il raccolto sarà abbondante» disse Takiyuddin.

«E in battaglia?» chiese l'Ombra di Dio sulla Terra.

«Le nostre truppe otterranno una grandissima vittoria, Vostra Maestà.»

Si diffuse un'altra ondata di eccitazione. Occhi sgranati, scintillanti di gioia. Con questo, l'incontro fu concluso.

Tuttavia non accadde nulla di tutto ciò. La guerra con l'Iran non andò come nelle attese. L'esercito ottomano trionfò, ma le perdite furono troppo vaste per ingannare chicchessia. Seguì una siccità. Per mesi le dispense in città e villaggi rimasero vuote, i bambini andarono a letto affamati. Peggio ancora fu il terremoto che lasciò interi quartieri in rovina. Poi la peste colpì di nuovo. La gente moriva in massa e veniva sepolta in massa. Ovunque ci si volgesse c'erano miseria e dolore.

La cometa aveva portato dolore. A nessuno più che a Takiyuddin. Gli *ulema* cominciarono a sparlare di lui. Avendo atteso il momento giusto per colpire l'astronomo di corte, il nuovo Shayh al-Islam, Ahmed Shamseddin Effendi, lo aggredì con tutta la sua forza. *È per colpa dell'osservatorio che questa calamità si è abbat-*

tuta sulla città. Chi erano loro per osservare Dio? Doveva essere il contrario: era Dio a osservare loro. Gli esseri umani dovevano tenere lo sguardo a terra, non puntato verso la volta del cielo.

Il sultano ordinò che l'osservatorio venisse demolito.

La mattina che udirono la notizia corsero a casa del maestro. Non riuscivano quasi a parlare e si attraversavano con lo sguardo come se camminassero in un sogno.

Sinan passò il resto della giornata seduto nel padiglione da solo, forse ricordando un'altra volta in cui lui e Takiyuddin erano stati lì, speranzosi e fedeli. Dopo la preghiera della sera disse, con una voce dolce e gentile che mascherava la durezza sottesa: «Voi l'avete fatto, voi dovete abbatterlo».

«Ma maestro...» Nikola cercò di protestare.

Jahan non riuscì a controllarsi. Dalla morte di Olev c'era tanta rabbia nel suo cuore, e in quel momento esplose. «È per questo che ce l'avete lasciato costruire? Non l'avete fatto voi perché sapevate che questo era destinato a succedere».

Gli altri lo guardarono a bocca aperta. Era il genere di cosa che pensavano tra sé, ma rimasero sbalorditi quando ebbe la malagrazia di dirlo ad alta voce. Sinan disse: «Non avevo idea. Se l'avessi saputo non vi avrei chiesto di farlo».

Ma una volta partito Jahan non riuscì a fermarsi. Insisté: «Allora perché non difendete il vostro osservatorio? Come potete permettere che questo succeda?».

Sinan sorrise malinconico, le rughe attorno al suo sguardo si fecero più profonde. «Ci sono cose che sono nelle mie mani e cose che non lo sono. Io non posso impedire alla gente di distruggere. Quello che posso fare è continuare a costruire.»

La sera prima della demolizione ciascuno si ritirò nel suo angolo, evitando la conversazione. Il padrone era di sopra nell'*haremlik* con la famiglia; Nikola era in laboratorio; Davud non si vedeva; Sancha era nella sua stanza sul retro della casa; e Jahan si rinchiuse nella stalla. Il povero *kahya* non riuscì a convincerli a cenare insieme e dovette mandare a ciascuno il cibo su un vassoio diverso.

Jahan aveva sentito la mancanza del suo tempo in solitudine con l'elefante, e così cacciò via l'aiutante. Nel cuore dei cuori era convinto che nessuno potesse occuparsi dell'animale come lui. Proprio come ai vecchi tempi, lavò via l'urina dal pavimento, raccolse gli escrementi con la pala, aggiunse acqua nel barile, mise foglie fresche nella mangiatoia. Strofinò bene le zampe di Chota – quelle davanti, grosse e tonde, e quelle dietro, più piccole, ovali – bene attento a non ferire i soffici cuscinetti. Osservò con attenzione le unghie, tutte e diciotto, che poi tagliò, pulì e strofinò con un balsamo una per una. Faticare nei cantieri e trascinarsi su per ripide colline anno dopo anno aveva infine avuto il suo effetto. Quattro unghie si erano spezzate e una stava per cadere.

Jahan ispezionò la proboscide dell'animale in cerca di verruche, soddisfatto di non trovarne, e la coda, in cerca di pulci e acari. Esaminò il tessuto molle dietro le orecchie in cerca di pidocchi, che erano la cosa peggiore. Era strano vedere una bestia così enorme del tutto indifesa davanti alla creatura più infinitesima. Ma la verità era che un pidocchio poteva rovinare l'umore di un elefante. Trovò alcuni minuscoli rigonfiamenti scuri, ma grazie al cielo non c'era niente di preoccupante. Dopo aver lavato Chota, Jahan gli controllò la schiena in cerca di ferite e ascessi. Dove la pelle si era seccata applicò un unguento. Intanto Chota aspettava paziente, crogiolandosi in quelle attenzioni. Anche Jahan si godette la fatica. Lo aiutò a dimenticare la disperazione, anche se sapeva che ben presto se la sarebbe ricordata di nuovo. Alla fine Chota agitò la proboscide come per chiedergli conto del proprio aspetto.

«Ecco, sei bello come il sole» disse Jahan.

Fu allora che sentì dei passi al di là del cancello socchiuso.

«Di qua» gridò, aspettandosi di vedere un domestico con il suo pasto. Rimase esterrefatto: era Sinan. Jahan si pulì le mani in uno straccio bisunto e corse da lui. «Maestro, benvenuto.» Non sembrava giusto invitarlo a entrare in una stalla, così aggiunse in fretta: «Volete che esca?».

«Parliamo qui. Meglio.»

Jahan distese la gualdrappa di Chota su una balla di fieno, facendo uno strano sedile, mezzo di velluto mezzo di paglia.

«Non avevo mai pensato che sarebbe venuto il giorno di chiederti quello che sto per chiederti ora» disse Sinan dopo essersi sistemato.

«Cosa?» chiese Jahan, anche se non era certo di voler sentire la risposta.

«Ho bisogno dei tuoi talenti. Non di disegnatore. I tuoi talenti di prima, se si possono definire così.»

Jahan gli rivolse uno sguardo vacuo. Così Sinan spiegò lentamente: «Quando avevi l'abitudine di attingere alle proprietà altrui, intendo dire. Lo so che non lo fai più».

Vergogna. Orrore. Dunque il maestro sapeva dei suoi furtarelli. Un fiotto di senso di colpa gli scorse fin nella punta delle dita. Però non negò. «Sì, è vero… ma… non capisco.»

«Ho bisogno che tu rubi un po' di cose per me, figliolo.»

Jahan lo guardò esterrefatto.

«Domani, come sai, gli edifici verranno abbattuti. Gli strumenti. I libri. È successo così in fretta che Takiyuddin non ha avuto il tempo di portare in salvo granché. Le porte sono chiuse a chiave e nessuno può entrare.»

Jahan annuì: cominciava infine a capire a che cosa alludeva Sinan.

«Se potessimo recuperare almeno qualche libro, sarebbe di consolazione per il nostro amico.»

«Verissimo, maestro.»

«Non sei costretto ad accettare, naturalmente» disse Sinan, riducendo la voce a un sussurro. «Potrebbe essere una cattiva idea.»

«Io penso che sia un'ottima idea.»

«Potrebbe essere rischioso, figliolo.»

«Rubare lo è sempre, maestro, se mi permettete di dirlo.»

Sinan guardò l'apprendista con un sorriso malinconico, la testa piegata da un lato, come se la sola vista di lui gli ridesse forza.

«Deve restare un segreto tra noi» disse dopo un silenzio.

«E Chota» disse Jahan. «Sa camminare più piano di un cavallo. E riesce a portare più cose.»

«D'accordo. Lo porteremo con noi.»

«Noi? Volete dire che verrete con me?»

«Certo. Non posso mandarti da solo.»

Jahan rifletté per un istante. Se fosse stato catturato, l'avrebbero preso per un ladro qualunque. Se Sinan fosse stato catturato, avrebbe perso la reputazione, perfino la sua posizione a corte. I suoi operai, la sua famiglia, i suoi studenti, ciascuno dei quali guardava a lui come a una figura paterna, ne sarebbero stati distrutti. «Non posso lavorare con altri. È contro la mia natura» disse.

Il maestro si oppose. L'apprendista resistette. Sinan disse che rinunciava. Jahan disse che era troppo tardi, ora che sapeva l'avrebbe fatto comunque. Fu una bizzarra guerra di parole. Litigarono senza litigare.

«Bene» cedette Sinan alla fine agitando la mano: più che un gesto di sconfitta, Jahan lo interpretò come un segnale di fiducia.

Dopodiché il maestro consegnò a Jahan un sacchetto di monete. Se si fosse imbattuto nel guardiano notturno avrebbe dovuto cercare di corromperlo. Poteva funzionare. Poteva andare tutto storto. Dipendeva dall'umore dell'uomo e da ciò che la Provvidenza aveva in serbo per Jahan.

Al rumore di passi sempre più vicini trasalirono entrambi. Comparve un ragazzo con un vassoio: sopra c'era una ciotola di zuppa bollente, pane, acqua e baklava. Aspettarono finché ebbe servito e se ne fu andato.

«Mangia» disse il maestro. «Sarà una lunga notte.»

Jahan prese un pezzo di pane, lo tuffò nella zuppa e lo inghiottì, scottandosi la lingua, mentre gli veniva un'idea. Disse, pensoso: «C'è qualcosa in particolare che volete che porti via?».

«Be'» rispose Sinan inarcando un sopracciglio: si aspettava la domanda. «Gli strumenti no, sono troppo grandi. I libri vanno salvati, più sono meglio è. Se riesci trova il suo *zij*, sai quanto ha faticato per quello.»

La mappa della luna, del sole, delle stelle e dei corpi celesti. Anni e anni di lavoro. Come mai il Capo astronomo reale non l'aveva portato via con sé?

Come se gli avesse letto nella mente, Sinan disse: «Takiyuddin teneva le cose di valore nell'osservatorio. Quella era la sua casa».

Jahan mangiò qualche cucchiaiata di zuppa, si ficcò in bocca un altro pezzo di pane, e mise il resto nella cintola. «Sono pronto ad andare.»

C'era la luna piena che brillava sopra la città come un falò di un'era passata. Tra le ombre che si muovevano, ondeggiavano, respiravano, Jahan cavalcò Chota verso Tophane.

Contro il cielo di piombo gli edifici somigliavano a due giganti afflitti abbracciati. Un lampo di dolore attraversò Jahan quando si disse che l'indomani a quell'ora non ci sarebbero più stati. Balzò giù da Chota e ascoltò la notte per assicurarsi che non ci fosse nessuno nei dintorni. Pianissimo, disse a Chota di aspettarlo lì, ricompensandolo con pere e noci, che la bestia divorò all'istante. Jahan aveva portato grossi sacchi per trasportare i libri. Dopo averli presi e aver baciato tre volte la proboscide di Chota per buona fortuna, puntò verso l'osservatorio.

Prima provò la porta principale. C'era un lucchetto arrugginito penzolante. Armeggiò un poco, usando il coltello e il punteruolo che aveva portato con sé nella fusciacca. Valutò che non era poi così difficile da aprire, ma non avrebbe potuto rimettere il tutto a posto. La mattina dopo tutti avrebbero saputo che qualcuno era entrato.

Strisciò lungo le pareti e controllò le porte secondarie da entrambi i lati. C'era un passaggio tra gli edifici, e quindi non importava da quale sarebbe entrato, bastava che trovasse il modo. Poi la vide: una finestra rotonda al piano terra. Si ricordò che quell'inverno la chiusura si era allentata e non era mai stata riparata per bene. Takiyuddin si era lamentato, dicendo che l'operaio aveva fatto un lavoro mediocre. Poi se n'era dimenticato. Come tutti gli altri.

Un attimo dopo Jahan era lì che dava colpetti ben assestati. Dopo un po' il cardine cedette con uno scatto. Jahan spinse la finestra, la aprì e scivolò dentro. Era così buio, e lui era così impreparato, che gli cedettero le ginocchia. Attese che gli occhi si fossero abituati all'oscurità e poi cominciò a riconoscere le cose. Salì per la scala a chiocciola e raggiunse la biblioteca; fu investito da un odore intenso di carta, pergamena, inchiostro e pelle. Ogni scaffale era una ferita aperta che sanguinava nella notte. Barcollando, guardò a destra e a sinistra. C'erano migliaia di libri, mappe e manoscritti. Come poteva sapere quali fossero più preziosi di altri? Come giudicare? Dalla loro vecchiaia? Dall'autore? Dall'argomento? Jahan passò di fila in fila, sfilò i libri a caso, li annusò e li toccò, poi li portò vicino alla finestra, dove scintillava una fetta di luna. Parole in latino, arabo, ottomano, ebraico, greco, armeno, persiano gli piovvero addosso. Trasalì. All'improvviso divenne furioso con se stesso. Stava perdendo tempo prezioso coi suoi dubbi. Nel panico, estrasse i sacchi che aveva portato e cominciò a riempirli coi libri che gli capitavano sottomano. Dal momento che non sapeva scegliere, non avrebbe scelto. Li avrebbe salvati tutti.

E via col primo scaffale, poi col secondo e col terzo. Un sacco era già pieno. Il secondo inghiottì altri tre scaffali. Finito. Fece un passo in avanti, barcollando come un ubriaco. Erano troppo pesanti. Dovette togliere alcuni dei tomi, le mani tremanti, i denti che battevano come se fosse stato esposto a una corrente gelida.

«Tornerò» sussurrò.

Uscì, trovò Chota, scaricò i libri nell'howdah e tornò, di corsa, ansante. Si maledisse per non aver pensato a portare una carriola. Sarebbe stato più astuto. Riempì di nuovo i sacchi, altri cinque scaffali, e di nuovo filò fuori. Non riuscì a contare quante volte andò avanti e indietro. Sbuffava così forte che temeva che qualcuno lo sentisse, e allora sarebbe stata la fine.

Deglutì, la bocca arida, e cercò di ricomporsi. Fuori dalla finestra spuntava l'alba. Si disse che quello doveva essere l'ultimo viaggio. E basta. Quello che aveva salvato aveva salvato; quello che non aveva salvato, doveva lasciarlo andare. Fu allora che accadde qualcosa, una cosa che non avrebbe mai rivelato a nessuno nemmeno anni dopo, da vecchio. I libri e i manoscritti e le mappe e le carte cominciarono a chiamarlo per nome: prima in toni sommessi, poi sempre più acuti, supplicandolo di portarli con sé. Jahan vedeva le loro bocche di carta strappata, le loro lacrime d'inchiostro. Si scagliarono giù dagli scaffali, si calpestarono a vicenda, gli si pararono davanti, gli occhi spalancati per il terrore. Jahan si sentiva come un uomo in barca che cerca di salvare una decina di uomini dal mare in tempesta mentre a centinaia annegano attorno a lui.

Cominciò a piangere. Riempì altri tre sacchi e se ne andò in fretta, come inseguito da una forza invisibile. Come salì su Chota, come raggiunse la casa di Sinan, non l'avrebbe ricordato, dopo. Consegnò tutti i libri al suo padrone e si rifiutò di avvicinarsi a loro per paura che ricominciassero a parlargli.

«Apprendista indiano, ne hai salvati tanti» disse Sinan.

«Ne ho abbandonati molti di più» disse Jahan, ombroso.

Una ruga di preoccupazione incise la fronte di Sinan mentre svuotava i sacchi, spolverava i libri e li nascondeva nella sua biblioteca. Più tardi avrebbe detto a Jahan che aveva salvato quattrocentottantanove volumi.

Solo quando fu tornato nella sua stanza ed ebbe posato il

capo sul materasso e fu riuscito a smettere di tremare, Jahan si rese conto che nella fretta aveva dimenticato di cercare lo *zij* di Takiyuddin. Alla fine l'astrologo di corte non era riuscito a prevenire ciò che più detestava. La conoscenza e la saggezza devono essere un'accumulazione, un flusso ininterrotto da una generazione all'altra; eppure i giovani astronomi venuti dopo di lui avrebbero dovuto ricominciare tutto daccapo.

Il giorno dopo, poco più tardi dell'alba, mentre il cielo sanguinava sulla città, eccoli lì tutti e sei, Sinan, gli apprendisti e l'elefante, pronti a distruggere ciò che avevano edificato. Niente piccioni fruscianti nelle gronde, niente brezza. Jahan vide le lacrime negli occhi di Sancha. Nessuno disse una parola.

Per tutto il giorno, dirigendo le squadre di operai che arrivarono con le loro mazze, i martelli e la polvere esplosiva, infransero le porte e le finestre, abbatterono i muri. Chota tirava con tutta la sua forza, legato alle intelaiature. La gente venne a vedere. Alcuni ulularono e applaudirono, quasi tutti rimasero a guardare in un silenzio attonito. Cinque giorni dopo, quando l'ultima pietra fu trascinata via, si levarono preghiere, come ce n'erano state quattro estati prima, quando gli apprendisti di Sinan avevano posato la prima pietra. Solo che stavolta gli spettatori ringraziavano Dio per aver abbattuto un edificio di peccato.

Insieme con l'osservatorio qualcosa andò in pezzi dentro Jahan. Se non fosse stato per amore di Mihrimah e per fedeltà a Sinan, avrebbe abbandonato quella città di mattoni infranti e legno bruciato. Vai via, gli sussurrava una voce dentro: ma dove? Era troppo vecchio per tuffarsi in nuove avventure. Vai, lo implorava la voce: ma come? Pur risentito dai suoi modi, aveva consegnato l'anima a Istanbul. Perfino i suoi sogni non avevano altri scenari. Vai, lo avvertì la voce: ma perché? Il mondo era un calderone ribollente, lo stesso stufato di speranze e pene vicino e lontano. Per anni aveva dedicato la vita a una città in cui era stato – ed era ancora – uno straniero; il suo amore a una donna irraggiungibile; e la giovinezza e la forza a un'arte che, pur stimata, veniva respinta al minimo cambiamento degli eventi. Ciò che edificavano in anni, pietra su pietra, poteva finire distrutto in un solo pomeriggio. Ciò che veniva tenuto in considerazione oggi veniva disprezzato domani. Tutto era soggetto ai capricci del fato, e ormai Jahan non aveva dubbi: il fato era capriccioso.

Le settimane che seguirono furono i suoi giorni più cupi a Istanbul. Non poteva fare a meno di domandarsi perché lavorare tanto nei minimi dettagli quando nessuno – non il sultano, non il popolo, certo non Dio – badava all'impegno profuso. Sembrava che tutti pensassero solo alle dimensioni e alla maestà delle costruzioni e a non offendere l'Onnipotente. Perché Sinan prestava tanta attenzione ai particolari più minuscoli quando solo in pochi se ne accorgevano, e meno ancora li apprezzavano?

Niente rovina l'animo umano più del risentimento nascosto. Da fuori Jahan continuò a fare le cose di sempre: lavorava al fianco del maestro e nutriva Chota, anche se non si occupava più di tutte le sue necessità. Dentro, invece, una sorta di torpore s'impadronì del suo cuore, cancellando ogni traccia di gioia, come la neve che sciogliendosi cancella le impronte della vita. Stava perdendo la fede nel suo mestiere. Allora non sapeva che il valore della propria fede non dipende da quanto è solida e forte, ma da quante volte uno la perde ed è ancora in grado di recuperarla.

Il giorno più freddo in quarant'anni, lo definirono: il giorno che Mihrimah morì. I gatti randagi di Scutari congelavano balzando da un tetto all'altro e restavano appesi a mezz'aria come lampadari di cristallo. I mendicanti, i pellegrini, i dervisci rotanti e coloro che non avevano fissa dimora dovettero cercare rifugio negli ospizi per paura di mutarsi in ghiaccio. Perché avesse scelto un giorno del genere per lasciare questo mondo, Jahan non l'avrebbe mai saputo. Era nata in primavera e amava i fiori in boccio.

Era malata da mesi, e la sua salute peggiorava nonostante il numero di medici attorno a lei aumentasse di giorno in giorno. Jahan l'aveva vista sei volte in quei mesi terribili. Ogni volta un po' più sottile. Più spesso aveva visto Hesna Khatun, la messaggera riluttante. Veniva al serraglio, portando messaggi dalla principessa, e aspettava lì accanto mentre Jahan metteva insieme la risposta. Lui si prendeva il suo tempo, sceglieva le parole, nonostante la bambinaia sbuffasse lì accanto. Infine con uno sguardo torvo prendeva la lettera sigillata e spariva.

Dunque era una lettera che Jahan aspettava quel mattino di gennaio del 1578 che la bambinaia comparve nel serraglio, avvolta in un mantello di pelliccia. Invece disse: «Sua Altezza vuole vederti».

I cancelli chiusi si spalancarono davanti a lui; sale nascoste furono illuminate. Le guardie che lo videro arrivare si voltarono, fingendo di non accorgersi di nulla. Tutto era stato prestabilito. Quando Jahan raggiunse la sua camera faticò per mantenere il sorriso. Lei aveva il volto in fiamme, il corpo gonfio. Gambe, braccia, collo, perfino le dita erano rigonfie, come se fosse stata punta dalla vespa da cui era fuggita da ragazzina.

«Jahan, mio amato...» disse.

Jahan cessò di fingere serenità e seppellì il naso nella bordura della sua coperta. Era lì che era stato per tutto quel tempo: in un punto al limitare della sua esistenza. Vedendolo piangere, lei alzò la mano e disse piano: «No».

Subito Jahan si scusò. Di nuovo lei disse: «No».

L'aria nella stanza era stantia, per via delle finestre chiuse e delle tende pesanti. Jahan provò l'improvviso impulso di aprirle, ma rimase lì dov'era, immobile.

Poi gli ordinò di avvicinarsi, di più, nonostante lo sguardo ardente di Hesna Khatun. Posò la mano sulla sua e anche se si erano già sfiorati, sempre furtivamente, fu la prima volta che lui sentì il corpo di lei aprirsi al suo. Jahan la baciò sulle labbra. Assaporò la terra.

«Tu e il tuo elefante bianco... avete portato gioia nella mia vita senza gioia» disse lei.

Jahan tentò di dire qualcosa che la risollevasse, ma non riuscì a trovare parole che lei avrebbe accettato. Poco dopo una serva le portò una ciotola di crema aromatizzata con acqua di rose. Il dolce profumo che in qualunque altro giorno le avrebbe acceso l'appetito le diede un conato. Jahan le offrì invece dell'acqua, che bevve avidamente.

«Quando non sarò più qui forse sentirai dire di me cose che non ti piaceranno.»

«Che nessuno osi dire cose simili di vostra Altezza.»

Un sorriso stanco. «Qualunque cosa accada dopo la mia morte, voglio che tu mi pensi con calore nel cuore. Prometti di non badare ai pettegoli e ai calunniatori?»

«Non gli crederò mai.»

Parve sollevata, ma subito s'incupì come se un nuovo pensiero le attraversasse la mente. «E se dubiti di me?»

«Eccellenza, non dubiterò mai...»

Non lo lasciò continuare. «Se avrai mai dei sospetti su di me, ricorda, dietro ogni cosa c'è una ragione.»

Jahan le avrebbe chiesto che cosa intendeva dire, se non avesse sentito un rumore di passi. I suoi tre figli furono condotti da lei, in fila. Jahan constatò con sorpresa quanto era diventata alta Aisha dall'ultima volta che l'aveva vista. Uno dopo l'altro baciarono la mano della madre. Nell'aria aleggiava un silenzio rispettoso; il bambino più piccolo fingeva di controllarsi anche se il tremito del labbro inferiore lo tradiva.

Quando furono usciti, Jahan rivolse uno sguardo di dolore a Hesna Khatun. Capiva dalla sua agitazione che la bambinaia desiderava vederlo andar via. Lui non voleva andarsene. Fu un piccolo sollievo quando Mihrimah, avvertendo il suo disagio, disse: «Resta».

Mentre calava il buio il suo respiro si fece faticoso. Jahan e Hesna Khatun attesero al suo fianco: lei pregava, lui ricordava. Le ore passarono indistinte. Parecchio dopo la mezzanotte Jahan lottò per tenere gli occhi aperti, preso dall'irrazionale convincimento che finché l'avesse vegliata sarebbe stata bene.

Il richiamo alla preghiera svegliò Jahan. Non c'erano movimenti nella stanza, nessun rumore. In preda a un freddo panico, si mise in piedi, barcollando. Fissò la vecchia, che sembrava non aver dormito nemmeno un po'.

«Via» disse Hesna Khatun, aspra. «La mia gazzella è andata via.»

Dieci mesi dopo Sinan e gli apprendisti diedero gli ultimi tocchi alla moschea di Sokollu. Cupola centrale, otto archi, otto colonne e un cortile su due piani. Un portico chiuso bagnato dal sole attraverso numerose finestre era collegato con la sala quadrata della preghiera. Il *minbar* era di puro marmo bianco bordato di mattonelle turchesi. Attorno all'interno della moschea correva una balconata squisita ed elegante. Non era maestosa come la moschea di un sultano, ma aveva carattere, come l'uomo stesso.

Il gran visir Sokollu venne a vedere la costruzione, scortato da consiglieri, sentinelle, lacchè e adulatori. Ispezionò l'edificio che l'avrebbe reso immortale e fece un'infinità di domande, impaziente che i progettisti finissero. Si comportava e si muoveva con dignità, l'uomo più lungimirante dell'impero, sempre astuto. Ormai aveva servito tre sultani: Suleiman, Selim e Murad. Come fosse sopravvissuto così a lungo mentre molti uomini di Stato avevano perso la testa per il più piccolo errore era una domanda che molti facevano. Si diceva che fosse assistito da una *djinn* femmina che era innamorata di lui e il cui nome era impronunciabile dai mortali. Tutte le volte che Sokollu era in pericolo, per via di un incidente minimo o di un complotto importante, questa *djinn* lo avvertiva.

Jahan osservò la confusione da lontano. Non aveva dimenticato il giorno remoto a Szigetvár, anni prima, quando avevano sistemato nell'howdah di Chota il corpo del defunto sultano Suleiman, fingendo che fosse vivo. Da allora, come un incisore scrupoloso, il tempo aveva lavorato i tratti di Sokollu, dando al suo volto un'espressione austera. Fu in quel momento, mentre Jahan pensava a quanto era invecchiato, che il gran visir si fermò e si voltò. I suoi occhi scintillarono quando vide il mahout.

«Il domatore dell'elefante» esclamò il gran visir. «Guarda, hai del bianco in testa. Sei invecchiato!»

Jahan annuì e tacque. Dalla morte di Mihrimah sentiva il peso degli anni più che mai.

Sinan si unì a loro. «Jahan è uno dei miei apprendisti più fidati, mio Sire.»

Jahan s'inchinò e si avvicinò. Sokollu gli chiese come stava e dov'era l'elefante, anche se non fece caso alle risposte. Dopo un'ora il gran visir se ne andò al galoppo. Jahan non gli tolse gli occhi di dosso finché non si fu confuso con le ombre sulla strada e infine fu inghiottito dal buio. Quella stessa notte una tempesta abbatté le travi, piegò gli alberi e allagò i pozzi, devastando ogni cosa.

La mattina dopo Jahan trovò il cantiere ridotto a un pantano. Sudici rivoletti scorrevano da tutte le parti. Davanti a lui un gruppo di operai spingeva per recuperare un carro bloccato nella fanghiglia. Un'altra squadra innalzava un grosso palo con l'aiuto di carrucole d'acciaio, urlando in coro *Allah*, *Allah*, come se la costruzione fosse una guerra santa da vincere. Sul tetto inclinato c'erano operai che riparavano le parti danneggiate. Ovunque guardasse vedeva gente sgobbare per aggiustare le cose. Il solo a non lavorare era Chota, che sguazzava in una pozza marrone, felicissimo.

Fuori dalla moschea c'era un capanno improvvisato, dall'altra parte del nartece, dove il maestro si ritirava quando aveva bisogno di riposare. Quel giorno, avendo mal di schiena, passò il pomeriggio lì, disteso su una superficie piatta, avvolto in panni caldi. Un medico ebreo arrivò e gli tolse due fiale di sangue per liberare gli umori maligni. Poi applicò dei cataplasmi sulle giunture doloranti.

Dopo la preghiera della sera la porta si aprì e il maestro uscì, pallido e sonnolento ma altrimenti in forma. Salutò con la mano Jahan, e stava per parlare quando accadde una cosa strana. Uno degli operai sul tetto, che stava issando le lastre di piombo, perse il controllo del carico. La fune che reggeva si spezzò, facendo precipitare l'intero carico proprio mentre passava Sinan.

Un urlo lacerò l'aria. Forte, acuto e decisamente femminile. Era Sancha. Due parole le uscirono dalle labbra: «Maestro, attento!».

Le lastre di piombo caddero con un fracasso terribile. Sinan, che miracolosamente si era scostato, ne uscì illeso. Se non si fosse spostato, l'avrebbero tagliato in due come la spada di Damocle.

«Sto bene» disse Sinan quando corsero da lui.

Fu allora che una dopo l'altra le teste di tutti si voltarono verso Sancha. Lei arrossì fino alle orecchie davanti ai loro sguardi insistenti, la bocca all'ingiù.

In un silenzio imbarazzato Sinan disse: «Che benedizione sentire la voce di Yusuf. La paura scioglie le lingue legate, dicono».

Sancha, tremante, chinò il capo, il corpo molle come quello di una bambola di pezza. Nelle restanti ore di lavoro evitò tutti quanti. Jahan non osò avvicinarsi. Gli operai erano insospettiti. C'è un *hunsa* tra noi, sussurravano scoccando sguardi obliqui. Un essere che era metà donna metà uomo, per sempre bloccato in un limbo. Nessuno aveva ancora azzardato l'ipotesi che Yusuf fosse una donna.

Il giorno dopo il Primo apprendista di Sinan non era al cantiere. E nemmeno il giorno dopo ancora. Fu spiegato che Yusuf non stava bene ed era dovuto andar via per qualche settimana. Dove o come, nessuno lo chiese. In qualche modo tutti quanti, imbattutisi in un segreto, avevano avvertito che non sapere era meglio, era più sicuro. Solo Jahan capì che era la fine: Sancha non avrebbe più lavorato con loro. Avrebbe messo a rischio se stessa e il maestro se si fosse mostrata di nuovo. Era tornata alla vita che detestava: la vita di una concubina.

La stessa settimana Jahan passeggiava nel cantiere, perso nei suoi pensieri, quando notò una fune che Chota aveva calpestato nel fango. Senza riflettere la raccolse. La osservò e rimase esterrefatto. I due fili laterali si erano strappati e la fibra si mostrava lacerata, mentre i fili al centro erano più brevi e diritti, come se fossero stati tagliati di netto da una lama. Qualcuno aveva assottigliato la fune tagliandone il cuore. Fuori sembrava una fune qualunque; dentro era fragile come un guscio d'uovo.

Subito Jahan andò dal maestro. «Qualcuno ha teso una trappola.»

Ammutolito, Sinan guardò la fune strizzando gli occhi. Poi: «Stai dicendo che non è stato un incidente?».

«Non lo credo» disse Jahan. «Perché siete uscito dalla capanna, maestro?»

«Ho sentito qualcuno che mi chiamava» disse Sinan.

«Dev'essere la stessa persona che ha preparato la trappola. Sapeva che la fune si sarebbe spezzata perché l'ha tagliata lui. L'infelice San… Yusuf ha cercato di salvarvi. E adesso è condannato!»

«Dal momento che sai già tante cose…» disse Sinan, gli occhi infinitamente tristi. «Devi sapere che è a casa con la mia famiglia.»

«Maestro, lavorare con voi è la sua unica gioia. Dovete riportarla qui.»

Sinan scosse il capo. «Non posso più tenerla qui. Non è sicuro.»

Jahan strinse le labbra, cercando di ricacciare indietro parole di cui avrebbe potuto pentirsi. «Non indagheremo sul responsabile?»

«Cosa si può fare? Non posso interrogare tutti gli uomini del cantiere. Se gli operai sospettano che io non mi fidi di loro, perderanno la voglia di lavorare.»

Jahan fu colto dal disagio. Lui, al contrario, era convinto che Sinan dovesse interrogare tutti fino a trovare il colpevole. Disse, in un tono che non sapeva di possedere: «Michelangelo ha pianto il suo assistente come un figlio. E invece a voi... non importa di noi. Vetro, legno, marmo, metallo... Non siamo forse come tutto questo ai vostri occhi, meri strumenti delle vostre costruzioni?».

Un silenzio. Poi Sinan disse lentamente: «Questo non è vero».

Ma Jahan non lo ascoltava più.

Anche con un apprendista di meno il maestro portò a termine la moschea di Sokollu in tempo. Preghiere furono intonate, pecore e capri tinti di henné furono sacrificati. Sokollu, tutto orgoglio e gioia, diede *baksheesh* agli operai e liberò un centinaio di schiavi. Poco dopo, a un incontro del *diwan*, un uomo vestito da derviscio chiese di vedere il gran visir. Anche lui, come Sokollu, era originario della Bosnia. Per una ragione che nessuno riuscì a comprendere, né allora né dopo, Sokollu gli diede il permesso di entrare, di avvicinarsi.

Fu pugnalato dallo straniero, che fu catturato e ucciso prima che si potesse capire la ragione dell'omicidio. Sokollu, Solokovic, il gran visir, uno degli ultimi protettori dell'architettura, non c'era più. La *djinn* femmina, se esisteva, questa volta non era riuscita ad avvertirlo.

Dopo l'assassinio di Sokollu il sultano avrebbe nominato visir una serie di uomini nessuno dei quali resse il confronto con il predecessore. All'improvviso fu come se un coperchio fosse stato sollevato e il calderone ribollente esposto. Il tesoro imperiale era vuoto, le monete non valevano nulla. I giannizzeri erano furiosi, i contadini sconvolti, gli *ulema* insoddisfatti, il maestro Sinan troppo vecchio e troppo fragile, e il suo apprendista muto non era più al suo fianco.

Nel sogno Jahan era nel suo villaggio. Arrancava sul sentiero che portava alla loro casa, il sole bollente sul collo. Trovò il cancello aperto ed entrò. Non c'era nessuno nel cortile. Poi notò un vago movimento sotto un albero: una tigre. Non lontano avanzava impettito un pavone, un cervo brucava una macchia d'erba. Lui avanzò lentissimo, per non attirare l'attenzione. Tentativo vano, perché il felino si era già accorto di lui. Spostò lo sguardo su di lui, noncurante. A ogni passo Jahan notava altri animali: un rinoceronte, un orso, una giraffa. In sua assenza la sua famiglia aveva creato un serraglio.

La casa era stata allargata: aveva nuove stanze, nuovi piani. Cercò disperatamente madre e sorelle, correndo lungo i corridoi di marmo. Di sopra, in una sala che assomigliava al palazzo del sultano, s'imbatté nel patrigno, seduto da solo. L'uomo indicò il cortile sul retro; ma non c'era più nessun cortile sul retro. Al suo posto un fiume turbolento. Lontano, in una barca, c'era Sinan, trascinato dalla corrente.

Jahan gridò. Nel sentire la sua voce Sinan si alzò e perse l'equilibrio, agitando le braccia come un uccello che sta per spiccare il volo. La barca si rovesciò, spedendolo in acqua. Qualcuno urlava nell'orecchio di Jahan, scrollandogli la spalla.

«Svegliati, Indiano!»

Jahan si svegliò col cuore che batteva forte. A fissarlo c'era l'ultima persona che si aspettava di vedere: Mirka il domatore di orsi. Jahan lo guardò torvo: il ricordo di quella notte vissuta anni prima tornò rapido come una spada sfilata dal fodero.

Mirka fece un passo indietro, le mani levate in un gesto difensivo. «È successo qualcosa. Dovevamo dirtelo.»

Solo allora Jahan si accorse del ragazzo in piedi lì accanto. Era Abe, il nuovo domatore di Chota: un giovane, snello africano nero che non aveva più di sedici anni. Un'anima gentile, ma così inesperto che Jahan non gli avrebbe affidato un coniglio, figurarsi un elefante.

«Cos'è successo?» chiese Jahan.

Mirka distolse lo sguardo. «La bestia è sparita. È fuggita.»

Jahan calciò via la coperta, balzò in piedi e afferrò Abe per un braccio. «Tu dov'eri? Perché non l'hai tenuto d'occhio?»

Il ragazzo si afflosciò, un sacco vuoto nelle sue mani. Mirka li separò. «Non è colpa sua. La bestia si è infuriata, ha spezzato le catene. Mai visto così arrabbiato.»

«Dev'esserci stata una ragione» disse Jahan. «Che cosa gli hai fatto?»

«Niente» rispose Abe, la voce satura di paura. «Era posseduto.»

Jahan s'infilò lo *shalwar* e si spruzzò acqua sul volto. Attraversarono i dormitori in punta di piedi. Raggiunsero il serraglio e rimasero immobili all'ingresso della stalla vuota, in cerca di indizi che non c'erano.

«Da che parte è andato?» chiese Jahan.

Mirka e Abe si guardarono. «È uscito dalla porta principale. Le guardie non sono riuscite a fermarlo.»

Il cuore di Jahan sprofondò. In una città così vasta come trovare Chota prima che si mettesse nei guai?

«Mi servono un cavallo e una lettera di autorizzazione» disse Jahan a Mirka.

«Chiederemo al Capo eunuco bianco. Sarà furibondo quando lo saprà. Ma dobbiamo trovare la bestia.»

Poco dopo Jahan era fuori dai cancelli del palazzo che cavalcava senza alcuna idea di dove andare. Le strade si stendevano davanti a lui, aprendosi come ventagli. Il cavallo – un vecchio destriero bruno chiaro – era riluttante a galoppare, ma ben presto guadagnò velocità. Attraversarono piazze e bazar.

Svoltato un angolo Jahan incrociò un guardiano notturno con due giannizzeri che lo seguivano. Il guardiano levò il bastone gridando: «Tu, fermati!».

Jahan obbedì.

«Sei un *djinn*?»

«No, *effendi*, sono un essere umano come voi» disse Jahan.

«Allora scendi da cavallo! Cosa ci fai fuori a quest'ora, sfidando le regole del sultano? Vieni con noi.»

«*Effendi*, io vengo da palazzo» disse Jahan, reggendosi al pomolo della sella con una mano e dandogli la lettera con l'altra. «È fuggito un animale. Mi hanno mandato a riprenderlo.»

L'uomo lesse la lettera e borbottò: «Che genere di animale?».

«Un elefante» rispose Jahan. Quando non ci fu replica aggiunse: «La creatura più grande della terra».

«Come farai a prenderlo?»

«Sono il suo domatore» disse Jahan con voce incrinata. «Farà come dico.»

Non ne era così sicuro, ma per fortuna non insistettero. Sentì i loro sguardi sulla schiena anche dopo essersi allontanato.

Fu solo quando vide un *muezzin* diretto verso una moschea per la preghiera del mattino che si rese conto di quanto tempo aveva passato fuori a cercare Chota. Ricordò l'antico cimitero che sovrastava il Corno d'Oro e la conversazione tra lui e Sangram, una vita fa. *Ho sentito dire una cosa strana di queste bestie. Si dice che si scelgano il posto dove vorrebbero morire. Questo qui sembra aver trovato il suo posto.*

Quando Jahan raggiunse il luogo che cercava, una piccola nuvola nascondeva la luna, e l'aroma di sale era acuto nel vento. Scorse una grande sagoma davanti a sé, forse un masso. Balzò giù da cavallo e si avvicinò. «Chota.»

Il masso si spostò.

«Perché sei venuto qui?»

Chota levò la testa e la lasciò subito cadere. La bocca, ormai quasi priva di denti, si aprì e si chiuse.

«Cattivo ragazzo! Non farlo più.» Jahan gli abbracciò la proboscide, piangendo.

Insieme guardarono il sorgere del giorno. Il cielo mostrò loro le sue sfumature più splendenti, come un mercante di tessuti che espone le sue sete preziose. Jahan contemplò Istanbul coi suoi gabbiani, le chine ripide e i cipressi: cominciava a capire che il loro tempo in quella città stava giungendo alla fine. Stranamente non era triste. Quello sarebbe venuto dopo, lo sapeva. La tristezza viene sempre in ritardo.

Dopo molte suppliche Jahan riuscì a convincere Chota a seguirlo a palazzo. Lo misero nella sua stalla, lo incatenarono con ceppi più robusti, riempirono i suoi secchi di cibo fresco e sperarono di essersi lasciati tutto alle spalle. Ma il mahout aveva visto ciò che si era rifiutato di vedere prima. L'elefante stava morendo. E la gran bestia voleva essere sola quando la fine fosse giunta.

Dopo il maestro

C'è un albero in paradiso che è diverso da tutti quelli della Terra. I suoi rami sono translucidi, le sue radici assorbono latte invece che acqua e il suo tronco scintilla come prigioniero del ghiaccio, anche se quando ti avvicini non è freddo, non è freddo per niente. Ogni foglia di quest'albero porta il nome di un essere umano. Una volta l'anno, nel mese di Shaban, la notte tra il quattordicesimo e il quindicesimo giorno tutti gli angeli si riuniscono in cerchio attorno all'albero. Agitano le ali insieme. Così levano un forte vento che scuote i rami. Un po' alla volta alcune foglie cadono. A volte una foglia ci mette un po' a cadere. Altre volte la discesa è rapida come un battito di ciglia. Nel momento in cui la foglia raggiunge il suolo la persona il cui nome è scritto sopra di essa trae l'ultimo respiro. Ecco perché le persone sagge e istruite non calpestano una foglia secca, per timore che rechi l'anima di qualcuno da qualche parte.

Nel 1588, in un giorno piovoso, la foglia del maestro Sinan toccò terra. Aveva lavorato fino agli ultimi istanti, mente e salute sempre forti. Fu solo nelle ultime settimane che fu costretto a letto. I tre apprendisti si strinsero attorno a lui insieme ai capimastri che da tanto tempo lavoravano con lui. Le donne, avvolte nei loro veli, si allinearono vicino alla porta, e anche se Jahan non osò guardare verso di loro sapeva che una era Sancha, l'amorevole concubina di Sinan.

La voce ridotta a un sussurro, il Capo architetto reale disse loro, nella debole luce che filtrava dalle tende, che aveva scritto, firmato e sigillato il suo testamento. Disse: «Lo leggerete quando me ne sarò andato».

«Voi non andate da nessuna parte, maestro. Che Dio possa tenervi sempre con noi» disse Nikola, asciugandosi furtivo una lacrima.

Il maestro alzò la mano, come per cacciar via simili complimenti. «C'è una cosa importante che dovete sapere. Gli incidenti... i ritardi... ho scoperto come sono successi. Era davanti ai miei occhi... e tutto questo tempo non ho mai visto.»

All'improvviso l'atmosfera nella stanza cambiò. Tutti trattenevano il fiato, in attesa di saperne di più. Una nervosa trepidazione zampillò nel luogo in cui solo poco prima c'era soltanto dolore.

«Aspettate quaranta giorni dopo la mia morte» disse Sinan, inciampando nelle parole. «Aprite il mio testamento e vedrete quale di voi vorrei diventasse il mio successore, a Dio piacendo. Dovete continuare a costruire. Dovete sorpassare quello che ho fatto io.»

«Maestro... dicevate degli incidenti. Non ci direte chi li ha provocati?» chiese Jahan.

«Jahan... spirito ardente... tu sei sempre stato il più curioso» disse Sinan con difficoltà. «Dev'essere successo tutto per una ragione. Uno deve pensare alla ragione, non odiare la persona.»

Ricordando le ultime parole di Mihrimah, Jahan provò un dolore così potente che non riuscì a dir nulla. Anche lei aveva detto che tutto ha una ragione. Attese una spiegazione, ma non venne. Poco dopo gli apprendisti furono invitati ad andar via, perché avevano stancato abbastanza il maestro. Fu l'ultima volta che Jahan lo vide. La notte dopo, più presto del solito, Sinan si addormentò. Non si svegliò.

E fu così che dopo quasi cinquant'anni come Capo architetto reale e quattrocento costruzioni incantevoli, senza contare le molte cappelle e fontane, Sinan si congedò da questo mondo. Aveva sempre lasciato un difetto nelle sue opere per ammettere che non era perfetto e completo, poiché quelle qualità erano solo di Dio. Morì nello stesso modo, alla gloriosa ma imperfetta età di novantanove anni e mezzo.

Il settimo giorno dopo la morte di Sinan la sua famiglia indisse un incontro di preghiera per la sua anima. Parenti, vicini, *pasha*, artigiani, studenti, operai e passanti... La gente venne da molto lontano per prendere parte al rito. C'erano così tanti ospiti che si riversarono nel cortile e da lì nella strada fino al quartiere vicino. Anche coloro che non l'avevano mai incontrato piangevano la sua perdita come se fosse un congiunto o un amico. Furono offerti caramelle e sorbetti, carne e riso furono distribuiti ai ricchi e ai poveri. Rami d'olivo furono bruciati mentre veniva recitato il Corano dall'inizio alla fine. *Yusuf Sinanettin bin Abdullah.* Il suo nome fu pronunciato tutto di fila, più e più volte, un incantesimo che aprì cuori serrati. A metà del rito Jahan colse un aroma che conosceva bene, il misto di ambra grigia e gelsomino con cui il suo maestro profumava i caftani. Si guardò intorno, chiedendosi se lui fosse lì, a guardarli da un'alcova o una nicchia, ad ascoltare ciò che veniva detto in sua assenza, sorridendo quel suo sorriso.

Jahan pensò a Sancha, sapendo che era da qualche parte dentro casa, dietro quelle pareti, la fronte premuta contro il vetro della finestra, i corti capelli coperti da una sciarpa leggera. Gli faceva così male sapere che non poteva più lavorare con loro che dovette cacciar via quei pensieri, come uno stormo di corvi neri.

Dopo la preghiera, gli apprendisti fecero una camminata insieme: Nikola, Davud e Jahan. Il cielo era torbido, carico di nuvole, come a riflettere il loro umore. Foglie secche galleggiavano nella brezza, i gabbiani scendevano in picchiata a cercare bocconi. Parlavano, e restavano senza parole. Non era solo il dolore. C'era qualcos'altro, qualcosa che prima non c'era. Jahan comprese che in tutti quegli anni Sinan era stato il filo invisibile che li teneva insieme. Vero, in passato avevano manifestato futili gelosie, ma Jahan le aveva sempre attribuite a un amore condiviso per il maestro e al desiderio di eccellere ai suoi occhi. Ora vedeva che in verità erano stati più diversi che simili, loro tre, tre venti al passo, ciascuno diretto da una parte diversa. Non era l'unico a provare queste cose. All'improvviso eccoli tutti a soppesare le parole, a leggere i rispettivi gesti come educati estranei.

Mentre camminavano in un bazar, si fermarono a prendere del pane e *pekmez*.[28] Nessuno di loro aveva mangiato alla casa del lutto e la passeggiata aveva fatto venir loro fame. Jahan mercanteggiava con un venditore quando dietro di sé udì uno starnuto. Guardò di lato e si accorse che non era stato un passante, come si aspettava. Era stato Nikola, che si copriva a mezzo il volto, come vergognoso. Quando tolse la mano, c'era una goccia di sangue sul suo palmo.

«Stai bene?» gli chiese Jahan.

Nikola annuì in silenzio. I suoi occhi erano due stelle ardenti nel firmamento sereno del volto. Davud, affascinato dalle tartarughe che un contadino stava vendendo, sembrava non essersi accorto di nulla. Le tartarughe erano molto ricercate in quei giorni, perché si diceva che il guscio, ridotto in polvere e mangiato con zuppa di yogurt, curasse molte malattie.

[28] Sciroppo dolce d'uva.

Sotto i rami penzolanti di un salice consumarono il loro cibo, chiacchierarono delle persone che avevano assistito alla cerimonia e di quelle che non erano venute. Ma c'era una domanda che nessuno osava porre apertamente: chi di loro avrebbe preso il posto del maestro? Dovevano aspettare l'apertura del testamento. Fino ad allora era inutile parlarne. Come potevano sapere che cosa era impresso nelle rune, scritto nelle stelle, quando nemmeno Takiyuddin c'era riuscito? Così parlarono di questo e di quello, parole asciutte che non avevano senso, e ben presto ciascuno andò per la sua strada.

Il giorno dopo Jahan fu chiamato negli appartamenti del Capo eunuco bianco e gli fu detto che avrebbe cominciato a insegnare alla scuola del palazzo: un lavoro rispettabile che lo riempì di preoccupazione e orgoglio in pari misura.

Più tardi, quando conobbe i suoi studenti, trovò sui loro giovani volti innocenza e curiosità, presunzione e ignoranza, abilità e pigrizia. Quale di quelle qualità avrebbe prevalso sul resto, si chiese, e l'istruzione avrebbe fatto differenza, o il loro cammino era già segnato? Se il suo maestro fosse stato vivo avrebbe detto: «A ogni uomo viene dato il suo *kismet*, perché Dio non ripete mai lo stesso destino due volte».

Immerso nelle sue preoccupazioni, vide passare le settimane. Poi si rese conto che da parecchio non aveva notizie di Davud o di Nikola. Mandò un messaggio a entrambi. Quando nessuno gli diede risposta si preoccupò, soprattutto per Nikola. Davud aveva moglie e figli; Sancha viveva ancora nella casa del maestro Sinan; Jahan aveva Chota e un letto nel serraglio e ora un altro nella scuola del palazzo. Ma Nikola era solo: i suoi anziani nonni erano morti di recente. Si rese conto di conoscerlo davvero poco. Tutti quegli anni a lavorare fianco a fianco, estate e inverno, e ancora restavano un mistero l'uno per l'altro.

Un martedì mattina Jahan decise di andare a trovare Nikola. La nebbia era calata sulla città; il sole era un alone sfuocato dietro grigie nubi. A prima vista l'abitato di Galata sul lato remoto del Corno d'Oro era lo stesso di sempre. Case metà di pietra metà di legno sistemate in file come denti marci; chiese senza campane; il profumo di candele e incenso che si levava dalle cappelle; e un miscuglio di genti – fiorentini, veneziani, greci, armeni, ebrei e monaci francescani – che girovagavano. Jahan tenne il cavallo al trotto, osservando i dintorni. Mentre s'insinuava nei vicoli la folla si assottigliò. Era tutto silenzioso. Troppo silenzioso. C'era qualcosa che non andava. Imposte chiuse, porte serrate, branchi di cani affamati, gatti morti ai lati delle strade e un puzzo orribile che avvolgeva ogni cosa. Imboccò la strada della casa di Nikola e rabbrividì, come se un vento gelido l'avesse attraversato. C'erano croci dipinte su alcune case. Preghiere in latino e greco, incomplete e incomprensibili, scarabocchiate in fretta.

Jahan scese da cavallo e si avvicinò a un altro cartello: era infisso sulla porta di Nikola. Non sapeva quanto tempo fosse rimasto lì a fissarlo, incapace di andarsene, senza voler entrare. Un uomo con la schiena così curva che sembrava piegato in due si avvicinò. «Cosa vuoi?»

«Qui abita un mio amico. Kiriz Nikola, lo conosci?»

«Io conosco tutti. Non entrare. Sta' alla larga.»

«Cos'è?»

«La maledizione, è tornata.»

«Vuoi dire...?» Jahan si bloccò, avvertendo il disprezzo dell'uomo per la sua ignoranza. Era di nuovo la peste. «Come mai non ne abbiamo sentito parlare?»

«Idiota! Sentite solo quello che vi è concesso di sentire» disse l'uomo, e se ne andò. Non molto lontano. Dalla soglia della casa di fronte continuò a osservarlo, gli occhi come feritoie.

Jahan si tolse la fusciacca e la avvolse attorno a naso e bocca. Spinse la porta della casa di Nikola. Se fosse stata chiusa a chiave, avrebbe desistito. Ma era socchiusa, bloccata da una zeppa per assicurarsi che non si chiudesse. Chiunque l'avesse messa lì intendeva fare ritorno e sapeva che dentro non c'era nessuno che potesse aprire.

Entrato in casa, un puzzo greve lo colpì come una mazzata sferrata di sorpresa. Si ritrovò in un corridoio stretto, muffito e buio. Dovette aspettare che lo sguardo si adattasse all'oscurità. La prima stanza era vuota. Nella seconda, alla luce fioca di una candela una sagoma era distesa su una stuoia. I lisci capelli neri erano opachi, la pelle svuotata di colore, l'alta fronte bombata coperta di sudore: era e non era Nikola, quell'uomo con la barba di alcuni giorni sul volto di solito rasato con cura. Accanto a lui c'era una piccola statua di legno: un uomo con la barba castana e i capelli lunghi.

Due ciotole al suo fianco: una piena d'acqua, una di aceto. I suoi abiti erano umidi di sudore, le labbra screpolate. Jahan gli posò la mano sulla fronte. Scottava. Al tocco Nikola trasalì. Con enorme fatica volse il capo verso di lui, senza vederlo.

«Sono io, Jahan.»

Il respiro di Nikola usciva crepitando, come lo scricchiolio di un ceppo che arde prima di consumarsi. «Acqua» rantolò Nikola, la voce roca.

Bevve avidamente. Dalla camicia aperta Jahan vide macchie sul suo petto, di un viola che virava al nero, e un brutto rigonfiamento nell'ascella. Aveva una gran fretta di fuggire da quel luogo di sofferenza, ma mentre la sua mente sussurrava vigliaccheria, il suo corpo restava lì, all'ancora. Qualcuno bussò alla porta. Comparvero due suore. Lunghi manti scuri, maschere di mussola bianca sulla bocca.

«Chi sei?» chiese la più anziana. «Cosa vuoi?»

«Sono suo amico» disse Jahan, abbassando appena la fusciacca. «Lavoravamo insieme con il defunto Capo architetto reale.»

Un silenzio attonito aleggiò tra loro. «Scusa se ti ho parlato in tono aspro» disse la suora. «Ti avevo scambiato per un ladro.»

Jahan rimase sbigottito, temendo che quella donna con gli occhi vecchi e tranquilli come pietre l'avesse guardato dentro. Ignara dei suoi pensieri, la suora continuò: «Nessuno viene in queste case. Solo i ladri».

«I ladri?»

«Sì, vengono a rubare da...»

Non finì la frase. Invece avanzò verso Nikola. Lo fece bere dalla borraccia che aveva con sé, gli pulì la fronte con un drappo inzuppato nell'aceto, toccandolo senza alcuna traccia della ripugnanza provata da Jahan. Nel frattempo l'altra suora era occupata a ripulire gli escrementi da sotto le lenzuola.

Jahan voleva chiedere loro se non avessero paura della morte, ma si tenne i suoi pensieri per sé. Sussurrò: «Ce ne sono molti altri?».

«No, ma ci saranno.»

Nikola prese a tossire. Dalla bocca e dal naso uscì sangue. La suora più anziana, vedendo l'orrore di Jahan, disse: «Devi andare. Non c'è niente che tu possa fare qui».

Intristito ma in certo modo sollevato, Jahan chiese: «Come posso rendermi utile?».

«Prega» fu tutto ciò che disse la suora.

Jahan avanzò piano verso la porta, poi si fermò. «Quella statua, chi è?»

«San Tommaso» disse la suora con un sorriso stanco. «Il santo patrono dei carpentieri, dei costruttori, degli architetti e degli operai delle costruzioni. Era pieno di dubbi. Dubitava di tutto, non poteva farne a meno. Ma Dio lo amava lo stesso.»

Due giorni dopo Jahan seppe che Nikola era morto. In un mondo in cui tutto mutava di continuo, l'anima più stabile e affidabile che avesse conosciuto dopo il maestro Sinan non c'era più. Poi seguirono gli altri. Centinaia. Da Galata la malattia si spostò a Scutari, balzò su Istanbul e, come scagliata da una mano rabbiosa rimbalzò di nuovo a Galata. Di nuovo le orde invasero le strade in cerca di colpevoli. Nemmeno il palazzo rimase immune. I gemelli cinesi che si occupavano delle grandi scimmie morirono come muore la carne. Le scimmie diventarono aggressive, infelici nelle gabbie reali dove le loro antenate un tempo erano state ospiti così privilegiate. Taras il siberiano si nascose nel suo capanno, vergognandosi di essere vivo alla sua età.

Poi morì Sangram. Il garbato, fedele servo del serraglio che aveva sempre desiderato di tornare un giorno in Hindustan esalò l'ultimo respiro a miglia e miglia dalla sua terra natale. La vittima seguente fu Simeon il libraio di Pera. La moglie, ingannata da alcuni venditori ambulanti, accettò di venderne i libri per un pugno di aspri. Ammucchiati su carretti traballanti, quei libri preziosi giunti da tutto il mondo lasciarono Pera e viaggiarono verso nuove destinazioni. Molti furono smarriti in viaggio. Simeon, che aveva sempre desiderato occuparsi di una grandiosa biblioteca, non era nemmeno riuscito a lasciare le proprie collezioni a qualcuno che le apprezzasse.

Jahan, che apprese tutto questo molto più in là, aspettava ansioso, chiedendosi chi sarebbe stato il prossimo. Ma per una ragione che non riuscì a comprendere la malattia lo risparmiò e continuò nel suo pellegrinaggio verso sud come un uccello predatore, gettando un'ombra oscura sui villaggi e sulle città che attraversava. Nel cimitero cristiano, non lontano dalla Vergine della Sorgente, dove la chiesa dell'imperatore Giustiniano non c'era più ma la sacra fonte c'era ancora, sulla tomba di Nikola si leggeva:

L'ARCHITETTO NIKOLA SALÌ AL CIELO COME LE TORRI CHE COSTRUÌ
CHE LA SUA ANIMA POSSA RIPOSARE NELLA VOLTA DEL PARADISO
E CHE SAN TOMMASO SIA IL SUO COMPAGNO

Al ritorno da palazzo, Jahan trovò Chota da solo. Quando vide il suo vecchio domatore, l'animale barrì e pestò le zampe. Jahan gli accarezzò la proboscide, gli diede le pere e le noci che aveva portato con sé. In passato Chota le avrebbe annusate ben prima del suo arrivo. Ma di recente, insieme al corpo, anche l'olfatto si era indebolito.

Appollaiato su un barile, Jahan gli disse del funerale di Nikola. Come sempre, l'animale ascoltò ogni sua parola, strizzando gli occhi. Quando Jahan pianse, la proboscide di Chota gli scivolò attorno al petto e lo abbracciò. Ancora una volta Jahan ebbe l'impressione che l'elefante bianco capisse tutto quello che diceva.

Dopo un po' sentirono dei passi. Due ombre comparvero sulla soglia. Il ragazzo di Sangram, che aveva preso il suo posto, somigliava tanto al padre nell'aspetto e nei modi che lo chiamavano tutti Sangram come se la stessa anima fosse resuscitata e la morte fosse solo un gioco. Abe, il custode di Chota, era con lui.

«Jahan è qui!» disse Sangram figlio, felice di vedere l'uomo che conosceva e amava come uno zio.

«Io sono qui, ma lui dov'era?» disse Jahan con voce stridula, indicando Abe. «Perché lasci l'elefante incustodito? Ha un'unghia rotta. Hai idea di quanto gli deve far male? Dev'essere tagliata e lavata. Qui è tutto sporco. Quand'è stata l'ultima volta che hai pulito?»

Borbottando le sue scuse, Abe prese uno spazzolone e cominciò a passarlo dappertutto. Lungo i raggi di sole che penetravano dalle fessure la polvere vorticava. Sangram figlio s'avvicinò con sguardo turbato. «La sai la notizia?»

«Quale notizia?»

«Davud. È stato promosso.»

«Cos'hai detto?»

«Ne parlano tutti. Il tuo amico è il nuovo Capo architetto reale.»

«Il nostro Davud?» balbettò Jahan.

«Be', non è più nostro. È lassù!» disse Sangram figlio, indicando il soffitto dove un ragno aveva tessuto una tela e un tafano penzolava, morto da un pezzo.

«Vuoi dire che... hanno aperto il testamento!»

Sangram figlio guardò Jahan con inconfondibile pietà. «Sì. Il tuo maestro voleva che fosse lui il suo successore, a quanto pare.»

«Be'... bene» balbettò Jahan, stordito come se un precipizio si fosse appena aperto sotto i suoi piedi e come se lui stesse cadendo, cadendo.

Qualche giorno dopo la moglie di Sinan, Kayra, secondo le abitudini, liberò parecchi degli schiavi di casa. La prima a cui fu concesso il *berat*[29] fu Sancha.

Jahan aveva sempre sospettato che Kayra nutrisse sentimenti contrastanti verso quell'insolita concubina che viveva sotto lo stesso tetto, una donna che con suo marito aveva condiviso cose che lei non avrebbe mai potuto. Se era stata contraria al fatto che Sancha si vestisse da uomo e lavorasse nei cantieri, doveva aver tenuto i propri sentimenti dentro i confini di casa. Ma Jahan aveva pochi dubbi sul fatto che Kayra sapesse del profondo amore di Sancha per il maestro, e che la cosa non le piacesse affatto. Tra le due donne si era scavato un abisso di silenzio che nessuno, nemmeno Sinan, poteva colmare. E ora che era morto, quello di Sancha era l'ultimo volto che Kayra desiderasse vedere. Eppure non maltrattò la sua schiava. Le comprò satin, taffetà e profumi, e le diede la sua benedizione prima di lasciarla andare. Fu così che, dopo decenni di prigionia a Istanbul, Sancha de Herrera, figlia di un noto medico spagnolo, fu libera.

Mandò una lettera a Jahan. Le sue parole traboccavano di eccitazione e preoccupazione. Gli chiese timidamente di aiutarla

[29] Documento consegnato a uno schiavo liberato.

con i preparativi, dal momento che non aveva idea di cosa fare, da dove cominciare. Disse che avrebbe voluto anche l'aiuto di Davud, ma lui non era al corrente della verità. A volte nemmeno lei sapeva più chi fosse, se Yusuf il costruttore o Nergiz la concubina. Jahan rispose senza indugio:

> Stimabile Sancha,
> la tua lettera mi ha suscitato felicità e disperazione. Felicità perché finalmente puoi partire. Disperazione perché te ne vai. Verrò ad aiutarti giovedì prossimo. Non pensare di non essere pronta. Sei pronta da tanto, tanto tempo.

Il giorno stabilito, Jahan andò a trovarla a casa di Sinan. Per la prima volta da che si conoscevano la vide indossare un abito: una veste verde smeraldo con una gonna a forma di cono che enfatizzava il colore dei suoi occhi. Sopra i capelli ancora corti c'era un copricapo dello stesso colore, del genere che portavano le donne nella terra del Frangistan.

«Non fissarmi così» disse lei, arrossendo sotto il suo sguardo. «Mi sento brutta.»

«Come puoi dirlo?» protestò Jahan.

«È vero. Sono troppo vecchia per i vestiti graziosi.»

Jahan guardò le sue guance diventare di un rosa più acceso, e aggiunse in fretta, canzonandola: «Pensa un po' se in tutti questi anni i muratori avessero saputo che tra loro c'era una bellezza: avrebbero smesso di lavorare per scriverti poesie. Non saremmo riusciti a costruire nulla».

Lei rise; gli occhi bassi, le dita che scorrevano lungo le pieghe della gonna sorrette da un guardinfante di ossi di balena. «È così stretta che non riesco quasi a respirare. Come fanno le donne a resistere?»

«Ti ci abituerai in un baleno.»

«No, mi ci vorranno decenni. Sarò morta» disse sorridendo – un sorriso che svanì all'istante. «Vorrei che mi avesse visto così.»

Sopra di loro il cielo era azzurro e luminoso, immobile come uno specchio. Fuori passò fragoroso un carro. Sbirciando dalla finestra Jahan vide che era carico di gabbie di falchi incappucciati. Distratto dagli uccelli, non si rese subito conto che Sancha, accanto a lui, piangeva. Un ragazzo che era una ragazza, un muto col dono della parola, una concubina eppure un architetto, aveva vissuto una vita di menzogne e strati, non meno di Jahan.

«Che cosa ti turba?» le chiese. «Pensavo che fossi pazza di gioia, adesso che sei libera.»

«Ma io sono contenta» disse lei, poco convincente. «Solo che… la sua tomba è qui. Tutto ciò che abbiamo fatto insieme. Ha lasciato più segni di qualunque sultano in questa città.»

«Il maestro è morto» disse Jahan. «Tu non lo stai lasciando.»

Lei cercò per un attimo di non parlare di lui, lottò con se stessa, perse. «Credi che mi abbia amato?»

Jahan esitò. «Credo di sì. Altrimenti perché ti avrebbe permesso di unirti a noi? Sarebbe finito nei guai se qualcuno l'avesse scoperto.»

«Ha corso un pericolo per me» disse Sancha con un briciolo d'orgoglio. «Ma non mi ha mai amato. Non come l'ho amato io.»

Questa volta Jahan non replicò. Né Sancha parve attendere una risposta. Disse: «Ho sentito che c'è una nave veneziana che parte tra due settimane».

Jahan annuì. Aveva notato l'albero maestro svettare sopra tetti e alberi. «Prenderò accordi.»

«Te ne sarei grata» disse Sancha. I suoi occhi brillarono di trepidazione. «Vieni con me. Non hai niente che ti tenga legato qui.»

Jahan fu sorpreso nel sentirla parlare così. Ma decise di prenderla come uno scherzo. «Ah, potremmo costruire dimore per i grandi di Spagna.»

Lei gli prese la mano. Aveva la pelle morbida e fredda. «Potremmo trovare un protettore. Ho preso informazioni. Ci occuperemo l'uno dell'altra.»

Osservando i suoi gesti familiari, Jahan sentì qualcosa agitarsi nel cuore. Vide ciò che vedeva lei. Uniti dalla memoria del maestro, i cuori insensibili a tutto tranne che alla loro arte, avrebbero potuto lavorare insieme. L'amore non era necessario. Meglio senza. L'amore porta solo dolore.

«Se fossi stata più giovane, avremmo potuto avere dei figli» disse lei.

Suo malgrado, Jahan sorrise. «Femmine con i tuoi occhi e il tuo coraggio.»

«Maschi curiosi e gentili come te.»

«E Chota?» mormorò Jahan.

«Chota è vecchio. È contento a palazzo. Starà bene. Ma io e te dobbiamo continuare a costruire...»

«*La saggezza non piove dal cielo, spunta dalla terra, dal duro lavoro*» disse Jahan, ripetendo le parole del maestro.

«La cupola» continuò Sancha. «Dovremmo costruire cupole che ricordino alla gente che esiste un Dio e che non è un Dio di peccato e d'inferno ma di pietà e d'amore.»

Jahan si coprì il volto con le mani e chiuse gli occhi.

«Sono spaventata» disse lei. «È da tanto tempo che sono stata strappata alla terra di mio padre che ormai sono estranea ai loro modi.»

«Andrà tutto bene» disse Jahan, cercando di rassicurarla.

«Sì, se tu vieni con me. Cosa dici?»

In quel momento Jahan comprese che la vita è la somma delle

scelte non fatte; dei sentieri desiderati ma non intrapresi. Non aveva mai provato tanta pena per Sancha come allora, nel momento in cui capì che le avrebbe detto di no. Lei gliela vide sul volto, la resistenza. I suoi occhi si riempirono di lacrime, ma non pianse. Le lacrime erano tutte per il maestro, il suo solo e unico amore.

«Ti prego, ricordati di me» disse Jahan.

Solo una minuscola incrinatura nella voce tradì la delusione di Sancha quando disse: «Non dimenticherò mai».

Una settimana dopo la nave veneziana, una caracca con tre alberi e la poppa arrotondata, era pronta a tornare a casa. I mercanti veneziani avevano perso i loro privilegi a vantaggio dei mercanti francesi, olandesi e inglesi. Il capitano indossava la sua infelicità come la giacca che lo fasciava stretto. Ma la confusione era tale da riuscire a distrarlo dalle sue preoccupazioni. Marinai che andavano e venivano caricando barili e venditori che mettevano in mostra le loro mercanzie. Un piccolo gruppo di passeggeri attendeva da un lato: sacerdoti gesuiti, suore cattoliche, viaggiatori, un nobile inglese circondato dai suoi servi. A parte loro, gli altri erano rozzi uomini di mare.

Riparandosi gli occhi dal sole, Jahan si guardò intorno senza riuscire a scorgere Sancha. Pensò che avesse cambiato idea. Forse al risveglio aveva compreso che la terra della sua infanzia era remota ed elusiva, un sogno inafferrabile. Ma poi, facendosi strada tra i barili in attesa di essere caricati, la vide davanti a sé, la sua ombra lunghissima, come se solo quella avesse deciso di restare.

Con sua sorpresa, era tornata ai panni dell'apprendista, ed era lì accanto a lui vestita da ragazzo. «Preferisco così.»

Jahan guardò alle sue spalle, aspettandosi dei portatori. Nessuno. «Dove sono le tue cose?»

Lei indicò la sacca ai suoi piedi.

«I tuoi abiti? I doni di Kayra?»

«Non dirglielo. Li ho regalati ai poveri.» Aprì la sacca, mostrò la scatola intagliata che Sinan aveva fatto per lei. Vicino c'erano una dozzina di rotoli e una collana di qualche valore. «Porto queste cose. Il maestro le ha lasciate a me.»

Camminarono in silenzio fino alla passerella che collegava la nave alla terra.

«Non sono riuscita a dire addio a Davud» disse. «Porgigli i miei rispetti e i miei auguri. Non riesco a credere che ora sia il Capo architetto reale.»

«Glielo dirò» disse Jahan pensieroso. La verità era che nemmeno lui era riuscito a congratularsi con Davud. Non ne aveva voglia. Inspirò una boccata d'aria. «Fa' attenzione che nessuno scopra che sei una femmina. Se avverti qualche...»

«So prendermi cura di me stessa.» Si mise diritta. Di nuovo un uomo.

«Lo so.»

Alzò gli occhi su di lui. «Io... ho fatto un brutto sogno stanotte. Tu eri rinchiuso. Mi chiamavi ma non riuscivo a trovarti. Sta' attento, d'accordo?»

Qualcuno gridò un ordine dalla poppa della nave. Jahan sentì la gola serrarsi. Tutto cambiava, scorreva, come sabbia tra le sue dita. Mihrimah aveva varcato il grande confine e lui non vedeva l'ora di raggiungerla quando fosse stato il suo tempo; il padrone e Nikola erano andati; Davud e lui si vedevano di rado; Chota non sarebbe rimasto a lungo in questo mondo; e ora Sancha partiva. Aveva avuto torto nel compatire Nikola per la sua solitudine. Era solo quanto lui. Per un attimo l'impulso di accompagnare

Sancha, la sola persona che tenesse a lui, fu quasi troppo forte. Sarebbe andato, se non fosse stato per l'elefante.

Quel pomeriggio, sotto lo stridio dei gabbiani e una spennellata di sole lieve come mussola, guardò la prua della nave tagliare con agio le acque, a ogni battito del cuore portando l'apprendista muto e la sua storia sempre più lontano.

Incapace di affidare i propri pensieri alla carta, Jahan trovò uno scriba che lo aiutasse a scrivere a Davud. Dopo aver ascoltato, l'uomo cominciò a scarabocchiare il foglio senza pause tranne che per intingere la penna nell'inchiostro. Quando ebbe finito, Jahan reggeva una lettera che gocciolava saluti e felicitazioni. Gli costò sei aspri.

Non si aspettava una risposta immediata – non da un uomo salito così in alto. Ma Davud gli rispose; il rotolo col suo sigillo rosso, la grafia – di un altro scriba, di rango superiore – elegante. Era successo tutto in fretta, spiegava. «Il nostro grazioso sultano, che possa vivere cent'anni, aperto il testamento del maestro Sinan e appreso il suo ultimo desiderio, ha conferito un grande onore a me, il suo umile servo. Ha gettato la veste preziosa del nostro maestro sulle mie spalle insignificanti.» Come avrebbe potuto non accettare, chiedeva Davud, come se avesse bisogno di una conferma. Disse a Jahan di andare a trovarlo. Avrebbero condiviso ricordi e parlato dei lavori a venire, proprio come ai vecchi tempi.

Jahan voleva tanto fargli visita, ma non poteva. Il suo cuore non era puro. Lo preoccupava l'idea che Davud gliela vedesse negli occhi, la gelosia che gli colava dai pori. Fino a poco tempo prima erano pari. Ora il suo amico era un uomo favorito dal destino. Jahan capiva bene che tra persone di simile levatura la cosa più difficile da accettare è quando uno sale e l'altro no. Nei rari momenti in cui riusciva a non provare invidia, era oppresso dalla colpa. Invece di essere contento per Davud e di pregare per il suo successo, ce l'aveva con lui per la sua buona sorte. Se Sinan fosse stato vivo, pensava Jahan, si sarebbe vergognato di lui.

Così aspettò. Passarono i giorni. Che lo volesse o no, sentiva continuamente parlare di Davud: di come nel corso di una cerimonia in suo onore gli erano stati consegnati uno scalpello d'oro, sacchetti di monete e il sigillo del maestro Sinan, l'anello di giada intagliata. Frammenti di informazioni piovevano da ogni parte: era stato visto in un caftano così prezioso che nessuno poteva indossarlo senza il permesso del sultano; gli piacevano le concubine circasse e ne riempiva il suo harem; aveva preso una seconda e una terza moglie, tutte e due seducenti come fate; aveva dei pavoni che passeggiavano nel suo cortile e un falcone portato da Samarcanda. Metà di quelle storie erano false, sospettava Jahan. L'altra metà però bastava a riempirgli il cuore di amarezza.

Jahan continuava a insegnare alla scuola del palazzo, trovando consolazione nell'innocenza degli studenti. Di notte, solo nel suo letto, progettava edifici che non sarebbero mai stati costruiti. Uno di essi era un giardino dove gli animali selvaggi vagavano liberi e la gente camminava in un labirinto di gallerie con grandi pannelli di vetro che consentivano di osservare le bestie senza correre pericoli. Chota perse altre tre unghie. Jahan sospettò una malattia misteriosa e smise di accusare Abe di negligenza. L'elefante era diventato vecchio. Anche Jahan, pur riluttante ad accettarlo.

Un mese dopo ricevette un messaggio che lo informava che una costruzione stava per essere avviata sulla quarta collina – una nuova moschea – e che era stato nominato capomastro. Gli sarebbe stata pagata una somma generosa. Era la dimostrazione di quanto Davud si fidasse di lui. Mentre lui ardeva d'invidia, l'amico aveva deciso di rendergli onore. Jahan non poté più evitare di incontrarlo. Scrisse una lettera – da solo, questa volta – in cui lo ringraziava del privilegio e gli chiedeva il permesso di fargli visita. Davud mandò la risposta invitandolo nella sua nuova casa a Scutari.

Non fu difficile trovare il luogo: i locali non facevano che parlarne. Una dimora con un giardino profumato che si estendeva a perdita d'occhio. Non ci fu bisogno di bussare; era atteso. Un servitore lo salutò al cancello di ferro; lo accompagnò lungo un sentiero dentro casa e poi in una vasta sala luminosa che guardava a sud. Rimasto solo, Jahan si guardò attorno. Non c'erano molti mobili, ma quei pochi erano di squisita fattura. Un armadio con mosaici di madreperla e bassi tavoli simili; un tappeto coperto di cuscini ricamati; bugie dorate alle pareti; un tappeto persiano di seta così bello da non osare calpestarlo; e al centro un braciere d'ottone spento. Da qualche parte un sonaglio, scosso dal vento, tintinnava sognante. Il luogo era avvolto in un denso silenzio. Non si sentiva un rumore dall'harem né il fragore di una carrozza dalla strada. Nemmeno le grida dei gabbiani sembravano raggiungere quella casa. Si chiese come la moglie di Davud avesse reagito al cambiamento, e alle nuove mogli. Era una di quelle cose della vita che lo stupivano ma non avrebbe mai capito. Dopo un po' un altro servo giunse ad annunciare che il padrone era pronto a vederlo. Jahan lo seguì di sopra, una mano sulla balaustra come per trarne forza.

Davud aveva preso peso. Avvolto in un caftano azzurro, con un alto turbante, la barba tagliata tonda e corta, era diverso. Seduto dietro un tavolo di noce, reggeva una penna e aveva appena firmato un documento. Quattro apprendisti lo assistevano: due da ogni lato, una mano nell'altra, a capo chino, in abiti simili.

Quando vide Jahan entrare nella stanza seguendo il servo, Davud si alzò e sorrise. «Finalmente!»

Un istante di imbarazzo passò tra loro mentre Jahan si chiedeva come salutare quest'uomo che fino a ieri era suo compagno e ora era suo maestro. Stava per inchinarsi quando Davud venne verso di lui e gli pose una mano sulla spalla.

«Fuori da questa stanza posso essere superiore a te. Dentro, siamo amici.»

Pur sollevato, Jahan parlò con voce roca, carica di sensi di colpa. Offrì le sue congratulazioni e si scusò per non essere venuto prima.

«Adesso sei qui» disse Davud.

Jahan gli disse che Yusuf aveva lasciato la città, evitando di dare altre informazioni. Se Davud sospettava la verità su Sancha non lo diede a vedere. Invece mormorò: «Solo due».

«Cosa?»

«Su quattro, restiamo solo io e te. Siamo gli eredi di Sinan. Dobbiamo sostenerci a vicenda.»

Un servo nero entrò portando un vassoio carico di bibite che posò, quieto come un sussurro, su un basso tavolo. I novizi all'altro capo della stanza rimasero completamente immobili. Come una fila di alberelli, pensò Jahan, con le radici che scavavano buchi nel tappeto fino al piano di sotto.

Il sorbetto di rosa era delizioso, servito con chiodi di garofano e ghiaccio tritato dei monti di Bursa, un privilegio riservato ai ricchi. Accanto c'era un piatto con da tipi diversi di baklava e una ciotola di densa crema.

Consumate le bibite, Davud disse: «C'è tanto lavoro che ce la faccio a stento. Le mie mogli si lamentano. Tu sei il Capo architetto reale e non aggiusti nemmeno la staccionata attorno a casa, dicono».

Jahan sorrise.

«Ho bisogno di un uomo onesto come te al mio fianco. Sii il mio braccio destro. Faremo tutto insieme. Sarai il mio primo capomastro.»

Obbligato, Jahan espresse la sua gratitudine. Intanto pensava ai suoi studenti alla scuola del palazzo, e si rendeva conto con tristezza che avrebbe dovuto smettere di insegnare.

La sua confusione doveva essere palese, perché Davud gli domandò: «Cosa c'è? Trovi difficile prendere ordini da me?».

«Non è vero» disse Jahan, anche se entrambi sapevano che lo era.

«In tal caso non c'è niente da discutere.» Davud batté le mani. «Ora mangia!»

Mentre mangiavano i baklava, Davud parlò dei cambiamenti che desiderava introdurre. Con le rivolte e le guerriglie che tormentavano le piane dell'Anatolia, era più difficile che mai portare materiale da costruzione dall'interno. Le grandi moschee del Venerdì non venivano più commissionate. Non c'era abbastanza denaro nei forzieri. Quei giorni erano finiti. Senza i bottini della guerra santa nessun sovrano poteva spendere tanto in costruzioni. Perché l'architettura continuasse a prosperare nella capitale bisognava vincere guerre vicine e lontane.

«Sai, il nostro maestro è morto al momento giusto» disse Davud, pensoso. «Gli si sarebbe spezzato il cuore se fosse vivo ora.»

Fuori dalla finestra il sole tramontava, tingendo la stanza di un arancio setoso. Continuarono a parlare degli artigiani con cui preferivano lavorare e di quelli che avrebbero voluto evitare, chiacchiere che vorticavano vane come esili grumi di polvere.

Un corriere portò una lettera – importante, dall'aspetto. Davud sedette alla scrivania, i novizi ai lati. Visto com'era impegnato, Jahan si alzò.

«Resta» disse Davud rivolto al calamaio. «Ceniamo insieme.»
«Non voglio rubarti tempo.»
«Insisto» disse Davud.

Jahan non aveva altro da fare. Rimase per un po' alla finestra a guardare una barca da pesca passare trascinata dalla corrente, molto lontano dalla linea lungo cui il mare lambiva la spiaggia. Lentamente andò verso gli scaffali nell'angolo. Inspirò la fragranza di inchiostro, pergamena, carta e tempo e fece scorrere le dita lungo i dorsi. Vide *Sulla guerra contro i Turchi* di quello strano monaco chiamato Lutero e *Il Libro del Governatore* che un inglese chiamato Elyot aveva dedicato al suo re. Trovò trattati dalla biblioteca di re Matthias di Ungheria. E lì, tra i tomi di pelle, alcuni spessi, alcuni sottili, c'era la *Divina Commedia* di Dante. Il dono ricevuto da Simeon il libraio, che dopo tante e tante letture aveva dato al suo maestro. Con mani tremanti estrasse il libro, lo soppesò e sfogliò le pagine. Non c'era alcun dubbio: era la sua copia. Evidentemente Davud aveva preso possesso della collezione del maestro Sinan.

Un servo si avvicinò e accese la candela nella bugia lì accanto. L'ombra di Jahan crebbe sulla parete, alta e irrequieta. Vide il *De Architectura* di Vitruvio, che prese e tenne in mano per un po', il libro che aveva viaggiato da Buda a Istanbul. Fu mentre li rimetteva a posto che scorse un rotolo in fondo allo scaffale, mezzo schiacciato. Lo aprì e riconobbe subito il progetto della moschea Selimiye. Ne ammirò la grandiosità, ora più che in passato. Notò i segni tracciati da un'altra penna con un inchiostro più chiaro – come se qualcuno vi avesse lavorato dopo che il progetto era stato portato a termine, mutando varie sezioni dell'edificio. Doveva essere stato il maestro, dedusse. Probabilmente Sinan aveva studiato perché e dove le cose erano andate storte. Lo sguardo di Jahan percorse il bordo del foglio in cerca di una data. *18 apri-*

le 1573. Cercò di ricordare che cosa avessero fatto quel giorno. Non gli venne in mente nulla. I mormorii di sottofondo crebbero mentre Davud, finito di lavorare, riversava sui servi gli ordini per la cena. In fretta Jahan ripose il rotolo e lo raggiunse.

Fu servita loro zuppa fredda di yogurt, seguita da riso con agnello, capponi stufati in salsa di acetosella, fagiani cotti in brodo di carne, *borek* con montone e un grosso piatto ovale di carne fumante che non riuscì a identificare.

«Questa viene dal paradiso» disse Davud, anche se era ineducato che un ospite si vantasse del cibo offerto.

«Cos'è?» chiese Jahan, anche se era ineducato che un ospite facesse domande sul cibo.

«Cacciagione! Presa ieri.»

Lo stomaco di Jahan si contrasse ripensando al cervo che aveva visto nella foresta aspettando il sultano Suleiman. Per non essere sgarbato si costrinse a prenderne un boccone.

«Si scioglie come zucchero. Ho notato che più veloce muore l'animale più è buona. La paura rovina il sapore.»

Jahan masticò, il cervo un grumo in bocca. «Non sapevo che andassi a caccia.»

Davud, notato il disagio di Jahan, allontanò la ciotola. «Io no. Non ho tempo. Non credo di avere nemmeno il coraggio.»

Si congedarono. Davud accompagnò l'ospite alla porta. Da vicino Jahan colse un aroma fresco, erboso, stranamente familiare: si dissolse così in fretta nella brezza notturna che non riuscì a ricordare dove o quando avesse potuto annusarlo prima.

Tutte le volte che Jahan riusciva a ricavare una pausa tra le lezioni alla scuola del palazzo e il nuovo cantiere con Davud, correva al fianco di Chota. Portava con sé i progetti e disegnava nella stalla, seduto su una balla di fieno che gli altri domatori chiamavano scherzosamente il trono. Chota lo guardava rapito, anche se Jahan non sapeva se davvero lo vedesse. La sua vista, che non era mai stata acuta, si era indebolita.

Il povero Abe faceva del suo meglio, e non per timore dell'ira di Jahan, ma perché l'elefante bianco gli piaceva davvero. Nonostante il suo impegno Chota perse un altro dente, uno degli ultimi tre. Non riusciva più a masticare né a mordere. Jahan non aveva bisogno di metterlo su una delle bilance giganti usate dai marinai al porto di Karaköy per sapere che aveva perso molto peso. Di recente ogni tanto Chota si assopiva in piedi e perdeva l'equilibrio, sbattendo di qua e di là. Mentre beveva, faceva il bagno o marciava pesantemente nel giardino i suoi movimenti rallentavano, la testa crollava e dopo un attimo era profondamente addormentato, pronto a vagare nel regno dei sogni. Addolorava Jahan vederlo indifeso e confuso. Qualche volta lo sorprese a fissare con nostalgia l'albero di tiglio che gli piaceva tanto mangiucchiare.

Gli schiacciavano il cibo – foglie, nocciole e mele – in una polpa, la mescolavano con acqua e gli versavano la zuppa in bocca con l'aiuto di un imbuto. Gran parte finiva per terra, ma un po' gli arrivava nello stomaco. Chota non cercò di fuggire di nuovo, divenne sempre più sedentario, e si rifiutava di compiere anche le escursioni più brevi fino allo stagno. Abe spalava via i suoi escrementi, gli puliva la mangiatoia, gli dava latte e sorbetti, ma tutti sapevano bene che la creatura si stava sciogliendo come un grumo di cera sopra una fiamma.

Tornato nel dormitorio, Jahan faticava ad addormentarsi. Si rigirava, agitato, pensando alla salute di Chota. Fu in una di quelle notti insonni, circondato com'era dal consueto silenzio, che cominciò a pensare al testamento del maestro. Gli pareva strano che Sinan non avesse ricordato lui o Chota nelle sue ultime volontà. Il maestro che aveva conosciuto e amato avrebbe lasciato qualcosa, di piccolo o di grande, ai due esseri che avevano lavorato così vicino e così a lungo con lui. Sancha aveva portato via una scatola, una collana e parecchi progetti dicendo che il maestro glieli aveva lasciati. Possibile che Sinan non avesse voluto lasciare qualcosa anche a loro? Forse sì, ma nessuno si era curato di riferire a Jahan di una faccenda così insignificante. Se il maestro aveva un ultimo dono per Chota, Jahan voleva saperlo subito, perché non aveva dubbi che l'elefante stesse morendo. Forte di queste ragioni, andò a trovare il Capo eunuco bianco.

«Volevo chiedervi del testamento del maestro Sinan. Voi l'avete visto?»

L'uomo lo sogguardò strizzando gli occhi azzurri bordati di kohl. «Perché me lo chiedi?»

«Perché siete l'ufficiale di palazzo più alto in rango a cui possa rivolgermi.»

«Be'… ho visto il testamento, sì.»

Il volto di Jahan s'illuminò. «Chota era nominato?»

«Ora che me lo chiedi, ricordo che ha lasciato un bel manto per l'elefante. Mi assicurerò che la bestia lo riceva.»

«Vi sono molto grato» disse Jahan, scrutando accigliato i propri piedi come se lo irritassero. «E quanto a… me?»

«A te il tuo maestro ha lasciato i suoi libri.»

«Allora come mai il maestro Davud non me l'ha detto? Ho visto i libri del maestro Sinan a casa sua. Intendete dire che quei libri sono miei?»

«Devono essere degli altri…» disse Kamil Agha impaziente. «Fai troppe domande, Indiano. Vedrò che ti mandino il manto e i libri che sono tuoi. Ora torna indietro. E smetti di passare tanto tempo con quella bestia. Sei un architetto. Comportati da architetto.»

Jahan annuì, ma c'era qualcosa di strano.

Il pomeriggio seguente, Jahan tornò da una lezione e trovò Abe seduto su un sasso che piangeva.

«La bestia» disse, e la frase rimase a mezz'aria.

Piano, Jahan entrò nella stalla. Chota era solo. Respirava con difficoltà. Jahan gli stropicciò la proboscide coi palmi delle mani, gli offrì acqua; l'elefante non la volle. Puntò gli occhi brunorossicci sul suo domatore, e in quegli occhi Jahan vide tracce di ogni strada, lunga o breve, che avevano percorso. Ricordò come Chota era sbarcato dalla nave cinquant'anni prima, coperto di sporco e di feci, sull'orlo del collasso.

«Mi dispiace» disse, le lacrime che gli rigavano le guance. «Avrei dovuto prendermi più cura di te.»

Non lasciò il fianco di Chota quel giorno, e cadde addormentato accanto a lui, ascoltando il respiro regolare dell'animale. Se fece sogni non se li ricordò. La mattina aprì gli occhi allo schiocco di un picchio su un albero vicino, come un messaggio in codice. Dentro la stalla c'era silenzio. Jahan non voleva guardare Chota, ma lo fece. L'elefante era disteso, immobile. Il suo corpo era enfio, come se mentre dormiva il vento gli fosse penetrato nella proboscide e l'avesse gonfiato.

«Dovrebbe avere un vero funerale» disse Jahan a nessuno in particolare, dopo aver lavato, unto e profumato l'animale. Ricordando come Nurbanu aveva conservato il corpo del sultano Selim finché il figlio aveva raggiunto il trono, trovò dei blocchi di ghiaccio. Non servì. L'elefante era troppo grosso, il ghiaccio troppo piccolo. Ma fu fermissimo nel decidere di conservare il corpo finché non fosse stata organizzata una cerimonia adeguata alla grandezza di Chota.

Entro un'ora le sue parole giunsero alle orecchie di Garofano Kamil Agha. L'uomo comparve nel serraglio; era il supervisore di ogni cosa, compresi il dolore e la follia.

«Mi dicono che hai chiesto un rito funebre.»

«Chota è stato mandato da un grande scià a un grande sultano» disse Jahan.

«È una bestia» disse il Capo eunuco bianco.

«Una bestia reale.»

Più stupefatto che irritato per quella violazione del codice di comportamento, il Capo eunuco bianco disse: «Basta con le follie. Digli addio. L'ambasciatore francese lo sezionerà».

Jahan emise un ansito di dolore, come se l'avessero preso a pugni nella pancia. «Volete dire che lo taglierà a pezzi? Non glielo consentirò mai!»

«È il desiderio del sultano.»

«Ma il...?» Jahan non riuscì a finire la frase. *Il sultano sa che questo non è un animale qualunque?* La domanda echeggiò negli anfratti più profondi della sua anima. Desiderò che il maestro Sinan fosse vivo; lui avrebbe saputo cosa fare, come parlare.

Lo stesso giorno il corpo di Chota fu adornato con corone e ghirlande di fiori e caricato su un carro trainato da cinque buoi. Così l'elefante fu fatto sfilare per l'ultima volta lungo le strade di Istanbul. Il popolo tendeva il collo, sbigottito e lieto. Batteva le mani, esultava e gridava. Abbandonando le loro occupazioni, molti seguirono il carro, spesso più per curiosità che per pietà. Jahan cavalcava in testa alla processione, guardando dritto l'orizzonte, sopra e oltre il mare di spettatori, senza voler vedere nessuno. Addolorato e afflitto, cavalcò fino alla residenza dell'ambasciatore, a cui consegnò il corpo dell'elefante come un agnello sacrificale al macellaio.

Il giorno successivo Jahan fu convocato nell'appartamento del Capo eunuco bianco. Il suo primo pensiero fu che l'uomo l'avrebbe rimproverato perché era rimasto nel serraglio la notte che Chota era morto. Jahan alla fine aveva disobbedito ai suoi ordini. Si era rifiutato di consegnare la carcassa all'ambasciatore francese, non che questo avesse cambiato le cose. La dissezione era stata eseguita. Ma bastava per far adirare il Capo eunuco bianco per anni a venire. Stranamente, a Jahan non importava. Una temerarietà che non aveva mai provato prima si era impossessata di lui.

Fatto entrare nella stanza, Jahan s'inchinò, lentamente e con riluttanza, e aspettò, gli occhi fissi sul pavimento di marmo.

«Alza il capo!» L'ordine schioccò come una frusta.

Jahan obbedì. E per la prima volta dal suo arrivo a palazzo, quando aveva ricevuto un indimenticabile ceffone da lui, fissò dritto il Capo eunuco bianco negli occhi color del cardo blu scuro.

«Ti ho tenuto d'occhio per tutti questi anni. Sei salito in fretta. Nessun altro domatore si è avvicinato a quello che hai ottenuto tu. Ma non è questa la ragione per cui sono affezionato a te. Vuoi che ti dica perché?»

Jahan rimase in silenzio. Non sapeva che Kamil Agha fosse affezionato a lui.

«Ogni *devshirme* è fatto di acciaio fuso. Rimodellato. Tu sei uno di noi, Indiano. La cosa strana è che nessuno ti ha convertito. Hai fatto tutto da solo. Ma lo sai dov'è che hai sbagliato?»

«Non saprei, *effendi*.»

«Nell'amore!» Gli angoli della bocca di Kamil Agha si incurvarono in giù come se la parola gli avesse lasciato un sapore acido sulla lingua. «Ci sono un sacco di apprendisti nella nostra città. Centinaia. Rispettano i loro maestri. Tu hai *amato* il tuo. Lo stesso con l'elefante. Il tuo lavoro era occuparti di lui; assicurarti che avesse la pancia piena. Tu hai *amato* la bestia.»

«Non è una cosa che faccio apposta. Succede.»

«Non amare nessuno troppo.» L'eunuco si lasciò sfuggire un sospiro. «Dal momento che il tuo maestro è morto, sarò io il tuo guardiano. Sii fedele a me e non patirai la sconfitta.»

«Non sono in guerra, *effendi*.»

L'uomo finse di non aver sentito. «Io ti aiuterò. C'è una casa dove lavano via la disperazione. Lo chiamano l'*hamam* delle pene.»

Jahan sbatté le palpebre, ricordando quel nome da un momento del passato così vago e remoto che avrebbe potuto appartenere a una vita non sua.

«Andiamo là e dimentichiamo. Tutto. Capisci?»

Perplesso com'era, Jahan disse di sì.

«Bene, preparati. Ti ci porterò stanotte.»

Calato il buio, un servo venne a prendere Jahan. Era un uomo enorme, le spalle larghe, sordo e muto come gli altri. Jahan seguì la sua torcia nel cortile, oltre una porta seminascosta sul retro. Nessuno badò a loro. Non fosse stato per le mosche che giravano attorno alle loro teste, abbattendosi alla cieca nelle narici e nelle bocche, e per il rumore dei piedi che facevano scricchiolare la ghiaia dei sentieri, avrebbe potuto credere che fossero invisibili.

Sopra la città il cielo era un manto di velluto di un nero così intenso da essere blu. Una carrozza trainata da quattro stalloni aspettava. Anche nella penombra Jahan notò le finiture dorate, i pannelli d'avorio scolpito, i finestrini chiusi da tende che nessun paio d'occhi poteva perforare. Dentro era seduto il Capo eunuco bianco avvolto in un mantello bordato d'ermellino. Appena Jahan fu salito, l'eunuco batté sul soffitto col bastone. E partirono.

La carrozza viaggiava così veloce e rumorosa che Jahan era sicuro che ci fosse gente a guardarli – panettieri che andavano a impastare il pane, madri che allattavano neonati insonni, ladri che fuggivano col bottino, beoni che tracannavano le ultime bottiglie o i devoti ancora svegli per una preghiera in più. Quanti sapevano delle escursioni notturne del Capo eunuco bianco e tacevano? C'erano segreti di cui un'intera città poteva essere al corrente, che pure segreti restavano.

Scesero all'imbocco di un vicolo così stretto e buio che Jahan esitò a entrarvi. Il cocchiere fece loro strada con una lanterna che quasi non faceva luce. Case cadenti di legno, curve come vecchie megere, incombevano alla loro destra e alla sinistra. Dopo quella che parve un'eternità raggiunsero una porta decorata. Il Capo eunuco bianco bussò tre volte con l'anello, attese, poi batté due volte a mani nude.

«Giacinto?» disse una voce dietro la porta.

«Giacinto!» ripeté il Capo eunuco bianco.

Per un istante di stupore Jahan non riuscì a respirare. Aveva l'orrendo sospetto che l'eunuco conoscesse il soprannome che sua madre gli aveva dato da bambino. Innervosito, non aveva alcuna voglia di entrare con quell'uomo, ma la porta si era già aperta.

Dentro furono accolti dalla donna più bassa che Jahan avesse mai incontrato. Petto a parte, tutto di lei era minuscolo: le mani, le braccia, i piedi.

Rise. «Mai visto un nano? O mai visto una donna?»

Jahan arrossì, e la cosa la fece ridere più forte. Si rivolse a Kamil Agha e gli chiese: «Dove l'hai trovato?».

«Si chiama Jahan, è un architetto. Dotato ma molle.»

«Be', noi abbiamo qui il rimedio» disse lei. «Benvenuto al nostro *hamam* delle pene!»

Il Capo eunuco bianco, che conosceva il posto, si lasciò cadere sui grandi cuscini dai colori vivaci e ordinò a Jahan di imitarlo. Poco dopo comparvero cinque concubine che portavano strumenti musicali: liuto, tamburelli, lira e un flauto di canne. Il suo sguardo passò da un volto all'altro e infine indugiò su quello dell'ultima donna. Con la fronte alta, il naso ben modellato, il mento sottile e grandi occhi nocciola, recava una straordinaria somiglianza con Mihrimah. Jahan si sentì girare la testa. Come se lei fosse consapevole dell'effetto che sortiva, piegò il capo verso di lui e gli rivolse un sorriso malizioso. Intonarono un'allegra melodia.

Agli ospiti fu portato un vassoio d'argento carico di palline di pasta color zafferano, grandi come noci. Jahan ne prese cautamente una tra le dita. Kamil Agha ne prese tre, le inghiottì l'una dopo l'altra, e poi si distese, a occhi chiusi. Incoraggiato, Jahan s'infilò in bocca la sua. Aveva un sapore strano. Pungente e dolce all'inizio, poi speziato, come di semi schiacciati e maggiorana selvatica. Poi arrivò il vino: caraffe di rosso. Bevve con moderazione, all'inizio, senza fidarsi di nessuno.

La nana sedette accanto a lui. «Ho sentito che hai perso una persona amata.»

«Il mio elefante.»

Jahan aspettò una risata che non venne. Invece lei disse, dopo avergli riempito il bicchiere: «Lo so cosa si prova. Avevo un cane, io. Quando è morto ero distrutta dal dolore. Nessuno che capisse. È solo un cane, Zainab. Che cosa sanno! Meglio fare amicizia con gli animali che con gli umani».

«Hai ragione» disse Jahan bevendo un altro sorso. «Gli animali sono più sinceri.»

La musica continuò, accelerò. Il vassoio con le palline di pasta venne riportato. Questa volta Jahan ne scelse una più grande e la mandò giù con altro vino. Per quanto si sforzasse di non guardare la donna che somigliava tanto a Mihrimah, non riusciva a farne a meno. Anche il sorriso serafico, col labbro inferiore appena arricciato, era identico al suo. Le pieghe fluttuanti del velo le incorniciavano il volto, trasparenti e lievi come la nebbia del mattino. Sembrava più a suo agio e sicura delle altre donne; forse aveva meno preoccupazioni.

Fu la voce di Zainab a riportare Jahan in sé: «Vuoi che ti mostri i suoi abiti?».

«Cosa?»

«Gli abiti del mio cane? Vuoi vederli?»

«Volentieri.»

Il Capo eunuco bianco, ormai ebbro, li guardò accigliato ma non disse nulla.

Contento di sfuggire alla sua vista, Jahan seguì Zainab nei recessi della casa. Lei lo guidò in una vasta sala dove tutto era piccolo: il letto, i tavoli bassi, il tappeto. In un angolo della stanza c'era un minuscolo stipo di legno di rosa con decine di cassetti. Piccolissimi abiti di pelle, pellicce, scialli. C'era anche una specie di panciotto. Doveva essere stato una creatura tozza, perché quelle vesti lo erano. Tirando un po' su col naso, Zainab disse che era solo un cucciolo quando l'aveva trovato. Aveva cercato la madre dappertutto, e alla fine si era convinta che, proprio come lei, il cane non avesse nessuno su cui contare. Da allora erano diventati inseparabili.

Jahan le diede il proprio fazzoletto, e lei lo prese grata e si soffiò il naso. Lo fissò come se lo vedesse per la prima volta. «Mettimi su questa sedia.»

Era leggera come un bambino. Lo sguardo fisso su di lui, disse: «Faccio questo lavoro da trent'anni. Ho visto l'inferno, ho visto il paradiso. Incontrato angeli e demoni. Sono sopravvissuta perché le mie labbra sono sigillate. Mai immischiata negli affari altrui. Ma tu mi sei piaciuto subito. Sembri un brav'uomo».

Dalla stanza accanto si sentì un fruscio. Forse un topo incastrato tra le tavole del pavimento. Ridusse la voce a un sussurro. «L'eunuco. Attento a lui.»

«Perché dici questo?»

«Attento e basta» disse lei, saltando giù dalla sedia.

Quando tornarono nella stanza il canto continuava, anche se il tono era passato da allegro a malinconico. Zainab sedette accanto al Capo eunuco bianco e cominciò a prodigargli lodi, cibo e vino.

Le palpebre di Jahan calarono mentre si allungava sui cuscini. Avrebbe potuto cadere addormentato se non fosse stato per una voce che si alzò sopra la musica. «Posso?»

Era lei – la copia di Mihrimah. Il cuore di Jahan perse un colpo.

S'inginocchiò davanti a lui, le maniche del vestito che gli sfioravano i ginocchi, e gli versò un bicchiere di vino. Quando lui l'ebbe finito gli tolse le scarpe, si premette i suoi piedi contro il petto e cominciò molto piano a massaggiarli. Il panico invase Jahan come bile nera. Aveva paura di desiderarla. Le prese le mani senza sapere se fosse per impedire a lei di toccare lui o viceversa.

«Ti piacciono le mie mani?» chiese lei.

«Mi ricordi qualcuno.»

«Davvero? Una persona che amavi?»

Jahan bevve un altro bicchiere e la guardò riempirlo di nuovo.

«Dov'è ora?»

«Morta» disse lui.

«Povera cara.» Lo baciò. Le sue labbra sapevano di sorbetto ghiacciato. La lingua sfiorò la sua e si ritrasse. Suo malgrado Jahan era eccitato. Lei lo tenne stretto, premendogli le palme delle mani sulla nuca. All'improvviso Jahan si rese conto che erano spariti tutti – le musiciste, Zainab, il Capo eunuco bianco.

«Dove sono?» chiese, la voce venata di disagio.

«Tranquillo, sono nelle loro stanze. Noi stiamo bene qui.»

Si baciarono di nuovo. Lei gli guidò le mani su e giù lungo il proprio corpo, incoraggiandolo ad accarezzarle i seni, i fianchi ampi e tondi. Lui le alzò le gonne, strati di taffetà stropicciati sotto il suo peso. Le sue dita avanzarono tra le gambe di lei, carezzandole l'umida cavità oscura. Ansante, fu sopra di lei, spogliandosi, spogliandola, incapace di fermarsi.

«Mio leone» gli sussurrò nell'orecchio. Lui le morse il collo, prima piano, poi più forte.

«Chiamami Mihrimah» disse lei ansante.

Una voce urlò dentro la testa di Jahan. La spinse via e cercò di rimettersi in piedi barcollando. «Come fai a conoscere il suo nome?»

Lei trasalì. «Me l'hai detto tu.»

«No.»

«Sì. Poco fa, ti ricordi?»

Gliel'aveva detto? Non era sicuro. Vista la sua confusione, lei disse: «Il vino ti ha offuscato la mente. Me l'hai detto tu, giuro».

Lui si tenne la testa tra le mani, sopraffatto da un'ondata di nausea. Forse diceva la verità. Le avrebbe creduto, se non fosse stato per un'impercettibile contrazione della mascella, un semplice spasmo o un segnale di nervosismo.

«Va' via, ti prego» disse.

«Non fare il bambino» disse lei con un sorriso sprezzante, e gli si premette addosso.

Risucchiato nella morbidezza del suo petto si sentì in trappola. Le afferrò entrambi i polsi stringendo tanto che le sue nocche si fecero bianche, e per un attimo parve sul punto di arrendersi al suo fascino. Invece la spinse, troppo veloce, troppo forte. Cadde pesantemente. Un mezzo sospiro le sfuggì dalle labbra, incompiuto. Poi silenzio. Jahan barcollò, e vide per la prima volta la griglia di ferro del camino contro cui era caduta, battendo la testa. Prima che riuscisse a raccogliere le idee la porta si aprì ed entrò Zainab, di corsa, urlando. Si chinò sulla donna, ne ascoltò il respiro. Rimase impietrita.

«È morta» gridò. Si volse verso Jahan, gli occhi dilatati dall'orrore. «Hai ucciso l'amante dell'eunuco.»

Jahan corse fuori dalla stanza con tutta la velocità consentita dalle sue gambe, e poi fui in giardino, nel vicolo scuro, temendo che un'ombra gli balzasse addosso da un momento all'altro. Quando fu all'uscita aveva la fronte imperlata di sudore e ansimava tanto che era certo che lo potessero sentire fin dentro l'*hamam* delle pene. Aveva appena mosso un passo lungo la strada quando fu avvolto da una nube di scoraggiamento. Non aveva un posto dove andare. Non poteva tornare al dormitorio del palazzo. Era il primo posto che il Capo eunuco bianco avrebbe fatto perquisire. Poteva chiedere aiuto ai domatori nel serraglio ma non si fidava di tutti, e un solo traditore bastava.

Era quasi in preda al panico quando gli affiorò un'idea nella mente: Davud. Il suo *konak* era abbastanza grande da nasconderlo per alcuni giorni, se non settimane. Celebre e osannato, Davud poteva perfino trovare il modo di difenderlo dall'ira del Capo eunuco bianco. Ma non poteva andare a piedi a Scutari nel cuore della notte. Gli serviva un cavallo. La carrozza che li aveva portati lì era in attesa in una stalla vicino. Andò da quella parte, pregando che il cocchiere fosse addormentato.

Non lo era. Era ben sveglio e in allegra compagnia. L'uomo seguiva l'esempio del suo padrone. Mentre il Capo eunuco bianco faceva baldoria con hashish e vino, il servo folleggiava per suo conto. Jahan si avvicinò in punta di piedi, anche se non serviva; il cocchiere e la puttana erano troppo smarriti l'uno nell'altra per accorgersi di lui. I cavalli, pur agitati, erano tranquilli e vigili, le orecchie tese, gli sguardi all'erta, attenti a ciò che accadeva.

Jahan si avvicinò a uno dei quattro animali ancora legati alla carrozza, uno stallone più grigio dell'acciottolato là fuori. Lentamente, molto lentamente, prese le redini e lo guidò verso il cancello. In quel momento il cocchiere emise un gemito di piacere e le sue spinte si fecero più intense. Jahan tirò il cavallo per le redini più bruscamente del voluto. Il cavallo scosse la testa. Grazie al cielo non nitrì. Doveva aver scelto il più docile. Eppure non poteva fare a meno di sospettare che uno spirito lo guidasse – quello di Mihrimah o di Nikola o del maestro Sinan. Poteva essere anche quello di Chota, per quanto ne sapeva. Aveva molti fantasmi intorno.

Poco dopo era lanciato al galoppo, il vento nei capelli. Non aveva più paura del *djinn* che albergava negli angoli oscuri; aveva accettato il fatto che erano meno spaventosi degli esseri umani. Fece attenzione a restare nel buio e a evitare i guardiani e arrivò alla dimora di Davud. I servi, per quanto perplessi nel vedere un visitatore a quell'ora improbabile, lo condussero di sopra dal loro padrone, che era già andato a letto.

Davud arrivò strascicando i piedi, perplesso. «Tutto bene?»

«Ti chiedo perdono, non ho un posto dove andare» disse Jahan.

Accettò il sorbetto al muschio offerto da un servo. Le mani gli tremavano tanto che ne versò un po' sul tappeto. Cercò di togliere la macchia con la manica, il che non fece che peggiorare le cose. Ormai incapace di ragionare, fissò il pavimento, e vide quello che non aveva notato la prima volta. Strani, i dettagli che cogliamo quando cose terribili stanno succedendo attorno a noi. Vide che quello era il tappeto del maestro Sinan.

«Io... ho ucciso qualcuno.»

Davud sbiancò. «Chi? Come?»

«L'amante del Capo eunuco bianco...» disse Jahan, senza ben sapere come continuare.

Fece un resoconto della nottata – la signora nana, i musicisti, la concubina che aveva cercato di sedurlo, e Dio sapeva se c'era riuscita, anche se non fece parola della sua inquietante somiglianza con Mihrimah.

«Io non so...» Jahan deglutì in cerca di aria. «Ultimamente le cose sono strane. Ho come la sensazione che abbia qualcosa a che fare col maestro Sinan.»

Davud inarcò un sopracciglio. «Il maestro, possa il Paradiso essere la sua dimora, è ben oltre le piccolezze di questo mondo.»

«Vero, benedetta la sua anima. Ma io porto il suo retaggio. L'hai detto anche tu l'altro giorno. Siamo rimasti solo in due.» Jahan tacque, fissando l'amico con ostinata intensità. «Anche tu potresti essere in pericolo.»

Davud scartò l'idea con un gesto della mano. «Non preoccuparti. A me non può succedere niente.»

«L'ho uccisa...» ripeté Jahan, stordito, dondolando il corpo come un bambino che ha bisogno di essere consolato.

«Cercherò di informarmi domattina. Hai bisogno di riposo.»

Per ordine di Davud fu preparato un letto, con accanto ciotole di fichi dolci, datteri e una caraffa di *boza*. Jahan bevve e mangiò poco, e poi sprofondò in un sonno cupo e disturbato.

Dormì nonostante i demoni che predavano la sua anima. Quando si svegliò era mezzogiorno e c'erano degli abiti nuovi sul divano. Li indossò grato e andò a cercare Davud, che lo aspettava di sotto con i suoi tre figli – la più piccola, una femmina, non aveva nemmeno quattro anni. I maschi erano copie del padre ed evidentemente lo adoravano. Jahan provò una fitta di pena. Lui non aveva moglie né figli. Era arrivato in quella città d'ombre e di echi da solo, e dopo tanti anni eccolo lì, sempre solo.

«Ho brutte notizie» sussurrò Davud per non farsi sentire dai bambini. «Avevi ragione, pare che sia morta.»

Jahan trasalì, cercando di riprendere fiato. Aveva sperato in segreto che fosse solo ferita.

«Che cosa pensi di fare adesso?» gli domandò Davud con dolcezza.

«Non posso restare a Istanbul. Dovrò andar via.»

«Puoi restare con noi finché lo desideri.»

Jahan sorrise. Era commosso dalla generosità di Davud. Un qualunque altro notabile nella sua posizione avrebbe allontanato un uomo nei guai. Vero, era venuto lì con l'intenzione di passarvi del tempo. Ma vedendo Davud coi suoi piccoli comprese che non poteva metterli in pericolo.

«Sono in debito con te, ma devo andare. Meglio così.»

Davud rifletté. «C'è un frutteto vicino a Trace, appartiene a mio suocero. Sarai lontano dai guai finché le acque si calmano. Ti darò un cavallo. Vai e aspetta mie notizie.»

Decisero che era più sicuro partire col buio. Jahan trascorse la giornata giocando coi bambini; trasaliva a ogni minimo rumore dall'esterno. Dopo la cena Davud gli diede il destriero, un mantello per stare al caldo e un sacchetto di monete. «Mantieni puro il tuo cuore. Sarai di ritorno prestissimo» disse.

«Come potrò mai ricompensarti?»

«Siamo cresciuti insieme» disse Davud. «Ricordi quello che diceva il maestro? Non solo fratelli. Voi siete i testimoni l'uno dell'altro.»

Jahan annuì, la gola stretta. Ricordava anche il resto. *Voi siete i testimoni dei vostri rispettivi viaggi. E dunque lo saprete, se uno di voi va fuori strada. Seguite il percorso di chi è saggio, di chi è vigile, di chi ama, di chi lavora sodo.*

Si abbracciarono, e per un attimo fu come se nella loro stretta ci fosse un tonfo indistinto, un terzo cuore che batteva accanto al loro; fu come se anche Sinan fosse lì, a osservare, ad ascoltare, a pregare.

Jahan avanzò lento e tranquillo tra le ombre. Si fece strada nelle vie buie. Non l'aveva detto a Davud, ma aveva deciso di non andarsene da Istanbul senza aver reso un ultimo omaggio a Chota. Raggiunse la residenza dell'ambasciatore francese. Scorretto com'era far visita a un emissario – o a chiunque – senza invito, sperava di essere perdonato.

Il servo che venne alla porta la pensava diversamente. Il suo padrone amava il sonno mattutino e non poteva proprio essere disturbato. Ma Jahan insisté. Tra tutti e due fecero un tale fracasso che ben presto una voce sonnolenta si levò da dentro casa: «Chi è, Ahmad?».

«Un povero insolente, padrone.»

«Dagli del pane e mandalo via!»

«Non vuole pane. Dice che deve parlarvi dell'elefante.»

«Oh!» Seguì un breve silenzio. «Lascialo entrare, Ahmad.»

Senza parrucca né cipria, con una camicia da notte che gli arrivava alle ginocchia e rivelava l'enormità del ventre, l'uomo che Jahan trovò nella sala non assomigliava affatto all'ambasciatore che conosceva.

«Vi chiedo scusa per l'intrusione» disse Jahan con un profondo inchino.

«Chi sei?» chiese l'ambasciatore.

«Sono il mahout dell'elefante che avete tagliato, Vostra Eccellenza.»

«Capisco» disse Monsieur Brèves, ricordando il domatore arrogante che gli aveva consegnato con riluttanza il cadavere.

Jahan sputò fuori la bugia che si era preparato in viaggio. «Stanotte ho fatto un sogno terribile. Il povero elefante soffriva e mi supplicava di dargli pace.»

«Ma è stato fatto» disse Monsieur Brèves. «Il cadavere aveva cominciato a puzzare, temo. Abbiamo seppellito la bestia.»

Una pugnalata di pena trafisse il petto di Jahan. «Dov'è la sua tomba?»

L'uomo non lo sapeva. Aveva chiesto ai servi di liberarsi della carcassa e così avevano fatto. Quando percepì la tristezza di Jahan disse: «Sta' allegro, amico mio. Vieni, c'è una cosa che voglio mostrarti».

Insieme entrarono in una stanza zeppa di libri, appunti e ricordi. Monsieur Brèves, a differenza di altri inviati interessati soprattutto alle lotte di potere, aveva una profonda conoscenza dell'impero ottomano e parlava turco, arabo e persiano in maniera inappuntabile. Avendo studiato le opere scritte di entrambi i mondi era desideroso di installare una pressa da stampa araba a Parigi per aiutare i libri a viaggiare liberamente come gli ambasciatori.

Jahan ora capiva come mai la sua comparsa inaspettata sulla soglia non aveva irritato Monsieur Brèves. In verità era contento di aver trovato qualcuno con cui parlare della dissezione che aveva praticato. Ardeva dal desiderio di raccontare i suoi risultati, e così diede a Jahan gli schizzi che aveva fatto. Non era un bravo artista ma aveva comunque tratteggiato nel dettaglio l'anatomia di un elefante.

«Un giorno scriverò un trattato» disse. «La gente deve sapere.

Non capita tutti i giorni di vedere l'interno di una creatura così maestosa!»

Senza volerlo Jahan posò lo sguardo su uno scaffale dove troneggiava una zanna, lucida e splendente. L'ambasciatore, seguendo il suo sguardo, disse: «Un ricordo da Constantiniye».

«Posso prenderla in mano?» chiese Jahan, e ottenuto un cenno di assenso la prese con cautela. Si sentì sopraffatto da un'ondata di malinconia. Gli occhi gli si riempirono di lacrime.

Monsieur Brèves lo guardò in silenzio, il volto contorto mentre lottava con se stesso. Alla fine sospirò. «Credo che dovresti prenderti la zanna.»

«Sul serio?»

«È evidente che amavi quella bestia più di chiunque altro» disse l'ambasciatore, sventolando la mano in un gesto noncurante o pietoso o tutte e due e cose. «Io ho i miei disegni. Basterà a far colpo su tutta Parigi.»

«Vi sono grato» disse Jahan con la voce rotta.

Jahan partì con la zanna in mano. Rispetto alla notte prima era più speranzoso. La zanna irradiava un brillio che gli scaldava l'anima. Era come se Chota fosse con lui. In spalla portava uno zaino con alcuni oggetti che Monsieur Brèves gli aveva consentito di prendere con sé: una pala, una candela, una sciarpa rossa e del filo. Jahan aveva un piano.

Tornò in sella e cavalcò deciso. Quando fu alla moschea di Mihrimah, balzò giù dal destriero e costeggiò le mura esterne. Vide un albero di Giuda acceso da boccioli rosei. Vicino al sentiero scavò una profonda fossa rettangolare. Avrebbe potuto portare con sé la zanna, ma sarebbe stato egoista. Chota meritava di avere una pietra tombale. Erano sempre i sultani, i visir e i ricchi ad avere grandiosi monumenti in loro nome. I poveri e i bisognosi non avevano nulla, una volta morti, a parte le preghiere di parenti e amici. Ogni essere mortale lascia dietro di sé un segno, per quanto piccolo o effimero, ma gli animali no. Loro aiutano, combattono, rischiano la vita per i loro padroni e quando muoiono è quasi come se non fossero mai esistiti. Jahan non voleva che Chota facesse la stessa fine. Voleva che venisse ricordato con stima e amore. Forse era una cosa blasfema, ma non gl'importava. Lo addolorava pensare che Chota non sarebbe andato in paradiso. Se la gente avesse pregato per lui, pensava, l'elefante aveva una possibilità migliore di salire in cielo.

Depose con cura la zanna nel buco. «Addio, ti rivedrò in paradiso. Ho sentito che ci sono dei begli alberi da mangiare.»

In quel momento fu sopraffatto da una strana calma. Era per la prima volta in pace con se stesso. Era parte di tutto e tutto era parte di lui. *Allora è così,* pensò. *Il centro dell'universo non è a est né a ovest. È dove ci si arrende all'amore. A volte è dove si seppellisce un essere amato.* Una palata dopo l'altra, coprì la fossa finché non vi fu di nuovo solo terra liscia. Poi fece correre il filo tutto attorno alla fossa. Dove immaginava avrebbe potuto trovarsi la testa di Chota infilò un ramo secco e vi legò la sciarpa. Vicino posò la candela. Sedette lì accanto, a gambe incrociate, la schiena diritta. Ora non doveva far altro che aspettare che qualcuno, chiunque, passasse di lì.

Non ci volle molto. Un giovane capraio magro si avvicinò. Fissò la tomba, poi Jahan, poi di nuovo la tomba. «Cos'è questa, *effendi*?»

«È una tomba.»

Le labbra del giovane si mossero in una rapida preghiera. Una volta finito chiese: «Chi è morto? Un amico, un familiare?».

«Silenzio. Rispetto.»

Gli occhi scuri del capraio si allargarono. «Chi era?»

«Un santo. Uno potente.»

«Mai sentito di un santo da queste parti.»

«Non voleva essere conosciuto prima di cent'anni.»

«Allora come mai tu lo conosci?»

«Mi ha rivelato il luogo della sua tomba in un sogno santo.»

Il capraio s'inginocchiò accanto a Jahan e piegò la testa da un lato come se sperasse di riuscire a scorgere il cadavere sottoterra. «Cura le malattie?»

«Cura tutto.»

«Mia sorella è sterile. È sposata da tre estati e sta ancora aspettando.»

«Portala qui. Il santo potrebbe esserle utile. Porta anche suo marito, nel caso sia lui.»

«Come si chiama?»

«Chota Baba.»

«Chota Baba» ripeté il capraio rispettoso.

Lentamente Jahan si alzò. «Devo andare. Tieni d'occhio questa tomba. Fa' attenzione che nessuno la oltraggi. Tu sei il guardiano del santuario di Chota Baba. Posso fidarmi di te?»

Il capraio annuì solennemente. «Non preoccuparti, *effendi*. Manterrò la parola.»

Fu così che la città delle sette colline e dei cento santuari, vecchi e molto vecchi, musulmani, cristiani, ebrei e pagani, guadagnò un altro santo a cui far visita nei momenti di disperazione, nei momenti di gioia.

Dopo aver cavalcato tutto il pomeriggio Jahan arrivò a un incrocio dove la strada si biforcava: quella a destra portava a nord, oltre letti di fiumi asciutti, verso la Tracia. Era la strada che Davud gli aveva consigliato di prendere. Quella sulla sinistra si snodava a ovest attraverso pianure e colline ondeggianti; era più ricca – più verde, più bella, ma meno preferibile perché oltre a essere circonvoluta e accidentata era infestata dai banditi che battevano i boschi intorno. Jahan stava per volgere a destra, come stabilito, quando gli venne un'idea. Se Chota fosse stato vivo, avrebbe preferito l'altra strada, lo sapeva. E senza premeditazione, e senza una ragione particolare, così fece lui.

Per un po' avanzò al piccolo galoppo, bevendo con lo sguardo il paesaggio. L'aria profumava di pino, di fango e di umidità. Guidato da uno strano istinto, andò a zonzo, deviando dal percorso. Ben presto il sole calò e la luna – una falce pallida e sottile – sorse a est. Fu allora che Jahan ricordò la locanda in cui lui e Davud avevano cenato da giovani, eccitati apprendisti nel viaggio di ritorno da Roma. Se la memoria non lo tradiva, era da quelle parti.

Quando trovò l'edificio era sceso il buio. Uno stalliere portò il suo cavallo nella stalla mentre lui entrava. Tutto era esattamente lo stesso: le stanze soffocanti di sopra, la sala grande e rumorosa di sotto, l'odore acuto di carne arrosto. La natura immutata del luogo avrebbe potuto essergli di conforto, una dolce rassicurazione in un mondo in cui tutto andava scomparendo, e invece no. Invece lo riempì di un'immensa disperazione. La sua mente era inondata dalle immagini dell'*hamam* delle pene. Il volto della concubina che si protendeva verso di lui per un bacio si dissolse in quello di Mihrimah. Sapeva che era impossibile, ma parte di lui sentiva di aver ucciso l'amata, e in segreto di averlo voluto.

Sedette a un rozzo tavolo vicino al camino, turbato dai propri pensieri, ascoltando lo scoppiettio dei ceppi sopra il fracasso di risate e chiacchiere. Camerieri correvano a destra e a sinistra, fratelli, lo diceva il loro aspetto. Dopo un po' venne un ragazzo a prendere il suo ordine. Aveva modi allegri e ciarlieri. Chiese a Jahan chi era e dove andava. Nei suoi occhi Jahan vide la scintilla che aveva avuto anche lui a quell'età – un'inesausta curiosità per il mondo e un desiderio segreto di lasciare il luogo in cui era nato nella convinzione che la vita fosse altrove.

Quando il ragazzo gli portò il suo stufato – una pentola fumante di carne e verdure in un denso brodo piccante – Jahan disse: «L'ultima volta che sono stato qui non eri ancora nato».

«Davvero?» disse il ragazzo, incuriosito. «Dev'essere stato mio padre a occuparsi di voi.»

«Dov'è?» chiese Jahan tra un boccone e l'altro.

«Oh, è in giro. Un po' sordo dall'orecchio destro. Il sinistro funziona bene. Gli dirò di voi. In questi giorni non fa che parlare del passato.»

Jahan annuì e tornò al suo stufato. Mentre ripuliva la pentola con un pezzo di pane, comparve il locandiere. Aveva guadagnato peso e aveva il ventre simile a un barile nella forma e nelle dimensioni. Jahan vide il ragazzo indicare dalla sua parte, dicendogli qualcosa all'orecchio. In un attimo l'uomo fu al suo fianco.

«Il mio ragazzo dice che siete un architetto e che siete stato qui tempo fa.»

«Vero, io e il mio amico» disse Jahan, alzando la voce.

L'uomo strizzò gli occhi e rimase diritto per un attimo di troppo. Poi disse, lentamente: «Mi ricordo».

Jahan non gli credette. Come poteva ricordarsi di loro quando aveva visto centinaia di clienti andare e venire? Come se avesse intuito la sua incredulità, il locandiere si sedette di fronte a lui e disse: «Voi due non vi ho mica dimenticato per via di quel vostro compagno. Strano tipo, quello. Dentro di me ho pensato, questi sono amici o nemici?».

Perplesso, Jahan lo fissò. «Cosa intendi dire?»

«Ha chiesto una mannaia. Io gli ho detto cos'hai intenzione di farci? Abbiamo furfanti di ogni genere qui, non vogliamo guai. Come facevo a sapere che non attaccava qualcuno? Ha promesso di rendermela. E l'ha fatto davvero.»

Jahan spinse via la pentola vuota, improvvisamente nauseato. Ma l'espressione dell'uomo diceva che non aveva ancora finito.

«Ero sospettoso, sapete. Ho spiato dalla porta. Voi eravate di sotto. Tutti quanti.»

«Cos'hai visto?»

«Il vostro amico» disse, pronunciando l'ultima parola in tono beffardo «tagliava un libro. C'aveva la copertina di pelle. L'ha fatto a pezzi come se era un albero.»

«Siamo stati derubati» disse Jahan. «I miei disegni… il mio diario. Sparito tutto.»

«No, *effendi.* Non si ruba niente nella mia locanda. Il nostro è un posto come si deve. Il vostro amico ha distrutto le vostre cose. Sa Dio cos'ha fatto coi pezzi.»

«Ma… perché l'avrebbe fatto?»

«Ha! Se lo scoprite venite a dirmelo, perché è un pezzo che me lo chiedo.»

Dopo che l'uomo se ne fu andato, Jahan ordinò della birra, che preparavano in quella regione. Rabbrividì, come se il vento che ululava fuori gli soffiasse nelle ossa. Finito di bere lasciò una generosa mancia e tornò alla stalla.

«Il mio cavallo ha mangiato e bevuto?»

«Sì, *effendi*.»

«Sellalo.»

«Partite? È in arrivo una tempesta. La foresta è pericolosa di notte.»

«Non vado nei boschi» disse Jahan. «Torno in città.»

Tra file di olmi, attraversando ruscelletti gorgoglianti, tornò a Istanbul, con la tempesta che lo inseguiva come un cane che gli mordesse i calcagni. Il cavallo trasaliva a ogni tuono; la tempesta era sempre più forte e più vicina. In qualche modo riuscì a non farsi sorprendere dalla pioggia, sfuggendo alle nubi di piombo che lo seguivano. Corse per campi neri, di un nero così totale e uniforme da risucchiare tutti gli altri colori, uno dopo l'altro. Si chiese se era quello il sapore della morte. Se sì, non era spaventoso, solo intenso.

Jahan percorse una valle disseminata di enormi massi che da lontano somigliavano a vecchi rannicchiati per scaldarsi. Mentre passava ebbe la strana sensazione che lo stessero osservando con lo sguardo ottuso di chi, avendo visto troppe situazioni eccitanti volgersi in disastro, non prova più nulla.

Vicino a Istanbul, la tempesta deviò a destra, tagliandogli la strada per raggiungere la città prima di lui. Un lampo cadde lontano, bagnando le cupole e le colline di una lucentezza azzurra e splendente. In quella vampa di luce che scendeva quasi verticale fu come se i cieli si fossero aperti e si fosse rivelata la volta del Paradiso, sia pure per un brevissimo istante. Ancora una volta nella vita Jahan si disse: *Che bella città è questa, anche se ha un cuore di pietra*. Ben presto il suolo inzuppato sotto gli zoccoli del cavallo al galoppo si tramutò nell'acciottolato delle strade. Puntò verso la Porta di Belgrado, il solo ingresso che supponeva non fosse chiuso a quell'ora.

Aveva ragione. Una compagnia di giannizzeri faceva la guardia con tanto di scudi, spade e alti copricapi; uno di loro dormiva in piedi. Jahan disse loro che era un insegnante della scuola del palazzo e mostrò loro il suo sigillo. Lo interrogarono sospettosi ma non proprio arroganti, nel caso avesse dei legami negli alti ranghi. Infine, annoiati, lo lasciarono andare.

Per un po' Jahan avanzò lungo il mare, ora del colore dell'inchiostro. La burrasca, rapida e furiosa, soffiava sui tetti, spezzava gli alberelli, agitava le acque. All'improvviso cominciò a piovere forte. «Il piccolo Giorno del Giudizio», i locali definivano quegli accessi di pioggia a raffiche, come se il mondo facesse le prove del diluvio universale. Jahan cercò di ripararsi sotto i tetti, ma quando fu alla dimora di Davud era zuppo fino alle ossa. Un cane abbaiò da qualche parte, un uomo urlò in una lingua sconosciuta. Poi il silenzio, accresciuto più che turbato dal tambureIlare costante.

Quando era stato lì la volta prima non aveva prestato attenzione a quanto fosse ben protetta la casa: alte mura, cancelli di ferro, una siepe di cespugli. Ricordò le parole di Davud: *Le mie mogli si lamentano. Tu sei il Capo architetto reale e non aggiusti nemmeno la staccionata attorno a casa, dicono.* Legò il cavallo a un palo e avanzò verso la staccionata che circondava il cortile sul retro, in cerca della parte che aveva bisogno di essere riparata. Trovò un punto in cui alcuni paletti avevano ceduto e si erano sbriciolati. Dopo qualche tentativo due cedettero, lasciando un buco abbastanza grande da passarci. Il giardino lo accolse con le sue fragranze inebrianti. Fece avanti e indietro prima di decidere come penetrare in casa.

Fu più facile di quanto pensasse. Sapeva che una casa ben protetta ha di solito un solo difetto: la tracotanza del proprietario. Nella certezza che nessun ladro ne avrebbe mai violato le difese, un luogo del genere non veniva controllato regolarmente. Nel tempo anche la parete più alta si sfalda, anche la lancia più affilata si ottunde. Attraverso una botola di legno che aveva i cardini allentati strisciò dentro e si ritrovò in quella che sembrava – al naso più che agli occhi – la dispensa. Quando il suo sguardo si fu abituato al buio, riuscì a spostarsi a passi lenti e regolari. Circondato da vasi di miele e melassa, barilotti di formaggio di capra e di burro, collane di verdura e frutta essiccata, barattoli di semi e nocciole, non poté fare a meno di sorridere al pensiero di quello che avrebbe fatto Chota davanti a un cibo simile. Ricordò la notte in cui si era insinuato nell'osservatorio reale, col cuore che batteva forte. Allora tutto era diverso. Il suo maestro era vivo e vegeto; Chota era in vita; e lui era un uomo innamorato.

In fondo al corridoio, installata su un ripiano, una lampada mandava una debole luce. Jahan la prese e salì. La stanza in cui lui e Davud avevano cenato l'altro giorno sembrava più grande, come se si fosse dilatata dopo il crepuscolo. Si avvicinò agli scaffali, senza sapere che cosa cercava, ma contando sul fatto che l'avrebbe riconosciuto. Non era riuscito a guardare i rotoli, e fu quello che si mise a fare. Ne aprì uno e lo osservò. Niente di insolito. Passò meno tempo coi due disegni successivi; uno di un bazar; l'altro di un lazzaretto. Dalle viscere della casa salì un fruscio non più percettibile del battito d'ala di una falena. La schiena di Jahan s'irrigidì. Rimase immobile, in ascolto. Non un rumore. Solo il buio e la sua calma assordante.

Aprì un rotolo e riconobbe la grafia del maestro.

Mio fedele apprendista Jahan,
Sono venuto a trovarti oggi, non me l'hanno permesso. È la seconda volta che mi impediscono l'accesso. Ordine del gran visir, così mi dicono. Cercherò di arrivare al nostro sultano e di ottenere un permesso speciale. Intanto ti mando questa lettera perché tu sappia che prego perché tu stia bene, figliolo mio, e che finché passi i tuoi giorni dentro quelle mura io qui fuori non ho gioia.

Jahan trasalì. Era venuto, dopotutto. Il suo maestro era venuto a trovarlo in prigione. Aveva cercato di raggiungerlo e non c'era riuscito. Seguì all'istante un altro pensiero. Perché non aveva ricevuto quella lettera? Che cosa – o chi – aveva tenuto la lettera lontano da lui per tutto quel tempo?

Aveva le mani tremanti mentre studiava il rotolo seguente – il progetto degli acquedotti di Kirkcesme. Il cantiere del loro terzo incidente grave; quello in cui erano rimasti uccisi sette operai, tra cui Salahaddin. Ancora una volta vide la grafia del maestro, i tratti delicati della sua penna dal pennino d'oro. Sulla sua scrittura c'era una seconda traccia, di un colore appena differente. Simile alle righe che aveva trovato sul rotolo della moschea Suleimaniye. Osservò i tratti: indicavano tutti i punti dove erano avvenuti i danni.

Nel terzo progetto – quello della moschea di Molla Çelebi – Jahan notò un dettaglio che quasi lo fece soffocare. Fino a quel momento si era concentrato sulle aree attorno all'impalcatura.

Ma lì c'erano segni sulla mezza cupola sopra il *mihrab*. Un ricordo gli danzò nella mente. Ricordò come Sancha, pallidissima, l'accento cantilenante e l'ombra lunga nell'erba, gli aveva raccontato la storia della sua cattura mentre sedevano in quel luogo. Ricordò i due uomini che si aggiravano mentre lei parlava e la sensazione che ci fosse in loro qualcosa di strano. Allora lui e Sancha li avevano scambiati per ladruncoli che tentavano di rubare materiali dai cantieri. Succedeva spesso. Non c'era limite alle cose che la gente si portava via, perlopiù spinta dalla povertà, a volte per il puro gusto di farlo.

In quel momento capì che quegli uomini erano lì per sabotare la costruzione e che il loro atto faceva parte di un'altra impresa; aspettavano che lui e Sancha se ne andassero. Ma dal momento che erano rimasti, senza saperlo avevano impedito loro di fare ciò che era stato loro ordinato. Invece l'incidente si era verificato sull'altro lato della sala di preghiera. Qualcuno aveva preso appunti sui progetti del maestro Sinan non *dopo* gli incidenti, per studiare dove le cose erano andate storte, ma *prima*. Sgomento, Jahan lasciò cadere il rotolo, maledicendo la propria goffaggine. S'inginocchiò per raccoglierlo, ed era ancora chino quando tre paia di piedi entrarono nella stanza.

Davud, in camicia da notte, due servi a scortarlo, era davanti a lui. «Guarda che cosa ci ha portato la notte! Pensavo che fosse un ladro, ma è un amico!»

Lentamente Jahan si alzò. Non avrebbe tentato di negare alcunché.

«Che cosa cercavi?»

«La moschea di Molla Çelebi» rispose Jahan, la fronte imperlata di sudore.

«Non è una delle nostre migliori, ma certo è la più aggraziata che abbiamo costruito» disse Davud con un sorriso che svanì in fretta. Quando parlò di nuovo la sua voce era roca e dura. «Avrei dovuto distruggere quei disegni tempo fa, ma non ci sono riuscito. Mi ricordavano dei nostri vecchi tempi, i tempi d'oro. È stato un errore, ora lo vedo. Guarda cosa mi è costata la mia debolezza.»

Senza volerlo, Jahan scoccò uno sguardo agli uomini dietro di lui, gli occhi scintillanti alla luce delle candele che reggevano in mano. Una spina di paura gli penetrò nello stomaco mentre ne riconosceva uno: era il sordomuto che l'aveva accompagnato alla carrozza del Capo eunuco bianco solo il giorno prima. Sembrava un'altra vita.

«Perché sei tornato? Non ti ho offerto un cavallo veloce e un posto sicuro?» chiese Davud.

Jahan replicò, acido: «Vero. Per togliermi di mezzo, immagino».

«Sii grato. Solo Sheitan non lo è.»

«Quello che non capisco è perché hai detto che volevi che fossi il tuo capomastro. Perché questa farsa?»

«Perché lo volevo, Allah mi è testimone. All'inizio ho pensato che potevamo lavorare insieme. Tu hai rovinato tutto; tu hai fatto troppe domande sul testamento del maestro. Perché non accetti le cose come sono?» Davud guardò oltre Jahan, verso la finestra che la pioggia frustava instancabile. «Sei sempre stato così, tu» borbottò, e suonava stanco, quasi deluso. «Troppo curioso per il tuo bene.»

«Tu e il Capo eunuco bianco siete complici.»

«*Complici*» ripeté Davud. «Che giudizio severo.»

«Tu come lo diresti?»

Ignorando la domanda, Davud continuò: «Gliel'avevo detto che non era una buona idea portarti in quella casa del peccato. Non mi ha ascoltato. Ha pensato di poterti comprare con donnacce e hashish». Guardò Jahan come per cercare conforto. «Se avesse lasciato fare a me, tutto questo non sarebbe successo.»

«Il padrone era sempre in pensiero perché perdeva i progetti. Ma non li perdeva. Li rubavi tu» disse Jahan. «E gli incidenti… Li hai organizzati tu. Il fratello di Salahaddin. Quel ragazzo lavorava per te. Non ha mai capito che sei stato tu a uccidere suo fratello. Quante altre persone hai ingannato? Come hai potuto?»

Ci fu un breve silenzio. Poi Davud si rivolse ai servi e disse: «Andate ad aspettare fuori».

Se entrambi gli uomini erano sordomuti, e Jahan sapeva che era così, dovevano essere stati addestrati a leggere le labbra, perché se ne andarono subito, obbedienti. Rimasero solo loro due. La stanza era più fredda, e buia, anche, perché i servi avevano portato via le loro candele.

La piccola, timida lampada che Jahan aveva portato dal piano di sotto era la sola illuminazione.

«Sei sempre stato tu» disse Jahan, la bocca arida. «Quando stavamo riparando la Hagia Sophia hai parlato con i locali e le cose sono peggiorate. Che cosa gli hai detto?»

«La verità» disse Davud. Le parole schizzavano dalle sue labbra come braci da un fuoco. «Gli ho detto che venivano buttati fuori dalle loro case così che il sultano e le sue marionette potessero godersi la vista di un santuario infedele.» Davud tacque, come sopraffatto dai ricordi. Poi riprese. «Tu e Nikola eravate così creduloni. Ho pagato io quei bambini. Ho detto loro che dovevano portarvi nella loro baracca, mostrarvi il padre malato, i gattini… Sapevo che vi sareste commossi.»

«Sapevi che ci saremmo arrabbiati col maestro» disse Jahan. «Tu l'hai tradito.»

Davud gli rivolse uno sguardo quasi addolorato. «Non ho fatto niente del genere.»

«Tu hai fatto tutto quello che potevi per fargli del male: non è tradimento, questo?»

«No» rispose Davud, tranquillo. «Non lo è.»

Cercando di reprimere il tremito nella voce Jahan disse: «Quando eravamo a Roma abbiamo visto un dipinto. Un discepolo diventato traditore. Non ti sei riconosciuto in lui?».

«Ricordo quel dipinto. Ma io non ero un discepolo e il nostro maestro non era Gesù.»

«Quell'uomo, quel Tommaso... Gli italiani... Volevano i disegni del maestro o è stata solo una tua trovata?»

«Tommaso sì. Avido, ma troppo piccolo, insignificante. L'ho usato per un po'. Poi non ce n'è stato bisogno.»

Fino a quel momento Jahan aveva visto scorrere sul volto di Davud un misto di emozioni: rabbia, dispiacere, risentimento. La sola cosa che non aveva notato era il rimpianto. «Non provi alcun rimorso?»

«Rimorso per cosa? Tu vuoi credere che io sia disonorevole. Un accolito di Sheitan...» La voce di Davud calò, poi tornò forte. «È vero, ho mentito al nostro maestro. Ho finto di avere una famiglia al villaggio. Scrivevo loro lettere, mandavo regali. Era tutto finto.»

«Non capisco.» Davud rise, una risata triste. «Non ho parenti al villaggio. Tutti uccisi. Dal tuo grande sultano.»

«Quale?»

«Che importanza ha?» disse Davud con un gesto impaziente. «Non sono tutti uguali? Suleiman. Selim. Murad. Il padre, il figlio, il nipote. Ciascuno non ripete l'opera del suo predecessore?»

«Mi dispiace per quello che è successo alla tua famiglia» disse Jahan.

«È stato il sultano Suleiman. Ci fu un raccolto scarso, un altro, non riuscimmo a raccogliere il tributo. Non eravamo sciiti ma molti dissero che per l'inverno dovevamo raccogliere le nostre cose e andare dallo scià dell'Iran. Meglio là che qua. I nostri poeti recitavano versi, le nostre donne cantavano. Il tuo sultano voleva darci una lezione. L'ha fatto. Avevo dieci anni.»

Fuori la pioggia si ridusse a un pulviscolo. Jahan sentì una barca da pesca sciaguattare lì vicino.

«Decapitarono alcune persone. Lasciarono le loro teste sulle picche per tre giorni. Altri si ribellarono. I loro corpi dondolarono nel vento per una settimana. Li vedo ancora nei miei sogni. Tutti si ribellarono. Quelli tornarono. E rasero al suolo il villaggio.»

«Come hai fatto a sopravvivere?»

«Mia madre mi spinse nella dispensa, mi chiuse dentro. Io aspettai. Avevo più fame che paura. Stupido bambino. Quando uscii era notte. Vidi la luna brillare sui cadaveri. I miei fratelli, i miei zii, mia madre...»

Passò un po' di tempo prima che Jahan parlasse di nuovo. «Perché non l'hai detto al maestro Sinan? Lui ti avrebbe aiutato.»

«Davvero?» Davud gli rivolse uno sguardo sprezzante. «Il maestro riportava in vita i morti? È come Gesù in quel senso?»

«Il maestro ti amava come si ama un figlio.»

«Io lo amavo come si ama un padre. Un padre che sbaglia. Un grande architetto. Ma un vigliacco. Non ha mai detto una parola contro la crudeltà. O l'ingiustizia. Anche quando tu marcivi in prigione non ha mosso un dito!»

«Abbi pietà. Cos'avrebbe potuto fare? Non era in suo potere.»

«Avrebbe potuto dire al sultano: "libera il mio apprendista, mio Sire, oppure non lavorerò per te".»

«Sei fuori di senno? Sarebbe stato messo a morte.»

«Sarebbe stata una fine dignitosa» inveì Davud. «Invece ti ha scritto delle misere lettere.»

«Tu lo sapevi?» Jahan rimase sbalordito mentre comprendeva. «Lui affidava le lettere a te. Tu gli hai detto che avevi trovato il modo di farmele avere in prigione ma non l'hai mai fatto. Tu volevi che io fossi arrabbiato con il maestro.»

Davud scrollò le spalle come se l'osservazione non avesse alcuna importanza. «Lui voleva solo costruire. Un progetto dopo l'altro. Ma chi pregherà in quelle moschee? Saranno malati o affamati? Non importava. Ogni anno, lavoro, lavoro. Non pensava ad altro.»

«Non è vero!»

«Ogni moschea colossale che abbiamo costruito l'abbiamo elevata grazie agli introiti di un'altra guerra o di un'altra conquista. Mentre andava in battaglia l'esercito radeva al suolo i villaggi, uccideva altri della mia gente. Il nostro maestro non ha mai pensato a questi dolori. Si rifiutava di vedere che senza uno spargimento di sangue altrove non ci sarebbe stato denaro, e senza denaro non ci sarebbero state costruzioni nella capitale.»

«Basta!»

Davud abbassò la voce e parlò adagio, come con un ragazzino petulante. «Tu vieni da un'altra terra. Tu non puoi capire questo.»

Le spalle di Jahan si curvarono. «Non sei stato l'unico a inventare storie. Io sono un orfano. Mai visto l'Hindustan. Mai baciata la mano di uno scià. Era una bugia.»

Davud lo osservò. «Il maestro lo sapeva?»

«Credo di sì. Mi ha protetto.»

«L'elefante?»

«Destino» rispose Jahan. «Dio ci ha fatti incontrare.»

«Quindi avevamo una cosa in comune. Ma tu non sei me» tagliò corto Davud. «Ci sono due tipi di uomini, questo ho imparato. Quelli che vogliono la felicità. Quelli che cercano la giustizia.

Tu desideri una vita felice mentre io cerco *adalet*. Non andremo mai d'accordo.»

Jahan si avviò verso la porta. Davud gridò: «Dove pensi di andare?».

«Non voglio restare vicino a te.»

«Sciocco! Non posso lasciarti andare.»

Fino a quel momento Jahan non aveva pensato che Davud potesse fargli del male. Come per aiutarlo a comprendere, Davud disse: «Ora sai troppe cose».

Jahan aprì la porta. I due servi erano lì, le mani sui fianchi. Lo bloccarono e lo spinsero indietro nella stanza.

«Di' ai tuoi cani di lasciarmi in pace» urlò Jahan.

«Peccato che dovesse andare così» disse Davud uscendo dalla stanza. «Addio, *Indiano*.»

Jahan era così confuso che gli ci volle un attimo prima di agire. Cominciò a urlare più che poteva. Certo in casa c'era chi avrebbe sentito e sarebbe venuto a vedere cosa stava succedendo. I suoi figli, le mogli, le concubine.

«Aiuto! Qualcuno mi aiuti!»

Uno dei due uomini gli diede una spinta così forte da farlo cadere. Jahan cercò di pregare, ma non gli venivano le parole. Trasse respiri profondi, pronto a essere strangolato: era certo che sarebbe successo. Invece no. Fuori un uccello trillò una canzone. Era l'alba.

Lo colpirono sulla nuca con qualcosa di duro e pesante. Il pavimento s'inclinò sotto i suoi piedi. Il cinguettio dell'uccello fu l'ultimo rumore che sentì prima che tutto diventasse buio.

C'era un mantello – rigido e pesante come broccato – avvolto attorno alla sua testa, che lo soffocava e lo accecava. Voleva toglierselo ma aveva le mani legate, come i piedi. Da una fessura nel tessuto intravvide il luogo in cui si trovava, sfuocato, e lentamente comprese che non aveva niente sul viso. Erano i suoi occhi che non vedevano. Il destro era gonfio, chiuso. Il sinistro, semiaperto, tremava solitario e atterrito per cercare di capire dov'era.

Jahan sentì il gusto del sangue in bocca. Doveva essersi morso la lingua durante la lotta. Perché c'era stata una lotta, ricordava. Il suo corpo ricordava – le membra ammaccate, il male alle nocche, quel pulsare che ancora gli trapanava il cranio, e peggio di tutto il dolore che gli tormentava il piede destro. La guancia gli bruciava, ma ne avrebbe scoperto la ragione solo più tardi. Ricordava che Davud era uscito dalla stanza, lasciandolo alla mercé delle guardie, e che tutto si era fermato. Poi si era risvegliato in una carrozza lanciata alla massima velocità. I sordomuti ai suoi fianchi non si aspettavano che si ridestasse così presto. Ricominciarono a colpirlo. Jahan reagì. Nella furia, aprì lo sportello e balzò giù dalla carrozza in corsa. Rotolò in un fosso, stortandosi la caviglia. Fu in quello stato che lo trovarono i sordomuti. Poi fu di nuovo tutto nero come la pece.

Il petto gli faceva male mentre inalava una boccata d'aria acida e stagnante. Le punte delle dita sfiorarono la superficie dura, confermando il sospetto: era disteso su un pavimento di terra, rinchiuso in una capanna chissà dove. In lontananza si sentiva un fruscio insistente, che trovò stranamente calmante, come una ninnananna. Doveva essere svenuto; per quanto, non sapeva. Quando si ridestò faceva così freddo che batteva i denti. O si era chiuso anche l'altro occhio o era calata la notte.

La prima volta che s'insozzò lo *shalwar* la vergogna fu peggio del puzzo. Poi non gl'importò più. Con la fame poteva fare i conti per un po'. La sete era terribile. La sete gli spaccava la carne, un po' alla volta, come un'ascia penetra in un ceppo, facendosi strada lungo le vene. Continuava a schioccare le labbra come se gli fosse stata servita una ghiottoneria. La cosa lo fece ridere. Temette di essere sull'orlo della follia.

Il fruscio incessante in sottofondo riconobbe più tardi essere il mare – una scoperta che lo tranquillizzò e lo spaventò in pari misura. Lo tranquillizzò perché aveva sempre amato l'oceano. E poi probabilmente non era lontano da Istanbul. Lo spaventò perché portò alla mente le storie di concubine date in pasto ai pesci. Urlò chiedendo aiuto, ancora e ancora. Non venne nessuno. Se Chota fosse stato lì gli avrebbe detto che strana cosa era morire soli e inascoltati in una città così affollata e vociante.

Mentre entrava e usciva dal suo stordimento, il tempo passò lentamente. Tra le fitte di dolore si addormentava, e si svegliava con un sussulto, come se la sua anima si rifiutasse di accettare la sconfitta. Una rabbia di cui non conosceva la fonte s'impadronì della sua anima. Lui, l'apprendista del grande Sinan, non era asceso tanto per finire così in basso. Per quanto si fossero allontanati non riuscì a credere nemmeno per un attimo che Davud l'avrebbe lasciato morire. Eppure Davud non venne. Né i suoi servi. Jahan non riusciva più a indovinare se fosse l'alba o il tramonto. O quanto tempo fosse passato da che l'avevano trascinato lì. Si chiedeva quanti giorni un essere umano possa sopravvivere senz'acqua. Gli elefanti possono arrivare fino a quattro, aveva letto. Non sapeva se sarebbe riuscito a far di meglio.

Sognò Mihrimah che rideva sotto una pergola di caprifoglio, tornata tredicenne. Il suo corpo mai toccato da mani che non fossero le sue, il volto non deturpato dalla tristezza, l'anima non devastata da un delirio di ambizioni. Com'era la prima volta che si erano incontrati, una ragazzina felice, felice.

«Vieni» gli sussurrò, tendendo la mano.

Jahan cercò di avanzare verso il giardino dove lei lo aspettava. Ma a metà strada qualcosa lo distrasse. Un rumore che proveniva dall'altra parte. Passi. Non vicino alla porta, però. Qualcuno stava cercando di entrare. Un rumore metallico, forte e secco: il rumore di un utensile che trapassa il legno. Doveva essere stata aperta la finestra perché entrò vorticando una corrente fresca e frizzante.

«Fatto» disse una voce. «Andate!»

Qualcosa di pesante atterrò con un tonfo. Un uomo. Ne seguì un altro. I due intrusi si mossero in punta di piedi, senza accorgersi della presenza di Jahan. Una lampada illuminò la penombra.

«Trovate quel baule. Dev'essere qui.»

«Uh, cos'è questa puzza?»

«Un topo morto, direi.»

«Sicuro che c'è un tesoro in questo buco?»

«Quante volte te l'ho detto? Quei due babbei trasportavano qualcosa di pesante. L'ho visto io coi miei occhi.»

«Occhi sobri o ubriachi?»

«So quello che dico, stupido. C'è un segreto qui.»

Ladri! Jahan rabbrividì. Potevano farlo a pezzi. Ma non aveva niente da perdere. Stava morendo comunque. Dalle sue labbra sfuggì un gemito roco.

«Cos'è stato?»

«Cos'è stato cosa?»

Jahan emise un rantolo.

«Chi c'è?» gridò uno dei due, la voce venata di paura. Se Jahan non avesse detto nulla si sarebbero dati a una rapida fuga scambiandolo per un *gulyabani.*[30]

«Aiu… to» supplicò Jahan.

Non ci misero molto a trovarlo fra casse e scatole. Arrendendosi al proprio destino, Jahan scivolò nel vuoto ma poi si riebbe, tremante. Uno dei due uomini l'aveva preso per le spalle e lo scuoteva come si fa coi rami di un gelso.

«Che fai? Il poveretto ne ha già prese abbastanza.»

«Sto cercando di svegliarlo.»

«Sì, bravo. Adesso è andato del tutto!»

«Allora sveglialo tu.»

«Va' a prendere dell'acqua.»

Versarono un secchio di acqua di mare in testa a Jahan. Il sale penetrò nei tagli e nei graffi, trapanandolo fino alle ossa. Gemette di dolore.

Allora si sentì un'altra voce, burbera e stranamente familiare. «Ehi, cosa succede?»

«Abbiamo trovato questo qui. Pare che qualcuno gli abbia dato un sacco di botte, capo.»

Passi che si avvicinavano. «Quest'uomo muore di sete, idioti! L'hanno preso a pugni come un vecchio tappeto sporco e voi cosa fate? Gli versate acqua di mare sulle ferite! Indietro! Alla larga, macellai!»

[30] Spirito malvagio.

Jahan sentì lo schiocco di una borraccia che veniva aperta. L'uomo bagnò il suo fazzoletto d'acqua dolce e glielo premette sulle labbra. «Ancora» supplicò Jahan sforzandosi di succhiare la stoffa.

«Fratello, piano. Non così in fretta.»

Cominciarono a ripulirgli il volto, curiosi di vedere l'essere sventurato sotto il sangue, il fango e lo sporco. Jahan voleva dire qualcosa ma era troppo faticoso, ogni parola, ogni sospiro. La testa gli ciondolava.

«Dio Onnipotente. Avvicinate quella lampada» urlò la stessa voce. «Che il cielo ci possa cadere in testa, è Jahan! Non è in sé! Una lumaca è più sveglia! Lo trovo che si congela in acqua, lo incontro in prigione, adesso è qui in mezzo all'immondizia! Sempre nei guai!»

Jahan balbettò: «Ba… laban?».

«Proprio io, fratello.»

Jahan scoppiò a ridere – la risata chioccia di un pazzo.

«Ha perso il poco senno che aveva, capo» disse uno degli zingari.

«Poveretto» disse l'altro.

Balaban scosse il capo e disse con dolcezza: «No, ha la forza di un elefante, il nostro fratello. Si rimetterà».

Lo slegarono e lo aiutarono ad alzarsi, anche se non poteva camminare. Il piede destro era un ammasso di carne paonazza, gonfio il doppio del normale. Lo sorressero, uno per lato. Quando uscirono il vento gli pizzicò la pelle con una carezza di schegge di vetro. Non ci badò. Era finita. Ancora una volta nella vita, proprio mentre stava precipitando, pronto a passare dall'altra parte, la mano di uno zingaro l'aveva ripreso, l'aveva riportato su.

La moglie di Balaban, presolo sotto le sue cure, applicò un impiastro sulle ferite e sterco di piccione sui tagli. La mattina e la sera lo costringeva a inghiottire un infuso che era del colore della ruggine e non aveva un sapore migliore. Il taglio sulla guancia, che sanguinava tutte le volte che Jahan muoveva un muscolo, avrebbe dovuto essere ricucito, dichiarò. E lo fece, e le sue dita non tremarono una volta, anche quando lui ululò e scalciò per il dolore. Una volta fatto gli assicurò che avrebbe avuto schiere di amanti, perché alle donne piacciono gli uomini che riportano cicatrici sul campo di battaglia.

«Io non ho fatto nessuna battaglia» protestò debolmente Jahan.

«E chi deve saperlo? Ti cadranno ai piedi come prugne mature. Ricordatelo» disse, sputandosi sul palmo della mano e stampandolo sul muro. «Ma il piede ha un brutto aspetto. Abbiamo chiamato l'Aggiustatore.»

«Chi sarebbe?»

«Vedrai» disse lei misteriosa. «Quando avrà finito, sarai come l'Onnipotente ti ha fatto.»

Magro e secco come una canna, vestito di stracci, un cucchiaio di legno appeso al collo, l'uomo che fece la sua comparsa quello stesso pomeriggio non parve affatto eccezionale a Jahan. Come si sbagliava. Dato un rapido sguardo al piede, il guaritore dichiarò che non era rotto, ma che aveva una brutta slogatura. Prima che Jahan potesse chiedergli cosa intendeva dire gli cacciò in bocca il cucchiaio di legno, prese il piede nel cavo della mano e lo torse. L'urlo di Jahan fece volar via i piccioni dal cortile della moschea Suleimaniye. Più tardi l'Aggiustatore gli avrebbe mostrato i segni dei denti sul cucchiaio. Chiaro che i suoi non erano gli unici.

«Tutte ossa rotte?» chiese Jahan quando riuscì a parlare di nuovo.

«Quelle, e le partorienti. Loro mordono più forte. Tieni d'occhio la tua piscia» disse l'Aggiustatore. Spiegò che l'urina può presentarsi in sei tonalità di giallo, quattro di rosso, tre di verde e due di nero. Un guaritore non perde tempo a osservare il paziente, ma guarda la sua urina e capisce cosa non va. A sua richiesta Jahan pisciò in un vaso e guardò l'uomo far roteare il liquido, annusarlo e assaggiarlo.

«Niente emorragia occulta negli organi» disse l'Aggiustatore. «Principio di idropisia. Incline alla melanconia. Per il resto, dentro è tutto a posto.»

Così ricucito, aggiustato, lavato, nutrito e messo a letto, Jahan dormì per due giorni di fila. Il terzo, quando aprì gli occhi trovò Balaban al suo fianco che intrecciava un cesto in attesa del suo risveglio.

«Bentornato nella terra dei vivi. Chissà dov'è che ti salverò la pelle la prossima volta.»

Jahan ridacchiò, anche se coi punti sul viso faceva male.

«Come sta l'elefante?»

«Chota è morto.»

«Mi dispiace, fratello. È triste.»

Rimasero pensierosi per un istante. Jahan fu il primo a infrangere il silenzio. «Pensi che gli animali vadano in paradiso? Gli imam dicono di no.»

«Cosa ne sanno loro degli animali? I contadini sanno. Gli zingari sanno. Ma gli imam no.» Balaban tacque. Poi: «Non rimuginare. Quando andrò in Paradiso parlerò con Dio. Se dice che non c'è posto per le creature, gli chiederò di fare un'eccezione per Chota».

Gli occhi di Jahan si accesero, divertiti. «Tu rubi. Bevi, giochi. Imbrogli. Pensi che andrai lo stesso in Paradiso?»

«Be', fratello... io guardo gli ipocriti, quelli che si credono tanto bravi e pii. E mi dico che se ci vanno quelli lì, allora ci vado anch'io, perché non sono migliori di me. È così che misuro i miei peccati.» Balaban si versò del vino. «Peccato che non vedrà suo padre.»

«Chi?»

«Il figlio del tuo elefante...»

«Chota ha un figlio?»

«*Tatcho!*[31] Pensavi che tutta quella fatica non avesse dato risultati? La povera Gulbahar è stata incinta per un tempo infinito. Lo sapevi?»

«Sì» disse Jahan, annuendo. «Hanno gravidanze lunghe.»

«Lunghe? Ma è passata un'eternità!»

«Come l'hai chiamato?»

«Ti ricordi? Tu mi hai detto che quattro elefanti reggono l'universo. Se uno si muove vengono i terremoti, hai detto.» Balaban bevve un sorso. «L'ho chiamato Panj. Vuol dire cinque. Nel caso che, sai, qualcuno debba stare in mezzo.»

Jahan si sentì serrare la gola.

«Vuoi vederlo? Tuo nipote?»

«Ma certo!»

Jahan fu sistemato su una lettiga trainata da un cavallo e in quel modo lo portarono alla stalla. Eccolo. Il figlio di Chota, che

[31] Vero.

dondolava la proboscide, grigio come una nube di tempesta. Jahan chiese al suo accompagnatore di portarlo più vicino per poter toccare la bestia. Sotto lo sguardo vigile della madre elefante, accarezzò la proboscide del cucciolo e gli offrì una noce, che l'animale accettò con gioia. Panji sbuffò e ne cercò altre; sveglio, sospettoso, vispo. Gli occhi di Jahan si riempirono di lacrime. Per un attimo ebbe l'impressione di guardare Chota. Qualcosa di lui continuava in quella creatura che non aveva mai visto suo padre eppure era, colore a parte, già così simile a lui.

Lasciarono la stalla. Il cavallo trainava pigramente la lettiga. Mentre attraversavano il cortile Jahan colse un aroma nel vento che mandò un segnale a una parte oscura del suo cervello. Gridò: «Ferma!».

Corsero al suo fianco, temendo che si fosse fatto male.

«Da dove viene questo odore?» chiese Jahan.

«Non c'è niente che puzzi qui. Stenditi» sbottò Balaban.

Uno dei ragazzi sorrise. «So di cosa parla. *Daki dey* sta bruciando delle erbe.»

«Va' a prenderla» disse Balaban.

Dopo un po' condussero una donna con il portamento eretto e i baffi scuri. Disse: «Il capo dice che volevi vedermi».

«Quella cosa che stavi bruciando» disse Jahan. «Che cos'è?»

Un'espressione irritata le passò sul volto. «Si chiama mullein. Lo gettiamo nel fuoco tutti i lunedì mattina. E con la luna piena. Il fumo tiene lontani gli spiriti malvagi. Se hai dei nemici è meglio se lo bolli e ci fai il bagno. Ne vuoi un po'?»

«Dimmi… Chi altri lo usa? A parte i romanì, intendo dire.»

La donna rifletté: «Chi fa fatica a respirare. Lo porta sempre con sé».

«Chi ha l'asma…» borbottò Jahan, desolato. Chiuse gli occhi, preso da una vertigine.

Quella notte, mentre sedevano attorno a un fuoco di torba, la moglie di Balaban gettò del sale tra le fiamme. Le braci schizzarono come scintille d'oro. Gli occhi fissi sullo spettacolo, Jahan disse: «Presto dovrò andarmene».

Balaban annuì; se lo aspettava. «Quando?»

«C'è un'ultima persona a cui devo far visita. Poi ho chiuso con questa città.»

Davud aveva ragione nel dire che Jahan non era un uomo di vendetta. Ma in parte si sbagliava, anche. Jahan capì che non era solo la felicità che cercava nella vita. Era anche avido di verità.

Scrutò l'acqua nel bacile d'argento. La superficie era increspata e il fondo era diventato nero. Si accigliò: quello che vide non le piaceva. Un rumore, come un fischio, perforava l'aria tutte le volte che lei inspirava. La malattia era peggiorata, nel tempo. Posò la mano raggrinzita, percorsa dalle vene, sulla testa del gatto.

«Lo vedi che cosa sta combinando? Forse non è uno stupido, dopotutto.»

Guardò verso la finestra da cui proveniva una corrente. Quante volte aveva ordinato alla serva di tenerla chiusa. Ma quella sciocca ragazza la spalancava tutte le volte che poteva, sostenendo che c'era caldo, che si soffocava. Lo faceva per disperdere l'odore, ovvio. Non erano solo le scoregge e il sudore che inasprivano l'aria, lo sapeva. Sotto emanava un aroma di libro antico che sa di polvere anche se viene pulito di continuo. La serva aveva paura di lei, paura della *strega*. Perché era così che la chiamavano tutti alle sue spalle.

Portava un abito di seta, troppo vivace e decorato per la sua età, qualcuno avrebbe potuto dire. A lei non importava. Il tessuto soffice non attenuava il dolore alle giunture né la curva delle spalle. Il suo corpo era un cimitero di ricordi. E ogni giorno che passava confuso come un'ombra che danza su una parete. Aveva smesso di litigare con Dio. Non gli chiedeva più perché l'aveva lasciata vivere quando si era preso tutti troppo presto, troppo in fretta. Portava la sua età come una maledizione di cui era fiera. Centoventun anni. Ecco la sua età. I capelli non più rossi e ondulati, ma ancora più folti di molte trecce di fanciulle. La voce era forte, decisa. La voce della donna più giovane che abitava dentro di lei.

Si ritrasse dal bacile come temendo che l'uomo laggiù in fondo potesse vederla così come lei l'aveva tenuto d'occhio per tutti quegli anni. Cercò la sacca sul tavolo, la aprì e sparse le erbe sul palmo, e annusò. Quando il rantolo nel petto si fu in qualche modo placato, mormorò: «Ci ha scoperto, quell'indiano. Sta venendo a cercarci».

La Dimora delle Sfavorite, la chiamavano. Una costruzione gigantesca mezza nascosta da alti pini e alte pareti. Era lì che le concubine che non godevano più del favore del sultano, o non ne avevano mai goduto, o non ne avrebbero goduto mai venivano mandate a tempo debito. Anche quelle che erano gelose o troppo ambiziose ed erano rimaste invischiate negli intrighi più oscuri potevano ritrovarsi sotto quel tetto, avendo perso la loro occasione di salire nei ranghi del palazzo. Le serve dell'harem e le odalische troppo vecchie o troppo malate per lavorare finivano pure lì. Di conseguenza le abitanti erano un gruppo confuso di giovani e vecchie, belle e brutte, sane e malate.

Era un luogo privo di gioia. I soffitti di rado echeggiavano di risate; i tappeti solo ogni tanto erano calpestati da piedi danzanti. L'amarezza emanava dai camini come vapore da un piatto sfrigolante. I rari canti erano così tristi da non lasciare asciutto un fazzoletto. Le abitanti non meditavano sul futuro perché non c'era futuro su cui meditare. Né presente. C'era solo il passato. Rievocavano i giorni andati, arrabbiate per gli errori commessi, le opportunità sprecate, le strade non intraprese, le giovinezze dissipate. E nelle notti d'inverno, quando faceva così freddo che le preghiere si gelavano nell'aria e non raggiungevano mai le orecchie di Dio, molte sentivano i cuori gelarsi come la dura terra fuori, per quante fossero le pietre che mettevano a bollire nell'acqua e infilavano nel letto.

Poche si erano rassegnate alle donne che erano diventate; molte erano diventate malevole. Moltissime erano bigotte, avendo dedicato il resto dell'esistenza a Dio. Essere bigotte non voleva dire essere in pace, tuttavia, e di rado lo erano. Anche se ciascuna, se richiesta, diceva di essere convinta che tutto, il bene e il male, fosse nelle Sue mani, ancora si pavoneggiavano delle proprie conquiste e accusavano altri delle proprie disgrazie. Il contrasto tra l'harem reale e il suo squallido sostituto era crudele. Rigido e stabile nelle sue regole e nei suoi codici, l'harem era tuttavia un mondo mobile, fluido e mutevole. Le sue abitanti avevano desideri e aspirazioni in abbondanza. Di notte sognavano tanto. Mentre nella Dimora delle Sfavorite erano i sogni che appassivano per primi, e poi, via via, le sognatrici.

Era lì che Hesna Khatun era vissuta negli ultimi quindici anni, anche se aveva tanto spaventato le altre donne da finire reclusa in una capanna di tre stanze all'estremità del secondo giardino. Non le importava. Volendo, poteva ancora andare nella casa che la principessa Mihrimah le aveva concesso, ma trovava la sua vastità e il vuoto soffocanti. Era meglio lì, sia pure nella semplicità. E così non doveva vedere tutti i giorni il cortile con le rose e i fiori i cui profumi intensi le opprimevano il petto, facendola rantolare e tossire. La sua asma era peggiorata. Ma non chiedeva mai aiuto. Potevano odiarla, temerla o evitarla, se volevano, ma non avrebbe mai consentito a nessuno di compatirla.

«Possono andare tutti all'inferno» borbottò, e si rese conto di averlo detto ad alta voce. Succedeva spesso, ultimamente. Si ritrovava a dire cose che erano nella sua testa e che sarebbe stato meglio vi fossero rimaste.

Avanzando a passi pesanti, tese le mani verso il focolare. Aveva sempre freddo. Primavera o inverno, non faceva differenza; teneva sempre il fuoco acceso. Quando si fu scaldata un po' prese la spazzola e si rivolse al gatto sul davanzale. «Ti facciamo bello, va bene?»

Prese il gatto e si sedette sul divano a spazzolarlo. L'animale rimase immobile, annoiato.

Qualcuno bussò. Comparve uno schiavetto, non doveva avere più di sette anni, la voce rotta. «C'è un messaggero, *nine*.[32] Vi ha portato una lettera urgente.»

«Di' a quel bugiardo, chiunque sia, che per me non c'è nulla di urgente. Mandalo via.»

Il bambino si fissava i piedi, troppo spaventato per incrociare il suo sguardo.

«Perché sei ancora qui, zuccone?»

«L'uomo ha detto: "Se si rifiuta di vedermi dille che ho portato un messaggio della principessa Mihrimah".»

A quel nome Hesna Khatun trasalì e impallidì. Non essendo mai stata una donna prona alle minacce, si controllò. «Quanto ti ha pagato per questo? Non ti vergogni?»

Il labbro inferiore del bambino s'increspò; il piccolo emise un gemito pronto a diventare un singhiozzo al prossimo rimprovero.

«Non serve a niente urlare con te» disse la donna. «Va' a prendere quella canaglia. Lo sistemerò io.»

A nessun maschio – tranne gli eunuchi e i bambini – era consentito l'accesso nella Dimora delle Sfavorite. Certo a nessun estraneo. Ma la serva aveva le sue regole. C'erano dei vantaggi, dopotutto, nell'essere temute come la *zhadi*.

Dopo un attimo comparve Jahan, seguito dal bambino che, non osando entrare, chiuse la porta e attese fuori.

[32] Vecchia, nonna.

«Allora sei tu» disse Hesna Khatun, la voce un brontolio secco e gutturale.

Si guardarono con un'antipatia che nessuno dei due si curò di nascondere. Lui vide che era diventata molto vecchia e magra. Ogni centimetro del suo volto era rugoso; la schiena era piegata; le orecchie più grandi. Da sotto la sciarpa spuntava una ciocca di capelli d'argento, arrossati con l'henné sulle punte. Irriconoscibile com'era, aveva lo stesso sguardo duro e calcolatore di sempre.

«Come osi pronunciare il suo nome?» esalò. «Dovrei farti frustare.»

«Non ho avuto scelta» disse Jahan. «Altrimenti non mi avresti ricevuto, *dada*.»

Si ritrasse sentendo il nomignolo affettuoso che Mihrimah, e solo Mihrimah, usava per lei. La sua bocca si aprì e si chiuse in un rabbioso silenzio.

Ben sapendo che effetto quel nome le avrebbe fatto, Jahan ne studiava ogni mossa. Era lì, alto e diritto, e non si inchinava né le baciava la mano. La sua insolenza non le passò inosservata. «A cosa devo la tua visita – e la tua mancanza di buone maniere?» chiese.

Jahan fece un passo verso di lei, notando solo in quel momento il gatto bianco come la neve che teneva acciambellato in grembo. Prese con un gesto cauto la forcina che aveva portato con sé e la posò su un tavolo perché la vedesse. «Voglio restituirla. Era tua.»

«Che generoso. Alla mia età c'è proprio bisogno di una forcina» disse lei, sprezzante. «È per questo che hai fatto tanta strada?»

«Sono venuto perché me ne vado per sempre.»

«Addio, allora» disse Hesna Khatun con un sorriso condiscendente.

«E prima di andarmene c'è un conto che voglio chiudere.»

«Fra noi? Non credo.»

Ferito dal suo tono canzonatorio, Jahan chiuse gli occhi per un attimo e si rivolse al buio dentro le palpebre. «Tu eri più di una domestica. Tu ti sei occupata di Mihrimah da quando era una neonata. Lei ti adorava, ti confidava i suoi segreti.»

«L'ho cresciuta io. La sultana Hurrem, che Dio possa perdonare la sua anima marcia, non aveva tempo per i suoi figli. Certo non per la figlia. Finché non ha raggiunto l'età da marito. Allora ha deciso di farne una vittima innocente dei suoi giochi.» Hesna Khatun tacque, senza fiato. «Lo sai che sono stata anche la sua balia? Mihrimah è cresciuta col mio latte» disse, toccandosi il petto piatto con orgoglio.

Jahan non disse nulla: gli sembrava di sconfinare in una pena che non poteva soccorrere né comprendere.

«Quando Mihrimah scottava di febbre ero io, non sua madre, ad aspettare al suo capezzale. Quando cadeva, le bendavo io le ginocchia. Le asciugavo io le lacrime. Quando ha sanguinato per la prima volta è venuta da me. Era convinta di morire, poverina. Una ragazza che si comporta così si prende a schiaffi. Non si può farlo con una principessa. Così la tenni tra le braccia. Dissi: "Non state morendo, Vostra Altezza. Ora siete una donna".»

Tese la mano scarna ad accarezzare il gatto. «Che cosa faceva la sultana? A parte usare i suoi figli per scrivere lettere al sultano? "Torna dalla guerra, mio leone, torna tra le mie braccia. La tua assenza ha acceso nel mio cuore un fuoco che non si placa. I tuoi bambini sono desolati. Tua figlia Mihrimah è in lacrime." Sempre lì a scarabocchiare sciocchezze.»

«Come fai a sapere cosa scriveva nelle sue lettere?»

Si levò una risata brutta, acuta e piena. «Nell'harem non ci sono segreti» disse Hesna Khatun. «La sultana era una moglie astuta ma una madre pessima. Adorava i figli maschi. Si dimenticò della figlia.»

Assalito dal ricordo di un pomeriggio, Jahan strinse le labbra. Ricordò Mihrimah che gli confidava la sua solitudine e la propria sorpresa nello scoprire che una donna che aveva tutto potesse mai sentirsi così. «Da bambina la principessa ebbe gli istitutori migliori. Suo padre la voleva colta. Tu ascoltavi le lezioni con lei. Mihrimah era così affezionata a te; se non c'eri non ascoltava. Tutto ciò che è stato insegnato a lei l'hai imparato anche tu.»

«E allora, è un peccato?»

«Niente affatto» disse Jahan. «Hurrem non si accorse di quanto Mihrimah si era affezionata a te. Era troppo occupata col sultano – e con i propri intrighi. Poi successe qualcosa. Hurrem non ti volle più nei dintorni.»

«Come fai a sapere tutto questo?»

«Me lo disse Mihrimah ma non misi mai insieme i pezzi. Finora. Perché la sultana era arrabbiata con te?»

«La sultana...» La donna cominciò a tossire, come se quel nome fosse un tormento che doveva espellere dal proprio corpo. Quando parlò di nuovo, la sua voce era stanca. «Hurrem voleva andare a Bursa con i figli. La mia Mihrimah non voleva fare il viaggio. Aveva solo nove anni. Disse alla madre: "Se viene la *dada* vengo anch'io". Fu allora che Hurrem capì che sua figlia amava me più di quanto amasse lei.»

«E ti ha mandata via.»

«Allah sa che l'ha fatto. Ha cercato di liberarsi di me. Due volte.»

«E poi cos'è successo? Come hai fatto a tornare?»

«Mihrimah smise di mangiare. Si ammalò tanto che tutti temettero che morisse. Dovettero richiamarmi. Non appena fui a palazzo chiesi una zuppa e la imboccai io stessa.»

«Fu allora che la gente cominciò a parlare?» chiese Jahan. «Ti chiamavano strega. Ti accusarono di aver gettato un incantesimo sulla principessa.»

«La *zhadi* più grande era la sultana! Lo sapevano tutti. È stata lei a diffondere le voci su di me. Oh, quanto male aveva dentro!»

«Una guerra tra due streghe» disse Jahan, folgorato.

Hesna Khatun gli scoccò uno sguardo sdegnoso. «Be', lei è morta, io sono ancora nella terra dei vivi.»

Jahan fu scosso da un brivido. «E la seconda volta? Hai detto che la sultana ti cacciò via due volte.»

«È stato… quando Mihrimah si fidanzò con Rustem Pasha. Hurrem non mi volle intorno. Ci credi? Mi manda a fare un pellegrinaggio quando mia figlia ha più bisogno di me. Mi mettono su una nave. Quanto ho pianto, Allah mi è testimone.»

«Nel viaggio di ritorno la nave fu assalita dai corsari, così sentimmo dire.»

«Oh, fu una finta.» S'interruppe, colta da un altro accesso, e il suo corpo fu scosso dalla tosse. «La sultana voleva farmi fuori. Organizzò tutto in modo che venissi uccisa o imprigionata. In un modo o nell'altro, non avrebbe fatto alcuna differenza per lei.»

«Come hai fatto a evitarlo?»

Alzò lo sguardo, gli occhi pieni di lacrime. «Mi ha salvato mia figlia. Smise un'altra volta di mangiare. Piangeva tanto che il sultano Suleiman mandò una flotta ottomana per salvare me, una serva! Chi ha mai sentito una cosa simile?»

«Da dove veniva il tuo potere, *dada*?»

«La stregoneria, vuoi dire? Veniva dall'amore! Mia figlia mi amava.»

Jahan si sporse in avanti, lo sguardo sul gatto. «Anche tu amavi Mihrimah. Ma non era solo lei che adoravi… Ci ho pensato. Come ho fatto a non vederlo prima… tu eri innamorata del sultano.»

La donna s'incupì.

«Ardevi per lui» disse Jahan.

«Lui ardeva per me» disse lei, fiera. «Era me che voleva, non Hurrem. Quella strega era un ostacolo tra noi.»

«Lo credi davvero? Non sei in te» disse Jahan, pianissimo, quasi in un sussurro. «Tu vivi nei tuoi sogni. E nei tuoi desideri.»

Lei non lo ascoltava. «Se non fosse stato per quella diavolessa, Mihrimah sarebbe stata mia figlia. Ma lo era, l'ho sempre saputo. Nostra figlia. Mia e del sultano Suleiman.»

Per un istante rimasero in silenzio – acido quello di lei, sconcertato quello di lui. Fu Jahan a riprendere. «Quando la sultana morì, Mihrimah divenne la donna più potente dell'impero. Tu eri sullo sfondo. Nell'ombra. Invisibile. Insospettata.» All'improvviso sbottò: «Perché quel gatto non si muove?».

«Dorme. Lascialo stare» disse Hesna Khatun. «Perché sei qui?»

«Per scoprire la verità...»

«La verità è una farfalla: si posa su questo e su quel fiore. Tu la insegui con un retino. Se la catturi sei felice. Ma non vive a lungo. La verità è una cosa delicata.»

Il respiro le si fece affannoso; aveva male dappertutto. Era stanca, notò Jahan, ma non era pronto a lasciarla andare. «Come c'entra Davud in tutto questo?»

Un'ombra le passò sul volto.

«È stato il tuo burattino per anni. Sei stata tu a sabotare gli edifici del mio maestro. È morta della gente. Perché?»

Hesna Khatun carezzò più forte il gatto. Niente fusa. La coda immobile.

«Io non ho mai sospettato di te, *dada*. Nessuno. Chi avrebbe diffidato di una bambinaia? Sei stata abile, non hai lasciato tracce.»

«Dev'essercene stata una. Altrimenti tu non saresti qui» disse lei, arcigna.

«Le erbe che bruciavi per l'asma. Il profumo. I capelli e gli abiti di Mihrimah ne erano sempre impregnati. L'altro giorno Davud aveva lo stesso odore. Me ne sono ricordato dopo.»

«Hai un gran fiuto, Indiano» disse lei, mettendosi diritta.

«Me l'ha insegnato il mio elefante.» Jahan tacque, accarezzandosi la barba. «Tu hai usato Davud, ma lui ti è sfuggito. Non ti ha voluto più ascoltare.»

Lei strinse più vicino il gatto e rimase seduta immobile come pietra.

«Per cosa l'hai fatto? Per il denaro? Per il potere? Chi ti ha pagato? Sono stati gli italiani? Volevano fermare il mio maestro?»

«Oh, taci… Che sciocchezze» disse Hesna Khatun. «Vuoi sapere la verità? Ascoltami bene. Tu pensi che avrei potuto farlo senza il consenso della tua principessa?»

«Tu menti. Mihrimah è morta. Non può difendersi» disse Jahan. «Come puoi accusare lei? Pensavo che la amassi.»

«L'ho amata più di chiunque altro. Più di qualunque cosa. È per questo che ho fatto come mi diceva e non ho mai chiesto perché.»

«Bugiarda!»

«Noi crediamo in quello che scegliamo di credere» ansimò lei.

L'ansia si addensò sul volto di Jahan come una tempesta che monta. «Perché Mihrimah avrebbe desiderato di indebolire il mio maestro?»

«Non aveva niente contro il tuo maestro. Tantissimo contro il proprio padre.»

«Il sultano Suleiman?»

«È stato il più grande dei sultani e il più grande dei peccatori, che Dio lo perdoni. Io non gli ho mai portato rancore, perché sapevo che era fuorviato da quella megera di Hurrem. Ma Mihrimah non la pensava così. Non poteva accusare sua madre. Così accusò la persona che amava di più: suo padre.»

«Non capisco.»

«Il sultano Suleiman e Mihrimah erano molto vicini. Lei era la sua unica figlia, il suo gioiello. Quando era una bambina la portava con sé ovunque. Ma poi tutto cambiò. Divenne severo, timoroso. Vedeva nemici dappertutto e cominciò a trascurare la figlia. Mihrimah ne fu ferita, anche se non si lamentò mai. Poi il sultano fece giustiziare il suo gran visir. L'uomo che Mihrimah chiamava zio e amava tanto. Uccise un altro visir. Il tuo maestro ha fatto una moschea per lui. E poi uccise i propri figli, i fratelli di Mihrimah.

«Lei ne fu distrutta. Era combattuta tra l'amore per il padre e l'odio per lui. Quante volte la mia bella figlia si è trasferita nell'harem solo per stare lontana dal padre. Poi tornava indietro... Lo odiava. Lo adorava. La mia bambina confusa.

«Mihrimah aveva più ricchezze del tesoro del regno. Nessuno era più forte di lei. Ma il suo cuore era spezzato. Quando la fecero sposare con quel Rustem le cose andarono anche peggio. Che orribile matrimonio fu quello, Dio solo lo sa. Infelice fino alla fine. Non l'ha mai voluto. Mai.»

Stordito, Jahan si avvicinò al baule nell'angolo e vi sedette. Da lì vedeva il gatto in grembo alla vecchia. Aveva occhi strani, uno verde giada, uno azzurro e opaco.

«Gli incidenti cominciarono con la moschea Suleimaniye» borbottò Jahan. «Avete cercato di fermare la nostra opera.»

«Mihrimah sapeva di non poter mai averla vinta sul padre, e non aveva intenzione di farlo. Voleva solo complicargli le cose. La moschea che il tuo maestro stava costruendo avrebbe reso immortale il sultano Suleiman e mostrato la sua grandezza ai posteri. Decidemmo di rallentarvi. Fu una piccola vendetta.»

«E avevate bisogno che un apprendista fosse la vostra pedina» disse Jahan.

«Pensammo a tutti voi. Nikola era timoroso. Yusuf non potevamo avvicinarlo: era chiuso come un'ostrica. Quanto a te, ti tenemmo in disparte. Davud era il migliore. Arrabbiato, ambizioso.»

«Ma Davud non vi poteva obbedire per sempre!»

«All'inizio l'ha fatto. Poi è diventato avido. Non l'abbiamo toccato. Avremmo potuto. È stato un errore, ora lo so. Dopo la morte del sultano Suleiman, Mihrimah lo fece chiamare e gli disse che era finita. Giurò che avrebbe smesso ma non lo fece. Sfidò in segreto i suoi ordini. Aveva una questione aperta col vostro maestro, credo.»

La nausea s'impadronì di Jahan. «Ho sentito l'odore delle tue erbe addosso a Davud *dopo* la morte del mio padrone. Perché hai continuato a vederlo?»

La vecchia rispose dopo un attimo. «Davud voleva che lo aiutassi a diventare il Capo architetto reale. Disse che se non l'avessi aiutato avrebbe detto a tutti ciò che avevamo fatto in tutti quegli anni.»

«Ti ha ricattato!»

Hesna Khatun tacque, sfinita.

«Cos'è successo al testamento del mio maestro? Voleva Davud come successore?»

«No» disse lei piano. «Aveva in mente te.»

Jahan la fissò smarrito.

«Il tuo maestro l'aveva scritto. Voleva te. Era questo il suo desiderio. Ha tenuto una copia in casa sua. Una negli archivi degli architetti a Vefa.»

«È per questo che Davud si è preso tutta la biblioteca? Voleva distruggere i testamenti.»

«Voleva accertarsi che non ci fossero altre copie altrove» disse la donna. «Ora sai tutto. Vattene, sono stanca.»

Si volse verso la finestra, non più interessata a lui. Nella luce del tramonto il suo volto era pietra scolpita. I suoi modi trafissero Jahan a fondo, non tanto la freddezza quanto l'indifferenza. Non rimpiangeva nulla, nemmeno quando alla sua età era così vicina alla morte.

Jahan disse: «Mi ha mai amato?».

«Perché chiedi una cosa così stupida?»

«Devo sapere se anche quella era una bugia. Per anni mi sono sentito in colpa se desideravo un'altra donna.»

Lei lo guardò con un misto di disprezzo e disgusto. «Chi diavolo eri? Un domatore di animali? Un topo che ambisce a una montagna! Un servo del sultano innamorato dell'unica figlia del sultano! E tu hai il coraggio di chiedermi se ti amava? Che stupido.»

Quando lei scostò il braccio Jahan vide bene il gatto. Era Cardamomo, il gattaccio di anni prima. Impagliato. Al posto degli occhi aveva due pietre: uno zaffiro e uno smeraldo.

«Le *piacevi*, come un animale da compagnia, come un vestito. Come il *lokum* che gustava. Ma ti stufi, se lo mangi tutti i giorni. No, non ti ha mai amato.»

Jahan strinse le labbra, senza parole.

«Sciocco» sussurrò. «"Il mio bello sciocco." È così che ti chiamava. È per questo che ti adorava tanto. Ma lo definiresti amore?»

Jahan si alzò barcollando. Poteva porre fine a tutto questo. Poteva ucciderla lì e allora. Strangolarla con la sua sciarpa. La porta era chiusa. Non se ne sarebbe accorto nessuno. E anche se sì, nessuno l'avrebbe pianta. Fece qualche passo verso di lei, vide la paura nel suo sguardo.

«Quanti anni hai, *dada*? Devono essere ben più di cento. È vero che sei stata condannata alla vita eterna?»

Hesna Khatun stava per ridere quando un colpo di tosse secca la bloccò. «Io... non sono l'unica.»

«Cosa intendi dire?» chiese Jahan, preso dal panico. Ma già mentre poneva la domanda conosceva la risposta.

«Pensa, quale artigiano, quale artista, quale uomo di vaste ambizioni non vorrebbe vivere quanto sono vissuta io?»

Jahan scosse il capo. «Se alludi al mio maestro, era un uomo esemplare. Niente a che vedere con una strega come te.»

«A che età è morto?» La risatina di lei si trasformò in tosse.

Prima che riuscisse a riprendere fiato, Jahan le sfilò dalle mani l'animale impagliato e lo gettò nel fuoco. Il pelo di Cardamomo s'incendiò, le gemme scintillarono tra le fiamme.

«No» urlò lei, troppo tardi, la voce scheggiata.

«Che i morti riposino in pace, *dada*.»

Hesna Khatun contemplò il gatto in fiamme, il mento tremante di rabbia. «Che tu patisca il mio castigo, architetto».

Jahan andò verso la porta più veloce che poteva. La aprì, ma non riuscì a non sentire le sue ultime parole.

«Che tu supplichi in ginocchio Dio Onnipotente di morire perché è troppo... è troppo. Che Lui ti senta scongiurarlo... che veda il tuo dolore e ti compatisca, tu, oh, povero apprendista di Sinan, ma... che non ti lasci morire.»

Tutte le mattine Balaban mandava uno dei suoi uomini al porto: «Vedi se la tempesta è passata e le nuvole se ne sono andate».

Tutte le volte la spia tornava con le stesse notizie: «Le nuvole sono ancora lì, capo. Non vanno da nessuna parte».

I tirapiedi di Davud si aggiravano ovunque, scrutando i passeggeri, controllando i carichi che venivano portati a bordo. Saputolo, Jahan capì che aveva più senso rinunciare a un viaggio per mare. Avrebbe dovuto scivolare dentro un carro per uscire dalle porte della città. Una volta lontano dal pericolo avrebbe potuto tentare la fortuna in un altro porto, magari Smirne o Salonicco. E invece, per quanto pericoloso fosse, era deciso a partire da Istanbul com'era arrivato. E in qualche modo Davud, conoscendolo bene, lo capiva.

Insieme Balaban e Jahan studiarono un piano e decisero che sarebbe stato più sicuro per quest'ultimo arrivare al porto travestito.

«Potrei passare per un rom» suggerì Jahan. Se si fossero vestiti in modo simile e fossero rimasti vicini avrebbero anche potuto farcela.

Balaban non era convinto. Poteva complicare le cose, per terra e per mare. «Non vorrai farti trattare come noi, fratello. Non è un paradiso essere un rom.»

Poi pensarono di farlo passare per un mercante. Se dava l'impressione di essere ricco e importante, avrebbe avuto meno difficoltà nell'imbarcarsi. Ma non appena la nave fosse partita i marinai l'avrebbero depredato. Jahan doveva sembrare rispettabile senza sembrare ricco. Alla fine fu deciso che avrebbe finto di essere un artista italiano – una specie di sognatore, che aveva percorso l'Oriente vendendo i suoi talenti e che tornava a casa più vecchio e saggio. Se qualcuno avesse chiesto dei suoi quadri, avrebbe detto che erano già stati spediti a destinazione. Se le cose fossero andate come previsto, avrebbe raggiunto Firenze in dieci giorni.

Trovargli gli abiti giusti non fu un problema per Balaban e i suoi uomini, anche se cercare la taglia giusta si dimostrò più complicato. Consegnarono a Jahan un sacco di vestiti – una camicia di lino, un farsetto dotato di strane maniche, un panciotto di pelle e braghe che si potevano legare sopra le ginocchia. Tutto di stoffa fine, e tutto troppo grande.

Balaban sorrise quando vide Jahan. «Signor Jahanioni, siete dimagrito!»

Risero come i ragazzi che erano nell'intimo. Gli uomini di Balaban avevano rapinato l'impiegato del doge di Venezia in pieno giorno, e l'uomo evidentemente era più robusto di Jahan. Ma dopo l'intervento di sartoria della moglie di Balaban tutto andò alla perfezione. Lei insistette per tingere capelli e barba di Jahan con l'henné. Quando ebbe finito, l'apprendista di Sinan si riconobbe a stento allo specchio. Completava la tenuta un cappello di velluto, viola su nero. Ormai i lividi erano svaniti. Restava solo la cicatrice sulla guancia, a ricordo di una notte che avrebbe preferito dimenticare.

Il giorno della partenza di Jahan, Balaban e i suoi uomini salirono su un carro tirato da un asino. In suo onore era tutto infiorato e infiocchettato. Nel carro erano saliti in così tanti che il povero asino non riusciva a muoversi, figurarsi a trottare. Imprecando contro la legge che impediva agli zingari di montare un cavallo, poi litigando tra loro, cercarono di convincersi l'un l'altro a scendere – invano. Tutti volevano scortare Jahan. Alla fine si divisero su tre carri. Sfilarono lungo le strade, un vistoso convoglio, ignorando gli sguardi dei cittadini che li fissavano a bocca aperta, un po' stupiti un po' sprezzanti, come se loro fossero discendenza di un altro Adamo e di un'altra Eva.

A metà strada, lo zio di Balaban si mise a cantare; la sua voce, roca ma dolce, volò nel vento. Uno dei ragazzi prese dalla cintola un flauto di canne e ripeté la melodia.

Quando Jahan chiese di cosa parlava la canzone, Balaban disse, in un sussurro così debole che Jahan dovette chinarsi in avanti per sentirlo: «C'è un uomo che va a un matrimonio. Sono tutti contenti, ballano, bevono. Così balla anche lui. Piange».

«Perché piange?»

«Perché ama la ragazza, scemo. E lei ama lui. La stanno sposando a un altro.»

Jahan si sentì il petto greve mentre la musica svaniva, prima le parole, poi la melodia. La malinconia doveva essere contagiosa. Cadde un silenzio delicato. Vicino al porto, su una collina verdeggiante, i carri si fermarono.

«Ti facciamo scendere qui; meglio così» disse Balaban.

Saltarono giù uno a uno. Jahan si tolse il mantello che aveva indossato per nascondere gli abiti da italiano. Li abbracciò uno a uno, baciò le mani ai vecchi e le guance dei bambini. Balaban nel frattempo rimase immobile, appoggiato al carro, masticando una pagliuzza. Quando Jahan ebbe detto addio a tutti andò verso di lui e vide che aveva in mano qualcosa, una cosa tonda e azzurra come un uovo di pettirosso.

«Cos'è?»

«Un amuleto. *Daki dey* l'ha fatto per te, per proteggerti dal malocchio. Portalo a rovescio in mare; e diritto quando raggiungi la riva.»

Jahan si morse il labbro per respingere il singhiozzo che gli saliva in gola. «Sono grato.»

«Senti, a proposito della sgualdrina... Abbiamo indagato. Pare che ci fossero otto donne in quell'*hamam* delle pene.»

«E allora?»

«Be', ce ne sono ancora otto, pare. Nessuna se n'è andata, nessuna è arrivata.»

«Cosa stai dicendo?»

«Sto dicendo che non ci sono stati funerali. C'è qualcosa di strano. Non voglio che tu soffra tutta la vita. Forse non hai ucciso nessuno, fratello. È stata una farsa.»

«Ma la signora nana...» disse Jahan. «Era dalla mia.»

Balaban sospirò. «Triste che tu te ne vada. Contento che tu te ne vada. Sei troppo ingenuo per sopravvivere a Istanbul, fratello.»

Goffamente, il capo zingaro strinse a sé Jahan e gli diede un pugno scherzoso nello stomaco, da fratello a fratello. Poi disse: «Chi salverò dai guai?».

«Puoi salvare il figlio di Chota. Ti prenderai cura di lui?»

«Oh, non preoccuparti. Gli racconteremo che gran papà ha avuto.»

Mentre Jahan cercava parole che non venivano, Balaban balzò sul carro, prese le redini, gli occhi bassi. I suoi uomini lo seguirono dopo aver salutato Jahan con sonore pacche sulle spalle. Quando si furono sistemati, i carri si mossero. Tutti salutarono con le mani, tranne Balaban. Jahan attese che si voltasse a guardarlo un'ultima volta. Non lo fece. I lunghi capelli neri che volavano nel vento, il capo zingaro guardava davanti a sé. Stavano per svoltare quando il carro si fermò e Balaban si guardò indietro. Era troppo lontano per capirlo, ma a Jahan parve di vedere la traccia di un sorriso sul suo volto. Alzò la mano, un cenno d'addio. Balaban fece lo stesso. Poi se ne andarono.

Jahan fu attraversato dal dolore, acuto come un pugnale piantato nella carne. Si sedette su un ceppo a riflettere. Ignorava ciò che la Provvidenza aveva in serbo per lui e vi si tuffava di nuovo con la temerarietà di chi non sa. Comunque non c'era modo di tornare indietro. Mentre il sole saliva, anche lui andò avanti.

Come sempre, il porto era gremito di viaggiatori, marinai e schiavi. Non appena fu sul molo la sua vastità vivace lo travolse. Era uno dei porti migliori, dicevano. Le navi potevano entrare senza dover usare i remi o pregare che i venti gonfiassero le vele. I capitani potevano contare sulle correnti per entrare. Le due maree contrarie del Bosforo, a differenza della città, erano prevedibili, affidabili. Quel giorno c'erano molte navi, anche se solo poche avevano le vele issate e pronte. C'era una caracca a tre alberi, snella e maestosa, destinazione Venezia. Quella che cercava Jahan.

Dal momento che era un artista italiano, fissava affascinato ogni stravaganza e si levava il cappello davanti a ogni donna, suora o dama che fosse. Vide pellegrini, preti gesuiti con farsetti di pelli e cappucci, e dignitari con perenni macchie d'inchiostro sulle dita. C'era uno scriba seduto a una scrivania improvvisata. La gente si era radunata attorno a lui per vedere la sua piuma comporre magie. Jahan conversò con un venditore albanese da cui comprò un sorbetto al limone. Un uomo cercava di spingere un cavallo incappucciato – uno stallone nero purosangue – su per una passerella da terra alla nave. Chissà dove lo portavano, si chiese Jahan, e se la bella creatura sarebbe sopravvissuta al viaggio.

Era mentre osservava la scena che Jahan notò al limitare del suo campo visivo i due sordomuti di Davud. Si facevano largo tra la folla e venivano verso di lui. Jahan trattenne il fiato e bevve. Gli passarono accanto senza badargli.

Un attimo dopo un urlo acutissimo lacerò l'aria. «Smettila, bastardo!»

Lo splendido cavallo si era imbizzarrito e aveva fatto cadere lo scudiero in acqua. Le risate si sparsero per il porto, soffocate da urla e strilli mentre il cavallo, ancora incappucciato, scendeva dalla passerella e si scagliava contro gli spettatori. Bloccato da corpi e casse ovunque, non riuscì a scattare come avrebbe voluto, ma travolse irrefrenabile tutto ciò che lo intralciava.

Lo scudiero, recuperato dall'acqua e fumante di rabbia, urlava ordini e imprecazioni. Jahan lo raggiunse. «Come si chiama il cavallo?»

«Perché diavolo lo vuoi sapere?»

«Dimmi come si chiama!» disse Jahan, spazientito.

L'uomo alzò le sopracciglia. «Ebano.»

Jahan rincorse il cavallo. Il cappuccio era scivolato via, ma la vista di ciò che lo circondava ne aveva acuito il panico. «Ebano» lo chiamò più e più volte Jahan, con la voce più tranquilla e bassa che riusciva. I cavalli non riconoscono propriamente il loro nome. Ma colgono un suono familiare quando lo sentono, così come ne comprendono l'intenzione.

Accerchiato, lo stallone si rigirava, nitriva e scuoteva la testa, nervoso. Jahan gli si parò davanti, mostrando le mani vuote. Si avvicinò un passo alla volta, una parola tranquilla alla volta. Se non fosse stato sfinito, il cavallo non gli avrebbe consentito di avvicinarsi. Ma lo era. Jahan prese le redini e gli accarezzò il collo con dolcezza.

D'impulso si voltò. A pochi passi ecco i sordomuti, intenti a fissarlo senza battere ciglio, indecifrabili. Erano insospettiti o solo curiosi? Jahan non osò guardare un'altra volta. Un nodo gli serrò il petto. Un rivolo di sudore gli corse sulla nuca. Gli abiti erano ridicolmente pesanti, e si rese conto che sarebbero stati d'intralcio se avesse dovuto fuggire. Aveva due borse di denaro, una nella veste, l'altra cucita nell'orlo della camicia, grazie alla moglie di Balaban. Se si fosse dato alla fuga le monete avrebbero tintinnato, aumentando il disagio.

Fu mentre soppesava le possibilità che la folla, come tagliata in due da un coltello invisibile, si aprì. Stava arrivando l'ambasciatore francese. L'uomo che aveva sezionato il corpo di Chota con una curiosità spassionata. Accanto c'era la moglie, abbigliata con un giacchino ricamato e con una verdissima gonna di velluto sorretta da molte sottogonne, un fazzoletto al naso per difendersi dalla puzza, le sopracciglia aggrottate. Gli passarono accanto senza riconoscerlo, diretti alla nave su cui lui aveva posato lo sguardo. Una frotta di servi li seguiva, portando casse e gabbie in cui sibilavano, chiocciavano e stridevano creature di ogni genere. Monsieur e Madame Brèves tornavano in Francia e portavano con sé il loro serraglio privato.

C'erano pavoni, usignoli e pappagalli, le piume colorate come la primavera. C'era un falco, uno sparviero e un uccello esotico con il becco enorme, dono del sultano. Ma erano le scimmie che tutti facevano a gara per vedere, un maschio e una femmina vestiti come un nobiluomo e una nobildonna in miniatura. Le due scimmie, vestite di seta e velluto, osservavano la folla con occhi spaventati e gioiosi insieme. La femmina scopriva i denti ogni tanto, ridendo degli umani come loro ridevano di lei.

Approfittando della confusione, Jahan scivolò via a passo rapido e regolare. Non si guardò mai indietro. Tracciò un percorso a zig-zag tra casse, funi e tavole tra marinai, portatori e mendicanti. Più avanti c'era un'altra caracca. Non sapeva dove fosse diretta, ma se ne sentì attratto. Gli venne in mente che Davud poteva aver intuito la sua intenzione di tornare a Roma e aver avvertito le guardie di tenere d'occhio da vicino le navi dirette ai porti italiani. Probabilmente sarebbe stato più saggio imbarcarsi per un'altra destinazione. Poteva sbarcare al primo porto e raggiungere la terra di Michelangelo. Con questa intenzione raggiunse la caracca e salì a bordo.

«Niente stranieri a bordo» disse il capitano dopo averlo ascoltato. «Come faccio a sapere che non sei un criminale?»

«Sono un artista» disse Jahan, e temendo che l'uomo gli chiedesse di fargli il ritratto per dimostrarlo, aggiunse: «Disegno paesaggi».

«Buffo lavoro che fai. Ti pagano?»

«Se trovo un protettore generoso...»

«Ma pensa!» osservò l'uomo, accigliato. «Alcuni di noi si spezzano la schiena. Tu fai una vita da damerino. No, non puoi venire. Ci porterai sfortuna.»

«Io porto fortuna, ve lo garantisco» disse Jahan. «Per provare che sono affidabile permettete che vi offra questi.»

Prese la borsa e la vuotò sul tavolo. Gli occhi del capitano brillarono. Prese una moneta e ne morse il bordo. «Bene, muoviti. Resta nella stiva. Puoi mangiare coi ragazzi. Fa' in modo che io non ti veda.»

Jahan annuì asciutto. «Vi prometto che non mi vedrete.»

Avrebbero levato l'ancora solo il giorno dopo. Jahan passò quel tempo aspettando di sotto, in una cabina soffocante. Solo quando furono partiti raccolse il coraggio per salire sul ponte. La città scintillava lontana – i bazar, i caffè e i cimiteri con i cipressi e le alte pietre con i *turbeh*. Il luogo in cui aveva imparato ad amare e a non fidarsi mai dell'amore. Vide i minareti delle moschee Suleimaniye e di Shehzade, del padre e del figlio. Vide la cupola della Hagia Sophia, una macchia lieve sull'orizzonte.

E vide la moschea di Mihrimah, riservata come la donna da cui aveva preso nome.

Pose la destra sul cuore e rese loro omaggio, riconoscendo il sudore e le preghiere e le speranze che erano andati nella loro costruzione. Salutò non solo la gente ma anche la pietra, il legno, il marmo e il vetro, così come gli aveva insegnato il suo maestro. I gabbiani li seguirono per un po', strillando i loro addii. Quando la brezza si fece più forte tornarono verso la città. Stranamente, il loro commiato parve tetro quanto il suo.

La maledizione… Come poteva definirla così quando era un dono?, pensò Jahan all'inizio. Piano piano avrebbe riconosciuto che la vita l'aveva battuto in astuzia. Ciò che aveva scambiato per un dono avrebbe appreso più in là essere una punizione; ciò che aveva accolto come una disgrazia arrivò a considerarlo una benedizione. Ma allora, seguendo l'opinione della *dada*, pensava, chi tra tutti gli artisti e gli architetti del mondo non avrebbe desiderato vivere cent'anni o più, senza mai temere che il tempo finisse nel bel mezzo di una nuova opera, che per quello che ne sapevi poteva rivelarsi la migliore che avessi mai affrontato? Senza la paura della morte a Jahan fu risparmiata la paura del fallimento. Liberato da una simile preoccupazione, poteva progettare di più, progettare meglio, forse anche superare il suo maestro. Determinato, eccitato, viaggiò da un porto all'altro. Andò a Roma, in Francia, in Inghilterra e a Salamanca, dove si aspettava di trovare Sancha: ma di lei non trovò traccia.

Il fatto di lavorare sodo e chiedere poco denaro, insieme alle sue conoscenze, lo rese molto richiesto. Non faceva parte di alcuna gilda e non lo si poteva ingaggiare, ma riuscì a fare il suo lavoro in modo indiretto, realizzando schizzi per altri architetti, sempre sottopagato. Lo turbava un poco il fatto che la maledizione, pur dandogli forza e anni in più, non l'avesse ringiovanito nemmeno di un giorno. Mentre non mostrava segni di stanchezza o senilità, dimostrava vistosamente la sua età. La gente, avvertendo qualcosa di insolito, qualcosa di oscuro, gli chiedeva quanti anni avesse. Quando rispondeva novantasei, novantasette, novantotto... lo fissavano a occhi sgranati. Un lampo di sospetto balenava nei loro sguardi mentre si chiedevano se avesse fatto un patto col diavolo, anche se lo sentì dire apertamente solo una volta. Ovunque andasse, a sud o a nord, era lo stesso: esseri umani accomunati da una mancanza di fiducia, se non di comprensione, per chiunque vivesse al di là del limite abituale.

Fu allora che Jahan cominciò a pensare che forse la strega aveva ragione. Forse il suo maestro aveva stretto un patto con lei. Sinan era vissuto più a lungo di qualunque grande artista dell'impero. Aveva costruito più edifici di quanti un mortale potesse mai sognarne. A un certo punto doveva aver avuto addosso l'odore delle erbe di Hesna Khatun, anche se, per quanto Jahan si spremesse le meningi, non riuscì a ricordarlo. Poi, stanco di tutto, doveva aver chiesto che finisse. Poco prima della morte doveva aver fatto visita alla strega. Per l'ultima volta. Se così era, doveva esserci un modo di infrangere l'incantesimo, e lasciando Istanbul, Jahan aveva perso la sua occasione.

Passarono gli anni. Quasi centenario, s'imbarcò per il Portogallo, da dove aveva saputo che si poteva viaggiare verso un nuovo mondo. Un pomeriggio di sole, sul ponte notò un uomo alto e sottile. Il suo cuore fece un balzo. Era Balaban, seduto tra una cima arrotolata e una bitta. Senza riflettere si fece avanti, ridendo, finché non si accorse, troppo tardi, che non era lui.

«Scusate, credevo che foste un altro.»

«Un amico, spero» disse lo straniero. «Venite a sedervi, godetevi il sole finché dura.»

Parlò a lungo dei suoi viaggi, la voce un saliscendi. Disse di avere avuto troppi peccati da cui fuggire. Tornava dalla sua famiglia più saggio. Stanco di parlare, chiese: «Qual è la vostra arte?».

«Costruisco. Sono un architetto.»

«Allora dovreste andare ad Agra. Lo scià Jahan, che porta il vostro stesso nome, sta costruendo un palazzo in memoria della moglie.»

Jahan scrollò le spalle, ma era molto incuriosito. «Che cosa le è successo?»

«È morta di parto» disse lo straniero in tono triste. «Le era molto affezionato.»

«Non è proprio la mia strada.»

«Cambiate strada» disse lo straniero. Proprio così.

Nell'anno 1632 Jahan arrivò in Hindustan, per vedere com'erano i progetti del palazzo di cui tutti parlavano.

In certe città vai perché vuoi andarci; in certe città vai perché sono loro a volere che tu ci vada. Dal momento in cui vi mise piede, Jahan ebbe la sensazione che Agra l'avesse attirato, che l'avesse guidato fin lì. Durante il viaggio aveva sentito molto parlare dello scià, e della città che desiderava rendere gloriosa, che quando vi arrivò fu quasi come se tornasse in un luogo in cui era già stato. Vagò, respirando gli odori, che erano ricchi e intensi, col sole che gli accarezzava la pelle e un vago dolore alla cicatrice.

Andò a vedere la costruzione sulla riva dello Yamuna. Lì, con l'aiuto di un viaggiatore che parlava un po' di turco, fu presentato a uno dei disegnatori. Ascoltate le sue credenziali e visto il sigillo di Sinan, il progettista portò Jahan dal loro supervisore. Robusto, naso pronunciato, sopracciglia cespugliose e un sorriso impacciato, a Jahan piacque subito. Il suo nome era Mir Abdul Karim.

«Il vostro maestro era un grand'uomo» disse, la voce rafforzata dall'abitudine di spiegare le cose alla gente, inferiori e superiori allo stesso modo.

Si chinò sui pochi progetti che Jahan aveva portato con sé, osservandoli con scrupolo. Posò una tazza di latte col miele e una serie di penne sul tavolo e gli mostrò parecchi disegni del progetto, chiedendogli il suo parere su ciascuno, cosa che Jahan fece con passione. Il supervisore non disse nulla, anche se uno scintillio gioioso nei suoi occhi suggerì la sua soddisfazione per le risposte. Poi Karim chiese a Jahan di disegnare un modello basato sulle misure che fornì al momento. Quando Jahan ebbe terminato, il supervisore parve contento. Trasse un respiro silenzioso e osservò: «Non potete andare da nessuna parte senza prima aver incontrato il gran visir».

Così, dopo un altro giro di presentazioni, Jahan si ritrovò convocato dallo scià. Seduto in alto sul suo Trono del Pavone, negli occhi seminascosti dalle palpebre pesanti un brillio di pena e fierezza, la barba e i baffi bianchi di dolore, privo di gioie e decorazioni, ricordò a Jahan in più di un modo il sultano Suleiman. Lo scià piangeva la morte dell'amatissima moglie, Mumtaz Mahal, l'Ornamento del Palazzo, la donna che gli aveva dato quattordici figli in diciott'anni. Il suo corpo era stato sepolto sulla rive del fiume Tapti. Ora la stavano portando ad Agra per seppellirla di nuovo per l'eternità.

L'aveva amata più di ogni altra donna a spese delle altre mogli. Dicevano che la sua devozione e la sua fiducia fossero tali che leggeva lei tutti i suoi *firman*, e se li approvava vi apponeva il sigillo reale. Non era solo la sua consorte, ma la sua compagna, confidente e consigliera. Senza di lei era inconsolabile. Faceva ancora visita ai suoi appartamenti privati la notte, come per inseguire il suo profumo o il suo spettro, e quando si trovava nelle stanze vuote scoppiava in lacrime.

Uno Jahan più giovane sarebbe stato nervoso all'idea di incontrare lo scià afflitto dal dolore con cui condivideva il nome. Si sarebbe trovato col volto in fiamme, i palmi umidi e la sua voce avrebbe tremato per paura di dire qualcosa di sbagliato. Non più. Non avendo segreti né speranze, poteva cessare di preoccuparsi di se stesso e limitarsi a essere un osservatore, tranquillo e imperturbabile – e libero. Da qualunque luogo venisse quel nuovo atteggiamento, aveva il desiderio tardivo di averlo raggiunto prima, quando si era trovato davanti a ogni sultano, sultana e visir che era comparso nella sua vita. L'umore tranquillo del suo padrone, che un tempo aveva tanto disprezzato, ora lo teneva caro.

Lo scià chiese delle opere di Sinan, di cui sorprendentemente era al corrente. Jahan rispose in modo conciso ma onesto. A differenza dell'antenato del sovrano, Babur – la cui madrelingua era la stessa di Jahan – lo scià non parlava turco. Comunicarono con l'aiuto di un dragomanno che traduceva dal persiano al turco, dal turco al persiano; parole comuni vennero colte e trattenute come farfalle in una rete tra loro.

L'incontro volse alla fine e Jahan venne invitato a uscire, camminando all'indietro, quando lo scià chiese: «Ho saputo che non vi siete mai sposato. Come mai?».

Jahan si fermò, lo sguardo a terra. Un silenzio più denso del miele ricopriva la sala. Era come se tutta la corte aspettasse di sentire ciò che aveva da dire.

«Avevo promesso il cuore a qualcuno, Vostra Altezza...»

«Che cosa è successo?»

«Nulla» rispose Jahan. Chi è cresciuto tra storie d'amore che finiscono inevitabilmente in passione, feste, atti galanti o disgrazie non può immaginare perché per molta gente l'amore alla fine si riduce a nulla. «Era più in alto di me e non mi amava. Non era destino.»

«Ci sono molte donne» disse lo scià.

Jahan avrebbe voluto dirgli la stessa cosa. Perché piangeva ancora la moglie? Ciò che non poteva esprimere a parole lo scià lo comprese. Un lieve sorriso s'incise sulle sue labbra mentre diceva: «Forse no».

Il pomeriggio seguente, Jahan ricevette una lettera dal palazzo: era uno dei due Capi Architetti Reali designati per costruire la Tomba Illuminata – la *rauza-i-munavvara*. Sarebbe stato pagato profumatamente, in rupie e ashrafi, e ogni sei mesi ricompensato come dovuto. Ma c'erano alcune righe della lettera che lo colpirono:

> Io dunque vi domando, Jahan Khan Rumi, erede del venerabile maestro Sinan, che non fu secondo a nessuno, e che ebbe seguaci in tutto il mondo, di contribuire a costruire questa gloriosissima tomba che attirerà l'ammirazione di generazioni dopo generazioni fino al Giorno del Giudizio, quando non ci sarà pietra che si erga su pietra sotto la volta del cielo.

Jahan accettò, suo malgrado. Si unì alla squadra di costruttori, e anche se si trovava in terra straniera, dove non conosceva una sola persona e non aveva un passato da evocare se il presente si fosse mostrato troppo duro, si sentì stranamente a casa.

Il progetto era enorme. Costoso. Carico di complicazioni. Migliaia di operai, muratori, tagliapietre, cavatori, piastrellisti e falegnami lavoravano a pieno ritmo. Si poteva cogliere una babele di lingue spostandosi da un punto all'altro del cantiere. C'erano scultori di Bukhara, cavatori di Isfahan, scultori di Tabriz, calligrafi dal Kashmir, pittori da Samarcanda, decoratori da Firenze e gioiellieri da Venezia. Era quasi come se lo scià, nella sua decisione di vedere l'edificio concluso nel più breve tempo possibile, avesse convocato tutti gli artigiani e gli artisti che potevano essergli utili. Implacabile, ostinato, controllava tutti fin quasi a fare i disegni di suo pugno. Chi avesse conoscenze di quell'arte complicava la vita agli architetti. Jahan non aveva mai incontrato un monarca così coinvolto in un progetto. Ogni due giorni lo scià li riceveva, faceva domande, esprimeva opinioni e se ne usciva con nuove richieste impossibili, come tendono spesso a fare le teste coronate.

Lo scià Jahan era un uomo che giurava la sua ira nell'acciaio, il suo amore nei diamanti e il dolore nel marmo. Su sua richiesta Jahan scrisse a parecchi muratori di Istanbul, invitandoli a raggiungerlo. Fu felice quando Isa, il suo studente prediletto, decise di venire. Provava comprensione e ammirazione per lui e per tutto ciò che poteva ottenere con i suoi talenti e la giovinezza. Chissà se anche il maestro Sinan li aveva guardati con sentimenti simili. Se era così, peccato che non avesse capito.

C'erano alcuni elefanti nel cantiere. Trasportavano incessantemente i marmi e le tavole più pesanti. A volte nel pomeriggio, al tramonto del sole, Jahan li guardava sguazzare nelle pozze con un moto di affetto. Non poteva fare a meno di pensare che se solo gli esseri umani potessero vivere più come gli animali, senza un pensiero al passato o al futuro, e senza catene di bugie e inganni, questo mondo sarebbe un luogo più sereno, e forse più felice.

Mi sposai. Lo scià, non avendo dimenticato la nostra conversazione, aveva dato ordine di trovarmi una sposa di buon cuore. Lo fecero. Mia moglie, di sessantasei anni più giovane di me, era una vedova d'indole gentile e parole sagge. Incinta di due mesi, aveva perso la famiglia in un'inondazione e da allora era rimasta sola. Come aveva fatto un tempo la poetessa Mirabai, si era rifiutata di unirsi al marito sulla pira funebre. Aveva gli occhi più scuri di tutti i miei segreti, il sorriso sempre pronto a fiorire; i suoi lucidi capelli neri scorrevano tra le mie dita come acque profumate. Molte notti, ammirando il suo profilo alla luce della candela, le dissi ciò che già sapeva: «Sono troppo vecchio per te, Amina. Quando muoio, devi sposare un giovane».

L'autunno che seguì nacque il bambino di Amina, un maschietto con le fossette nelle guance. Lo amai come se fosse mio. Lo chiamai Sinan; e ricordando il primo nome del mio maestro vi aggiunsi Joseph, e per rispetto verso la famiglia di mia moglie lo chiamai Mutamid, come mio suocero. Eccolo lì, nostro figlio, Sinan Joseph Mutamid; nessuno uguale a lui in questa vasta distesa di innumerevoli anime e ancora più dei, intento a crescere sotto il cielo di Agra, ogni giorno più alto, più forte; un bimbo ottomano in India, anche se suo padre era stato un falso indiano in terra ottomana.

Ha la pelle radiosa e gli occhi nocciola della madre. I rari cipigli che gli increspano l'ampia curva della fronte alludono alla sua impazienza e curiosità per il funzionamento segreto di tutto ciò che osserva. Quando gli cominciarono a spuntare i denti, sua madre e le numerose zie posero parecchi oggetti davanti a lui per divinare la strada che avrebbe seguito nella vita: uno specchio argentato, una piuma, un braccialetto d'oro e un sigillo. Se avesse scelto lo specchio sarebbe stato incline alla bellezza, un pittore o un poeta. La piuma: sarebbe stato uno scriba. Il braccialetto: un mercante. Il sigillo: un alto ufficiale.

Sinan Joseph Mutamid rimase immobile per un attimo, scrutando accigliato gli oggetti sparsi ai suoi piedi, come se contenessero un enigma da risolvere. Le donne, nel frattempo, continuavano a chiocciare e a chiamarlo, così che scegliesse ciò che avevano in mente per lui. Che le ignorò. Poi, con uno scatto del polso, si protese e afferrò l'amuleto che avevo al collo, la protezione di Daki dey.

«Che cosa significa?» disse Amina, preoccupata.

Io risi e la strinsi a me, senza badare a quello che avrebbero potuto pensare le sorelle. «Niente di brutto, credimi.» Voleva dire semplicemente che avrebbe preso le sue decisioni, senza badare a quanto gli avessero posto davanti.

Quando usciamo, noi tre, ci guarda tutta la città. A volte incontro uomini che con le loro battute lascive e le risate fastidiose insinuano che sono proprio un mascalzone fortunato ad avere una moglie simile; o chiedono come riesco a soddisfarla alla mia età. Così troviamo un altro modo per passeggiare. Mia moglie, con il bambino tra le braccia, cammina davanti a me. Io resto indietro, e avanzo piano, contemplandoli – la sua dolcezza quando accarezza la testa del bimbo; il sorriso seducente e fiducioso di lui; il loro mormorio come il respiro remoto delle onde di una città ormai lontana. Osservo tutto, evocando un altro momento nel tempo, sa-

pendo che quando me ne sarò andato loro cammineranno ancora; nulla cambierà. E questa consapevolezza, invece di riempirmi di dolore, mi riempie di speranza, sì, di terribile speranza.

Non c'è niente di mia moglie che mi ricordi Mihrimah. Né la sua voce, né il suo aspetto, né il suo carattere. Nelle notti di stelle, quando è distesa sopra di me e il suo calore mi copre la pelle come un mantello, quando mi vergogno della mia età e mi eccito per la sua morbidezza, lei mi accoglie come un fodero accoglie una spada, la sua bellezza inghiotte la mia bruttezza, e mi sussurra all'orecchio: «Dio ti ha mandato da me», io so che non avrei mai sentito parole simili pronunciate da Mihrimah, anche se fossimo stati destinati a stare insieme. No, mia moglie non avrebbe potuto essere più diversa da lei. E io non avrei potuto essere più soddisfatto. Eppure… non è passato un solo giorno da che ho lasciato Istanbul senza che Mihrimah mi torni in mente. La ricordo ancora. Soffro ancora. Un dolore mobile, che si sposta così rapido da un membro all'altro che non so dire se esista. Lei è l'ombra che mi segue ovunque, che incombe su di me quando mi sento depresso, prosciugando la luce dalla mia anima.

Un anno dopo aver cominciato a lavorare per il grande scià, mi fu chiesto di progettare la cupola della Tomba Illuminata, che ora chiamano Taj Mahal. Anch'io ho cambiato nome. Anche se mi chiamano ancora Jahan Khan Rumi, tutti, anche i bambini, mi conoscono come il Creatore della Cupola.

Visito il cantiere tutti i giorni. È una lunga camminata e mi ci vuole parecchio. L'altro giorno, un novizio è comparso con un elefante al fianco. «Perché non consentite alla bestia di portarvi, maestro?»

Mi hanno aiutato a salire. Mi sono seduto dentro l'howdah e ho guardato gli operai faticare incessantemente, costruire per Dio, costruire per il sovrano, costruire per i loro antenati, costruire per una nobile causa, costruire senza sapere perché, e sono stato così contento di essere lassù da solo e non giù in mezzo a loro, perché non ho potuto impedire che le lacrime mi bagnassero il volto e ho singhiozzato come il vecchio fragile che sono diventato.

So che non sarò qui a vedere il Taj Mahal finito. Se non muoio presto, potrà voler dire soltanto che la maledizione della dada *è ancora viva. Allora dovrò abbandonare questa terra da solo. Ho lasciato istruzioni per Isa e i miei allievi, se mai desiderassero seguire i miei consigli: dopotutto con gli apprendisti non si sa mai chi accoglierà il tuo lascito, chi ti deluderà. Non importa. Con me o senza di me, l'edificio verrà costruito. Ciò che il mio maestro fece dentro la cupola della moschea di Shehzade, la nostra prima impresa importante, dove non ci furono incidenti, tradimenti, ed eravamo una sola persona, io lo farò dentro la cupola del Taj Mahal. Nasconderò da qualche parte un dettaglio per Mihrimah, che solo l'occhio consapevole riconoscerà. Ci è stato detto di incidere nel puro marmo:* IN QUESTO MONDO QUESTO EDIFICIO FU COSTRUITO / PER TESTIMONIARE COSÌ LA GLORIA DEL CREATORE. *Io avrei voluto aggiungere sotto:* E L'AMORE PER L'ALTRO ESSERE UMANO…

Le quattro facciate del Taj Mahal sono progettate per essere identiche, come se ci fosse uno specchio posto su un lato, anche se non si riesce mai a capire su quale. Pietra riflessa nell'acqua. Dio riflesso negli esseri umani. Amore riflesso nel crepacuore. Verità riflessa nelle storie. Si vive, si fatica e si muore sotto la stessa invisibile cupola. Ricchi e poveri, maomettani e battezzati, liberi e schiavi, uomo e donna, sultano e mahout, maestro e apprendista… Sono giunto alla conclusione che se c'è una forma che ci abbraccia tutti, essa è la cupola. È lì che tutte le distinzioni scompaiono e ogni singolo rumore, che sia di gioia o di pena, si fonde in un solo vasto silenzio d'amore universale. Quando penso a questo mondo in tal modo mi sento confuso e smarrito, e non so più dire dove comincia il futuro e dove finisce il passato; dove s'interrompe l'Ovest e sorge l'Est.

Nota dell'autore

Non so se gli scrittori scelgano i loro argomenti o se siano gli argomenti in qualche modo a trovarli. A me è successa la seconda cosa con *La città ai confini del cielo.* L'idea per questo romanzo è affiorata la prima volta un pomeriggio di sole a Istanbul, mentre ero in un taxi bloccato nel traffico. Stavo guardando fuori dal finestrino, irritata, già in ritardo a un appuntamento, quando il mio sguardo si è posato su una moschea in riva al mare dall'altra parte della strada. Era la Molla Çelebi, una delle bellezze meno note di Sinan. Uno zingarello era seduto sul muro lì vicino e picchiava su una scatola di latta rovesciata. Mi sono detta che se il traffico non si fosse sbloccato presto tanto valeva cominciare a immaginare una storia che contenesse l'architetto Sinan e gli zingari. Poi l'auto è andata avanti e io mi sono completamente dimenticata dell'idea, finché, una settimana dopo, non è arrivato un libro per posta. Era *L'epoca di Sinan: Cultura architettonica nell'Impero ottomano* di Gülru Necipoğlu, e me lo mandava un caro amico. Un'illustrazione in particolare attrasse la mia attenzione: era un dipinto che ritraeva il sultano Suleiman, alto e snello nel suo caftano. Ma furono le figure sullo sfondo ad affascinarmi. C'erano un elefante e un mahout davanti alla moschea Suleimaniye; si trovavano sul bordo del quadro, come pronte a fuggire, senza ben sapere che cosa ci facessero nella stessa cornice con il sultano e il monumento a lui dedicato. Non sono riuscita a distogliere lo sguardo da quell'immagine. La storia mi aveva trovato.

Mentre scrivevo questo libro ho voluto capire non solo il mondo di Sinan ma anche quello dei capi apprendisti, degli operai, degli schiavi e degli animali che erano lì accanto a lui. Tuttavia, quando si scrive di un artista che è vissuto tanto tempo fa e ha prodotto tante opere come Sinan, la sfida più grande è la ricostruzione del tempo. Ci volevano da sette a nove anni per portare a termine una moschea, e Sinan costruì più di 365 edifici di varie dimensioni. Così, nell'interesse del ritmo narrativo, ho deciso di sbarazzarmi di un rigido ordine cronologico e di creare la mia cornice temporale, con veri eventi storici assorbiti nella nuova linea del tempo. Per esempio, nella realtà Mihrimah si sposò a diciassette anni, ma io ho voluto che si sposasse più tardi, per dare a lei e a Jahan più tempo insieme. Suo marito, Rustem Pasha, morì nel 1561; ma per amore della storia l'ho voluto tenere in vita più a lungo. Il capitano Gareth è un personaggio totalmente immaginario, ma è basato sia sui marinai europei che si erano uniti alla marina ottomana sia sui marinai ottomani che avevano voltato gabbana. Le loro storie non sono ancora state raccontate.

È stata una decisione consapevole quella di introdurre Takiyuddin nella storia in un momento storico precedente rispetto al vero. In effetti divenne Capo astronomo reale all'epoca del sultano Murad. Ma la vicenda dell'osservatorio era importante per me, così ho spostato la data della morte del gran visir Sokollu. Il pittore Melchior e l'ambasciatore Busbecq sono personaggi storici giunti a Istanbul attorno al 1555, ma io ho romanzato il momento del loro arrivo e della partenza. In parecchi libri mi sono imbattuta in allusioni a un gruppo di architetti ottomani a Roma, ma che cosa ci facessero di preciso lì resta oscuro. Ho immaginato che fossero gli apprendisti di Sinan, Jahan e Davud. Ed è veramente esistito un elefante di nome Suleiman a Vienna: la sua storia è stata narrata in modo meraviglioso da José Saramago nel *Viaggio dell'elefante*.

Infine, questo romanzo è frutto dell'immaginazione. Ma eventi storici e persone vere mi hanno guidato e ispirato. Mi sono state enormemente utili un gran numero di fonti in inglese e in turco, dalle *Lettere Turche* di Ogier Ghiselin de Busbecq a *Istanbul nel sedicesimo secolo: la città, il palazzo, la vita quotidiana* di Metin And.

«Che il mondo possa scorrere come acqua» diceva Sinan. Io posso solo sperare che anche questa storia scorra come acqua nel cuore dei lettori.

Elif Shafak
www.elifshafak.com
twitter.com/Elif_Safak

Ringraziamenti

Grazie di cuore alle seguenti persone belle: Lorna Owen, che ha letto una versione precedente di questo romanzo, per i suoi meravigliosi commenti; Donna Poppy, per i suoi suggerimenti lucidi e il contributo unico; Keith Taylor per la sua saggezza e la sua pazienza; Anna Ridley, per il suo sostegno e il suo sorriso; Hermione Thompson per la sua generosità; e alla meravigliosa squadra di Penguin UK.

Sono particolarmente in debito con i miei due editor principali sulle due sponde dell'Atlantico: Venetia Butterfield e Paul Slovak. Lavorare con voi, sentirmi legata nella mente e nello spirito, condividere la stessa passione per le storie e le narrazioni, tutto questo è un piacere, un privilegio e un arricchimento per me. Un buon editor è un'autentica benedizione per un romanziere e io ho la fortuna di averne due straordinari.

Il mio agente principale, Jonny Geller, è certo il sogno di ogni autore. Ascolta, comprende, incoraggia, sa. Daisy Meyrick, Kirsten Geller e la squadra dei diritti mondiali della Curtis Brown Agency sono stati eccezionali. Desidero ringraziare anche Pankaj Mishra e Tim Stanley per i loro commenti e le conversazioni nelle fasi iniziali del romanzo, e Kamila Shamsie per avermi aiutato a trovare il nome all'elefante bianco. La mia gratitudine va a Gülru Necipoğlu, che è stata di enorme aiuto sia con le sue opinioni personali sulla storia sia con la sua splendida opera sull'architettura di Sinan. Un grazie speciale a Ugur Canbilen (*alias* Igor) e a Meric Mekik, che è come nessun altro!

Mi è difficile esprimere la gratitudine che provo per Eyup: lui ben sa che terribile moglie sono e probabilmente non nutre alcuna speranza che io possa migliorare, eppure per ragioni che non riesco mai a capire è ancora al mio fianco. Un grazie enorme, ovviamente, a Zelda e Zahir.

Questo romanzo è stato pubblicato per la prima volta in Turchia, anche se è stato scritto in inglese. Devo un grosso grazie ai lettori di tutte le strade della vita che hanno commentato la storia e i personaggi, e che con mia sorpresa hanno accolto Chota come un amico a lungo perduto che riaffiorava dal passato.

Elif Shafak

Finito di stampare nel giugno 2015 presso
Grafica Veneta - via Malcanton, 2 - Trebaseleghe (PD)
Printed in Italy

RCS Libri

ISBN 978-88-17-08239-6